T A S C A B I L I   G I U N T I

Lena Manta

# La casa sul fiume

Traduzione di
Maurizio De Rosa

GIUNTI

Titolo originale:
*Το σπίτι δίπλα στο ποτάμι*


www.giunti.it


Via Bolognese 165 – 50139 Firenze – Italia
Via G. B. Pirelli 30 – 20124 Milano – Italia

Prima edizione tascabile: giugno 2017
Prima ristampa: luglio 2020

# Prologo

Lunghi istanti di silenzio seguirono il fulmine, che era divampato illuminando a giorno il paesaggio, in attesa che la violenza del tuono scuotesse la terra. Ma il fragore tardava e la quiete diventava minacciosa. Quella notte la luna aveva preferito restare nascosta dietro le nuvole, che nell'oscurità si erano trasformate in pesanti cortine di piombo. Finalmente il tuono arrivò, come lanciato da Zeus dalla cima dell'Olimpo, la montagna che sovrastava la valle con la sua mole. La casa sul fiume tremò appena. I due grandi castagni ai lati sembravano volerla proteggere da ogni pericolo. I rami accarezzavano il tetto con tenerezza, quasi abbracciandolo. Il grande cortile, con le aiuole ben curate e rigogliose di ortaggi, attendeva trepidante l'acquazzone. Ma la pioggia ancora non cadeva e il fiume restava impassibile, continuando a scorrere placido e tranquillo, consapevole che molto presto avrebbe accolto nell'alveo le acque piovane e le nevi sciolte dopo il disgelo. Allora si sarebbe gonfiato di nuovo e avrebbe ricominciato a scorrere impetuoso fino a perdersi nella vastità del mare, come faceva da secoli. Conosceva il proprio destino e non temeva il futuro.

La luce fioca di una lampada a petrolio tremolava dietro una finestra della casa. Nel letto c'era un uomo madido di sudore, assistito da un medico e dalla moglie, in piedi al suo capezzale, con la lampada in una mano e un fazzoletto per proteggersi la bocca nell'altra. Nella stanza aleggiava un terribile fetore. Il medico si tolse il fazzoletto che anche lui teneva davanti alla bocca.

«Teodora, per favore, apri la finestra» mormorò. «Qua dentro non si respira.»

La donna si affrettò a obbedire, depose la lampada sul comodino e corse a spalancare la finestra. All'interno della stanza soffiò una folata di aria fresca, che lei inspirò avidamente. Diede un'occhiata all'esterno, ma era buio pesto. Un fulmine striò il cielo per qualche istante e subito dopo il paesaggio ripiombò nelle tenebre. Di quella zona conosceva perfettamente ogni collina, ogni sassolino, ogni albero. Pur aspettandosi l'arrivo del tuono, quando il suolo tremò lei trasalì e indietreggiò come se avesse ricevuto una scossa elettrica. Tornò al suo posto, accanto al marito e al medico. Nonostante l'aria fresca della notte, il lezzo della gamba in cancrena sembrava aver impregnato tutta la stanza, i mobili, le suppellettili, persino le pareti.

«Gheràsimos, purtroppo devo amputarla» sentenziò il medico guardando negli occhi il malato. «Stasera stessa. Ho con me tutti gli strumenti necessari.»

«No!» ruggì l'uomo.

«Rifiutare sarebbe una pazzia. Non capisci che così rischi di morire? L'infezione è a uno stadio avanzato e tra poco non ci sarà più niente da fare. Il mio dovere di medico è procedere con l'amputazione.»

Il malato sollevò il braccio e prese il medico per la camicia. Nonostante la febbre e la sofferenza, aveva ancora molta forza. «Non hai alcun diritto su di me» gridò. «Sappi che non ho intenzione di vivere da invalido.»

«Allora preferisci morire?»

«Mille volte!»

«E alle tue figlie non ci pensi? Che cosa ne sarà di tua moglie? Hanno ancora bisogno di te, e tu, invece di pensare a guarire, preferisci morire e lasciarle sole.»

Gheràsimos lasciò la camicia del medico e si abbandonò sui guanciali, spossato. L'altro, illudendosi di averlo persuaso, gli spiegò con calma: «Gheràsimos, tu sei un uomo ragionevole. Non dovrai vivere come un invalido, ti procurerò un arto di legno. Potrai vivere una vita normale insieme a tua moglie e alle tue figlie».

«Non è una vita normale quella dello storpio.»

«E invece sì, Gheràsimos. Dammi retta, lasciami operare.»

«Ti ho detto di no!»

Il medico si alzò e scosse la testa sconsolato. Poi disse rivolto alla moglie: «Teodora, per favore, cerca di convincerlo. La situazione è molto grave».

«Lo so, ma sono molti anni che ci conosci e sai che mio marito ha la testa dura.» La donna abbassò lo sguardo e il medico si rivolse di nuovo all'ammalato.

«Gheràsimos, cerca di capire. Se stasera non ti amputo la gamba, avrai i giorni contati. Finora ho avuto pazienza, ma ormai non c'è più tempo: o stasera o la tua sorte è segnata.»

«La mia sorte è segnata da quando ho calpestato quel maledetto chiodo arrugginito e ho trascurato di curare la ferita. È inutile che insisti, dottore. Vattene, la mia gamba resta lì dov'è. Meglio morire tutto intero che vivere a pezzi.»

«Ti prego, Gheràsimos, ripensaci. È della tua vita che stiamo parlando.»

«La mia vita è finita comunque. Ti ho detto di andartene!»

Il medico si girò ancora una volta verso Teodora. Con un cenno del capo la donna gli consigliò di lasciar perdere. Il volto di Gheràsimos esprimeva rabbia e determinazione, e gli occhi gli bruciavano per la febbre.

«Non ho mai conosciuto uno come te» disse il medico.

«Per questo non mi dimenticherai mai per tutto il resto della vita. A presto, dottore! Nelle tue mani affido mia moglie e le mie figlie.»

Gheràsimos morì una settimana dopo, ad appena quarantasei anni, lasciando la moglie e cinque figlie ancora molto giovani.

# Antefatto

Gheràsimos e Teodora si erano conosciuti un'estate, circa vent'anni prima. Lui era di famiglia benestante, ma era stato allevato da una zia perché il padre, un uomo molto severo e all'antica, non si era risposato dopo che la moglie era morta nel dare alla luce quell'unico figlio. Cresciuto in fretta, ben presto era diventato il ragazzo più alto e bello di tutta la contrada. Prestante, con gli occhi verdi come le foglie degli alberi, le spalle larghe e le braccia muscolose, al giovane uomo ormai ventisettenne bastava uno sguardo per far innamorare perdutamente le ragazze, però non concedeva il proprio cuore a nessuna. Anzi, da un paio d'anni si era fatto una tale nomea che, quando passava per strada, le madri si affrettavano a mettere sotto chiave le figlie per tenerle lontane da quel demonio. Ma le ragazze speravano comunque di conquistare un giorno il suo cuore, anche se lui si ostinava a vivere libero e senza legami. Le sue prodezze erano sulla bocca di tutti e la storia più eclatante che lo vedeva coinvolto riguardava una ragazza di un villaggio dei dintorni, la quale, si raccontava, amandolo disperatamente, si era lasciata addirittura morire.

Teodora invece proveniva da una famiglia povera, con sette bocche da sfamare, e aveva cominciato prestissimo a lavorare nelle piantagioni di cotone. Quando si videro per la prima volta, aveva solo dodici anni e l'aspetto di una bambina con i capelli raccolti in due lunghe trecce, insensibile alla prestanza dei giovanotti. Fu lui a sentirsi irresistibilmente attratto dal suo sguardo, a cui nei giorni seguenti ripensò spesso, con stupore. La rivide un mese dopo, a una sagra. Lei era in compagnia dei fratelli e dei genitori, e questa volta le trecce non pendevano libere, ma la madre le aveva avvolte e appuntate sulla sommità della testa, come una corona. Di nuovo Gheràsimos ne fu folgorato.

Lefteris, un suo amico, lo notò e lo scrollò con una gomitata. «Sei impazzito? Non vedi che è solo una bambina?»

Gheràsimos, imbarazzato, distolse lo sguardo, tuttavia con la coda dell'occhio continuava a sbirciarla, mentre Teodora seguiva assorta le danze. In quella ragazzina c'era qualcosa di irresistibile ai suoi occhi: forse l'espressione orgogliosa, oppure lo sguardo, insolitamente serio e profondo per la sua età. Si era già informato sul conto di quella famiglia e aveva scoperto che si erano trasferiti lì tre anni prima, lasciando la natia isola di Siros. Erano arrivati senza avere né arte né parte e vivevano in modo assai modesto. Teodora aveva una sorella e due fratelli maggiori, oltre a un fratellino di pochi mesi dalla salute, a detta di tutti, troppo cagionevole.

In effetti, nel giro di un mese il bimbo morì e Gheràsimos decise di accompagnare la vecchia zia ai funerali. Lì rimase sconvolto dalla vista della piccola Teodora che, vestita a lutto, si mordeva le labbra per non piangere mentre seguiva il feretro del fratellino. Tormentato dalla sua immagine, Gheràsimos passò la notte insonne, incapace di spiegarsi il motivo per cui non riusciva a togliersi dalla testa quella ragazzina di dodici anni.

L'indomani partì per la città. Aveva bisogno di stare un po' da solo, per riflettere. Trascorse qualche giorno a godersela, eppure la figura di Teodora vestita a lutto non gli diede tregua. Al suo rientro trovò il villaggio sconvolto da una nuova tragedia. I due fratelli maggiori di Teodora si erano allontanati da casa per giocare e la sera, mentre cercavano la via del ritorno, erano precipitati in un burrone. La mattina successiva i corpi senza vita furono ritrovati al termine di una notte di ricerche disperate, a cui avevano preso parte tutti gli uomini del villaggio, sensibili alle terribili disgrazie che nel giro di pochi giorni avevano colpito quella famiglia.

Gheràsimos partecipò ai nuovi funerali e, per la prima volta in vita sua, sentì gli occhi inumidirsi di lacrime. Teodora era accanto ai genitori, impietrita. Per la disperazione si stringeva alla sorella. I suoi occhi esprimevano interrogativi angosciosi di cui solo lui pareva accorgersi. Al termine della cerimonia trovò il coraggio di andare a salutarla. Le si parò davanti, senza sapere che cosa dire. Teodora sollevò la testa e lo guardò.

«Come stai?» le domandò con la voce rotta dalla commozione.

«Non troppo bene» fu la risposta.

«Posso aiutarti in qualche modo?»

«Non c'è nessuno che mi possa aiutare. Soltanto Dio, ma non ha voluto.» Lo guardò di nuovo e poi socchiuse gli occhi. «Mi ricordo di te. Sei quello che ha un bel cavallo.»

«Sì» rispose Gheràsimos sorridendo. «Sei mai andata a cavallo?»

«No.»

«Ti piacerebbe fare un giro sul mio?»

Per tutta risposta lei gli prese la mano e Gheràsimos avvertì un groppo in gola. Nello stesso istante comprese che quella ragazzina vestita di nero gli era destinata.

Dopo pochi anni i due erano divenuti inseparabili, ma sulle prime la differenza d'età non aveva fatto sorgere sospetti e il cambiamento di Gheràsimos era stato attribuito alla sua maturazione: forse aveva finalmente messo la testa a posto, tanto che il suo comportamento aveva convinto il padre a cedere alla sua insistente richiesta di assumere il padre di Teodora.

Lei era ormai cresciuta a vista d'occhio. A poco a poco la ragazzina acerba si era trasformata in una bellissima adolescente, alta, bionda, con magnifici occhi neri, e in paese quell'amicizia cominciava a essere oggetto di pettegolezzi. Iulìa, la madre di Teodora, decise una sera che era giunto il momento di parlarne.

Trovò la figlia in cortile, intenta ad ammirare la luna.

«Vedi com'è bella? Sappi però che non potrai mai averla» esordì in modo ambiguo.

Teodora capì al volo l'allusione. «La luna forse no, ma Gheràsimos non è la luna» ribatté in tono pacato.

«Hai ragione, non è la luna. È più pericoloso. È il sole, e rischierai di bruciarti.»

«Meglio essere bruciati dal sole che da una fiammella qualsiasi.»

«Figlia mia, non sai quello che dici. Hai soltanto quindici anni.»

«Mamma, me ne sono innamorata.»

Iulìa scrutò la figlia. «Non avrà osato toccarti...? Dimmelo!»

«Mai! Non mi ha nemmeno baciata. Vuole aspettare che diventi grande.»

«Figlia mia, adesso lo so: hai perso la testa. E ho paura che questa storia non porterà niente di buono.»

Trascorsero così altri tre anni, durante i quali l'amore che Gheràsimos provava per Teodora crebbe d'intensità. Ogni giorno la ragazza usciva di soppiatto da casa per andare nel bosco, dove si sarebbero incontrati lontano dallo sguardo degli altri. Al villaggio giunsero alla conclusione che Gheràsimos si era stancato di giocare ed era tornato alle vecchie abitudini. D'altronde, da qualche tempo si recava spesso in città: secondo la voce comune, c'era di mezzo un affare di cuore.

Il giorno del diciottesimo compleanno di Teodora si avvicinava e Gheràsimos tornò dalla città per l'appuntamento che si erano dati sulla sponda del fiume. Si erano finalmente decisi e il piano che avevano escogitato era semplice e destinato al successo. Gheràsimos si era messo segretamente d'accordo con il prete e con il suo amico Lefteris, a cui spettava un duplice compito: fare da testimone alle nozze e mettere di fronte al fatto compiuto i loro genitori, annunciando il matrimonio. Quanto a Teodora, con la scusa di andare al pascolo con le capre, avrebbe raggiunto Gheràsimos presso la cappella in mezzo al bosco. Subito dopo la cerimonia la coppia sarebbe scomparsa dalla circolazione, in attesa che le acque si fossero calmate e tutti si fossero messi il cuore in pace.

Alla richiesta dell'amico, Lefteris non aveva creduto alle sue orecchie. «Sei impazzito?» aveva gridato. «Teodora è ancora minorenne!»

«Il giorno del matrimonio avrà diciotto anni compiuti.»

«Sì, ma tu ne hai trentatré. Cosa credi che farà la gente del villaggio quando lo verrà a sapere?»

«Non me ne importa nulla della gente. Di Teodora sono innamorato da quando ero bambino.»

«Questa è buona! Di Teodora ti sei innamorato quando lei era una bambina, non tu.»

«Lefteris, sei il mio migliore amico e se esiste qualcuno che mi dovrebbe capire, questo sei tu.»

«E invece non ti capisco. Credevo che si trattasse soltanto di un capriccio innocente.»

«Ne hai ancora per molto? Dimmi soltanto: sei disposto ad aiutarmi o no?»

«Amico mio, ti scongiuro, ripensaci. Stai per fare una pazzia. Il peccato ricadrà su di voi.»

«Ma cosa dici? Amare la ragazza dei propri sogni non è peccato, è una cosa che fanno tutti. E poi mettitelo in testa una buona volta: delle chiacchiere della gente non me ne importa niente.»

Lefteris, ormai a corto di argomenti, aveva acconsentito ad aiutarli.

La notizia del matrimonio lasciò il villaggio a bocca aperta e per i genitori dei due sposi fu un vero fulmine a ciel sereno: Iulìa cadde in terra svenuta, mentre il padre di Gheràsimos cominciò a prendere a calci il muro finché non ebbe un malore, tanto che dovettero chiamare il medico. Quando si riprese, andò su tutte le furie e per reazione licenziò subito il padre di Teodora. Poi dichiarò che intendeva diseredare il figlio. A salvare la situazione fu la zia di Gheràsimos, Tasso, e in un modo di cui nessuno l'avrebbe mai creduta capace.

Zia Tasso aveva un carattere tranquillo e per il nipote aveva sacrificato tutto. Gli voleva bene più che a un figlio e non avrebbe permesso a nessuno di fargli del male, neppure al fratello. Quella sera, dopo la sfuriata, attese che il sonno l'avesse vinto. Solo allora, brandendo il vecchio coltellaccio del padre, scivolò in camera del fratello in punta di piedi e gli appoggiò la punta sul collo. Lui sobbalzò e la lama gli graffiò la pelle.

«Chi sei?» gridò terrorizzato. Un istante dopo la riconobbe. «Tasso, che cosa ci fai qui?» le domandò mentre cercava di alzarsi, ma lei premette il coltello per fermarlo.

«Non muoverti se vuoi avere salva la vita!» sibilò con rabbia.

«Ma... sei impazzita? Cosa ti salta in mente?»

«Un padre che non si è mai occupato di suo figlio, e che se ne ricorda soltanto per diseredarlo perché ha sposato la ragazza che sognava, non merita di vivere!»

«Di che t'impicci? Non sono affari tuoi!»

«Io m'impiccio quanto mi pare e piace. Sono stata io a tirar su Gheràsimos e a farlo diventare un uomo, sono stata io a prendermi cura di lui quando ne aveva bisogno... Non ti permetterò di fargli del male. Ti ordino di rinominare Gheràsimos tuo erede universale se non vuoi che ti tagli la gola. Avanti, dillo!»

Ottenne quello che voleva. Il fratello giurò di reintegrare il figlio nei suoi diritti ereditari e lei uscì dalla stanza silenziosa com'era entrata.

Intanto i due sposini, liberi e innamorati, poterono finalmente godere dell'amore che per tanti anni erano stati costretti a nascondere e che adesso non lasciava spazio al pensiero delle conseguenze familiari. Si abbandonarono completamente all'impeto travolgente dei sensi, si tuffarono l'uno nell'anima dell'altro, e alla fine si scoprirono ancora più innamorati di prima. Erano la coppia più felice del mondo, ebbri di passione e di piacere.

Al villaggio rientrarono da vincitori soltanto tre mesi dopo, armati del loro amore e con Teodora incinta. Il padre di Gheràsimos li accolse a braccia aperte, anche se non proprio spalancate, ma non aveva importanza perché sapeva che zia Tasso teneva il coltello sempre infilato nella cintura. Gli sposi potevano finalmente dare inizio alla loro vita in comune.

In un caldo giorno di maggio Teodora diede alla luce una bambina. La piccola era bella come la primavera, bella come l'amore da cui era nata. Il parto avvenne senza complicazioni, nonostante l'angoscia di Gheràsimos, il quale non riusciva a dimenticare che la sua nascita era costata la vita alla madre. All'inizio delle doglie si era messo a camminare nervosamente avanti e indietro e zia Tasso, che nel frattempo aveva chiamato la levatrice, l'aveva dovuto sbattere fuori dalla stanza.

Teodora era stata invece assolutamente tranquilla. Sua madre, anche lei presente, ammise poi che non aveva mai visto una cosa del genere né tra gli uomini né tra le bestie.

«Gridano tutte almeno un po'» disse ammirando la figlia che teneva in braccio la bambina. «Tu invece neanche un lamento...»

L'unico a restare indifferente fu il nonno paterno. Quella sera tornò a casa e non chiese se la nuora avesse partorito e come fossero andate le cose. Tasso gli servì la cena fremendo di rabbia. Il fratello si decise a sollevare lo sguardo soltanto quando lei, anziché appoggiare con delicatezza il pane sul tavolo, glielo gettò davanti con un gesto brusco.

«E adesso si può sapere che cosa ti prende?» le chiese arrabbiato.

«Dovresti vergognarti, ecco che cosa mi prende.»

«Non capisco di che cosa parli.»

«Oggi tua nuora aveva le doglie, te ne sei dimenticato?»

«E allora? Ha già partorito?»

«Certo che ha partorito, che razza di domande.»

«Te lo chiedo perché la mia defunta moglie ha sofferto due giorni interi.»

«Per questo è morta subito dopo. Teodora ha partorito questo pomeriggio.»

«E come lo potevo sapere?»

«Lo dovevi chiedere.»

«E va bene, te lo chiedo adesso.»

«Tuo figlio è diventato padre di una bella bambina. Congratulazioni.»

«Bambina?»

«Sì, perché? Non sei contento?»

«Le femmine si sposano e se ne vanno.»

«Infatti! Si trasferiscono in un'altra famiglia e si prendono cura del suocero proprio come Teodora si prende cura di te. Ingrato! Che cosa ti avrà fatto mai quella povera ragazza?»

«Adesso perché ce l'hai con me?»

«Perché subito dopo cena voglio che ti fai bello e che vai da loro per benedirli.»

«Va bene, va bene. Basta che mi lasci in pace.»

Sotto lo sguardo vigile di Tasso, il vecchio si recò infine dalla nuora e alla vista della neonata riuscì persino a sorridere. Si commosse quando Gheràsimos gli annunciò che intendevano chiamarla Melissanthi, in onore della madre defunta.

La piccola riempì di vita la casa sul fiume, quel serpente d'acqua che strisciava lungo la staccionata e per il quale la bambina provava un'attrazione irresistibile. Se la madre la portava a passeggiare lungo le sue rive, lo osservava incantata ma tanto intimorita che, pure da grande, non si sarebbe mai tuffata da sola.

Due anni dopo Teodora diede alla luce la seconda figlia, un esserino tanto piccolo e gracile che la madre temette di perderla, come era accaduto al fratellino morto. Invece la bambina smentì i timori e si rivelò vivace ed esuberante. La chiamarono Iulìa in onore della nonna materna. Per quanto molto orgogliosa della nipote, lei non si sottomise mai al temperamento capriccioso e volitivo della piccola.

Il padre di Gheràsimos invece, nonostante incutesse timore e nessuno osasse contraddirlo, si dimostrò un volenteroso succube della nipotina. Gliele dava sempre vinte, come quando, a cinque anni, la bambina si mise in testa che voleva un cane tutto per lei, un cane nero per la precisione. Lo chiese con decisione al nonno dopo che era rincasato, la sera, senza sapere che quel vecchio arcigno sin dall'infanzia aveva un conto in sospeso con un cane che gli aveva morso una gamba. A furia di moine e pronte risposte, la piccola Iulìa alla fine ottenne quel che voleva, tra gli sguardi ironici dei familiari. Zia Tasso, quando il giorno dopo il fratello mantenne la parola regalando alla bambina un cagnolino, non riuscì a frenarsi: «Caro mio, finalmente hai trovato un avversario degno di te».

Teodora rimase per la terza volta incinta, partorendo di nuovo una bambina, alla quale fu dato il nome di Aspasìa. Preoccupata, al contrario del marito, di non riuscire a dargli un figlio maschio, quando mise al mondo la quarta figlia, Teodora cercò di giustificarsi, ma Gheràsimos la redarguì.

«Cosa ti viene in mente? Che importa se non abbiamo ancora un figlio maschio? Bastano e avanzano le nostre quattro bambine, tutte sane e bellissime.»

«Sì, certo, ma vorrei tanto darti un maschio che continuasse il tuo nome. E poi, alle femmine bisogna fare la dote. Per noi è stato diverso, lo sai...»

«E con questo? Anche se non nuotiamo nell'oro, non siamo degli spiantati. E loro sono così belle che saranno i pretendenti a pagarci pur di averle» rise Gheràsimos. Questa battuta la ripeté in seguito a ogni occasione, orgoglioso della bellezza delle figlie.

Alla quarta figlia fu dato il nome di Polixeni e alla quinta quello di Magdalinì. Dato che quest'ultima gravidanza era stata difficile, il medico consigliò a Teodora di evitarne altre. Lei lo guardò accigliata e gli rispose: «Neanche a parlarne, dottore. Ho promesso a mio marito di dargli un figlio maschio e non smetterò finché non ci sarò riuscita».

Intanto il nonno paterno, furioso che la nuora avesse messo al mondo un'ennesima bambina, era andato a rimbrottare il figlio: «Complimenti per l'ottimo affare. Tua moglie è buona soltanto a sfornare femmine».

Gheràsimos aggrottò le sopracciglia. «Che cosa hai detto?» ribatté in tono minaccioso.

«Ho detto che tua moglie non sa fare altro che femmine.»

«E con questo?»

«Le femmine non servono a niente! Si sposano e ti piantano in asso! Mi sai dire chi è che andrà a lavorare nei campi?»

«Non si mettono al mondo dei figli per farli lavorare come schiavi.»

«E del nome della nostra famiglia che mi dici? Chi è che lo continuerà?»

«Capirai che nome... E poi i figli è Dio che li manda, e a quanto pare a noi ha deciso di mandare soltanto femmine. Ci basta che siano sane e il resto non ha alcuna importanza. In fin dei conti che differenza fa in un figlio se è un maschio o una femmina? Mia madre per esempio è morta e tu... quando mai mi hai dimostrato un po' di affetto? Smettila di dire sciocchezze.»

Il vecchio però non si diede pace, proprio come sua nuora. Pochi mesi dopo la nascita di Magdalinì, Teodora annunciò a Gheràsimos che era di nuovo incinta. Questa volta il marito si preoccupò sul serio, amaramente pentito di non aver preso le dovute precauzioni. Nei mesi successivi fu tormentato da un orribile presentimento e il giorno delle doglie, che avvennero alcune settimane prima del previsto, il presentimento si trasformò in terrore puro. La zia gli affidò le bambine e, per evitare di averlo tra i piedi in casa, gli consigliò di fare una passeggiata lungo il fiume per rilassarsi.

Teodora diede alla luce un maschietto, ma non appena lo vide non poté fare a meno di ricordare, tra le lacrime, il volto del fratellino morto. Quel figlio non era destinato a sopravvivere. Il medico che mandarono a chiamare dalla città diagnosticò un problema molto grave al cuore. Il bambino era spacciato, disse loro, e le sue parole si avverarono due settimane dopo. Il piccolo si spense nel sonno e Teodora sprofondò nella disperazione. A Gheràsimos non restò altro che tentare di consolarla. Quella volta neppure dal suocero di Teodora giunsero parole aspre.

Nel giro di qualche mese la vita nella casa sul fiume tornò alla normalità. Gheràsimos era stato chiaro: di figli non ne avrebbero avuti altri e le proteste di Teodora erano inutili. Grazie alla costante presenza di lei, però, anche le cinque figlie avevano superato il dolore per la morte del fratellino.

«Al contrario di quanto crediamo noi uomini nella nostra ignoranza,» aveva spiegato Teodora «la morte non è un male. Chi muore, soprattutto i bambini, viene subito accolto nella casa di Dio e si trasforma in un angioletto con le ali tutte bianche. Lassù, accanto al Signore, sono felici e ridono sempre. Dovete sapere che adesso anche il vostro fratellino è un angioletto ed è un peccato piangere, perché è felice.»

Le bambine l'avevano guardata negli occhi, tranquillizzate dall'espressione serena della madre. Se lo diceva lei, le cose dovevano stare così. E poiché la madre non piangeva, neanche loro dovevano piangere. Con grande forza d'animo, Teodora si abbandonava al dolore soltanto quando restava sola.

Il giorno del primo compleanno di Magdalinì, il nonno si ammalò tanto gravemente che per la prima volta in vita sua non riuscì ad alzarsi dal letto. Il medico diagnosticò una polmonite incurabile. Il vecchio volle accanto a sé esclusivamente la nuora, ad assisterlo la notte. Quando le chiese di far venire il prete per l'estrema unzione, Teodora scoppiò a piangere. Il prete arrivò ma, non appena se ne fu andato dopo aver svolto il suo compito, il vecchio la chiamò per parlarle. Lei si avvicinò e si sedette accanto al letto.

«Ti ascolto, papà» disse sottovoce.

«Non mi è rimasto molto tempo e non volevo andarmene con questo peso sulla coscienza» spiegò lui con un filo di voce.

«Stai calmo, non devi stancarti» replicò Teodora cercando di rassicurarlo. Ma il vecchio le rivolse un cenno con la mano. «Non temere, tra poco avrò tutto il tempo di riposarmi. Prima però voglio dirti una cosa. Ti devo le mie scuse.»

«Ma, papà...»

«Taci!» le ingiunse. «Sono consapevole dei miei peccati. Quando ho saputo di te e di mio figlio, mi sono sentito cadere il mondo addosso. Mi sono comportato male, ho persino licenziato tuo padre. Quando sei diventata la moglie di Gheràsimos, non ti ho accolto nella mia casa come avrei dovuto e se non fosse stato per mia sorella, avrei cacciato anche lui. Mi sono comportato come uno sciocco e un vigliacco.»

«Un vigliacco? Tu?»

«Sì. Perché quando mi sono reso conto di avere torto, che tu sei una ragazza brava e onesta, e che a Gheràsimos vuoi davvero bene e non l'hai sposato per i soldi, avrei dovuto chiederti scusa. Ecco perché voglio chiederti scusa adesso. Forse è colpa del fatto che sono rimasto vedovo molto presto. Sai, noi uomini ci comportiamo spesso in modo sciocco e immaturo se non abbiamo al nostro fianco una donna che ci indichi la via giusta...»

A quel punto la voce del vecchio fu interrotta da un colpo di tosse. Teodora gli prese una mano. «Papà, smettila» disse. «Non c'è bisogno che tu dica altro. Non ti ho mai serbato rancore. In fin dei conti la colpa è anche un po' nostra.»

«Voi non avete nessuna colpa. Non voglio lasciare conti in sospeso e non voglio che tra poco, quando mi troverò lassù, Melissanthi mi rimproveri di essermi comportato male con nostro figlio. Non sai che caratterino aveva...»

Teodora sorrise, imitata dal vecchio.

«Voi donne avete tutte un brutto carattere e vi lamentate in continuazione» riprese.

«Voglio confidarti un segreto» disse la nuora con un sorriso malizioso. «Se ci comportiamo così è perché non abbiamo altro modo per difenderci dalla vostra testardaggine.»

Tacquero entrambi e il vecchio le strinse la mano.

«Sei davvero una brava ragazza, onesta e forte. Di forza ne avrai bisogno. Anche mio figlio è come tutti gli uomini, testardo e orgoglioso.»

«Non temere, papà, neanch'io sono da meno.»

«Lo so, lo so. Figlia mia, anche se in ritardo, ti do la mia benedizione. Ti auguro salute e prosperità, assieme a tuo marito e alle tue figlie.»

Teodora abbassò la testa e gli baciò la mano, il vecchio le carezzò i capelli.

«E adesso, per favore, va' a chiamare mio figlio» concluse. «Prima di andarmene, ho qualcosa da dirgli.»

Le esequie furono celebrate due giorni dopo e vi assistette l'intero villaggio. Il vecchio fu sepolto accanto alla moglie e Teodora si augurò di cuore che lui si fosse subito riunito a Melissanthi.

Gheràsimos accettò con rassegnazione la morte del padre. «Ho perso qualcosa che di fatto non ho mai avuto» confessò quella sera alla moglie dopo che si furono messi a letto, esausti. «Mio padre per me è sempre stato una figura all'ombra del camino. Non sono mai riuscito a capirlo. Mi sono domandato spesso come fosse mia madre, come mai se ne fosse innamorata, se andassero o no d'accordo.»

«Tuo padre, prima di morire, mi ha rivelato che lei aveva un bel caratterino.» Poi sorrise allo sguardo interrogativo del marito. «Prima di andarsene ha voluto fare la pace con te, non è così?»

«Sì. Mi ha chiesto di perdonarlo. Peccato. Se lo avesse fatto prima, saremmo stati più felici e le cose sarebbero andate meglio. Sai una cosa, Gheràsimos? È davvero una sciocchezza tenersi dentro qualcosa o soffocare sentimenti, meglio esprimerli al momento giusto.»

«Sante parole le tue» commentò Gheràsimos.

«Non prendermi in giro» ribatté Teodora rivolgendogli un'occhiataccia. «Le cose bisogna dirle subito, senza aspettare di avere un piede nella tomba. Prendi me e mia sorella, per esempio...»

«Anna?»

«Non passa giorno senza che io pensi a lei e mi maledica per non aver mai imparato a leggere e a scrivere per poterle mandare almeno una lettera. A volte mi domando se ci rivedremo prima di morire.»

«In effetti, da quando si è sposata ed è andata in America... Devo dire che ha avuto un bel coraggio. Quando il futuro marito l'ha chiesta in sposa... A proposito, come si chiamava?»

«Peter. Per Anna è stata una grande fortuna. Laggiù, dicono, la gente vive molto meglio.»

«D'accordo, ma Anna è partita per l'America alla cieca, non conoscendo neppure la lingua. E tua madre? Neanche lei ne sa niente?»

«Anna le ha scritto un paio di volte e mamma è andata dal maestro a farsi leggere la lettera e a scriverle la risposta.»

«Se vuoi, potrei scriverle io.»

«Lo so che sai leggere e scrivere, solo che vorrei farmi raccontare tutti i suoi segreti e non credo che riuscirebbe a confidarsi sapendo che c'è un estraneo che legge le sue lettere e scrive le risposte. E poi neppure Anna sa leggere e scrivere, lo sai, quindi anche lei si rivolge a un intermediario. Così è impossibile comunicare...» Poi proseguì: «In campagna si dovrebbe andare a scuola, come si fa in città. Ad Atene mi hanno detto che tutti sanno leggere e scrivere. In campagna invece no. Gheràsimos, voglio che le nostre figlie vadano a scuola».

«E adesso questo che cosa c'entra?»

«Ho fatto male a tenere Melissanthi e Iulìa a casa. Non avrei dovuto darti retta. Domani stesso andrai a iscriverle a scuola.»

Gheràsimos si sedette in mezzo al letto e rivolse uno sguardo interrogativo alla moglie. «Teodora, si può sapere che cosa ti è preso stasera? Ormai è troppo tardi per iscrivere le nostre figlie a scuola. Melissanthi ha nove anni e Iulìa sette.»

«È sempre meglio tardi che mai.»

«Ma a scuola sarebbero le uniche due femmine.»

«Bene, saremo di esempio a tutti gli altri. Gheràsimos, il mondo cambia. Noi non siamo come i nostri genitori. E poi parli proprio tu, che hai sempre voluto fare di testa tua.»

«E che cosa dirà la gente?»

«Da quando in qua ti importa delle chiacchiere della gente? Non ti credevo un pusillanime. Da te non me lo sarei mai aspettato.»

«Io dico che è meglio dormirci sopra e riparlarne domani mattina. E poi la scuola è già iniziata, non lo capisci? Ne riparliamo l'anno prossimo.»

«Nient'affatto! Le mie figlie voglio mandarle a scuola quest'anno. E se non vuoi andare tu a parlare con il maestro, vuol dire che lo farò io.»

«Donna, cerca di ragionare!»

«Non vuoi che le nostre figlie abbiano un'istruzione? Preferisci che restino per tutta la vita delle ignoranti?»

«Non sarebbero le uniche a non essere andate a scuola.»

«È tempo che qualcuno dia il buon esempio. Trovi giusto che non siamo capaci di leggere un giornale né di scrivere una lettera? Ma io lo so perché voi uomini ci volete nell'ignoranza. Perché avete paura di noi.»

«Questa è buona! E di che cosa dovremmo avere paura, se non chiedo troppo?»

«Del fatto che, se cominceremo ad andare a scuola, tra voi e noi non ci sarà più alcuna differenza. E questo vi fa paura, perché lo sapete che siamo più intelligenti di voi, e allora volete tenerci nelle tenebre dell'ignoranza per sembrare migliori di noi.»

«Devi essere ammattita. Chi te le ha dette queste cose? Dove le hai sentite?»

«Non le ho sentite da nessuna parte, sono farina del mio sacco. Ma sappi una cosa: se domani mattina non andrai a parlare con il maestro, tra noi è tutto finito.»

«E io ti ripeto che è meglio dormirci sopra. Adesso sono stanco morto.»

«Troppo comodo.»

«Teodora, oggi ci sono stati i funerali di mio padre e vorrei riposarmi un po'. Ne riparliamo domani. Non credo di chiedere troppo.»

«Tutte scuse le tue! E non fare il santarellino. Tuo padre non c'entra niente, ti conosco troppo bene.»

«Mi si chiudono gli occhi, lasciami in pace!»

«Se non mi prometti che domani mattina andrai a parlare con il maestro, ti giuro che non ti farò chiudere occhio.»

«Quando ti ficchi una cosa in testa sei peggio di una sciagura.»

«Promettimelo e io ti lascio in pace. Dipende soltanto da te.»

«E va bene, domani mattina farò quello che mi chiedi.»

«Me lo prometti?»

«Te lo giuro! E adesso posso dormire?»

«Certo che puoi dormire, nessuno te l'impedisce.»

Il marito le rivolse un'occhiataccia, alla quale Teodora rispose con un sorriso innocente. Gli diede un bacio sulla fronte e poi si distese. Gheràsimos avrebbe voluto ribattere, ma cambiò subito idea e si accomodò tra le coltri anche lui dopo aver spento la luce.

L'indomani mattina andò dal maestro. Non appena si sparse la voce che Melissanthi e Iulìa avrebbero frequentato la scuola, in paese decisero di andare da Teodora per complimentarsi e chiederle come avesse fatto a convincere il marito. Ma lei non rivelò che l'idea era stata sua, anzi spiegò con orgoglio che in realtà lo aveva voluto Gheràsimos, «che è sempre stato di mentalità molto aperta». Zia Tasso sorrideva. Anche se non si era mai sposata, la sapeva lunga: «Niente di meglio di una donna con la testa sulle spalle per comandare gli uomini a bacchetta».

Il tempo diede ragione a Teodora: il loro esempio fu seguito da moltissime altre famiglie. Dopo Melissanthi e Iulìa, ottime studentesse, fu iscritta Aspasìa, che invece non aveva molta voglia di stare sui libri: alla terzogenita piaceva molto cantare e la sua voce cristallina, che era solita esercitare a casa, fu spesso richiesta nelle feste di classe.

Dopo l'estate, venti di guerra avevano cominciato a soffiare nei cieli della Grecia. Si era sparsa la voce che l'attacco dell'Italia fosse imminente. Ogni giorno Gheràsimos leggeva i giornali, sempre più preoccupato. La moglie lo guardava con apprensione, ma in presenza delle figlie non toccavano mai quest'argomento. Una volta che si erano ritirate per la notte, Teodora si sedeva accanto a lui e si faceva leggere le notizie della giornata. Aveva infatti imparato a sillabare le parole, ma non riusciva ad andare oltre ai titoli perché gli articoli erano troppo lunghi e faticosi. Gheràsimos le raccontava anche ciò che aveva sentito alla radio del bar.

Zia Tasso restava in silenzio nella sua poltrona, con lo sguardo fisso sul fuoco del camino. Era invecchiata. Non ci vedeva quasi più e aveva persino smesso di lavorare a maglia. Ascoltava Gheràsimos e le lacrime le rigavano le guance: di guerra ne aveva vissuta già una e aveva sperato che fosse l'ultima. Ma adesso, a quanto pareva, ne stava arrivando un'altra.

A causa della mobilitazione, le città e i villaggi rimasero in breve privi di uomini. Ormai la responsabilità delle famiglie era passata per intero alle donne, che si dovevano caricare anche delle mansioni maschili. Un brutto giorno toccò a Teodora di salutare il marito che partiva per il fronte. Come tutte le altre donne, versò calde lacrime fino al giorno del suo ritorno. Quando le arrivava una sua lettera, chiedeva a Melissanthi di leggerla ad alta voce di fronte a tutti, poi la prendeva e la portava con sé in camera da letto. Qui accendeva la lampada e cominciava a sillabare le parole del marito, leggendo e rileggendo la lettera fino a impararla a memoria, e solo allora la metteva sotto il guanciale e si addormentava. L'indomani mattina la riponeva accanto alle immagini sacre e in quel modo si illudeva che la Madonna proteggesse meglio il marito. Una volta alla settimana chiedeva a Melissanthi, che aveva una bella grafia, di scrivergli le novità e in calce aggiungeva di suo pugno sempre la stessa frase, l'unica che aveva imparato: «Ti voglio bene, abbi cura di te». Poi baciava il foglio di carta e lo infilava nella busta.

Ma non aveva avuto il coraggio di dirgli che una sera zia Tasso si era spenta serenamente nel sonno e che l'avevano trovata il mattino dopo con il volto illuminato da un bel sorriso. Aveva pensato che notizie del genere è meglio non annunciarle a un uomo impegnato a combattere al fronte, provato dalla neve, dal freddo e dalla fame. Al suo ritorno, avrebbe avuto tutto il tempo di piangere chi lo aveva premurosamente allevato con tanto amore.

Le notizie delle vittorie dell'esercito greco raggiunsero quello sperduto villaggio alle pendici dell'Olimpo, riempiendo di esultanza il cuore di tutti. Teodora, che si domandava quanti riflettessero sul costo umano e materiale di quelle vittorie, non riusciva a condividere l'ottimismo dei suoi compaesani, secondo i quali la guerra sarebbe presto finita, però preferiva non manifestare le sue perplessità. Infatti, sebbene le notizie che arrivavano dal fronte fossero piuttosto generiche e tutti sapessero che i greci si stavano facendo onore, gli ospedali erano pieni di feriti e di soldati con gli arti congelati, destinati a essere amputati. E la fame, poi, mieteva vittime a centinaia. Era impossibile che Hitler non intervenisse e, con un esercito tanto provato, Teodora dubitava che sarebbero riusciti a respingere l'attacco della macchina da guerra nazista.

In capo a breve tempo ebbe conferma delle sue peggiori previsioni e, nonostante l'esercito mantenesse il morale molto alto, le ferite, le mutilazioni e gli stenti si rivelarono un avversario invincibile. Poi un giorno il paese fu invaso dalle forze di occupazione naziste e un nuovo, terribile capitolo della guerra si aprì, scritto dalla ben nota ferocia degli invasori, che già in altri paesi avevano esibito la loro spietatezza.

Gheràsimos fece ritorno a casa, sano e salvo ma ridotto l'ombra di se stesso. Quando i tedeschi occuparono il villaggio, tutti strinsero i denti e abbassarono la testa non solo per nascondere agli invasori la loro rabbia impotente, ma anche per la vergogna di non essere riusciti a scaraventare in mare quegli ospiti indesiderati. Anzi, forse non avrebbero esitato a togliersi la vita se non avessero avuto ancora la speranza che non tutto era perduto, sapendo che le sorti della guerra si stavano giocando nel lontano Egitto. Benché in ritardo, le buone notizie arrivavano anche nel loro villaggio sperduto, a dispetto degli sforzi della propaganda nazista che cercava di far apparire ineluttabile la vittoria tedesca.

L'occupazione straniera era dura in particolar modo per gli abitanti dei centri urbani. Da Atene giungevano notizie raccapriccianti: le perdite di vite umane erano incalcolabili, la fame decimava la popolazione e grandi e piccoli morivano per le strade, mentre le torture nelle carceri della Gestapo riempivano le persone di orrore e di sgomento. La resistenza non stava con le mani in mano, ma ogni colpo messo a segno dai partigiani si traduceva in decine di civili condannati a morte per rappresaglia.

Era già trascorso un anno dal giorno in cui nel loro villaggio era stata issata la bandiera con la croce uncinata. La primavera avanzata aveva ricoperto la pianura con un manto verde brillante. Nella dispensa della casa sul fiume Teodora conservava gli ortaggi che permettevano alla sua famiglia di non morire di fame. Il giardino era stato trasformato in orto, ma dei frutti delle loro fatiche correvano ad appropriarsi gli invasori, che, simili a uccelli rapaci, accumulavano scorte, incuranti della fame della popolazione. Ghe-ràsimos parlava di vere e proprie scorrerie e Teodora era d'accordo con lui. Ma per il momento non poteva far altro che stringere i denti e concentrarsi sui modi di procurare un po' di cibo alle figlie. Benediceva in cuor suo il suocero per aver pensato di dotare la casa di un sotterraneo segreto. La casa sul fiume, infatti, era stata costruita su uno sperone di roccia in cui, per motivi ignoti, il vecchio aveva scavato con la dinamite un grande vano sotto la cucina, in grado di ospitare tre persone.

In quella cantina Teodora aveva nascosto una capra e due galline dal giorno in cui i tedeschi si erano all'improvviso presentati. Era intenta a zappare nell'orto insieme con le due figlie più piccole, che giocavano poco lontano, quando Iulìa era giunta trafelata ad avvertirla, insieme ad Arapis, il cagnolino.

«Mamma!» aveva gridato la figlia. «Stanno arrivando i tedeschi! Io e Arapis li abbiamo visti mentre giocavamo!»

«Dio mio, e adesso la capra e le galline dove le nascondo?»

Era stato allora che le era venuto in mente il sotterraneo segreto. Per quanto rischioso, non aveva alternative. Nel vano aveva fatto scendere gli animali e Iulìa, con l'ordine di non fiatare. Poi aveva preso in braccio la piccola Magdalinì, mentre Polixeni si stringeva alla sua sottana, e si era accinta ad aspettare i tedeschi facendo finta di innaffiare l'orto.

Dalla jeep erano scesi quattro soldati, che si erano avvicinati. Teodora aveva rivolto loro uno sguardo risoluto.

«Che cosa volete?» aveva domandato brusca. Con sua meraviglia il soldato le aveva risposto in greco.

«Signora, avreste la gentilezza di darci qualcosa da mangiare per i nostri soldati affamati?»

Prima di rispondere Teodora aveva sorriso in modo ironico. «Sono dolente di sapere che… siete ridotti alla fame, ma qui siamo gente povera e non ho niente da darvi. Quello che c'era lo avete già preso tutto la scorsa volta.»

«E questi ortaggi che state innaffiando che cosa sono?»

«Pomodori, ma come vedete sono ancora acerbi. Non credo che vi piacerebbero.»

«E in casa?»

«In casa non c'è niente.»

«Con il vostro permesso, vorrei controllare di persona.»

Le avevano ingiunto di scansarsi, diretti verso la casa, eppure Teodora era riuscita a precederli, entrando per prima in cucina. Chiedendo in cuor suo perdono alla Madonna per quello che era costretta a fare, aveva dato un pizzicotto alla gambina di Magdalinì, che era famosa per le sue grida strazianti capaci di perforare i timpani, e per sicurezza aveva schiacciato la coda ad Arapis. Sentendo la sorella, Polixeni, terrorizzata, si era messa a piangere. In tal modo Teodora aveva sperato di coprire ogni eventuale rumore proveniente dal sotterraneo.

In cucina era scoppiato un vero pandemonio. Due bambini versavano lacrime disperate e un cane abbaiava a causa della coda schiacciata. I tedeschi avevano fatto una smorfia di disappunto, ma avevano proseguito imperterriti l'ispezione. Dopo una rapida occhiata in cucina, erano passati alle altre stanze, dove Teodora non aveva niente da temere. Ma soltanto quando aveva visto la polvere sollevata dalla jeep che si allontanava aveva tirato un sospiro di sollievo. Aveva dato un bacio a Magdalinì, che si era finalmente calmata, e le aveva sollevato l'orlo dell'abitino per controllare il livido che le aveva procurato.

«Ti prego, perdonami» le aveva detto asciugando le lacrime dal visino della figlioletta.

Subito dopo aveva pensato a Iulìa, ed era corsa ad aprire la botola del sotterraneo. La piccola aveva legato il muso della capra con un nastro e con una mano teneva stretto il becco delle galline per impedire loro di starnazzare. Madre e figlia erano scoppiate a ridere.

Quando Gheràsimos era tornato a casa, Teodora gli aveva raccontato lo stratagemma escogitato per salvarsi dai tedeschi. Il buon esito di quella storia aveva rallegrato tutti, compresi Magdalinì e Arapis. Non appena le bambine erano state messe a letto, Teodora si era seduta come al solito accanto al marito, davanti al camino. Lui le aveva rivolto uno sguardo malinconico.

«C'è qualcosa che non va?» gli aveva chiesto, preoccupata.

«Ieri ho visto Ilias… Abbiamo combattuto insieme in Albania.»

«Lo so. Come sta?»

«Bene, almeno in apparenza. Ma non so se al posto suo ce la farei. Non è facile rassegnarsi all'idea di non avere più le gambe, di essere condannati per tutta la vita su una sedia a rotelle.»

«Quello che conta è che sia ancora vivo e che sia riuscito a tornare da sua moglie e dai suoi figli.»

«Credi? E non conta il fatto che da oggi in poi la moglie dovrà prendersene cura come un bambino, mentre aveva sposato un giovanotto bello e forte, di cui adesso tutto quello che resta è un mutilato?»

«Gheràsimos, stammi bene a sentire. Quando si ama, si ama tutta la persona e non ha importanza se manca un braccio, una gamba, un occhio o tutto il resto!»

«No, Teodora, non sono d'accordo. Non so tu, ma io non sopporterei mai di vivere mutilato. Mille volte meglio morire.»

Qualche mese dopo una tempesta improvvisa si abbatté sulla casa e divelse la staccionata. Il giorno seguente Gheràsimos decise di ripararla e cominciò a portare via i pezzi di legno. In un attimo di distrazione ne calpestò uno, su cui era rimasto un chiodo arrugginito. Il chiodo penetrò nella pianta del piede e lui imprecò per il dolore. Tuttavia all'inizio non fece caso alla ferita e se ne preoccupò soltanto quando si accorse che, anziché guarire, si era estesa tanto da infettargli il piede intero. Decise di non parlarne con nessuno e di curarsi con rimedi improvvisati. Quando cominciò a zoppicare, disse alla moglie che era colpa degli scarponi da lavoro ormai consunti.

A un certo punto però gli venne la febbre alta. Gheràsimos fu costretto a mettersi a letto e Teodora, vedendo il piede gonfio e tumefatto, chiamò subito il medico, angosciata. Quest'ultimo provò in tutti i modi a guarire l'infezione, ma a un certo punto disse a Teodora che l'unica soluzione per salvare la vita al marito era amputargli l'arto. La donna si sentì certa che sarebbe rimasta vedova: Gheràsimos non avrebbe mai accettato di rimanere zoppo, e non avrebbe sentito ragioni. A nulla valsero le sue proteste e il pensiero delle figlie.

«Preferisco far morire il corpo e mantenere l'anima intatta. Senza una gamba non sarò mai più lo stesso, non sarò mai più l'uomo che hai amato» fu la sua conclusione.

Solo allora Teodora abbassò la testa, piangendo calde lacrime. Il marito le carezzò i capelli e la guardò con gli occhi che gli bruciavano per la febbre.

«Una volta mi hai detto che non dobbiamo mai tenerci dentro i nostri sentimenti. Te lo ricordi, vero?»

Teodora annuì e lui riprese.

«Noi ci diciamo sempre tutto, non è così? Lo sai quanto ti ho amata, lo sai quanto mi sono sentito felice accanto a te e che neppure un attimo mi sono pentito di essere andato contro tutto e contro tutti pur di sposarti. Tra di noi non ci sono segreti né sentimenti nascosti. No, ti prego, non piangere. Sei una donna forte e quando io non ci sarò più, sarai tu ad aiutare le nostre figlie.»

Mentra guardava la terra ricoprire a poco a poco il feretro di legno di Gheràsimos, Teodora credeva di vivere un incubo. In piedi accanto alla fossa nera che sembrava una bocca affamata, assieme alle cinque figlie che piangevano inconsolabili, mentre la pioggia cadeva simile a un velo nero, lasciò che tutta la loro vita in comune le passasse davanti agli occhi. Un sole caldo e luminoso rischiarava gli anni che avevano trascorso insieme. Davanti a lei, invece, vedeva soltanto una bruma grigiastra.

Quando aveva conosciuto Gheràsimos aveva l'età di Melissanthi, ormai dodicenne. Accanto a lei c'era la secondogenita, Iulìa, avvinghiata alla sorella maggiore fin quasi a scomparire. Sentì la mano gelida di Magdalinì stringerle la sua e le rivolse un'occhiata. Abbracciò con lo sguardo anche le altre due figlie, Polixeni e Aspasìa, che attendevano di attingere da lei un po' di coraggio. La disperazione montava dentro di lei. Come ce l'avrebbe fatta senza Gheràsimos?

La sera mise a letto le figlie e congedò i parenti, che avevano pensato fosse meglio non lasciarla sola. Alla solitudine era meglio abituarsi in fretta. Si sedette accanto al camino, nell'angolo preferito del marito, e fissò lo sguardo sul fuoco. Aveva smesso di piovere ma soffiava ancora un vento forte. Ogni tanto si udiva il cigolìo sinistro delle finestre. Anche questa era una compagnia, assieme al soffiare del vento e al crepitio delle fiamme.

Non si mosse per tutta la notte. La prima a destarsi fu Melissanthi, che gettò un po' di legna nel camino per ravvivare le braci morenti. Cercò di non fare rumore per non svegliare la madre. Le appoggiò una vestaglia sulle spalle e si sedette accanto a lei ad ammirare le fiamme che riprendevano vita divorando la legna. Poi guardò la madre e infine il resto della stanza. Sin da bambina, la casa e il loro villaggio le procuravano un senso di oppressione. Le tornò in mente il giorno in cui era salita sulla cima della montagna con il padre, che le aveva mostrato la vasta pianura ai loro piedi.

«Melissanthi, lo vedi com'è grande la pianura? E pensa che dopo ce n'è un'altra ancora più grande» le aveva detto.

«E dopo l'altra pianura ancora più grande, che cosa c'è, papà?» aveva domandato lei.

«C'è il mondo intero» aveva risposto Gheràsimos.

«E perché le persone restano ferme in un posto invece di andare in giro a conoscere il mondo?»

«Perché anche se vai molto lontano, ci sarà sempre qualche posto ancora più lontano. Se ti arrampichi in cima a una montagna, vedrai che accanto ce n'è una ancora più alta. Così a un certo punto si sente il bisogno di mettere radici da qualche parte.»

«Io so che soltanto gli alberi e le piante mettono radici. Agli uomini invece sono state date le gambe per camminare.»

«E l'intelligenza per capire quand'è arrivato il momento di fermarsi» aveva aggiunto Gheràsimos, che dopo aver baciato la figlia aveva proseguito: «Tesoro mio, sei davvero una bambina intelligente.»

Lei però non la pensava come il padre, che già le mancava moltissimo. Lei nella vita voleva farsi strada, andare lontano. La casa sul fiume la faceva soffocare e a volte proprio il fiume, che da bambina aveva adorato, le appariva come una corda annodata intorno al collo che le impediva di respirare.

Teodora si destò e la trovò rannicchiata ai suoi piedi. «Sei già sveglia?» le chiese mentre si stiracchiava per sgranchirsi.

«Sì, non avevo più sonno. E tu, come mai hai dormito in poltrona?»

«Ieri sera mi sono seduta e mi sono addormentata senza accorgermene.»

«Ti manca papà, non è vero?»

«Molto.»

«Adesso cosa pensi di fare? Vuoi risposarti?» domandò la ragazza.

Teodora le rivolse uno sguardo sorpreso. «Non ci penso neanche. Chi ti ha messo in testa una cosa del genere?»

«Ieri ai funerali c'erano due vecchie che ne parlavano. Dicevano che sei ancora molto giovane e bella, e con la dote che hai, non sarà un problema risposarti anche se hai cinque figlie.»

«Non ho mai sentito una sciocchezza più colossale. Mio marito è morto da appena due giorni e la gente già vuole farmi risposare! Melissanthi, apri bene le orecchie. Non ho nessuna intenzione di risposarmi perché nessun uomo è all'altezza di tuo padre. E poiché ormai sei diventata una signorina, voglio darti un consiglio: sposati soltanto quando sarai certa che il tuo futuro marito è un uomo straordinario, altrimenti lascia perdere.»

«Anche se fosse molto ricco?»

«La ricchezza non ha alcuna importanza. Il denaro e la felicità sono due cose ben distinte e non sempre vanno a braccetto.»

«E se l'uomo dei miei sogni volesse portarmi via da qui?»

«È questo quello che vuoi? Andartene?»

«Sì, mamma. Per me questo villaggio è... Non so come dirtelo... Questa montagna sulla testa non mi lascia respirare, mi soffoca.»

«Gli antichi dicevano che qui ci vivevano gli dèi.»

«Lo so. Ma gli dèi erano intelligenti. Per viverci hanno scelto la cima, mentre le pendici le hanno lasciate ai mortali. Quando scorgo il mare da lontano, mi viene voglia di imbarcarmi e di andare in giro per il mondo.»

«Ti auguro di realizzare i tuoi sogni, ma ricordati che la tua casa sarà sempre qui, in questo fazzoletto di terra chiuso tra le rocce dell'Olimpo, accanto al fiume. Qui troverai sempre un porto sicuro in cui rifugiarti. Soltanto qui conoscerai la verità della tua vita perché è qui che ci sono le tue radici. E questo non può cambiare.»

Melissanthi tacque e appoggiò la testa sulle ginocchia della madre. Teodora le carezzò con tenerezza i capelli e rimasero in silenzio a guardare il fuoco.

Quell'anno l'inverno fu molto duro. La neve e il gelo causarono molti danni, e per la prima volta dall'inizio dell'occupazione la fame cominciò a farsi sentire anche al villaggio. Teodora faceva i salti mortali per procurare il necessario per sé e le sue figlie, e se non fosse stato per la capra e le due galline, sarebbero certamente morte di fame. Durante il giorno perlustrava i campi fangosi in cerca di qualche verdura commestibile, che poi caricava sul carro e andava a vendere per qualche soldo in città. Ogni volta tornava con il cuore in gola nel timore di essere derubata dalle ronde naziste.

Una sera, rientrando dalla città, era particolarmente di buon umore: era riuscita a vendere la cesta di erbe commestibili e alcune uova. I soldi li aveva nascosti nelle calze e, anche se il valore effettivo era scarso a causa dell'inflazione galoppante, si trattava comunque di un bel gruzzoletto. Per ingannare gli eventuali malintenzionati, in tasca si era messa una cipolla.

Alle porte del villaggio fu bloccata da tre tedeschi dall'aria minacciosa. Teodora si fece coraggio e rivolse loro uno sguardo sprezzante.

«Che cosa volete?» domandò lei.

«Dove stai andando a quest'ora?» ribatté uno di loro.

«A casa» fu la risposta.

«E quel rigonfiamento che hai in tasca che cos'è?»

«Una cipolla. Ecco, guardate» disse tirandola fuori. «Devo pur mangiare» aggiunse. «O magari volete prendervela voi come vi siete presi tutto il resto? E adesso se vuoi uccidermi, fa' pure. Altrimenti lasciami tornare a casa dalle mie cinque figlie.»

Dopo qualche istante di esitazione il tedesco si scansò e la lasciò passare. Teodora si rimise in marcia senza guardarlo, pregando che non sentisse il cuore che le batteva nel petto come un tamburo. Soltanto quando si chiuse alle spalle la porta di casa si poté abbandonare a un pianto liberatorio.

Tre giorni dopo il villaggio sarebbe stato messo duramente alla prova. In un agguato, un gruppo di partigiani fece saltare in aria un convoglio nazista di dieci camion carichi di munizioni destinate alla guarnigione locale. Teodora, che come al solito si aggirava in cerca di verdure commestibili, fu involontaria testimone di tutta la scena. Il bagliore accecante e il boato assordante della deflagrazione le fecero gelare il sangue nelle vene. Rimase immobile per qualche istante cercando di riprendersi dallo shock, poi un pensiero terribile le affiorò alla mente: «Rappresaglia!». I tedeschi si sarebbero senza dubbio vendicati della perdita di uomini e munizioni inflitta loro dai partigiani. Subito un secondo pensiero, ancora più impellente, si fece strada nella sua mente confusa: «Le ragazze! Le ragazze sono ancora a scuola! È lì che colpiranno quei dannati!».

Sconvolta, si mise subito a correre verso l'istituto. Scivolò nel fango, si rialzò e cadde di nuovo, la blusa si impigliò nei cespugli, ma nulla la trattenne nella sua corsa sfrenata. Giunse alla scuola con il cuore in affanno, gli abiti strappati, scarmigliata, e per poco non sfondò la porta nell'aprirla. Il maestro sobbalzò per lo spavento e impallidì vedendola in quello stato. Le figlie le corsero incontro, turbate da quella comparsa inattesa.

«Signora Teodora, che cosa succede?» domandò il maestro.

«I ragazzi...» rispose lei con la voce strozzata. «Dobbiamo nasconderli! I partigiani hanno fatto saltare in aria un convoglio tedesco... Rappresaglia!» Si rendeva conto di non essere molto chiara, ma il respiro non voleva saperne di tornare normale.

Il maestro comprese al volo. «Ragazzi, presto! Scappate nel bosco! Arrampicatevi sugli alberi, nascondetevi tra le foglie e qualsiasi cosa accada, non muovetevi fino a domani mattina. Che Dio vi protegga, signora Teodora. E adesso presto, scappate anche voi.»

Si rimise a correre, questa volta seguita dalle figlie. Giunse a casa esausta, con il cuore che sembrava impazzito. Diede un po' di pane e acqua alle ragazze e le nascose nel sotterraneo della cucina, poi con le ultime forze rimaste spostò il grosso tavolo sopra la botola. Infine si lasciò cadere sul pavimento, in un bagno di sudore, e il suo mento tremava in modo incontrollabile. Nel silenzio assoluto della casa riecheggiava solo il battere irrefrenabile dei suoi denti. Quando trovò finalmente la forza di rialzarsi era già sceso il buio. Si avvicinò alla finestra con gambe malferme. Il villaggio era piuttosto lontano, ma qualsiasi cosa vi stesse accadendo, di certo non avrebbe lasciato le figlie per uscire a raccogliere informazioni. Chiuse le imposte e accese una candela, poi aprì la botola e abbracciò le figlie. Le cinque ragazze erano pallide come lenzuoli e i loro cuori battevano forte per la tensione.

In quella notte angosciata tennero la botola aperta per qualsiasi evenienza, mentre vegliavano tutte pregando la Madonna di salvare il loro villaggio dalla furia vendicativa dei nazisti. L'indomani mattina non aveva ancora il coraggio di mettere il naso fuori di casa. Non voleva andare al villaggio, non voleva sapere quanti e in che modo avevano pagato con la vita l'attentato del giorno prima.

Uno scricchiolio proveniente dalla veranda la fece trasalire per il terrore. C'era qualcuno. Alla velocità del fulmine spinse le figlie nel sotterraneo, chiuse la botola e spostò il tavolo. Poi gettò un mucchio di legna nel camino e, anziché deporlo sul pavimento, tenne stretto in mano il lungo attizzatoio di ferro. Qualcuno bussò con discrezione. Trasse un sospiro di sollievo. Di certo non si trattava dei tedeschi. Tese l'orecchio.

«Signora Teodora, ci siete?»

Era la voce del medico. Corse ad aprire e lo vide sotto l'uscio.

«Dottore, siete voi! Dio mio, mi avete fatto prendere un bello spavento. Su, entrate.»

Lui accolse l'invito e si diede un'occhiata in giro. «Il maestro mi ha raccontato quello che è successo ieri. Che Dio vi renda merito del bene che avete fatto. Avete salvato gli scolari» mormorò.

«Che cosa è successo dopo? Ne sapete niente?»

«Non so se stia stato Dio a illuminarvi, comunque i tedeschi dopo l'attentato sono corsi proprio verso la scuola. Sono entrati, ma naturalmente non hanno trovato nessuno.»

«Per fortuna.»

«Sì, ma dopo non potete immaginare che cosa è successo al villaggio.»

«Hanno ucciso qualcuno?» domandò Teodora con voce rotta.

«Cinquanta uomini.»

«Dio mio!»

«Li hanno trascinati nella piazza centrale e li hanno interrogati per avere informazioni sui "traditori" che avevano fatto esplodere i camion. Siccome nessuno fiatava, hanno cominciato a ucciderli uno dopo l'altro sotto i nostri occhi.»

«Tutti e cinquanta?» chiese Teodora inorridita.

«Con una pallottola in testa, sotto gli occhi delle madri e delle mogli.»

«Che Dio li maledica! E poi?»

«Poi se ne sono andati e noi abbiamo potuto seppellire i morti.»

«E i ragazzi? Che ne è stato dei ragazzi?»

«Grazie a voi si sono salvati. Hanno trascorso la notte nel bosco, qualcuno si è preso un bel raffreddore, ma per fortuna stanno tutti bene.»

«Dio sia lodato!»

Dopo quella tragedia immane, il villaggio piombò in un lutto inconsolabile. Nonostante la rabbia, purtroppo potevano solo subire i decreti della storia.

Un giorno la campana della chiesa suonò con lunghi rintocchi. Dopo un momento di angoscioso dubbio, si comprese che annunciava la liberazione e subito si scatenò la frenesia. Evidentemente, le voci che ormai circolavano su un'imminente disfatta dei tedeschi erano vere. I volti si illuminarono per la gioia. Guidati da quell'allegro scampanio, tutti uscirono in strada e cominciarono ad abbracciarsi, ridendo e piangendo. Teodora tirò fuori dalla botola la bandiera greca, se l'avvolse sulle spalle e assieme alle figlie si recò in piazza a festeggiare con i compaesani impazziti di gioia: accesero un falò e si misero a cantare e danzare fino all'alba. Quel giorno nessuno avrebbe mai creduto che li attendeva la guerra civile, un periodo che si sarebbe rivelato per loro ancora più terribile perché si sarebbe combattuto sulle montagne e in campagna.

Il nuovo, tremendo incubo cominciò presto. Stavolta a combattere erano fratelli in armi e il sangue che veniva sparso apparteneva esclusivamente ai greci. Molto spesso gli scontri avvenivano poco lontano dal villaggio e Teodora era sconvolta e affranta per quella nuova prova che la storia riservava al suo popolo.

Passato anche quel periodo, un giorno la madre le disse che voleva parlarle. Al termine la figlia la guardò sgranando gli occhi.

«Mamma, devi essere ammattita!» gridò alzandosi dalla sedia.

«Soltanto perché ti ho consigliato di risposarti? Sei ancora giovane e le tue figlie hanno bisogno di un padre.»

«Le mie figlie stanno benone ed è proprio pensando a loro che non avresti dovuto nemmeno proporlo.»

«Ma in casa c'è bisogno di un uomo.»

«Di un uomo avevo bisogno quando c'era la guerra. Ma ormai

la guerra è finita e non so che cosa farmene. Da sole stiamo benissimo, i campi sono rigogliosi, le mie figlie crescono nel migliore dei modi, la mia casa è lì dove è sempre stata e io non ho bisogno di uomini tra i piedi.»

«D'accordo, figlia mia, ma un giorno le tue figlie se ne andranno e tu resterai da sola. Guarda me. Tu ti sei sposata e te ne sei andata, Anna è partita per l'altro capo del mondo e non so se riuscirò a rivederla ancora una volta prima di chiudere gli occhi. Mi è rimasto soltanto tuo padre. Non fare la fine che ho fatto io.»

«Preferisco così.»

Quando la madre se ne fu andata, Teodora si diede un'occhiata intorno. Nonostante fuori ci fosse un sole che spaccava le pietre, il suo cuore era gelato come l'inverno. Le figlie erano scese al villaggio insieme ad alcune amiche, per decorare la chiesa in vista della sagra di Ferragosto. Aprì la porta e uscì nel cortile. Guardò le aiuole ben curate, diede un'occhiata al fiume che la luce del sole rendeva simile a un nastro dorato. Si diresse verso la sponda, in preda a una specie di ipnosi. Si sfilò gli scarponi e si immerse nell'acqua fino alle ginocchia. Prese un po' d'acqua nelle mani chiuse a coppa e si sciacquò il viso che le bruciava. Fu attratta da un ramoscello trascinato dalla corrente, che a un certo punto scomparve all'orizzonte. Al loro rientro, le figlie si stupirono di trovarla così.

«Mamma, che cosa ci fai lì?» domandò Polixeni.

Teodora si voltò a guardarle. Aveva davvero cinque figlie meravigliose. Avevano preso le caratteristiche migliori di entrambi i genitori. Uscì dall'acqua e si sedette a riva.

«Faceva molto caldo e ho deciso di rinfrescarmi un po'» rispose.

«Ma tu non ti immergi mai nel fiume» ribatté Aspasìa. Tutte e cinque la guardarono preoccupate.

«Ci sono momenti in cui le persone fanno cose che non hanno mai fatto prima. Non c'è niente di male in questo.»

«Mamma, c'è qualcosa che non va?» mormorò Melissanthi.

Teodora guardò la primogenita. Aveva quindici anni, alla sua età lei era già innamorata di un uomo di quindici anni più grande. «No, tesoro, va tutto bene. Stamattina è venuta la nonna e mi ha portato una proposta di matrimonio.»

Le cinque ragazze si lasciarono sfuggire all'unisono un'esclamazione di meraviglia.

«Che cosa vuoi dire?» domandò Magdalinì, che all'epoca aveva soltanto sette anni.

«Vuol dire che c'è qualcuno che vuole sposare la mamma» spiegò Iulìa.

Magdalinì rivolse uno sguardo interrogativo a Teodora. «Mamma, questo vuol dire che avremo un altro papà?» domandò.

«Vostro padre è morto e nessun altro prenderà il suo posto» rispose la madre in modo brusco, facendo abbassare lo sguardo alla bambina.

«Hai mai pensato di andar via?» domandò Melissanthi.

Teodora guardò la figlia con aria interrogativa. «Andar via? E dove?»

«In un altro posto. Qui non c'è niente che ci trattenga.»

«Ti sbagli, Melissanthi. Tutta la nostra vita è qui. I nostri campi, la nostra casa, il fiume...»

«Di case e di campi è pieno il mondo, mamma» insisté la ragazza. «E anche se accanto non c'è un fiume, che importanza ha?»

«No, figlia mia, non è possibile. Se me ne andassi, sarebbe come se mi staccassero dalle radici, e non lo potrei sopportare.»

«Sì, ma in questo modo tieni qui anche noi!»

«Che cosa dici, Melissanthi? In che senso vi terrei qui? Qui siete nate, questo è il vostro paese, la vostra terra.»

«Di terre ce ne sono anche altre.»

Teodora tacque e tornò a guardare il fiume. Sua madre aveva

ragione: se tutte e cinque le sue figlie la pensavano così, la attendeva una grande solitudine. «Non so che cosa ci riserverà il futuro, ma ricordatevi una cosa: la vita è come questo fiume che adesso scorre davanti a voi. È facile farsi trascinare lontano. E come i fiumi non tornano mai indietro, neanche chi si fa trascinare può tornare indietro. Con i fiumi bisogna stare molto attenti.»

Tacque di nuovo, pensierosa quanto le figlie. Solo la minore, che non aveva capito una parola di quello che aveva detto la madre, ma aveva visto le sorelle ascoltarla assorte, si mise a lanciare sassi nell'acqua. Trasalì quando sentì che la madre parlava proprio di lei.

«Guardate quello che fa la nostra Magdalinì... Lancia sassi nel fiume ma, una volta lanciati, non si spostano più dal punto in cui sono caduti. Il loro peso si oppone alla forza della corrente.»

«Mamma, è questo che sogni per noi?» domandò ancora Melissanthi. «Una vita da passare immobili come sassi?»

«Sì.»

«Allora rifletti sul fatto che i sassi, prima di restare immobili, sprofondano. Preferisco essere un ramoscello, che il vento fa viaggiare su tutta la terra, che essere un sasso e annegare in fondo al fiume.»

Teodora la guardò e subito dopo passò in rassegna tutte le altre. Comprese che erano d'accordo con la sorella maggiore benché non capissero appieno il senso di quelle parole.

«Tesoro mio, sei una ragazza davvero molto intelligente» commentò con tenerezza.

«Me lo diceva anche papà» sorrise lei.

«Ciascuna di voi farà quello per cui è destinata e quale sia il vostro destino lo sa soltanto Iddio. Vorrei tanto avervi qui con me per sempre, ma se è scritto che dobbiate andarvene, sarò contenta lo stesso. Ricordatevi però che, finché avrò vita, questa sarà sempre la vostra casa e la porta per voi rimarrà sempre aperta.»

Melissanthi concluse le medie e, una settimana dopo l'ultimo giorno di scuola, a casa si presentò la mezzana, che fece a Teodora la prima proposta di matrimonio per la ragazza, da parte di un giovanotto del villaggio. Aveva ventisei anni, era di buona famiglia, ma la primogenita rifiutò senza pensarci due volte.

«Che senso ha sposarsi con qualcuno intenzionato a offrirmi la stessa vita che vivo da quando sono nata?» spiegò in tono sprezzante. La madre la guardò perplessa.

Alla mezzana disse allora di cercare qualcuno di città, ma tre mesi dopo si ripeté la stessa scena: la ragazza rifiutò un commerciante. Teodora cominciò a preoccuparsi seriamente.

L'anno successivo la città fu invasa dagli operai e dai tecnici impegnati nella realizzazione di un'importante opera pubblica. Tra questi c'era Fokàs Karapanos, un ingegnere di Salonicco che si innamorò delle stradine lastricate di quel villaggio all'ombra dell'Olimpo, dei castagni altissimi e dello splendido panorama sul mare. Ma si innamorò anche di Iulìa, che allora frequentava l'ultima classe delle medie.

La vide un giorno che era seduto al bar del villaggio, mentre lei tornava da scuola. Al bar Iulìa scorse il nonno materno e decise con le sorelle di entrare a salutarlo. Fokàs ne rimase folgorato. Quanto a lei, pur incuriosita da qualsiasi forestiero, fu soprattutto sorpresa dallo sguardo intenso che l'uomo le rivolgeva. Il secondo incontro avvenne un pomeriggio. La giovane era di ritorno dalla casa della nonna, mentre Fokàs stava passeggiando per godere un po' il panorama e il contatto con la natura. Non appena vide la ragazza si avvicinò. Iulìa si fermò e lui le rivolse un sorriso.

«Toh, chi si rivede» trovò il coraggio di dirle.

Iulìa però fece finta di non averlo mai visto. «Ci conosciamo?» disse in tono innocente.

«Non ci siamo presentati ufficialmente ma se vi ricordate, ci siamo visti qualche giorno fa al bar. Eravate assieme ad altre ragazze e siete andata a salutare un signore» spiegò Fokàs cercando di vincere l'imbarazzo.

«Ah, sì, ora ricordo» fu la risposta. «Il signore di cui parlate era mio nonno e le ragazze erano le mie sorelle. Come mai dalle nostre parti?»

«Lavoro al cantiere della nuova strada, sono qui insieme ad altri ingegneri. Ma quando ho un po' di tempo libero vengo a passeggiare nel vostro villaggio perché mi piace molto.»

«Davvero il nostro villaggio le piace? A me non sembra niente di eccezionale.»

«A parte il fatto che ci abitate voi?» rispose facendola arrossire. «Dovete sapere, signorina...»

«Iulìa.»

«E io sono Fokàs. Dunque, signorina Iulìa, forse voi che vivete qui non ve ne rendete conto, ma questa è una zona molto particolare, selvaggia e dolce nello stesso tempo. Per non parlare della qualità dell'aria, che profuma di pini e di terra.»

Fokàs sproloquiò, ma da quel giorno Iulìa divenne l'ossessione del giovane ingegnere, ormai sempre in cerca di occasioni per recarsi al villaggio.

Teodora si accorse che la figlia aveva perduto di colpo l'appetito e, contrariamente al solito, si mostrava sempre disponibile a uscire di casa, a fare commissioni e a portare le capre al pascolo. Non le ci volle molto a fare due più due e a capire quello che stava succedendo. Anche se erano passati molti anni da quando si era innamorata di Gheràsimos e dai mille pretesti che escogitava per incontrarlo, non per questo aveva dimenticato le sensazioni che aveva provato. La figlia si era innamorata, non aveva dubbi. Restava da scoprire l'identità del fortunato.

Quando Fokàs si presentò per chiederle la mano di Iulìa, Teodora si sentì crollare il mondo addosso. L'ingegnere le spiegò che era innamorato della ragazza, che desiderava sposarla, che non era interessato alla dote e che, se lei avesse acconsentito a dare la sua benedizione, Iulìa si sarebbe trasferita a Salonicco insieme a lui. Per la prima volta dopo la morte del marito Teodora si rese conto di quanto era sola e del bisogno di consultarsi con qualcuno. La figlia dichiarò di essere innamorata di Fokàs e che lo avrebbe sposato, le fece capire, con o senza il suo consenso.

I nonni materni non batterono ciglio alle notizia, e Teodora non riusciva a crederci.

«Possibile che ve ne stiate buoni e zitti senza dire niente?» li rimproverò con veemenza. «Lo avete capito o no che vostra nipote vuole sposare uno sconosciuto, un uomo di cui nessuno sa niente e che per giunta me la vuole portare via?»

«E che cosa vorresti che dicessimo, figlia mia?» rispose la madre. «Iulìa ha quasi diciotto anni.»

«Mentre lui ne ha quasi trenta, ossia è più giovane di Gheràsimos quando vi siete sposati voi» fece notare il padre. «E poi a quanto ci hai detto è una persona istruita, è un bell'uomo e soprattutto è innamorato di tua figlia. Che altro vuoi?»

«Non è così semplice, papà. È che Iulìa… Iulìa…»

«Iulìa è la prima delle tue figlie a lasciarti e questo ti addolora. È una cosa naturale» riprese la madre cercando di consolarla. «Anch'io mi sono sentita così quando Lefteris mi disse che tu e Gheràsimos vi eravate sposati in segreto. La cosa migliore è lasciare che il tuo uccellino voli via libero, se non vuoi perderne la stima e l'affetto.»

Sua madre aveva ragione. Teodora decise di acconsentire alle nozze della figlia. Il matrimonio fu celebrato qualche mese dopo e la coppia si trasferì subito a Salonicco. Poco prima della loro partenza, Teodora vide la figlia in riva al fiume, pensierosa.

«Signora Karapanos, che cosa succede?» le domandò in tono scherzoso. «Non avrai mica cambiato idea?»

«Certo che no, mamma. Fokàs mi ama e lo amo anch'io, e so che mi farà felice ovunque saremo. Solo che non credevo che me ne sarei mai andata da questa casa. La casa sul fiume è stata la mia vita...»

«Succede a tutte le ragazze che si sposano.»

«Se penso che era Melissanthi quella che se ne voleva andare...»

«Verrà il momento anche per lei. Tu pensa a essere felice. E se qualcosa andrà storto o non sarà come l'avevi sognato, sappi che questa casa ti accoglierà sempre.»

Madre e figlia si abbracciarono e si baciarono, mentre le lacrime rigavano loro le guance. E a lungo rimase impresso nella memoria di Teodora il nugolo di polvere sollevato dalla vettura di Fokàs che si allontanava con la sua secondogenita.

Apòstolos Faturos era un facoltoso mercante del tabacco di Atene, rimasto vedovo a soli trentasette anni. La moglie era morta in un incidente stradale e gli aveva lasciato in eredità un patrimonio cospicuo. Del resto la ragione per cui l'aveva sposata era stata appunto i soldi: era abbastanza sincero da ammetterlo a se stesso e naturalmente adesso non aveva alcuna intenzione di riprendere moglie. Era un bell'uomo ancora giovane, di appena trentanove anni, e conduceva una vita agiata, cosicché la compagnia femminile non gli mancava. In breve, aveva riscoperto le gioie del celibato, e non avere figli non costituiva un problema per lui.

Un giorno era giunto al villaggio per acquistare una partita di tabacco. Era nervoso perché una sua amica all'ultimo momento gli aveva detto che non poteva accompagnarlo. Detestava viaggiare da solo e così aveva invitato un altro amico. Ma la scelta si era rivelata un errore: Christos era un amante della natura e i magnifici paesaggi dell'Olimpo lo avevano incantato. Così il suo unico pensiero era esplorare i boschi, i ruscelli, i mulini ad acqua e le cime della zona, inducendo Apòstolos a pentirsi amaramente di averlo trascinato in quella trasferta. Inoltre Christos era un appassionato della Grecia antica e della mitologia, e non perdeva occasione per trasmettere le proprie nozioni all'amico in vere e proprie conferenze.

Un giorno i due uomini si spinsero fino ai cosiddetti Lavacri di Afrodite, il luogo di straordinaria bellezza in cui, secondo le leggende, la dea dell'amore faceva il bagno. Si trattava di tre laghetti dalle acque azzurrissime comunicanti tra loro e nascosti in un crepaccio di candide rocce. Ma ad Apòstolos il paesaggio non fece né caldo né freddo: tutta quella straripante bellezza lo lasciava del tutto indifferente e preferì fumare una sigaretta dopo l'altra in attesa che l'amico finisse di scattare le sue fotografie. Quando ormai era quasi il tramonto, Apòstolos, temendo di farsi sorprendere dalla notte in quella zona isolata, disse all'amico:

«Si è fatto tardi. Tra poco sarà buio e non siamo molto pratici della zona».

La risposta di Christos gli fece trarre un sospiro di sollievo: «Purtroppo hai ragione, è proprio ora di andare. Quanto mi piacerebbe poter restare ancora un po', è così bello qui. Gli dèi sapevano bene quello che facevano».

«Non so cosa dirti, io non ce la farei a vivere in un posto così isolato» ribatté riscuotendo lo sguardo sdegnato dell'amico.

«Mio caro, ho paura che tanti anni in mezzo al tabacco ti hanno mandato in fumo sia il cervello che gli occhi. Guardati un po' intorno e prova a immaginare Afrodite, la più bella tra tutte le dee, mentre si sfila il peplo, si scioglie i capelli biondi sulle spalle eburnee per immergersi infine in questi laghetti. Prova a pensare all'acqua che scorre sul corpo di alabastro della dea mentre lei geme di piacere al contatto del liquido gelato. E poi immaginala mentre si tuffa e si bagna i capelli, e intanto le gocce scivolano accarezzandole il corpo divino…»

«Basta così. Questa più che immaginazione mi sembra una fantasia erotica.»

«Apòstolos, sei davvero un tipo pedestre. Hai la stessa sensibilità di un muro.»

«Sarà come dici tu, ma in questo momento il mio unico desiderio è una bella bottiglia di vino e qualcosa da mettere sotto i denti. Su, Christos, muoviti o tra poco non potremo più tornare indietro.»

Giunti al villaggio andarono dritti all'osteria del signor Pandelìs per rifocillarsi. «Ecco una realtà che preferisco alle tue fantasticherie» dichiarò Apòstolos indicando il bicchiere trasparente. «E il nettare che bevevano gli dèi… chi ti dice che non fosse come questa ottima acquavite che stiamo bevendo adesso qui, in questo posto dimenticato da Dio e dagli uomini?»

Christos non rispose. Si guardava intorno senza riuscire a saziarsi di quello che vedeva. Per lui quel posto «dimenticato da Dio e dagli uomini» possedeva un fascino incomparabile. Era settembre, il clima era ancora dolce e la gente, prima di ritirarsi per la notte, si concedeva una passeggiata corroborante. Torme di bambini correvano avanti e indietro gridando felici, gli anziani bevevano un bicchierino seduti ai tavoli del bar e alcune ragazze chiacchieravano serenamente, sedute su un muretto.

«Ecco, la vedi quella ragazza? Afrodite me la immagino più o meno così» disse a un tratto Christos indicando Melissanthi che, a qualche metro da loro, rideva per la battuta di un'amica.

Apòstolos guardò nella direzione indicata e la sua mano che brandiva il bicchiere restò sospesa a mezz'aria. «Mio caro, questa volta devo ammettere che sono d'accordo con te. Guarda che corpo e che capelli, biondi come l'oro fuso.»

In quell'istante Melissanthi si voltò verso i due uomini come se si sentisse attratta da qualcosa. Si soffermò su Apòstolos, che la guardava con evidente ammirazione, e gli sorrise. Poi voltò la testa dall'altra parte prima di essere ricambiata.

Apòstolos fece per alzarsi ma l'amico lo bloccò, spaventato.

«Cosa pensi di fare?» domandò prendendogli un braccio.

«Ma... Non hai visto? Mi ha sorriso.»

«E con questo? Guarda che non siamo mica in un salotto di Atene. Qui siamo in campagna e ti consiglio di mantenere un comportamento adeguato. Ricordati che uno di questi simpatici paesani seduti intorno a noi potrebbe essere il padre o il fratello della ragazza che ti piace tanto, e non ho nessuna intenzione di finire con un occhio nero, come minimo.»

«Forse hai ragione. Scusa, per un attimo ho perso la testa.»

«Ti aiuto io a farti ragionare. La ragazza avrà al massimo vent'anni.»

«E questo che importanza ha?»

«Di per sé nulla, quello che importa è che tu di anni ne hai quaranta. Insomma, come si suol dire, non è pane per i tuoi denti.»

«Sciocchezze.»

«Poco male, le sciocchezze meglio dirle che farle. E adesso paghiamo e andiamo via prima di metterci nei guai.»

E finalmente lo convinse ad andarsene. Il giorno seguente tuttavia Apòstolos tornò all'attacco e all'ora dell'aperitivo si mise addirittura l'abito elegante e si spruzzò l'acqua di colonia. Christos corrugò la fronte quando lo vide.

«Hai un appuntamento?» gli domandò.

«No, ma mi è venuta voglia di fare una passeggiata.»

«In teoria oggi saremmo dovuti tornare ad Atene.»

«Qui ho ancora delle cose da fare» rispose l'amico strizzandogli l'occhio.

Un attimo dopo Christos si avvicinò preoccupato. «Apòstolos, non si tratterà mica della ragazza che abbiamo visto ieri? Se è così, levatela subito dalla testa. È poco più di una bambina, non ha niente a che vedere con le donne che sei abituato a frequentare.»

«È proprio per questo che mi piace. Quella ragazza è una cannonata.»

«Se è una cannonata, come dici, è ancora peggio. Su, fai le valigie e andiamo via.»

«Io non vado da nessuna parte se prima non ci scambio quattro chiacchiere. Tu, se vuoi, va' pure.»

«Non ho intenzione di lasciarti qui da solo a combinar danni. Scordatelo!»

In realtà Apòstolos non si era messo in testa di combinare alcun danno. Per la prima volta provava qualcosa di molto simile all'amore, eppure si trattava di una ragazzina di paese! E dal canto suo anche Melissanthi aveva avuto la sensazione che quell'uomo non fosse come tutti gli altri. Era molto più affascinante di chiunque avesse conosciuto fino a quel momento e più elegante persino del dottore. Inoltre si comportava come i gentiluomini della capitale e di sicuro doveva avere molti soldi. Insomma era proprio il tipo di uomo che aveva sempre sognato. Rientrando a casa, si era lasciata sfuggire un sospiro. Lo sconosciuto era soltanto di passaggio e non c'era speranza che lo rivedesse. Aveva maledetto in cuor suo la malasorte per averla fatta nascere in quella landa desolata, dove gli unici uomini disponibili erano pastori e contadini. Provava molta invidia per la sorella, che adesso viveva in città mentre lei era costretta a vegetare in un paesino sperduto.

Quando Teodora aveva visto la figlia, non le aveva rivolto parola, intuendo dal suo sguardo che doveva avere qualche grattacapo.

Il pomeriggio seguente la ragazza era scesa di nuovo in paese. In casa moriva di noia e non ne poteva più delle domande della madre e delle sorelle minori. Fremeva ancora di rabbia e se la prendeva con i cespugli strappandone i rami e le fogliolne. All'improvviso si trovò davanti ad Apòstolos, tutto sorridente. Impallidì e per poco non perse l'equilibrio. Subito si diede un'occhiata intorno per vedere se c'era qualcuno, ma la strada era deserta.

«Buonasera...» gli disse sorridendo, e se la prese con se stessa per non aver indossato una sottana più elegante.

«Buonasera» le fece eco lui, il quale, osservandola, non poté fare a meno di pensare che da vicino appariva ancora più bella.

Gli occhi della ragazza avevano il colore del miele mescolato con il vino ed erano sovrastati da sopracciglia sottili e ben delineate. Le labbra erano carnose e le guance soffuse di porpora. Apòstolos ardì lasciar scivolare verso il basso lo sguardo e, nonostante l'abito sgraziato, vide un corpo slanciato e seducente.

Melissanthi non fu contrariata dall'occhiata indiscreta dell'uomo perché le dava l'agio di osservarlo meglio. Era alto una spanna più di lei, che non era certo bassa. Era magro, con la carnagione molto bruna e qualche capello bianco sulle tempie. Aveva gli occhi scuri, quasi neri, e uno sguardo visibilmente compiaciuto da quello che vedeva. Quanto all'abbigliamento, indossava un abito di sartoria con la camicia di seta, e ai piedi portava un paio di mocassini con incise le iniziali in oro. Lei non aveva mai visto un uomo così elegante e pensò che dovesse anche essere molto ricco se portava calzature con le iniziali. I loro sguardi si incrociarono di nuovo.

«Come ti chiami?» domandò Apòstolos.

«Melissanthi» rispose lei.

«Che bel nome! Bello proprio come te.»

«Grazie... E voi? Come vi chiamate?»

«Chiedo scusa se non mi sono ancora presentato. Mi chiamo Apòstolos Faturos.»

«Molto piacere.»

Melissanthi ebbe un tuffo al cuore. Conosceva quel nome perché lo aveva sentito dal nonno. Era un importante grossista di tabacco e tutti i coltivatori della pianura vendevano a lui il raccolto, perché era una persona onesta e puntuale nei pagamenti. Era impossibile che un uomo del genere non fosse ancora sposato.

«Come mai dalle nostre parti?» riprese Melissanthi fingendo di non riconoscerlo.

«Avevo alcuni affari da sbrigare e ho approfittato dell'occasione per visitare un po' i dintorni. Il tuo villaggio è davvero molto bello.»

«Dipende dai punti di vista. Se ci viveste stabilmente come ci vivo io, forse non lo trovereste altrettanto bello.»

«A te non piace?»

«Non ha molta importanza se mi piace o no, dato che non ho alternative. Quanto tempo pensate di trattenervi?»

«Senti, siccome non sono così vecchio vorrei che ci dessimo del tu. Come ti ho già detto, io mi chiamo Apòstolos… a meno che non mi consideri un vecchio.»

«Ci mancherebbe!»

«Non sarebbe una cosa tanto insolita per una ragazza della tua età.»

«Ho la sensazione che andiate in cerca di complimenti… ehm, chiedo scusa, che vada in cerca di complimenti.»

Scoppiarono a ridere all'unisono e senza accorgersene fecero anche un passo l'uno verso l'altro. Si scambiarono uno sguardo profondo. Improvvisamente Apòstolos comprese di essersi innamorato. Quella ragazza doveva essere sua a qualsiasi costo. Melissanthi, d'altro canto, si rese conto che quell'uomo era il suo lasciapassare verso una nuova vita, lontano dal villaggio. Il fatto che fosse bello era un elemento in più a suo favore.

Fu lei a sciogliere l'imbarazzo. Prima di abbandonarsi alla speranza doveva sapere. Fu così che gli rivolse la domanda fondamentale: «A proposito, Apòstolos, tua moglie è qui con te?» chiese con ostentata noncuranza.

«Non sono sposato» le rispose con un sorriso. «Sono solo e qui ci sono venuto con un amico che ha avuto la gentilezza di accompagnarmi. E tu?»

«Io cosa?»

«Adesso che ho soddisfatto la tua curiosità, immagino che anch'io ho il diritto di chiederti se sei sposata o no.»

«Certo che non sono sposata. Altrimenti non starei qui da sola a parlare con te.»

Si guardarono di nuovo. Apòstolos si sentiva un nodo in gola. Fece un respiro profondo cercando di resistere alla tentazione di abbracciarla e di baciarla in mezzo alla strada. Ma a tutto c'era un limite, anche per un uomo come lui.

«Melissanthi, parlami un po' di te. Voglio sapere qualcosa della tua vita.»

«La mia vita non ha niente di interessante» rispose la ragazza in tono malinconico.

«Quando si tratta di te, mi interessa tutto» replicò Apòstolos.

Si misero a passeggiare e senza accorgersene si allontanarono dal villaggio. Erano soli, circondati dagli alberi e dai cespugli che li celavano dagli sguardi indiscreti. Melissanthi raccontò per sommi capi la storia della sua vita a un Apòstolos che non si saziava di guardarla. Ogni parola, ogni gesto della ragazza gli confermavano che era fatta apposta per lui. Una cosa del genere non gli era mai capitata e sapeva di avere ancora l'età adatta per aspirare alla realizzazione dei suoi desideri.

Melissanthi aveva smesso di parlare e lo guardava. «Questo è tutto» disse. «Piuttosto deludente, vero?»

«Perché dici così?»

«Che interesse può avere un uomo di città come te per una ragazza di paese come me?»

«Ma è proprio per questo che mi interessi, perché non somigli a nessuna delle donne che ho conosciuto finora in vita mia. Da quando ti ho vista ieri nella piazza non faccio che pensare a te. Potrei dire che mi sei entrata nel cuore, se non temessi di spaventarti.»

«Non mi spaventi, ma credo che corri un po' troppo.»

«Melissanthi, ho quasi quarant'anni, non sono un bambino, e sono in grado di capire quello che provo.»

«Infatti, non sei un bambino, e se lo fossi stato non ti avrei neanche rivolto la parola, se capisci quello che voglio dire.»

Apòstolos si avvicinò di un altro passo e Melissanthi non si allontanò. Continuò a guardarlo negli occhi, finché lui a un certo punto la strinse tra le braccia e le sfiorò le labbra.

Per un istante Melissanthi provò un certo imbarazzo, ma poi si abbandonò completamente al suo abbraccio. Per la prima volta un uomo la baciava e lei si sentiva al settimo cielo, tanto che fu Apòstolos a doversi scostare. Quando si sciolsero dall'abbraccio, comprese ciò che era successo e abbassò il capo, arrossendo. Si nascose il volto tra le mani ma lui le sollevò il mento rivolgendole uno sguardo carico di tenerezza.

«Erano molti anni che non facevo arrossire una ragazza. Melissanthi, non devi vergognarti. Non c'è niente di male in un bacio.»

«Sì, ma ci siamo appena conosciuti. A parte il tuo nome, non so nient'altro di te. Non so che cosa mi sia passato per la testa.»

«Forse la colpa è mia. Comunque, visto che vuoi saperne di più sul mio conto, sono pronto ad accontentarti.»

La storia che le raccontò non era del tutto vera ma era l'unica che il pudore gli permetteva di narrarle. Le disse in che modo aveva conosciuto la moglie, omettendo di rivelarle che l'aveva sposata per i soldi, così come le disse che era rimasto vedovo, ma senza accennare alle molte amanti che in seguito aveva avuto. Alla fine, Melissanthi si era convinta che Apòstolos fosse l'uomo della sua vita e che l'avrebbe seguito fino in capo al mondo. Ma per il momento doveva tornare a casa se non voleva che la madre la rimproverasse per il ritardo. Lo salutò in fretta, ma prima si diedero appuntamento per l'indomani pomeriggio nello stesso posto.

Quella notte nessuno dei due riuscì a chiudere occhio. Apòstolos, tornato ventenne nel cuore, si rifiutava di ascoltare la voce della ragione, incarnata in quella di Christos. Melissanthi lo faceva impazzire e non riusciva a smettere di pensare al loro primo bacio. Bruciava dal desiderio di prenderla tra le braccia e contava le ore che lo separavano dall'appuntamento. Quanto ai consigli dell'amico, restarono lettera morta. Melissanthi dal canto suo provava ancora vergogna per il bacio che aveva scambiato con lo sconosciuto e, al rientro a casa, aveva temuto che le sorelle e soprattutto la madre si accorgessero di quanto era successo. Tuttavia la natura femminile, che si era affacciata dentro di lei, pretendeva ancora di più, sebbene la ragazza non ne fosse ben consapevole. L'unica cosa che desiderava era che le ore trascorressero in fretta per rivederlo al più presto. L'indomani pomeriggio giunse all'appuntamento trafelata, pur essendo in anticipo di un quarto d'ora sull'orario fissato, e trovò Apòstolos già lì ad aspettarla. Senza pensarci due volte si abbandonò tra le sue braccia nell'attesa spasmodica di un suo bacio. Non fu delusa: anche Apòstolos bruciava dal desiderio di trovarsi solo con lei e non aveva fatto altro che pensare a quel momento. Poi si sedettero estasiati sotto un albero e si guardarono negli occhi.

«Melissanthi… Mi sono innamorato di te» le dichiarò preda della passione. «Anche se ti conosco soltanto da due giorni, mi sembra di conoscerti da tutta la vita.»

«Apòstolos… Non so che cosa dire.»

«Soltanto una cosa: accetteresti di sposarmi?»

A Melissanthi venne voglia di mettersi a cantare, a danzare, a gridare. Le sembrava di vivere in un sogno, quel sogno che si presentava spesso quando la sera si metteva a letto. Lo scrutò: «Sei sicuro di quello che dici?».

«Al cento per cento. Voglio che diventi mia moglie. Voglio portarti con me ad Atene e donarti tutto quello che il tuo cuore desidera. Sono certo che moriranno tutti di gelosia quando vedranno che ho al mio fianco la donna più bella del mondo.»

«Apòstolos, parli come un bambino» lo rimproverò, ma nel cuore le campane della vanità suonavano a stormo. Aveva sentito parlare delle ricchezze di Apòstolos e le pareva di avere a portata di mano tutto quello che aveva sempre desiderato: scarpe, vestiti, gioielli...

«Sei tu che mi fai ritornare bambino» rispose abbracciandola di nuovo. «Allora, vuoi diventare mia moglie?»

«Sì, lo voglio... Ma ho paura di come la prenderà mia madre.»

«A questo lascia che pensi io» la tranquillizzò.

Teodora e la madre erano sulla veranda a prendere il caffè.

«Mamma, più passa il tempo e più straparli» disse Teodora sorridendo.

«Anche tu stai invecchiando, sai» replicò la madre, stizzita. «Te l'ho già detto che è ricco sfondato.»

«E allora?»

«E allora datti da fare. Tutti i giorni va a zonzo per il paese come un turista. Mettiti l'abito buono, agghindati e cerca di conoscerlo.»

«Anche ammettendo che decida di seguire il tuo consiglio, credi davvero che riuscirei a convincerlo a sposarmi?»

«Perché, che cos'hai che non va? Sei giovane e bella. Tuo padre lo conosce, ha quarant'anni, è vedovo, non ha figli e ha un sacco di soldi. Ed è anche un bell'uomo. Insomma, questo Faturos sembra fatto apposta per te.»

«Se le cose stanno come dici, perché un uomo del genere dovrebbe farsi incantare da una vedova quarantenne con cinque figlie? Faturos si trova qui per lavoro, non per trovare moglie. Se avesse voluto sposarsi, lo avrebbe già fatto ad Atene, non credi? Stai dicendo solo sciocchezze. Rassegnati, per me il tempo dell'amore è finito.»

«Ma io ti sto parlando di soldi e non di amore.»

«Mamma, dovresti davvero vergognarti. Non ci si sposa soltanto per i soldi.»

«Non mi vergogno affatto e tu sei una sciocca matricolata. In vita tua non hai mai voluto dar retta a tua madre, e mi auguro che un giorno non dovrai pentirtene.»

L'uomo ben vestito che aveva bussato alla porta esibiva un sorriso cortese. Teodora assunse un'aria interrogativa.

«Che cosa desiderate?» gli domandò, immaginando che fosse un viandante smarritosi in mezzo ai boschi.

«Siete voi la signora Teodora?»

«In persona. Con chi ho il piacere di parlare?»

«Mi chiamo Apòstolos Faturos. Mi fate entrare un momento?»

A quel nome lei rimase di sasso e si scansò per lasciarlo entrare. Sua madre ne aveva parlato soltanto il giorno prima e, guarda caso, oggi era venuto a casa sua, fiero, bello e sorridente. Mentre cercava di riprendersi dallo stupore, si domandava che cosa volesse da lei. Ma preferiva non cedere alla tentazione di credere che dietro quella visita inattesa si celasse un'iniziativa segreta della madre. A un tratto si rese conto che ancora non aveva invitato l'ospite sconosciuto a sedersi e che non gli aveva rivolto la parola.

«Scusatemi» farfugliò imbarazzata. «Prego, sedetevi.»

«Grazie.»

Apòstolos adocchiò una poltrona e vi si accomodò. Teodora si sedette di fronte a lui.

«L'ascolto, signor...»

«Faturos, mi chiamo Faturos. Sono un grossista di tabacco e vivo ad Atene.»

«Capisco... E ditemi, perché siete venuto a casa mia? Non sono una coltivatrice di tabacco.»

«Non sono qui per affari ma per rivolgervi una richiesta» spiegò Apòstolos.

«Che cosa mi volete chiedere?»

«La mano di vostra figlia Melissanthi.»

Corse al fiume. Soltanto lungo le rive avrebbe potuto riprendere fiato dopo quello che aveva sentito poco prima. Apòstolos se n'era andato sorridente e sicuro di sé come quando era arrivato, riuscendo a strapparle la promessa che gli avrebbe dato una risposta nel giro di un paio di giorni. Ma Teodora sapeva che il suo consenso era una semplice formalità. Si fermò sulla sponda, guardò l'acqua che le scorreva davanti ai piedi e in un attimo di follia ebbe la tentazione di gettarsi nei riflessi verdi, di diventare una cosa sola con loro e di lasciarsi trascinare lontano dalla realtà.

Il fruscìo che udì alle spalle le fece capire che non era sola. Si voltò e scorse Melissanthi, che la guardava a braccia conserte. Aveva l'espressione accigliata e si capiva lontano un miglio che aveva voglia di litigare.

«Non ho alcuna intenzione di fare scenate» l'avvertì la madre.

«Questo dipende soltanto da te» rispose la primogenita in tono pacato.

«Ne sei innamorata?» domandò Teodora scrutandola negli occhi.

Melissanthi abbassò lo sguardo prima di rispondere. «Lo desidero» dichiarò.

«Non è la stessa cosa. Io ti ho chiesto se ne sei innamorata.»

«Che importanza ha? Forse no, ma mi piace e un giorno me ne innamorerò.»

«Melissanthi, devi dirmi la verità. Sei innamorata di Faturos o dei suoi soldi? Se fosse povero in canna, lo desidereresti lo stesso?»

«La tua è una domanda senza senso. Apòstolos mi piace così com'è. Se fosse un pastore o un contadino non sarebbe lui.»

«Quindi è il modo in cui si presenta che ti ha affascinato. Non è lui che desideri ma l'elevato tenore di vita che può offrirti.»

«Non mi sembra poco, mamma. Non ho intenzione di invecchiare in questo paesino sperduto o di crescere i marmocchi di qualche contadino sputando sangue nei campi insieme a lui. Quello che conta è che voglio andarmene e Apòstolos ha promesso di portarmi via.»

«Ricordati però che quando l'euforia del matrimonio sarà passata e rimarrete da soli, senza amore non sarà facile convivere.»

«Neanche restare qui sarebbe facile.»

«Non ti preoccupa che abbia una ventina d'anni più di te?»

«Al contrario, mi fa sentire più tranquilla. Sono giovane, bella, e lui si è innamorato di me. Il che vuol dire che sarà lui a venirmi dietro e non io ad andare dietro a lui. E poi parli proprio tu, che eri di quindici anni più giovane di papà.»

«Non è la stessa cosa, perché io tuo padre lo adoravo.»

«E io ti ho detto e ti ripeto che, se di Apòstolos non sono innamorata, non vuol dire che mi sia indifferente o che non mi piaccia. È la cosa più bella che sarebbe potuta capitare a una ragazza di paese come me.»

«Adesso non esagerare. Sei giovane e bella.»

«Guardami bene, mamma. Guarda i miei vestiti da contadina. Le signore della buona società di Atene indossano abiti di sartoria, si agghindano con preziosi orecchini d'oro e anelli tempestati di pietre preziose. Ad Atene le signore vanno dal parrucchiere, acquistano profumi meravigliosi e si truccano per sottolineare la loro bellezza. La sera poi frequentano le sale da concerto e danzano, bevono e si divertono… Questo è quello che vedo quando sono con Apòstolos e siccome è disposto a darmelo, e a sottrarmi allo squallore del villaggio, mi innamorerò di lui anche solo per riconoscenza nei suoi confronti. Mamma, ho preso la mia decisione e tu non puoi far niente per convincermi a cambiarla. Chiedo la tua benedizione… ma sappi che non ne ho bisogno.»

Poco dopo Teodora si recò dalla madre. Aveva l'espressione crucciata e si sedette prendendosi la testa tra le mani. Se la sentiva pesante come il cemento.

«Che cosa è successo? Perché quella faccia?» le domandò Iulìa.

«Ricordi quello che mi hai detto ieri a proposito di Faturos?»

«Certo. Non dirmi che hai deciso di parlargli.»

«Non ce n'è stato bisogno. Ha pensato lui a venire da me.»

«Davvero? E che cosa ti ha detto?»

«Che vuole sposare Melissanthi e mi ha chiesto la sua mano.»

Teodora assaporò la gioia di vedere la madre, annichilita dalla notizia inaspettata, a bocca aperta e con gli occhi spalancati.

«È la stessa reazione che ho avuto anch'io quando mi ha detto che la ama e che vuole prenderla in moglie.»

«Ma è assurdo, cosa si è messo in testa? Melissanthi è poco più di una ragazzina, potrebbe essere suo padre» osservò la nonna.

«Il bello è che tua nipote era al corrente di tutto. Apòstolos mi ha raccontato che si sono messi insieme e che Melissanthi l'avrebbe sposato con o senza la mia approvazione.»

«Ne è innamorata?»

«L'unica cosa di cui Melissanthi è innamorata sono la vita di Atene e i soldi. Non credevo che mia figlia fosse tanto cinica e calcolatrice.»

«A me sembra che si tratti piuttosto di intelligenza.»

«Intelligenza? Io la chiamerei avidità.»

«Tua figlia sa quello che vuole e ha trovato il modo di ottenerlo. Se lei è felice, non possiamo far altro che rispettare le sue decisioni.»

Così le nozze furono celebrate poco tempo dopo al villaggio e Apòstolos invitò da Atene esclusivamente Christos, che fu il suo testimone. Melissanthi fece rapidamente le valigie per partire con il marito per Salonicco, dove avrebbero fatto acquisti prima di stabilirsi ad Atene.

La giovane sposa, in piedi al centro della cucina, era in procinto di congedarsi dalle sorelle e dalla madre.

«Allora, è giunto il momento» disse in preda all'imbarazzo.

«Quando tornerai a trovarci?» le domandò la piccola Magdalinì con le lacrime agli occhi.

«Tesoro mio, non vado mica in America» rispose Melissanthi visibilmente commossa ma sforzandosi di sorridere. «Forse torneremo già a Pasqua.»

«Non esserne così sicura» ribatté seccamente Polixeni. «A te il villaggio non è mai piaciuto, perché dovresti tornarci proprio a Pasqua, invece di fare un bel viaggio all'estero?»

Seguì un silenzio imbarazzato che Teodora decise di rompere.

«Adesso basta con queste sciocchezze. Date un bacio a vostra sorella e auguratele di essere felice» tagliò corto. Tutte si affrettarono a obbedirle.

Melissanthi si fece abbracciare e baciare, immobile come una statua. Poi le sorelle la lasciarono sola con la madre.

Fu la ragazza a prendere la parola: «Sono arrabbiate con me» mormorò.

«Ti sbagli. Sono tristi perché te ne vai.»

«Anche Polixeni?»

«Lei ti assomiglia, vorrebbe andar via per conoscere il mondo. Ma non è questo il momento per i brutti pensieri, adesso pensa soltanto a star bene e a goderti la tua nuova vita.»

«Anche tu, mamma, sei arrabbiata con me?»

«Nessuna madre si arrabbia con i suoi figli. Volevi andartene e ci sei riuscita. Desidero dire anche a te quello che ho detto a tua sorella prima che partisse: questa è e rimarrà sempre la tua casa e se un giorno vorrai tornarci, in qualunque momento troverai la porta aperta. Soltanto qui avrai un rifugio e un conforto per le delusioni della vita. So cosa stai pensando, che qui non ci rimetterai mai più piede. Ti prego di rifletterci. È qui che sei nata e cresciuta, e forse un giorno deciderai di tornare, chissà. Lascia aperto un piccolo spiraglio.»

Teodora abbracciò e baciò la figlia, e quando quest'ultima salì a bordo della macchina di Apòstolos e partirono, lei fece il segno della croce verso di loro. Ancora una volta, il nugolo di polvere sollevato dalle ruote della vettura fu l'ultima immagine della figlia...

La vita tornò al solito tran-tran e agli impegni quotidiani, ma all'ora dei pasti Teodora si mordeva le labbra di fronte ai posti a tavola lasciati vuoti dalle figlie sposate. Si domandava come fosse la loro nuova vita, perché nessuna delle due manteneva un contatto regolare. Al massimo inviavano una cartolina o una breve lettera. Anche la promessa di ritornare per le feste comandate non fu mantenuta. Teodora guardava le figlie che ancora vivevano con lei, interrogandosi sul loro futuro. Per quanto assai diverse tra loro, le tre sorelle erano accomunate da un'unica caratteristica: il desiderio di abbandonare il villaggio.

Aspasìa aveva ereditato la bellezza della madre, ma nessuno sapeva dire da chi avesse preso la passione e il talento per il canto. Nei primi anni Teodora ne era stata orgogliosa, ma adesso la preoccupava. Pur di assecondare la sua passione, infatti, la ragazza sembrava disposta a qualsiasi cosa.

Quanto a Polixeni, anche lei voleva partire. Era la più bella e sofisticata delle cinque sorelle, ma aveva anche un carattere molto orgoglioso e sprezzante, al limite dell'egoismo, che sconcertava persino Teodora. In paese aveva una pessima fama e un paio di volte la madre l'aveva sorpresa davanti allo specchio nell'atto di declamare poesie. Ai suoi rimproveri la ragazza si era dimostrata indifferente e si era allontanata senza rispondere. A tavola, poi, stava sempre seduta con la schiena diritta, tagliava la pietanza in tanti piccoli bocconi e mangiare con le mani le pareva un peccato mortale. Teneva il tovagliolo aperto sulle ginocchia e a chi la prendeva in giro rispondeva che soltanto i cafoni se lo legano al collo. E se qualcosa l'indispettiva o la contrariava, si limitava a inarcare un sopracciglio con sprezzo.

La figlia minore, Magdalinì, era la più tranquilla e, almeno per il momento, non aveva grilli per la testa. La sua passione erano i libri e la letteratura, e i maestri, a scuola, dicevano che doveva assolutamente proseguire negli studi. La prospettiva faceva storcere il naso a Teodora perché studiare significava che la ragazza avrebbe dovuto trasferirsi in qualche grande città, una cosa che la madre non poteva accettare, sebbene all'istruzione delle figlie avesse sempre tenuto moltissimo.

Negli ultimi tempi Teodora si recava sempre più spesso in riva al fiume. Qui lasciava scivolare i pensieri, che si allontanavano trascinati dalla corrente impetuosa delle acque. A volte invece si arrampicava lungo i pendii della montagna e ammirava estasiata l'orizzonte del mare infinito ponendosi domande sul mondo nascosto dietro quella cortina d'acqua. Aveva lasciato il villaggio per un breve periodo solo quando si era sposata con Gheràsimos. L'unica cosa che conosceva al mondo erano i paesini sparsi alle pendici del monte Olimpo, nascosti da altissimi alberi, le cui cime, d'inverno, erano coperte da nuvole basse, simili a fiocchi di bambagia.

E, tra quei pendii, durante le tempeste il fragore giungeva suggestivo, sordo, vibrante. Da piccola le piaceva ammirare i picchi scoscesi della montagna e credeva che da lì sarebbe arrivato qualcosa che però non riusciva a immaginare. Proprio come adesso: stava arrivando qualcosa ma non sapeva che cosa.

Stavros Mantekas imprecò a denti stretti ancora una volta. Doveva rassegnarsi all'idea di essersi perduto in quell'intrico di mulattiere dove era stato spedito. Il camion carico di merce mugghiava sulle salite, e persino lui si domandava se il motore ce l'avrebbe fatta o lo avrebbe abbandonato in quella desolazione, causandogli un bel grattacapo con il padrone. Giunto a un pianoro si fermò e spense il motore. Doveva assolutamente trovare qualcuno a cui chiedere informazioni, ma non sarebbe stato facile in quel deserto di rocce e foreste. Accese una sigaretta e si sedette su uno spuntone di roccia. A un tratto udì distintamente un canto melodioso che sembrava provenire direttamente dal cielo. Credette di avere le allucinazioni e pensò che doveva essere davvero molto stanco. Si diede un'occhiata intorno. Chi possedeva quella voce doveva trovarsi nei pressi, anzi si stava avvicinando.

Quando scorse il giovane sconosciuto che la guardava meravigliato, Aspasìa smise bruscamente di cantare e rivolse uno sguardo stizzito a quella sorta di intruso. Nei ritagli di tempo, il pianoro le permetteva la riservatezza necessaria a esercitarsi nel canto. Era stata certa che nessuno la stesse ascoltando, ma ecco che all'improvviso era sbucato dal nulla quel tipo mai visto prima.

Stavros si alzò e, prima di rivolgerle la parola, decise in cuor suo che la ragazza, oltre ad avere una voce celestiale, era anche molto bella.

«Scusatemi se vi ho spaventata» esordì lui.

«In effetti, non mi aspettavo di trovare nessuno quassù» rispose Aspasìa.

«Temo di essermi smarrito: dovevo consegnare della merce a un certo Pandelìs Karavasilis ed è la prima volta che vengo da queste parti.»

«Ah, sì, il signor Pandelìs. Abita al nostro villaggio.»

«Quale villaggio?»

«Quello laggiù, si vede anche da qui.»

«Incredibile! E io che credevo di essere finito in una specie di deserto.»

«Qui i villaggi sono tutti così, mimetizzati tra i boschi e le montagne, forse per ragioni di sicurezza risalenti ai tempi della dominazione ottomana.»

«Anche voi vivete qui?»

«Da quando sono nata, signor...»

«Perdonatemi se non mi sono presentato. Mi chiamo Mantekas, Stavros Mantekas.»

«E io sono Aspasìa.»

«Complimenti per il nome e anche per la voce, signorina.»

«Grazie. Pensate di pernottare qui?»

«Per forza, si sta facendo buio e di certo non riuscirei a trovare la strada del ritorno.»

«E dove dormirete?»

«A bordo del camion. È una cosa che faccio spesso.»

«Deve sapere che qui fa molto freddo la sera.»

«Purtroppo non ho altra scelta. In fin dei conti si tratta soltanto di poche ore.»

Teodora rimase a bocca aperta quando vide la figlia entrare in casa in compagnia di un giovanotto. Aspasìa le raccontò per sommi capi la storia di Stavros e annunciò alla madre che lo avrebbero ospitato per la notte. Stavros si rivelò un'ottima compagnia. Era un giovanotto simpatico e gradevole, oltre che un gran chiacchierone. In breve spiegò alla famiglia che era originario di Èdessa, nella

Grecia settentrionale, e che abitava con la famiglia a Làrissa, nella Grecia centrale. Aveva cercato di laurearsi ma a un certo punto gli era passata la voglia di studiare, così aveva deciso di fare l'autista per aiutare la madre, rimasta vedova quando lui aveva soltanto dieci anni. Adesso ne aveva compiuti ventotto e grazie al suo lavoro era riuscito a saldare i debiti e a mettere qualcosa da parte.

Quella sera Teodora fu di pochissime parole e tenne costantemente d'occhio le figlie. Magdalinì, come al solito persa nel suo mondo, non vedeva l'ora di finire la cena per tornare ai suoi libri adorati. Anche Polixeni era impaziente di alzarsi da tavola e riservava al giovane occhiate sdegnose a causa delle sue umili origini e del suo ancor più umile lavoro. Aspasìa invece guardava Stavros con interesse. Le storie che raccontava la facevano ridere e gli occhi le brillavano. Teodora lo intuì: che la figlia si innamorasse era soltanto questione di tempo.

Gli preparò una branda in cucina e il giovane uomo la ringraziò infinite volte per avergli consentito di passare la notte come un cristiano anziché a bordo del camion. Invece lei non avrebbe chiuso occhio: non riusciva a dormire con uno sconosciuto dentro casa. Raccomandò alle figlie di serrare le porte delle loro stanze e tenne bene aperte le orecchie perché non le sfuggisse neppure il minimo rumore. A un certo punto, verso le tre, si alzò e andò in cucina in punta di piedi per controllare che tutto fosse a posto. Stavros dormiva come un ghiro. Tornò in camera sua e si mise davanti alla finestra. Nel cielo sereno era incastonata la lanterna della luna piena, che rischiarava il mondo immerso nelle tenebre. Si lasciò sfuggire un sospiro. Se Stavros fosse tornato presto al loro villaggio, ci sarebbe stato poco da stare allegri. Guardò ancora la luna e, se avesse potuto, le avrebbe chiesto perché il destino le aveva riservato di restare sola dopo essere diventata madre di ben cinque figlie. E perché le sue ragazze non volevano sposare i ragazzi del villaggio ma preferivano scappare lontano, impedendo a lei di condividere un po' della loro felicità.

Ma la luna non aveva niente da dire. Non era certo sua la colpa delle decisioni degli uomini. Poteva soltanto guardarli dal cielo, muta e impassibile testimone dei loro momenti più segreti, dei sospiri e delle lacrime. Non era altro che un corpo celeste, freddo e solitario, un deserto di pietra senza alcun potere sugli uomini.

Stavros si destò di buon'ora, alle prime luci dell'alba. Teodora lo trovò in cortile, intento a controllare il motore del camion, e gli portò il caffè. Lui si accese una sigaretta e lei si sedette accanto.

«State andando via?» domandò.

«Sì» rispose annuendo. «Sono già molto in ritardo con la consegna e il padrone mi farà senza dubbio una bella lavata di capo. Signora Teodora, vorrei ringraziarvi per l'ospitalità. Al vostro posto non credo che un altro l'avrebbe fatto. Anche se sono un perfetto sconosciuto, non avete esitato a offrirmi un pasto caldo e un letto.»

«Accogliere i viandanti è dovere di ogni buon cristiano» fu la risposta di Teodora.

Stavros diede un'occhiata intorno. «La vostra è davvero una terra meravigliosa.»

«Le mie figlie non la pensano nello stesso modo.»

«Quasi nessuno riesce ad apprezzare quello che ha. La casa dove abito io, per esempio, è piccola e ha un cortiletto angusto, mentre qui da voi si può respirare a pieni polmoni.»

«Magari un giorno lo capissero anche le mie figlie.»

Stavros si alzò e disse: «Anche se non ne ho voglia, è l'ora di partire. Mi aspetta un lungo viaggio».

«Se un giorno ripasserete da queste parti, sappiate che sarete sempre il benvenuto» lo invitò Teodora, stupita di aver detto quelle parole.

«Grazie. La prossima volta mi piacerebbe avere un po' di tempo in più per riparare lo scalino della veranda. Il legno è marcio, stamattina stavo quasi per azzopparmi» rispose sorridendo. Le porse la mano. «Non mancate di salutare le vostre figlie quando si sveglieranno.»

Il giovane partì, ma in cuor suo Teodora aveva l'assoluta certezza che Stavros Mantekas sarebbe tornato molto, molto presto.

Stavros riparò lo scalino, rinforzò il tetto e infine levigò con la carta vetrata e ridipinse il vecchio tavolo della cucina. Grazie a una serie di fortunate coincidenze, più o meno una volta ogni quindici giorni aveva qualche consegna da fare nella loro zona. Nonostante le perplessità, Teodora sapeva che si trattava di volontà. Alla fine Stavros divenne quasi un membro della famiglia, un amico inseparabile, e quando capitava che non lo vedessero per un po', i volti di tutte, e in particolare quello di Aspasìa, si rannuvolavano. Le canzonette allegre si trasformavano allora in canti carichi di afflizione, e Teodora si convinse che la malattia dell'amore aveva colpito per la terza volta le sue figlie. Eppure l'ospite non manifestava alcun interessamento particolare nei confronti di Aspasìa, che palesemente faceva di tutto per restare sola con Stavros, mentre il giovane si limitava a essere gentile con lei come con tutti gli altri.

Poco dopo Natale, Stavros tornò ancora una volta dalle loro parti, ma stavolta rimase a lungo, bloccato dalla neve e dal maltempo. Andò alla bottega di pizzicagnolo del signor Pandelìs e telefonò al capo per dirgli che non poteva tornare indietro finché il tempo non fosse migliorato. Si adattò nella casa sul fiume e Teodora si rese conto dell'importanza della presenza di un uomo nelle faccende domestiche, perché l'aiutava a portare la legna, accendeva il fuoco nel camino, e dava da mangiare e da bere agli animali cosicché nessuna delle quattro donne fosse costretta a uscire di casa e affrontare il freddo. La sera si riunivano intorno al camino e Magdalinì leggeva loro alcune pagine dai suoi libri, oppure Stavros raccontava aneddoti divertenti. Quella vita si protrasse per dieci giorni, al termine dei quali, con le strade di nuovo percorribili, il giovane uomo si sarebbe accinto a riprendere il viaggio.

La sera precedente la partenza uscì come al solito a dar da mangiare agli animali. Aspasìa lo seguì di nascosto. Già da qualche tempo sentiva che il cuore batteva per lui. Quando veniva a trovarle non vedeva l'ora che le rivolgesse lo sguardo, con la speranza che lui le dicesse o le facesse capire qualcosa. Invece, ogni volta se ne andava com'era venuto e questo la riempiva di frustrazione. Quella sera però era decisa a ottenere una risposta chiara. Stavros avvertì un soffio di aria gelata entrare nel pagliaio e si voltò a dare un'occhiata. Non appena vide la ragazza, impallidì.

«Aspasìa, che cosa ci fai qui a quest'ora e con questo freddo?» domandò visibilmente turbato.

Lei si avvicinò prima di rispondere. «Sono venuta a vedere se hai bisogno di una mano» mormorò con lo sguardo trasognato. Stavros fece un passo indietro prendendo una balla di paglia.

«Come vedi ce la faccio anche da solo. Va' a casa adesso o ti prenderai un raffreddore» le consigliò imbarazzato.

Aspasìa girò intorno alla balla e lo guardò negli occhi, cercando di capire le sue intenzioni. Stavros, con un lungo sospiro, prese il rastrello. Era così nervoso che gli animali cominciarono a fremere. La ragazza lo fermò afferrando il manico.

Ma lui le strappò il rastrello di mano e lo gettò nell'angolo opposto del pagliaio. Quel gesto violento la fece trasalire.

«Che cosa ti succede?» gli domandò. «Perché ce l'hai con me?»

Stavros la prese per le braccia e la scosse. «Aspasìa, che cosa sei venuta a fare qui? Non dovresti stare da sola con me. Possibile che non ti renda conto?»

«Rendermi conto di che cosa?» domandò con aria smarrita. «Volevo soltanto stare un po' da sola con te per parlare.»

«Parlare?» Lui sembrava fuori di sé. «Credi forse che abbia il cuore di pietra? Non capisci che in tutto questo tempo non ho fatto altro che cercare di trattenermi? In fin dei conti sono un uomo anch'io e...»

Si interruppe. Faceva fatica a respirare. La baciò con l'impeto disperato di un uomo che sta per soffocare. Colta di sorpresa Aspasìa si spaventò, ma subito dopo, travolta da una dolce ebbrezza, comprese che, in realtà, per tutto quel tempo Stavros non aveva voluto evitarla: aveva solo tentato di tenere a freno i propri sentimenti. Felice per quella scoperta, gli strinse le braccia intorno al collo e ricambiò il bacio con la stessa passione. Non mollò la presa neppure quando le carezze di Stavros si fecero più audaci, e la sua reazione fece perdere la testa al giovane.

Le gambe non la reggevano più e Aspasìa rotolò in mezzo alla paglia mentre lui la serrava avvinghiandosi. Le mani di Stavros cominciarono a esplorare il suo corpo, facendolo vibrare come uno strumento musicale che emetteva gridolini di voluttà... All'improvviso però il giovanotto scattò in piedi e cominciò a prendere a pugni una trave di legno. Aspasìa si sedette sul tappeto di paglia e lo guardò con aria interrogativa.

«Stavros, che cosa c'è?» chiese preoccupata.

La guardò furibondo. «Come sarebbe a dire che cosa c'è?» gridò. «Tua madre mi ha accolto in casa sua come un figlio e questo è il modo in cui la ricompenso! Stavo quasi per... proprio dentro casa sua. Capisci adesso per quale motivo facevo di tutto per non restare solo con te? Il motivo per cui ostentavo indifferenza?»

Aspasìa capì e si tranquillizzò. Un istante dopo si alzò in piedi per avvicinarsi a lui.

Stavros la guardò negli occhi. «Ti amo...» disse soltanto.

Un sorriso illuminò il volto della ragazza. «Adesso lo so... Anch'io ti amo. Per questo sono qui stasera, per dirti quello che provo e sentire finalmente da te che cosa provi tu.»

«Quello che mi sta a cuore è rispettare la tua casa e tua madre. E ora mi sento molto a disagio. Come farò a guardarla negli occhi?»

«Invece dovrai guardarla, perché mia madre non darebbe mai la mia mano a un uomo che evita lo sguardo degli altri e in particolare quello della suocera.»

«Suocera?»

«Lo diventerà quando ci sposeremo.»

«Mi stai proponendo di sposarti?»

«Se me lo chiederai, non ti dirò di no.»

La strinse tra le braccia e Aspasìa volle dargli ancora una volta un bacio appassionato, ma lui la fermò. «Basta così. Prima voglio fare un bel discorso a tua madre. Stasera stessa.»

«Stasera?»

«Non voglio equivoci tra di noi. Nutro per lei un rispetto sconfinato. Adesso va' a casa e dopo cena troverò il modo di restare solo con lei per parlarle.»

La ragazza rientrò a casa con il cuore che batteva all'impazzata e il corpo ancora frastornato dal primo contatto con il piacere. Per questo, forse, non si accorse dello sguardo indagatore della madre quando la vide.

Quella sera cenarono in silenzio, ciascuno assorto nei propri pensieri, e quando si alzarono da tavola, le ragazze augurarono la buonanotte e si ritirarono in camera con uno strano presentimento. Stavros rimase seduto e si accese una sigaretta. Teodora gli rivolse uno sguardo di rimprovero.

«Ti avevo preso per una persona onesta» esordì lei.

Lui la guardò con il senso di colpa dipinto sul volto e gli occhi sgranati per la sorpresa. «Signora Teodora, io...» farfugliò.

«Non farmi perdere la pazienza, non sono una sciocca. Mia figlia oggi pomeriggio ti ha seguito nel pagliaio e quando è tornata, si vedeva lontano un miglio che vi eravate baciati. Con quale diritto le hai messo le mani addosso e perché hai tradito la fiducia che ti ho sempre mostrato in tutti questi mesi?»

«Avete ragione, non ci sono parole per giustificare il mio atto. Ma voglio dirvi che ho cercato di resistere. Sono innamorato di vostra figlia, me ne sono innamorato dal primo istante che l'ho vista ed è per questo che ho sempre tentato di evitarla. Oggi però...»

«Oggi ti ha seguito e tu non te lo sei fatto ripetere due volte.»

«Signora Teodora, vi prego, non dite così. Ormai ci conosciamo e lo sapete che sono una persona onesta. Se c'è qualcosa per cui merito di essere rimproverato è che in tutti questi mesi non ho mai trovato il coraggio di parlarvi apertamente di quello che provo per vostra figlia. Sì, perché di Aspasìa sono innamorato e voglio sposarla.»

«E a quanto ho capito, lei ricambia il tuo amore.»

«Credo di sì. E anche se non sono ricco come gli altri vostri due generi, lavorerò sodo e cercherò di non farle mancare nulla.»

«I soldi non sono mai stati importanti per me. L'unica cosa che desideravo era che le mie figlie rimanessero qui, vicino a me, ma evidentemente neanche con Aspasìa ho avuto fortuna.»

«Voglio essere sincero con voi. Non resteremo qui e forse non resteremo neppure a Làrissa. Il mio capo, il signor Alekos, vuole aprire una succursale a Kalamata e ha pensato di affidarmela. Io ho accettato perché lo stipendio è migliore.»

Seguirono alcuni istanti di silenzio, poi Stavros si inginocchiò.

«Qual è la vostra risposta?» le chiese con il cuore traboccante di angoscia e una disperazione che Teodora non avrebbe potuto ignorare neanche se avesse voluto.

«D'accordo» rispose, consapevole una volta di più che non era lei a decidere, ma una forza superiore ed estranea che agiva al posto suo. In realtà, con quel giovanotto la situazione era piuttosto diversa: aveva imparato a conoscerlo e aveva potuto constatare quanto fosse innamorato di Aspasìa. Le rimaneva soltanto una preoccupazione, che confidò alla madre quando andò a trovarla per annunciarle la notizia.

«Chi è la prossima?» chiese Iulìa non appena la vide.

«Sei diventata indovina adesso? Come fai a sapere che vengo per annunciarti un matrimonio?» ribatté la figlia.

«Ti conosco abbastanza da leggertelo in faccia. Allora, chi è la fortunata?»

«Aspasìa.»

«Era ora! E il promesso sposo chi è? Qualcuno che conosciamo?»

Teodora si sedette e le raccontò tutto. Iulìa aveva sentito parlare di Stavros, il ragazzo che ospitavano ogni tanto quando passava dalle loro parti.

«Qualcosa avevo subodorato, solo che non riuscivo a capire su chi avesse messo gli occhi» commentò la donna guardando la figlia. «Allora, raccontami il resto.»

«Il resto di che cosa? Aspasìa si sposa, punto e basta.»

«E allora perché fai quella faccia? Anche se, a quanto ho capito, il promesso sposo non è ricco come Apòstolos né istruito come Fokàs, è un bravo ragazzo, una persona onesta e un gran lavoratore.»

«Mamma, non è lo sposo che mi preoccupa, ma la sposa.»

«Ma se mi hai appena detto che è pazza di lui.»

«Adesso sì. Però... quanto durerà? Non è facile ingannarmi e conosco mia figlia. Aspasìa adesso si dichiara perdutamente innamorata, ma poi? È la sua passione per il canto a impensierirmi.»

«Sciocchezze. Adesso che Aspasìa ha imparato che cosa vuol dire amare, vedrai che non sarà più la stessa. E le cose andranno ancora meglio quando diventerà madre.»

«Spero che tu abbia ragione.»

Teodora e Aspasìa erano ancora l'una accanto all'altra mentre Stavros, a bordo dell'automobile, aspettava che la moglie salisse. Le nozze erano appena state celebrate e i due giovani sposi erano pronti a partire. Per la terza volta Teodora viveva lo stesso copione, che ormai conosceva a memoria. Mancava soltanto il nugolo di polvere, ma di certo si sarebbe sollevato di lì a poco.

La figlia appariva commossa. «Il grande momento è arrivato» le disse la madre.

«Sì, è il momento del congedo» sussurrò mesta Aspasìa. «Adesso mi sembra così difficile...»

«Io ormai ci ho fatto l'abitudine» fu la risposta di Teodora.

«Mi sembra tutto un sogno. Mi mancherete.»

«No che non ti mancheremo. Tu invece ci mancherai. Stai per cominciare la tua nuova vita accanto all'uomo che ami e avrai ben altre cose a cui pensare. Ricordati soltanto che questa sarà sempre casa tua.»

«La casa sul fiume» mormorò Aspasìa.

«Sì. Cerca di non dimenticare mai quello che hai imparato in questa casa e di farne tesoro anche nella tua nuova vita. Stavros è un bravo ragazzo, vi auguro di andare sempre d'amore e d'accordo.»

«Sii certa che lo faremo, lo sai quanto lo amo.»

«Lo so. Così come so che sei una ragazza intelligente, ricca di interessi e amante del canto. Adesso però sei una donna sposata e le tue passioni dovranno tener conto del tuo ruolo di moglie. Ma se un giorno non riuscirai a resistere alle tentazioni, ricordati che qui, in questo angolo di mondo, troverai sempre il fiume ad aspettarti, pronto ad accoglierti nelle sue acque per purificarti.»

Si abbracciarono. Qualche minuto dopo il solito nugolo di polvere riempì gli occhi di Teodora, la cui vista era già offuscata dalle lacrime. Si voltò a guardare il fiume. A un tratto fu colta dalla rabbia: le pareva che la stesse canzonando. Corse sulla sponda, afferrò una manciata di sassi e si mise a colpire ripetutamente la superficie liquida. A ogni sasso, un piccolo getto si sollevava e increspava il pelo dell'acqua. Teodora continuò a gettarli fino a quando non si sentì spossata e senza fiato. Si lasciò cadere sulla riva. Le vennero le lacrime agli occhi: il silenzio la faceva impazzire, avrebbe avuto voglia di gridare ma si vergognava. Anche se era scritto nelle leggi di natura che i figli crescano e che un giorno abbandonino la casa dei genitori, provava un senso di immane solitudine e disperazione. Si asciugò gli occhi e si alzò. Guardò la casa silenziosa ed ebbe la sensazione che anch'essa fosse sprofondata in una muta mestizia. Se non altro a farle compagnia aveva i due vecchi castagni, che l'abbracciavano e la consolavano, mentre lei non aveva nessuno.

Alzò lo sguardo verso il cielo. «Gheràsimos, dove sei? Se riesci a vedermi da lassù, spero che adesso avrai capito il tuo errore. Non dovevi andartene in quel modo, avevo ancora bisogno di te. Non m'importava che fossi mutilato, io avevo bisogno del tuo respiro, del tuo sostegno, della tua risata che faceva sorridere anche me. Oh, Gheràsimos, ti sei comportato da egoista. Egoista e orgoglioso.»

Si sentì subito in colpa. Le parve di aver commesso un sacrilegio e abbassò la testa per la vergogna. Poco dopo tornò a casa e si mise a zappare nell'orto.

Teodora non riusciva a capacitarsi della morte del padre. Lo aveva trovato immobile nel letto ed era rimasta pietrificata. Allo stesso modo osservava incredula la madre disperata, vestita di nero, e ne udiva il pianto straziante. Eppure era successo davvero. Lui se n'era andato, all'improvviso.

Nonostante il dolore che le paralizzava la mente, Teodora constatò stupita che riusciva a eseguire puntualmente tutti i compiti che è necessario svolgere in questi casi. Aiutò la madre a vestire la salma del padre, preparò la casa per accoglievi degnamente i partecipanti alla veglia funebre e non trascurò neppure di inviare un telegramma alla sorella Anna per avvisarla. Lo stesso avrebbe voluto fare per le tre figlie lontane se la madre non l'avesse dissuasa.

«Si tratta del nonno!» aveva protestato Teodora.

«Meglio che lo ricordino quando era in vita. Tra l'altro Aspasìa è ancora fresca sposa e non trovo giusto trascinarla a un funerale. Melissanthi di sicuro è in viaggio da qualche parte, mentre Iulìa la scorsa settimana ti ha scritto dicendo che è ammalata. Meglio lasciarle in pace. Quanto a tua sorella, dubito che venga, dopo tanti anni che non si è fatta né vedere né sentire.»

La madre però si sbagliava, perché Anna arrivò al villaggio proprio alla vigilia delle esequie, meravigliando tutti. Eppure la morte del padre non c'entrava, perché il famoso telegramma non l'aveva mai ricevuto. Si trattava di una coincidenza, di uno di quegli eventi casuali, ma carichi di significato, che la vita si diverte spesso a riservare ai mortali.

Dopo tanti anni, Anna aveva pensato di fare una sorpresa ai suoi. Purtroppo però la sorpresa più grande e dolorosa gliel'aveva riservata il padre. Quando Teodora e Iulìa avevano aperto la porta, si erano trovate davanti una signora con i capelli biondi, avvolta in una preziosa pelliccia e con il viso accuratamente truccato. Avevano stentato a riconoscerla e, raccontato il triste evento, avevano visto il suo sorriso gelarsi sulle labbra. Trascorsi alcuni istanti, Anna si era sciolta in lacrime, imitata dalla sorella e dalla madre che piangevano la perdita e il ritrovarsi con Anna dopo oltre dieci anni.

Quella sera Teodora osservò a lungo la sorella, quell'irriconoscibile elegante signora di mezza età che non ricordava in nulla la ragazza con cui aveva giocato, riso, pianto e combinato tante marachelle nell'infanzia. Dal canto suo anche Anna era sconvolta e terribilmente addolorata per non essere riuscita a porgere l'estremo saluto al padre. Si sentiva macerare dal senso di colpa e non riusciva a darsi pace per quel brutto tiro giocatole dal destino.

L'arrivo di quella zia sconosciuta produsse un effetto notevole su Polixeni e Magdalinì. Fino a quel momento l'avevano vista soltanto in fotografia e immaginata grazie a qualche racconto dalla nonna. Polixeni, incantata dal cappotto di pelliccia che la zia aveva lasciato su una sedia, pensando di non essere vista vi appoggiò una guancia, annusando il delicato profumo che emanava e provando una speciale sensazione di benessere e di morbidezza. Ma non appena scorse lo sguardo di disapprovazione della madre, si affrettò ad allontanarsi per sedersi in un angolo dal quale poter osservare tranquillamente la zia. *È proprio una signora!* pensò Polisseni senza perdere di vista Anna e cercando di imprimersi nella mente ogni suo gesto, ogni parola, persino la postura del corpo. Magdalinì invece, pur non altrettanto colpita, ne era rimasta comunque affascinata e cercava di trovare dei punti di contatto tra la signora sofisticata che vedeva e la ragazza descrittale dalla nonna, con le lunghe trecce e le ginocchia perennemente sbucciate.

Mancava un'ora all'alba quando Teodora decise di fare quattro passi in cortile per prendere una boccata d'aria. Si sedette sull'ultimo scalino della veranda e guardò il cielo, che andava rischiarandosi a oriente. A un certo punto si accorse di non essere sola. Si voltò e vide la sorella sedersi sullo scalino, accanto a lei.

«Se non ricordo male, era qui che la mamma ci faceva sedere quando ci dava la merenda» commentò Anna in tono malinconico.

«Hai ragione.»

«Teodora, lo so che ce l'hai con me per il mio comportamento.»

«No, non ce l'ho con te, ma non ti nascondo che a volte pensavo a te con rabbia. Perché, Anna? Perché in tutti questi anni non ti sei mai degnata di spedire neanche una cartolina?»

«Non è facile spiegartelo» rispose. «A volte mi mancavate così tanto che dicevo: "Non ce la faccio più, domani salgo sul primo aereo e vado da loro". L'indomani però venivo riassorbita dalla routine quotidiana e il primo aereo decollava senza di me.»

«Capisco. Di fiumi è pieno il mondo e il loro compito è trascinare via chi non è abbastanza forte da resistervi.»

«Comunque ero informata di quello che succedeva qui» riprese Anna cercando di giustificarsi.

«Noi invece di te non sapevamo praticamente nulla. Che cosa fai in America? Tuo marito come sta?»

«Sta bene. Abbiamo fatto molti sacrifici ma alla fine ce l'abbiamo fatta. Anche se da lontano l'America sembra una terra ricca di promesse e di occasioni, per ottenere quello che si vuole occorre lavorare sodo e fare molta fatica.»

«Come mai non hai avuto figli?»

«All'inizio eravamo entrambi assorbiti dal lavoro e non avevo nessuno che mi aiutasse. A un certo punto però ci abbiamo provato e non ci siamo riusciti. A quanto vedo, tu hai pensato a fare figli anche per me» scherzò.

«Ho avuto cinque figlie ma qui con me ne sono rimaste soltanto due. Le altre si sono sposate e sono andate via, proprio come hai fatto tu.»

Tacquero. Il cielo stava accendendosi di colori, l'aurora rosata preannunciava una giornata splendida per tutti tranne loro. Accompagnarono il padre all'ultima dimora cercando di sostenere la madre, sopraffatta dal dolore per la separazione irrevocabile dall'uomo con cui aveva condiviso gran parte della vita. Tornarono dal cimitero spossate. Teodora pretese che la madre e la sorella si trasferissero a casa sua, che era più spaziosa e comoda, e non volle sentire ragioni.

Anna rimase incantata dalla bellezza del paesaggio e soprattutto dalla maestosità del fiume, mentre l'assenza dei confort a cui era abituata non la contrariò minimamente. Si riadattò ai ritmi del villaggio come se ci fosse sempre vissuta, con profonda delusione di Polixeni, ormai gelosa del fatto che la zia sembrava avere un debole per Magdalinì. Lei e la nipote passavano lunghe ore a chiacchierare e Anna si faceva raccontare tutti i cambiamenti intervenuti al villaggio durante i lunghi anni della sua assenza.

Dal canto suo, Magdalinì ascoltava affascinata la zia che le descriveva il modo di vivere degli americani. Voleva sapere tutto sulle *highways*, sugli Stati che componevano l'Unione e sullo stile di vita dei suoi cittadini, completamente diverso dagli usi al villaggio. Ma a colpirla di più fu la notizia che in America le donne frequentavano l'università e in seguito lavoravano non nei campi ma in ufficio o nei bei negozi. La ragazza si mostrò mortificata e così Anna lanciò un'idea.

«Se è uno scherzo, sappi che lo trovo di pessimo gusto» rispose Teodora.

«Eppure, se ci pensi meglio, ti renderai conto che è la cosa migliore per tutti» insisté la sorella.

«Non ho nessuna intenzione di lasciar venire Magdalinì con te in America, con il rischio di non rivederla mai più. E per che cosa poi? Per studiare all'università? A che cosa le serve l'università qui al villaggio?»

«Ma la ragazza vuole continuare gli studi.»

«Il liceo basta e avanza, non ha bisogno di altro.»

«Ti sbagli, Teodora. Magdalinì è una ragazza intelligente e sarebbe un peccato farla marcire qui.»

«Non voglio che se ne vada anche lei, lo capisci?»

«Non essere egoista. È del futuro di tua figlia che stiamo parlando.»

«Mia figlia il suo futuro se lo può benissimo costruire qui.» Teodora non si dava per vinta.

«E come? Dandola in moglie a un pastore o a un contadino?»

«Che cos'hanno che non va i pastori e i contadini?»

«Niente, solo che non è questo ciò che vuole Magdalinì. Il suo unico desiderio è continuare gli studi.»

«Sei stata tu a metterle tutte queste strane idee in testa.»

«Teodora, comprendo il tuo stato d'animo, ma adesso mi sembra che esageri. Nessuno può convincere un altro a fare qualcosa se questo non lo desidera fin dal profondo del cuore. E tu lo sai che le tue figlie il desiderio ce l'avevano: appena ne hanno avuto l'occasione, le prime tre si sono sposate e se ne sono andate senza pensarci due volte. Invece a Magdalinì non interessa il matrimonio, quello che vuole fare è studiare e tu non hai alcun diritto di impedirglielo.»

«Neanche tu avevi alcun diritto di dire a mia figlia che poteva venire con te in America, però gliel'hai detto lo stesso senza curarti del dolore che mi avresti procurato. Ma se vuoi saperlo, la vera ragione per cui ci tieni tanto a lei è perché non sei riuscita ad avere figli tuoi.»

«Questo non avresti dovuto dirlo.»

«E invece lo dico e lo ripeto. Magdalinì è figlia mia e non le darò mai il permesso di venire con te.»

Sbatté la porta e uscì, lasciando sola la sorella. Corse ancora una volta al fiume. Si sedette sulla riva. Quale terribile maledizione si era abbattuta su di lei, quale destino malvagio la costringeva a perdere le sue figlie a una a una e a restare sola come un cane, priva della dolce consolazione della loro presenza e dei nipoti? Le vennero le lacrime agli occhi. L'immagine del fiume ne fu deformata finché le lacrime e l'acqua divennero una cosa sola.

Un tramestìo di passi la fece scattare in piedi. Credeva che fosse la sorella e si accinse ad affrontarla. Era talmente in collera che, se Anna avesse insistito, temeva di non resistere alla tentazione di aggredirla e di spingerla nel fiume. Invece scorse la sagoma nerovestita della madre e dallo sguardo comprese che era al corrente di tutto.

«Stai attenta a quello che dici» la minacciò Teodora.

Iulìa la scrutò e poi si sedette su una roccia. Con un cenno invitò la figlia ad avvicinarsi e lei obbedì.

«Con te non ho mai misurato le parole» disse in tono pacato. «Ti ho sempre detto quello che pensavo e tu sai meglio di chiunque altro quanto ho avuto ragione.»

«Anna non si sarebbe dovuta immischiare» l'interruppe Teodora, furibonda.

«Anna non si è immischiata affatto e in cuor tuo lo sai anche tu. Solo che in questo momento la rabbia ti impedisce di pensare con lucidità.»

«Sì, ma se Anna...»

«Se Anna non fosse tornata, se Magdalinì non l'avesse conosciuta, tua figlia avrebbe trovato un altro modo per andar via, ma sta' certa che le cose non sarebbero cambiate. E poi noi genitori non dobbiamo pensare a noi ma al bene dei nostri figli.»

«E quale sarebbe il bene per Magdalinì?»

«Riuscire a realizzare il suo desiderio, che è quello di studiare, e poi...»

«E poi, mamma? Perché non vai avanti?»

«Non hai mai voluto ascoltare la voce della ragione. Quando sei rimasta vedova, ti ho detto che ti saresti dovuta risposare, ti ho persino fatto conoscere i migliori partiti della zona, ma tu...»

«Non è di me che stiamo parlando, ma di mia figlia. A che cosa le serve studiare, me lo sai dire?»

«Sei una sciocca! Tua sorella e il marito in America hanno un grande patrimonio e non hanno figli. Magdalinì potrebbe diventare la loro erede.»

«Sei sempre la solita, mamma, ancora una volta mi parli di soldi. A me i soldi non interessano.»

«Non ti interessano perché non hai mai avuto buoni rapporti con la ragione.»

«Qui la ragione non c'entra niente, quello di cui mi parli è un vile calcolo economico.»

«Sarà, comunque le cose non cambiano.»

«In altre parole, mi consigli di vendere mia figlia. Dovresti vergognarti.»

«Sei ingiusta e offensiva. Magdalinì e Anna hanno fatto tutto da sole, non sei tu a costringere tua sorella a portare tua figlia in America.» Iulìa carezzò i capelli di Teodora, che avevano cominciato a ingrigirsi. «Figliola, stammi a sentire» riprese in tono pacato. «Lascia che tua figlia trovi la sua strada. Se ti opporrai, otterrai l'effetto contrario. Magdalinì è maggiorenne e non le puoi impedire di fare quello che vuole. Puoi solamente pregare che sia sempre sana e felice. Offrile la tua benedizione, non darle questo dolore, e… preparati a consolare Polixeni.»

«Che cosa vuoi dire?»

«Che Polixeni mi dà da pensare. È la peggiore di tutte, pensa soltanto al lusso e alla bella vita. Quando verrà a sapere che Magdalinì partirà con Anna e che lei invece dovrà restare al villaggio, e per giunta da sola, non so come te la caverai. Spero di sbagliarmi.»

La madre aveva ragione, la figlia doveva ammetterlo. Quando Teodora le annunciò la partenza di Magdalinì per l'America, Polixeni ebbe un attacco isterico. Non l'aveva mai vista in quello stato. Cominciò a piangere, a gridare e a dare testate contro il muro, al punto che Teodora dovette mollarle un ceffone perché si calmasse. Si congratulò con se stessa per aver dato ascolto alle sagge parole della madre e aver pensato di parlarle a quattr'occhi. Dopo lo schiaffo, Polixeni riprese il controllo ma non smise di piangere.

«Perché la zia non porta via anche me?» domandò tra i singhiozzi.

«Perché non mi hai mai detto che anche tu vuoi studiare» rispose Teodora con lieve ironia.

«E invece anch'io voglio studiare. Voglio fare l'attrice» gridò Polixeni.

«È questo il tuo sogno? Fare la teatrante?»

«Sì» gridò ancora. «E nessuno potrà impedirmelo. Partirò domani stesso.»

«Per andare dove? Per giunta da sola.»

«Da sola, certo, che cosa credi? Non sono una sciocca come le mie sorelle e per fare quello che voglio non ho bisogno di mariti o di zie frustrate perché non hanno avuto figli.»

In quel momento Teodora era troppo afflitta dalla partenza di Magdalinì per accorgersi di quanto la notizia avesse profondamente sconvolto Polixeni. Se ne sarebbe presto resa conto e non se lo sarebbe perdonata per tutto il resto della vita.

I giorni che li separavano dalla partenza scorrevano veloci come l'acqua del fiume accanto alla casa. Magdalinì aveva continui sbalzi d'umore: un momento si sentiva al settimo cielo immaginando la vita meravigliosa che l'aspettava e un momento dopo piombava nella tristezza al pensiero della separazione dalla madre, oppure si sentiva volare sognando quello che l'aspettava e subito dopo era paralizzata dal terrore per l'ignoto. In casa l'atmosfera era tesa. Teodora evitava di rivolgere la parola ad Anna, mentre Polixeni trascorreva la maggior parte del tempo in camera sua, per sfogare in privato la rabbia e la delusione. Il giorno della partenza diede un bacio distaccato alla sorella, salutò con freddezza la zia e subito si rinchiuse in camera. Anche Teodora salutò con freddezza la sorella, tuttavia abbracciò la figlia in lacrime.

«Bambina mia, non piangere» disse, anche lei con occhi luccicanti. «Davanti a te hai tutta la vita, una vita meravigliosa. E se qualcosa dovesse andare storto, non aver paura di tornare. Basta che tu me lo dica e in qualsiasi momento penserò io a farti il biglietto. Questa è casa tua e sarà sempre qui ad aspettarti.»

«Anche il fiume?» sorrise Magdalinì in mezzo alle lacrime.

«Anche il fiume» confermò la madre risoluta. «Ti auguro di realizzare tutti i tuoi sogni, ma non dimenticarti mai di questo angolo di mondo.»

Poi zia e nipote salirono a bordo di un'automobile e partirono sollevando il solito nugolo di polvere.

Teodora tornò dalla madre, che piangeva accanto a lei. «Sai una cosa?» mormorò. «Sono stanca di veder partire le mie figlie una dopo l'altra. Se è destino che anche Polixeni debba partire, spero che questo accada al più presto.»

«Ho paura che Polixeni ti riserverà ben altre sorprese» fu il malinconico vaticinio della madre.

«Che cosa vuoi dire?»

«Per capirlo basta guardarla in faccia. Tua figlia ha lo sguardo di una fiera che aspetta soltanto il momento giusto per evadere. E quando questo momento arriverà, non avrai neanche la consolazione di salutarla e di vederla partire.»

«Smettila di spaventarmi, per favore. Sono già abbastanza addolorata senza che ti ci metta anche tu. Anche perché di rado ti sbagli. Non ci voglio neanche pensare…»

«Ho soltanto voluto avvisarti» concluse la vecchia.

Rimasta sola con Teodora, Polixeni si rinchiuse ancor di più in se stessa. A stento augurava il buongiorno. Nel frattempo Teodora aveva convinto Iulìa a trasferirsi da lei: erano tre donne sole e si sarebbero fatte compagnia. Le figlie lontane di rado mandavano loro notizie. Ogni tanto giungeva qualche fotografia, in cui erano sempre immortalate in tutta la loro bellezza e felicità, e Teodora si augurava che le cose stessero davvero come le mostravano quegli scatti.

Quando ne ricevevano una, Polixeni provava un violento strazio. Guardava con invidia le sorelle, sorridenti e ben vestite, e poi scompariva in camera sua per recitare poesie o racconti immaginari. Altre volte, invece, sembrava proprio che interpretasse un copione teatrale. Teodora era molto preoccupata.

Un giorno, sei mesi dopo la partenza di Magdalinì, capitò dalle loro parti una compagnia di attori girovaghi. Incuriositi, gli abitanti del villaggio corsero in piazza per assistere al solito *pout-pourri* di scenette divertenti recitato da guitti agghindati con costumi lisi e rattoppati. Lo spettacolo strappò qualche risata ai paesani ma Polixeni ne parve letteralmente stregata. Così a un tratto si decise. Lasciò un messaggio in cucina alla madre e all'insaputa di tutti scappò di casa per infilarsi di nascosto nel camion dei teatranti. L'indomani mattina Teodora si accorse dell'assenza della figlia e trovò il messaggio. Quando lo lesse, si lasciò scappare un grido e si accasciò sul pavimento. L'avvertimento di Iulìa si era realizzato come un fulmine a ciel sereno. Al grido la vecchia madre corse ad aiutarla e si adoperò per farla rinvenire. Quando riprese i sensi, Teodora cominciò a piangere. Iulìa, ancora all'oscuro di tutto, non sapeva che cosa fare per alleviare la sua disperazione finché la figlia, tra lacrime e singhiozzi, non le spiegò quello che era successo. La vecchia si nascose il viso tra le mani.

«Che vergogna, che vergogna» farfugliò mettendosi a sua volta a piangere.

«Hai ragione, mamma. Mia figlia, l'ultima che mi fosse rimasta accanto, ha deciso di andarsene di nascosto.»

«E adesso che cosa pensi di fare?» domandò Iulìa in preda alla disperazione.

Teodora le rivolse uno sguardo sereno. Si asciugò gli occhi e rispose: «Non penso di fare niente perché non c'è niente che possiamo fare. Polixeni è maggiorenne e ha diritto di fare quello che vuole. Possiamo soltanto pregare Dio che la protegga e la illumini, qualsiasi strada abbia deciso di intraprendere.»

«E noi?»

«Noi rimarremo qui, nella casa sul fiume, ad aspettare.»

«Aspettare che cosa?»

«O il ritorno delle mie figlie o la morte.»

# Storia di Melissanthi

Melissanthi, che con il matrimonio aveva assunto il cognome del marito, Faturos, benché spossata dal lungo viaggio, guardò incantata l'ingresso dell'albergo dove Apòstolos aveva scelto di alloggiare per qualche giorno. In vita sua non aveva mai visto niente di simile. Il pavimento era di marmo candido e brillante, l'illuminazione era fornita da una serie di meravigliosi lampadari di cristallo e gli altri ospiti dell'hotel si distinguevano per la raffinatezza e l'eleganza. Anche se era un dono del marito, Melissanthi provò un certo imbarazzo per l'abito che indossava, in preda alla sensazione che tutti la guardassero con disprezzo, additando la sua aria provinciale.

La situazione peggiorò quando lui si avvicinò all'orecchio per dirle: «Melissanthi, per favore, smettila di guardarti intorno come una sciocca».

La ragazza abbassò la testa arrossendo e lo seguì alla reception. Apòstolos era un cliente abituale dell'albergo e non appena si presentò tutti corsero a prendersi cura di lui. Melissanthi era confusa e spaventata: che cosa sapeva davvero sul conto di quest'uomo che aveva accettato di sposare senza quasi conoscerlo?

Dopo aver ottenuto il consenso di Teodora, Apòstolos era partito per sbrigare le incombenze burocratiche e per dare alla ragazza il tempo di preparare i bagagli. Peraltro era stato chiaro e le aveva consigliato di prendere con sé soltanto lo stretto necessario. Tutto quello che le sarebbe servito nella sua nuova vita avrebbe pensato lui a procurarglielo.

Aveva fatto ritorno al villaggio quindici giorni dopo, carico di regali per la fidanzata e per le sorelle di quest'ultima. A Melissanthi erano molto piaciuti il sobrio abito bianco, le calze di seta e soprattutto l'anello con brillante che le aveva donato. Alle sorelle invece Apòstolos aveva portato calze e camicette di pregiatissima fattura, e un piccolo gioiello a testa, che le ragazze avevano apprezzato moltissimo. A Teodora aveva portato un golf di lana pesante, che la futura suocera aveva gradito. Apòstolos non si era dimenticato neppure dei nonni di Melissanthi, presso i quali era stato alloggiato in attesa delle nozze, testimone delle quali sarebbe stato il suo amico Christos.

I giorni che avevano preceduto il matrimonio erano stati trascorsi dai due fidanzati facendo brevi passeggiate, di solito accompagnati da Christos, e solo in un paio di occasioni si erano ritrovati da soli. In quei momenti però parlare della loro vita futura era l'ultima cosa che li poteva interessare. Apòstolos stringeva tra le braccia Melissanthi e lei dimenticava di fargli domande sulla sua vita e su quello che avrebbero fatto una volta sposati.

Il risultato era che Melissanthi sapeva pochissime cose sul conto del marito e tutto quello che vedeva la metteva in soggezione. Procedeva nel buio più assoluto e non era preparata a vivere ciò che l'aspettava, e in particolare la prima notte di nozze. Non aveva idea di quello che avrebbe dovuto fare, e di quello che avrebbe fatto lui, quando si fossero ritirati in camera e si fossero messi a letto insieme. La madre aveva cercato di spiegarle per sommi capi alcune cose riguardanti i cosiddetti «obblighi» delle donne sposate, ma Melissanthi aveva la sensazione che si era trattato di consigli generici, dato che Teodora si vergognava persino più di lei e si sentiva a disagio a dover affrontare certi argomenti tanto delicati.

Salirono in camera. Melissanthi rimase tutto il tempo a testa bassa nel timore di ricevere un nuovo rimprovero dal marito. I bagagli li trasportava un facchino, che Apòstolos ricompensò con una mancia generosa. Quando la porta della camera si chiuse alle loro spalle, lui si avvicinò e le sollevò il mento.

«Perché quella faccia?» le domandò.

«Perché avevo paura che mi avresti rimproverato di nuovo» rispose timidamente.

Lui abbozzò un sorriso. «Capisco, ti senti nervosa per... Ma è anche colpa mia, prima di trovarci da soli avrei dovuto fornirti qualche spiegazione. Spero che vorrai scusarmi.»

«Sono io che ti chiedo scusa se ti ho messo in imbarazzo.»

«Mettermi in imbarazzo? Tu?! Come ti viene in mente? Volevo semplicemente proteggerti. A proposito, che ne pensi del nostro albergo?»

«Che è la cosa più bella che abbia mai visto in vita mia. Be', non è che conosca molti alberghi, non mi sono mai allontanata dal mio villaggio.»

«Sei spaventata?»

«Un po'. Ma quello che più mi sta a cuore è non deludere l'uomo che amo.»

«Non temere, tu non mi deluderai mai. Sei stanca? Andiamo a cena fuori o preferisci che ordiniamo in camera?»

«Come vuoi tu.»

«Bene, allora, visto che questa è la nostra prima notte insieme, ascolta quello che faremo. Tu rilassati e fa' un bel bagno caldo, io intanto scenderò giù al bar a bere un bicchiere di vino e a ordinare la cena, che consumeremo sulla terrazza ammirando il golfo. Che ne dici?»

«Mi sembra un'ottima idea. Non credo di essere pronta ad affrontare la gente.»

Apòstolos la baciò sulla guancia e se ne andò. Quando Melissanthi rimase sola, provò una sensazione di sollievo. Chiuse la porta della camera a chiave e si diede un'occhiata intorno. La camera era in realtà una suite, con tanto di salotto arredato con divani e poltrone di velluto. Diede un'occhiata ai mobili preziosi e si sfilò le scarpe affondando i piedi nel tappeto folto e morbido. Il letto matrimoniale invece cercò di non guardarlo, ma non poté fare a meno di apprezzarne le dimensioni. L'ingresso alla terrazza era nascosto da un paio di tende di raso. Quando Melissanthi le scostò e aprì la portafinestra, la brezza fresca del mare che invase la camera le rinvigorì i sensi. Poi si affacciò ad ammirare le luci della città. Credeva di vivere in un sogno e non voleva svegliarsi. Il villaggio natale le pareva soltanto un brutto sogno e si sentiva il cuore gonfio di felicità al pensiero che non sarebbe più stata costretta a viverci, di essersi finalmente liberata dalla minaccia di un'esistenza squallida e infelice all'ombra soffocante della montagna.

A partire da quella sera tutto sarebbe stato diverso grazie all'uomo che le aveva promesso di soddisfare ogni suo desiderio. Trasse un sospiro profondo e rientrò in camera. Una porta in fondo attrasse la sua attenzione. Pensò che fosse il bagno. Quando l'aprì, non riuscì a trattenere un gridolino di meraviglia di fronte alle pareti di marmo candido, al grande specchio lucido e alle morbide spugne, così bianche che Melissanthi provò timore a toccarle. Sulle mensole poi notò flaconi, boccette, saponi e creme di svariati colori. La ragazza aprì una boccetta e annusò un profumo meraviglioso. Sorrise pensando che al villaggio tutti facevano il bagno in piedi, all'interno di una stretta bacinella, usando al massimo una scaglia di sapone grezzo.

Aprì il rubinetto dell'acqua calda e nel giro di pochi istanti vide sprigionarsi volute di vapore. Si spogliò e si infilò nella vasca, sotto l'acqua calda. Prese il panetto di sapone più bello e profumato di tutti, e si abbandonò alle sensazioni gradevoli prodotte dall'acqua corrente sul corpo. Melissanthi credette di trovarsi in paradiso. La stessa sensazione la provò più tardi quando si avvolse nella grande spugna morbida per asciugarsi. Il problema però arrivava adesso: che cosa avrebbe indossato per la serata con Apòstolos? Rivolse uno sguardo sprezzante alla piccola valigia di canapa che aveva portato con sé e al cui interno si trovava soltanto la semplice camicia da notte di cotone ricamato a mano che le aveva dato la madre. Persino lei, nonostante l'inesperienza, si rendeva conto che un indumento del genere era inadatto all'ambiente in cui si trovava. Sull'attaccapanni del bagno scorse due accappatoi. Ne indossò uno e si sedette su una poltrona di velluto ammirando ancora una volta la raffinatezza dell'arredamento e delle suppellettili.

Qualche minuto dopo Apòstolos rientrò in camera e quando vide la moglie seduta sulla poltrona, con i capelli bagnati e in accappatoio, si sentì mancare il fiato e rivolse un'occhiata al cameriere alle sue spalle, che spingeva un carrello colmo di piatti, bicchieri e posate. Alla vista del marito che entrava accompagnato da un estraneo, Melissanthi arrossì per la vergogna e si strinse nell'indumento per cercarvi protezione. Dal canto suo il cameriere, senza neppure degnarla di uno sguardo, si diresse subito verso il terrazzo, dove apparecchiò il tavolino con gesti rapidi e precisi.

Non appena il cameriere se ne fu andato, evitando ancora una volta di guardarla, Apòstolos le disse: «Mentre ti vesti vado anch'io a fare un bagno. Tra pochi minuti si mangia».

Apòstolos si chiuse in bagno e per rilassarsi si lasciò scorrere addosso abbondante acqua tiepida. La moglie era molto giovane e inesperta, e doveva essere molto attento a non spaventarla. In altre parole, doveva muoversi con grande cautela e circospezione.

Durante la cena scambiarono appena qualche parola, assorti nella contemplazione dello splendido panorama, gustando il cibo appetitoso e il vino aromatico. Apòstolos non dimenticava mai di riempire il bicchiere della moglie e intanto la scrutava in attesa di vedere apparire sul viso i segni prodotti dall'effetto rilassante dell'alcol. Quando Melissanthi scoppiò a ridere a una battuta che lui aveva fatto, comprese che il vino aveva compiuto il miracolo.

Niente e nessuno l'avevano preparata all'evento che si accingeva a vivere. Apòstolos fece appello a tutta la sua pazienza e abilità con l'obiettivo di trasformare il primo amplesso della ragazza in un'esperienza il più possibile piacevole e indimenticabile. Quanto a Melissanthi, nonostante il vino tenne all'inizio un atteggiamento guardingo nei confronti del marito. Addirittura, quando lui la spogliò, per un istante gli occhi le si velarono di lacrime di vergogna, mentre lui si rendeva conto che le sue carezze e i baci causavano alla moglie imbarazzo più che piacere. A un certo punto però la pazienza di Apòstolos diede i suoi frutti e ben presto Melissanthi, abbandonata ogni esitazione, cominciò a gemere tra le braccia del marito. Entrambi raggiunsero il culmine del piacere nello stesso momento, un piacere che, nonostante fosse la loro prima volta insieme, non per questo fu meno intenso. Melissanthi si addormentò appagata, stretta al marito, mentre lui fece fatica a prendere sonno, eccitato all'idea che quella ragazza, sua moglie, era diventata donna proprio tra le sue braccia. Nel momento stesso in cui si erano conclusi, avrebbe dato chissà cosa per ricominciare i giochi d'amore con lei.

Poco dopo Melissanthi si svegliò e lo guardò. «Come mai non dormi?» gli domandò con uno strano bagliore negli occhi.

«Non so, non mi sento stanco. Tu però riposati» le rispose con voce roca.

«Se mio marito non dorme, non voglio dormire neanch'io.»

Allungò la mano per accarezzargli la guancia e Apòstolos subito fu preso dall'ardore. Fu come accendere la miccia a un candelotto di dinamite e l'inevitabile onda di urto travolse i corpi e gli spiriti di entrambi.

L'indomani mattina uscirono per fare acquisti e Melissanthi provò di nuovo una trascinante sensazione di ubriachezza. Apòstolos fu di parola e mantenne tutte le promesse che le aveva fatto. Comprò alla moglie un mucchio di accessori, borse e calzature, tanto che alla fine persino lei protestò dicendo che non era un millepiedi né aveva mille braccia per portare tante borse. Quanto agli abiti, il marito volle acquistare soltanto lo stretto necessario, spiegando che ad Atene intendeva portarla presso i migliori laboratori di sartoria perché avesse abiti confezionati su misura. Fu irremovibile soltanto in materia di acconciatura. Melissanthi infatti avrebbe voluto tagliarsi i capelli corti, ma Apòstolos glielo proibì categoricamente. Adorava la capigliatura della moglie, gli piaceva accarezzarne le ciocche, osservarla mentre le scioglieva e si sparpagliavano sul cuscino, o vederle adagiate sul proprio petto mentre la teneva tra le braccia. Niente da fare, disse. I capelli sarebbero rimasti così com'erano e Melissanthi non poté far altro che obbedire, anche se avrebbe tanto voluto rinnovarsi per dare un taglio netto con il passato anche per quanto riguardava i capelli, che da ragazzina soleva raccogliere in trecce. Ma la delusione della ragazza fu di breve durata. Per consolarla Apòstolos la portò in una gioielleria. Melissanthi sgranò gli occhi incredula quando vide tutti quei monili preziosi che nel giro di pochi minuti divennero suoi, mentre il marito ordinava che sul set di valigie appena acquistate fossero incise le iniziali in oro del nome di lei.

Tornarono in albergo stanchi morti ma non abbastanza da rinunciare a godere l'uno dell'abbraccio dell'altro, distesi sul grande letto matrimoniale. Il corpo di Melissanthi lo mandava al settimo cielo, eppure non avrebbe saputo dire da quanto tempo non andava in estasi per una donna. Sta di fatto che non riusciva a resistere alla tentazione di toccarla, di baciarla, di tenerla chiusa in quella stanza perché restasse a letto con lui per tutto il resto della vita. Ma a fargli perdere letteralmente la testa era la reazione della moglie all'audacia delle sue carezze. Melissanthi sembrava persino più insaziabile di lui e si era rivelata, oltre che un'ottima allieva, anche un'amante di straordinario talento. Non ci aveva messo molto a imparare come si fa a soddisfare un uomo e questo la rendeva molto felice e orgogliosa.

In altre parole, ai suoi occhi Melissanthi era una fonte di continue sorprese. Imparava molto in fretta, sapeva comportarsi in società e dopo un mese a Salonicco nessuno sarebbe riuscito a capire che era nata e cresciuta in un villaggio di montagna. Le piaceva molto leggere e acquistò molti libri di storia dell'arte, argomento che l'appassionava. Un giorno, mentre facevano colazione annunciò al marito un'altra idea che aveva avuto: «Apòstolos, vorrei imparare una lingua straniera».

«Quale?» domandò lui colto allo sprovvista.

«Non saprei… Magari il francese. Non è il francese la lingua preferita dalle signore dell'alta società di Atene?»

«Sì, ma… Come ti è venuto in mente?»

«Voglio imparare cose nuove, non credo che ci sia niente di male.»

«Certo che no, tesoro, solo che non me l'aspettavo.»

«Voglio cominciare subito, appena torniamo. Così i tuoi amici non diranno che hai sposato una contadina.»

«Sei tu la mia unica amica e soltanto tu mi interessi.»

«Sì, ma hai detto che ad Atene hai una intensa vita sociale e non mi va di essere inferiore alle mogli dei tuoi amici.»

«Non sei inferiore a loro sotto nessun punto di vista. Sei la donna più bella e affascinante che si sia mai vista.»

«La bellezza non è tutto, Apòstolos» ribatté. «Il punto è che voglio essere uguale a loro. Non sopporto l'idea di sentirle parlare in francese e di non capire niente di quello che dicono.»

«Va bene, va bene. Del resto, quando torneremo, dovrò occuparmi del mio lavoro e tu avrai un sacco di tempo libero a disposizione.»

«A proposito, Apòstolos, non mi hai ancora detto niente di Atene. È grande come Salonicco?»

«Quando ci andremo, ti renderai conto che, rispetto ad Atene, Salonicco è poco più di un borgo.»

«Non ci credo.»

«Vedrai con i tuoi occhi.»

«E la tua casa?»

«La nostra casa, vorrai dire» la corresse Apòstolos. «È una villetta a due piani. Ha sei camere da letto e si trova in una zona chiamata Kipseli.»

«Come mai ha due piani?»

«Perché tutte le villette hanno almeno due piani. In quello superiore ci sono le camere da letto e i bagni, mentre quello inferiore ospita la cucina, lo studio e i salotti.»

«Insomma, è una specie di reggia. Mi domando come farò a prendermene cura.»

«Che cosa intendi?»

«Come farò a tenerla pulita e in ordine.»

«Tesoro mio, tu non dovrai fare nulla, neppure il letto. Ai lavori di casa ci pensa il personale di servizio.»

A queste parole Melissanthi fece tanto d'occhi.

«Certo, che cosa credevi?» riprese Apòstolos. «Che ti ho sposato per seppellirti in una cucina? Le faccende di casa sono compito di due ragazze che vivono con noi, poi ci sono la cuoca e Maria, un'altra ragazza che una volta la settimana viene a farci il bucato.»

«E io che cosa devo fare?»

«Distribuirai loro i compiti della giornata, ti dedicherai al riposo, uscirai a far compere... Farai l'amore con me... Non mi sembra poco.»

«Pochissimo per una giornata intera. Non credo, Apòstolos, che ce la farò mai a diventare una signora dell'alta società.»

«Una signora lo sei già... A parte che nel letto, ma lì non ti voglio signora, ti voglio come sei adesso: insaziabile ed esigente.»

Tra i due bastava un nonnulla perché gli occhi brillassero e divampasse di nuovo il fuoco.

Melissanthi si rese conto che su Atene Apòstolos aveva ragione. La città pullulava di veicoli, passanti frettolosi, luci al neon e vetrine colme di ogni ben di Dio. Fu un'autentica scoperta. Le pareva di trovarsi nella grotta di Aladino; a portata di mano aveva mille occasioni e non riusciva a credere che a un tratto la sua vita fosse così piena di cose da fare e di esperienze da vivere. Apprezzava soprattutto il fatto che non doveva preoccuparsi dei lavori domestici. Nel giro di breve tempo imparò a gestire il personale di servizio, che si occupava di tutto senza che lei dovesse muovere un dito.

Quando erano tornati dalla luna di miele, i due sposini avevano trovato ad aspettarli all'ingresso della villetta il personale di servizio al completo. Avevano ricevuto gli auguri e le felicitazioni di rito, e Melissanthi era stata consapevole di essere al centro dell'attenzione. Per evitare di fare una cattiva impressione aveva dissimulato lo stupore procuratole dallo spettacolo di quella lussuosa dimora. Da qualche tempo aveva imparato a tenere celate le emozioni: non era più l'intimorita ragazza di paese che restava a bocca aperta di fronte a qualsiasi novità. A poco a poco andava trasformandosi in una signora della buona società ateniese, emancipata e cosmopolita. Quanto alla casa di Apòstolos, dal punto di vista della raffinatezza non aveva nulla da invidiare all'hotel di Salonicco dove aveva trascorso la prima notte di nozze. Il tono dominante era offerto dal marmo, dalla mobilia di pregio, e dai soprammobili di cristallo e di argento, che si era ripromessa di osservare meglio una volta rimasta sola con il marito.

«Allora, cosa ne pensi della nostra casa?» aveva domandato lui dopo che il personale di servizio si era ritirato.

Si era data un'occhiata intorno prima di rispondere. Scacciando l'immagine della casa dov'era nata e cresciuta, con il pavimento di legno, i mobili grossolani, il camino coperto di fuliggine e il divanetto consunto, gli aveva sorriso.

«Non ho parole per esprimere la mia ammirazione!» aveva esclamato abbracciando il marito. «Mi sembra di sognare!»

«Anche a me sembra di sognare quando ti tengo tra le braccia.»

«Giù le mani» gli aveva intimato ridendo. «Non siamo soli.»

«A nessuno verrà in mente di disturbarci se non sarò io a chiamarlo. Voglio farti mia qui, adesso, e non ho nessuna intenzione di rinunciarci.» Un istante dopo aveva chiuso la porta a chiave e si erano rotolati in un abbraccio sul folto tappeto.

Ben presto il personale di servizio si abituò a non disturbare il signore e la signora quando erano insieme, e a non interromperli per nessun motivo al mondo. A volte i due coniugi, travolti dalla passione, non riuscivano a soffocare i gemiti di piacere e le giovani cameriere sospiravano udendo la felicità della giovane coppia, che più passava il tempo e più aumentava. Le ore che trascorrevano lontani a causa degli impegni professionali di Apòstolos sembravano interminabili a entrambi.

A volte la mattina, al risveglio, mentre si rigirava pigramente nel letto, Melissanthi si dava un pizzicotto per sincerarsi che quello che viveva fosse reale e non un sogno. Ormai non si trattava soltanto della vita agiata che il marito poteva offrirle, ma anche e soprattutto del corpo di lui e dell'abilità che aveva di mandarla in estasi con i suoi baci e le carezze. Certi giorni non avrebbe voluto lasciarlo andare al lavoro e pretendeva di lasciargli un ricordino che gli tenesse compagnia fino a sera, al ritorno a casa. E Apòstolos non se lo faceva ripetere due volte, sempre sollecito a soddisfare la moglie e a essere soddisfatto da lei.

Nel giro di breve tempo il facoltoso grossista del tabacco abbandonò le frequentazioni di un tempo per stare soltanto con la moglie. I vecchi amici e i conoscenti si domandavano che fine avesse fatto, finché un giorno Christos, il loro testimone di nozze, si presentò all'ufficio di Apòstolos deciso a scambiare quattro chiacchiere.

«Buongiorno» lo accolse gioviale Apòstolos.

Per tutta risposta Christos gli rivolse un'occhiataccia. «Sono lieto che dopo tanto tempo ti ricordi ancora di me» disse. «Dimmi una cosa, è così che si trattano gli amici?»

«Di che cosa stai parlando?»

«Hai anche il coraggio di fare l'indiano. Sei stato un mese in viaggio di nozze e fin qui tutto bene, ma sono passati ben tre mesi dal tuo ritorno e non hai ancora dato segni di vita con nessuno. Non ti si vede più né nei ristoranti né nei night-club né nei teatri.»

«Ti sbagli, non sono affatto tornato dal viaggio di nozze» rispose Apòstolos con una risata. «Anzi, per la precisione mi sento come se non fossi ancora partito.»

«Non mi dire» ironizzò Christos.

«Amico mio, tu non hai idea della donna che ho sposato. Credimi, Melissanthi è la risposta alle preghiere di ogni uomo. Direi addirittura che è la donna ideale.»

«Immagino che non ti riferisca alla gestione della casa.»

«Melissanthi è nata per il piacere. Capisci adesso perché sono sparito? Non vedo l'ora di tornare a casa e di tuffarmi di nuovo tra le sue braccia.»

«Sì, lo capisco, solo che non è questo il modo di trattare gli amici. E poi sono tutti molto curiosi.»

«Per quale motivo?»

«Non vedono l'ora di conoscere la donna che ti ha fatto perdere il lume della ragione. Ancora si domandano che cosa può avere di tanto straordinario una ragazza di campagna. Sai, circolano molti pettegolezzi. Secondo alcuni la tua mogliettina è così brutta che preferisci tenerla nascosta.»

«Non mi dire. È di questo che si occupa la gente?»

«Certo, soprattutto alcune tue vecchie fiamme, non so se mi spiego...»

«Proprio per questo preferisco non portarla molto in giro. Non vorrei che scoprisse troppe cose sul mio passato.»

«Prima o poi però dovrai pur presentarla agli amici. In fin dei conti sei un uomo di quarant'anni, tua moglie mica crederà di essere la seconda donna della tua vita.»

«Certo che no, solo non deve venire a sapere che sono stato un marito infedele. Le mie ex sono vipere e non esiterebbero a schizzare il loro veleno pur di mettermi in cattiva luce.»

«Secondo me stai esagerando» osservò Christos. «Nessuna oserebbe sfidarti così apertamente. Inoltre non dimenticare che quasi tutte le vipere, come le chiami tu, sono donne sposate e ci tengono almeno quanto te a non far scoprire gli altarini.»

«Sì, non hai torto» disse Apòstolos. «E allora qual è la tua proposta?»

«Sabato prossimo c'è il ricevimento organizzato da Karabatis.»

«Lo so, ho ricevuto l'invito.»

«Ebbene, quale migliore occasione per presentare ufficialmente tua moglie e mettere a tacere i pettegolezzi» riprese Christos. «Tanto più che qualcuno è stato felice di sentire che ti sei sposato.»

«Bontà loro.»

«Nient'affatto. È che adesso non hanno più paura che gli soffi la moglie, ecco tutto.»

I due amici scoppiarono a ridere. Christos si trattenne ancora un po' e si accorse che Apòstolos non smetteva di guardare l'orologio, impaziente che il tempo passasse e giungesse il momento di tornare nel caldo abbraccio della moglie. Una punta di gelosia pizzicò il cuore di Christos.

«Un ricevimento?» esclamò Melissanthi terrorizzata. «E che cosa vuol dire?»

«Che andremo a una festa a cui sono stati invitati un centinaio di lazzaroni che passeranno la serata a bere vino e a dire un mucchio di sciocchezze. Con un po' di fortuna ci sarà anche un'orchestra dal vivo e potremo ballare un po'. Ecco che cosa vuol dire un ricevimento» rispose nel tentativo di calmarla.

«Per te sarà anche una cosa facile, ma per me no. Non sono mai stata a un ricevimento. Innanzitutto che vestito mi devo mettere?»

«Uno delle decine di abiti da sera che si trovano nell'armadio della nostra camera e che finora non hai mai avuto occasione di indossare. È tempo che ti porti fuori, che ti faccia conoscere i miei amici, che muoiono dalla voglia di incontrare la donna che ho sposato.»

«Ecco perché sono preoccupata. Sarò al centro dell'attenzione di tutti. E se i tuoi amici mi trovassero antipatica?»

«Questa è l'ultima delle mie preoccupazioni e tale dev'essere anche per te. L'unica cosa importante per me è che mi rendi felice. Comunque è impossibile che ti trovino antipatica, anzi, ho paura che ti troveranno fin troppo simpatica.»

La sera del ricevimento fu naturale la gelosia che uomini e donne provavano verso Apòstolos. Melissanthi non era mai stata così bella. I presenti non facevano che rivolgerle sorrisi, ora affettati ora cordiali, mentre lei cercava invano di tenere a mente la sequela di nomi che il marito le sciorinava senza sosta. Strinse molte mani femminili gelate e ricevette decine di baciamano, gesto con cui nessun uomo l'aveva mai onorata prima di allora. Sorrise non appena riconobbe Christos, in mezzo alla folla di coloro che attendevano il proprio turno per salutarla, e lui non si limitò a baciarle la mano. L'abbracciò calorosamente e le baciò una guancia.

«Finalmente!» esclamò. «Chi non muore si rivede» la rimproverò, ma adesso che la rivedeva, in cuor suo giustificava la scomparsa dell'amico. La ragazza di campagna di un tempo non c'era più, rimpiazzata da una giovane donna di incredibile bellezza e raffinatezza.

Apòstolos approfittò della presenza dell'amico per affidargli la moglie e andare a prendere da bere.

«Christos, sono lieta di rivederti» disse Melissanthi timidamente.

«Non essere nervosa» la incoraggiò. «Sei una cannonata.»

«Davvero? Ho l'impressione che tutti mi guardino.»

«Forse, ma devi sforzarti di capirli. Il matrimonio di Apòstolos è stato una sorpresa per tutti. E poi il fatto che siate spariti per tre mesi dopo il ritorno dal viaggio di nozze ha dato adito a molti pettegolezzi. Così adesso che sei qui è naturale che tutti parlino di te.»

«Dici?»

«Certo. E a meno che tuo marito non decida di chiuderti di nuovo in casa per altri tre mesi, alle chiacchiere in società farai presto l'abitudine.»

«Al mio paese si chiamava pettegolezzo» replicò Melissanthi sottovoce.

«Questa ormai è acqua passata. Noi la chiamiamo critica sociale e molto presto vedrai che piacerà anche a te. Non c'è uomo o donna che sappia resistervi.»

Così Apòstolos, di ritorno con il vino, vide la moglie e il suo amico scoppiare a ridere con aria complice.

Il primo anno di matrimonio trascorse molto velocemente. Per la prima Pasqua che avrebbero festeggiato insieme Apòstolos chiese alla moglie se voleva andare a trovare la madre e le sorelle ma, quando scorse il raccapriccio balenarle negli occhi, comprese che lei non ci pensava neanche a ritornare, sia pure per pochi giorni, al villaggio dov'era nata e cresciuta. In cuor suo anche lui ammise di non avere alcuna voglia di adattarsi alla scomoda casa della suocera, né voleva pensare al fatto che, in presenza di Teodora e delle cognate, non avrebbe potuto dare sfogo alla passione per Melissanthi, che continuava a essere inestinguibile come il primo giorno. Così, per mettersi a posto la coscienza, si risolsero a inviare alla suocera un pacco pieno di doni, accompagnato da una cartolina firmata da entrambi.

La Pasqua la trascorsero a casa in compagnia di Christos e di sua moglie. Apòstolos ne approfittò per consegnare un dono a Melissanthi, che esultò di felicità quando vide due biglietti d'aereo con destinazione Parigi. L'ennesimo sogno che diventava realtà.

A Parigi la passione di Apòstolos e di Melissanthi divampò ancora più infuocata. Per loro fu una seconda luna di miele, complice senza dubbio l'atmosfera erotica della città degli innamorati. Di fronte all'ardore della moglie, per la prima volta Apòstolos provò un certo sbigottimento. A differenza di lui, che era un uomo maturo, Melissanthi era una ragazza di vent'anni, instancabile e vigorosa, e quel viaggio gliene fece prendere pienamente consapevolezza.

Lei si destava all'alba, decisa a non perdere neppure un minuto del loro soggiorno a Parigi, e svegliava subito anche lui usando il suo stesso corpo. Voleva conoscere ogni angolo di Parigi, aveva dichiarato, per cui passava l'intera giornata a camminare. Ma non appena tornavano in albergo la prima cosa che faceva era liberarsi degli abiti e guidare sul proprio corpo le mani del marito. Altre volte invece aveva voluto che facessero l'amore all'aperto, nei parchi, nascosti dietro un cespuglio, con il rischio di essere colti sul fatto da qualcuno. La sera andavano a ballare nei night-club più alla moda e all'alba, quando rientravano, nonostante la stanchezza era di nuovo pronta a ricominciare i giochi erotici con un Apòstolos ormai sgomento.

Al ritorno in Grecia, Melissanthi aveva una cera meravigliosa, al contrario di Apòstolos, che appariva fiacco ed esaurito. Christos, che qualche giorno dopo andò a trovarlo in ufficio, manifestò la propria apprensione.

«Come mai quella faccia stanca e tirata?» gli domandò. «Non ti sarai mica ammalato?»

«Ancora no, ma non escludo di ammalarmi molto presto.»

«Come mai? Per colpa del viaggio?»

«Sì, non mi sono mai stancato tanto in vita mia.»

«Immagino, non avrete smesso un momento di fare i turisti.»

«Il turismo non c'entra» spiegò Apòstolos in un tono imbarazzato di cui Christos colse al volo il significato allusivo.

«Non mi vorrai dire che la colpa è di tua moglie» esclamò basito.

«Eppure è la verità. Melissanthi è insaziabile.»

«Non mi aspettavo da te parole del genere. Proprio tu, che a volte avevi due o addirittura tre fidanzate alla volta.»

«Stavolta è diverso. Mia moglie ha bisogno dell'amore come si ha bisogno dell'aria o del cibo, e ho il timore che questo mi creerà presto dei problemi. Non ho più vent'anni.»

«Al contrario di lei.»

«Infatti. Sono andato persino dal medico a farmi prescrivere dei ricostituenti.»

A questo punto Christos scoppiò in una fragorosa risata, che suscitò l'indignazione di Apòstolos.

«Sei proprio un bell'amico» gridò innervosito.

«Scusami, ma se ci pensi questa storia è proprio divertente.»

«Di certo non per me.»

«Su, non fare così, sono sicuro che troverai una soluzione. Melissanthi è giovane ed è naturale che voglia abbuffarsi d'amore fino a scoppiare, ma vedrai che non sarà sempre così. Quando rimarrà incinta, sono sicuro che avrai nostalgia per la passione di un tempo.»

«Dici? Solo che sono quasi due anni che siamo sposati e, nonostante la frequenza dei nostri amplessi, ancora non è successo niente. La mia prima moglie sapevo che era sterile, adesso però ho paura che la colpa sia mia.»

«Sciocchezze. Non è capitato, ecco tutto.»

«Speriamo. Melissanthi è giovane e di certo vuole diventare madre.»

«Ne avete parlato?»

«Veramente no. Sembra che la cosa non le interessi, eppure non c'è giovane donna che non voglia diventare madre. O no?»

«Chi lo sa. Comunque non darti pensiero e prendi le cose come vengono. Per il resto, non dimenticare di prendere i ricostituenti e cerca di restare il più possibile lontano da casa. Adesso che siete tornati alla vita di tutti i giorni, vedrai che anche tua moglie si darà una calmata. Fatti coraggio, amico mio, e sappi che hai tutta la mia solidarietà.»

Christos si mise di nuovo a ridere e Apòstolos gli rivolse l'ennesima occhiataccia. Nel giro di pochi istanti, tuttavia, trascinato dall'ilarità dell'amico, scoppiò a ridere anche lui.

Il tempo passò e Melissanthi cominciava a provare sempre più spesso una sensazione di tedio. Dopo tre anni di matrimonio le sembrava che la vita non avesse nient'altro da offrirle. Apòstolos usciva la mattina presto e rincasava la sera tardi così esausto che a volte si dimenticava persino di darle il bacio della buonanotte. Quanto all'erotismo, anche questo era entrato in una fase di stanchezza. A un tratto si rese conto di non avere neppure una buona amica e se ne domandò la ragione. In vita sua, in effetti, non aveva mai avuto amiche del cuore, neppure quando viveva al villaggio. Adesso però, per la prima volta, sperimentava una sensazione di solitudine indescrivibile. Le sue giornate trascorrevano in casa nell'inerzia più assoluta. L'unico svago era costituito dalle uscite ufficiali con il marito, per recarsi, per esempio, a teatro, ma al rientro lui andava subito a dormire, mentre lei restava sveglia struggendosi di nostalgia per i tempi in cui facevano l'amore fino all'alba. Adesso accadeva sempre più di rado, ma in quei momenti le sembrava di rivivere la magia dell'inizio: Apòstolos era incontenibile, pieno di passione e di impeto proprio come allora. Purtroppo sembrava disposto a concedersi solo saltuariamente.

Una sera andarono a divertirsi in un locale notturno. Bevvero molto e Melissanthi trascinò il marito a bordo dell'automobile. Gli si donò con tale dedizione e lui lo apprezzò a tal punto che, alla fine, lei credette che i problemi degli ultimi mesi si fossero definitivamente risolti. Una volta rientrati a casa, Melissanthi, incoraggiata da quanto era accaduto poco prima, lo trascinò subito in camera da letto per una nuova tenzone amorosa. Si sfilò in fretta i vestiti, con gesti veloci spogliò anche il marito e lo abbracciò con tutta la sensualità di cui era capace. Apòstolos non oppose alcuna resistenza ma al termine appariva visibilmente provato. E lei lo conosceva abbastanza bene per rendersene conto.

Poco dopo lui cadde addormentato e lei ne approfittò per osservarlo meglio. Sì, il marito aveva un'aria stanca e affaticata. Le occhiaie gli cerchiavano le orbite, e per la prima volta notò le rughe presenti sulla fronte e sul volto. La pelle si piegava intorno al collo mentre il corpo sembrava inflaccidito. A un tratto ebbe la sensazione di commettere un atto sacrilego. Spense la luce e si sdraiò accanto a lui. Forse si ingannava. Apòstolos era ancora molto giovane, altrimenti non sarebbe riuscito a soddisfarla come aveva fatto poco prima a casa e soprattutto in macchina. Trascinato dall'impeto le aveva strappato di dosso i vestiti, e quando erano scesi dal veicolo, per fortuna c'era stata la pelliccia a nascondere la sua nudità. Pensò che era una sciocca a farsi venire in mente pensieri del genere.

Melissanthi divenne un'accanita giocatrice di carte in modo del tutto casuale. Negli ultimi tempi aveva sempre più netta la sensazione che il marito la evitasse e così partecipava a numerosi ricevimenti, dove quasi sempre veniva allestita una sala speciale per chi non trovava interesse nella musica e nella danza. Aveva chiesto al marito di insegnarle a giocare, all'inizio più per curiosità che per altro. D'altronde, poiché era un ottimo pretesto per farsi abbracciare da lui, preferiva mille volte ballare con Apòstolos. Ben presto tuttavia Melissanthi fece progressi straordinari nel gioco accorgendosi di possedere un talento innato per la matematica. La novità riempì di gioia anche Apòstolos, il quale fu ben felice che la moglie facesse le ore piccole con le amiche e gli lasciasse tirare un po' il fiato. Il medico gli aveva detto che aveva dei problemi al cuore e gli aveva consigliato di evitare ogni eccesso. Ovviamente si era ben guardato dal confidarsi con la moglie nel timore di essere considerato un ferrovecchio.

Tutto accadde la sera della vigilia di Natale, che festeggiarono a casa di alcuni amici. Melissanthi fu invitata a una partita a carte e per la prima volta accettò di giocare senza la presenza del marito. All'inizio le signore l'accolsero di buon grado, ma ben presto si resero conto che la giovane e bella signora Faturos non era un avversario da prendere sottogamba. Possedeva una memoria incredibile e una capacità di concentrazione straordinaria, cosicché alla fine della serata vinse l'intera posta in palio. Le avversarie tuttavia, anziché arrendersi e riconoscere la sconfitta, due giorni dopo la invitarono per la rivincita, convinte che si fosse trattato soltanto della classica fortuna del principiante. Melissanthi accettò pensando che fosse una buona occasione per distrarsi un po', visto che anche quella sera Apòstolos avrebbe fatto tardi in ufficio.

Ma a tormentare la giovane sposa non era soltanto il pensiero che il marito la trascurava. Da qualche tempo le capitava sempre più spesso di desiderare un bambino. Nelle lettere la madre non mancava mai di chiederle se fosse finalmente rimasta incinta e Melissanthi evitava sempre di risponderle. Non sapeva che cosa dirle. In teoria, dopo tanti anni, lei e Apòstolos sarebbero dovuti essere genitori non di uno ma di almeno due figli. Eppure non ne aveva mai parlato con il marito e neppure lui aveva mai toccato questo argomento. Le era persino capitato di sentire i commenti malevoli di amici e conoscenti, ma li aveva ignorati perché era giunta alla conclusione che forse il problema era di Apòstolos e non suo. Forse anche per questo evitava di parlarne. A impensierirla, tra l'altro, era infine l'età del marito. Se si imbatteva in un uomo più giovane non riusciva a evitare di fare confronti, eppure sapeva che non aveva il diritto di lamentarsi. In questa ridda di pensieri, angosce e preoccupazioni, la passione per le carte si rivelò un diversivo efficace e soprattutto gradevole, anche quando le capitava di perdere.

All'inizio Apòstolos fu lieto di questa nuova passione della moglie, che la teneva spesso lontana da casa e gli rendeva la vita più semplice. Aveva preso l'abitudine di rientrare piuttosto presto dal lavoro, di consumare un pasto frugale e di trascorrere la serata accanto al camino in compagnia di un buon libro, senza il timore che Melissanthi comparisse da un momento all'altro turbandogli il relax. Soltanto una volta ogni dieci giorni il programma prevedeva una serata tutta per loro, cosa che gli aveva consentito di rimettersi in forma e di recuperare il buon umore. Nel contempo non smetteva di prendere le medicine, sempre all'insaputa della moglie, che non aveva idea dello stato di salute di Apòstolos.

Ben presto, tuttavia, per Melissanthi cominciò un periodo di sfortuna. A un tratto aveva cominciato a perdere molti soldi, e più perdeva, più si lasciava prendere dal nervosismo e dalla voglia di rifarsi, ma il risultato era sempre lo stesso. Tornava a casa senza un centesimo e per pagare i creditori era costretta a prelevare somme sempre più consistenti dal conto in banca che il marito aveva aperto a suo nome. Un brutto giorno però, la banca avvertì Apòstolos, che andò su tutte le furie. Melissanthi aveva superato il segno. Le cifre che aveva perso al gioco erano talmente astronomiche da fargli sospettare che la moglie avesse cominciato a frequentare un giro di truffatori.

Così decise che era giunto il momento di intervenire. Quella sera rimase sveglio fino all'alba in attesa che lei rincasasse. Quando entrò in casa, Melissanthi trovò il marito in salotto.

«Come mai ancora sveglio?» gli domandò con aria sorpresa.

«Ti stavo aspettando» rispose lui in tono pacato. «Com'è andata la partita?»

«Spero ancora che un giorno la ruota della fortuna si rimetterà a girare» spiegò Melissanthi con un brutto presentimento nel cuore.

«Se prima non ti avranno spolpato per bene» ribatté Apòstolos con voce alterata.

«Che cosa vuoi dire?» domandò Melissanthi con stizza.

«Che un conto è fare una partitina a carte con le amiche e un conto farsi rapinare nelle bische clandestine.»

«Mi credi tanto sciocca da cadere in una trappola del genere?»

«Qui stiamo parlando di truffatori, di gente senza scrupoli; l'intelligenza non c'entra nulla. Quello che voglio dirti, Melissanthi, è che devi smetterla di giocare a carte. Stai tutto il giorno fuori casa, hai smesso di studiare il francese e ogni giorno che passa la situazione peggiora. Lo sai che sei riuscita a prosciugare il tuo conto personale? E sì che erano un sacco di soldi. C'è gente che è costretta a lavorare una vita intera per guadagnare meno di un decimo di quello che hai scialacquato tu in poco tempo con la mania del gioco.»

«E che cosa vorresti che facessi? Tu hai ragione, ma sappi che si tratta soltanto di un periodo sfortunato.»

«Il punto è proprio questo. Sei talmente assuefatta al gioco da non renderti conto che qui non si tratta di sfortuna, ma di una truffa sistematica ordita ai tuoi danni. Non sarebbe la prima volta che una persona va in rovina a causa del gioco.»

«La colpa è soltanto tua e della tua indifferenza» gridò Melissanthi di rimando in preda all'ira.

Apòstolos rimase a bocca aperta. «Cosa dici?» chiese con un filo di voce.

«Hai sentito benissimo» riprese la moglie. «O credi di prendermi in giro? Non sottovalutare la mia intelligenza, Apòstolos. All'inizio eri contento che giocassi a carte perché così credevi di esserti liberato di me. E per favore, non fare lo gnorri, lo sai benissimo che le cose stanno così. Perché, Apòstolos, perché hai smesso di amarmi? Che cosa è successo?» disse scoppiando in lacrime.

«Melissanthi, non puoi capire… Non puoi…» rispose lui sottovoce.

«Neanche tu puoi capire. E adesso che ho trovato un passatempo divertente, vorresti privarmi anche di questo!»

Apòstolos si raddrizzò sulla poltrona. «Mi dispiace che la pensi così» mormorò. «Sin dall'inizio del nostro matrimonio ho fatto sempre tutto quello che potevo per renderti felice. Se non riesci a capire che nella vita non si può soltanto stare in un letto a fare l'amore, significa che sei più immatura di quanto credessi. In ogni caso ho il dovere di salvaguardare il nostro onore e il nostro patrimonio. Né posso rischiare la rovina economica a causa della tua insana passione. A partire da domani, in banca troverai ogni volta soltanto la cifra che riterrò necessaria a sostenere le tue spese correnti. Se deciderai di sperperarla con le carte, sappi che dovrai rinunciare agli agi a cui ti sei abituata.»

Apòstolos parlò tutto d'un fiato, come un giudice che emette una sentenza di morte, dopodiché le augurò la buonanotte e salì in camera da letto, lasciando Melissanthi da sola, a fremere di rabbia impotente. Per scaricare l'ira, lei prese un vaso di cristallo e lo gettò contro la parete mandandolo in frantumi.

L'indomani mattina si rese conto che il marito era stato di parola. In banca trovò una cifra che, pur essendo cospicua, poteva al massimo coprire tre o quattro serate di gioco. Aveva assolutamente bisogno di altro denaro. Apòstolos, consapevole che la moglie avrebbe fatto di tutto per procurarselo, le requisì tutti i gioielli e li mise sottochiave in cassaforte con il pretesto che qualcuno avrebbe potuto rubarli. Non aveva alcuna voglia di vedersi scomparire sotto gli occhi tanti monili d'oro e tante pietre preziose per finanziare la passione della moglie. Melissanthi divenne paonazza per la rabbia ma non osò dire nulla. Doveva escogitare un altro stratagemma. Ormai era guerra aperta. In cuor suo accusava il marito di averla ridotta alla miseria, di lasciarla tutto il giorno da sola, di non averle dato un figlio, e tutto questo per giustificare ai propri occhi l'inqualificabile decisione che aveva preso: derubare Apòstolos. Il marito, infatti, soleva andare in giro con qualche sterlina d'oro nelle tasche e Melissanthi pensò di appropriarsene scucendogliele di nascosto. La responsabilità della presunta perdita ricadde sul personale di servizio, accusato di non occuparsi a dovere degli abiti del padrone di casa. Per un certo periodo Apòstolos non sospettò nulla. La moglie sembrava essersi adattata alla nuova situazione, e inoltre usciva molto meno. Così lui non diede importanza alla cosa e anzi fu molto soddisfatto di se stesso.

«Credo di meritarmi i tuoi complimenti» disse un giorno a Christos, che tuttavia scosse la testa perplesso. «Come, non credi che Melissanthi sia cambiata?» domandò.

«Non so, in apparenza sembra tutto a posto, ma i giocatori incalliti non si arrendono tanto facilmente. Comunque non è di questo che mi preoccupo.»

«A che cosa ti riferisci?»

«Mi riferisco al fatto che Melissanthi ti ha accusato di trascurarla.»

«Non posso fare diversamente. Il medico…»

«Il medico ha ragione, il punto è che non sei sincero con tua moglie. Se Melissanthi sapesse che sei ammalato, non ci penserebbe nemmeno a esercitare pressione su di te né si sentirebbe trascurata, e quindi non cercherebbe consolazione nelle carte.»

«Se fossi sincero con lei, mi considererebbe un rottame.»

«Lo sapeva sin dall'inizio che non sei un giovanotto di primo pelo. Non so quali progressi farà la medicina in futuro, né se la vita media dell'uomo aumenterà, quello che so è che oggi come oggi un quarantasettenne come te è considerato un uomo di mezz'età.»

«Grazie mille, tu sì che sai darmi coraggio» protestò Apòstolos.

«Amico mio, bisogna guardare in faccia la realtà. Melissanthi ha vent'anni meno di te, e sei anche malato.»

«Dove vuoi arrivare?»

«Al fatto che, se non ci fosse il gioco, forse Melissanthi cercherebbe un diversivo da qualche altra parte, che ti ferirebbe molto più dei soldi persi con le carte.»

«Vuoi dire che si troverebbe un amante? Impossibile. In fin dei conti non è vero che la trascuro. Usciamo insieme, la porto a teatro, l'anno scorso siamo andati a Londra e per quanto riguarda il sesso... be', per tua informazione, anche se è scarso in quantità, la qualità è ancora molto elevata.»

«Proprio questo è il vostro problema, la quantità. Eri stato proprio tu a dirmi che Melissanthi è nata per amare. Mi sai dire come fa adesso ad accontentarsi?»

Dal canto suo Melissanthi, ignara di quanto si discuteva alle sue spalle, continuava a frequentare in segreto la bisca, stando ben attenta a non spendere troppi soldi. Quando Apòstolos rincasava, lei di solito era già tornata e riguardo ai soldi, un po' grazie all'aiuto della fortuna, che sembrava essere tornata a sorriderle, e un po' grazie alle sterline d'oro sottratte, riusciva a non farsi notare troppo. Inoltre, per gettare ancora più fumo negli occhi del marito, ogni tanto si concedeva qualche partitella con le vecchie amiche, benché non la divertisse affatto anche se con loro vinceva sempre.

Un sabato sera Apòstolos, prima di coricarsi, si sfilò la giacca e l'appese alla spalliera di una sedia nella camera matrimoniale. In una tasca vi aveva lasciato trenta sterline d'oro, contate dalla prima all'ultima. Melissanthi, rimasta di nuovo senza un soldo ma decisa ad andare alla bisca la domenica sera approfittando di una cena di lavoro del marito, mossa dalla disperazione si risolse a ricorrere al solito stratagemma per appropriarsi di quattro sterline d'oro.

L'indomani mattina, al risveglio, Apòstolos si infilò la vestaglia e scese al piano di sotto per prendere il caffè. Ricordandosi delle sterline d'oro, decise di toglierle dalla tasca della giacca. Fece per contarle, più che altro per abitudine, e rimase a bocca aperta quando si accorse che ne mancavano quattro. Notò il piccolo strappo nella tasca, ma delle sterline mancanti non c'era traccia da nessuna parte. Non riusciva a capire: ricordava benissimo che, la sera prima, nella tasca della giacca aveva contato trenta sterline d'oro. Dopo non si era mosso di lì, quindi, almeno in teoria, le sterline dovevano trovarsi da qualche parte nella stanza. E invece non c'erano. La spiegazione poteva essere una sola: per tutto quel tempo la moglie non soltanto lo aveva derubato, ma aveva anche cercato di ingannarlo facendogli credere di aver smesso di frequentare la bisca. Adesso capiva come mai Melissanthi non prelevava soldi dal conto: la moglie aveva scoperto un altro tipo di banca, decisamente più sicura.

A un tratto si sentì il sangue montargli alla testa e il respiro diventare affannoso. Era fuori di sé per la rabbia e l'umiliazione. Avrebbe voluto scendere al piano di sotto e darle una sonora lezione ma sapeva che non aveva alcun senso. D'altra parte, non poteva certo far finta di niente.

«Che programmi hai per la serata?» le domandò con affettata noncuranza poco dopo, mentre prendeva il caffè.

«Niente di particolare» rispose lei con altrettanta noncuranza e sfogliando una rivista. «Siccome stasera non ci sarai, ho pensato di andare a trovare la signora Stathopulu.»

«Partitina?»

«Giusto per non perdere la forma. O forse non vuoi che vada?» gli chiese in tono innocente.

Apòstolos rispose a denti stretti: «Perché mai? La signora Stathopulu è una cara amica, il marito e io qualche volta giochiamo insieme a golf, vedrai che ti divertirai. Ma stai attenta, mi raccomando.»

«Non hai nulla di cui preoccuparti» continuò Melissanthi, ignara del fatto che il suo piano era stato scoperto. «Ormai ho smesso di frequentare la bisca, gioco soltanto in casa di amici e neppure tutti i giorni.»

«Lo so, lo so… Ho anche notato che di soldi dalla banca ne prendi pochissimi. Sono davvero molto soddisfatto di te, Melissanthi, i miei complimenti.»

Lei abbozzò un sorriso e assunse un'espressione compiaciuta. Poi si rituffò nella lettura della rivista senza accorgersi dell'ombra di rabbia che passava sul viso del marito, il cui sorriso era stato distorto da una smorfia di indignazione. Era sicura che sarebbe stata una serata trionfale. Le quattro sterline d'oro che aveva messo nella borsa le davano molta fiducia in se stessa. Finalmente era arrivato il momento della rivincita. Su questo non aveva dubbi.

La sera varcò la soglia della bisca e salì in fretta le scale. Entrò di corsa nel salone ma, quando raggiunse il solito tavolo, occupato dal solito gruppo di giocatori, il sorriso le si gelò sulle labbra. Seduto al suo posto, sorridente, c'era Apòstolos. Non appena lo vide, capì. Dagli occhi sprizzava scintille e aveva il volto rabbuiato. Si alzò e le si avvicinò, e per la prima volta in vita sua Melissanthi ne ebbe paura. Indietreggiò ma il marito le prese la mano, gliela baciò con galanteria e in seguito la fece sedere accanto a sé, mentre lui riprendeva a giocare.

Melissanthi credette di svenire. Era certa che nel salone tutti riuscivano a sentire il battito sfrenato del suo cuore. A un certo punto si rese conto che in quella partita accadeva qualcosa di strano. Apòstolos aveva un'espressione indefinibile sul volto. Non l'aveva mai visto altrettanto assorto nel gioco. Al contrario, il suo usuale avversario, l'uomo che vinceva sempre quando lei perdeva, sembrava seduto sui carboni ardenti. Non riusciva a capire molto di quanto stava accadendo a quel tavolo, tuttavia a occhio e croce avrebbe detto che si trattasse di un duello a colpi di carte tra il giocatore misterioso e il marito.

Quando sentì Apòstolos rivolgersi a lui con quel tono pacato che lei conosceva bene e che non preannunciava nulla di positivo, si sentì ancora più confusa: «Egregio signore, vi propongo tre alternative. Continuare con il vostro mazzo di carte truccate, continuare con un mazzo di carte buone, oppure finirla qui. La scelta è tutta vostra».

L'altro scaraventò le carte per aria e scattò in piedi, fuori di sé. Apòstolos raccolse le *fiches* con gesti misurati, prese con dolce fermezza la mano della moglie e insieme si diressero verso il responsabile della sala per cambiarle con i soldi. Melissanthi, a cui girava la testa, fu sul punto di crollare quando sentì le parole del marito.

«Come forse avrete capito, qua dentro c'è qualcuno che "sa", forse perché in passato ha praticato lo stesso sport. Così stasera ho deciso di fare un tuffo indietro nel tempo. Potrei chiamare la polizia, ma non voglio infierire. Mi basta che non facciate più mettere piede qui dentro a mia moglie. Uomo avvisato mezzo salvato.»

«Certo, signor Faturos...» farfugliò l'interlocutore. Apòstolos fece un sorriso pieno di ironia.

Uscirono senza parlare. Apòstolos, sbrigativo come mai era stato prima, spinse Melissanthi dentro l'automobile e poi mise in moto diretto verso casa. Pur con il cuore che ribolliva di rabbia, lei preferì tacere per non peggiorare la situazione con il marito, che teneva il piede incollato sull'acceleratore. Quando giunsero a casa poté finalmente dare sfogo alla rabbia che la invadeva.

«La scena di stasera sappi che non te la perdonerò mai» gridò. «Come hai osato umiliarmi davanti a tutti?»

«E tu come hai osato derubarmi sotto i miei stessi occhi? Avevo fiducia in te e tu mi hai ripagato montando la messinscena delle tasche scucite per appropriarti delle sterline d'oro.»

Era stata scoperta. La moglie rimase di sasso.

«Cos'hai da dire a tua discolpa?» riprese lui. «Ma c'è poco da dire. O forse mi hai preso per un idiota? Come hai potuto raccontarmi tante bugie? Come hai potuto derubare il tuo stesso marito?»

Melissanthi non riusciva a proferire parola. Per la prima volta ebbe la consapevolezza delle sue malefatte e si sentì sopraffare dalla vergogna. Si era comportata in modo inqualificabile e niente poteva giustificarla.

«Eppure ti avevo avvertito» la incalzò Apòstolos, ancora infuriato. «Ti avevo detto che quella era una bisca piena di ladri, ma tu non hai voluto starmi a sentire. Povera te, credevi di essere più furba di quei furfanti. Ti rendi conto di esserti resa ridicola?» Melissanthi tuttavia non rispondeva, e questo lo rendeva ancora più furibondo. Si avvicinò alla moglie e la prese per un braccio. «Allora? Non hai niente da dire?» gridò scuotendola con forza.

I capelli sciolti, per cui lui andava pazzo, le caddero sulla fronte coprendole il volto. Il seno provocante si intravedeva nella scollatura dell'abito da sera, le labbra erano schiuse e il respiro affannoso gli bruciava il viso. La buttò sul tappeto e le si gettò addosso in preda a una specie di ossessione. Melissanthi rimase alcuni istanti immobile, basita, ma presto si riprese e corrispose all'impeto del marito. Il corpo di lei accolse la foga e i baci impetuosi di Apòstolos come l'assetato sugge una goccia d'acqua, ricambiando con altrettanta passione. Lei gli strappò gli abiti in preda a un raptus incontrollabile, mentre quelli di lei formavano già un mucchietto in un angolo del pavimento. Avrebbe voluto mettersi a gridare di felicità nel momento in cui sentì entrare dentro di lei il marito, focoso come quando lo aveva conosciuto. Non era più il vecchio stanco e rassegnato i cui baci ricordavano quelli di un padre alla figlia, incapace di spegnere l'incendio di un corpo bruciato dal desiderio. Raggiunsero insieme il culmine del piacere. Erano spossati. Melissanthi lo guardò e si rese conto che quell'aspetto del marito le era mancato moltissimo. Avrebbe voluto rimettersi all'opera, ma dopo tanti mesi di amore con il contagocce preferiva non strafare. Si alzò dal pavimento per andare in camera da letto. Entrò in bagno e trasalì quando si accorse che Apòstolos l'aveva seguita. Le sorprese non erano finite: il marito la cinse di nuovo tra le braccia sotto l'acqua calda, lasciandola incredula.

Melissanthi scoppiava di felicità: a quanto pare, la situazione aveva risvegliato i sensi sopiti del marito. A partire da quella notte, che trascorsero abbracciati, Apòstolos tornò a essere l'amante instancabile dei primi tempi. Quanto a lui, non riusciva a credere di sentirsi di nuovo così attratto dal fascino della moglie. Neppure il cuore presentava alcun problema. Arrivò persino a pensare che il medico fosse un incapace e decise di abbandonarsi di nuovo alla forza dell'amore con quella moglie ancora molto giovane. Cercò di passare più tempo in casa, ridusse le ore in ufficio e dedicò le serate esclusivamente a Melissanthi, proprio come all'inizio del loro matrimonio. Il fine settimana si concedevano lunghe passeggiate nella natura. Fu durante una di quelle escursioni che decisero di acquistare una casa in campagna.

Melissanthi era al settimo cielo. La villetta che il marito aveva scelto si trovava in un posto appartato e, sebbene lontana dal mare, dagli ampi terrazzi se ne scorgeva il blu meraviglioso. Apòstolos non vedeva l'ora che fosse pronta per essere abitata e già sognava i fine settimana d'amore che vi avrebbero trascorso, al riparo da occhi indiscreti. Il brutto periodo sembrava essere definitivamente finito.

Purtroppo si trattava di una breve parentesi di felicità. Poco tempo dopo, le condizioni di salute di Apòstolos subirono un brusco peggioramento. Il cuore era in pessime condizioni e il medico gli raccomandò di evitare gli sforzi inutili e gli sbalzi di umore. Così, accampando un pretesto ridicolo, decise di trasferirsi in un'altra camera da letto e di lasciare a Melissanthi, ignara di quanto stava accadendo, l'uso esclusivo della camera matrimoniale. La moglie fece di tutto per convincerlo a cambiare idea, ma non ottenne risultati.

La villetta in campagna fu abbandonata al suo destino finché a un certo punto Melissanthi non cominciò a frequentarla da sola e a trascorrervi lunghe ore passeggiando in riva al mare o leggendo seduta sul terrazzo. Per questo prese la patente e acquistò persino un'utilitaria, in modo da spostarsi più agevolmente e con maggiore libertà. La tormentava il desiderio di capire perché Apòstolos fosse di nuovo freddo e distaccato. Pur comportandosi sempre come un gentiluomo, di rado andava a trovarla in camera sua e in quei casi sembrava trattarsi più che altro di un obbligo. Di passione non era rimasta la minima traccia, tanto che a un certo punto anche lei cominciò a trovare mille pretesti per evitare il marito. A volte aveva mal di testa, altre si sentiva indisposta... All'inizio la riempì di amarezza rendersi conto che Apòstolos si sentiva addirittura sollevato dal suo atteggiamento, ma alla fine l'amarezza fu soppiantata dall'indifferenza. Il suo corpo, che un tempo aveva bisogno dell'amore come si ha bisogno dell'aria, prese a inaridirsi. Dentro di lei ogni desiderio si spense a poco a poco.

Melissanthi si chiuse in se stessa e soltanto quando il marito le regalò un prezioso bracciale per la festa di compleanno si rese conto di avere trent'anni. Tale consapevolezza la gettò nel panico. Il tempo era passato molto in fretta senza che lei se ne accorgesse. Si sentì sprofondare nella solitudine ancor di più. Un giorno, mentre si trovava in riva al mare, per la prima volta dopo molti anni vide affiorare alla mente alcune immagini del passato e si dovette domandare come stesse la sua famiglia. La madre le inviava soltanto brevi lettere molto generiche. Le aveva scritto che le sorelle si erano sposate, mentre Polixeni era scappata dal villaggio come una ladra. Melissanthi invece aveva evitato i contatti troppo regolari. Le lettere indirizzate alla madre erano state più che laconiche e in ogni caso le aveva riferito soltanto le buone notizie e tutto quello che la rendeva una donna felice e una moglie fortunata. Quel giorno però la vita passata ritornava prepotentemente alla ribalta. Soltanto dieci anni prima era una fanciulla allegra e spensierata, con una lunga treccia che le cadeva sulle spalle, che si divertiva ad arrampicarsi sulle montagne e a contemplare il mare, proprio come quel giorno. Dieci anni prima sognava di andarsene e di realizzare tutti i suoi sogni, di vivere una vita ideale, ma adesso che l'aveva ottenuta, essa si rivelava nient'altro che una chimera.

Si sollevò una brezza lieve che le scompose i capelli. Lei inspirò con voluttà il profumo che proveniva direttamente dal suo passato. Il mare divenne fosco, assunse sfumature verdi e infine si trasformò nel fiume della sua infanzia, che la riempì di pace e di serenità. E poi la casa... la casa sul fiume. Le vennero in mente le parole della madre: «*La vita è come questo fiume che adesso scorre davanti a voi. È facile farsi trascinare lontano. E come i fiumi non tornano mai indietro, neanche chi si fa trascinare può tornare indietro* ».

Proprio quello che era accaduto. Provò un senso di sconforto. Si era fatta trascinare via dal fiume. Aveva sposato un uomo che poteva offrirle tutto e, adesso che lui non aveva nient'altro da offrirle, lei si comportava come una ragazzina viziata. Forse se fosse riuscita ad avere un figlio... Almeno avrebbe avuto qualcuno di cui occuparsi, ma ormai erano trascorsi molti anni e doveva farsene una ragione, anche se la riempiva di rabbia rinunciare al diritto di ogni donna a diventare madre. Ripensò ancora alla casa dov'era nata e cresciuta, sempre piena di allegria e di voci infantili. Ricordò l'espressione della madre quando guardava le figlie, gioiosa persino quando bisticciavano per evitare un lavoretto in casa o per qualche altro futile motivo. Pensò al dolce sorriso che illuminava il volto di Teodora quando le stringeva tra le braccia. Lei non aveva mai provato una sensazione del genere. Apòstolos le aveva dato tutto ma non era riuscito a farle il dono più grande. Aveva acquistato per sé una bella bambola, l'aveva sommersa di regali e di gioielli, se l'era goduta finché ne aveva avuto voglia e adesso se n'era disfatto senza neppure regalarle la gioia di diventare madre.

Per la prima volta la vecchiaia le parve un morbo contagioso e temette che ben presto anche lei avrebbe avuto un aspetto stanco, affaticato e amareggiato per la vita vuota che l'attendeva. Subito la colse una crisi di panico. Aveva trent'anni ed era sola. Sola in una casa enorme, che condivideva con un marito destinato a invecchiare di più ogni giorno che passava, e incapace di darle le due cose che più di ogni altra sentiva importanti nella vita: l'amore e un figlio. A un tratto le balenò l'idea della fuga. Ma rinunciò subito. Non avrebbe saputo dove andare. Di sicuro non poteva tornare indietro al villaggio. Con sua madre non avrebbe resistito neppure una settimana. Non dopo aver gustato la vita agiata a cui ormai si era abituata. Sentiva di essere finita in un vicolo cieco.

Ànghelos Flerianòs era un giovane di trentadue anni. Bello come un dio e cortese come un cavaliere del passato, godeva di vasta popolarità presso le dame della buona società ateniese, lusingate dai suoi complimenti accortamente formulati affinché non sembrassero adulazioni. Ma oltre che avvenente e cortese, Ànghelos era anche un uomo di talento. Si era laureato in ingegneria in Italia ed era appena rientrato ad Atene dopo aver lavorato alcuni anni all'estero. L'amore per la propria patria e l'insistenza dei genitori lo avevano convinto a tornare per diventare il protagonista dei salotti mondani della capitale.

Il ricevimento di carnevale offerto dall'armatore Seremetis era l'evento dell'anno e avrebbe accolto numerosissimi invitati. Melissanthi aveva deciso di travestirsi da Cleopatra. Indossò una tutina attillata che non lasciava nulla all'immaginazione, una parrucca nera e un trucco degno della regina d'Egitto, che affascinò tutti. Ad accompagnarla c'era Apòstolos, alquanto impacciato nel suo costume da Antonio.

«Che bella coppia che erano un tempo» commentò uno degli invitati. «Adesso invece sembrano padre e figlia.»

«Peccato» gli fece eco una signora.

«Ho sentito dire che è malato di cuore» aggiunse un altro.

«Adesso si spiega la ragione del tracollo» concluse un'altra ancora.

Apòstolos e Melissanthi, in altre parole, costituivano l'argomento della serata, sebbene non avessero idea dei pettegolezzi che infuriavano alle loro spalle. Melissanthi chiacchierava con la moglie di Christos, un'appassita quarantacinquenne che aveva avuto l'infelice idea di travestirsi da Cappuccetto Rosso, mentre Apòstolos si confidava con l'amico, che aveva scelto un bel travestimento da prete. Melissanthi rivolgeva sorrisi cortesi alla donna, la quale si lamentava dei suoi problemi ai reni, ma in cuor suo si pentiva amaramente di aver accettato di partecipare al ricevimento. Negli ultimi tempi gli impegni mondani le erano venuti tremendamente a noia perché in genere erano frequentati esclusivamente da coetanei di Apòstolos. Le coppie più giovani tendevano a evitarli e a ragione, dal momento che ci si poteva divertire di più andando a ballare o ad ascoltare musica nei locali notturni. E Apòstolos aveva smesso di ballare anche ai ricevimenti. Si lamentava perché gli dolevano le gambe e inoltre dichiarava il proprio disinteresse nei confronti dei balli moderni e della musica a tutto volume, a cui preferiva una bella chiacchierata seduto su una comoda poltrona del salotto. Alla moglie non restava altro che tenere il ritmo con il piede e rivolgere sguardi carichi di invidia verso le coppie sfrenate sulla pista.

Anche Ànghelos si annoiava ma era così cortese da celare con cura il suo stato d'animo. Quella sera in casa dell'armatore c'era anche lui: ne aveva accettato l'invito a malincuore, più che altro per soddisfare le insistenze della madre, e ne stava comprendendo le ragioni. Gli ospiti erano tutti di alto rango ed era un'occasione irripetibile per fare pubbliche relazioni e concludere accordi professionali. A un certo punto si trovò accanto a una signora anziana, consorte di un capitano d'industria che tempo prima gli aveva commissionato la progettazione di una villa nei sobborghi. Ànghelos si era travestito da centurione romano e aveva la sensazione di soffocare, prigioniero della sua armatura. Avrebbe dato qualsiasi cosa per sottrarsi alla logorrea della signora ma, poiché non scorgeva vie d'uscita, si limitava a sorridere, a rispondere con affettata cortesia e a manifestare un interesse fittizio, lasciando che lo sguardo percorresse libero il salone.

Non appena la vide, probabilmente la donna più bella tra tutti i presenti, avvertì un tuffo al cuore e non riuscì più a distogliere lo sguardo. Era intenta a chiacchierare con una signora travestita da Cappuccetto Rosso e dal suo sguardo svagato intuì che anche lei doveva provare la stessa sensazione che lo attanagliava: si stava annoiando a morte. Sorseggiava lentamente un bicchiere di vino e Ànghelos fu percorso da un brivido quando vide quelle labbra sensuali schiudersi e appoggiarsi all'orlo. Il cuore cominciò a battergli forte e provò il desiderio irrefrenabile di conoscerla, di udirne la voce, di guardarla negli occhi. Notò i due signori più anziani che completavano il quartetto. Uno dei due suppose che fosse il padre della ragazza.

«Signora Dàvari, chiedo venia» si sentì costretto a interrompere l'interlocutrice. «Per caso sapete chi è quella ragazza vestita da Cleopatra? Mi sembra di averla già vista da qualche parte ma in questo momento non riesco a ricordare dove.»

L'anziana signora rivolse lo sguardo nel punto indicatole da Ànghelos e gli occhi le brillarono. «Certo che so chi è. Si chiama Melissanthi Faturos, moglie di Apòstolos Faturos, il grossista del tabacco. È il signore vestito da Antonio che le sta seduto accanto. Ma tu, Ànghelos, come fai a conoscerla?»

«Infatti non la conosco. L'ho scambiata per una mia collega di università, in Italia. Tutta colpa del costume.»

«Sì, è facile confondersi» fu il commento della signora, che riprese il suo discorso interrotto permettendo ad Ànghelos di immergersi nei suoi pensieri.

*Dunque è sposata con quel signore che io ho scambiato per il padre* Guardò con rinnovato interesse quella creatura di avvenenza straordinaria, dalla quale si sentiva attratto irresistibilmente, come un magnete.

Intanto Melissanthi si sentiva sull'orlo di una crisi di nervi. Ancora un minuto e la storia lacrimevole di Nitsa e dei suoi reni affaticati le avrebbe provocato un attacco isterico. Si guardò intorno come un naufrago, ma non scorgeva nulla e nessuno in grado di aiutarla.

«Vogliate scusarmi...»

Una voce cortese si rivolgeva ad Apòstolos. Lei si voltò. Un centurione romano... o forse un dio dell'antichità? Un uomo di tale bellezza non poteva che provenire dall'Olimpo. Anche Apòstolos si girò e sorrise.

«*Ave, Caesar*» disse Ànghelos.

Apòstolos rispose al saluto: «*Ave, centurio*».

«Ànghelos Flerianòs» si presentò.

«Flerianòs? Per caso è parente dell'avvocato Kostas Flerianòs?»

«Sono suo figlio, signore.»

«Faturos. Apòstolos Faturos.»

Seguirono le presentazioni con gli altri. Quando Ànghelos prese nella propria la mano di Melissanthi, ebbe un mancamento. Le dita candide gli parvero di porcellana preziosa e, chinandosi per baciarla da vero gentiluomo, ebbe la sensazione di accostarsi a una preziosa, rara reliquia. Il profumo inebriante della donna l'avvolse come un mantello di seta da cui lui si lasciava travolgere, mentre gli occhi, che lo guardavano con interesse, gli sembrarono due diamanti capaci di farlo struggere di desiderio e nel contempo di guarirlo. Cercò di inserirsi anche lui in quella conversazione priva di qualsiasi interesse, in modo da poter fare la richiesta che gli stava tanto a cuore da sentire pulsare le tempie.

«Generale, vorresti concedere a questo umile centurione l'onore di un ballo con la tua Cleopatra?» domandò ad Apòstolos.

Melissanthi trattenne il respiro e non credette alle sue orecchie quando udì il marito accordare il proprio consenso: «Giovanotto, il tuo desiderio sarà esaudito, a patto che tu sia pronto a difenderla anche con il sacrificio della vita».

«Sono pronto!» rispose Ànghelos nello stesso tono scherzoso, porgendo il braccio a Melissanthi, che si sentiva tremare le gambe.

Lo seguì al centro del salone. L'orchestra eseguiva un tango coinvolgente e lui la prese tra le braccia con tale rispetto che nessuno avrebbe potuto intuire il rogo che lo consumava dentro. Volteggiarono al suono della musica, ma Melissanthi non trovava il coraggio di guardarlo. Aveva paura di se stessa, aveva paura del brivido che provava lungo la schiena, e temeva che qualcuno si accorgesse del turbamento causato da quell'uomo che vedeva per la prima volta, un turbamento inaccettabile e biasimevole per una signora del suo rango. Dal canto suo Ànghelos si comportava da perfetto gentiluomo. Evitava di aderire più del consentito al corpo di lei ma la mano, appoggiata sulle spalle, bruciava come il ferro incandescente. Lei avvertiva quel calore, che la faceva ardere di desiderio. Con le gote soffuse di porpora, pregava in cuor suo che la musica non finisse mai, che quel ballo durasse per l'eternità.

Ànghelos si trovava in uno stato d'animo analogo. Il profumo di Melissanthi gli travolgeva le narici, lo faceva impazzire, gli procurava una sensazione inaudita. Avrebbe voluto stringerla tra le braccia, prenderla e portarla in un luogo appartato per restare da soli, chiederle tutto sulla sua vita, scoprirne i pensieri e i desideri più reconditi. Sprofondare nei misteri che celavano i suoi occhi, esplorarne l'abisso. Avrebbe voluto portarla lontano, in un paradiso creato soltanto per loro, dove il corpo di Melissanthi gli avrebbe donato la vita eterna e nel contempo un inferno ardente di fuoco.

Alla fine della danza, con un perfetto baciamano Ànghelos la riportò dal marito, salutò con deferenza e si allontanò, incapace ormai di dominare l'amore per quella donna che gli incendiava gli occhi, quella donna comparsa all'improvviso nella sua vita che, ne era certo, l'avrebbe messa completamente sottosopra. Salì in macchina e avviò il motore. Non smetteva di pensare a lei. Per la prima volta temette di non tornare sano e salvo a casa, perché distratto com'era non vedeva la strada davanti a lui. La sagoma di Melissanthi si stagliava sul parabrezza, ne vedeva gli occhi ovunque e l'abitacolo era pieno del suo profumo. Infine si coricò, fissò gli occhi sul soffitto e si abbandonò al ricordo del ballo di quella sera, di quei pochi minuti in cui l'aveva tenuta stretta tra le braccia. Senza pensarci due volte decise di farla sua. Altrimenti correva il rischio di impazzire.

Anche Melissanthi non vedeva l'ora di lasciare il ricevimento e quando il marito, visibilmente provato, aveva detto che era l'ora di rincasare, lei l'aveva benedetto in cuor suo. Si spogliò e si mise a letto nuda. Si sentiva il corpo divorato dalle fiamme mentre riviveva ogni minuto del ballo con Ànghelos. Anche se non avevano scambiato neppure una parola, aveva la sensazione che si fossero detti tutto quello che c'era da dire. Non aveva dubbi sui sentimenti di quell'uomo. Dentro di lei sapeva che era uno di quei rari casi in cui due persone si completano alla perfezione e le parole sono inutili. Dopo tanti mesi trascorsi nel tentativo di convincersi che per lei l'amore apparteneva ormai al passato, a un tratto era giunto Ànghelos e aveva rimesso tutto in discussione. Proprio quando era finalmente riuscita a soffocare i moti del cuore e l'impeto del desiderio, era bastato un semplice ballo per farle capire di essere finita in un campo minato. Niente e nessuno l'avevano avvertita dell'imminente pericolo al quale si era abbandonata senza remore, senza indugi, sopraffatta dalla bellezza di Ànghelos e dai sentimenti che avevano risvegliato in lei lo sguardo e l'abbraccio del giovane. Ma era un pericolo che non intendeva evitare, per nessuna ragione. Anche perché, ne era certa, non sarebbe stata niente più che una scappatella, da circondare di assoluta discrezione e riservatezza. Era il minimo che avrebbe potuto fare per il marito, al quale doveva molto e che non voleva in alcun modo umiliare.

L'incontro successivo tra i due sarebbe avvenuto per puro caso o forse per volontà del destino: lo stesso giorno, alla stessa ora, Ànghelos e Melissanthi sarebbero partiti per andare al mare. All'indomani del ricevimento, Melissanthi disse ad Apòstolos che sentiva il bisogno di cambiare aria e gli annunciò che avrebbe trascorso qualche giorno nella villetta in campagna. Il marito non batté ciglio. Sapeva che lei adorava quel posto e sorrise quando la vide riempire la valigia di libri.

«Oltre ai libri ricordati di portare con te anche un pullover» disse sorridendo. «In campagna fa molto freddo.»

«Non credo che starò molto fuori casa» replicò Melissanthi in tono sconsolato.

«Questo l'ho capito da tutti i libri che ti porti» rispose lui. «Perché non prendi con te anche Dafni?»

«Non ci penso neanche» si affrettò a dire Melissanthi. «Ho voglia di stare un po' da sola.»

Niente di strano. Quando si recava in campagna, di solito preferiva la solitudine e di rado si faceva accompagnare da qualcuno del personale di servizio. Le piaceva fare la casalinga per qualche giorno, senza avere tra i piedi scrupolose cameriere che le chiedevano senza sosta se avesse bisogno di qualcosa o a che ora voleva che fosse servita la cena.

All'indomani del ricevimento anche Ànghelos salì in macchina e si mise in marcia senza una meta precisa. A un certo punto capitò sulla riviera, in un posto dove non era mai stato prima. Scese dalla vettura e si mise a passeggiare sulla battigia e a lanciare ciottoli in mare. Il cielo era una lamina di piombo e il vento freddo gli sferzava il viso, ma nel cuore e nella mente c'era soltanto Melissanthi.

Lei avvertì un tuffo al cuore quando lo vide avvicinarsi. Appena arrivata a casa, aveva scaricato in fretta i bagagli ed era corsa sulla spiaggia sfidando il tempo che minacciava pioggia. Le era venuta voglia di farsi accarezzare dal vento del mare. Non faceva che pensare a lui... quando a un tratto lo aveva visto da lontano, intento a lanciare sassi tra le onde. Non si era accorto di lei. Melissanthi aveva sgranato gli occhi.

A un certo punto Ànghelos l'aveva vista. Per qualche istante aveva pensato a un miraggio. Avvicinandosi, la guardò meglio. Senza il costume da Cleopatra e la parrucca nera, con i lunghi capelli mossi dal vento a mo' di nastri di seta intorno al volto, appariva ancora più bella.

Si scambiarono uno sguardo. Due mari azzurri incrociarono due bicchieri di cristallo colmi di vino e di miele, che si abbandonarono alla dolce ebbrezza del loro profumo e si lasciarono trascinare nell'abisso del loro incanto. Un vago sorriso illuminò il viso delicato, un sorriso tutto per lui, che gli fece mancare il respiro. Le mani di Ànghelos, forti e sicure di sé, strinsero quelle di Melissanthi, che gliele aveva porte in segno di saluto.

«Se sei un sogno ti prego di non svegliarmi» le disse soltanto, e Melissanthi sorrise.

«Non è possibile che due persone facciano lo stesso sogno» rispose. «Che cosa ci fai qui?»

«Avevo bisogno di una boccata d'aria fresca» spiegò. «Così sono uscito e sono arrivato fin qui senza neppure sapere come. E tu?»

«Qui c'è la mia casa di campagna... Ci sono venuta per qualche giorno...» rispose senza riuscire a trattenere un brivido di sorpresa.

La coincidenza era straordinaria, sentì che il fato era tutto dalla loro parte.

«E il signor Faturos? Non è venuto anche lui?»

«Non poteva allontanarsi dall'ufficio.»

Si guardarono in silenzio, domandandosi entrambi per quale motivo balbettassero banalità prive di senso, finché non iniziarono a camminare sul lungomare deserto.

«Voglio sapere tutto di te» dichiarò Ànghelos.

Senza chiedergliene la ragione, che le appariva ovvia, Melissanthi cominciò a raccontargli a bassa voce la sua vita, senza tenergli nascosto niente, senza intenti autoassolutori, senza tacere le reali motivazioni che l'avevano indotta a sposare Apòstolos e senza addossare al marito più responsabilità di quante ne avesse.

«Lo ami?» volle sapere Ànghelos quando il monologo fu terminato.

Melissanthi, prima di parlare, lo fissò a lungo.

«Se quello che mi stai chiedendo è se sarei disposta a lasciarlo, sappi che gli sono molto riconoscente per tutto quello che mi ha dato e che non lo lascerei mai, per nessun motivo» rispose con determinazione.

«Capisco, anche se non era questo lo scopo della mia domanda.»

«Allora ti rispondo molto semplicemente che non lo amo più, o almeno non lo amo come una donna dovrebbe amare l'uomo che ha sposato. Però gli voglio ancora bene e non vorrei mai ferirlo.»

«Melissanthi, sappi che apprezzo molto la tua onestà.»

«Quello che sto facendo adesso non mi sembra molto onesto, e non è onesto neppure quello che provo per te da quando ti ho conosciuto, ieri sera. Sai meglio di me che siamo destinati alla rovina.»

«Lo so.»

Rimasero a guardarsi. Cominciò a piovere ma loro non ci badarono. Anzi, i goccioloni erano ciò che occorreva per spegnere l'incendio ardente della loro passione. Senza parlare, salirono a bordo delle rispettive automobili e Ànghelos seguì Melissanthi alla villetta.

Varcarono la soglia bagnati fradici.

«Speriamo di non prenderci un raffreddore» scherzò lei correndo a cambiarsi.

Qualche minuto dopo erano seduti davanti al camino acceso, avvolti negli accappatoi e con un bicchiere di cognac in mano. Il fuoco crepitava allegro. Il legno scoppiettava con dolcezza, ardente come i loro corpi, mentre la pioggia batteva insistente sui vetri delle finestre, creando un sottofondo musicale che accarezzava le orecchie dei due amanti, impegnati in una conversazione senza fine. Ànghelos ascoltava incantato Melissanthi, che gli parlava della sua infanzia trascorsa alle pendici dell'Olimpo. Gli descrisse gli alti alberi di castagno e i platani che donavano frescura ai viandanti, gli raccontò le marachelle di cui era stata protagonista e gli parlò della casa sul fiume, e lui non si stancava di starla a sentire. Risero di cuore per le avventure vissute da Ànghelos durante il periodo di studi trascorso all'estero. Le raccontò con franchezza le numerose relazioni che aveva avuto in Italia, le parlò dei suoi genitori e ricordò alcuni episodi dell'infanzia. Ma tacquero sulle loro intenzioni, su quanto avevano in mente di fare a partire da quel momento. E la notte trascorse senza che nessuno dei due sfiorasse l'altro. Avevano scelto di spegnere l'ardore di quell'incendio raccontandosi il passato, poiché mancava loro il coraggio di accennare al futuro. L'alba li trovò accanto al fuoco, che avevano alimentato tutta la notte gettandovi legna, e quello per ricompensarli non aveva smesso un istante di scaldarli e di rallegrarli.

Il sole si ostinava a restare nascosto dietro le nuvole e non li aiutò a capire che si era fatto giorno anche per loro, chiusi dentro casa e protetti dagli spessi tendaggi. E forse lo avrebbero capito ancora più tardi se Melissanthi a un certo punto non avesse sbirciato l'orologio sopra il camino.

«Sai che ore sono?» gli domandò in tono ilare.

«No! Adesso che sono qui con te, non voglio essere distratto da nessuno, neppure dal tempo.»

«Sono le sei del mattino.»

«E con questo? O forse è un modo gentile per invitarmi a togliere il disturbo?»

«Certo che no. Solo che ho bisogno di un caffè» rispose lei sorridendo. «E anche di qualcosa da mangiare.»

Fecero colazione, prepararono il caffè e tornarono davanti al camino. Ànghelos vi gettò altra legna e insieme si sdraiarono sul soffice tappeto di lana, assorti nella contemplazione della danza sensuale delle fiamme. Poi lui la guardò. Il viso di Melissanthi era soffuso di serenità e di pace. Le diede un bacio sull'angolo delle labbra. Lei si voltò. Sapevano entrambi che ormai era impossibile tornare indietro. Brucianti di desiderio, si liberarono in fretta degli abiti. I corpi erano roventi più del fuoco. Quello che stavano per sperimentare, l'ardore dei corpi e l'ossessione delle anime, aveva avuto un inizio ma, contrariamente a quanto decretato dalle leggi della natura, non poteva avere una fine. Le loro anime e i loro corpi erano assediati dall'impeto di un amore tirannico, inesorabile, che li avrebbe espugnati in nome della magnificenza dell'assoluto, del sublime.

Tre giorni e tre notti rimasero chiusi in quella casa su cui avevano impresso per sempre il sigillo della loro passione. Tre giorni e tre notti che trascorsero suggendo il nettare stillante dalle loro anime e dai loro corpi. Ne gustarono la dolcezza, si immersero nel lavacro dell'amore riemergendone rinnovati. Niente e nessuno avrebbe potuto ostacolarli, a parte Dio, il giudice supremo.

A malincuore, Melissanthi fece ritorno dal marito. Lasciò che lui le desse un bacio sulla guancia e si stupì del fatto che riusciva ancora a guardarlo negli occhi dopo tutto quello che era successo nei tre giorni precedenti. La sera, a cena, l'osservò con attenzione. Appariva più stanco e invecchiato del solito. La chioma si era ingrigita ancor di più e i radi capelli bianchi che la punteggiavano quando era andata via si erano moltiplicati. Gli occhi erano diventati foschi e spenti, il volto non aveva più nulla della freschezza di un tempo. Erano comparse anche le borse sotto gli occhi. Persino la postura era cambiata. L'Apòstolos fiero e impettito di una volta aveva lasciato il posto a un uomo curvo e ingobbito. Le si strinse il cuore e non poté non domandarsi il motivo di un cambiamento tanto improvviso e radicale. Si ricordò del nonno, che all'età del marito sembrava molto più giovane e attivo. Persino poco prima delle sue nozze, lo ricordava che camminava rapidamente, con il corpo dritto come un fuso, scalava la montagna come un ragazzino e correva avanti e indietro tutto il giorno senza stancarsi mai. Come mai Apòstolos riusciva a stento a tenersi in piedi?

«Apòstolos, dimmi, hai qualche problema di salute?» gli domandò a un tratto.

Lui le rivolse uno sguardo stupito. «Come ti viene in mente una cosa del genere?»

«Non so, hai una brutta cera» farfugliò, pentita di aver parlato.

«Forse perché ultimamente lavoro troppo.»

«Apòstolos, devi riguardarti. Non sei più un...» Melissanthi si interruppe.

«Perché ti sei fermata? Cosa stavi per dire? Che non sono più un ragazzino? Sì, mia cara, hai ragione, e lo so meglio di te» concluse lui in tono pacato.

«Non volevo metterti in imbarazzo» mormorò la moglie, abbassando lo sguardo. Al tradimento aveva aggiunto gli insulti.

«Non temere, non mi hai messo in imbarazzo. Mi dispiace soltanto che tu, che sei ancora giovane, per causa mia ti privi della felicità a cui avresti diritto» la tranquillizzò con tenerezza.

In quello stesso momento Melissanthi si alzò dalla sedia e andò ad abbracciarlo commossa. «Smettila con queste sciocchezze» gridò. «Sto benissimo, non ho bisogno di niente, grazie a te non ho mai avuto bisogno di niente.»

«E invece so che vorresti tanto avere un bambino.»

Melissanthi lo guardò negli occhi. In tanti anni di matrimonio non avevano mai toccato quell'argomento. «A che cosa ti riferisci?» reagì con voce tremante.

«Al fatto che non sono riuscito a renderti madre.»

«Innanzitutto non è detto che il problema sia tuo, anzi, potrebbe essere mio» tagliò corto lei.

Quella sera, nel silenzio della camera da letto, Melissanthi ripensò alle parole del marito. Si domandava come mai Apòstolos avesse deciso di parlargliene e per giunta in quel momento. Ma ben presto smise di pensare a lui e la mente corse subito ad Ànghelos e ai giorni meravigliosi trascorsi insieme. L'accordo era che, una volta tornati ad Atene, si sarebbero comportati con assoluta discrezione, evitando qualsiasi contatto o incontro. Melissanthi era stata categorica e Ànghelos, per rispettare le volontà della sua amante, rifiutò gli inviti ai ricevimenti ai quali sapeva che l'avrebbe vista.

Il luogo ideale per incontrarsi era la villetta in campagna, lontana dalla città e al riparo dagli sguardi indiscreti. Così il buen retiro di Melissanthi divenne ufficialmente il loro nido d'amore. D'altronde, da molti anni Apòstolos non ci metteva piede e tutto lasciava credere che non ci sarebbe andato mai più. Melissanthi invece la frequentava sempre più spesso e nessuno se ne stupiva. D'estate la zona era bellissima e per questo bisognava muoversi con maggior circospezione: in giro c'era più gente e non era escluso che qualcuno, capitato dalle loro parti, potesse notare la presenza di due veicoli parcheggiati all'esterno della villetta. Perché ciò non accadesse, Ànghelos preferiva lasciare la macchina nei paraggi e recarsi là a piedi. Al suo interno, protetti dagli spessi tendaggi, gli amanti potevano attingere la vita uno dall'altro, indisturbati. Melissanthi anelava di abbandonarsi tra le sue braccia e le sembrava di impazzire se Ànghelos veniva trattenuto ad Atene da qualche contrattempo. Ogni fibra del suo corpo aveva bisogno di lui, la sua assenza le procurava un vero e proprio dolore fisico. Allora si aggirava per casa come una leonessa in gabbia, intrattabile, senza che niente e nessuno potessero lenirne la sofferenza. Ma bastava una telefonata di Ànghelos per farla tornare serena e sorridente. Saliva in macchina in fretta e furia, e macinava veloce i chilometri per arrivare il prima possibile e gettarsi tra le braccia dell'amante con passione inestinguibile.

Christos si guardò intorno con aria interrogativa. Era stato Apòstolos a invitarlo una sera a cena.

«Melissanthi dov'è?» domandò.

«In campagna» rispose Apòstolos.

«Di nuovo?»

«Che cosa vuoi dire?»

«Che nell'ultimo mese a stento ha passato tre giorni qui a casa con te. Ogni volta che ti chiedo dov'è, tu rispondi che è andata in campagna.»

«Mi sembra naturale visto che siamo in agosto.»

«Sì, tu però sei qui. So che non sono fatti miei, ma mi domando come mai non sei andato con lei.»

«In primo luogo perché il mio stato di salute non mi consente di viaggiare e poi perché in campagna mi annoio a morte. Ma ovviamente non posso impedirle di andarci, in fin dei conti non ho niente di meglio da offrirle. Anche se io sono ridotto così, Melissanthi ha il dovere di vivere la sua vita. Cerchiamo di farci forza, ognuno come può. È poco più di una ragazza, prigioniera della vita di un vecchio.»

«Adesso esageri.»

«E allora diciamo di un ammalato.»

«Quanto ammalato?»

«Lasciamo perdere. Però ti dico che è meglio così.»

Proprio quella sera Melissanthi, ignara che altrove stessero parlando di lei, affrontava il primo litigio con Ànghelos.

«Mai e poi mai» gridò. «Ne abbiamo già parlato, non ho alcuna intenzione di lasciare Apòstolos. Perché mi vuoi mettere in una posizione difficile?»

«Perché ti amo, Melissanthi. Non riesco a vivere senza di te.»

«Ma non vivi senza di me, ci vediamo tutte le volte che vuoi.»

«Tutte le volte?»

«Quando abbiamo un po' di tempo libero, soprattutto tu. Sei tu che hai mille impegni professionali, sei tu quello che rimanda o annulla gli appuntamenti. E adesso di che cosa ti lamenti?»

«Quello che voglio è averti con me ogni giorno, ogni ora, ogni attimo. Voglio sposarti, creare una famiglia con te.»

«Impossibile.»

«Melissanthi, i miei genitori insistono. Vogliono vedermi sistemato e non gli do torto. Ho un buon lavoro e sarebbe una grande gioia per loro sapere che mi sono formato una famiglia.»

«Non credo che i tuoi genitori farebbero i salti di gioia se sapessero che la tua fidanzata è gia sposata con un altro.»

«So che non gli importerebbe.»

«Sei davvero un ingenuo. Non ti rendi conto che se chiedessi il divorzio ad Apòstolos, per noi sarebbe la rovina?»

«Non voglio rendermene conto. Prima o poi tutti si rassegnerebbero e ci lascerebbero in pace.»

«Ànghelos, cerca di capire. Apòstolos è mio marito e non voglio fare del male a una persona che mi ha fatto soltanto del bene, che mi ha dato tutto.»

«Anch'io posso darti tutto, anzi molto di più di un marito stanco e invecchiato. Soldi compresi, se è ciò che vuoi.»

«Non essere volgare. Non sono una sgualdrina, che si vende al miglior offerente.»

Il disgusto che si dipinse sul volto di Melissanthi ebbe l'effetto di scuoterlo. Un attimo dopo si inginocchiò davanti a lei per chiederle scusa.

«Per favore, amore, perdonami. Melissanthi, io ti amo. Quando non sei qui con me, mi sembra di impazzire.»

«Sappi che, se mi dirai ancora queste cose, non mi vedrai mai più» lo avvertì. «Sin dal primo momento ti ho detto che Apòstolos è mio marito, l'uomo che mi ha offerto una possibilità nella vita. Gli voglio bene e non gli farei mai un torto del genere. Non ci saremmo mai dovuti frequentare, ma ormai è accaduto. È una cosa che non riesco a controllare. Ma non farmene pentire.»

«No, non devi mai pentirti dei sentimenti che proviamo. Tu sei la mia vita, Melissanthi, non accusarmi se cerco di lottare per la mia stessa vita.»

«Mi dispiace di non riuscire a offrirti quello che desideri» mormorò lei. «Anch'io ti amo e lo sai, ma non posso diventare tua moglie. Tutto quello che posso concederti è stare con te come siamo stati insieme finora, abbandonandomi al tuo abbraccio con tutto il corpo e tutta l'anima.»

Glielo dimostrò subito, concludendo la discussione. Il loro amplesso ebbe la passione e la frenesia di due individui pienamente consapevoli di appartenersi per brevi intervalli. Melissanthi tuttavia sapeva che quel loro litigio sarebbe stato soltanto il primo di una lunga serie. Comprendeva che la loro relazione era senza via d'uscita e che presto avrebbe dovuto prendere una decisione. Ànghelos era un uomo di appena trentatré anni, bello e fortunato. Le pressioni dei genitori erano naturali, così come lo era il suo desiderio di avere al fianco una moglie, una donna che lo aiutasse nei momenti difficili e condividesse con lui la gioia dei momenti felici, una donna che gli regalasse dei figli. La relazione con lui durava già da un anno ed era chiaro che non poteva continuare.

In seguito comparvero perfino i rimorsi. Tormentosi, pungenti e crudeli. Rimorsi che non aveva mai avuto per tutto il primo anno. Il suo comportamento era ingiusto nei confronti di tutti e in primo luogo verso il marito, che lei tradiva. Apòstolos dormiva sonni tranquilli, ignaro del fatto che la villetta in campagna, da lui stesso acquistata per la moglie, si era trasformata in un'alcova. Lei lo lasciava da solo per giorni interi senza domandarsi mai se avesse bisogno di qualcosa, anche solo della sua presenza. Ma Melissanthi nutriva rimorsi anche nei confronti di Ànghelos, forse ancora più strazianti. Con che diritto lo teneva ostaggio di una relazione priva di futuro? Con che diritto gli impediva di costruirsi la vita che meritava? Non era giusto che, a causa sua, si sposasse magari all'età che aveva avuto Apòstolos nelle seconde nozze. I genitori di Ànghelos avevano ragione. Lo volevano vedere sistemato ma questo non sarebbe mai accaduto finché ci fosse stata lei di mezzo. Non nutriva illusioni in proposito. Ànghelos l'amava ed era pronto a qualsiasi sacrificio, al contrario di lei, che pure si dichiarava innamorata di lui. Ecco perché avrebbe dovuto lasciarlo. All'inizio avrebbe sofferto, ma poi si sarebbe senza dubbio rifatto una vita.

Nel tentativo di lasciarsi Ànghelos alle spalle, Melissanthi chiese ad Apòstolos di accompagnarla in un lungo viaggio. All'amante pensava di scrivere una lettera per spiegare che la loro storia era finita e chiedergli di rispettare la sua decisione. Le sembrava la soluzione migliore: temeva l'eventualità di un faccia a faccia, che forse non sarebbe stato risolutivo. Ma fu Apòstolos stesso a far naufragare il progetto.

«Melissanthi, quello che mi chiedi è impossibile» disse.

«Ma perché? Sono anni che non facciamo un viaggio all'estero insieme» protestò lei. «E poi non c'è il rischio che il posto non ti piaccia. Ho pensato di trascorrere un mese a Parigi e poi magari di fare un salto a Londra. Ma se preferisci possiamo andare in Spagna o in Italia.»

«Non posso abbandonare l'ufficio per così tanto tempo. Se ho capito bene tu pensi addirittura a un viaggio di tre mesi.»

«Se non tre, almeno due.»

«No, Melissanthi, impossibile. Non posso andar via proprio adesso.»

«Ma perché? Una volta ti piaceva viaggiare.»

«Una volta era una volta. Vorrei tanto accontentarti ma non posso. A meno che...» Apòstolos si interruppe pensieroso. Melissanthi gli rivolse uno sguardo interrogativo.

«A meno che cosa? Non importa quanto tempo staremo via, stabilisci tu la durata. Ti prego, Apòstolos, ho bisogno di stare un po' con te, da sola.»

«Pensavo che potresti andarci da sola» disse infine lui.

«Da sola?» Melissanthi trasecolò.

«Sì. Che problema c'è? Parigi la conosci, il francese anche, non avrai nessun problema a muoverti.»

«Ma... da sola?»

«Perché no? Anche quando vai in campagna sei da sola.»

«Sì, ma Parigi non è la stessa cosa.»

«Sciocchezze. Visto che non posso accompagnarti, non c'è motivo che rimanga anche tu qui ad Atene. È un'ottima occasione per distrarti, per fare compere, e spero che entro Natale tornerai qui da me.»

«Apòstolos, sei impazzito? Siamo in ottobre.»

«So quello che dico. È di Parigi che stiamo parlando. Vedrai che le settimane voleranno senza accorgertene. E poi non mi hai detto che vuoi fare un salto a Londra?»

«No, senza di te di andare a Londra non se ne parla. Tra un mese al massimo sarò tornata.»

La lettera per Ànghelos fu un tormento. Le mani e la mente non collaboravano, scriveva e cancellava senza sosta, e alla fine gettava il foglio a terra, tanto che sul pavimento si era creata una montagnola di carta tutta stropicciata. Il tempo stava per scadere. La partenza era fissata per l'indomani, anche i bagagli erano pronti accanto alla porta d'ingresso. Doveva congedarsi da lui e trovare il modo giusto per fargli capire che la separazione, per quanto la riguardava, era definitiva.

La mattina presto salì a bordo del taxi alla volta dell'aeroporto, ma prima fece tappa all'ufficio di Ànghelos per lasciargli la lettera. Fece scivolare la busta bianca sotto l'uscio, in modo che lui la trovasse solo dopo qualche ora. A quel punto non avrebbe più potuto fare niente. Lei sarebbe già stata in volo verso la *Ville Lumière* per scoprire come riuscire a vivere nelle tenebre in cui quel distacco la precipitava. Qualche istante prima del decollo, Melissanthi provò una fitta al cuore al pensiero che, al ritorno, l'attendeva di nuovo la solitudine e la noiosa vita coniugale di Atene. Aveva anche deciso di vendere la villetta in campagna. Ormai non aveva più il coraggio di tornarci. Ogni parete, ogni angolo erano pieni della presenza di un amore che aveva avuto la sventura di nascere in un luogo e in un momento sbagliati.

Parigi l'accolse con un tempo freddo e piovigginoso che non contribuì a rincuorarla. Prese un taxi e diede al tassista il nome di un hotel meno lussuoso di quello in cui aveva soggiornato con Apòstolos durante il loro ultimo viaggio, ma con un bel panorama sulla Senna. Quando entrò in camera, per prima cosa uscì sul balcone sfidando la pioggia per ammirare la magnificenza del fiume. Ancora una volta era sulle rive di un fiume che cercava rifugio, come quando da bambina lasciava che la corrente verde accanto alla loro casa si portasse via le preoccupazioni e i brutti pensieri. Magari avesse potuto farlo anche in quella circostanza. Scacciò il pensiero che da mesi non inviava alla madre neppure una cartolina. Teodora aveva il sesto senso e sarebbe riuscita a capire che qualcosa non andava nella vita della figlia anche da una semplice lettera. Non voleva raccontarle menzogne ma d'altra parte avrebbe potuto raccontarle la verità.

La sagoma di Ànghelos prese di nuovo forma nella sua mente. Melissanthi non riusciva a immaginarne la reazione. In quel momento doveva aver già letto la famosa lettera. Ne vide gli occhi celesti rannuvolarsi come un cielo prima che scoppi un temporale. Non aveva dubitato neppure un istante del dolore che gli avrebbe procurato. Per questo aveva scelto con grande attenzione ogni parola in modo da evitare sia pure il minimo equivoco. Non aveva specificato la meta del suo viaggio, si era limitata a scrivergli che sarebbe mancata a lungo in attesa che lui superasse le difficoltà dei primi tempi.

Cercò di rilassarsi con un bel bagno caldo. A causa della notte insonne che aveva trascorso e del nervosismo dei giorni precedenti alla partenza, si addormentò subito e si svegliò soltanto l'indomani mattina. Ma quando aprì gli occhi le parve che il lungo sonno non le avesse offerto ristoro né benessere. Tirò le tende e osservò il paesaggio. Aveva ricominciato a piovere. Tutto era grigio e uggioso.

«Meglio» pensò. «Il tempo va di pari passo con il mio umore.»

In seguito indossò abiti pesanti, si munì di impermeabile, non fece colazione e uscì. Capiva di muoversi come una marionetta, senza vedere niente e nessuno intorno a sé, ma era sempre meglio che restare chiusa in una camera d'albergo. L'assenza di Ànghelos si era già trasformata in dolore e si pentì di essere partita, di aver deciso di lasciarlo. Le venne voglia di salire sul primo aeroplano e tornare indietro, di correre tra le sue braccia, ma le forze superstiti della ragione riuscirono a trattenerla. Continuò a camminare ma a un certo punto sentì la stanchezza e si infilò in un piccolo bistrò profumato di caffè e di croissant. Si sedette accanto alla finestra a guardare la pioggia adesso torrenziale, che flagellava le strade come una frusta. I passanti avevano aperto l'ombrello e camminavano frettolosi mentre le automobili spruzzavano getti d'acqua al loro passaggio. Al tavolino accanto era seduta una coppia che si teneva per mano e nei cui occhi brillava l'ardore della passione che condividevano. La donna aveva appoggiato la testa sulla spalla di lui, e questi le parlava con dolcezza deponendole ogni tanto un bacio sulle labbra.

Si rese conto di aver commesso un errore madornale. Quella città nota in tutto il mondo per il romanticismo e la sensualità era l'ultimo posto in cui si sarebbe dovuta recare per dimenticare Ànghelos. Sapeva di aver fatto la cosa giusta ma ciò non la consolava: al cuore non si comanda e la certezza di essere nel giusto non bastava a raffreddare l'ardore. Melissanthi si alzò di scatto, pagò il conto e senza curarsi della pioggia battente uscì di nuovo. Se non altro l'acquazzone le impediva di vedere gli altri vivere quello a cui lei aveva deciso di rinunciare. Abbozzò un sorriso quando si imbatté in una giovane coppia che si baciava, con i volti sferzati dall'acqua, indifferenti alle intemperie, rapiti dall'impeto irresistibile del desiderio. Li osservò per qualche minuto. I due si discostarono e un attimo dopo si allontanarono l'uno dall'altro correndo e ridendo. Melissanthi capì che non era la pioggia a bagnare il suo volto. Rientrò all'hotel esausta, ordinò la cena in camera e telefonò ad Apòstolos per dirgli che tutto andava bene e si divertiva molto.

Tre giorni a Parigi bastarono per ridurla uno straccio. Il tempo era migliorato ma il cielo continuava a essere nuvoloso. Trascorreva il tempo passeggiando. Non aveva mai camminato tanto in vita sua. Aveva visto decine di vetrine delle quali non ricordava niente, aveva trascorso ore intere al Louvre senza riuscire ad apprezzarne i tesori, mangiava e beveva senza avvertire il sapore dei cibi e delle bevande, e continuava a domandarsi per quale motivo si trovasse in Francia. Ciononostante non si decideva a tornare a casa.

Cinque giorni dopo il tempo riservò ai parigini uno spettacolo straordinario: la battaglia incessante tra un sole splendente e grossi nuvoloni che continuavano a coprire il cielo della loro città. Se la mattina tutto lasciava credere che sarebbe stata una magnifica giornata di sole, in breve i nembi oscuravano il disco sfolgorante dell'astro. A ogni occasione il sole faceva capolino inviando i suoi raggi caldi e luminosi, ma un istante dopo le nuvole si prendevano la rivincita nascondendolo di nuovo.

Melissanthi, seduta al tavolino di un caffè all'aperto, osservava distratta la lotta con la certezza che il simpatico cameriere la stava considerando alla stregua di una pazza. Tuttavia non ce la faceva a stare al chiuso, dentro a quel locale eccessivamente caldo e angusto, con gli altri avventori che gridavano e manifestavano emozioni, mentre lei si sentiva pervadere da un angoscioso nulla. Il dolore l'aveva trasformata in una statua di pietra.

Caddero le prime, grosse gocce di pioggia, segno che stava per scoppiare l'ennesimo temporale. Melissanthi guardò il cielo plumbeo e si affrettò ad alzarsi. Anche se l'hotel era a due passi e aveva l'impermeabile, c'era il rischio si inzuppasse tutta. Senza perdere tempo si diresse in albergo. Giunse in camera tutta gocciolante e imprecò. Che cos'era successo al tempo di Parigi? Come mai sembrava di essere a Londra? Si sfilò gli abiti e andò in bagno. Lasciò che l'acqua calda lavasse via il gelo dell'acqua piovana e si avvolse nel caldo accappatoio. Non aveva molte alternative. Doveva passare il pomeriggio chiusa in camera a leggere le riviste che era stata abbastanza previdente da procurarsi.

Qualcuno bussò alla porta. Melissanthi trasalì. Non aveva ordinato nulla né aspettava nessuno. Nella certezza che si trattasse di un errore, aprì assumendo un'espressione di circostanza, pronta a rispondere cortesemente allo sconosciuto. Ma quando aprì la porta, la sua mente si rifiutò di credere a quello che si trovò davanti. La ragione lo respingeva, eppure lei temeva di essere impazzita del tutto e che l'immaginazione le stesse giocando un brutto scherzo. Davanti a lei, bagnato fradicio, c'era Ànghelos con le fattezze del viso deformate dalla tensione interiore, gli occhi rossi e le mani infilate nelle tasche del cappotto. Melissanthi fece due passi indietro, il che permise all'uomo di irrompere nella camera e di sbattere con violenza la porta. La prese per le braccia e la scosse fremendo. L'asciugamano che Melissanthi aveva in testa scivolò sul pavimento e i capelli si sciolsero a incorniciarle il volto.

«Non farmi mai più una cosa del genere» ruggì Ànghelos.

Avrebbe voluto aggiungere molte altre cose ma in quel momento non ci riuscì. Incollò le labbra su quelle di Melissanthi con un impeto che ne rivelava l'atroce sofferenza. Poi la spinse sul pavimento e cadde su di lei così com'era, senza togliersi gli abiti bagnati, mentre Melissanthi, nonostante il dolore che le procurava, per la prima volta dopo molti giorni si sentiva di nuovo viva. Lo aiutò a liberarsi di tutto e si diede a lui senza riserve, con il cuore traboccante di gioia e il corpo che si schiudeva come un petalo di rosa pronto a ricevere i raggi benefici del sole. Il pianto sommesso dell'amante la spaventò e la fece tornare alla realtà. Voltò la testa e vide le lacrime che gli rigavano le guance sgorgando da due laghi azzurri messi a dura prova dalla bufera dell'anima.

Sollevò il busto, sconvolta. «Perché piangi?» domandò allungando una mano per accarezzarlo.

Ànghelos si riscosse. Si strinse un asciugamano intorno alla vita e si accese una sigaretta. Lo sguardo smarrito si perse oltre la finestra, nel paesaggio dominato dalla pioggia. «Melissanthi, perché lo hai fatto?» ribatté. «Perché te ne sei andata lasciandomi quella lettera? Non hai pensato che per me era come ricevere una coltellata nel cuore? Non ti è venuto in mente che ogni parola era per me come una ferita?»

«Credevo di fare la cosa giusta...» mormorò infilandosi l'accappatoio e cercando in esso un po' di protezione.

«Stare lontani non ha niente di giusto: quando non ci sei io mi sento mutilato.»

«Mio padre è morto di cancrena per aver rifiutato di farsi amputare un piede. Aveva calpestato un chiodo arrugginito.»

«Per te è questo il significato del nostro amore? Una cancrena da curare con l'amputazione? Per ottenere che cosa? Una vita dimezzata?»

Lei non rispose e Ànghelos si avvicinò di nuovo. La prese per le braccia, ma questa volta con delicatezza. Le rivolse un tenero sguardo, sussurrando: «Amore mio, non riesco a vivere senza di te. Se mi costringerai a privarmi di te, allora meglio morire. Lontano da te non riesco a respirare, il sole smette di sorgere. E io non so che cosa farmene di una vita nell'oscurità. Quando ho letto la tua lettera, mi sono sentito mancare la terra sotto i piedi. Ti prego, Melissanthi, non farmi mai più una cosa del genere... ti prego». La stringeva tra le braccia con lo struggimento di un uomo appena scampato a un naufragio.

Quando la lasciò, lei si sedette sul letto. Si sentiva esausta. «Come hai saputo che ero qui?» gli domandò in tono pacato.

«Con un po' di fortuna… E anche un pizzico di furbizia.»

«Ossia?»

«Sono andato allo stesso club che frequenta tuo marito. Con un pretesto ho cominciato a parlare con lui, per gentilezza gli ho domandato come stessi e alla fine mi ha detto tutto senza molti sforzi, persino il nome dell'hotel. Così sono partito, per fortuna avevo pronto il passaporto.»

Melissanthi abbassò la testa, pensierosa, e lui si sedette accanto prendendole le mani nelle sue.

«Melissanthi, stammi a sentire. Tuo marito è una brava persona, che ha avuto il merito di sottrarti alla povertà. Per ricompensarlo gli hai donato i migliori anni della tua vita e la tua bellezza, e gli sei stata accanto con dignità e amore. In questo momento non ha più niente da offrirti né può pretendere altro da te. Per questo devi convincerti che non stiamo facendo niente di male.»

«Cerchi di convincere me o te stesso?»

«Melissanthi, non riesco a provare pena per tuo marito, perché senza di te potrei morire. E so che anche tu provi la stessa cosa. Non puoi convincermi del contrario.»

«Non ho mai detto che ho smesso di amarti.»

«E allora non lasciarmi.»

«Non è giusto neanche per te essere legato a una donna che non potrà mai essere tua.»

«È vero, solo che insieme a questa donna io mi sento felice, mentre con qualsiasi altra non avrei che un simulacro di vita. Ti prometto che non ti parlerò mai più di matrimonio. Ti resterò accanto alle tue condizioni, mi basta non rischiare di perderti.»

Gli rivolse uno sguardo pieno di lacrime, che tracimarono e scorsero lungo le guance. Ànghelos si chinò a suggerne il sapore salmastro, poi le labbra scesero sul collo e le braccia la strinsero con una forza disperata. Parigi a un tratto si riempì di luce, anche se il sole continuava a giocare a rimpiattino con le nuvole. Mentre Ànghelos le teneva la mano e percorrevano le strade infinite di quella città straordinaria, le strade si illuminavano di bagliori splendenti, la vita assumeva i colori dell'iride, tutto appariva meraviglioso e affascinante. Persino le vetrine diventavano interessanti. Melissanthi trovò mille oggetti da acquistare perché tutto le piaceva, e fingeva di non sentire le lamentele del suo amante, che protestava per essere costretto a quel tour de force nel freddo. Grazie a lui ogni cosa appariva imperdibile e unica. Ma le serate in albergo erano completamente dedicate a lui, che impazziva con il suo profumo, preda del batticuore per aver scorto nei suoi occhi la spasmodica attesa della voluttà, e molto spesso facevano l'amore tutta la notte, fino all'alba, al punto che la mattina non avevano neppure la forza di alzarsi per andare a fare colazione.

Entrambi erano consapevoli che il giorno del rientro si avvicinava velocemente. Il mese era volato via come un soffio e non era più possibile prolungare il soggiorno in un luogo che era diventato il loro paradiso terrestre personale. I genitori di Ànghelos avevano già manifestato i primi segnali di preoccupazione, mentre Melissanthi capiva dalla voce del marito quanto desiderasse rivederla.

Nel timore di imbattersi in qualche conoscente, decisero di rientrare in patria con un giorno di differenza. La prima a partire fu Melissanthi. Quando ne varcò la soglia, la casa di Atene le parve più deprimente che mai e il marito ancora più invecchiato. Si sentiva in colpa. Per scacciare la malinconia del ritorno decise di ristrutturare l'appartamento a dispetto delle proteste di Apòstolos, che non parve gradire l'arredamento moderno scelto dalla moglie. Adesso la mobilia aveva linee più leggere, più luminose, e Melissanthi sospirò di sollievo non vedendo più i vecchi buffet e le cassettiere di noce. Lo studio di Apòstolos invece decise di lasciarlo com'era, tanto più che il marito le aveva categoricamente proibito persino di entrarvi.

L'ultimo dell'anno organizzò un grande ricevimento. Decise di non farsi rovinare il buon umore dalle proteste incessanti del consorte, per niente allettato dall'idea di accogliere in casa un mucchio di scioperati e di fannulloni, come ebbe a definirli. Melissanthi aveva insistito perché aveva voglia di divertirsi. Da anni frequentavano soltanto Christos e la moglie Nitsa, una malata immaginaria che la tempestava di lamentele per infermità inesistenti. Melissanthi decise di invitare tutti coloro che conosceva, compresa la famiglia di Ànghelos, il cui padre era un vecchio amico di Apòstolos. Non voleva entrare nel nuovo anno senza avere accanto il suo amante, il quale fece i salti di gioia alla notizia del ricevimento. Sapevano che in pubblico avrebbero dovuto mantenere le distanze e limitarsi a qualche battuta di circostanza, ma almeno avrebbero potuto guardarsi e scambiarsi occhiatine dolci.

La serata fu coronata dal successo e tutti si profusero in complimenti nei confronti della padrona di casa per l'impeccabile ospitalità. Apòstolos invece si dimostrò particolarmente scostante e pochi minuti dopo la mezzanotte, mentre la festa era al culmine, annunciò che si ritirava in camera da letto con il pretesto di un'emicrania. A nulla valsero le suppliche di Melissanthi, che giudicava poco elegante l'assenza del padrone di casa. A un certo punto decise di uscire in giardino a prendere una boccata d'aria, la prima del primo giorno del nuovo anno. Anche se la serata era dolce si infilò la pelliccia e guardò le stelle che palpitavano nel cielo limpido. Avvertì la presenza di qualcuno alle sue spalle. Non le occorreva girarsi per capire di chi si trattava. Le braccia di Ànghelos la strinsero da dietro, le labbra posate sui capelli.

«Buon anno, amore mio» le augurò.

Lei si voltò e ricambiò l'abbraccio. «Felice anno, Ànghelos» rispose.

La baciò. «Come dice il proverbio? Chi sta insieme a capodanno, sta insieme tutto l'anno» mormorò con tenerezza.

«Ànghelos, sono felice» disse sottovoce stringendosi a lui e facendogli perdere il controllo.

Il respiro divenne affannoso, gli abiti volarono via e la pelliccia si trasformò in un morbido materasso pronto ad accoglierli. Le folte siepi fungevano da riparo perfetto per gli occhi indiscreti.

Al ricevimento fecero ritorno molto tempo dopo. Melissanthi preferì rientrare in casa dalla porta posteriore, per cambiarsi e correggere il trucco, e si giustificò dicendo che si era rovesciata addosso una coppa di champagne. L'ultimo invitato andò via all'alba. Lei si buttò sul letto spossata, sorridendo alla vista dell'abito che si era stropicciato in giardino mentre Ànghelos glielo toglieva. E così, ripensando ai momenti d'amore vissuti pochi minuti dopo l'arrivo del nuovo anno, si addormentò.

Melissanthi sapeva che quella richiesta di appuntamento non preannunciava nulla di buono e immaginò che la attendeva una scena infernale. La signora Flerianòs aveva chiesto di incontrarla a quattr'occhi e adesso si trovava seduta davanti a lei. Aveva l'aria arcigna e lo sguardo carico di risentimento, al punto che Melissanthi si sentì gelare il sangue nelle vene.

«Siamo sole, suppongo» prese la parola per prima.

«Come da vostra richiesta» rispose Melissanthi.

«Bene... Non credo che nessuna delle due desideri la presenza di testimoni.»

«Non capisco a che cosa vi riferite, signora Flerianòs.»

«E invece credo che capiate benissimo, signora Faturos, ammesso che l'epiteto di "signora" vi si addica.»

«Siete venuta in casa mia per insultarmi?» reagì Melissanthi indignata.

«Sono venuta a casa vostra per parlare di mio figlio. E per il suo bene vi consiglio di non fare la santarellina.»

«D'accordo, l'ascolto.»

«So che da molto tempo intrattenete una relazione con lui.»

«Chi ve lo ha detto?» domandò Melissanthi fingendo di cadere dalle nuvole.

«Vi ho visti con i miei stessi occhi!» gridò furibonda la donna. «Avrei preferito essere cieca piuttosto che vedervi insieme, la sera di capodanno, ma avevo bisogno di una boccata d'aria... e ho trovato voi che amoreggiavate!»

«Lasciate che vi spieghi...» balbettò Melissanthi con gli occhi lucidi.

«Spiegarmi che cosa? Che cosa ci fate voi, una donna sposata, con mio figlio?»

«Ci amiamo...» le rispose in tono pacato, ma la calma nella sua voce provocò una furia maggiore nella madre di Ànghelos.

«Come osate pronunciare la parola "amore" quando parlate di un uomo che non è vostro marito?»

«Signora Flerianòs, voi non capite...»

«E invece capisco anche troppo. So tutto di voi. Apòstolos Faturos vi ha portato via dal vostro villaggio che eravate una montanara, vi ha trasformato in una signora e questo è il vostro modo di ricompensarlo. Dovreste soltanto vergognarvi, se non fosse che donne della vostra risma la vergogna non sanno neanche dove sta di casa.»

«Signora Flerianòs, vi prego...»

«Tacete! Esigo che usciate dalla vita di mio figlio, adesso!» La voce della Flerianòs riecheggiò come un colpo di fucile.

«Ci ho provato... abbiamo provato a lasciarci,» mormorò Melissanthi «ma non ci siamo riusciti. Cercate di mettervi nei miei panni.»

«Nei vostri panni? Credete davvero che potrei cadere tanto in basso? Se state cercando di convincermi della purezza dei vostri sentimenti non occorre che vi scomodiate. Avete sposato un uomo di vent'anni più grande di voi per i soldi. E adesso che lui è diventato vecchio avete sedotto mio figlio che è giovane e ricco.»

«Vi prego, evitiamo le volgarità» protestò Melissanthi.

La signora Flerianòs scatto in piedi come una molla, sollevò la mano e assestò un sonoro schiaffo alla ragazza. «Come osi, sgualdrina!»

Melissanthi si sentì diventare pesante come il piombo. Incapace di reagire alla violenza della donna che le stava davanti, le rivolse uno sguardo inespressivo. «Ditemi che cosa volete» domandò con un filo di voce.

«Che lasci in pace mio figlio» gridò la Flerianòs.

«Non dipende soltanto da me. Se mi aveste lasciato continuare, vi avrei detto che ho cercato di lasciarlo, perché so che accanto a me vostro figlio non ha alcun futuro. Ma è stato lui a non volere! Sono andata all'estero per dimenticarlo ed è riuscito a trovarmi. Gli ho detto che avevo deciso di lasciarlo ma lui sostiene che lontano da me non ce la fa a vivere.»

«Chissà che sortilegi hai usato per legarlo a te, strega!»

«Vi date delle giustificazioni molto semplicistiche, signora Flerianòs, ma per quanto vi sembrerà strano, sono d'accordo con voi: poiché di Ànghelos sono innamorata, per il suo bene sono pronta a fare tutto quello che voi mi direte. Ànghelos deve formarsi una famiglia... anche io, se fossi madre, vorrei lo stesso per mio figlio.»

La Flerianòs la guardò in tralice come se si sforzasse di penetrare quell'anima e scoprirne le reali intenzioni.

«Mi dovete credere!» gridò Melissanthi.

«Non so se quello che dici è la verità o mi stai gettando fumo negli occhi, ma ti avverto, e sappi che non sono mai stata tanto seria in vita mia. Se non lascerai in pace mio figlio, ti giuro che racconterò tutto a tuo marito, anzi a tutta Atene, finché non ti costringerò a tornartene per sempre da dove sei venuta. Non mettermi alla prova o sarà peggio per te.»

«D'accordo. Solo che non so come fare.»

«Devi darci un taglio netto. Voglio che questa relazione finisca al più presto, e per sempre.»

«Ànghelos è innamorato di me e sa che ricambio il suo amore. Mi ha ripetuto mille volte che non può né vuole vivere lontano da me. Per lasciarlo devo prima convincerlo che ho smesso di amarlo, o che mi sono presa gioco di lui. Ditemi, che cosa volete che faccia?»

«Voglio solo che tu sparisca dalla vita di mio figlio, il modo non mi interessa. È giovane e tutte le donne gli vanno dietro, ti dimenticherà in quattro e quattr'otto. Nel giro di un mese si sarà messo con un'altra, vedrai!»

Melissanthi aveva impresso nella memoria ogni istante di quella conversazione. Tuttavia si domandava se la madre di Ànghelos sarebbe riuscita a perdonarsi di aver firmato con tanta leggerezza la condanna a morte del figlio. Melissanthi aveva infatti obbedito all'ordine della signora Flerianòs, ed esattamente un mese dopo Ànghelos si era tolto la vita con un colpo di pistola alla tempia.

Quando gli aveva detto che non lo amava più, che tutto era finito, lui era scoppiato a piangere, l'aveva pregata in ginocchio, l'aveva insultata, l'aveva colpita, le aveva quasi usato violenza, ma Melissanthi si era mostrata irremovibile. E lui aveva posto fine alla sua disperazione nell'unico modo che riteneva possibile.

In un breve messaggio indirizzato agli amici aveva spiegato che si sarebbe trattato di morte deliberata, però in una lettera rivolta alla madre aveva confessato che la sua vita non aveva più senso per lui, dal momento che non poteva avere l'unica donna che avesse mai amato, e l'aveva pregata di non divulgare a nessuno il loro segreto, di lasciare in pace Melissanthi, di dimenticare che fosse mai esistita. Le ultime volontà di Ànghelos furono rispettate. Per resistere al dolore straziante della perdita, la signora Flerianòs aveva preferito lasciarsi avviluppare dal velo oscuro della follia, che poi la condusse alla tomba. Sapeva di essere l'unica responsabile, l'unica ad aver armato la mano del figlio: era stata lei stessa a chiedere a Melissanthi di gettarlo nella disperazione. Ai funerali di Ànghelos la signora Flerianòs aveva riso tutto il tempo, continuando a chiedere al marito come mai non ci fosse un'orchestra per ballare con il figlio.

Melissanthi venne a sapere della morte di Ànghelos la sera stessa. Lei e Apòstolos erano impegnati in una partita a carte quando arrivò una telefonata di Nitsa. Fu la cameriera a passargliela e Melissanthi, stizzita, decise in cuor suo di chiarire una volta per tutte che ne aveva abbastanza della sua ipocondria e che i disturbi di cui si lamentava erano competenza degli psichiatri più che dei medici. Ma non ne ebbe il tempo. Piagnucolando, all'altro capo della linea Nitsa le annunciò la terribile notizia. Qualche istante dopo Melissanthi si accasciò sul tappeto. La cornetta rimase sospesa a mezz'aria penzolando come una campana che suona a morto. Apòstolos corse ad aiutarla, raccolse la cornetta e Nitsa gli ripeté la notizia della tragedia che aveva colpito la famiglia Flerianòs. Lui balbettò qualche parola di circostanza mentre si inginocchiava accanto alla moglie svenuta, per farla riprendere. Nitsa tentava di capire quello che stava succedendo. Non appena si riebbe, Melissanthi scoppiò in un pianto inconsolabile. Apòstolos, senza dire una parola, abbracciò la moglie con tenerezza e lasciò che sfogasse il suo dolore. Poi l'accompagnò in camera sua, le somministrò un calmante e aspettò che si addormentasse. Per la prima volta dopo tanto tempo dormì accanto a lei, nello stesso letto. L'indomani mattina sciolse una pillola sedativa in una tazza di tè e gliela fece bere. Grazie al marito, Melissanthi trascorse in letargo le prime, difficili ore, e lui non la lasciò sola neppure un istante, se non il tempo necessario per recarsi ai funerali, che, a quanto disse, si rivelarono l'esperienza più difficile della sua vita.

Il pomeriggio seguente Melissanthi rifiutò la tazza di tè che il marito le aveva fatto servire.

«No, Apòstolos, non ce n'è bisogno» disse in tono deciso. «So che anche in questa tazza hai sciolto un sedativo, ma il sonno non è una soluzione. E poi credo di doverti delle spiegazioni.»

«Non voglio che mi spieghi niente, Melissanthi. Dico davvero!»

«Ma io...» cercò di reagire.

Apòstolos la interruppe. «Conosco la tua sensibilità ed è naturale che sei crollata nell'apprendere della morte terribile e ingiusta di un giovane uomo, che tra l'altro conoscevamo e di cui apprezzavamo il fascino, l'intelligenza e il talento. Hai tutta la mia comprensione, tesoro. E adesso che ti sei ripresa, ti lascio un po' per conto tuo.»

«No!» gridò Melissanthi in preda all'angoscia. «No, Apòstolos, non lasciarmi sola. Ho paura di impazzire. Ti prego, stasera resta qui con me!»

Apòstolos, che si era già alzato, guardò gli occhi supplici della moglie e si sedette di nuovo accanto a lei, sul letto, cingendole le spalle con un braccio. Melissanthi vi appoggiò la testa e si abbandonò a un pianto liberatorio, mentre lui le accarezzava teneramente i capelli e le asciugava le guance umide. Lei lo abbracciò e si addormentò rannicchiata come una bambina, lasciandosi sfuggire ogni tanto un singhiozzo. Apòstolos rimase a vegliarla tutta la notte.

L'indomani mattina Melissanthi si alzò alle primissime luci dell'alba. Si vestì e uscì senza svegliare il marito, che alla fine era crollato. Si recò al cimitero e trovò la tomba di Ànghelos, coperta da decine di corone di fiori. Melissanthi era sconvolta, non riusciva a farsene una ragione. Credeva di vivere un incubo, immaginava che presto si sarebbe svegliata stretta tra le sue braccia e che avrebbero aspettato il sorgere del sole come facevano un tempo nel loro nido, felici e innamorati. Purtroppo il mucchio di fiori che aveva davanti confermava invece la crudele e irrevocabile realtà della morte.

Rientrò a casa malferma sui suoi passi. Apòstolos era intento a bere il caffè e lei si meravigliò di vederlo ancora in casa a quell'ora.

«Come mai non sei andato in ufficio?» domandò con voce strozzata.

«Non volevo lasciarti sola» rispose con dolcezza. «Che ne diresti di fare una passeggiata?»

«Dove vuoi portarmi?»

«Pensavo che potremmo andare a fare quattro passi in riva al mare e mangiare un boccone da quelle parti. Che ne dici? Ti andrebbe di accompagnarmi?»

Melissanthi non rispose, così Apòstolos decise di mettere in atto la proposta, senza chiederle il motivo per cui era uscita prima dell'alba o fare qualche allusione. Salirono in macchina e partirono. La vettura macinava i chilometri e lei guardava di sottecchi il marito, domandandosi fino a che punto fosse a conoscenza della sua relazione con Ànghelos, della quale peraltro non sembrava curarsi. L'istinto femminile le suggeriva che forse era al corrente di molte cose, se non addirittura di tutto, ma la ragione la smentiva. Quale uomo si sarebbe rassegnato così al tradimento della moglie, arrivando al punto di consolarla per il dolore della perdita? Però Apòstolos non era mai stato uno sciocco o un ingenuo, ed era escluso che fosse completamente all'oscuro di tutto. Melissanthi insisteva a osservarlo e lui, come se se ne fosse accorto, si voltò e i loro sguardi si incrociarono. Apòstolos le sorrise dolcemente, le strinse una mano per farle coraggio e tornò a concentrarsi sulla guida.

Sul lungomare passeggiarono uno accanto all'altro senza parlare. Lui la teneva per mano. Si fermarono in una trattoria ma lei non aveva appetito. Cercò di convincerla a mangiare qualcosa e lei obbedì, suscitando la sua contentezza perché vedeva che la moglie si sforzava di tornare alla normalità. Il comportamento del marito le faceva venire le lacrime agli occhi. Avrebbe voluto dirgli tutto, chiedergli scusa per il dolore di cui era stata causa, ma quando ci provò, Apòstolos l'interruppe con dolcezza e determinazione, attribuendo ancora una volta quella sofferenza al suo carattere sensibile. Melissanthi non sapeva che cosa pensare. Il marito si comportava come se non volesse guardare in faccia la realtà, il che non si addiceva al suo carattere.

Un mese dopo la morte di Ànghelos, mentre ancora cercava di riprendersi dal dolore insopportabile della perdita, Melissanthi si accorse che nel suo corpo c'era qualcosa che non andava. Quando il medico le annunciò che era incinta, ritenne che si trattasse di uno scherzo di pessimo gusto. Non c'era dubbio che il bambino fosse di Ànghelos, ma il medico, che era un amico di famiglia, pensò che era finalmente in arrivo l'erede di Apòstolos Faturos.

Melissanthi rincasò stordita. Si sentiva travolta da una tempesta di pensieri che non riusciva ad arginare. Si coricò fissando il soffitto, che avrebbe voluto oltrepassare fino a raggiungere il cielo, per arrivare a Dio e chiedergli ragione di quanto stava accadendo. Ovviamente era soltanto una domanda retorica, ma in cuor suo aveva una risposta: era la punizione per i suoi peccati e adesso doveva trovare subito una soluzione. Escluse immediatamente l'aborto: quel bambino era il figlio di Ànghelos, il frutto del loro grande amore e l'unica cosa che le fosse rimasta di lui. Tuttavia, lei era pur sempre la moglie di Apòstolos e in un matrimonio così lungo, dopo tanti tentativi infruttuosi di restare incinta e tanti anni che non facevano l'amore, riteneva mostruoso presentargli il figlio di un altro, né poteva rivelargli tutta la verità. L'unica via d'uscita era un aborto, però già l'idea faceva insorgere ogni fibra del suo corpo.

Per la prima volta dopo tanto tempo provò il desiderio di fuggire. Il villaggio della sua infanzia e adolescenza, dove un tempo si sentiva soffocare, si profilava adesso come il rifugio ideale per sé e per il nascituro. I boschi e le distese erbose le parevano un porto di salvezza per la sua anima sconvolta, la casa sul fiume un riparo dove poter raccogliere i frantumi della sua vita, l'abbraccio della madre lo scudo protettivo del quale sentiva di aver bisogno. Si alzò dal letto un istante prima che Apòstolos entrasse in camera sua con il volto deformato dall'angoscia.

«Tutto bene?» le domandò con apprensione.

«Certo… È forse successo qualcosa?»

Apòstolos si lasciò cadere sul bordo del letto. Melissanthi corse subito da lui.

«Allora, si può sapere che cosa c'è?» chiese preoccupata.

«Ho appena incontrato il medico e mi ha detto che oggi sei andata da lui. Gli ho chiesto se c'era qualche problema e lui ha tergiversato. Stai bene?»

In trappola. Era così che si sentiva. Lo sguardo angosciato del marito era una specie di gabbia che non le lasciava alcuna via d'uscita. La verità pretendeva di venire a galla come un iceberg enorme che qualcuno cercava di tenere sprofondato negli abissi di un mare tenebroso, ma quello, obbedendo alle leggi della fisica, continuava a riaffiorare in superficie.

«Melissanthi, perché non parli?» insisté Apòstolos. «Hai qualche problema di salute?»

«Quanto vorrei dirti che è tutto a posto, che va tutto bene,» rispose finalmente Melissanthi facendo un respiro profondo «ma sarebbe una menzogna. Da qualche tempo avvertivo dei disturbi e il medico mi ha detto che...» Si interruppe di nuovo. Non aveva mai preteso di essere una donna coraggiosa e adesso occorreva una notevole forza d'animo per spiegare la situazione.

«Melissanthi, ti prego!» la implorò Apòstolos. «Di qualsiasi cosa si tratti, devi dirmelo se vuoi che ti aiuti.»

«Non puoi far nulla per aiutarmi. O meglio... Se dopo quello che ti dirò mi ordinerai di andarmene, sappi che sono pronta a obbedirti e a scomparire per sempre.»

«Che sciocchezze stai dicendo?»

«Apòstolos, sono incinta» mormorò con lo sguardo fisso sul pavimento. Non aveva il coraggio di guardarlo negli occhi.

Seguì un silenzio spettrale, foriero di minacce, tale che vi si sarebbe potuto udire lo sbatter d'ali di una farfalla. Melissanthi tratteneva il fiato così come Apòstolos. Qualche istante dopo lui si lasciò sfuggire un sospiro. A Melissanthi venne la pelle d'oca. L'ultima cosa che si aspettava era essere abbracciata da lui e sentire la gioia nella voce del marito.

«Tesoro!» esclamò Apòstolos ridendo. «È tutto qui il tuo problema? Perché non me l'hai detto subito invece di chiuderti in casa? Mi hai fatto prendere un bello spavento.»

Incredula dinanzi a queste parole, Melissanthi trovò il coraggio di guardarlo in faccia. Le labbra si erano dischiuse in un sorriso e gli occhi gli brillavano di gioia. Lei li scrutò alla ricerca di qualcosa... di qualcosa che ne rivelasse l'ipocrisia, che ne palesasse i reali sentimenti, la rabbia forse. Ma quello che vi leggeva era soltanto gioia, pura e sincera.

«Apòstolos... Hai capito quello che ti ho detto?» domandò. «Sono incinta!»

«Ho capito benissimo. Perché ne fai una tragedia? E che sciocchezze erano quelle che dicevi poco fa, che sei disposta a scomparire per sempre? Per quale motivo dovrei mandarti via di casa?

Sono anni che cerchiamo di avere un bambino e adesso che Dio ha deciso di esaudire le nostre preghiere, tu reagisci come se fosse una catastrofe.»

«Apòstolos, le cose non sono così semplici come sembrano.»

«Certo che non sono semplici visto che stiamo parlando di un bambino, ma pensa a tutta l'allegria che porterà in questa casa.»

Melissanthi lo guardò ancora. No, quell'uomo non era suo marito. Apòstolos faceva il finto tonto e lei non riusciva a comprenderne la ragione. «Apòstolos, anche se non ne capisco il motivo, ti sono riconoscente per il tuo atteggiamento e per il modo in cui mi tratti. Sei di una discrezione squisita e non mi hai fatto mancare il tuo appoggio, che non merito. Ma devi sapere che questo bambino...» cercò di spiegargli.

«Il bambino è quello che desideravamo da anni, punto e basta» tagliò corto lui. «È tuo figlio e mio figlio, e i suoi genitori siamo noi.»

L'enfasi con cui pronunciò l'ultima frase confermò i sospetti di Melissanthi ma nel contempo ne accrebbe i dubbi in merito alle reali intenzioni del marito, che era rimasto non solo impassibile ma aveva addirittura fatto mostra di essere felice alla prospettiva di crescere il figlio di un altro uomo.

«Apòstolos, stammi a sentire.» Voleva fare un ultimo tentativo.

Lo sguardo di lui la raggelò. «Melissanthi!» la richiamò all'ordine. «Te lo dico per la prima e ultima volta. Tra di noi non è cambiato nulla. Sei incinta e il nascituro porterà il mio cognome. E non voglio sentire obiezioni.» Si interruppe finché non la vide annuire. «Voglio che ti prenda cura di te stessa, che ti lasci il passato alle spalle e che ti goda le gioie della maternità. Domani stesso troveremo un buon ginecologo e cominceremo i preparativi per la cameretta. Per mio figlio non intendo badare a spese!»

Gli occhi si riempirono di lacrime che sgorgarono e le rigarono le guance. Apòstolos allungò la mano e le asciugò con le dita.

«Sono le ultime lacrime che ti concedo» mormorò con tenerezza. «Nostro figlio merita il meglio, e il meglio per un bambino è avere due genitori che gli vogliono bene e se ne prendono cura. Questa casa si riempirà di risate e di allegria. Dobbiamo festeggiare per il regalo che ci viene fatto e le lacrime non sono il modo migliore.»

Lei si nascose tra le sue braccia, scossa dai singhiozzi, e Apòstolos la strinse a sé per rincuorarla. In quello stesso istante nel cuore di Melissanthi fece capolino un timore irrazionale. Il pensiero che si era presa gioco non soltanto di Apòstolos ma anche del destino. Temeva di essere punita per questo. Aveva amato, aveva calpestato le promesse nuziali e doveva essere punita. Aveva paura che tutto questo fosse soltanto un gioco crudele della sorte.

Il parto si svolse senza complicazioni. Apòstolos era già accorso nella sala d'aspetto del reparto maternità, accompagnato da Christos, e continuava a stringere il braccio dell'amico.

«Su, càlmati» lo esortava questi. «Melissanthi è giovane e forte, vedrai che tutto si risolverà nel giro di pochi minuti.»

«Speriamo. Ho molta paura per lei.»

«Mi sembra naturale per un novellino come te. Anch'io mi sentivo molto nervoso alla nascita del mio primo figlio e quando Nitsa mi ha annunciato di essere rimasta di nuovo incinta, non mi vergogno di ammettere che il mio primo pensiero è stato rivolto ai momenti di angoscia che avrei dovuto passare di nuovo.»

«Forse sono troppo vecchio per questo genere di cose» mormorò Apòstolos.

«Sciocchezze, anche se ce ne avete messo del tempo. E poi mi avevi detto che a causa della tua malattia ti astenevi da, ecco... E poi circolavano strane voci sul vostro conto.»

«Voci?»

«Sì, pettegolezzi. Tutti sapevano che Melissanthi trascorreva molto tempo in campagna, da sola, e sai che la gente, me compreso, può diventare molto maligna quando vuole.»

«Hai pensato che Melissanthi avesse un altro» intuì Apòstolos con un sorriso amaro.

«Be', sì, ammetto di averci pensato. Hai presente quel povero ragazzo, Ànghelos? Si diceva che tra lui e tua moglie ci fosse del tenero. Ma non erano altro che pettegolezzi.»

«No, Christos, non erano pettegolezzi.»

«Che cosa vuoi dire?» domandò Christos sgranando gli occhi.

«Che era tutto vero. Ànghelos e Melissanthi sono stati amanti per molto tempo dalla prima volta che si sono conosciuti, a un ricevimento di carnevale. Erano entrambi giovani e belli, e si sono innamorati.»

«Apòstolos, se è uno scherzo sappi che lo trovo di pessimo gusto. Sei più nervoso di quanto pensassi.»

«Non sto affatto scherzando. Non sono uno sciocco, mia moglie la conosco troppo bene. Sin dal primo istante ho capito quello che stava succedendo.»

«E perché non hai reagito?»

«Non saprei. Forse per il senso di colpa, perché ormai l'unica cosa che avevo da offrirle era l'agiatezza economica e nient'altro.»

«Solo che quando ti ha sposato era questo che voleva, no?»

Il tono sprezzante di Christos suscitò le proteste di Apòstolos. «Dimentichi che quando ci siamo conosciuti ero un uomo vigoroso e pieno di passione. Christos, non sono nato ieri. So che Melissanthi mi ha sposato per i soldi e perché grazie a me ha potuto abbandonare il suo villaggio, ma poi la nostra relazione si è approfondita e consolidata. Ànghelos è stato un fulmine a ciel sereno in un momento in cui lui era troppo forte e io troppo debole per oppormi a quello che stava per succedere. Ciononostante Melissanthi si è sempre mossa con grande discrezione, senza mai compromettere il mio buon nome e la mia reputazione. L'anno scorso ha persino tentato di lasciarlo. È andata a Parigi per un mese e quando Ànghelos l'ha saputo, ha fatto finta di incontrarmi per caso e mi ha chiesto dove si trovasse.»

«E tu gliel'hai detto?»

«In un certo senso l'ho mandato da lei senza che nessuno dei due potesse sospettare qualcosa.»

«Sono senza parole.»

«Ormai è acqua passata. Amavo ancora Melissanthi e avrei fatto qualsiasi cosa pur di vederla felice. Ma purtroppo la madre di Ànghelos ha scoperto tutto, non so come...»

«Tu come fai a sapere tutte queste cose?»

«Il padre di Ànghelos, ricorderai, un tempo era il mio consulente legale. Dopo il suicidio del figlio, la moglie ha perso il lume della ragione.»

«Sì, lo so.»

«Flerianòs, che era all'oscuro dei dettagli, mi ha detto una volta che la moglie non approvava un legame sentimentale del figlio e che stava cercando di risolvere la situazione. Ànghelos non lo ha sopportato e si è tolto la vita.»

«E te l'ha detto senza sapere di tua moglie?»

«Infatti. Però ho sentito dire che, prima di suicidarsi, Ànghelos ha lasciato un biglietto per la madre. Pare che questo biglietto non sia mai stato ritrovato, per fortuna. Sono sicuro che la madre è andata a parlare con mia moglie e lei deve aver fatto tutto quello che le è stato chiesto, probabilmente sentendosi ricattata. Naturalmente nessuno si aspettava una tragedia del genere.»

«Adesso capisco perché la signora Flerianòs è impazzita. E Melissanthi?»

«Melissanthi ha avuto un crollo nervoso, mi sembra naturale.»

«Ma tu eri lì accanto a lei, pronto a consolarla.»

«E a riconoscere come mio il figlio di Ànghelos.»

Quest'ultima frase colse Christos del tutto impreparato. Cominciò a battere le palpebre e il sangue gli salì alla testa facendolo diventare paonazzo. Scattò in piedi come se lo avesse colpito una scossa elettrica. «Apòstolos!» gridò.

«Per il momento lo sai soltanto tu, perché sei l'unico di cui mi possa fidare. Il bambino che sta per nascere è di Ànghelos, ma ho deciso di riconoscerlo e di fargli portare il mio nome.»

«Devi essere impazzito, non ho altra spiegazione.»

«Eppure, come vedi, sono qui, in attesa che mia moglie metta al mondo il nostro primogenito. Non sono riuscito a regalare la gioia della maternità all'unica donna che abbia mai amato in vita mia, così il minimo che possa fare è accettarne il figlio come se fosse mio.»

Christos si mise di nuovo a sedere, esausto. «Direi che la tua confessione di stasera è un fardello piuttosto gravoso da portare» bofonchiò.

«Lo so, come so che sei forte abbastanza. Altrimenti non mi sarei confidato con te. Ma avevo bisogno di condividere il mio segreto con qualcuno e tu sei l'unico amico che in tutti questi anni mi sia sempre rimasto accanto, nella buona come nella cattiva sorte.»

«Melissanthi, immagino, sa che sei al corrente di tutto.»

«Subito dopo il suicidio di Ànghelos ha cercato di rivelarmi la verità ma gliel'ho impedito, così come non ho voluto che mi svelasse il nome del padre del bambino.»

«Perché?»

«Perché ho pensato che sarebbe stato più facile adattarmi alla situazione se avessi fatto finta di niente. Se mi avesse raccontato tutto, avrei dovuto prendere una decisione radicale e io non voglio perderla. Quando mi ha rivelato di essere incinta mi ha persino detto che era pronta ad andarsene di casa.»

«Sei davvero una persona straordinaria.»

«No, Christos, ti sbagli, non sono una persona straordinaria ma una persona disperata. Eppure non me ne pento. Melissanthi è tutta la mia vita e se l'avessi lasciata andar via, ne sarei potuto morire.»

«A quanto pare tua moglie lascia ovunque il segno del suo passaggio.»

«Già» annuì Apòstolos. «Ora capisco perché Ànghelos si è fatto saltare le cervella quando lei gli ha detto che tra loro era finita. Credo che anch'io avrei fatto la stessa cosa.»

«E adesso?»

«Adesso te l'ho detto. Il bambino sarà mio figlio a tutti gli effetti, porterà il mio nome e sarà il mio legittimo erede. Così anche il futuro della mia Melissanthi sarà garantito.»

In quello stesso istante un'infermiera sorridente fece capolino dalla porta della sala parto per annunciare che la signora Faturos aveva appena dato alla luce un bellissimo maschietto.

Un sole sfolgorante illuminò le vite di Melissanthi e di Apòstolos, un sole che il loro figlioletto tratteneva nelle sue tenere manine. Apòstolos perse letteralmente la testa: nulla più gli importava perché tutto il suo mondo si era ridotto alla cameretta del bambino. Restava ore intere a guardarlo mentre dormiva, quando Melissanthi lo allattava lui osservava estatico la scena, non mancava mai all'ora del bagnetto e insisteva nel voler asciugare lui con gesti devoti il corpicino del bimbo.

Quanto agli amici di Apòstolos, sebbene all'inizio avessero reagito con un certo scetticismo, se non con ironia, alla notizia della gravidanza di Melissanthi, non appena constatarono che l'arrivo del bambino aveva trasformato il padre mutarono atteggiamento e si videro costretti ad ammettere che la paternità gli aveva fatto davvero molto bene. Orgoglioso del figlio, Apòstolos prima lo portò a spasso sulla carrozzina e poi iniziò ogni tanto a prenderlo con sé alla fabbrica, nonostante le proteste di Melissanthi che non considerava il luogo adatto a un bambino. Apòstolos era diventato un altro, se n'erano accorti tutti. Non aveva più la schiena curva, gli occhi erano tornati brillanti, il buon umore aveva preso il sopravvento e in casa si sentiva di nuovo riecheggiare la sua risata che esplodeva a ogni marachella del bimbo.

Decisero di battezzare il piccolo alla vigilia del suo primo compleanno. Apòstolos propose il nome del suocero, ma Melissanthi fu categorica e volle chiamarlo con il nome di colui che lo aveva accolto donandogli un amore incondizionato. Davanti al sorriso del figlioletto Melissanthi si sentiva straziare: la somiglianza con Ànghelos era incredibile e la riempiva di sofferenza. Eppure, nonostante i medesimi occhi blu del padre e le fattezze del viso che lo ricordavano, per il resto il piccolo Apòstolos somigliava soprattutto alla madre. Questo la metteva al riparo dai commenti malevoli della gente, che Melissanthi temeva moltissimo. Non passava giorno senza che ringraziasse Dio per tutto quello che le aveva donato e Lo supplicava di perdonarle i peccati che aveva commesso. Ogni giorno la sua paura aumentava perché temeva che prima o poi la punizione si sarebbe abbattuta inesorabilmente su di lei, che la gravità dei suoi peccati fosse tale da non consentire il perdono. Oltre a ritenersi colpevole del suicidio di Ànghelos, si attribuiva anche la colpa dell'atteggiamento di Apòstolos e si considerava responsabile di quella che lei vedeva come un'umiliazione imposta al marito.

Intanto il piccolo Apòstolos cresceva circondato d'amore e dalla preoccupazione dei genitori per la sua salute un po' malferma, minata da una tosse secca che i medici, non sapendo che altro dire, attribuivano a una sindrome allergica. A scuola rivelò lo stesso talento del padre naturale: era sveglio, intelligente e portato per la matematica. E ormai più grandicello, annunciò ai genitori che voleva studiare architettura. Melissanthi soffocò con una mano davanti alla bocca il grido che stava per sfuggirle, mentre Apòstolos, pur percorso da un brivido, mantenne la calma e si complimentò con il figlio, assicurandogli che avrebbe avuto tutto il sostegno necessario.

Un giorno che erano usciti tutti e tre per prendere un gelato, il piccolo Apòstolos si mise a giocare con un gruppo di ragazzini. Quando Melissanthi vide il figlio cadere, pensò che fosse inciampato e che di lì a qualche istante lo avrebbe visto di nuovo correre e divertirsi insieme agli amichetti. Non era nel suo temperamento comportarsi da madre apprensiva e perdere la calma per un nonnulla. Voleva che suo figlio crescesse sano e forte, e dunque era necessario concedergli la giusta autonomia. Tuttavia il cuore si fermò non appena si accorse che il ragazzino non accennava ad alzarsi e che i compagni di gioco si erano raccolti intorno a lui terrorizzati. Melissanthi corse subito dal bambino e si inginocchiò. Gli sollevò la testa e gridò forte il suo nome, ma il volto emaciato restò immobile e gli occhi chiusi. La madre lo chiamò ancora gridando ma, anziché il figlio, fu il marito a rispondere.

«Coraggio, Melissanthi, alzati e lascia fare a me. Dobbiamo portarlo in ospedale.»

Di quanto accadde in seguito conservò un ricordo molto vago. Il percorso in macchina fino all'ospedale le parve il più lungo della sua vita. Apòstolos guidava a tutta velocità suonando il clacson per farsi strada, mentre gli altri automobilisti guardavano incuriositi la donna sul sedile anteriore, che teneva in braccio un bambino svenuto. In ospedale ebbe poi la sensazione che tutto si muovesse al rallentatore. Le sembrava di trovarsi in un sogno, di non partecipare realmente agli eventi che avevano luogo intorno a lei. Le orecchie le ronzavano e le ginocchia non riuscivano a sostenerla. Si appoggiò a una parete per non cadere. Con lei c'era Apòstolos, avvertiva il suo respiro pesante. I minuti che trascorsero dal momento in cui le porte si chiusero alle spalle del figlio fino a quello in cui un medico uscì per parlare con loro le sembrarono secoli.

«Signora Faturos, sono dolente» le disse in tono sommesso.

Melissanthi lo guardò imbambolata. Che cosa volevano dire quelle parole? Come stava suo figlio? Sentì Apòstolos sospirare accanto a lei.

«Dottore, che cosa succede?» domandò.

«Vostro figlio ha avuto un arresto cardiaco.»

A un tratto Melissanthi intuì la verità. Incapace di proferire verbo, scosse la testa nel tentativo apparente di respingere la realtà dei fatti. «Che... Che cosa volete dire? Arresto cardiaco? Adesso però sta meglio, giusto?» domandò in un tono supplice che mise il medico in imbarazzo.

«Signora Faturos,» riprese lui «siate forte. Vostro figlio... non ce l'ha fatta. Siamo intervenuti troppo tardi. Sono desolato. La scomparsa di un bambino è qualcosa di inconcepibile anche per noi medici.»

Melissanthi finalmente comprese. Scivolò sul pavimento mentre la sua anima precipitava nell'abisso della disperazione. Al risveglio scorse il medico accanto a lei. Ricordò tutto. Intravide anche il volto del marito, che le parve innaturalmente scuro.

I giorni seguenti trascorsero come se fossero vissuti da qualcun altro. L'autopsia rivelò che il piccolo soffriva di un problema genetico all'aorta addominale e che era morto a causa di un aneurisma. Nessun medico avrebbe potuto scoprirlo. La notizia si diffuse in un battibaleno e la casa di Apòstolos e di Melissanthi si riempì di gente venuta a confortare gli sventurati genitori, distrutti dal dolore. Melissanthi tuttavia non versava una lacrima. Rimaneva seduta in una poltrona, impassibile, mentre si capiva che Apòstolos, visibilmente provato, a stento si reggeva in piedi.

Il giorno delle esequie nessuno riuscì a trattenere le lacrime a parte Melissanthi. Rimase in piedi per tutta la durata della cerimonia senza accettare l'aiuto di nessuno. Accompagnò il figlioletto nell'ultima dimora da sola, seguita da Apòstolos, sostenuto da Christos e da Nitsa. Rincasarono sotto una pioggia battente che lavava le strade trasformate in ruscelli. A casa furono raggiunti dagli altri partecipanti ai funerali, che si riunirono per bere il caffè della consolazione. Tutti tacevano, nelle vaste stanze riecheggiavano soltanto il tintinnio delle tazzine appoggiate sui piattini e gli scatti degli accendini. In quel momento nessuno aveva voglia di parlare.

«Melissanthi è molto provata» sussurrò Apòstolos a Christos quando gli ospiti si furono congedati e rimasero soltanto loro quattro.

«Neanche tu hai un bell'aspetto» rispose l'amico con malcelata apprensione. «Se vuoi, mentre tu ti riposi un po', io vado a chiamare il medico.»

«No, non ce n'è bisogno» disse Apòstolos, smentito tuttavia dall'espressione del suo volto. «Mi preoccupa il fatto che Melissanthi non ha ancora versato una lacrima.»

Poco dopo si andò a sedere accanto alla moglie. «Melissanthi...» disse senza sapere in che modo continuare.

Lei gli rivolse uno sguardo smarrito. La voce le uscì dal petto irreale, alterata, delirante. «Apòstolos, avrei dovuto abortire. Quel bambino non era mio, per questo Dio se l'è ripreso. Tu non hai mai voluto che ne parlassimo e io ti ho dato ascolto, ma ho commesso un errore gravissimo... Quando ti ho sposato, ho pensato soltanto che fosse l'occasione giusta per andar via dal villaggio. Che sciocca sono stata! Non so perché volessi andarmene, il mio villaggio lo odiavo eppure non mi aveva mai fatto niente di male. Ciononostante ti ho amato, anche se non abbastanza, non come una moglie ha il dovere di amare il marito. Il mio unico amore è stato Ànghelos e non avevo il diritto... Tu lo sapevi... Non dire di no... Non avrei dovuto dare ascolto a sua madre, sarei dovuta essere forte, avrei dovuto dirti la verità e scappare via con lui, e invece ancora una volta mi sono nascosta dietro di te, con la scusa che non volevo farti un torto. Ma ancora una volta si trattava di una menzogna. Ho accettato che ti facessi carico del figlio di Ànghelos e mio mentre sarei dovuta andarmene assieme al bambino e tornare al villaggio al quale appartengo e dal quale non sarei mai dovuta andar via. Mi faceva comodo che tu non volessi parlarne e la tua generosità è stata lo scudo dietro cui nascondermi. Nella mia vita quello che mi è sempre mancato sono stati il coraggio e la forza. Non ho avuto la forza di sopportare il villaggio e sono scappata. Non ho avuto la forza di lottare per l'amore e ho preferito nascondermi. Ho condotto al suicidio un uomo che mi amava e che amavo. Ma per tutti i miei peccati è stato mio figlio a pagare.»

Avrebbe voluto dire molte altre cose e non si sarebbe interrotta se non avesse sentito il tonfo sordo prodotto dal corpo di Apòstolos, che si accasciava sul tappeto. Christos e Nitsa corsero da lui, ma Melissanthi comprese subito cos'era accaduto.

«È giunta l'ora anche di Apòstolos» annunciò loro con voce rauca.

Mentre Christos gli scioglieva la cravatta e cercava di farlo rinvenire, Melissanthi, senza perdere il controllo, andò a chiamare un'ambulanza.

La notizia della morte di Apòstolos lasciò tutti senza parole. Nessuno avrebbe mai immaginato che, due giorni dopo le esequie del piccolo, si sarebbero riuniti di nuovo nello stesso cimitero per porgere l'estremo saluto ad Apòstolos Faturos. Gli sguardi degli astanti erano puntati su Melissanthi. Tutti si domandavano dove trovasse la forza, quella donna che nel giro di due giorni aveva perso sia il figlio sia il marito ed era rimasta completamente sola al mondo. Non avevano più parole per consolarla, dal cuore non affiorava alcuna espressione di conforto, non osavano neppure avvicinarsi a lei, a parte Christos e Nitsa, che le rimasero accanto durante il corteo, in lacrime. Al contrario, Melissanthi continuava a non dare il minimo segno di dolore o di cedimento. Al termine della cerimonia chiese di restare da sola presso le due tombe. I due Apòstolos riposavano l'uno accanto all'altro.

Obbedirono tutti, ma Christos rimase nei paraggi per tenerla d'occhio.

«Vi ho persi entrambi» sussurrò Melissanthi.

Christos non riusciva a sentirla. Vide soltanto il movimento delle labbra, e poi lei che si inginocchiava sulle due tombe per esplodere finalmente in un pianto disperato. L'antico testimone provò sollievo. Aveva temuto persino per la salute mentale di Melissanthi. In quell'istante una saetta squarciò il cielo e cominciarono a cadere grossi goccioloni, ma nessuno dei due si mosse dal proprio posto. Il pianto di Melissanthi si trasformò in lamento, il lamento in un canto sommesso. Christos lasciò che si sfogasse prima di decidere che era giunto il momento di avvicinarsi. Le si inginocchiò accanto, tra le pozzanghere, e la prese tra le braccia.

«Adesso basta, Melissanthi» sussurrò. «È ora di andare.»

La vedova si abbandonò tra le sue braccia e Christos l'aiutò a sollevarsi, stringendola a sé. Avevano percorso alcuni metri quando Melissanthi riuscì a sottrarsi alla stretta di Christos e corse nella direzione opposta. Dopo un momento di esitazione, lui si lanciò all'inseguimento. Infine comprese. Melissanthi era corsa alla tomba di Ànghelos e ne guardava la fotografia.

«Perché?» gridò con voce rotta dal dolore. «Perché te lo sei portato via? Perché hai preso il mio bambino? Era l'unica cosa che mi fosse rimasta di te! Perché?»

Il corpo della donna fu nuovamente scosso dai singhiozzi, che infine la sopraffecero facendola accasciare al suolo. Si mise a colpire con i pugni chiusi la lapide continuando a ripetere «perché?» meccanicamente. Christos si avvicinò e le avvolse le braccia intorno alle spalle.

«Melissanthi, smettila» diceva in tono sommesso. «Pensa che il piccolo Apòstolos adesso si trova in paradiso assieme a tutti e due i suoi papà… Su, coraggio… Andiamo via.»

Si lasciò aiutare da Christos. Bagnati fradici e imbrattati di fango raggiunsero l'automobile, dove Nitsa li attendeva. La donna era perplessa, ma un'occhiata del marito le fece capire che non era il momento di fare domande. Giunti a casa le diedero un cambio d'abiti, poi, dopo averle somministrato un sedativo, l'accompagnarono nella camera degli ospiti e aspettarono che sprofondasse nel sonno. Christos e Nitsa la vegliarono tutta la notte. Un paio di volte Melissanthi si lamentò e gemette nel sonno, e i due dovettero accarezzarle i capelli per calmarla.

L'indomani spuntò un'alba livida. Il sole sembrava non intenzionato ad affacciarsi, tanto che in casa dovettero accendere le luci. Quando Melissanthi si destò, trovò Christos e Nitsa che dormivano accanto a lei su due poltrone. Ancora una volta provò un profondo disprezzo per se stessa. Non era mai riuscita a valutare nel modo giusto le persone e le situazioni, né aveva mai tenuto nel debito conto i suoi due amici, gli unici che le fossero rimasti accanto in quel terribile frangente. Fino a quel momento Christos le era parso nient'altro che un uomo anziano e noioso, e Nitsa una sciocca ipocondriaca. Incapace di trovare la forza per alzarsi, lasciò che tutta la vita le scorresse davanti agli occhi. Gli errori che aveva commesso e i comportamenti superficiali che aveva adottato emersero in tutta la loro sconvolgente evidenza. Non aveva mai cercato di andare oltre le apparenze, non era mai stata curiosa di approfondire, di scoprire il cuore delle cose. Alla fine si alzò, il più silenziosamente possibile, ma al primo fruscìo Christos aprì subito gli occhi. Con un cenno del capo la invitò a non parlare, per non preoccupare Nitsa. Riuscirono ad allontanarsi dalla stanza senza svegliarla. In salotto chiese alla cameriera di servire il caffè.

«Come ti senti?» le domandò dopo il primo sorso.

«Svuotata… Christos, voglio ringraziarti per tutto quello che hai fatto, senza di te adesso non so dove mi troverei.»

«È per questo che ci sono gli amici.»

«Immagino che ieri avrai scoperto molte cose sul mio conto, rivelazioni che forse ti hanno scioccato.»

«Non ho sentito nulla di cui non fossi già al corrente.»

Melissanthi lo guardò stupita e lui sorrise con amarezza.

«Apòstolos sapeva tutto di te e di Ànghelos» spiegò. «La sera in cui tu stavi per partorire mi ha confidato tutto.»

«Perché non mi ha mai detto niente? Perché non mi ha mandato via di casa?»

«Perché ti amava e dato che non aveva potuto offrirti quello di cui tu avevi bisogno, credeva che…»

«Christos, sono certa che sai molte più cose di me. Parlami di Apòstolos. Perché a un certo punto era cambiato? Perché non ha più voluto che condividessimo neppure il letto?»

«Perché era malato di cuore.»

«Era malato di cuore?»

«Sì. Il medico gli aveva consigliato di riguardarsi. Sai a che cosa mi riferisco. Eri giovane, piena di vita e… con altre abitudini.»

«Perché non me ne ha mai parlato? Perché non mi ha spiegato e ha preferito farmi sentire rifiutata senza un motivo apparente?»

«Gliel'avevo detto che commetteva un errore e che la cosa giusta sarebbe stata parlarti del suo problema per cercare il tuo sostegno.»

«Oh, mio Dio... Che sciocca sono stata... Quanti errori. Invece di capire il motivo per cui mio marito era irriconoscibile, mi sono buttata sul primo che...»

«Melissanthi, lo so che di Ànghelos eri innamorata. Anche Apòstolos lo sapeva. Si rendeva conto che non si trattava dei sensi, ma dei sentimenti. Per questo si è comportato in quel modo. Ti amava moltissimo...»

Melissanthi si nascose il viso tra le mani.

«Il giorno prima dei funerali del bambino, Apòstolos mi ha detto che nella sua scrivania aveva lasciato una lettera per te, nel caso gli fosse successo qualcosa.»

Quelle parole l'indussero ad alzarsi. Corse alla scrivania del marito e tornò con una busta chiusa. Melissanthi la porse all'amico pregandolo di aprirla e di leggerla. Christos la guardò perplesso.

«Christos, per te non ho segreti» lo rassicurò. «Per favore, leggimi la lettera...»

Lui aprì la busta, sfilò la lettera e ne lesse il contenuto con voce che tremava appena: «*Diletta Melissanthi Quando leggerai queste righe, io non ci sarò più. Dopo la morte di nostro figlio sento che non mi è rimasto molto tempo a disposizione, ma non ho paura. Mi addolora soltanto il fatto che resterai sola. Sai quanto ti ho amato e so che anche tu mi hai amato, a modo tuo. Quando ci siamo sposati eri soltanto una ragazzina e io non ho mai voluto che diventassi una donna. Forse è per questo che non ti ho mai detto che l'amante focoso dei primi tempi del nostro matrimonio aveva smesso di esistere per lasciare il posto a un compagno fedele, più simile al padre che hai perso ancora piccola. Il giorno che ho scoperto la tua relazione con Ànghelos ho capito che la giustizia divina aveva bussato alla mia porta. C'è una cosa infatti che non ti ho mai detto: ho sposato la mia prima moglie per i soldi, e mi sono sempre goduto la vita, sia durante il matrimonio sia, a maggior ragione, una volta diventato vedovo. In un certo senso tu e io avevamo molte cose in comune, a parte il cinismo, nel quale non mi batteva nessuno. Sono sempre stato un uomo freddo e calcolatore, al contrario di te, che ti sei sempre lasciata guidare dai sentimenti. Non ho mai rimpianto di averti sposata, neanche per un istante. Con te sono stato assolutamente felice. Anche tuo figlio, finché Dio non se l'è ripreso, è stato per me una fonte di grandissima gioia. Adesso che non ci sono più, ho fatto in modo che non ti manchi niente per il resto della vita. Se ti stai domandando che cosa farai da oggi in poi, scruta in te stessa: la risposta è nel tuo cuore. Apòstolos.»*

La lettura era conclusa. Christos aveva gli occhi lucidi. Guardò Melissanthi, sul cui volto brillava un'imperscrutabile serenità.

«Melissanthi» sussurrò lui.

«Va tutto bene…» lo confortò. «Mi ha voluto aiutare persino dopo la sua morte.»

«E adesso che cosa pensi di fare?»

«Ho già qualcosa in mente…»

Ancora una volta, Apòstolos aveva avuto ragione. La risposta si trovava nel suo cuore e non dovette compiere molti sforzi per trovarla. Non c'era niente che la trattenesse in quella città, di niente avrebbe provato nostalgia. Questa volta fu una scelta consapevole e non dettata da un impulso irrazionale. Non aveva più intenzione di farsi trascinare dalla bufera dei sentimenti, simile a un fragile ramoscello. Il suo cuore, pesante come un macigno, doveva finalmente ricondurla dove tutto era cominciato e dove niente avrebbe potuto addolorarla. Aveva bisogno di pace, aveva bisogno della sua casa.

Della casa sul fiume.

# Storia di Iulìa

A mano a mano che Iulìa si allontanava, la figura della madre si stagliava sempre più piccola sullo sfondo della casa e del fiume. Ebbe l'impressione che persino i castagni muovessero i rami in segno di saluto e le vennero le lacrime agli occhi. Diede un'occhiata alla strada davanti a lei, diretta verso l'ignoto, e poi guardò il marito. Per un istante fremette timorosa. Di quell'uomo sapeva pochissimo. I pochi mesi di fidanzamento non le avevano dato l'opportunità di conoscerlo meglio e l'assenza dei suoi genitori alle nozze le appariva un infausto presagio. Fokàs aveva cercato di giustificarli spiegando che la madre era ammalata e il padre doveva assisterla. A rappresentare la famiglia dello sposo era venuto soltanto lo zio di Fokàs, il fratello del padre, ma lei aveva presto compreso che cosa si celava dietro le parole reticenti di quel signore, peraltro molto simpatico e alla mano. I genitori del marito non approvavano il matrimonio del figlio e lei tremava anche soltanto al pensiero dell'accoglienza che le avrebbero riservato. Fokàs le aveva detto che a Salonicco avrebbero alloggiato in albergo qualche giorno, il tempo di ambientarsi, e poi si sarebbero stabiliti dai genitori in attesa di trovare una casa tutta per loro.

Iulìa si domandò quanto tempo ci sarebbe voluto e come sarebbe riuscita a convivere con persone che, in pratica, l'avevano presa in antipatia ancor prima di conoscerla. In cuor suo non dava loro tutti i torti. Di sicuro la notizia del matrimonio improvviso dell'unico figlio con una montanara li aveva colti impreparati. Anche se Kiriakos ed Evanthìa Karapanos avevano già assunto proporzioni minacciose nella mente di Iulìa, la ragazza era determinata a conquistarli.

«Sono dieci minuti che mi guardi e che mi venga un accidenti se capisco quello che vuoi dirmi.» La voce del marito la fece trasalire. Fokàs le rivolse un sorriso.

«Forse sarebbe meglio se stessi attento alla strada» lo rimproverò.

«Non temere, so quello che faccio. Quello che non so è a che cosa stai pensando» rispose lui in tono scherzoso. «E siccome ho il sospetto che la tua immaginazione sia molto fertile, vorrei tanto essere messo al corrente dei tuoi castelli in aria.»

«Se proprio ci tieni… ecco… stavo pensando che noi due ci conosciamo pochissimo.»

«Hai ragione, in questi mesi non abbiamo avuto molto tempo per stare un po' da soli. Ma pensa che abbiamo tutta la vita davanti a noi. L'unica cosa che conta, Iulìa, è l'amore che provo per te. E tu, anche tu mi ami come ti amo io?»

«Se non ti amassi, in questo momento non sarei qui, in viaggio con te verso l'ignoto. Però ammetto che so troppe poche cose su di te. Per esempio, non so che cosa ti piace, che cosa ti dà fastidio o che cosa ti fa innervosire. Niente…»

«Sono una persona molto accomodante, io. Mi piace tutto, detesto le menzogne, mi fa innervosire l'ipocrisia e amo mia moglie… anche se non è ancora mia moglie in tutti i sensi!»

Iulìa arrossì violentemente e guardò imbarazzata fuori dal finestrino. Le affiorarono alla mente i pochi attimi di intimità durante i quali Fokàs l'aveva stretta tra le braccia. I baci di lui le avevano fatto ribollire il sangue, le carezze l'avevano estasiata e si era domandata spesso che cosa sarebbe successo se non fosse stato lo stesso

Fokàs a fermarsi. Una volta che si trovavano in macchina, invece, le sue carezze erano divenute più audaci. Aveva toccato punti del suo corpo che lei evitava persino di sfiorare, facendola gemere di incontenibile voluttà. Fokàs sembrava avesse perso il controllo. L'aveva coperta con il proprio corpo facendola precipitare in un abisso senza fine. Le era mancato il respiro ma nel contempo si era sentita più viva che mai.

Nel tentativo di risolvere il segreto che si celava dietro l'amore tra un uomo e una donna, una volta Iulìa aveva rivolto qualche domanda alla madre. Che cos'era mai quella «prima volta» della quale tutte le donne parlavano sottovoce? Per quale motivo un atto che, a quanto si diceva, procurava gioia a entrambe le persone coinvolte, era circondato da una spessa cortina di silenzio? Teodora però aveva cambiato discorso, all'apparenza più imbarazzata della figlia. Così Iulìa si era convinta che doveva trattarsi di qualcosa di molto importante, che sopraffaceva ogni forza. Nel suo cuore i suoceri, la nuova vita che l'attendeva e la prima notte di nozze si mescolarono, e presa da una terribile spossatezza dovette appoggiare la testa sul sedile.

Un dolce sonno la prese tra le braccia e, seduto accanto a lei, Fokàs sorrise, impaziente di arrivare quanto prima all'hotel. Senza accorgersene, premette il pedale dell'acceleratore. Iulìa, caduta in un sonno profondo, era più bella e desiderabile che mai, e nei mesi precedenti lui aveva dato fondo a tutte le riserve di autocontrollo per non spaventarla o offenderla.

Ma non esistevano soltanto aspettative di felicità. Fokàs pensava ai suoi genitori e in particolare alla madre, che era uno dei suoi problemi più grandi. Quando le aveva detto di essersi innamorato e che intendeva sposarsi, la reazione della donna l'aveva sorpreso. Evanthìa all'inizio era rimasta impietrita nella vana speranza di aver frainteso le parole del figlio. Subito dopo però sul volto della genitrice si era stagliato un ghigno di minaccia: aveva aggrottato le sopracciglia e stretto minacciosamente le labbra, e per un attimo lui era tornato bambino. Ricordava che quando la madre faceva così non bisognava aspettarsi niente di buono se non una sonora bastonatura. Ma nel giro di un attimo era tornato l'adulto che annuncia una decisione e non chiede il permesso a nessuno per attuarla.

«Che cosa hai detto?» aveva chiesto a bassa voce la madre.

Anche il tono segnalava la presenza di una minaccia concreta, ma Fokàs aveva sostenuto quello sguardo. «Che sono innamorato di una ragazza e che intendo sposarla» aveva ripetuto in tono pacato.

«Questo l'ho capito. Quello che non ho capito è il nome della ragazza.»

«Anche questo l'hai capito perfettamente, ma se vuoi che te lo ripeta, sia fatta la tua volontà. Si chiama Iulìa ed è originaria di un villaggio sull'Olimpo. L'ho conosciuta quando sono andato a lavorare da quelle parti e me ne sono innamorato. Ha soltanto diciotto anni ed è la ragazza più bella che abbia mai visto. Soddisfatta adesso?»

«Dimmi che si tratta di uno scherzo.»

«Mamma, lo sai che non scherzerei mai su una questione così importante. La amo e prima che tu dica qualcosa di cui potresti pentirti, sappi che ho già organizzato tutto. Ho chiesto la sua mano alla madre e le nozze sono fissate tra tre mesi. Subito dopo il matrimonio verremo a stare qui con voi per un breve periodo, in attesa di trovare una casa tutta nostra.»

Quello che accadde in seguito non avrebbe mai potuto immaginarlo. La madre si trasformò in una belva feroce. Cominciò a gridare e a strepitare, a rompere tutto ciò che trovava davanti, e se non fosse intervenuto il padre a bloccare il suo attacco isterico neanche Fokàs sarebbe rimasto con le mani in mano. Le imprecazioni che erano uscite dalla bocca della madre lo avevano lasciato senza parole. Non l'aveva mai vista in quello stato, mai avrebbe pensato a una reazione del genere. Sin da bambino si era reso conto che la madre era una donna testarda e prepotente, e che il padre, in nome del quieto vivere, non opponeva alcuna obiezione ai suoi desideri, che di fatto erano ordini in piena regola. Via via che cresceva, Fokàs aveva affrontato il suo carattere eccessivamente protettivo, fonte di continui litigi tra loro. Evanthìa non perdeva occasione per ficcare il naso nella vita del figlio. Voleva sapere con chi usciva e quando, diceva la sua sulle varie fidanzate che aveva avuto e chissà come riusciva a essere sempre informata su tutto, al punto che Fokàs si era convinto di essere pedinato. Tre anni prima, infine, Evanthìa si era messa in testa di trovargli una ragazza da sposare, senza tener conto, ovviamente, delle esigenze del figlio ma cercandola secondo i propri desideri. Le ragazze che gli aveva presentato tremavano come foglie di fronte a lei, una prova del fatto che le avrebbe controllate a suo piacimento. Soprattutto, era importante che avessero una dote invidiabile, sufficiente, secondo i progetti della madre, a garantire il futuro economico del figlio. Fokàs le aveva sistematicamente rifiutate tutte, ribattendo che il matrimonio era una questione che riguardava soltanto lui e le sue scelte personali. L'annuncio che stava per sposarsi con Iulìa dimostrava alla madre che aveva parlato sul serio. D'altra parte, Fokàs non si era aspettato quella reazione e che la madre si sarebbe rifiutata di partecipare alle nozze. Tuttavia Evanthìa aveva accettato di ospitare la coppia per qualche tempo. Il figlio se ne era stupito, ma volle tranquillizzarsi ritenendolo un probabile gesto distensivo.

Nel frattempo il traffico automobilistico era aumentato. Erano finalmente entrati in città e doveva stare molto attento alla guida. L'hotel che aveva scelto per la luna di miele si trovava in un tranquillo sobborgo periferico sulle rive del Golfo Termaico. Non era particolarmente lussuoso ma era dotato di tutti i confort.

Iulìa si svegliò poco prima di giungere davanti all'ingresso. Guardò in giro e poi rivolse un'occhiata sconsolata al marito. «Sono imperdonabile! Perché mi hai fatto dormire per tutto il tragitto?» disse.

«Io comunque ti perdono» rispose lui con tenerezza. «Eri esausta, hai fatto bene a riposarti un po'. Non c'è nulla di male.»

«Avrei voluto tenerti compagnia. Sarai stanco anche tu dopo tante ore al volante.»

«Non preoccuparti, sto benissimo, sono abituato ai lunghi viaggi in macchina. E poi adesso siamo arrivati. Che te ne pare?»

Iulìa rivolse uno sguardo pieno di sorpresa all'edificio. Mentre scendevano dalla macchina comparve un giovane facchino per prendere i bagagli. La camera le parve gigantesca e il panorama dal balcone la lasciò senza fiato. Fokàs si avvicinò, la prese tra le braccia e lei si strinse a lui, travolta dal profumo fresco della brezza e dell'acqua di colonia del marito. Avvertiva sul collo il suo fiato rovente. A ogni respiro si sentiva percorrere la colonna vertebrale da piccole scariche elettriche. Provò un senso di delusione quando lui si scostò per rientrare in camera. Non le rimase altro che imitarlo.

«Mentre tu aspetti qui io vado a fare un bagno» disse con un pizzico di imbarazzo nella voce e Iulìa si domandò il perché. «Faccio in un minuto» aggiunse prima di scomparire dietro una porta.

La ragazza ne approfittò per dare un'occhiata alla camera. Si sedette sul bordo del letto dalle bianche lenzuola. In valigia aveva messo una camicia da notte ricamata, che adesso non sapeva se indossare o no. Con sé non aveva molti abiti. Fokàs le aveva detto che a Salonicco intendeva portarla in giro per negozi e comprarle tutto quello che le serviva per la sua nuova vita in città, e lei aveva capito che il marito, con grande tatto, aveva voluto dirle che il suo abbigliamento di ragazzina di montagna non si addiceva alla moglie di un ingegnere.

Mentre cercava di trovare una soluzione vide il marito uscire dal bagno in accappatoio e con i capelli bagnati. In quel momento lui le parve un perfetto estraneo, al punto che per un istante fu sfiorata dall'idea di tornare indietro dalla madre.

«Adesso tocca a te» la invitò Fokàs, allegro. «Nel bagno c'è un altro accappatoio.»

«Sì, certo...»

Scomparve nel locale pieno di vapori e si infilò subito sotto l'acqua calda. Lo scroscio e la temperatura ebbero l'effetto di rilassarla, eppure stava tremando... Si avvolse nell'accappatoio e se lo strinse addosso nel tentativo di proteggersi dalle paure che a un tratto l'avevano colta. Le gambe si rifiutavano di riportarla nella stanza. Il respiro aveva accelerato il ritmo. Iulìa si sedette sul bordo della vasca per riprendere il controllo. Alla fine si rimproverò per la sua viltà. Si alzò con determinazione, sollevò la testa, fece un respiro profondo e uscì dal bagno.

Molto tempo dopo, mentre era sdraiata accanto al marito che la teneva stretta tra le braccia respirando con calma, le vennero in mente le donne del paese quando raccontavano la loro «prima volta». Avevano ragione. Un'esperienza coinvolgente, piacevole ma dolorosa come quella meritava il massimo rispetto. Nessuno l'aveva preparata a una cosa del genere. Tuttavia, a dispetto dell'inesperienza, aveva intuito che Fokàs non le aveva richiesto più di quanto lei fosse pronta a dare; al contrario, si era mosso con la massima delicatezza e generosità. Chiuse gli occhi per godersi la sensazione di pace e di appagamento che provava, con la certezza che quel matrimonio era la decisione più giusta che avesse mai preso in vita sua. Pensò alla madre. Teodora diceva sempre che il marito era il sole che illuminava la sua vita. Forse anche lei aveva trovato il sole capace di illuminare la sua.

Iulìa vedeva i giorni passare e avrebbe fatto qualsiasi cosa pur di fermare il tempo e restare per sempre in quell'hotel in compagnia di Fokàs. Temeva la realtà che stava per affrontare e Fokàs non pensava ad altro che a renderla felice. Le aveva rifatto completamente il guardaroba e lei non si stancava di accarezzare i morbidi tessuti che le coprivano il corpo. Il resto del tempo si abbandonava all'amore del marito, che a poco a poco la iniziava a giochi sempre più raffinati, che le facevano toccare il cielo con un dito.

Il grande giorno era arrivato. I genitori di lui avevano invitato a pranzo i due sposini. Il soggiorno in hotel era terminato. Fokàs aveva urgenti impegni di lavoro e Iulìa, mentre faceva i bagagli, aveva le lacrime agli occhi al pensiero che i giorni della spensieratezza erano finiti e che ad attenderla c'era il mare gelido del dovere. Aveva chiesto a Fokàs di farle una descrizione minuziosa dei genitori e quanto aveva sentito era tutt'altro che incoraggiante. Intuiva che il marito aveva sorvolato sui dettagli più scomodi, che tuttavia presto o tardi sarebbero venuti a galla. Si era rassegnata all'idea che Evanthìa non aveva alcuna intenzione di accoglierla a braccia aperte, il che era una fonte di angoscia perché con la madre di Fokàs avrebbe dovuto trascorrere l'intera giornata. Ma lei non era tipo da arrendersi facilmente e sapeva che fra loro ci sarebbe stata una guerra senza esclusione di colpi, di quelle a cui non era stata abituata dai comportamenti all'insegna della schiettezza della sua famiglia di origine. Di una cosa tuttavia era certa: amava il marito e non avrebbe permesso a nessuno di intromettersi nella loro vita, neppure alla suocera.

Gli sposini si recarono a casa di Evanthìa, un bell'appartamento in un palazzo signorile nel centro di Salonicco. Iulìa rimase stupefatta perché non aveva mai visto un condominio in vita sua. Non riusciva a credere che le persone vivessero letteralmente una sopra l'altra. Ma la sorpresa fu di breve durata perché sulla porta d'ingresso c'era Evanthìa a riceverli. Iulìa si sentì percorrere la schiena da un brivido. Lo sguardo della suocera era carico di risentimento ed era chiaro che considerava la nuora responsabile di aver traviato il figlio. Un istante dopo tuttavia, la donna, come se niente fosse, abbracciò e diede un bacio a entrambi, e Iulìa non poté fare a meno di pensare che, rispetto a quello della suocera, il bacio di Giuda era stato certamente più sincero. Il suocero al contrario si rivelò una persona molto accomodante. Non serbava rancore verso il figlio ed espresse la sua sincera ammirazione per la bellezza della nuora.

«Adesso capisco perché mio figlio ha fatto il diavolo a quattro pur di sposarti» commentò in tono ilare, ma la risata si gelò sulle labbra di fronte all'espressione severa della moglie.

«In effetti la notizia ci ha colti… come dire, piuttosto impreparati» spiegò Evanthìa seccamente. «Avevo sempre creduto che nostro figlio volesse sposare qualche ragazza del nostro ceto… a me sarebbe piaciuto un'architetto.»

«Mamma!» l'interruppe Fokàs.

«Scusa, scusa, non ho detto niente di male. Tua moglie deve rendersi conto che è normale per una madre sognare il meglio per i propri figli» protestò Evanthìa.

«Certo, lo capisco benissimo» prese la parola Iulìa, che, senza volerlo, rivolse uno sguardo assassino alla suocera. «Tutti i genitori fanno progetti per i loro figli» aggiunse. «Ma mia nonna dice sempre che l'uomo propone e Dio dispone.»

Alcuni istanti di silenzio fecero seguito alle ultime parole della ragazza, che aveva messo a segno un colpo a suo favore nel primo confronto con la suocera. Per uscire dal vicolo cieco Fokàs accompagnò la moglie a vedere la camera matrimoniale. Era un ambiente vasto e luminoso, con una grande finestra, che oltre al letto conteneva anche due poltrone e un armadio. A Iulìa piacque molto e rise. In cuor suo ammise che la suocera ci sapeva fare e che l'arredamento era di buon gusto. Anzi, avrebbe adottato alcune sue soluzioni anche nella loro futura casa e si augurò che il giorno del trasferimento non tardasse troppo. Intanto la tavola era stata apparecchiata. Le due coppie si sedettero e i genitori di Fokàs poterono finalmente brindare in modo ufficiale alla felicità dei due sposini.

Il primo giorno in casa dei suoceri trascorse relativamente tranquillo. Dopo pranzo Kiriakos volle rivolgere alcune domande alla nuora e Iulìa fu lieta di soddisfare tutte le sue curiosità riguardanti lei e la sua famiglia, sotto lo sguardo torvo di Evanthìa. Descrisse con dovizia di particolari al suocero la casa sul fiume senza accorgersi che nella sua voce risuonava una nota di pena e di nostalgia.

Poco dopo, nella riservatezza della loro camera da letto, Fokàs volle affrontare l'argomento. «Iulìa» disse con dolcezza. «Poco fa, mentre parlavi con mio padre di casa tua, mi sono accorto che la tua famiglia e il tuo villaggio ti mancano molto.»

«Ma...» ribatté lei.

Fokàs le mise la punta delle dita sulle labbra. «Non c'è bisogno che ti giustifichi» le disse. «Mi sembra una cosa del tutto normale. Ma voglio che tu sappia che nessuno ti tiene prigioniera qui. Se un giorno avrai voglia di andare a trovare le persone che ami, basta dirlo e ti ci porterò io stesso. In fin dei conti non vivono all'altro capo del mondo.»

«La persona che amo sei tu» sussurrò lei guardandolo negli occhi. «Finché sarai al mio fianco non avrò bisogno di nulla, perché ormai tutto il mio mondo sei tu. Ti prego soltanto di non lasciarmi mai.»

«Come ti viene in mente una cosa del genere?» protestò Fokàs dandole un bacio.

In quell'istante la porta si spalancò facendo sobbalzare entrambi. Evanthìa aveva fatto irruzione in camera con due bicchieri d'acqua in mano.

«Mamma, che cosa c'è?» domandò Fokàs offeso.

«Vi ho portato un po' d'acqua per la notte» fu la risposta.

«In primo luogo, se abbiamo sete, sappiamo dov'è la cucina. E in secondo luogo... che ne è stato della tua cortesia, mamma? L'hai dimenticata fuori della porta così come hai dimenticato di bussare prima di entrare?»

Le palpebre di Evanthìa batterono appena come se le avessero sparato a bruciapelo. Dal suo sguardo passarono uno dopo l'altro la sorpresa, il dolore e infine la rabbia. «Chiedo scusa... Non immaginavo...» si affrettò a dire.

«Grazie per aver pensato a noi» riprese Fokàs rabbonito. «In futuro però ti pregherei di bussare prima di entrare» concluse.

La madre rivolse uno sguardo sprezzante alla nuora, appoggiò i bicchieri sul comodino e uscì chiudendosi la porta alle spalle.

Iulìa mormorò: «Credo che l'hai fatta arrabbiare».

«Patti chiari amicizia lunga» sentenziò lui.

«Comunque... Ho la sensazione che tua madre non mi trovi molto simpatica» trovò il coraggio di dire Iulìa.

«Stai tranquilla, amore mio. Non ce l'ha con te, non avrebbe trovata simpatica nessuna donna al mondo che avessi deciso di sposare. Quando si renderà conto che ci vogliamo bene e che sono felice, vedrai che si rassegnerà.»

«Speriamo. Solo che... ecco, vorrei pregarti di accelerare i tempi della nuova casa. Non mi fraintendere ma...»

«Capisco benissimo. Porta un po' di pazienza. Qui in fondo alla strada è in costruzione un condominio che io stesso ho progettato. Il proprietario è un mio conoscente e gli ho detto di tenerci un appartamento.»

«Non c'è bisogno che sia grande, almeno all'inizio. Due stanze bastano e avanzano. Il mio unico desiderio è stare da sola insieme a te. Purtroppo non abbiamo mai parlato di questioni economiche... non so quanto guadagni, non so quanti soldi ci vogliono mensilmente per vivere. Mio padre dava sempre tutti i soldi a mia madre ed era lei che si occupava della casa. Tu invece non so come sei abituato… Voglio dire…»

Confusa dal grande imbarazzo, Iulìa era sul punto di scoppiare a piangere.

Ma Fokàs la strinse tra le braccia. «Tesoro, non voglio che ti preoccupi di niente. Quando finalmente ci trasferiremo nella nostra nuova casa, faremo esattamente come facevano i tuoi. Sei contenta adesso?»

«Suppongo di sì… Sai, per me tutto questo è una novità.»

Fokàs la strinse a sé e lei si sentì protetta dalla forza di quell'abbraccio. Poi lui cominciò a slacciarle la camicetta e a baciarla sul collo e tutte le insicurezze e le paure svanirono.

Quando Evanthìa entrò nella sua camera si rese conto che stava tremando. Kiriakos, che era a letto immerso nella lettura di un libro, le rivolse uno sguardo interrogativo. «C'è qualcosa che non va?» domandò.

«Devo trovare un modo per liberarmi di quella sfacciata» dichiarò.

«Ti riferisci a Iulìa? A me sembra una bravissima ragazza e la cosa più importante è che adora nostro figlio come lui adora lei.»

«Sciocchezze.»

«Non sono sciocchezze, è la verità. Sono innamorati.»

«E questo sarebbe amore, secondo te? Non capisci che è soltanto una cacciatrice di dote e che nostro figlio si è fatto irretire come un allocco?»

«Smettila di considerare Fokàs un bambino, ha trent'anni e sa quello che vuole» le consigliò Kiriakos.

«D'accordo, ma nostro figlio è pur sempre un uomo. Prendi due occhi languidi e una donna disponibile, e potrai dominare tutti gli uomini di questa terra.»

«Evanthìa, adesso esageri. E non soltanto esageri, ma ti esprimi anche in modo offensivo nei confronti di Fokàs. Nostro figlio è un uomo con la testa sulle spalle, Iulìa è la ragazza che fa per lui e ha deciso di sposarla, tutto qui.»

«Ti sbagli, mio caro. Lo sai che un attimo fa mi ha cacciato fuori dalla sua stanza e mi ha ordinato di bussare prima di entrare?»

«Mi sembra naturale: non si fa irruzione nella camera da letto di due sposini senza prima bussare.»

«Gli avevo semplicemente portato due bicchieri d'acqua.»

«Evanthìa, hai forse scordato che non è con l'acqua che si spegne la sete degli innamorati?»

«Basta, basta, non voglio sentire altro.»

«Cerco soltanto di farti ragionare, te lo dico per il tuo bene. Fokàs era te che cercava di proteggere quando ti ha detto di bussare prima di entrare.»

«Di proteggermi da che cosa?»

«Da uno spettacolo… al quale una mamma è meglio che non assista. Continua a sfuggirti che stiamo parlando di due giovani innamorati. Non entrare mai più senza motivo nella loro stanza. Potrebbero essere a letto, e non per dormire, e sarebbe una cosa imbarazzante per tutti.»

«Smettila perché mi fai salire il sangue alla testa.»

«Che ti piaccia o no, nostro figlio adesso è un uomo sposato. Cerca di fartene una ragione.»

«Questo non mi sembra un problema insormontabile.»

«Adesso straparli.»

«Al contrario, mai stata così seria. Sappi che questo matrimonio non avrà lunga durata e sarò io stessa a favorirne il fallimento. Non l'ho allevato e non l'ho fatto studiare per abbandonarlo nelle mani della prima montanara di passaggio.»

«In primo luogo non sei stata soltanto tu ad allevarlo e a farlo studiare, ma tu e io insieme. E in secondo luogo ti dico e ti ripeto che se è questa la ragazza della sua vita, a te non resta che metterti il cuore in pace. Anche noi siamo stati giovani e innamorati, te ne sei dimenticata?»

«No, non me ne sono dimenticata, ma noi eravamo un'altra cosa. Noi ci conoscevamo già da molto tempo, appartenevamo alla stessa classe sociale e il resto è venuto da sé. E neppure ho dimenticato la sostanziosa dote che ti diede mio padre. Tutto il contrario della tua cara nuora, una spiantata che da Fokàs si è dovuta far comprare persino il guardaroba. Adesso capisco perché non ce l'ha portata qui subito: doveva prima renderla presentabile.»

«Evanthìa, te lo ripeto per l'ultima volta: lasciali in pace. Piuttosto, perché non cerchi di farti amica Iulìa?»

Evanthìa rivolse uno sguardo carico di disprezzo al marito e si coricò dandogli le spalle. Sapeva che quella sarebbe stata una notte di riflessione.

Quanto a Iulìa, già dall'indomani scoprì che occorreva una riserva incredibile di pazienza per sopportare la vita quotidiana. Fokàs e il padre uscirono di buon mattino per andare al lavoro e lei non aveva idea di come impiegare il tempo. Si vestì e decise di mettere in ordine la camera. Rifece il letto, sistemò i vestiti e infine si diede un'occhiata intorno. Non poteva certo trascorrere l'intera giornata isolata in quella stanza, così prese coraggio, aprì la porta e uscì. Evanthìa era in cucina.

«Buongiorno, mamma...» disse con deferenza.

La suocera per tutta risposta le rivolse uno sguardo gelido. A Iulìa venne voglia di fare marcia indietro e di tornare in camera sua, ma alla fine preferì affrontare a viso aperto la situazione. Così ignorò la suocera e preparò il caffe. Si sedette al tavolo e si mise a guardare Evanthìa, intenta a cucinare. La suocera si comportava come se lei non esistesse, per cui Iulìa, dopo aver bevuto il caffe, lavò la tazzina, la ripose nella credenza e uscì dalla cucina. Non aveva senso trattenersi. Prima di uscire, con la coda dell'occhio scorse la suocera prendere dalla credenza la tazzina che lei aveva lavato per lavarla di nuovo. A Iulìa parve di essere travolta da un fiume di lava. La rabbia le annebbiò la vista, per un istante tornò la Iulìa di un tempo, celebre per le sue intemperanze. Si avvicinò alla suocera, che proprio in quel momento stava riponendo la tazzina sullo scolapiatti.

«Mamma, non l'ho lavata bene?» domandò con voce fremente. «Oppure siccome ci ho bevuto io doveva essere lavata una seconda volta?» aggiunse e con un gesto fulmineo prese la tazzina e la gettò sul pavimento mandandola in mille pezzi.

Evanthìa sgranò gli occhi, incredula.

«Tanto per mettere le cose in chiaro» disse infine la ragazza uscendo dalla cucina a testa alta.

Aveva capito che in quella casa era considerata di troppo. Il marito sarebbe rincasato soltanto all'ora di pranzo e lei aveva bisogno di prendere una boccata d'aria. Così, afferrata la borsa, decise di fare quattro passi per conoscere Salonicco e per cercare un appartamento in affitto.

A pranzo la famiglia si riunì intorno alla tavola apparecchiata in un silenzio più molesto del vocìo di mille persone. Evanthìa aveva il volto contratto e Iulìa pensava soltanto a mangiare. I due uomini si scambiarono un'occhiata interrogativa.

«Allora?» esordì Fokàs. «Che cosa hanno fatto oggi le donne di casa?»

La madre per tutta risposta si alzò e andò in cucina. Quando tornò, aveva in mano i cocci della tazzina frantumata. «Ecco quello che ha fatto tua moglie» disse seccamente. «Ha bevuto il caffè, ha rotto la tazzina e poi è diventata uccel di bosco. Non è neppure mezz'ora che è tornata.»

Fokàs guardò la madre a bocca aperta e poi si girò verso la moglie, la quale aveva continuato a mangiare come se niente fosse. «Iulìa?» le domandò cercando di capire quello che era successo.

La ragazza prese l'ultimo boccone e si alzò. «Stamattina tua madre mi ha fatto capire che la sottoscritta oltre che indesiderata è anche un'appestata. Come i lebbrosi. Per cui tutto quello che tocco deve essere lavato bene, anzi no, sterilizzato. O meglio ancora, eliminato. Dico bene, mamma?» concluse senza perdere la calma. Poi prese il piatto e il bicchiere, e li frantumò sul pavimento. Infine si congedò con un cenno del capo e si chiuse in camera sua, dove finalmente lasciò che le lacrime di rabbia avessero sfogo. Fokàs la seguì, entrò in camera e la trovò in piedi accanto alla finestra, intenta a guardare la strada. Lui si chiuse con delicatezza la porta alle spalle e si sedette in poltrona accendendosi una sigaretta.

«Siccome non credo che ti sia dato di volta il cervello, quando ne hai voglia vorrei che mi raccontassi quello che è successo» le disse.

Iulìa obbedì con voce rotta dai singhiozzi. Al termine del racconto, il marito proruppe in una sonora risata, che la lasciò basita.

«In un momento del genere tutto mi sarei aspettata tranne che vederti ridere» ribatté in tono severo.

Fokàs spense la sigaretta e si avvicinò per abbracciarla e baciarla con dolcezza. «Una sera, prima di sposarci, durante una delle mie visite a casa tua, ho avuto modo di fare quattro chiacchiere con tua madre, che mi ha raccontato molti episodi della tua infanzia. Mi ha anche raccomandato di non farmi ingannare dalla tua corporatura minuta, che in realtà nasconde un temperamento testardo e orgoglioso. Mi ha pure detto che al villaggio eri famosa per i tuoi scatti d'ira e che quando ti mettevi una cosa in testa nessuno era capace di togliertela. Così adesso vedo con piacere che mia madre ha trovato pane per i suoi denti, proprio come un tempo tuo nonno.»

«Mia madre ti ha parlato di lui?»

«Certo. Eri l'unica a non temerlo ed eri l'unica a cui non riuscisse a dire mai di no. Anche se non gli piacevano i cani, te ne ha persino regalato uno. Come vedi, mia cara, sono perfettamente al corrente della tua fedina penale.»

«Mi stai dicendo che non te la sei presa per il modo in cui ho trattato tua madre?»

«Dico che invece me la sono presa per il modo in cui mia madre ha trattato te. So che le cose non saranno facili finché non avremo trovato casa, ma dopo l'episodio di oggi mi sento più tranquillo. Adesso so che puoi cavartela benissimo anche da sola con il cerbero di nome Evanthìa. Ti prego soltanto di non esagerare.»

«Non tratto male nessuno se nessuno tratta male me.»

Fokàs rise sonoramente e l'abbracciò. La risata giunse fino al salone ed Evanthìa impallidì. Kiriakos scosse la testa sconsolato, poi si alzò da tavola, prese il giornale e scomparve in camera da letto.

Dopo quattro mesi i due sposini non avevano ancora trovato la casa adatta alle loro esigenze. L'appartamento che Fokàs sperava inizialmente di prendere in affitto era sfumato all'improvviso quando il proprietario aveva deciso di venderlo anziché affittarlo. Per quanto girassero in lungo e in largo Salonicco, la scelta non era facile, tra case troppo care e altre con la cucina troppo piccola, tanto più che Iulìa su un particolare era stata categorica: il loro nuovo appartamento doveva avere la vista sul mare. Intanto la convivenza con Evanthìa diventava ogni giorno più difficile, soprattutto a causa della suocera. Ma Iulìa era un osso duro e, grazie alla sua pazienza, i piani della suocera naufragavano uno dopo l'altro. Al centro di questo campo di battaglia i due uomini cercavano di conservare un atteggiamento neutrale e di convincere le rispettive consorti a smettere di farsi la guerra, ma dopo quattro mesi fu chiaro anche a loro che la situazione era destinata solo a peggiorare. Di questo si convinsero soprattutto un certo giovedì…

Evanthìa e una cugina si erano recate di buon mattino a un funerale. Poiché la madre di Fokàs non usciva spesso, avere a completa disposizione tutta la casa fu per Iulìa un regalo insperato. Per la felicità annunciò persino che avrebbe preparato lei da mangiare, e alla suocera non rimase altro che fare buon viso a cattivo gioco. La ragazza trascorse la giornata in cucina, tra i fornelli, felice di poter finalmente cucinare per il marito per la prima volta. Così, quando a un certo punto sentì la chiave girare nella toppa e vide la suocera rincasare, provò un forte senso di delusione. Tuttavia non si perse d'animo e allestì il desco.

Fokàs e il padre rincasarono a loro volta e si misero a tavola. Poiché aveva preparato spezzatino con il ragù, il piatto preferito del marito, fu a lui che Iulìa concesse l'onore del primo assaggio, seguito a ruota dal suocero. Sennonché, dopo aver masticato alcuni istanti, con una smorfia di disgusto entrambi sputarono il boccone nel piatto contro tutte le regole della buona educazione, lamentandosi che c'era troppo sale. Poco prima Iulìa aveva assaggiato la pietanza e il sapore le era sembrato ottimo. Decise di capire che cos'era successo ma, un attimo prima di portarsi la forchetta alla bocca, scorse l'espressione di trionfo della suocera e comprese che ancora una volta era stata lei la causa della catastrofe.

Seguirono lunghi istanti di silenzio. Iulìa guardò la suocera. «Complimenti, deve sentirsi molto fiera di se stessa» disse con calma.

«Io?» domandò Evanthìa cadendo dalle nuvole. «Ma se sono stata fuori tutto il giorno! Se in cucina sei un'incompetente, non devi dare la colpa a me.»

«Ho assaggiato lo spezzatino poco prima del suo arrivo e il sale era perfetto. A un certo punto sono uscita dalla cucina per apparecchiare la tavola e deve averne approfittato per mettermi in cattiva luce con mio suocero e mio marito.»

«Tu sei pazza!» protestò Evanthìa.

«Adesso basta.» Fokàs era balzato dalla sedia in preda alla collera. «Mamma, questo è troppo anche per te.»

«Mi stai forse accusando? Preferisci credere a questa strega anziché a tua madre?» Evanthìa era fuori di sé. Si mise a piangere e a gridare pronunciando frasi sconnesse.

Kiriakos si alzò dalla sedia con calma, prese la moglie cingendole le spalle e l'accompagnò in camera sua.

Fokàs si rivolse alla moglie. «Iulìa, sono desolato… Non so che cosa dire per chiederti perdono… Scusa…»

«Non preoccuparti, è tutto a posto. Perché non mi porti fuori a mangiare? Ho una fame da lupi!» replicò sorridendo. Il marito la guardò con espressione riconoscente.

La cosa tuttavia non finì lì. L'indomani Kiriakos si recò a trovare il figlio nel suo ufficio. Fokàs rimase stupito di vederlo.

«Papà, come mai da queste parti? Perché non sei al lavoro? Non sarà mica successo qualcosa?»

«Ehi, vacci piano con le domande» rispose lui sorridendo. «Prima di tutto non sono al lavoro perché il padrone sono io e posso assentarmi quando mi pare e piace. Così, mi sono detto: perché non fare un salto da mio figlio a vedere come sta? Quanto alla tua ultima domanda, ossia se è successo qualcosa… Che altro deve succedere che non sia già successo? Urge trovare una soluzione.»

«Ti riferisci a ieri?»

«Non solo. Sono quattro mesi che tu e tua moglie siete nostri ospiti e la casa si è trasformata in un campo di battaglia. Mancano soltanto i bombardamenti.»

«E io che cosa dovrei fare?»

«Te lo dico che cosa devi fare. Prima che sia troppo tardi, trovatevi un posto dove stare e andatevene.»

«Sai che lo stiamo cercando.»

«E allora sbrigatevi a trovarlo, magari anche una soluzione provvisoria. In fin dei conti non avete mica bisogno di una reggia. Per l'arredamento vi posso dare una mano io, ovviamente senza che tua madre lo venga a sapere, visto che dovrò continuare a vivere assieme a lei almeno altri due decenni. Però, ti confesso, c'è una cosa che mi preoccupa.»

«Il fatto che la mamma non riesca a rassegnarsi?»

«Infatti. Anziché abituarsi all'idea che ormai sei sposato, ogni giorno che passa la situazione peggiora. Mi domando fino a che punto sia disposta ad arrivare.»

«Mi sembra che ne abbia già combinate abbastanza.»

«Non essere ingenuo. Finora la strategia era basata sull'attacco frontale. E se decidesse di passare alla guerriglia?»

«Non capisco che cosa vuoi dire.»

«Voglio dire che, almeno finora, tua madre si è mossa a viso aperto. Non vorrei che a un certo punto adottasse metodi più subdoli.»

«A che cosa stai pensando?»

«A niente di preciso, anche dopo tanti anni di matrimonio per me tua madre continua a essere un mistero. So soltanto che quando si mette in testa una cosa è impossibile farle cambiare idea. Per questo ti dico che ve ne dovete andare. Forse, se non vi avrà tra i piedi tutti i giorni, si metterà l'anima in pace. E poi chissà, un giorno la nascita di un nipotino potrebbe cambiare tutto.»

«Non capisco per quale motivo ce l'ha tanto con Iulìa.»

«Perché tua moglie non si fa mettere i piedi in testa da nessuno e questo per Evanthìa è imperdonabile. Inoltre, tua moglie te la sei scelta da solo, senza chiederle il parere. Insomma, ce n'è abbastanza per farle perdere la testa.»

«Hai ragione. Allora cercherò di accelerare i tempi.»

Ma, quando tornò casa, la reazione di Evanthìa fu ancora più veemente.

«Quella sgualdrina me l'ha portato via» continuò a ripetere finché Kiriakos non perse la pazienza.

«Cerca di ragionare una buona volta» gridò. «Lo sapevi che prima o poi se ne sarebbero andati.»

«Sì, ma speravo che a quest'ora Fokàs le avesse già chiesto il divorzio» rispose.

Kiriakos le rivolse uno sguardo condiscendente. «Evanthìa, non essere sciocca. Come ti è venuta in mente una cosa del genere? Credevi che bastasse fare la guerra a tua nuora per convincere Fokàs a lasciarla?»

La donna rimase pensierosa qualche istante. «Hai ragione» mormorò infine. «Mi sono comportata davvero come una sciocca. Invece di farle la guerra, avrei dovuto far capire a mio figlio che non è la donna che fa per lui.» Così, con gli occhi che le brillavano e il morale alle stelle, Evanthìa cominciò a camminare su e giù per la stanza.

«Evanthìa, comincio davvero a preoccuparmi» ribatté Kiriakos in tono severo. «Il tuo comportamento non è normale. Lascia in pace i ragazzi, lascia che si godano il loro amore. Se non vuoi farlo per lei, fallo almeno per nostro figlio. Non vedi che è felice come non lo è mai stato in vita sua?»

Per tutta risposta Kiriakos dovette incassare uno sguardo sprezzante. Subito dopo la moglie uscì dalla stanza. Passò qualche minuto e Kiriakos udì la porta che si chiudeva.

Fokàs e Iulìa traslocarono il mese successivo. Iulìa non riusciva a crederci. Nella nuova casa preparò una bella cenetta e Fokàs sorrise quando vide il piatto di spezzatino al ragù.

«Posso assaggiarlo o per caso l'hai preparato con la ricetta di mia madre?» domandò. Iulìa scoppiò a ridere.

Dopo cena andarono a letto e dalla finestra si misero ad ammirare la luna, che quella sera splendeva in modo eccezionale, come se volesse festeggiare la felicità dei due giovani.

«Non è meraviglioso?» domandò a Fokàs mentre guardava incantata il disco d'argento.

«Sei tu che sei meravigliosa, tesoro» rispose lui con gli occhi che gli brillavano nel buio. «Sono orgoglioso di te, di tutto quello che hai fatto dal momento in cui ci siamo sposati. Dico davvero. Che ne diresti di passare qualche giorno dai tuoi, al villaggio?»

«Come mai ti è venuto in mente il villaggio?»

«Ecco, ho pensato che sono trascorsi cinque mesi da quando sei partita e che forse avrai nostalgia di tua madre, delle tue sorelle...»

«I miei stanno benone, la mamma mi ha scritto e le ho scritto anch'io. E poi non puoi assentarti dal lavoro senza un motivo. Non preoccuparti per me, Fokàs. Non mi sono mai sentita meglio in vita mia, soprattutto adesso che viviamo per conto nostro. Non ho nostalgia di nessuno.»

Fokàs l'abbracciò e per la prima volta, dopo il loro breve soggiorno in hotel, Iulìa si abbandonò completamente alle gioie dell'amore senza il timore di essere interrotti dall'affetto morboso di Evanthìa nei confronti del figlio.

A scorno delle precauzioni di Iulìa per evitare visite improvvise, la suocera non si recò a trovarli neppure una volta. Così una domenica la giovane sposina decise di invitarli a pranzo, ma anche allora Evanthìa rifiutò. Kiriakos invece accettò di onorare l'invito della nuora, ma né lei né il figlio gli domandarono il motivo dell'assenza di Evanthìa. Intuirono che fosse ancora risentita, ma questo non rovinò il godimento della compagnia e la bella giornata. Al suo rientro, Kiriakos evitò di rivolgere la parola alla moglie e finse di non scorgerne l'espressione infastidita. Le propose tuttavia di portarla a teatro per concludere nel miglior modo possibile la serata.

Il giorno dopo accadde un evento inaspettato. Evanthìa si recò in ufficio dal figlio con in mano una scatola. «Buongiorno» la salutò lui. «A che cosa debbo l'onore di questa visita?» le domandò.

«Avevo voglia di vederti» gli rispose. «Disturbo, forse?»

«Certo che no... A proposito, come mai ieri non sei venuta a pranzo da noi?»

«Come, papà non ti ha detto che sono stata poco bene?» spiegò lei con affettata noncuranza.

Fokàs scosse la testa sorridendo di nuovo. «No, non ci ha avvertiti... Ma posso immaginare quello che hai avuto. Non importa, forse ti ci vuole ancora altro tempo per imparare ad apprezzare Iulìa.»

«Non sono venuta qui per parlare di tua moglie.»

«E allora perché sei venuta?»

«Ho preparato la sfoglia al formaggio e ho pensato di portartene una porzione. Sei sempre andato matto per la sfoglia al formaggio che ti preparava la mamma.»

«Mi sembra un po' presto per la sfoglia al formaggio.»

«Eh, certo, adesso che ti sei sposato, la mia cucina non ti piace più» protestò Evanthìa.

Fokàs le rivolse un'occhiata indignata, poi prese la sfoglia al formaggio e la mandò giù tutta d'un fiato. «Sei contenta adesso?» le domandò ancor prima di inghiottire.

«Diciamo di sì.»

«Comunque ha uno strano sapore. Non è buona come al solito.»

«Forse perché ho cambiato salumiere e non mi ha dato il formaggio che prendo di solito.»

«Ti consiglierei di tornare al vecchio salumiere. E adesso che ti ho fatta contenta, e che abbiamo chiacchierato di formaggi e di salumieri, ti dispiace se torno al mio lavoro?»

Evanthìa sorrise soddisfatta e si congedò dal figlio, che non sapeva cosa pensare. Aveva intuito che la visita della madre nascondeva un secondo fine, ma non riusciva a immaginare quale. Un paio d'ore dopo, straziato da un terribile mal di pancia, dovette recarsi d'urgenza al pronto soccorso. Iulìa, che fu avvertita dall'ufficio, lo raggiunse subito. Dall'ospedale telefonò al suocero, che a sua volta arrivò a tempo di record con il volto deformato dall'angoscia. I medici li informarono che Fokàs era stato avvelenato e per salvarlo avevano dovuto praticargli la lavanda gastrica. Prima di dimetterlo, aggiunsero, lo avrebbero tenuto un giorno sotto osservazione. Gli avevano domandato se avesse ingerito qualche sostanza tossica e lui aveva risposto che aveva mangiato una porzione di sfoglia al formaggio preparata dalla madre.

Quando fu certo che il figlio era fuori pericolo, Kiriakos tornò a casa con un terribile presentimento. Trovò Evanthìa in cucina, intenta a lavare i piatti. Notò che in mano aveva una teglia.

«Che cos'hai preparato di buono oggi? Per caso sfoglia al formaggio?» le domandò senza salutarla.

Evanthìa gli rivolse uno sguardo interrogativo. «Sfoglia al formaggio?»

«Allora, l'hai preparata sì o no?» insisté il marito.

«No, non l'ho preparata.»

Kiriakos la scrutò a lungo. «Te lo chiedo ancora una volta ed esigo che mi dica la verità. Stamattina hai preparato una sfoglia al formaggio e ne hai portato una porzione a Fokàs?»

«Ebbene sì! È forse vietato portare da mangiare a mio figlio?»

«Il resto dov'è? Fokàs mi ha detto che gliene hai portato soltanto una fetta.»

«Si può sapere perché mi fai il terzo grado?»

«Perché nostro figlio si trova all'ospedale. Dimmi che pasticcio hai combinato!»

«Dio mio!» esclamò Evanthìa impallidendo. «Che cosa gli è successo?»

«Ha mangiato la tua sfoglia al formaggio, ecco che cosa gli è successo. Sei forse impazzita? Ti sei messa in testa di uccidere nostro figlio?»

Evanthìa crollò su una sedia e si prese la testa tra le mani.

Kiriakos si sedette davanti a lei, senza farsi commuovere. «Avanti, Evanthìa, parla!» insisté.

«L'ho fatto per il suo bene... Te lo giuro... Non immaginavo...» piagnucolò.

«Lascia stare i giuramenti. Volevi uccidere nostro figlio per il suo bene?»

«Smettila di dire queste cose, non volevo uccidere Fokàs!»

«E allora perché l'hai avvelenato?»

Evanthìa guardò il marito con le lacrime agli occhi. «Sono andata... Mi ha detto che se rivolevo indietro mio figlio dovevo somministrargli una pozione...»

«Sei pazza! Chi te l'ha data?»

«Una zingara.»

«Una zingara?! Ti sei rivolta a una zingara per distruggere il matrimonio di nostro figlio?!»

«Io non c'entro! È stata lei a darmi la pozione!... La denuncerò alla polizia.»

«Bene, complimenti, ci manca solo la polizia e poi siamo a posto. Evanthìa, ascolta, sono molto preoccupato per te. Fatti vedere da qualcuno, da uno psichiatra per esempio. Soltanto uno specialista può intervenire nello stato in cui ti trovi.»

«Mi stai forse dando della pazza?»

«Lo capisci che stavi per mandare nostro figlio all'altro mondo? Devi fare qualcosa, ormai sei un pericolo per tutti noi.»

«Io? Un pericolo io? E allora quella sgualdrina che cos'è?

Ci ha rubato nostro figlio e tra poco lo perderemo per sempre. Sono settimane che non ci viene neanche più a trovare.»

«Lui e sua moglie si sono appena trasferiti nella nuova casa ed è naturale che vogliano stare un po' da soli. Il problema sei tu. Se non fossi tanto ostinata, adesso sarebbe tutto a posto.»

«Ti dico e ti ripeto che qui c'è sotto qualcosa.»

«Parli tu che per poco non lo spedivi all'altro mondo. Comunque, adesso devi smetterla, altrimenti andrò io stesso alla polizia a raccontare quello che hai fatto oggi. Te lo dico per l'ultima volta: lasciali in pace.»

Kiriakos uscì sbattendo la porta e lasciò Evanthìa a rimuginare da sola.

Il giorno del primo anniversario di matrimonio, Fokàs regalò un bel bracciale alla moglie per ringraziarla dei primi dodici mesi di vita in comune. Iulìa invece organizzò un piccolo ricevimento a casa, a cui invitò due coppie di amici. Sul buffet faceva bella mostra di sé il mazzo di fiori che il suocero le aveva inviato la mattina precedente insieme con un biglietto di auguri. Sebbene i rapporti tra nuora e suocera non fossero molto cambiati, la tensione dei primi tempi era andata stemperandosi. Qualche domenica prima, addirittura, Evanthìa aveva invitato a pranzo il figlio e la nuora, convinta dalle insistenze di Kiriakos, e la giornata era trascorsa senza particolari problemi. Kiriakos era stato tutto il giorno sulle spine, nel timore che la bomba scoppiasse da un momento all'altro, ma alla fine aveva dovuto ammettere che la moglie era stata una perfetta padrona di casa.

Quindici giorni dopo Iulìa ricambiò l'invito. Evanthìa accettò di buon grado e tutti trassero un sospiro di sollievo. Era la prima volta che si recava a casa loro e, contrariamente a quanto ci si sarebbe aspettato, si profuse in moltissimi complimenti.

Iulìa, all'inizio, non aveva fatto caso all'affascinante gentiluomo nel quale si imbatteva di continuo, ovunque andasse. Poi, quando cominciò a vederlo in alcuni negozi da lei frequentati, pensò che si trattasse di una strana casualità, finché un giorno, trovandolo davanti al portone di casa, capì che qualcosa non andava per il verso giusto. Decise di seguire l'istinto e di evitare di parlarne con Fokàs, ma a quel punto doveva muoversi con prudenza.

Un giorno le fu recapitato un mazzo di fiori senza biglietto di accompagnamento. Iulìa ne intuì subito la provenienza e lo gettò subito nella spazzatura, ma il giorno seguente e quello successivo si ripeté la stessa storia. Inoltre, sbirciando in strada dalla finestra, notò la presenza di un signore, che un paio di volte ebbe persino la sfrontatezza di rivolgerle un sorriso. Iulìa cominciò a preoccuparsi sul serio. Se Fokàs si fosse accorto di qualcosa, sarebbero stati guai: sin dall'inizio del loro matrimonio aveva potuto constatare che il marito era molto geloso. Non sapeva che cosa fare né poteva chiedere consiglio a qualcuno. Giunse al punto di non uscire più di casa nel timore di imbattersi in quell'uomo sconosciuto e di essere vista da qualcuno. Un giorno però, fu costretta a uscire e, appena varcato il portone, scorse lo sconosciuto che attraversava la strada per dirigersi verso di lei tutto sorridente.

«Buongiorno» le disse in tono cordiale.

«Desiderate forse qualcosa?» replicò Iulìa con distacco a scanso di qualsiasi equivoco.

«Ormai dovreste averlo capito che cosa desidero» ribatté lui. «Mi chiamo Kimon Alexiadis e sono un sincero ammiratore della sua bellezza.»

«Ho l'impressione che non sappiate quello che dite, dato che non ho il piacere di conoscervi.»

«Eppure è tanto tempo che vi osservo. Dal primo istante che vi ho vista, non riesco a non pensare a voi.»

«Vi capita spesso di fermare una signora e di cominciare a molestarla?»

«Da quando in qua fare un complimento a una bella signora vuol dire molestarla?»

«Un complimento rivolto a una signora sposata non è un complimento ma una molestia. E poiché sostenete di conoscermi, saprete di certo che sono sposata.»

«E con questo? Non c'è niente di male a fare un complimento a una donna sposata.»

«E invece c'è tutto di male. Vi prego di non rivolgermi mai più la parola, di smetterla di mandarmi mazzi di fiori e soprattutto di starmi alle calcagna. In caso contrario mi vedrò costretta a raccontare tutto a mio marito, e saranno guai seri.»

«Iulìa, vi prego di non fraintendermi. Non sono un poco di buono. Non capite che sono innamorato di voi?»

«Adesso ho la certezza che vi manca qualche rotella. Signore, vi prego di lasciarmi in pace.»

Iulìa fece dietro-front e rientrò nel palazzo, visibilmente agitata. Finché quel pazzo fosse stato in circolazione avrebbe rimandato le compere.

Nei giorni seguenti la speranza che Alexiadis si fosse messo il cuore in pace e avrebbe smesso di molestarla svanì come neve al sole. Già dall'indomani mattina, infatti, lui ricominciò a mandare a Iulìa meravigliosi mazzi di fiori, accompagnati stavolta da messaggi appassionati. Iulìa li leggeva, poi li strappava con le mani che le tremavano e gettava i brandelli nella spazzatura. Un giorno alla scena assistette Eugenia, la moglie di Simos, un collega di Fokàs, che era andata a casa di Iulìa per il caffè. La donna sgranò gli occhi quando vide l'enorme mazzo di fiori e Iulìa paonazza per la vergogna. Fece un fischio di ammirazione e sorrise maliziosa. «Ma guarda un po'» disse.

Iulìa non sapeva che cosa dire. Eugenia, di qualche anno più grande di lei, aveva un carattere piuttosto frivolo, tanto che Iulìa nutriva qualche dubbio sulla fedeltà dell'amica nei confronti del marito, Simos, un uomo introverso e molto innamorato della moglie. La coppia aveva un bimbo di sei anni, di cui si occupava soprattutto la nonna materna. Eugenia dunque aveva molto tempo libero a disposizione, cosicché era l'ultima persona che avrebbe dovuto essere messa al corrente di quella storia. Iulìa rivolse ancora uno sguardo a Eugenia, curiosa di sapere che cosa c'era scritto sul bigliettino, ma lei anziché mostrarlo all'amica, lo stropicciò e se lo mise in tasca. Subito dopo gettò i fiori nella spazzatura, come faceva sempre.

«Chi te li ha mandati?» domandò Eugenia. «Un corteggiatore segreto?»

«Un povero illuso, tutto qui» tagliò corto lei. «Soltanto uno sciocco potrebbe infastidire una donna sposata che non mostra il minimo interesse per lui.»

«E senti un po', questo "sciocco", come lo definisci tu, com'è fisicamente?»

«Che importanza ha?»

«Ho capito, è bellissimo!»

«E con questo?»

«Be', è lusinghiero essere corteggiate da un bell'uomo.»

«Non mi sento affatto lusingata. E se Fokàs lo venisse a sapere, sarebbero guai per tutti.»

«Perché mai dovrebbe venirlo a sapere? Mio marito, per esempio, non sa niente delle mie scappatelle. Gettare fumo negli occhi degli uomini è la cosa più facile del mondo.»

«Ma io non voglio gettare fumo negli occhi di mio marito, visto che lo amo.»

«Che ingenua sei. Non c'è niente di male a concedersi un diversivo. L'amore e il matrimonio sono un altro paio di maniche.»

«Mi dispiace, Eugenia, ma io la penso diversamente.»

«Non per niente sei nata in provincia, mia cara.»

«Stai forse dicendo che sono una montanara?» ribatté Iulìa punta sul vivo.

«Dico soltanto che sei nata e cresciuta in un villaggio di campagna, dove c'è un'altra mentalità» spiegò Eugenia.

«Non è questione di mentalità. Di mio marito sono innamorata, non so come fartelo capire. Non m'interessa questo signore né nessun altro.»

«Peccato.»

«Invece di dispiacerti, perché non mi dai qualche buon consiglio per levarmelo di torno?»

«Niente da fare, consigli per sbarazzarsi degli ammiratori non ne ho. Al contrario, potrei darti un milione di consigli su come conoscerlo meglio.»

«Comunque conto sulla tua riservatezza, mi raccomando.»

«Non temere, su queste cose sono una tomba. Anche se io, al tuo posto, ci ripenserei.»

Uno sguardo eloquente da parte di Iulìa pose fine alla discussione, anche se lei non intravedeva all'orizzonte alcuna via d'uscita.

Una sera si svolse un ricevimento organizzato dall'azienda di Fokàs per celebrare il primo decennio di attività. Gli invitati erano soprattutto clienti e fornitori, ma anche numerosi esponenti della buona società di Salonicco. Per Iulìa si trattava del battesimo del fuoco, perché era il primo ricevimento a cui partecipava, e non riusciva a nascondere un certo nervosismo. Tuttavia la presenza di Eugenia le infondeva coraggio. Le due amiche si facevano buona compagnia mentre i rispettivi consorti chiacchieravano con gli altri invitati. A un certo punto però, Iulìa scorse Kimon con la coda dell'occhio. Era intento a conversare con una signora ma non smetteva di rivolgerle sguardi insistenti. In preda al panico, lei si guardò intorno alla ricerca di Fokàs, a sua volta impegnato in una conversazione con qualcuno. Si sentiva in trappola, spaventata. Per un istante pensò di darsela a gambe ma si rese conto che era impossibile. A un tratto si sentì mancare l'aria. Fece un respiro profondo per non svenire, mentre Eugenia accanto a lei si accorgeva che qualcosa non andava.

«Che cosa ti succede?» domandò l'amica. «Vuoi che vada a chiamare Fokàs?»

«Neanche per sogno. Vorrei soltanto andarmene da qui.»

«Perché, che cosa c'è?»

«Ho visto lui, l'uomo di cui ti ho parlato» spiegò Iulìa.

Il volto di Eugenia fu illuminato da un sorriso. «Davvero? E chi è?»

Iulìa glielo indicò, aggiungendo che forse avrebbe avuto bisogno del suo aiuto. Ormai non era più possibile non coinvolgere Eugenia, che con grande discrezione si voltò a sbirciare il misterioso ammiratore. Poi, sgranando gli occhi, guardò ancora Iulìa.

«È lui?» domandò. «Si tratta di Kimon Alexiadis!»

«Lo conosci?» domandò Iulìa.

«Altroché! È uno degli uomini più facoltosi della città, oltre che amico e cliente di tuo marito.»

«Santo cielo, e adesso che cosa si fa?»

«Niente. Sei pazza a rifiutare una profferta del genere.»

«Eugenia, non sai quello che dici.»

«E tu non sai quello che ti perdi. Ha un sacco di soldi e potrà soddisfare tutti i tuoi desideri.»

«Eugenia, smettila.»

«Peggio per te allora, una fortuna del genere non capita tutti i giorni.»

«A me invece purtroppo è capitata e adesso non so che pesci pigliare.»

Un istante prima che Eugenia replicasse, i mariti tornarono da loro costringendole a interrompere la conversazione. Tuttavia Fokàs si accorse che l'umore della moglie era cambiato.

«Iulìa, va tutto bene? Mi sembri un po' pallida. Sei stanca?» domandò preoccupato.

«Mi fanno male i tacchi alti e sono ore che sto in piedi» cercò di giustificarsi.

«Allora trovati una sedia perché purtroppo non possiamo ancora andar via» rispose Fokàs dissolvendo, suo malgrado, ogni speranza. «La serata sta andando a gonfie vele e abbiamo già fatto un mucchio di nuove conoscenze» aggiunse.

«Va bene…» ribatté Iulìa, e la voce le si strozzò in gola vedendo Kimon che si avvicinava.

«Buonasera» salutò Alexiadis riscuotendo il sorriso cortese degli altri.

«Signor Alexiadis» rispose Simos porgendogli la mano, subito imitato da Fokàs.

«Stasera, a quanto pare, avete entrambi il privilegio di avere al seguito le signore più affascinanti della città» commentò Alexiadis, e i due uomini si affrettarono a presentargli le rispettive consorti.

Iulìa porse la mano a Kimon con una faccia da funerale. Lui gliela baciò cavallerescamente. Il nervosismo della ragazza si sciolse sentendo i tre uomini rimettersi a parlare di lavoro, ma quando Fokàs e Simos chiesero scusa e si congedarono per raggiungere un altro potenziale cliente, a Iulìa parve che il cuore smettesse di batterle.

«Prego, signori» disse Kimon. «Vuol dire che resterò soltanto io a godermi la squisita compagnia di queste due splendide dame.»

Gli altri due sorrisero e si allontanarono in fretta. Seguirono alcuni istanti di silenzio. Iulìa fissò lo sguardo sul pavimento senza aprire bocca, mentre Eugenia rivolse un sorriso a Kimon, che tuttavia preferiva guardare Iulìa.

«Signor Alexiadis, spero che mi vorrete perdonare se vi lascio solo con Iulìa. Ho intravisto una mia conoscente a cui devo assolutamente dire qualcosa» si scusò a un tratto Eugenia facendo sbigottire l'amica.

«Posso chiedervi quand'è che la smetterete di guardare il pavimento?» le domandò Kimon quando Eugenia fu lontana.

«Non sono affari che vi riguardano» rispose seccamente.

«Va bene, ma sappiate che si tratta di una decisione rischiosa. Tra poco se ne accorgeranno tutti e non credo che sia quello che volete.»

«A che cosa vi riferite?»

«Al fatto che è stato vostro marito a presentarci e, se qualcuno vi vedesse, troverebbe sospetto il vostro atteggiamento.»

Iulìa sollevò la testa e lo guardò dritto negli occhi. «D'accordo allora, avete vinto voi. Ma lasciate che vi esprima il mio disappunto per questa storia. Non sono alla ricerca di avventure galanti. Amo mio marito, sono felice con lui e la scongiuro di lasciarmi in pace. Mi credete adesso che vi ho parlato guardandovi negli occhi?»

«Non ho mai detto che non vi credo. Solo che nella mia vita sono abituato a prendere tutto quello che desidero. E adesso quello che desidero siete voi.»

«E quello che desidero io non conta niente?»

«Assolutamente niente. Presto o tardi capirete che potrò rendervi felice molto più di un semplice impiegato che rischia tutti i giorni di perdere il lavoro.»

«Si tratta forse di una minaccia?»

«Non oserei mai minacciare una signora. Mi limito a descrivervi la realtà dei fatti. Capita a volte di essere licenziati e un giorno potrebbe capitare anche a vostro marito. Io invece non posso essere licenziato da nessuno e se deciderete di seguirmi, potrò donarvi il mondo intero.»

«Vi supplico, signor Alexiadis, lasciatemi in pace. Non m'interessa affatto avere il mondo intero, perciò trovatevi qualcun'altra da tormentare.»

Ormai aveva perso la pazienza. Lasciò Alexiadis da solo e si diresse verso Eugenia.

«Vieni con me» le ingiunse, e lei la seguì in bagno senza opporre resistenza.

«Non farmi mai più una cosa del genere» le ordinò dopo essersi accertata che erano sole.

«Fare cosa?» replicò l'altra con affettata ingenuità.

«Lo sai molto bene, mia cara. Non dovevi lasciarmi sola con Alexiadis.»

«Non avevo altra scelta, visto che lui voleva parlarti a quattr'occhi. A proposito, che cosa vi siete detti?»

«Mi ha minacciato che se non cederò alle sue profferte, Fokàs perderà il lavoro.»

«Accidenti, il gioco si fa pesante. Come pensi di reagire?»

«Con indifferenza. Non ha alcun diritto di comportarsi in questo modo.»

«Non pensi di esagerare?»

«È lui che ha esagerato. Anzi, credo che sia giunta l'ora di parlarne con Fokàs.»

«Non essere impulsiva. Se glielo dirai, Fokàs andrà da Alexiadis a chiedergli spiegazioni e in questo modo rischierebbe di essere licenziato in tronco.»

«Hai ragione, potrebbe essere pericoloso. E allora che cosa facciamo?»

All'indomani del ricevimento, oltre al solito mazzo di fiori, Alexiadis fece recapitare a casa di Iulìa una splendida collana. Lei si sentì montare il sangue alla testa. Spalancò la finestra, in strada vide lo spasimante sorridente e con tutta la forza che aveva gli lanciò contro la collana e il mazzo di fiori. Subito dopo richiuse la finestra. Fremente di rabbia si accasciò su una sedia. Il suo problema peggiorava giorno dopo giorno e lei si agitava febbrile alla ricerca di una soluzione. Per un istante pensò di chiedere aiuto al suocero, ma respinse subito l'idea. Non poteva certo raccontare quella storia assurda al padre di Fokàs e pretendere che lui non sospettasse una sua qualche responsabilità. Poi pensò di parlarne con Teodora, sua madre, ma neanche quella le parve una buona idea. Nelle lettere che soleva inviarle non aveva mai neppure accennato ai problemi con la suocera, per cui a maggior ragione non poteva rivelarle la presenza di uno spasimante che rischiava di mettere a repentaglio il suo matrimonio.

Ma poi, dopo pochi giorni, Iulìa si accorse che Alexiadis era sparito dalla sua vita, altrettanto all'improvviso come vi era entrato. Attribuì la novità inattesa alla reazione violenta per la collana. Le parve di essere guarita da una grave malattia e stentava a credere che, quando usciva, non doveva più guardarsi alle spalle nel timore di essere seguita.

Tuttavia, un paio di mesi dopo, Kimon Alexiadis tornò alla carica più insistente e impetuoso che mai. Una sera addirittura l'invitò a cena assieme al marito, a Simos e a Eugenia, e lei sapeva che non poteva rifiutarsi di accompagnare il marito senza suscitare sospetti. Così non le rimase altro che accettare il proprio destino con la consapevolezza che sarebbe stata un'esperienza difficile.

Kimon li accolse nella sua lussuosa villa in periferia, che lasciò tutti a bocca aperta. Fu soprattutto Eugenia a mostrarsi meravigliata, mentre Iulìa si limitò a rivolgere qualche complimento per le preziose opere d'arte che il padrone di casa mostrò con orgoglio agli ospiti, senza manifestare eccessivo calore o interesse. A tavola

Alexiadis raccontò loro che era appena tornato da un viaggio all'estero e che adesso non aveva in programma altre trasferte. Iulìa avrebbe preferito che non fosse mai tornato in patria, temendo che, stavolta, le cose sarebbero peggiorate. I suoi timori si trasformarono ben presto in realtà. Alexiadis divenne la sua ombra e spesso si spingeva addirittura a parlare con lei accampando pretesti puerili. A un certo punto cominciò persino a chiederle di uscire insieme e, un giorno in cui lei aspettava Eugenia per un pomeriggio tra amiche al caffè, ebbe l'ardire di sedersi al tavolo, cosa che la mandò su tutte le furie. Per la rabbia Iulìa si alzò e se ne andò, ma prima gli gettò un bicchiere d'acqua in faccia.

Il giorno dopo bussarono alla porta di casa. Iulìa andò ad aprire e vide il suocero, la cui espressione accigliata non lasciava presagire niente di buono.

«Papà, che cosa succede?» disse in tono carico di apprensione mentre chiudeva la porta.

«Vorrei discutere con te di qualcosa, a quattr'occhi» fu la risposta laconica di Kiriakos.

Si accomodarono in salotto e Iulìa gli servì una tazza di caffè. Il suocero rimase qualche minuto in silenzio a fumare. Appariva imbarazzato ed era evidente che qualcosa lo tormentava. La nuora, che non lo aveva mai visto in quello stato, decise di compiere il primo passo.

«Allora, di che cosa mi vuole parlare? La prego, non mi tenga sulle spine.»

«Ieri avevo un appuntamento con un amico in un caffè del centro» rispose Kiriakos.

Non dovette aggiungere altro. Il suocero aveva assistito alla scenata con Alexiadis. Iulìa si sentì invadere da un senso di liberazione e di gratitudine. La sorte aveva voluto che il suocero, l'unico forse in grado di aiutarla, scoprisse tutto senza che lei avesse dovuto dirgli niente.

«Capisco. Spero di non aver bagnato anche lei» rispose imperturbabile.

«Iulìa, dimmi, che cosa c'è tra te e Alexiadis?» Kiriakos andò subito al sodo.

«Lo conosce?» replicò lei.

«Certo che lo conosco ed è una canaglia. Che cosa c'entri tu con lui?»

Iulìa gli raccontò per filo e per segno tutta la storia. Aggiunse che aveva fatto di tutto per liberarsene e spiegò le ragioni per cui aveva preferito non dire niente al marito.

«La prego di credermi, non so per quale motivo si comporti in questo modo. Non gli ho mai dato il minimo incoraggiamento, anzi, eppure lui continua a molestarmi.»

«Certo che ti credo, non ho mai dubitato della tua onestà, e anche se lo avessi fatto, la scena a cui ho assistito ieri avrebbe dissolto ogni sospetto.»

«Lei come fa a conoscerlo?»

«È una lunga storia, che non ho mai raccontato a nessuno. Pensa che neppure Fokàs ne è al corrente. Ti ricordi di mio fratello, lo zio che ha presenziato al vostro matrimonio? Indirettamente è stato lui il motivo per cui ho conosciuto questo farabutto. Un paio di anni fa, Alexiadis si è messo a fare la corte ad Alexandra, mia cognata, che è una donna molto bella e molto più giovane di mio fratello. Si è trattato di un vero e proprio assedio. Con la differenza che Alexandra non ha opposto alcuna resistenza… Tutta Salonicco ride ancora alle spalle di un uomo la cui unica colpa è stata di essersi fidato troppo della donna che amava.»

«E di Alexandra che cosa ne è stato? A quanto ne so, è rimasta uccisa…»

«Questa è la versione ufficiale dei fatti perché in realtà si è trattato di suicidio. Quando quella canaglia ha deciso che si era divertito abbastanza, l'ha buttata via come uno straccio vecchio, ma lei a quanto pare se n'era innamorata davvero. E si è tolta la vita per la disperazione. Per la prima volta, la sicumera di Alexiadis è sembrata vacillare davanti a un possibile scandalo, ma a salvare il salvabile ha pensato Evanthìa. Mia moglie si è fatta in quattro per insabbiare la vicenda, ha nascosto una lettera di addio scritta da mia cognata, che per fortuna era finita nelle sue mani, poi, grazie a un cugino comandante della polizia stradale, abbiamo spacciato il suicidio per un terribile incidente...»

«Ma è pazzesco!»

«E non finisce qui. Alexandra era incinta quando si è tolta la vita, e il bambino non era sicuramente di mio fratello, perché non può avere figli. Dunque era di Alexiadis, che pur essendo al corrente di tutto, non ha esitato a condannare a morte la madre di suo figlio. Ma anche stavolta Evanthìa deve aver fatto un miracolo, perché nessuno è mai venuto a sapere la verità. Certo, in questo modo anche il responsabile è stato sollevato dalle sue colpe, tanto che ha avuto persino il coraggio di dirci che ci doveva un favore. Ecco perché mi sono spaventato quando vi ho visti ieri e ho capito che quel pendaglio da forca ti aveva preso di mira.»

«Sì, ma perché? Così all'improvviso? Non ci siamo mai visti in vita nostra, che cosa vuole da me? C'è qualcosa di strano in questa storia, come se qualcuno ci avesse messo lo zampino.»

Kiriakos sgranò gli occhi. «Sta' a vedere che...» mormorò.

«Sta' a vedere che cosa, papà?» gli fece eco Iulìa. «La reazione di Fokàs se viene a scoprire qualcosa? Dio ce ne scampi, qui succede un'ecatombe. Tra l'altro ho dimenticato di dirvi che Alexiadis ha minacciato di far perdere il lavoro a Fokàs se non cederò alle sue profferte.»

Kiriakos si alzò di scatto dalla sedia. «Non temere, Iulìa, vedrai che non accadrà nulla di male. Adesso che sono al corrente di tutto, ti darò una mano io.»

Quando il suocero si congedò, Iulìa trasse un sospiro di sollievo. Finalmente aveva trovato un alleato, finalmente aveva smesso di essere sola. Si dedicò alle faccende domestiche ignara di quanto accadeva in una certa villa in periferia.

In quello stesso momento Evanthìa varcava con cautela la soglia. Ad accoglierla trovò Kimon Alexiadis in persona.

«Era ora, ti stavo aspettando» disse.

«L'accordo era di non incontrarci mai. Che cosa vuoi?» ribatté lei.

«Voglio che questa storia finisca il prima possibile. Sono stanco, non ne posso più, e poi finora è stato tutto un buco nell'acqua. Tua nuora è un modello di fedeltà coniugale. Ha respinto ogni avance, ha resistito a ogni lusinga, non c'è stato niente da fare. Adesso ho paura che qualcuno si accorga di qualcosa e di finire sulle prime pagine dei giornali.»

«Forse te lo sei dimenticato, ma già un'altra volta hai rischiato di finire sulle pagine dei giornali e in quell'occasione sono stata io a salvarti.»

«Me lo ricordo bene, ma credo di averti ampiamente ricompensata. Il tuo gioco non mi è piaciuto sin dall'inizio e ho accettato soltanto per l'antica gratitudine che mi legava. Ma adesso basta, è evidente che tua nuora è innamorata di tuo figlio tanto quanto lui è innamorato di lei. Perché non li lasci in pace una buona volta?»

«È una faccenda che non ti riguarda.»

«Come vuoi, ma sappi che ritengo estinto il debito morale nei tuoi confronti. Mi ritiro, ho deciso di lasciarla in pace e consiglio anche a te di fare la stessa cosa.»

«Non ho bisogno delle lezioni di nessuno, io, men che meno delle tue. Tra un po' verrai a dirmi che ti sei persino pentito.»

«Infatti, sono pentito ed è la verita» ammise Alexiadis. «Le donne mi piacciono, e tanto, ma soltanto se sono consenzienti... e tua nuora si comporta in modo ineccepibile. E poi non è da me aggirarmi sotto le finestre di una donna come un ragazzino. Come quando mi ha lanciato dalla finestra la collana che le avevo regalato. Per fortuna non ci ha visto nessuno, altrimenti che figura avrei fatto?!»

«Va bene, va bene, smettila di lamentarti. Tanto ormai ho ottenuto quello che volevo.»

«E che cos'era quello che volevi, se è lecito chiedere?»

«Ho scattato delle fotografie.»

«Fotografie?» Alexiadis sgranò gli occhi. «Sei impazzita? Ti proibisco di utilizzarle.»

«Stai calmo, l'unico che le vedrà, sarà mio figlio.»

«Adesso sì che sono calmo. E se si presenta a chiedere la mia testa?»

«Non preoccuparti, il mio Fokàs lo conosco molto bene. E poi, se dovesse farsi vivo, gli dirai che è tutta colpa della moglie.»

«Evanthìa, sei un mostro!»

«Non la pensavi così quando ti ho salvato dallo scandalo che, se si fosse scoperto, ti avrebbe fatto bandire per sempre dalla città.»

«Ora mi domando se ne sia valsa la pena, visto quello che hai voluto in cambio. A proposito, che fotografie sono? Ti ricordo che ieri mi ha gettato un bicchiere d'acqua in faccia, non puoi certo considerarlo un atteggiamento compromettente.»

«No, non c'è niente del genere. Sono fotografie che ho ritratto in altre situazioni. Vi trovate fianco a fianco e vi si potrebbe scambiare per una coppia di amanti. Per non parlare di quella in cui le fai il baciamano.»

«Ricordo l'episodio perché se avesse potuto, tua nuora mi avrebbe volentieri cavato gli occhi. Sinceramente non riesco a capire qual è il tuo scopo.»

«Dimostrare a mio figlio che la donna che ha sposato non fa per lui e che è soltanto una squallida cacciatrice di dote.»

«Ma non è vero! A Iulìa i soldi non interessano affatto. L'unica cosa che le sta a cuore è tuo figlio. Non approvo affatto il tuo comportamento.»

«Non spetta a te approvare o disapprovare, e non immischiarti in faccende che non ti riguardano! Ricorda soltanto che la lettera in cui Alexandra ti accusa di averla indotta al suicidio e di aver indirettamente ucciso vostro figlio ce l'ho ancora io.»

«Sei una volgare ricattatrice.»

«Ti ringrazio per l'informazione. M'importa solo raggiungere il mio scopo. Questa montanara non è fatta per mio figlio e adesso sono finalmente in possesso delle prove che lo dimostrano.»

Evanthìa se ne andò e Alexiadis scosse la testa, disperato. Non aveva mai conosciuto una donna come quella e sperava di non incontrarne di simili per tutto il resto della vita.

Fokàs entro in casa e Iulìa ne colse al volo l'apprensione.

«Che cosa c'è?» domandò. «Qualche problema in ufficio?»

«Sì... Ma non riguarda il lavoro. Stamani in ufficio è venuto a trovarmi Tagaris, abbiamo fatto il militare insieme. Adesso fa l'imprenditore edile e mi ha proposto di collaborare con lui...»

«Ma è splendido!»

«Non proprio. Sono anni che non vive più in Grecia. Per la precisione adesso si trova in Africa, in Camerun.»

«In Camerun? E che cosa fa laggiù?»

«La sua impresa si occupa di lavori pubblici, l'edilizia è in grande espansione in quel paese e mi ha proposto di raggiungerlo.»

«In Camerun?»

«Sì, dice che ci sono un mucchio di occasioni per i professionisti, e che chi non risica non rosica. Ha insistito tanto e mi ha fatto una testa così.»

«E tu che cosa ne pensi?»

«Penso che non posso andarmene così, su due piedi. In primo luogo ci sei tu e l'Africa non si trova dietro l'angolo, e poi penso anche ai miei...»

«Per i tuoi genitori lo capisco, ma per quanto riguarda me, non pensarci neanche. Non ho nessun problema a seguirti.»

«Dici sul serio? Davvero faresti una cosa del genere?»

«Certo, Fokàs, che razza di domande. Dove ci sei tu, c'è tutta la mia vita.»

«Ma in Camerun sarai completamente sola.»

«Proprio come lo sono qui... Tesoro, per te è una grande occasione. Pensaci, e sappi che sarò al tuo fianco qualsiasi decisione prenderai.»

Corse ad abbracciarlo e così non si accorse della fronte inspiegabilmente corrugata del marito.

Alexiadis rimase di sasso quando vide davanti a sé Kiriakos Karapanos. Fece un passo indietro mentre l'altro entrava in casa chiudendo la porta.

«E adesso a noi due» disse Kiriakos.

«Non capisco...» farfugliò Alexiadis sottovoce.

«Che cosa vuoi da mia moglie? Non ti è bastato mandare mia cognata all'altro mondo, adesso vuoi prenderti anche la mia Evanthìa? Parla!» gridò Kiriakos.

Il giovane uomo era allibito. «Karapanos, di cosa vai cianciando? Io con tua moglie non c'entro niente.»

«E allora dimmi che cosa ci faceva a casa tua. Qualche minuto fa l'ho vista uscire con i miei stessi occhi. Parla, se non vuoi scontare adesso quello che hai scampato allora.»

Kiriakos lo prese per un braccio, gli diede uno strattone e infine lo trascinò in salotto per spingerlo in una poltrona. Gli si parò davanti con le mani sui fianchi e lo sguardo inferocito. Poco prima, quando era uscito da casa di Iulìa, aveva pensato che la miglior difesa fosse l'attacco e così si era subito recato a casa di Alexiadis. La sorpresa era stata grande quando dalla villa aveva visto uscire Evanthìa con fare guardingo, ma si era subito ripreso al pensiero che i suoi sospetti avevano trovato conferma. Quel piano diabolico era stato architettato proprio da Evanthìa, che aveva sfruttato il materiale scottante del suicidio di Alexandra per ricattare Alexiadis. Non aveva pensato neppure per un istante che ci fosse una tresca amorosa tra la moglie e il ricco bellimbusto che in quel momento lo guardava terrorizzato.

«Allora, parla!» ruggì Kiriakos. «Da quanto tempo va avanti la storia con mia moglie?»

«Misericordia, Karapanos, ti sbagli! Tra me ed Evanthìa non c'è niente.»

E bastarono pochi minuti perché Alexiadis gli confessasse ogni cosa.

«Visto che mia nuora non ha ceduto alle tue profferte, che cosa ci ha guadagnato mia moglie?» gli domandò infine.

«A quanto mi ha detto lei stessa, ogni volta che mi avvicinavo a Iulìa un uomo di sua fiducia scattava delle fotografie. Intende consegnarle a Fokàs. È così che mi ha detto. Kiriakos, giuro che ti ho detto la verità. Ho provato a farla ragionare ma non ha voluto darmi ascolto, ha continuato a ricattarmi con quella vecchia storia. Mi ha detto che conserva ancora la lettera di Alexandra in cui mi accusa di averla condotta al suicidio. Come vedi, non avevo scelta.»

«Alexiadis, un uomo più meschino di te non l'ho mai incontrato in vita mia. Sei nient'altro che un mascalzone, ecco cosa sei. Stai lontano dai ragazzi e dalla mia famiglia, altrimenti, parola mia, la pagherai molto cara.»

«Domani stesso lascio il paese e di me non sentirete parlare mai più.»

«Ottima idea. E quando torni, cerca di non capitarmi tra i piedi, siamo intesi?»

«Siamo intesi, ne ho abbastanza dei Karapanos.»

Kiriakos se ne andò ma decise che non era ancora il momento di rincasare. Aveva bisogno di riflettere e inoltre, nello stato emotivo in cui si trovava, non poteva garantire dell'incolumità della moglie. Tanto più che si sentiva in parte responsabile dell'accaduto. Avrebbe dovuto immaginare che Evanthìa non si sarebbe arresa dopo il fiasco della pozione «magica» capire che l'apparente bonaccia degli ultimi mesi nascondeva qualcosa. Era impossibile che a un tratto si fosse rassegnata a voler bene alla nuora e a lasciare in pace i due sposi.

Ancora non riusciva a decidere se era meglio parlare prima con la moglie o prima con Fokàs. Nel primo caso non era sicuro di riuscire a mantenere il sangue freddo e a trattenersi dal fare qualcosa che non aveva mai fatto in vita sua, ossia impartire una sonora lezione alla moglie. Nel secondo invece, non sapeva come dire al figlio che da un anno e mezzo la madre stava facendo di tutto per mandargli a monte il matrimonio.

La testa gli scoppiava e allora si risolse di passare prima in negozio. Possedeva il maggior colorificio di Salonicco e il lavoro era tutta la sua vita. In mezzo alle fatture e alle bolle di accompagnamento sarebbe stato più facile calmarsi e riflettere sul da farsi. Varcò la porta e si recò direttamente in ufficio. Era quasi l'orario di chiusura. I clienti erano scarsi e presto sarebbe rimasto completamente solo. Si versò da bere e si sedette sulla sedia, esausto.

I suoi timori riguardavano soprattutto la reazione di Fokàs se avesse saputo quello che la madre aveva combinato alle sue spalle. Il figlio era sempre stato un ragazzo impulsivo e dal comportamento imprevedibile. Evanthìa lo aveva cresciuto nella bambagia, ma lui si era sempre rifiutato di essere il «cocco di mamma». Per un istante

Kiriakos fu tentato di nascondergli tutto, di limitarsi a fare una bella lavata di capo alla moglie e di costringerla a promettere che non avrebbe mai più cercato di sabotare il matrimonio del figlio. Ma fino a che punto poteva fidarsi di Evanthìa? Si versò ancora da bere ma il bicchiere gli rimase sospeso a mezz'aria quando vide il figlio entrare nell'ufficio con il volto deformato dall'ira.

«Fokàs...» mormorò rabbrividendo per la coincidenza. La risposta a tutti i suoi dubbi era arrivata prima del previsto.

«Papà, devo prendere una decisione molto importante e ho bisogno del tuo aiuto» gli disse il figlio tutto d'un fiato, prima di crollare seduto sulla poltrona.

Kiriakos sapeva bene qual era la decisione importante che il figlio doveva prendere. Versò un bicchiere anche a lui e riprese il suo posto. «Ti ascolto» disse in tono pacato.

Fokàs cominciò a parlare in fretta e spiegò al padre che c'era del tenero tra la moglie e un cliente dello studio. Poi gli mostrò tutte le fotografie che un mittente anonimo gli aveva recapitato per posta, e Kiriakos dovette ammettere a malincuore che il fotografo di Evanthìa aveva davvero fatto un buon lavoro. Persino lui, al corrente della verità, nel guardarle aveva l'impressione che si trattasse di una coppia di amanti: in alcune istantanee passeggiavano insieme, in altre guardavano le vetrine, e in una l'uomo baciava con dolcezza la mano della moglie. Fokàs si interruppe. Non aveva più parole e rivolse uno sguardo accorato al padre.

«Dimmi, che cosa devo fare? A mia moglie voglio bene e sono sicuro che anche lei me ne vuole. Solo che non riesco a capire che cosa sta succedendo e che cosa vuole da lei questo Alexiadis. Lo so che è ricco, ma a Iulìa i soldi non sono mai interessati.»

«Se sapessi quello che so io, non avresti bisogno di chiedermi che cosa fare.»

«Che cosa dovrei sapere?»

Il grande momento era arrivato. Non era giusto che il figlio soffrisse senza motivo. Kiriakos Karapanos gli raccontò tutto dall'inizio, senza tralasciare né la triste storia della zia Alexandra, morta per causa di Alexiadis, né la vera ragione del suo avvelenamento, ovvero l'intruglio della zingara consultata da Evanthìa. Man mano che il padre parlava, il volto di Fokàs si contraeva sempre di più, finché divenne una maschera di sdegno e di rabbia.

«Adesso sai tutto» concluse Kiriakos.

«Accidenti a me quando ti ho chiesto di darmi un consiglio» imprecò Fokàs scolando il bicchiere che fino a quel momento era rimasto intonso.

Il padre, in silenzio, si alzò a prendere la bottiglia. «Sappi che non ti giudico per quello che probabilmente stai pensando in questo momento» mormorò sedendosi di nuovo. «Tua madre ha superato ogni limite e, a essere sincero, anch'io mi sento un po' in colpa per non averti rivelato la storia del cosiddetto filtro d'amore. Se lo avessi fatto, forse oggi non ci troveremmo a questo punto.»

«Non credo. La mamma, come dici tu, ha superato ogni limite e quindi anch'io intendo fare la stessa cosa» gridò il giovane.

«Proprio come temevo… Solo, Fokàs, stai attento a non peggiorare le cose.»

«Lascerò la Grecia.»

«Per andare dove?»

«Ho ricevuto una proposta di lavoro, che all'inizio ho rifiutato per la stessa ragione per cui adesso la accetterò: mia madre.»

«Che genere di proposta?»

«Un mio conoscente di vecchia data e titolare di un'impresa edilizia in Camerun mi ha offerto di collaborare con lui. Laggiù gli affari vanno a gonfie vele e si possono fare un sacco di soldi. Il dado è tratto: mia moglie e io ci trasferiremo in Africa. Se ti ricordi, all'inizio di questa storia sei stato proprio tu a suggerirmi di andare via e di non farci vedere troppo in giro. Evidentemente cambiare casa non è bastato, occorre anche cambiare paese e continente. Così forse capirà l'enormità di quello che ha fatto.»

«Sei molto severo, figliolo, e ho paura che ci saranno conseguenze negative anche per altri.»

«Ossia?»

«Conseguenze negative per me. Riceverò la stessa punizione di Evanthìa anche se sono innocente. Il pensiero che mi consola è che per te si tratta di una buona occasione e non soltanto di vendetta.»

«Insomma, mi dai la tua benedizione?»

«Come padre mi dispiace moltissimo per la tua partenza, ma dal punto di vista pratico non posso che approvarla. Mi domando soltanto se ti rivedremo mai più...»

«Quando ci saremo sistemati, torneremo a casa. Te lo prometto.»

«E io ti prometto che non me ne andrò se prima non ti avrò rivisto un'ultima volta.»

Fokàs, commosso, appoggiò una mano su quella del padre. Entrambi avevano gli occhi lucidi.

«Ci pensi tu a dirlo alla mamma?» domandò Kiriakos, addolorato.

«Ci penso io ma non subito. Prima di annunciarglielo voglio che tutto sia pronto. Confido nella tua riservatezza. So che è difficile ma...»

«Capisco, è giusto così.»

I due uomini si abbracciarono e si congedarono. Kiriakos, prima di uscire, bevve un altro bicchierino. Gli era venuta voglia di ubriacarsi ma in stato di ebbrezza sarebbe stato ancora più difficile affrontare Evanthìa.

Fokàs tornò a casa e Iulìa lo accolse sorridente come sempre. Lui la strinse a sé e lei gli rivolse uno sguardo interrogativo.

«A cosa devo l'onore di questo abbraccio?» domandò.

Per un istante un'ombra fugace attraversò lo sguardo di Fokàs. La baciò con passione. Poi la prese in braccio e la portò a letto. Iulìa lo vide spogliarsi in fretta e mormorò, trasecolata: «Fokàs, aspetta... La cucina... La cena... Finirà con il bruciare tutto...».

Le settimane seguenti volarono via come il vento. Fokàs aveva accettato la proposta di Tagaris e adesso bisognava sbrigare al più presto le pratiche per l'espatrio e preparare il trasferimento. Iulìa si stupì quando il marito le raccomandò di non fare parola con nessuno della loro decisione, neppure con Evanthìa.

«Quando saremo partiti, ti prometto che ti spiegherò tutto» disse per tranquillizzarla, e a lei non rimase che obbedire senza fare altre domande.

Decisero di portare con sé qualche mobile. Tagaris gli aveva mostrato alcune foto del Camerun e annunciò di aver preso per loro una casa in affitto alla periferia di Yaoundé, la capitale. I nomi esotici e il paesaggio africano affascinarono Iulìa, lieta di apprendere che la lingua ufficiale del Camerun era il francese. Avrebbe preso lezioni private una volta sistemati. Oltre al francese si parlavano anche alcuni dialetti locali, ben duecento, le aveva raccontato Tagaris, e lei aveva sgranato gli occhi.

L'ex commilitone aveva aggiunto che in Camerun risiedeva una fiorente comunità di greci, cosicché i nuovi arrivati non correvano il pericolo di rimanere da soli in mezzo ai selvaggi: il collega di Fokàs aveva pronunciato queste testuali parole e Iulìa ne fu molto contrariata. Sin dal primo istante che l'aveva visto, a lei quel Tagaris non era piaciuto. Aveva un modo di guardarsi intorno e qualcosa nell'atteggiamento che la inquietavano. Altrettanto inquietante era la sua avidità: Iulìa lo riteneva capace di ricorrere a ogni mezzo pur di fare soldi, un atteggiamento che lei disapprovava totalmente in quanto, a suo parere, il successo era il frutto della fatica e del sacrificio, e non della furbizia. E poi c'era la mentalità razzista di quell'uomo. Tagaris infatti si esprimeva in modo sprezzante nei confronti della popolazione locale. Tuttavia, Iulìa non fece parola con Fokàs delle sue riserve, pensando che magari si sbagliava e che forse, se lo avesse conosciuto meglio, avrebbe cambiato idea.

Quando i preparativi furono completati, Fokàs avvertì la moglie che intendeva affrontare Evanthìa da solo.

«Vorrei venire anch'io... Per salutarla...» disse Iulìa.

«Credimi, non ce n'è bisogno. Mio padre domani ci accompagnerà al porto e così potrai salutarlo prima della partenza.»

«Perché? Come faccio ad andarmene senza salutarla neppure... non capisci che forse non la rivedremo mai più?» insisté.

«Tesoro, te l'ho detto, ti spiegherò tutto dopo la partenza. Non aver fretta. Per il momento fidati di me. Non c'è alcun bisogno che tu saluti mia madre.»

Fokàs se ne andò lasciando la moglie sospesa tra mille perplessità.

Evanthìa aprì la porta al figlio, ignara di ciò che stava per accadere. Si meravigliò di vederlo a quell'ora così come si era meravigliata del fatto che Kiriakos quel giorno non era andato a lavorare.

D'acchito, Fokàs le disse di essere al corrente di tutta la verità in merito alla fantomatica storia di Alexiadis. La madre impallidì ma resse il colpo senza negare niente. Con la coda dell'occhio sbirciò il marito, il quale le diede a intendere che anche lui era al corrente di tutto. Poi il figlio incrociò le braccia sul petto e la guardò.

«E va bene, hai ragione» ammise lei. «Non lo nego. Ho cercato in tutti i modi di sbarazzarmi di una donna che non ho mai ritenuto alla tua altezza.»

«E adesso pensi ancora la stessa cosa?» le domandò Fokàs.

«Forse...» rispose Evanthìa, le cui convinzioni parvero vacillare per la prima volta.

«Mamma, mi dispiace. Ho sempre saputo che sei una donna testarda, ma non mi sarei mai aspettato che cadessi tanto in basso. Hai giocato e hai perso, mamma, e adesso è giusto che paghi il fio.»

«Vuoi che chieda scusa a tua moglie?»

«Neanche per sogno. Sarebbe una soluzione facile, ma non credo che sia sufficiente. E poi non posso vivere nel timore dei tuoi colpi bassi. Così ho deciso di prendere mia moglie e di partire.»

«Che cosa intendi dire? Dove vuoi andare?» balbettò Evanthìa con voce strozzata dal panico.

«Ho ricevuto una proposta di lavoro in Camerun.»

«In Camerun? In Africa?»

«Esatto.»

«Dimmi che si tratta di uno scherzo! Dimmi che stai cercando di spaventarmi per punirmi!»

«Partiamo domani stesso con la nave. Abbiamo preparato tutto.»

Evanthìa ebbe un mancamento. Kiriakos corse ad aiutarla e la depose con dolcezza su una poltrona. Un istante dopo la donna cominciò a essere squassata dai singhiozzi, ma Fokàs fu irremovibile.

«Mi dispiace per quello che è successo. Sarebbe stato tutto più facile se non avessi odiato tanto mia moglie.»

«Fokàs, ti prego... Ti prometto che non farò mai più niente di male! Sono pronta a fare tutto quello che mi dirai, persino a chiedere scusa a Iulìa in ginocchio, ma ti scongiuro, non andartene...»

«Ormai è troppo tardi, mamma. E poi Iulìa è all'oscuro di tutta questa storia. Non gliene ho parlato perché anche lei ha i suoi limiti e li hai messi alla prova ben più di una volta.»

«Fokàs, tu sei il nostro unico figlio. Che ne sarà di noi?»

«Siete ancora giovani e sani. E poi non parto per sempre, tra qualche anno torneremo. Fino ad allora avrai molto tempo per riflettere sul tuo comportamento inqualificabile.»

Fokàs fece per andarsene ma Evanthìa scattò in piedi e lo afferrò per la giacca. «Ti supplico, non farmi una cosa del genere, tu mi vuoi far morire» gridò.

Il figlio la guardò amareggiato. Allora lo lasciò andare e si rivolse a Kiriakos. I due uomini si scambiarono uno sguardo d'intesa.

«Ci vediamo domani» mormorò il padre.

Fokàs annuì e se ne andò.

Un istante dopo Kiriakos si inginocchiò accanto alla moglie che piangeva con il viso nascosto tra le mani. «Evanthìa, smettila di piangere. Piuttosto preghiamo Dio che lo protegga e che lo faccia tornare da noi al più presto sano e salvo» disse con la voce rotta per la commozione.

«Che cosa ho fatto... Che cosa ho fatto...» mormorava in mezzo ai singhiozzi.

«Ti avevo avvertita, ma non hai voluto ascoltarmi. E adesso né tu né io possiamo fargli cambiare idea.»

«Tu eri al corrente di tutto!» lo assalì lei.

«Sì. Grazie a una serie di coincidenze ho scoperto il tuo piano e quando Fokàs è venuto a trovarmi sconvolto per aver saputo che la moglie lo tradiva, gli ho raccontato tutto.»

«Perché non lo hai fermato? Perché non hai cercato di fargli cambiare idea?»

«Perché ho pensato che forse questa partenza è un bene, che forse Fokàs potrà perdonarti più facilmente se non sarà costretto a vederti tutti i giorni.»

Al termine di un viaggio che le era parso interminabile, Iulìa non riusciva a rendersi conto di dove fosse finita. Credeva di aver viaggiato una vita intera e che il cammino non fosse ancora finito. Scesi dalla nave, erano saliti a bordo di una macchina, poi a bordo di un'altra e di un'altra ancora, macinando decine, forse centinaia di chilometri, senza che lei fosse riuscita a identificare nulla di quanto vedeva scorrere davanti a sé né a distinguere i vari dialetti che udiva. Ricordava bene soltanto il primo incontro con un abitante del luogo, un uomo di colore. Sulle prime aveva sgranato gli occhi con un certo timore. Le era sembrato che avesse un'aria minacciosa e lui, accortosi di essere osservato, aveva domandato a Fokàs che cosa ci fosse da guardare tanto. La risposta era stata franca: la ragazza era sorpresa perché non aveva mai visto un uomo di colore in vita sua.

L'uomo aveva sorriso e le labbra dischiuse avevano mostrato la dentatura candida che contrastava con la pelle bruna del viso, poi si era voltato verso Iulìa, la quale, quando Fokàs le aveva spiegato quello che aveva detto, era arrossita per l'imbarazzo. L'uomo le aveva rivolto uno sguardo mansueto e grazie a Fokàs, che ne traduceva la lingua, aveva scambiato qualche parola con lei. Si chiamava Cristian, era di religione cristiana, era sposato, aveva due figli e viveva a Yaoundé. Infine le aveva porto la mano. Iulìa aveva stretto quella mano dal palmo rosato. Era calda e forte, la presa trasmetteva sicurezza e generosità. Il ghiaccio si era sciolto e nel giro di qualche minuto chiacchieravano come vecchi amici. Iulìa era persino riuscita a insegnargli alcune frasi in greco e le risate avevano accompagnato i suoi tentativi di pronunciare qualche parola nella lingua madre di Cristian.

I ricordi successivi erano avvolti nella caligine, come se il resto del viaggio fosse stato un sogno. La prima sera alloggiarono presso un hotel nella città di Maroua e lei disse che non si era mai sentita tanto stanca in vita sua. Cristian si rivelò per loro una guida straordinaria. Elargì moltissimi consigli utili e parlò del suo paese. Il Camerun, spiegò, aveva preso il nome dal «fiume dei gamberi» il Rio dos Camarões in portoghese, che in lingua locale si chiama Vouri. Circa metà del territorio era ricoperto di foreste e i gruppi etnici dominanti erano quello dei Bantu e quello dei sudanesi. Il primo era il gruppo principale a sud, dove sorgeva la capitale, ed era suddiviso in varie tribù. Anche Cristian era un Bantu, appartenente alla tribù dei Bassa. La maggior parte della popolazione risiedeva in villaggi mentre il centro di Yaoundé aveva un aspetto europeo. La periferia, al contrario, era molto diversa. Il settanta per cento della popolazione era dedita all'agricoltura e intorno alla capitale si produceva soprattutto cacao. Cristian aggiunse che il clima era molto umido e piovoso, e che la temperatura media si aggirava intorno ai venticinque gradi.

Giunti a Ngaoundéré presero il treno verso la destinazione finale. Anche se dormì per quasi tutto il tragitto per la spossatezza causata dal caldo, Iulìa riuscì comunque a farsi un'idea del paesaggio guardando dal finestrino, constatando che quel paese era molto bello, più di quanto aveva immaginato. In certe zone la vegetazione era molto fitta e a un certo punto accanto alla linea ferroviaria vide scorrere il Sanaga, uno dei fiumi più lunghi del Camerun. In molti punti le rive erano state disboscate per ottenere terreni coltivabili e consentire l'insediamento umano. Alla stazione furono accolti da Tagaris, che li avrebbe accompagnati a casa. Alla vista di Cristian fece una smorfia di disappunto e Iulìa dovette trattenersi per non dirgliene quattro. Fokàs si schierò dalla parte della moglie e chiese all'amico di dare un passaggio anche alla loro guida, che abitava proprio a un isolato di distanza da loro. Così Cristian si unì alla compagnia, ignaro della scena che si era svolta alle sue spalle.

Per Iulìa la casa fu una bella sorpresa. Per fortuna non si trovava al centro della città, ma in periferia. Consisteva in un edificio basso circondato da altre villette dello stesso tipo, non distanti dalle baracche dei contadini. Somigliava alla sua casa natale, la casa sul fiume, e il ricordo le fece venire le lacrime agli occhi. Osservando il piccolo giardino pieno di fiori le venne in mente quello della madre. Salì i pochi gradini che conducevano al patio di legno che circondava la casa e le parve di essere tornata ai piedi dell'Olimpo, sulla veranda di casa sua.

Le sorprese continuarono anche all'interno. La casa disponeva di molti più confort di quanti lei immaginasse: una cucina grande e luminosa, quattro camere da letto e un ampio salotto. Inoltre trovarono una simpatica ragazza di colore, che quando vide Iulìa si affrettò a salutarla con un deferente inchino. Aveva i capelli raccolti in un fazzoletto, indossava un abito marrone di due taglie più grande e ai piedi calzava un paio di grossi scarponi dall'aria piuttosto scomoda. La pelle della ragazza aveva lo stesso colore dell'abito che indossava, mentre gli occhi, vispi e brillanti, la guardavano con gentilezza e mansuetudine.

«E lei chi è?» domandò Fokàs, sorpreso dalla presenza della ragazza.

«Si chiama Faida, ha quindici anni ed è la ragazza incaricata di dare una mano a Iulìa nelle faccende domestiche» rispose Tagaris.

«Ma io non ho bisogno di aiuto» protestò lei.

«Faida e questa casa sono indivisibili» le spiegò Tagaris. «E poi non c'è donna bianca degna di questo nome che non abbia una schiava al suo servizio.»

«Schiava?» Iulìa sgranò gli occhi per lo sdegno. «Ti rendi conto di quello che dici? Mi dispiace, a queste condizioni ne faccio a meno.»

«Va bene, va bene, mi sono espresso male. Ma sappi che se non prendi Faida al tuo servizio, la condanni alla fame» ribatté l'amico perdendo la pazienza. «Se preferisci, invece di schiava la puoi chiamare serva o governante, basta che non la licenzi. E poi mica lavora gratis. Percepirà un regolare salario che le pagherete voi. Ha soltanto quindici anni e la sua famiglia la considera un peso morto.»

«Peso morto?»

«Infatti. Una bocca in più da sfamare. Benvenuti in Africa» concluse Tagaris sorridendo.

«E come faccio a comunicare con lei?» riprese Iulìa compiendo un ultimo, disperato tentativo.

«Qui viene il bello, non è vero, Faida?» disse Tagaris rivolgendosi alla ragazza.

«Sissignora, conosco la vostra lingua...» rispose lei sorridendo.

Iulìa non credeva alle sue orecchie. «Ma è straordinario» trasecolò.

«Hai visto che bella sorpresa? Faida è abituata a lavorare con i greci, così non avrai alcun problema con lei.»

Fokàs e Iulìa si scambiarono uno sguardo rassegnato, poi si volsero entrambi verso la ragazza, che sorrideva ancora. Quando Iulìa le porse la mano per accoglierla ufficialmente in famiglia, Faida rimase interdetta e, prima di ricambiare, si pulì la mano che offriva sull'abito. Ripeté lo stesso gesto anche con Fokàs. Subito dopo la ragazza abbassò la testa per la vergogna.

«Faida non è abituata a ricevere un trattamento del genere, per cui vi consiglio di adeguarvi» disse Tagaris seccamente.

Iulìa gli rivolse uno sguardo gelido. «Ti ringrazio per il consiglio, ti ringrazio anche per la casa» rispose. «Adesso però la responsabile sono io e sarò io a stabilire le regole» aggiunse in un tono che non ammetteva repliche. Tagaris, impreparato a una reazione del genere, con lo sguardo chiese l'aiuto di Fokàs, il quale approvò con un sorriso le parole della moglie. L'amico non poté far altro che ritirarsi in buon ordine.

La prima sera Fokàs e Iulìa si dedicarono all'esplorazione della loro nuova casa. E l'aiuto di Faida si rivelò prezioso. La ragazza sistemò in quattro e quattr'otto gli abiti nel guardaroba, preparò una cena leggera che i padroni di casa consumarono sul patio, e infine servì loro un vassoio di profumatissima frutta esotica. Quando la ragazza se ne andò, la coppia decise di concedersi un bicchiere di vino per rilassarsi ascoltando i rumori della notte. Da lontano udirono un'incomprensibile nenia dolce e malinconica, di cui percepivano lo struggimento. Più tardi, ristorati dalla cena e stanchi a causa del lunghissimo viaggio, per evitare di addormentarsi sul patio si alzarono e andarono a stendersi.

«Sono contenta di essere qui» disse Iulìa prima di abbandonarsi al sonno.

Fokàs non rispose e chiuse la grande zanzariera che circondava il letto. Condivideva le parole della moglie e aveva tutte le ragioni per addormentarsi con un grande sorriso sulle labbra.

Iulìa si adattò molto in fretta al nuovo stile di vita, molto più in fretta di Faida, la quale aveva difficoltà ad abituarsi all'idea che la nuova padrona di casa non aveva niente a che vedere con le altre. Già l'indomani mattina era stata invitata a prendere il caffè insieme. Fokàs era uscito molto presto per raggiungere Tagaris che lo aspettava in ufficio e Iulìa non aveva alcuna intenzione di trascorrere la giornata in silenzio o seduta comodamente in poltrona mentre Faida sbrigava le faccende di casa. Alla quindicenne non rimase che accettare l'invito della padrona e sedersi di fronte a lei, evitando per il nervosismo di guardarla negli occhi. A un certo punto Iulìa perse la pazienza.

«Faida, non possiamo andare avanti in questo modo» protestò. «Se ti ho invitato a prendere il caffè è per fare quattro chiacchiere. In casa ci siamo soltanto tu e io, e dobbiamo imparare a tenerci compagnia a vicenda.»

La ragazza si decise finalmente ad alzare la testa e a rivolgerle uno sguardo titubante, e quando Iulìa sorrise per farle coraggio, anche lei sorrise. Bastò una mezz'ora per farla finalmente parlare. Iulìa volle sapere tutto sul conto di Faida e della sua famiglia, e fu sorpresa di apprendere che era la prima di nove fratelli e sorelle.

Poi toccò a Iulìa parlarle della sua famiglia e delle sue sorelle, e del suo paese, la Grecia, mentre l'altra ricambiava con informazioni sul Camerun e Yaoundé. Poi le raccontò degli abitanti, gente calda, appassionata, ostaggio della superstizione e dei maghi delle diverse tribù, che rappresentavano un rifugio dallo sfruttamento degli occidentali. Anche se sotto questo aspetto la situazione in Camerun era migliore che altrove, non mancavano casi sporadici di vero e proprio schiavismo praticato ancora dai bianchi.

In seguito Iulìa decise di occuparsi dell'abbigliamento della ragazza. Trovava che i suoi vestiti fossero scomodi e sgraziati, e venne a sapere che era stata la precedente padrona di casa a regalarglieli, nella convinzione che lei dovesse seguire la moda europea. In Camerun le donne solevano indossare ampi e comodi abiti dai colori sgargianti, e ornarsi le braccia e il collo con preziosi monili. Così Iulìa disse a Faida che poteva vestirsi come meglio credeva.

«Ma se davvero ci tieni a vestirti all'"europea", ci penso io a rifarti il guardaroba perché gli abiti che indossi sono davvero inguardabili» concluse. «E lo stesso vale per le calzature. Non dirmi che con quelle scarpe non ti fanno male i piedi.»

«Sì, signora, un po' mi fanno male» ammise Faida. «E poi questi vestiti non mi piacciono... mi fanno sentire caldo...» aggiunse timidamente.

«Da domani allora, mettiti quello che ti piace e, già che ci sei, dovrai aiutare anche me a trovare delle scarpe migliori perché quelle che ho non mi sembrano molto adatte al Camerun.» Al termine della conversazione le due giovani donne avevano fatto amicizia, ma Faida si rifiutò categoricamente di chiamare la sua «signora» per nome.

Se soltanto qualche settimana prima qualcuno le avesse detto che la sua vita stava per cambiare in modo tanto radicale, Iulìa non gli avrebbe creduto. A causa del sole, il colore della pelle stava assumendo una sfumatura dorata e i capelli, che avevano riscosso l'ammirazione di Faida, si imbiondivano sempre più. Stava persino imparando a vestirsi secondo la moda locale e a cucinare alcune specialità del paese. Ma la sua vera passione era la frutta fresca, che non mancava mai sul desco familiare.

La vita quotidiana trascorreva all'insegna della lentezza e lei non vi era abituata, ma a un certo punto si rese conto che anche Fokàs si era adattato alla loro nuova vita e che il lavoro andava a gonfie vele, e si sentì davvero felice. La patria le sembrava adesso molto lontana, tuttavia scriveva regolarmente alla madre, che trovava difficile credere che la figlia si fosse trasferita in un paese di cui ignorava persino l'esistenza. I contatti si erano fatti molto frequenti anche con il suocero: una volta la settimana una lettera partiva dal Camerun e un'altra vi giungeva, proveniente da Salonicco.

Fokàs e Iulìa diventarono molto amici anche della famiglia di Cristian, la cui moglie si assunse tra l'altro il compito di impartirle lezioni di francese. Dal canto suo Cristian decise di insegnarle a guidare l'automobile. Iulìa provò un certo imbarazzo quando si mise per la prima volta al volante del furgoncino di Cristian. Le mani le tremavano per l'emozione e la paura, ma nel giro di un paio di mesi imparò a guidarlo alla perfezione. Per premiarla, Fokàs decise di regalarle una vettura che le consentisse di muoversi con agio e sbrigare più in fretta le commissioni in città, e lei e Faida presero a scorrazzare per tutta la capitale, senza però avventurarsi fuori dal centro, per evitare eventuali pericoli.

Trascorse un anno dal giorno del trasferimento in Africa e Iulìa si rese conto che era sposata già da tre. Fu in quel periodo che, in un modo del tutto inaspettato, scoprì di essere incinta. Faida, infatti, si era accorta che la padrona di casa, da qualche tempo, divorava quantità incredibili di pompelmo. Un giorno decise di farglielo notare.

«Signora… Secondo me tu avrai un bambino…»

Iulìa, intenta per l'appunto a sbucciare l'ennesimo pompelmo, rimase con il coltello sospeso a mezz'aria. Un istante dopo le fu chiaro che da ben due mesi non aveva le mestruazioni. E che doveva fare assolutamente qualcosa per combattere la sua distrazione. Decise di non dire ancora niente al marito. Cercò un medico e si fece visitare. Lui confermò lo stato di gravidanza e Iulìa pianse di gioia. Fokàs, nei primi tempi del matrimonio, le aveva detto che voleva attendere un miglioramento delle loro condizioni economiche prima di pensare ad avere un figlio, ma adesso il lavoro andava a gonfie vele e l'arrivo di quel bambino sarebbe stato il coronamento di tutti i loro sacrifici.

Quella sera decise che era giunto il momento di dare il lieto annuncio al marito, il quale fece i salti di gioia. La strinse tra le braccia e le fece fare una giravolta, ma Faida lo rimproverò e gli raccomandò di stare più attento «adesso che la signora aspetta un bambino…». Faida era diventata una specie di angelo custode. Iulìa l'adorava, ricambiata, e un giorno aveva deciso di conoscere i suoi genitori. Questi ultimi l'avevano accolta con riconoscenza per tutto quello che faceva per loro e per la figlia. Vivevano in una capanna, il padre faceva l'operaio e i soldi che guadagnava non bastavano mai. Ogni settimana Iulìa mandava loro un cesto pieno di generi alimentari e, quando un fratello di Faida si ammalò, fu lei a chiamare il medico e a fargli prendere le medicine. Quando il ragazzino si fu ristabilito completamente, i genitori, che avevano temuto di perderlo, si inginocchiarono ai piedi di Iulìa per ringraziarla e lei si sentì in un terribile imbarazzo. In seguito impose a tutti di farsi vaccinare e impartì loro consigli utilissimi sull'igiene e la pulizia personale. Per loro Iulìa era ormai una sorta di dio in terra, mentre per Faida era come se la vita avesse inizio e fine con la sua signora.

La gravidanza procedeva in modo regolare. Quando si guardava allo specchio, Iulìa si lamentava perché si era trasformata in un «mappamondo». Fokàs sorrideva con dolcezza ogni volta che usava questa espressione, finché un bel giorno lei perse la pazienza.

«Non c'è niente da ridere. Sono bassa e rotonda, proprio come un mappamondo. Se dovessi cadere, ho paura che mi metterei a rotolare.»

«Signora Karapanos, sappia che io vi trovo incredibilmente affascinante. Anzi, vi garantisco che non siete mai stata tanto bella.»

Lei gli aveva risposto con un'occhiataccia ma un istante dopo erano scoppiati entrambi a ridere.

A un certo punto Faida fu ospitata in una delle camere da letto libere della casa. Con l'avanzare della gravidanza, aveva espresso il desiderio di non lasciare sola la sua padrona neanche un momento e Fokàs fu subito d'accordo: anche lui si sentiva più tranquillo sapendo che con la moglie c'era sempre qualcuno a tenerle compagnia. Per maggior sicurezza fece anche installare una linea telefonica in modo da essere avvertito subito quando le doglie fossero cominciate.

Una mattina Iulìa, che era appena entrata nel nono mese, si svegliò con un dolorino alla schiena. Riteneva improbabile che fosse già arrivato il momento del parto e così non disse nulla al marito, che si recò al lavoro come sempre. Poi prese il caffè in compagnia di Faida, come faceva ogni mattina, e poco dopo accolse anche Helen, la moglie di Cristian, che ogni giorno passava da casa loro in sella all'adorata bicicletta per controllare che tutto fosse a posto. Helen non era mai riuscita a imparare a guidare, e anzi ricordava divertita che ci aveva provato tre volte: la prima era andata a sbattere contro un albero e la seconda aveva centrato un muro. La terza volta invece era stata meno fortunata e aveva cozzato contro un'altra automobile, il cui conducente ne aveva dette di tutti i colori sia a lei sia a Cristian, costernato di fronte all'imbranataggine della moglie. Per il bene suo e di tutto il resto del mondo quel giorno decise di lasciar perdere i motori e di affidarsi esclusivamente alla bicicletta o a un passaggio strappato al marito. La casa di Iulìa, così vicina alla sua, era appunto una delle mete facilmente raggiungibili con quel mezzo.

Helen non era arrivata neppure da dieci minuti quando Iulìa si alzò per servirle una porzione del dolce che aveva preparato il giorno prima. Fu allora che si sentì l'interno delle cosce bagnato da un caldo torrente. Guardò stupita il laghetto formatosi sul pavimento e subito udì Helen esclamare: «Si sono rotte le acque! Stai per partorire!».

«Ma il medico ha detto...» farfugliò Iulìa, e un istante dopo una fitta lancinante le tolse il respiro.

Faida le corse subito in aiuto e la fece sdraiare.

«Presto, telefona a mio marito» sibilò a fatica Iulìa. «Ho le doglie.»

Cercarono di mettersi in contatto con Fokàs ma non lo trovarono da nessuna parte. Era andato a perlustrare un cantiere e non sapevano come rintracciarlo. Nel frattempo le doglie si susseguivano a intervalli sempre minori e ogni volta la fitta era più dolorosa della precedente.

Fu allora che Faida balzò in piedi. «Signora Helen, metti a bollire dell'acqua mentre io vado a chiedere aiuto» ingiunse.

«A chi vuoi chiedere aiuto? Non sai guidare e purtroppo non so guidare neanche io» gridò la donna.

«Voglio soltanto andare da mia madre» rispose la ragazza.

La madre di Faida arrivò in men che non si dica in compagnia di un'altra donna, molto anziana e con la pelle nera completamente ricoperta di rughe. Tra le mani deformate dall'artrite teneva una grande borsa di canapa colorata, da cui tirò fuori decine di sacchettini, alcuni dei quali pieni di foglie di diverse grandezze e colori, e altri contenenti una strana polverina. Le due donne si misero al lavoro senza perdere tempo. Spogliarono Iulìa e la vecchia l'esaminò con attenzione. Disse qualcosa alla ragazza nella loro lingua e questa corse subito a prendere un bicchiere d'acqua. La vecchia vi gettò due polverine, una bianca e una rossa, poi porse il bicchiere a Iulìa che gemeva per il dolore. Allora Helen, in preda all'angoscia, prese Faida da parte per chiederle se la vecchia sapeva quello che faceva. La ragazza le rivolse uno sguardo di disapprovazione.

«Imela non è l'ultima arrivata» spiegò. «Ha fatto nascere centinaia di bambini, una volta addirittura ha aperto e poi richiuso la pancia di una donna che non riusciva a partorire. Quindi, signora Helen, non devi avere paura. Imela la sa più lunga di un medico.»

«Va bene, ma dimmi che cosa sono quelle polverine.»

«Sono per non farle sentire dolore e aiutarla a partorire meglio» fu la risposta.

In effetti qualche minuto dopo i gemiti di Iulìa si calmarono ma sul volto della madre di Faida passò un'ombra di preoccupazione. Con quel poco di francese che conosceva, spiegò a Helen che il bambino era capovolto e che bisognava riportarlo alla posizione normale. Allora la vecchia prese due grosse foglie e cominciò a strofinarsi le mani. Dalla borsa variopinta tirò fuori una scatola contenente un unguento verde, che cosparse sul ventre di Iulìa. Poi infilò una mano nella vagina della partoriente. Helen fece un'espressione raccapricciata ma Iulìa non se ne accorse neppure. Imela tirò fuori la mano coperta di sangue e si concesse un sorriso, mettendo in mostra una dentatura bianchissima a dispetto dell'età. Mormorò qualcosa alle altre donne e Faida si incaricò di annunciare la lieta novella a Helen, che stava per svenire dal terrore.

«Signora Helen, è tutto finito! Il bambino è tornato nella giusta posizione e tra poco finalmente la signora partorirà» sussurrò la ragazza, al settimo cielo.

Imela somministrò a Iulìa un'altra polvere disciolta nell'acqua. Faida spiegò che si trattava di una sostanza capace di favorire l'uscita del feto e nel giro di pochi minuti la figlia di Fokàs e di Iulìa vide la luce. La vecchia la porse alla madre di Faida spiegandole che cosa doveva fare mentre lei si prendeva ancora cura della puerpera.

Nel frattempo Fokàs aveva fatto ritorno in ufficio e gli era stato riferito che lo avevano cercato da casa. Fuggì via alla velocità del vento. Lungo la strada si rimproverò per non essere rimasto in ufficio quel giorno e un fiume di pensieri negativi lo travolse facendogli venire i sudori freddi. Quando arrivò, scese di corsa dall'automobile e salì le scale a due a due. Trovò la moglie, sorridente, seduta al centro del letto con la figlioletta in braccio. Accanto c'erano Helen, Faida, la madre di quest'ultima e una vecchia mai vista prima. Le gambe si rifiutarono di procedere oltre, tale era la felicità.

«Benvenuto» lo accolse Iulìa in tono malizioso. «Giusto in tempo per conoscere tua figlia.»

In seguito le donne raccontarono a Fokàs tutto il parto, sottolineando in particolare l'aiuto prezioso di Imela. Nonostante le insistenze di Iulìa, nessuna di loro volle essere ricompensata. La vecchia in particolare, con l'aiuto di Faida, spiegò per quale motivo non poteva in alcun modo accettare di essere pagata.

«La famiglia di Faida mi è molto cara» disse. «Li ho fatti nascere tutti, dal primo all'ultimo, genitori compresi. Siccome tu, Iulìa, li hai presi a benvolere, li hai aiutati e continui ad aiutarli, consideri Faida come una sorella, questo è il mio modo per ringraziarti. Per questo non posso accettare il denaro che mi offri.»

La figlia di Fokàs e di Iulìa fu chiamata Charà, "Gioia", perché il suo arrivo aveva riempito tutti di gioia, sia i genitori sia Faida, che finì per stabilirsi definitivamente in casa loro. La bimba somigliava come una goccia d'acqua alla madre e aveva sempre il visino sorridente. Cristian e Helen la tennero a battesimo, e i loro figli guardavano a loro volta estasiati i boccoli dorati della piccola, accarezzandoli con le manine grassocce.

Fokàs e Iulìa, che non stavano nella pella per la felicità, riempirono un intero album fotografico con istantanee della loro bambina e lo spedirono ai rispettivi genitori. Teodora scelse una fotografia, la coprì di baci e la mise sotto il cuscino per averla sempre vicina. Kiriakos ed Evanthìa rimasero senza parole di fronte alla bellezza della nipotina. Evanthìa si sciolse in lacrime e, nonostante le parole consolatorie del marito, non riusciva a perdonarsi il fatto di essere stata l'unica causa della partenza del figlio per l'Africa.

Un anno dopo la nascita di Charà, Iulìa annuncio a Fokàs di essere ancora incinta. Questa volta decise di non andare dal medico e di limitarsi a fare solo gli esami indispensabili. Quando giunse il momento del parto, fu Imela a occuparsi di lei. Anche stavolta nacque una bambina. Iulìa avrebbe voluto chiamarla Evanthìa ma Fokàs si intestardì che la bambina dovesse chiamarsi Teodora. A quanto pare non era ancora riuscito a perdonare la madre, al contrario della moglie, la quale negli ultimi mesi aveva cominciato a inviare ogni tanto qualche lettera alla suocera. La prima risposta l'aveva sorpresa: Evanthìa l'aveva supplicata di perdonarle tutto il male di cui era stata causa. Subito Iulìa le aveva spedito un'altra lettera per pregarla di mettere finalmente una pietra sul passato. Le due donne si erano rappacificate, sia pure per corrispondenza, ma Fokàs restò indifferente alla richiesta di perdono della madre quando la moglie gliela mostrò.

«Se mia madre crede che basti chiedere scusa per farmi tornare indietro, si sbaglia di grosso» dichiarò. «La conosco troppo bene, se anche l'accontentassimo, un attimo dopo ricomincerebbe a renderci la vita impossibile.»

Iulìa rinunciò a rispondere. Del resto neanche lei aveva voglia di lasciare il Camerun e di abbandonare gli amici che le erano vicini. L'unico neo nella loro vita era Tagaris. Anche se Fokàs parlava molto poco del suo lavoro, Iulìa sapeva che il comportamento inaffidabile del socio aveva procurato un mucchio di problemi al marito. Se ancora non era successo nulla di irreparabile, era soltanto grazie all'intervento di Fokàs, che riusciva sempre a trovare una soluzione in extremis. Ma se un giorno il marito non fosse riuscito a salvare il salvabile, Iulìa temeva che per loro sarebbe stata la fine. D'altro canto gli affari andavano bene e le commesse si susseguivano senza sosta poiché l'ufficio di Fokàs era diventato uno dei più importanti di tutto il paese.

La situazione precipitò quando Iulìa rimase incinta per la terza volta. Charà aveva cinque anni, Teodora poco meno di tre e nel giro di un paio di mesi sarebbe arrivato anche il terzo figlio, che Iulìa si augurava con tutto il cuore che fosse un maschio. Uno dei maggiori banchieri di Yaoundé affidò a Fokàs l'incarico di progettare e costruire la sua nuova residenza. A occuparsi delle questioni pratiche fu soprattutto Tagaris, che sempre più spesso subentrava a Fokàs, oberato di lavoro. In quell'occasione, divenne presto chiaro che del socio non c'era da fidarsi. Il giorno in cui era stata programmata la gittata del cemento armato nelle fondamenta, Fokàs fu chiamato d'urgenza a un altro cantiere, ma, dato che i due cantieri non erano lontani, decise di fare un salto a controllare. Al ritorno però si accorse dello strano comportamento del socio. Insospettitosi, Fokàs decise di dare un'occhiata al lavoro svolto fino a quel momento e scoprì che il cemento conteneva una quantità di barre d'acciaio inferiore al previsto. Rimase a bocca aperta: l'iniziativa criminale di Tagaris rischiava di mettere a repentaglio la stabilità dell'edificio e, di conseguenza, il buon nome della loro società. Fokàs perse le staffe:

«Esigo che rifacciate tutto il lavoro daccapo!» ingiunse.

«Ma sai quanto ci verrà a costare?» fu l'obiezione di Tagaris.

«Non m'importa, non sono stato io a dirti di modificare il progetto» replicò. «Così impari a fare di testa tua.»

«Ho pensato che tutte quelle barre d'acciaio fossero eccessive per un edificio di soltanto due piani.»

«Qui sono io che prendo le decisioni tecniche» gridò Fokàs. «Tagaris, patti chiari amicizia lunga. Ne va della nostra reputazione e anche della nostra testa, perché se succede qualcosa, finiamo tutti e due in galera. A proposito, fammi vedere le fatture. Non ti sarai mica intascato la differenza?»

Tagaris non poté rifiutarsi ma, dalla sua espressione contrariata, Fokàs intuì che il socio aveva la coscienza sporca. E infatti dalle fatture risultava che il cliente aveva pagato la somma corrispondente alla quantità regolare di barre d'acciaio. Fokàs non ci vide più per la rabbia.

«Ti sei messo in testa di rovinarmi? Questa è una truffa bella e buona oltre che un atto criminale» gridò prendendolo per un braccio. «Non soltanto volevi derubare il cliente, ma hai anche messo in pericolo la vita sua e dei suoi cari.»

Tagaris cercò invano di liberarsi dalla stretta. Gli rivolse uno sguardo feroce. «Lasciami in pace! Non voglio che mi tratti così di fronte a questi negri.»

«Negri? È questo che sono per te? Li consideri degli schiavi al tuo completo servizio, non è così? Dovresti vergognarti. Sono operai, lavorano con noi e sono degli ottimi professionisti.» Fokàs a un tratto lo lasciò andare, nauseato. «Sei incorreggibile, Tagaris. Mi dispiace soltanto che questa gente abbia bisogno di lavorare e non possa darti la lezione che ti meriti. Quanto a noi, se ci tieni alla nostra collaborazione, quello che è successo oggi non si dovrà ripetere mai più, siamo intesi?»

«Va bene, va bene, volevo soltanto rendermi utile...» cercò di giustificarsi l'altro. «Ti prometto che non succederà più.»

«Me lo auguro per te.»

Fokàs rincasò con i nervi a fior di pelle. Decise che a partire da quel giorno non avrebbe perso di vista il socio neanche un minuto. Iulìa notò l'espressione accigliata del marito e gli domandò se fosse successo qualcosa. Fokàs le raccontò tutto per filo e per segno, suscitando in lei una reazione indignata. Non credeva alle sue orecchie, sperava che il marito stesse esagerando. Fokàs si pentì di averle detto la verità. Iulìa, che aveva un carattere iracondo e determinato, già detestava Tagaris e che quel mascalzone avesse cercato di mettere nei guai il marito per lei equivaleva a un peccato mortale.

L'indomani Tagaris ebbe l'infelice idea di passare da casa loro per prendere alcune pratiche di cui aveva bisogno. Fokàs era ancora in camera sua a vestirsi. Il socio e Iulìa erano inevitabilmente soli.

«Buongiorno» la salutò lui. «Non hai ancora partorito?» Per tutta risposta Iulìa si avvicinò all'uomo con aria minacciosa e lo costrinse a uscire sul patio.

«Ehi, che ti prende?» domandò Tagaris. «Che cos'hai?»

«Lo sai bene che cos'ho» gli rispose. «Apri bene le orecchie perché te lo dico per la prima e ultima volta. Se cercherai ancora di mettere a repentaglio il buon nome di mio marito, te la dovrai vedere con me.»

Tagaris le rivolse un sorriso sarcastico e rispose con aria spavalda: «Siamo passati alle minacce, vedo».

Iulìa si alzò sulla punta dei piedi, ma anche così gli arrivava sì e no al mento. In cuor suo rimpianse di non essere più alta, anche se a colmare la differenza bastava la sua rabbia. «Abbassa la cresta, Tagaris. Non occorre che sia io a farti del male, continua a comportarti da mascalzone e ci penseranno altri a fare giustizia.»

Lui rimase senza parole.

«Non dire che non ti avevo avvertito» aggiunse Iulìa.

La discussione fu interrotta da Fokàs, che spuntò all'improvviso. Rivolse uno sguardo interrogativo alla moglie, che aveva le guance in fiamme e gli occhi fuori dalle orbite, e notò l'imbarazzo del socio, ma preferì non immischiarsi. Conosceva bene Iulìa, sapeva che sarebbe stato inutile fare appello alla calma e al raziocinio, se non voleva rischiare una ramanzina. Tanto più in quel frangente. Era impossibile che la moglie, testarda com'era, soprassedesse e si lasciasse sfuggire l'occasione di dirne quattro al socio infedele.

Tagaris prese le pratiche di cui aveva bisogno e se ne andò, seguito da Fokàs. Iulìa rimase sul patio da sola, in compagnia soltanto dei suoi pensieri. Anche se forse aveva esagerato, era vero che difficilmente Tagaris suscitava simpatia. Tra gli avversari più fieri c'era Abdul, il padre di Faida, il quale per qualche tempo aveva lavorato alle dipendenze di Tagaris ma si era licenziato a causa dell'atteggiamento razzista che ostentava con tutti. Anche Cristian le aveva raccontato che il nome di Tagaris era inviso alla maggior parte delle maestranze. Lo stesso valeva per gli altri professionisti dell'edilizia, che avevano cominciato a prenderlo sul serio solo dopo l'arrivo di Fokàs.

Il tempo trascorse in fretta e il parto imminente di Iulìa monopolizzò l'attenzione di tutti. Anche stavolta nacque una femminuccia. Imela rise di cuore quando la vide, ma per la prima volta se ne andò subito dopo averla aiutata a venire alla luce.

«Proprio come mia madre» osservò Iulìa sconsolata. «Non faccio che mettere al mondo femmine.»

«Non mi pare che ci sia nulla di male, tesoro» la tranquillizzò Fokàs prendendo in braccio la bimba.

«Vorrei un maschietto per dargli il nome di tuo padre» rispose Iulìa, che dopo aver preso fiato aggiunse: «Quanto alla terzogenita, la chiameremo come tua madre e sarai tu stesso ad annunciarle la bella notizia».

Fokàs la guardò, impassibile.

«Su, non occorre che fai quella faccia» riprese Iulìa. «Dopo tanti anni fai male a serbarle ancora rancore. E poi è assurdo che sia io a tenere i contatti con tua madre anziché tu che sei suo figlio. È ora di finirla. Le scriverai oggi stesso e ti proibisco di fare qualsiasi riferimento al passato.»

Questa volta Evanthìa ebbe una doppia sorpresa: vedersi recapitare una lettera vergata nientemeno che dal figlio e leggere che la terza nipotina si sarebbe chiamata Evanthìa, proprio come lei. Forse poteva sperare che un giorno, prima di chiudere gli occhi, il figlio sarebbe tornato e lei avrebbe potuto riabbracciarlo.

Un giorno Imela si presentò senza preavviso a casa di Iulìa per parlarle. Con l'aiuto di Faida spiegò di che cosa si trattava e il sorriso scomparve dal volto di Iulìa, che impallidì e si mise a piangere. La vecchia le aveva detto di aver scorto una minaccia nella placenta della piccola Evanthìa e le consigliava di non avere più figli. A Iulìa quelle parole parvero un delirio, nonostante la profonda fiducia che riponeva in Imela. Ma la storia sembrava assurda e così decise di non farne parola con il marito e di dimenticare anche lei di aver mai sentito la profezia di Imela.

Ripensò alla vicenda quando rimase incinta per la quarta volta e, a differenza delle altre gravidanze, niente sembrava andare per il verso giusto. Faida era molto preoccupata e Imela, quando Iulìa entrò nel nono mese, si recava a trovarla ogni giorno per controllare che tutto fosse a posto. Il parto fu molto difficile e abbracciando il neonato Iulìa ebbe la certezza che non sarebbe sopravvissuto. Era un maschietto minuto, malaticcio, con la pelle livida, e subito le venne in mente che anche la madre e la nonna avevano messo al mondo femmine sane e robuste, mentre con i maschi non avevano avuto fortuna. Pianse lacrime amare quando il neonato si spense una settimana dopo la nascita e volle parlare con Imela per avere spiegazioni.

«Signora, te l'avevo detto che dentro di te c'è qualcosa che non fa nascere i maschi» rispose la vecchia, le cui parole venivano tradotte da Faida. «Fai pure tutte le femmine che vuoi, ma la gioia di tenere in braccio un maschietto non l'avrai mai.»

«Ma tu già dalla gravidanza precedente avevi visto che nella placenta c'era qualcosa che non andava.»

«Infatti. Ti consiglio di non rimanere incinta mai più perché potrebbe essere pericoloso anche per te, e hai tre bambine ancora piccole.»

Iulìa abbassò lo sguardo e in cuor suo riconobbe che la vecchia aveva ragione. Le chiese scusa per non averle creduto subito, ma Imela sorrise.

«Signora, non ti angustiare. Non sono arrabbiata con te. Gli uomini imparano soltanto attraverso l'esperienza.»

«Che strano» mormorò Iulìa. «Anche mia nonna diceva la stessa cosa.»

«Chiunque abbia vissuto a lungo, come me o tua nonna, la pensa nello stesso modo, a prescindere da dove è nato.»

Iulìa rivelò a Fokàs le parole di Imela e lui la rimproverò per non averlo messo al corrente sin dall'inizio, subito dopo la nascita di Evanthìa.

«Basta con i bambini» sussurrò con dolcezza. «Ne abbiamo già tre, non ne occorrono altri. Quello che conta è essere sempre felici come lo siamo adesso.»

Quando Charà spense le dodici candeline sulla torta, circondata dall'affetto delle sorelle e dei genitori, a Iulìa venne in mente la madre, la quale diceva sempre che quando si hanno figli il tempo vola via come il vento. Ammise che aveva ragione: intorno a lei vedeva volti sorridenti, ancora fanciulleschi, ma in cui si intravedeva un annuncio di adolescenza. Anche lei era cambiata. Si era trasferita in Camerun a vent'anni mentre adesso ne aveva trentaquattro, compiuti il mese precedente. Fokàs aveva capelli ingrigiti e portava occhiali da presbite. Pure i figli di Cristian e di Helen erano cresciuti e la primogenita si era fidanzata, a differenza di Faida, la quale, a dispetto dei suoi quasi trent'anni, ancora non aveva trovato un marito. Iulìa cercava di convincerla in ogni modo a formarsi una famiglia ma lei era irremovibile. Un giorno Faida scoppiò addirittura a piangere e le domandò se per caso insisteva tanto perché voleva liberarsi di lei. Iulìa si spaventò e da allora evitò di toccare l'argomento.

In tutti quegli anni i due stranieri si erano perfettamente inseriti nella società locale. Gli abitanti del posto non soltanto li rispettavano ma addirittura li adoravano con aspetti non di rado piuttosto eccessivi. L'anno precedente, per esempio, era accaduto un episodio spiacevole, sebben adesso, a distanza di tempo, Iulìa lo trovasse divertente.

Un giorno un ragazzo del vicinato era tornato a casa tormentato da strazianti dolori alla pancia. La madre di Faida aveva chiamato Iulìa, che aveva accompagnato il ragazzo in ospedale con la macchina. I medici, diagnosticando un'appendicite acuta, avevano deciso di operarlo immediatamente. Dopo una settimana di ricovero il ragazzo era stato dimesso dall'ospedale, sorridente e in perfetta salute. I genitori del ragazzo volevano esprimere a Iulìa la loro riconoscenza, anche se non era la prima volta che lei salvava una vita. Tutti sapevano che la straniera ospite del loro villaggio era una persona buona e pronta a soccorrere chi ne avesse bisogno, e che anche il marito era un uomo gentile e disponibile.

Così nessuno si era stupito quando, un paio di settimane dopo il ritorno del ragazzo a casa sua, due uomini avevano regalato a Iulìa un enorme cesto di frutta esotica. Le avevano spiegato che si trattava di un dono speciale, in grado di tenerla per sempre con loro. Iulìa non aveva capito in che modo un cesto di frutta potesse fare una cosa del genere, ma senza chiedere spiegazioni aveva accettato di buon grado quell'attestato di riconoscenza. Avrebbe subito assaggiato uno di quei frutti succulenti se, un attimo prima di allungare la mano, non avesse udito le grida di Abdul che la chiamava dal cortile. Preoccupata, aveva posato il frutto per correre a vedere di che cosa si trattasse. Abdul le aveva chiesto conferma se avesse ricevuto in regalo un cesto di frutta e se per caso ne avesse assaggiato qualcuno, e alla sua risposta negativa alla seconda domanda aveva tratto un sospiro di sollievo. Il problema, aveva poi detto Abdul senza girarci intorno, era che la frutta era avvelenata. Iulìa era rabbrividita e si era sentita mancare mentre Abdul le spiegava che i suoi compatrioti erano rinomati per la preparazione di veleni, in cui solevano immergere la punta delle frecce per essere certi di uccidere le prede quando andavano a caccia.

«Non riesco a crederci, volevano uccidermi» aveva esclamato Iulìa, terrorizzata. «Ma perché? Che cosa gli ho fatto di male?»

«Niente, è proprio per questo che volevano ucciderti» aveva risposto Abdul. «Hanno paura che un giorno tu e tuo marito decidiate di andarvene e così hanno pensato che il veleno fosse l'unico modo per tenerti con loro.»

«Ma è terribile.»

«Non proprio, se ci pensi bene. Tu hai un'altra mentalità, ma per loro sei una persona sacra e ucciderti significherebbe sacrificarti e trattenere per sempre qui con loro il tuo spirito protettivo. Per favore, signora, non ti arrabbiare, sono fatti così» l'aveva infine supplicata Abdul.

La sera, quando Fokàs era rincasato, Iulìa l'aveva messo al corrente di quanto era successo. Il marito sembrava comprendere il modo di pensare degli indigeni. «Se ti amano anche soltanto la metà di quanto ti amo io, capisco perché non vogliono correre il rischio di perderti» le aveva sussurrato con dolcezza. In ogni caso, decisero di essere più cauti con i doni degli indigeni.

Nel frattempo Iulìa era stata assalita da una nostalgia indicibile per la patria lontana. I suoceri li pregavano di tornare indietro: erano entrambi molto anziani e avevano voglia di rivederli. Dal canto suo, Iulìa si domandava che ne fosse della madre, della nonna e delle sorelle. Con il tempo la corrispondenza si era assai diradata. I figli e la routine quotidiana le avevano quasi fatto dimenticare i suoi e a volte se ne vergognava ma, pur intenzionata a riprendere i contatti con maggiore regolarità, alla fine era sopraffatta dalle abitudini.

Quando ne parlò con il marito, Fokàs si rese conto a un tratto che l'Africa, considerata all'inizio una soluzione provvisoria, era diventata il loro domicilio permanente. Anche lui era stato assorbito dalla routine quotidiana del lavoro e aveva dimenticato il proposito di fare presto ritorno in patria, benché nel frattempo avesse messo insieme un patrimonio sufficiente a mantenerli non una ma due vite. Così pensò che forse era giunto il momento di prendere in considerazione la possibilità di rimpatriare.

Ma proprio in quel periodo la sua compagnia vinse un'importante gara d'appalto per la costruzione di un ponte.

«Due anni!» annunciò a Iulìa quel giorno, all'indomani del compleanno di Charà. «Ancora due anni e si torna in Grecia. Non sei contenta?»

«Dici sul serio, Fokàs? Certo che sono contenta» rispose lei con gli occhi lucidi per la contentezza.

«Mai stato più serio. Per me questo ponte sarà l'ultima commessa in Africa.»

Iulìa corse ad abbracciarlo e decise che la prima cosa da fare in vista della partenza era preparare le figlie. Cominciò a parlare loro della Grecia, del nonno e della nonna, e promise loro che, una volta tornati, le avrebbe portate assieme al papà al villaggio natale sull'Olimpo.

Il problema più grande era Faida, che alla notizia dei progetti della famiglia di Fokàs scoppiò a piangere calde lacrime. Iulìa cercò in tutti i modi di consolarla ma lei si calmò soltanto quando le fu promesso che sarebbe partita con loro. Faida rivolse uno sguardo carico di gratitudine a Iulìa e gliene chiese conferma: «Dici davvero, signora?».

«Ti ho mai detto una bugia da quando ci conosciamo? Verrai in Grecia con noi, ma poi non lamentarti se avrai nostalgia della tua famiglia» la ammonì con dolcezza.

«La mia famiglia siete voi» balbettò Faida, e Iulìa l'abbracciò commossa.

La costruzione del ponte andò per le lunghe. Fokàs non aveva mai portato a termine un'opera tanto impegnativa e ricca di sfide da superare. Quanto a Tagaris, pensava soltanto all'entità della commessa e ai soldi che avevano cominciato ad affluire nel conto in banca della compagnia. Fokàs non gli aveva detto che, una volta concluso il ponte, intendeva tornare in Grecia. Neanche lui avrebbe saputo spiegare per quale motivo fosse tanto riservato nei confronti del suo socio.

Dopo sei mesi tutto era pronto e poterono procedere con la posa della prima pietra. Fokàs era molto nervoso e anche Iulìa aveva un brutto presentimento. In quel frangente il marito avrebbe dovuto avere un socio diverso, più affidabile e preparato. Ricordava ancora la storia delle barre d'acciaio accaduta qualche anno prima. Iulìa aveva ragione a essere preoccupata. Tagaris aveva messo a punto l'ennesimo piano diabolico, ma questa volta il destino non era dalla loro parte.

Poiché Fokàs fu costretto a rimanere a letto da un'influenza, la supervisione dell'opera fu affidata a Tagaris. Qualche settimana prima Fokàs gli aveva finalmente annunciato l'intenzione di tornare in Grecia e il socio era impallidito pensando che, senza un professionista del calibro di Fokàs, la compagnia non avrebbe avuto vita facile. Allora, tanto valeva ricavare il più possibile da quel ponte, che sarebbe stato il loro ultimo lavoro, pensò Tagaris. Così annullò gli ordinativi di Fokàs e preferì acquistare materiali edilizi di qualità scadente, intascandosi la differenza. Oltre alla qualità, decurtò anche la quantità dei materiali senza curarsi del pericolo. In altre parole sottrasse denaro ovunque potesse e, quando Fokàs guarì e tornò al cantiere, era ormai troppo tardi. La prima parte dell'opera, quella principale, era stata completata ma le conseguenze furono peggiori di quanto Fokàs potesse prevedere: un giorno la struttura portante si afflosciò su se stessa come un castello di carte, uccidendo alcuni operai. Tagaris, in preda al terrore, corse a casa del socio a chiedere aiuto.

La terribile notizia fece venire la pelle d'oca a Fokàs, che si rese subito conto dell'enormità della vicenda. Prese Tagaris per la giacca e gridò fuori di sé: «Canaglia, che cosa hai combinato? Come hai potuto farmi una cosa del genere? Siamo rovinati, distrutti!».

«Non l'ho fatto apposta, te lo giuro! E adesso che cosa facciamo? Si trattava di un appalto statale, ci sbatteranno in prigione per tutta la vita. Dobbiamo scappare, nasconderci da qualche parte.»

«Oltre che un mascalzone sei anche un vigliacco» gridò Fokàs. «La cosa migliore è andare a costituirci.»

«Sei impazzito? Alle tue figlie non ci pensi?»

«Ci hai già pensato tu.»

Iulìa, che ascoltava annichilita la conversazione, si risvegliò non appena sentì nominare le sue figlie. Si avvicinò ai due uomini.

Sputò in faccia a Tagaris prima di rivolgersi al marito: «Fokàs, devi scappare. Questo farabutto ha ragione. Trovati un nascondiglio in attesa che le acque si calmino e poi decideremo il da farsi. Intanto io cercherò un buon avvocato, anche se forse la cosa migliore è che tu lasci il paese.»

«Iulìa, non se ne parla, non posso fuggire, non sono io il colpevole.»

«Ma per la legge lo sei! Sei tu che hai progettato il ponte e quindi la responsabilità oggettiva del crollo e della morte di quegli operai è tua.»

«E tu e le bambine che cosa farete?»

«Non preoccuparti per noi, di certo ci lasceranno in pace. Farò i bagagli e tornerò in Grecia. Andrà tutto bene, vedrai. Mi farò dare una mano da Cristian. Tu però vattene, non perdere neanche un secondo!»

Ma proprio in quel momento cinque poliziotti fecero irruzione nel cortile. Le loro intenzioni erano chiare. Tagaris scappò dalla finestra ma non andò molto lontano perché fu subito acciuffato da due poliziotti. Gli altri tre invece si diressero verso Fokàs e Iulìa si sentì montare il sangue alla testa. Proruppe in un grido e si lanciò contro di loro, cogliendoli di sorpresa. Non sapevano come reagire di fronte a quella donna minuta che li insultava in un francese impeccabile e li prendeva a calci sulle gambe mentre esortava Fokàs ad approfittare di quel pandemonio per scappare. A un certo punto addirittura si avvinghiò al corpo di uno dei tre, cominciò a tirargli i capelli e a graffiargli la pelle del viso continuando a prendere a calci gli altri due. In quella scena indescrivibile persino Faida accorse alle grida di Iulìa e si oppose agli agenti.

Fokàs finalmente si riebbe dalla sorpresa e saltò dalla finestra diventando uccel di bosco. Uno dei tre agenti riuscì a liberarsi dall'assalto delle due donne e si gettò all'inseguimento ma il fuggiasco sembrava svanito nel nulla. In realtà lo aveva nascosto il padre di Faida, che proprio in quel momento passava vicino a casa loro sul suo carro pieno di paglia. Come se niente fosse, aveva continuato per la sua strada e passò fischiettando proprio sotto il naso dei poliziotti, che naturalmente non sospettarono nulla. A casa di Fokàs le acque si erano calmate. Iulìa aveva ripreso il controllo e chiedeva spiegazioni agli agenti, garantendo loro che il marito non poteva in alcun modo essere responsabile di quella catastrofe. Di fronte al repentino cambiamento della donna, i poliziotti, stupefatti, si domandarono se per caso non avesse qualche rotella fuori posto. La risposta giunse proprio da Faida, la quale, nella loro lingua, spiegò che la signora era debole di nervi e andava soggetta a crisi del genere. Gli agenti avvisarono che la casa restava sotto stretta sorveglianza e che ormai la legge considerava Fokàs un latitante. Dopo che se ne furono andati, Iulìa chiuse la porta e si lasciò cadere tra le braccia di Faida, che l'aiutò a sedersi. Poi le portò un bicchiere d'acqua, ma Iulìa lo rovesciò perché le tremavano le mani. Fece un respiro profondo e cercò di trovare una soluzione a quella sciagura. Poco prima, quando aveva visto passare davanti a casa Abdul sul carro di fieno, aveva intuito che Fokàs si trovava a bordo. Lo sguardo d'intesa che il padre di Faida le aveva rivolto era una conferma. Si sentì sollevata al pensiero che, almeno per il momento, il marito si trovava in buone mani, ma era chiaro che doveva lasciare il paese al più presto. Tagaris sarebbe stato capace di addossargli ogni responsabilità pur di salvare la pelle: era un uomo vile e senza scrupoli, su questo non c'erano più dubbi. Bisognava trovare un modo per farlo fuggire. Le venne in mente Cristian, l'unico in grado di aiutarli in quel frangente. Lo chiamò al telefono mantenendosi sulle generali, perché temeva che la linea fosse sorvegliata. Lui però era già al corrente di tutto: la radio aveva diffuso la notizia del terribile incidente ripetendo in continuazione il nome del responsabile del cantiere, ricercato dalla polizia.

Cristian giunse a casa di Iulìa con il cuore in gola e il volto alterato dall'angoscia. Iulìa gli spiegò quello che era successo e gli chiese consiglio sul da farsi. Lui aggrottò la fronte.

«Una fuga adesso è molto difficile con la polizia alle calcagna» rispose. «Stanno rivoltando il villaggio come un calzino.»

«Dobbiamo provarci, non abbiamo altra scelta» insisté Iulìa.

«Sì, ma non possiamo mettere a rischio la sua incolumità. Per il momento è meglio che resti nascosto in attesa che le acque si calmino, mentre cerco un modo sicuro per fargli lasciare il paese.»

Fokàs non lasciò mai il Camerun. Cristian andava a trovarlo ogni giorno nel suo nascondiglio, una grotta nella foresta, lontano da occhi indiscreti. Gli portava da mangiare, gli riferiva le novità e spiegava che lui e Iulìa erano alla ricerca del modo migliore per farlo scappare. Finché, quel maledetto pomeriggio...

Sentendo la notizia di quanto era accaduto, gli abitanti del villaggio avevano subito capito che la responsabilità non poteva essere di Fokàs ma dell'altro, il suo socio. Vennero anche a sapere che Fokàs si era nascosto e attendeva il momento propizio per andar via. Per evitare di perdere sia lui sia la moglie, che tanto adoravano, qualcuno decise di ucciderlo con una freccia avvelenata alla gamba. Fokàs venne trafitto dall'arciere e spirò nel giro di pochi minuti. Così finalmente il suo spirito sarebbe rimasto per sempre con loro, senza temere di essere catturato dalla polizia. Cristian comprese subito quello che era successo. Fokàs aveva fatto in tempo a togliersi la freccia dalla gamba, senza immaginare che l'aria rendeva il veleno ancora più letale. La morte l'aveva trovato con la freccia in mano.

Per Iulìa il viaggio di ritorno fu un incubo senza fine. Ancora molto tempo dopo, ricordava poco di ciò che era successo in seguito all'inattesa e tragica morte di Fokàs. Gli unici amici a rimanerle accanto erano stati Cristian, Helen e naturalmente Faida, che le tenne la mano dall'inizio alla fine del viaggio. L'istinto di sopravvivenza le aveva evidentemente cancellato tutti i ricordi dolorosi, la fatica e la disperazione che l'avevano assalita. Senza l'aiuto di Cristian non sarebbe mai riuscita a riprendersi e a fuggire dall'Africa.

Uno dei pochi ricordi che ancora serbava nel cuore era il momento del congedo da Helen e dai suoi figli, e il volto contrito di Abdul, che non era riuscito a salvare la vita di Fokàs come aveva fatto un tempo con la vita di Iulìa. Forse per questo non ebbe nulla da eccepire quando Faida decise di seguire la padrona in Grecia. Giunte finalmente a Salonicco, tutto sembrava molto diverso da come l'aveva lasciato. Per fortuna, Fokàs aveva provveduto a inviare in Grecia tutti i loro soldi già prima che quel ponte maledetto cominciasse a essere costruito. L'iniziativa del defunto marito si rivelò una salvezza per lei e per le figlie, le quali, sconvolte e impaurite, non la lasciavano in pace un secondo. Decise di prendere una camera in albergo. Non aveva il coraggio di scrivere ai suoceri. Era molto tempo che non si faceva viva con loro e non sapeva che cosa dire. Di sicuro però non poteva annunciare loro la morte del figlio con una lettera.

Iulìa dormì quasi ventiquattr'ore di fila. Le figlie non la disturbarono mai perché si rendevano conto che la madre aveva bisogno di riposare. Del resto anche loro erano molto stanche. Al risveglio Iulìa si sentì molto meglio. Ordinò la colazione mentre cercava di mettere ordine nei suoi pensieri. Diede un'occhiata fuori dalla finestra. Era inverno, faceva freddo e avevano soltanto abiti estivi: la prima cosa da fare era pensare al guardaroba. Sarebbero andate a fare spese e poi, nel pomeriggio, sarebbe andata a casa del suocero. Rimandare non era più possibile.

Nei negozi, le commesse guardavano con una certa meraviglia Faida che, nonostante l'aspetto straniero, parlava un greco impeccabile. Per sé Iulìa scelse alcuni capi di colore nero, molto semplici, spiegando a Faida che in Grecia il nero era il colore del lutto, ma l'altra non parve convinta e rispose che quel colore non le donava per niente. Tornarono in hotel cariche di pacchi e pacchetti, consumarono il pranzo, poi Iulìa si ritirò in camera sua per riposare. Non si era ancora ripresa dalle fatiche degli ultimi giorni e ogni tanto sentiva il bisogno di adagiare il corpo sul letto.

Nel tardo pomeriggio fu svegliata dalle grida concitate di Faida. Fuori si era messo a nevicare e una sottile coltre bianca aveva coperto tutto. Iulìa guardò incantata i fiocchi che cadevano, aveva dimenticato quanto fosse bella la neve. Faida invece sembrava terrorizzata.

«Signora, che cos'è questa cosa che cade dal cielo?» gridò.

Iulìa sorrise. Era naturale che una donna nata e cresciuta in Africa, che non si era mai allontanata dal villaggio natale, restasse sorpresa dallo spettacolo della neve. La stessa sorpresa la provarono anche le figlie, che fino a quel momento della neve avevano soltanto sentito parlare. Iulìa le invitò a uscire sul balcone. Faida, spaventata dai fiocchi che le cadevano addosso, restò meravigliata quando si accorse che scomparivano al contatto con gli oggetti. Iulìa fece una palla di neve e gliela mise in mano. Per Faida fu una nuova sorpresa. «Signora, ma questa cosa brucia!»

Iulìa e le figlie scoppiarono a ridere, poi lei entrò in camera e prese la macchina fotografica che avevano acquistato con Fokàs. Scattò alcune istantanee a Faida. «Le invieremo ai tuoi genitori così anche loro sapranno che cos'è la neve» disse.

Presto Faida prese confidenza con la neve, tanto che si sdraiò sul sottile strato bianco accumulatosi sul balcone, rotolò bagnandosi completamente le braccia e le spalle, e pretese altre fotografie da mandare ai genitori. Poi Iulìa le fece rientrare in camera. Si erano divertite abbastanza e per le sue «africane» la conseguenza di quel gioco poteva essere un bel raffreddore, l'ultima cosa di cui avevano bisogno. Avevano un dovere da compiere, triste ma necessario: recarsi al colorificio di Kiriakos Karapanos.

Le gambe le tremavano quando giunse a destinazione. Sapeva che il suocero era ancora professionalmente attivo e che ogni giorno si recava al colorificio nonostante i suoi settantasei anni suonati. Varcò la soglia e si accorse che c'era ancora lo stesso personale, naturalmente con un aspetto diverso: i giovanotti erano diventati signori di mezz'età e le ragazze donne mature. Iulìa percorse faticosamente i pochi metri che la separavano dall'ufficio di Kiriakos ed entrò senza bussare. Come al solito trovò il suocero chino su alcune fatture.

Non appena la vide, lui sgranò gli occhi e rimase a bocca aperta. Un sorriso di felicità gli illuminò il viso e scattò subito in piedi. Iulìa svanì nel suo abbraccio. L'uomo non si saziava di baciarle le mani e di accarezzarle i capelli. «Figlia mia» non smetteva di ripetere. «Non ci credo, non riesco a crederci. Quand'è che siete arrivati? Perché non mi avete avvertito? E Fokàs e le bambine dove sono?»

Iulìa fece un passo indietro. «Papà, per favore, siediti» gli disse con calma. «Ti spiegherò tutto... Per questo sono venuta...»

L'uomo aggrottò la fronte. Fu allora che notò gli abiti neri. «Iulìa, perché porti il lutto?» le domandò turbato. «Chi è morto? Perché non parli?»

«Perché non è una cosa facile, papà. Siediti e ti spiegherò tutto.»

Era molto più difficile di quanto immaginasse. Il suocero scoppiò a piangere come un bambino quando venne a sapere della morte di Fokàs. Iulìa gli versò da bere un bicchiere di cognac e cercò di consolarlo con parole che parvero prive di senso persino a lei stessa. Il dolore era ancora recente e non era abbastanza forte da offrire consolazione agli altri. Kiriakos parve rendersene conto e a un certo punto si fece coraggio. Smise di piangere, si asciugò gli occhi e guardò la nuora.

«Scusami, dovrei pensare a te invece di piangere» mormorò.

Lei, che a sua volta era scoppiata in lacrime, gli rivolse un dolce sorriso. Neanche in un momento così difficile quell'uomo straordinario perdeva il senso della dignità. «Papà» mormorò quando riuscì a parlare di nuovo. «Dobbiamo farci tutti coraggio, per noi e per le ragazze...»

«Già, le ragazze. Dove sono, a proposito?»

Gli disse che aveva preferito lasciarle in albergo e, dietro richiesta del suocero, raccontò tutta la storia dall'inizio senza omettere alcun particolare. Aveva il diritto di sapere come e perché il figlio era rimasto ucciso. Aggiunse che la fuga dal Camerun era stata molto faticosa e che avevano portato con loro anche una ragazza africana di nome Faida. Al termine del racconto rimasero entrambi in silenzio, immersi ciascuno nel proprio dolore.

«Perché non sei venuta direttamente a casa nostra?» domandò Kiriakos.

«Il viaggio è stato interminabile, eravamo molto stanche e ho pensato che non ce la facevo a presentarmi a casa vostra così, con le ragazze e Faida, ma senza Fokàs, vostro figlio. Avevo bisogno di un po' di tempo... Sono sicura che mi capisce.»

«Certo.»

«Adesso il problema è dirlo alla signora Evanthìa. Io non ce la faccio a darle questo dolore.»

«Non preoccuparti, glielo diremo insieme... Poi voglio che lasciate l'albergo e che veniate a stare da noi.»

«No, questo mai. C'è anche Faida con me.»

«E allora? Nei momenti difficili Faida è sempre stata accanto a te, alle mie nipoti e anche a mio figlio. Adesso è giunto il momento di ricambiare.»

«Ho paura per la signora Evanthìa...»

«Figliola, Evanthìa non è più quella di una volta... E adesso, dopo questa terribile disgrazia...»

«Proprio per questo! Ho paura che mi consideri responsabile della morte di suo figlio.»

«Questo sarebbe assurdo persino per Evanthìa. Prima che vi trasferiste in Africa è stato Fokàs in persona a spiegarle le ragioni della vostra partenza. Sa che non potevi farci niente e che ti sei limitata a seguire tuo marito. Su, andiamo adesso.»

Uscirono nell'aria gelida. La neve cadeva sempre più fitta e il cielo si era oscurato. Camminarono fianco a fianco, in silenzio, sostenendosi a vicenda, con gli occhi pieni di lacrime. Quando entrarono in casa, Iulìa sapeva che il corpo non tremava soltanto a causa del freddo.

Evanthìa stava seduta a leggere in salotto. Alla loro vista le uscì un'esclamazione di giubilo. Corse ad abbracciare la nuora con affetto sincero, cosa che lasciò Iulìa senza parole. Si abbandonò stoicamente ai baci e agli abbracci della suocera, e intanto cercava di calmarsi. Il seguito fu una replica della scena nel colorificio, però Evanthìa non resse il colpo e perse i sensi dopo aver sentito la terribile notizia. Quando si riprese, si abbandonò a un pianto interminabile e straziante, e dovettero somministrarle un sedativo. Iulìa guardava quelle due persone anziane che piangevano abbracciate e avrebbe tanto voluto fare o dire qualcosa per consolarli. Si inginocchiò accanto a loro ed Evanthìa allungò una mano per accarezzarle i capelli. Iulìa si sciolse in lacrime. Piangeva come non aveva mai pianto in vita sua, i singhiozzi le scuotevano il corpo e i due vecchi l'abbracciarono condividendo il loro strazio con lei.

Il primo a parlare fu Kiriakos. «Dobbiamo farci coraggio» mormorò asciugandosi gli occhi. «Non siamo soli, ci sono tre ragazze meravigliose di cui prendersi cura.»

Iulìa lo imitò. Anche lei si asciugò gli occhi e fece un respiro profondo.

«Dove sono le ragazze?» domandò Evanthìa con voce strozzata. «Perché non le hai portate con te? Voglio che vi stabiliate qui con noi, in questa casa.»

Iulìa fu costretta a ripetere quello che aveva già detto al suocero. «Forse è meglio se restiamo un'altra notte in albergo» rispose. «Siete ancora sconvolti e poi con me c'è anche Faida...»

Fu sorpresa nel sentire Evanthìa ripeterle più o meno le cose che il suocero le aveva detto poco prima. «Voglio che veniate a stare qui da noi, tutti insieme» la interruppe veemente la suocera. «Dopo questa terribile tragedia, tu e le ragazze siete l'unica gioia che ci sia rimasta. Anche Faida sarà la benvenuta in casa nostra proprio come lo era in casa vostra. Iulìa, ti prego, abbiamo bisogno di voi, più di quanto voi abbiate bisogno di noi.»

La nuora le accarezzò con dolcezza la guancia e non poté fare a meno di pensare che, se Fokàs le stava guardando da qualche parte, doveva essere di sicuro felice che le donne della sua vita avessero finalmente imparato a volersi bene.

Le ragazze erano molto curiose di conoscere i nonni di cui avevano tanto sentito parlare nel corso degli anni. Quando entrarono in casa, corsero subito ad abbracciarli e per loro fu come se li conoscessero da sempre. Evanthìa scoppiò a piangere e a singhiozzare stringendole a sé, mentre la piccola Evanthìa si arrampicò tra le braccia del nonno, dove nel giro di pochi minuti si addormentò placidamente.

Faida entrò timidamente in casa e si nascose in un angolo accanto alla porta, senza avere il coraggio di mostrarsi. Fu Iulìa a cercarla e a presentarla ai suoceri. Kiriakos, seguito dalla moglie, spalancò le braccia per dare il benvenuto a Faida, che aveva un'aria smarrita. Più tardi, a letto, Iulìa si abbandonò ad alcune riflessioni.

Un tempo era convinta che gli uomini non potessero cambiare, ma Evanthìa sembrava l'eccezione che confermava la regola. La calorosa accoglienza dei suoceri aveva prodotto l'effetto di un balsamo sulla sua anima e per la prima volta dopo tanto tempo provava una sensazione di serenità. Sapeva che aveva qualcuno su cui contare, persone care che si prendevano cura di lei e che avrebbero reso meno straziante il dolore per la perdita di Fokàs.

Già dall'indomani constatò con stupore che la sua vita era cambiata in modo inaspettato. Il suocero iscrisse a scuola le nipoti e chiese un colloquio con gli insegnanti per spiegare loro i traumi vissuti in Africa. Poi acquistò un letto tutto per Faida, che la prima notte aveva dormito su un divano, e nel giro di appena una settimana lei ed Evanthìa avevano modificato gli spazi della casa così che tutti potessero abitarvi comodamente. Evanthìa aveva creduto che Faida fosse un'amica di famiglia e di fronte alla volontà della donna di occuparsi dei lavori di casa dovette chiedere spiegazioni alla nuora.

«Sì, mamma, le cose stanno così» confermò Iulìa con un sorriso comprensivo. «Anch'io all'inizio rifiutavo l'idea, e a maggior ragione la rifiuterei adesso. Solo che Faida ha un forte senso del dovere e ne fa una questione di principio. Il salario che riceve è poco più che simbolico, non ha mai voluto che glielo aumentassi, e non riesce a chiamarmi per nome, continua a rivolgermi questo "signora" che mi dà ai nervi.»

«A me non sembra giusto» ribatté Evanthìa. «Non abbiamo mai avuto bisogno di una governante in questa casa.»

«Lo so, ma non vuole sentire ragioni. Se glielo impedirai, la getterai nella disperazione. Faida la conosco da quando aveva quindici anni e ha deciso di essere al completo servizio mio e delle ragazze. Se non l'avessi portata qui in Grecia con me, sarebbe morta.»

Soltanto due mesi dopo, Iulìa aveva la sensazione di non essere mai vissuta tanti anni in un altro paese e in un altro continente.

Certo, l'assenza di Fokàs a volte diventava una pena insopportabile, ma cercava di non piangere in presenza dei suoceri e delle figlie e per non farli insospettire Faida le applicava dei panni bagnati sugli occhi gonfi di lacrime. Non le disse mai che la suocera faceva la stessa cosa, che piangeva di nascosto dal marito e dalla nuora. Iulìa non aveva ancora scritto alla madre. Anzi, da molto tempo non le aveva inviato neppure una cartolina. Per lettera non aveva il coraggio di annunciarle la tragica morte di Fokàs e di spiegarle che la sua vita era improvvisamente diventata un inferno. Così aveva preferito non dirle niente.

Le figlie minori sembravano felici della loro nuova vita a Salonicco, soltanto Charà aveva confessato alla madre che quella città non le piaceva: non sopportava il traffico e avrebbe tanto voluto abitare in una villetta con il giardino anziché in un appartamento. Iulìa aveva abbozzato un sorriso. La figlia era tutto il contrario di lei, che invece era cresciuta con il desiderio di trasferirsi in città e aveva sempre considerato la casa sul fiume una specie di ancora che le impediva di salpare verso altri lidi, più liberi e stimolanti. Per questo aveva seguito Fokàs senza praticamente conoscerlo e non aveva mai rimpianto la sua decisione. Adesso constatava che la primogenita sentiva il bisogno di quell'ancora, ma lei non poteva farci niente. I suoceri erano dipendenti in tutto e per tutto da lei, in particolare Evanthìa, e sapeva che un eventuale ritorno al villaggio li avrebbe gettati nella più nera disperazione. Del resto proprio i nonni rendevano meno gravosa l'avversione di Charà per la vita cittadina. A quattordici anni era l'ombra della nonna, seguita dalla sorella Teodora. Evanthìa aveva insegnato alle due nipoti più grandi a lavorare a maglia, a ricamare e a cucinare. La domenica le prendeva con sé in cucina e chiudevano la porta per non essere disturbate. La nonna allora si sedeva e impartiva istruzioni alle nipoti, che si dedicavano alla preparazione del pranzo. Lei si alzava soltanto per controllare se la cipolla era rosolata a puntino, se il riso andava cotto ancora un po' o se bisognava aggiungere un bicchier d'acqua al sugo. Aveva anche insegnato loro a preparare la sfoglia delle sue famose torte dolci e salate.

La piccola Evanthìa, che aveva nove anni, invece era letteralmente innamorata del nonno. A lei non interessavano affatto il ricamo o la cucina e, pur volendo molto bene alla nonna, amava trascorrere il tempo libero nel colorificio con Kiriakos. Insieme a lui faceva anche lunghe passeggiate. Tutta Salonicco li conosceva e sapeva che ovunque andasse il nonno, seguiva a ruota anche la piccola. Il nonno era anche l'unico adulto a cui lei permettesse di aiutarla a fare i compiti e per accontentarlo si impegnava il più possibile nello studio, anche se a scuola non andava molto volentieri.

Un giorno Kiriakos la portò con sé a pesca e per la piccola Evanthìa fu un'autentica rivelazione. Da allora chiese spesso al nonno di andare a pesca invece che al colorificio, e lui di regola l'accontentava. Iulìa e Faida ridevano spesso per le imprese della bambina. A occuparsi della casa erano ormai esclusivamente loro due. La giornata iniziava sempre con la tradizionale tazzina di caffè, e alla compagnia si era aggiunta anche Evanthìa. A volte nuora e suocera ricordavano gli screzi del passato e ne ridevano, anche se Evanthìa continuava a rimproverarsi per la propria cocciutaggine, che considerava responsabile della scelta di Fokàs di partire per l'Africa. Credeva che, se fosse stata più malleabile, adesso il figlio sarebbe stato lì con loro a prendere il caffè. In quei momenti Iulìa la consolava con parole sincere, mentre Faida cercava di distrarla chiedendo per l'ennesima volta di sentire la storia della tazzina fracassata sul pavimento della cucina.

Trascorsero tre anni, durante i quali le ferite apertesi in Camerun riuscirono a rimarginarsi. Lo strazio per la morte di Fokàs si era trasformato in un dolce struggimento nelle loro anime. Tuttavia nessuno avrebbe voluto che anche questo sentimento sparisse dai loro cuori: era l'unica cosa che li legava ancora a lui.

Kiriakos Karapanos esalò l'ultimo respiro poco prima dell'inizio della primavera, precipitandoli nell'inverno dell'anima. Un giorno il suo cuore ottuagenario, provato da tante sofferenze, smise di battere dopo un breve periodo di malattia, ricoverato in ospedale. Le donne della famiglia rimasero impietrite quando il medico ne annunciò la morte.

Le più addolorate furono le ragazze. Era la seconda volta nella loro breve vita che venivano private di una persona cara e, sebbene ormai fossero quasi giovani donne, il dolore per la perdita fu ugualmente insopportabile.

La scomparsa di Kiriakos riaprì la ferita della scomparsa di Fokàs. A un tratto la casa parve svuotarsi. Sei donne erano rimaste sole a piangere i loro cari.

Iulìa si sentiva soffocare e uscì a prendere una boccata d'aria sul lungomare. A sei mesi dalla morte del suocero, il dolore era ancora vivo e ogni angolo della casa ricordava la sua presenza. L'estate volgeva al termine, entro pochi giorni le ragazze sarebbero tornate a scuola, niente sembrava cambiato anche se niente era rimasto uguale. Il colorificio era stato venduto a un buon prezzo e adesso apparteneva a un nuovo proprietario. Il futuro economico sia di Iulìa sia di Evanthìa era garantito, da questo punto di vista non avevano nulla da temere.

Iulìa fece un grande sforzo per trattenere le lacrime. Anche se il futuro era assicurato, il problema era vivere il presente. Intorno a loro tutto era pieno di ricordi dolorosi che ne rinnovavano a ogni istante la pena. E poi c'erano le ragazze, il cui atteggiamento era mutato. Nessuna delle tre, e non soltanto Charà, era mai riuscita a sentirsi davvero legata a Salonicco, soprattutto adesso che il nonno era venuto a mancare. Non a caso negli ultimi tempi lanciavano sempre più spesso l'idea di un possibile trasferimento altrove, ma evitavano di approfondire la questione vedendo l'aria sconsolata della nonna.

Udì un tramestìo di passi alle spalle e si voltò a guardare. Fu sorpresa quando vide Charà. «Che cosa ci fai qui?» domandò.

«Non te la prendere, mamma» rispose la ragazza. «Ti stavo seguendo.»

«Perché mi stavi seguendo?»

«Perché volevo parlarti a quattr'occhi. Devi ascoltarmi.»

«Certo che ti ascolto. Dimmi, che cosa succede.»

«Succede che ormai non ne possiamo più, mamma. Ne ho parlato anche con le sorelle e siamo giunte tutte alla stessa conclusione.»

«Ossia?»

«Vogliamo andar via da Salonicco. Questa città per noi si identifica con tanti brutti ricordi, con la morte di papà innanzitutto, e adesso anche con quella del nonno.»

«Qui però ci sono successe anche tante cose belle, avete trovato una casa, due nonni dolcissimi che vi hanno accolto e voluto bene.»

«Sì, solo che adesso il nonno non c'è più e insieme con lui è scomparso anche l'unico legame che avevamo con questa città.»

«E dove vorreste che andassimo?»

«Prova a indovinare...»

«E la nonna?»

«La nonna è d'accordo con noi e se vuoi, le piacerebbe seguirci. Anzi, se vuoi saperlo è stata proprio lei a far maturare in noi questa decisione e non ha nessun problema a trasferirsi anche lei al villaggio.»

«In altre parole mi state mettendo di fronte al fatto compiuto» fu il commento di Iulìa.

«Proprio così» rispose la figlia.

«Ti rendi conto che la vita al villaggio non ha niente a che vedere con quella che fai qui in città?»

«Certo, ed è proprio quello di cui abbiamo bisogno. Di ricominciare daccapo, in un altro posto, senza brutti ricordi. E poi tu stessa ci hai parlato migliaia di volte del villaggio e hai sempre detto che è un posto magnifico. Allora, che ne dici?»

«Che vorrei pensarci un po' su.»

La figlia la baciò e la lasciò a considerare la richiesta. Iulìa si rimise a passeggiare. Il sole tramontava, il mare si era trasformato in un abisso oscuro e silenzioso, che favoriva le riflessioni. A un certo punto si fermò e abbracciò l'orizzonte con lo sguardo. Tutta la vita le passò davanti come un film. Era felice di aver obbedito al cuore e di aver seguito Fokàs prima a Salonicco e poi in Africa, ma doveva riconoscere che il fiume della vita aveva trascinato anche lei. L'aveva portata migliaia di chilometri lontano dalla patria, addirittura in un altro continente, e adesso il destino, per bocca della figlia, sembrava spingerla laddove tutto era cominciato. Ma in fin dei conti, se voleva essere del tutto sincera con se stessa, Charà non aveva fatto altro che esprimere ad alta voce quello che negli ultimi mesi rimuginava anche lei nel suo cuore senza avere il coraggio di ammetterlo. Il desiderio delle figlie era anche il suo. Sorrise all'immagine di questa carovana di donne, una delle quali di un altro colore e di un'altra nazionalità, che si sarebbe presentata al villaggio. Subito dopo pensò a Evanthìa… chi l'avrebbe detto che sarebbe invecchiata in compagnia della suocera! Che strani i giochi della vita!

Finalmente sapeva quello che doveva fare. Sì, era la soluzione migliore. Aveva bisogno di ritrovare la serenità, aveva bisogno della sua casa.

La casa sul fiume…

# Storia di Aspasìa

Per Aspasìa la casa di Stavros fu un'autentica delusione. Era angusta, con un piccolo cortile circondato da altre casette basse, e si trovava in un quartiere di periferia molto popoloso. Il marito era benvoluto da tutti: quando arrivarono, i vicini accolsero la giovane coppia gettando pugni di riso, acclamandoli e felicitandosi con loro tra grida e risate. Per Aspasìa fu un'esperienza molto imbarazzante. Anche la signora Stella, la madre di Stavros, accolse con calore e affetto la nuora. Lei e Aspasìa si erano conosciute il giorno delle nozze e gli occhi della vecchia erano diventati lucidi per la commozione. Stella aveva abbracciato e baciato la nuora, rivolgendole sinceri auguri di felicità e prosperità. Quel giorno Stella aveva conosciuto anche Teodora, la madre di Aspasìa, e le due donne si erano subito piaciute. Del resto avevano molte cose in comune: entrambe erano rimaste vedove molto giovani, erano cresciute in campagna, erano donne semplici e l'unica cosa che stesse loro a cuore era la felicità dei figli.

Appena usciti dalla chiesa, tutti e tre erano saliti sull'automobile prestata dal signor Alekos, il principale di Stavros, il quale aveva fatto agli sposini anche un bel regalo di nozze: un deposito bancario, che aveva lasciato Stavros senza parole.

I due sposini e Stella entrarono in casa. Aspasìa si diede subito un'occhiata intorno. Il locale più grande era la cucina con il camino, che fungeva anche da tinello, mentre all'interno c'erano due camere da letto poste una accanto all'altra. Aspasìa rabbrividì e le vennero le lacrime agli occhi pensando che la prima notte di nozze l'avrebbe trascorsa praticamente nella stessa stanza della suocera.

Scaricarono i bagagli con l'aiuto dei vicini e la giovane sposa si mise a sistemare gli abiti nell'armadio cercando di non farsi prendere dallo scoramento. Aveva la tentazione di abbandonare il marito e di tornare indietro al villaggio, a casa della madre, che non era una reggia, ma consentiva a tutti un po' di riservatezza. Per non parlare del cortile, che dava su una natura immensa e rigogliosa, con le acque verdi del fiume a gorgogliare accanto… Al contrario della sua nuova casa, dove tutto era piccolo, meschino e angosciante.

In quell'istante Stavros entrò e trovò la moglie in lacrime sul letto che Stella aveva preparato con le lenzuola candide e il copriletto ricamato dalle sue stesse mani quando il figlio era ancora un bambino. Lui rimase interdetto quando vide gli occhi rossi e gonfi della moglie.

«Amore, che cosa c'è?» le domandò accorato. «Perché piangi?» La tenera voce del marito fece piangere Aspasìa ancora di più e lui a quel punto fu preso dal panico. Allungò una mano per accarezzarle i capelli, ma la ragazza non si calmava. «Non posso aiutarti se non mi dici che cos'hai» mormorò. «Parla, è successo qualcosa che ti ha rattristato?»

«Voglio tornare a casa mia!» farfugliò lei tra i singhiozzi.

In quel momento Stavros sorrise sollevato. «Tutto qua? È per questo che piangi? Non ti piace la nostra nuova casa?»

Aspasìa smise di piangere e gli rivolse uno sguardo smarrito. «Come fai a saperlo?» domandò asciugandosi le lacrime con il fazzoletto che le aveva dato.

«Non c'è niente di strano. Del resto non piace neanche a me. Solo che è successo tutto molto in fretta e non ho avuto tempo di trovarne un'altra. Ho anche pensato che sarebbe stato più bello cercarla assieme. Poi alla fine il signor Alekos mi ha annunciato che intende trasferirmi nella nuova succursale di Kalamata e allora ho pensato che non aveva senso prendere in affitto una casa a Larissa.»

«Vuoi dire che questa non è la nostra casa definitiva?»

«Certo che no. Nel giro di un paio di settimane al massimo si parte per Kalamata. Solo che verrà anche mia madre con noi. È anziana e non posso lasciarla sola. Spero che non sia un problema.»

«No, non è un problema» si affrettò a rispondere lei. «Del resto lo sapevo già.»

Tuttavia dallo sguardo della moglie Stavros intuì che c'era anche qualcos'altro a infastidirla. Sorrise. «Va bene, va bene, dimmi che altro c'è che non va. Ho il sospetto che la casa non sia l'unico problema.»

Aspasìa, imbarazzata, abbassò di nuovo lo sguardo. «E stasera?» domandò sottovoce. «Come faremo stasera? È qui che passeremo la nostra prima notte di nozze?»

Stavros scoppiò a ridere e l'abbracciò. «Sciocchina, come ti è venuta in mente un'idea del genere? Non hai nessuna fiducia in me? Appena ti sarai cambiata, ce ne andremo.»

«Ce ne andremo? Dove mi vuoi portare?»

«Il signor Alekos, il mio principale, ha uno chalet in montagna. Mi ha dato le chiavi e mi ha detto che possiamo restarci tutto il tempo che vogliamo. Anche se non è un hotel a cinque stelle, almeno staremo per conto nostro.»

Aspasìa lo strinse tra le braccia e ricominciò a piangere, questa volta per il sollievo e la felicità.

Arrivarono allo chalet la sera tardi. Nonostante le tenebre, si capiva che la posizione era magnifica e lo chalet stesso era delizioso. Il signor Alekos aveva persino provveduto a fornirlo di vivande e in cortile c'era la legna per alimentare il camino che dominava il salone centrale. Appena arrivati accesero un bel fuoco scoppiettante per riscaldare l'ambiente e Aspasìa preparò un paio di uova al tegamino.

«La prossima volta ti cucinerò un banchetto coi fiocchi» promise. «Per oggi dovrai accontentarti.»

«Con te anche le uova al tegamino sono un piatto sopraffino» rispose Stavros sorridendo. Si sedette a tavola e aggiunse: «E poi il miglior condimento è la fame!».

Accompagnarono il pasto con un buon bicchiere di vino lasciato a loro disposizione in frigorifero dal padrone di casa.

«Il tuo principale deve volerti molto bene» commentò Aspasìa. «È stato gentilissimo a prestarti lo chalet.»

«Il signor Alekos ha un cuore d'oro. Sono sei anni che lavoro con lui e sono molto affezionato sia a lui sia alla moglie.»

«Hanno figli?»

«Sì, una figlia.»

«Davvero? Non me l'avevi detto» lo stuzzicò Aspasìa.

«Perché non c'è niente da dire. Si chiama Dèspina e in effetti me l'hanno fatto capire molte volte che avrebbero voluto vederci sposati. Ma lei ha preferito un marinaio ed è stato meglio così.»

«Perché, non era bella? Non ti piaceva?»

«Mi piaceva ma non eravamo fatti l'uno per l'altra. Ho anche cercato di dirlo al signor Alekos, ma lui non voleva sentire ragioni. Poi un bel giorno Dèspina si è presentata con il fidanzato e lui si è messo l'animo in pace. L'affetto nei miei confronti però è rimasto uguale, anzi, è persino aumentato. Forse per il dispiacere che a causa della figlia non siamo potuti diventare parenti.»

«Quando gli hai detto che ti saresti sposato, come ha reagito?»

«Mi ha fatto gli auguri e si è complimentato con me.»

La serata proseguì accanto al camino, con un'altra bottiglia di vino. Con il passare dei minuti gli occhi di Stavros diventavano sempre più lucidi così come cresceva l'imbarazzo di Aspasìa. Stavros non riusciva più a trattenersi. In cuor suo pensava a mille modi per avvicinarsi a lei ma li respingeva tutti perché trovava che non fossero abbastanza gentili e delicati. A un certo punto sentì che alla radio trasmettevano un programma di canzoni romantiche, d'atmosfera. Subito ne approfittò per invitare Aspasìa a ballare. Il resto venne naturale.

La prese in braccio e la portò in camera da letto. La depose delicatamente sulle coltri e si sdraiò accanto a lei. Aspasìa lo guardò. Anche gli occhi di lei brillavano. Il chiaro di luna penetrava attraverso la finestra soffondendo una sfumatura d'oro bianco alla chioma sciolta sulle lenzuola candide. Stavros perse il controllo.

In quello chalet trascorsero cinque giorni meravigliosi e se qualcuno avesse chiesto loro notizie sul paesaggio e sui dintorni, non avrebbero saputo rispondere. Il loro unico interesse era la scoperta reciproca dei loro corpi. Stavros non riusciva a staccarsi dalla moglie neppure un istante e dal canto suo anche Aspasìa si era data di buon grado a percorrere con lui tutte le vie della voluttà. Dopo cinque giorni tuttavia, la parentesi di felicità si concluse. Stavros doveva tornare al lavoro ed era imminente il trasferimento a Kalamata. Entrambi sapevano che quei giorni sarebbero rimasti impressi per sempre nei loro ricordi e che poi avrebbero dovuto essere più cauti nel manifestare il loro amore per non mettere la madre di Stavros in imbarazzo.

Stella, d'altra parte, non era una sciocca né un'egoista. Ricordava ancora molto bene l'amore che l'aveva legata al marito e ogni volta che guardava il figlio e la nuora scorgeva nei loro occhi lo stesso, inestinguibile incendio. La cosa migliore da fare, pertanto, era lasciarli in pace e muoversi con la maggior discrezione possibile.

Così già il primo giorno, subito dopo cena, Stella si vestì, prese la borsa e uscì con il pretesto di fare visita a un'amica.

«Mamma, dove vai?» domandò Stavros.

«Scusami tanto, figliolo, ma avevo dimenticato che sareste venuti oggi e ho promesso ad Arghirò di aiutarla in un lavoro a maglia» rispose. Poi aggiunse rivolta alla nuora: «Arghirò è una mia amica e ha un difetto: annega spesso in un bicchier d'acqua e quando ha un problema si rivolge sempre a me. E non si può certo piantare in asso un'amica, no? Non aspettatemi, credo che farò piuttosto tardi.»

Stella uscì e Stavros rivolse un sorriso malizioso alla moglie. «Qui gatta ci cova ma meglio così» rise prendendo Aspasìa tra le braccia.

L'indomani mattina Stavros uscì di buon'ora per andare al lavoro. Stella ne approfittò per fare un bel discorso alla nuora: «Mia cara, adesso la regina della casa sei tu. Io ho deciso di ritirarmi in buon ordine, da questo momento in poi si farà soltanto quello che deciderai tu».

«Signora Stella, ma che cosa dite?» cercò di protestare Aspasìa.

La suocera la interruppe con un gesto della mano. «Che ne diresti di darmi del tu e di chiamarmi mamma? Perché adesso è questo che siamo, madre e figlia. Questa casa appartiene più a te che a me, e a me non resta che darti una mano.»

La sera stessa, la seconda che Aspasìa trascorreva in casa di Stella, dopo cena la suocera si preparò ancora e disse che sarebbe uscita.

«Mamma... anche stasera?» domandò Stavros visibilmente incuriosito.

«Sì, Calliope mi ha invitata a casa sua» fu la risposta. «Mi ha chiesto di darle una mano con un copriletto che sta ricamando per la dote della figlia.»

E prima che il figlio potesse ribattere, si chiuse la porta alle spalle.

Stavros rivolse uno sguardo stupito alla moglie. «Non capisco, a un tratto tutte le amiche hanno bisogno dell'aiuto di mia madre.» Ma i dubbi non durarono a lungo perché un istante dopo strinse tra le braccia la moglie, bella e provocante come non mai.

La stessa storia si ripeté anche la sera seguente: un'amica aveva bisogno del suo aiuto per un lavoro all'uncinetto. A quel punto i due novelli sposi capirono che la signora Stella aveva trovato un modo discreto ma efficace di lasciarli un po' da soli, liberi di godere l'uno dell'altro senza che si sentissero imbarazzati per la sua presenza. Qualche giorno dopo la coppia partì per Kalamata. Il signor Alekos aveva incaricato Stavros di recarsi nella zona del porto e trovare un ufficio disponibile per la nuova succursale. Poi avrebbe dovuto cercare un appartamento per sé e per la moglie. Ad aiutarlo avrebbero pensato alcuni conoscenti del signor Alekos, che erano già stati avvertiti. Quella nuova avventura riempiva entrambi di entusiasmo, per loro si trattava di una seconda luna di miele. L'estate era alle porte, Kalamata era una bella città e il futuro arrideva ai due giovani, ricco di promesse meravigliose.

Stavros fu molto fortunato. Nel giro di appena un giorno riuscì a trovare un ufficio ideale per la loro agenzia di spedizioni dove, grazie anche alla vicinanza al porto, si aprivano buone prospettive di carriera e di guadagno. Lui ci teneva che le cose andassero bene: la voglia di lavorare non gli mancava e desiderava ricambiare il signor Alekos per la generosità che gli aveva sempre manifestato. Anche con la casa fu fortunato. Trovarono una bella villetta in un quartiere tranquillo con vista panoramica sul mare, ideale per una giovane coppia intenzionata a formare una famiglia. C'era anche un bel giardino con alberi e fiori, che ad Aspasìa piacque molto perché le ricordava la casa sul fiume. Siglarono il contratto d'affitto e Aspasìa non vedeva l'ora di cominciare finalmente la loro nuova vita, in una nuova casa e in una nuova città. L'angusta casetta in cui Stavros era cresciuto sarebbe diventata presto un ricordo.

Intanto il signor Alekos, avvertito delle novità, decise di fare un salto a Kalamata per firmare il contratto e controllare il lavoro svolto da Stavros. Si trattenne cinque giorni, durante i quali Aspasìa, che gli era profondamente riconoscente, fece di tutto per prendersene cura nel migliore dei modi. Dal canto suo il signor Alekos elogiò l'opera del suo giovane collaboratore, nei confronti del quale nutriva un affetto e una stima particolari, e ripartì assolutamente soddisfatto del risultato. Prima però non poté fare a meno di pensare, amareggiato, che se la figlia fosse stata più intelligente, adesso quel bravo ragazzo sarebbe stato suo genero e insieme avrebbero ingrandito l'agenzia fino a farla diventare la numero uno di tutta la Grecia. Lei invece aveva preferito un marinaio, un uomo che vedeva di rado, e la cosa peggiore era che, durante le lunghissime assenze del marito, per consolarsi frequentava gente poco raccomandabile.

Ben presto Aspasìa si rese conto che le giornate erano lunghe e trascorrevano lentamente. Non aveva niente da fare, a parte la gestione quotidiana della casa, e la noia era sempre in agguato. Per lei fu una presa di coscienza sconvolgente. Stavros usciva la mattina presto e di solito rincasava la sera tardi. Lei restava in casa in compagnia della suocera e l'unico svago era costituito dalle lunghe passeggiate sul lungomare. Non era mai stata una persona molto espansiva e giunse alla conclusione che ciò era dovuto alla presenza delle sorelle. Da piccola non era mai stata costretta a cercare compagne per giocare, mentre durante l'adolescenza la presenza in famiglia di altre quattro ragazze rendeva inutile la ricerca dell'amica del cuore, di colei alla quale si racconta tutto, anche le confidenze e i segreti più reconditi. In altre parole, in vita sua le uniche amiche che avesse avuto erano state le sue sorelle, e adesso che era adulta, e che avrebbe avuto bisogno di compagnia, non sapeva che cosa fare, come approcciare le persone e conquistarne l'affetto e la fiducia.

La suocera al contrario aveva un carattere molto aperto e gioviale, e nel quartiere aveva già fatto un mucchio di conoscenze. Tra queste c'era Afrodite, una signora che abitava nella villetta accanto e da cui andava a prendere il caffè, e Katina, che invece abitava un po' più lontano. Ogni tanto anche loro ricambiavano le visite ma, in quel caso, Aspasìa preferiva uscire e concedersi la sua solita passeggiata sul lungomare. I loro argomenti di conversazione preferiti erano le ricette di cucina, i figli e i nipoti, che a lei non interessavano affatto. Ma sul lungomare aveva inizio un nuovo tormento. Gli orizzonti sconfinati le facevano nascere un desiderio impellente di fuga mentre le navi che lasciavano il porto la commuovevano fino alle lacrime. Avrebbe dato qualsiasi cosa per viaggiare senza meta, senza scopo, alla scoperta dell'ignoto. In breve tempo Kalamata si trasformò in una versione riveduta e corretta del villaggio dal quale era andata via, in una palla al piede, non dissimile a quella che un tempo veniva legata alla caviglia dei carcerati. Quella palla la teneva attaccata al suolo impedendole di spiccare il volo, di fuggire lontano, di conoscere il mondo e di vivere alla giornata. Alla madre non ebbe il coraggio di confidarlo: conosceva già la risposta e ne aveva paura. Nelle brevi lettere che si scambiavano, si limitava a descrivere i piccoli eventi di ogni giorno.

Fu così che le ritornò la voglia di cantare ma anche il desiderio di mettere a frutto la propria voce. Non sapeva bene come fare, però sapeva che, qualsiasi cosa avesse deciso, avrebbe prima dovuto discuterne con il marito. Stavros l'aveva sposata per formare una famiglia e non per diventare il marito di una cantante. Nel cuore della ragazza si scontravano il senso del dovere e aspirazioni più profonde. Così un anno dopo, quando si accorse di essere rimasta incinta, oltre che gioia, provò anche una sensazione di sollievo. Quel figlio avrebbe sistemato le cose e l'avrebbe aiutata a scacciare dall'anima l'assurdo e vano desiderio di dedicarsi alla carriera artistica.

Stavros fece i salti di gioia quando la moglie gli annunciò di essere incinta. E Stella, che non vedeva l'ora di diventare nonna, per la felicità decise addirittura di confezionare il corredino: lenzuoline, coperte, maglioncini. Sperava con tutto il cuore che fosse un maschio che portasse il nome del defunto marito. A volte però si rendeva conto di esagerare. Non era importante che fosse maschio o femmina, l'importante era che fosse sano. Ma c'era anche un'altra cosa per cui Stella pregava in modo fervente durante le sue visite, ormai quotidiane, in chiesa. Una cosa di cui si era accorta soltanto lei e che la riempiva di apprensione: pregava che il nascituro aiutasse la futura madre a recuperare la serenità perduta. Già da qualche tempo, infatti, aveva notato una certa inquietudine nell'atteggiamento della ragazza. Era chiaro che la vita a Kalamata non le bastava e che si sentiva sempre più attratta dal mare. La fuga popolava i suoi pensieri e Stella temeva il momento in cui i desideri avrebbero avuto la meglio sul senso del dovere della nuora, in merito al quale non nutriva alcun dubbio.

La figlia di Stavros e di Aspasìa nacque alcuni giorni prima del loro secondo anniversario di nozze, e a detta di tutti era la bambina più bella che avessero mai visto in quell'ospedale. Somigliava moltissimo alla madre: aveva i capelli biondi, il visino luminoso e i lineamenti armonici. Quando la nonna la prese in braccio per la prima volta, commossa, ringraziò Dio perché la sua nipotina era sana e forte.

L'arrivo della piccola Stella (così avevano deciso di chiamarla) trasformò radicalmente la vita di tutti. Pian piano manifestò un carattere tenace e irremovibile, e soltanto l'abbraccio della madre riusciva a infonderle un po' di serenità per cui, in sua assenza, cominciava a piangere e a gridare, e sembrava inconsolabile. All'inizio nessuno lo considerò un problema, ma ben presto Aspasìa si rese conto che non poteva muovere un passo senza la figlia. Ovunque andasse doveva prendere con sé la piccola Stella e le sue passeggiate sul lungomare adesso era costretta a farle in compagnia della bambina. Quest'ultima in genere dormiva nel suo passeggino e non dava alcun fastidio, ma ad Aspasìa pareva di aver perduto anche quell'ultima scaglia di libertà, con il risultato che l'antica inquietudine riapparve ancora più forte.

Quando Stella compì sei mesi, Aspasìa si accorse di essere di nuovo incinta. Stavros fece ancora una volta i salti di gioia, la suocera scoppiò in lacrime per la commozione, ma lei non era contenta. Non si era ancora ripresa dalla fatica della prima gravidanza e si domandava come se la sarebbe cavata se il secondogenito avesse avuto continuamente bisogno di lei come la piccola Stella.

Anche stavolta venne alla luce una bambina. La nonna, che confidava in un maschietto per sentir pronunciare di nuovo il nome del marito, provò una certa delusione. Aspasìa invece fu felice del fatto che la bimba avrebbe avuto il nome della madre. La piccola Teodora era l'opposto della sorella: non piangeva mai né mostrava un attaccamento particolare alla madre. I suoi preferiti erano innanzitutto il padre, tra le cui braccia cercava affetto e conforto, e in secondo luogo la nonna Stella.

Il tempo passava e le due bambine crescevano ciascuna per conto suo pur vivendo nella stessa casa. Stella non lasciava un attimo sola la madre, mentre Teodora era attaccatissima alla nonna. Non per questo non si volevano bene. La minore adorava la maggiore, che si era eletta a paladina di Teodora, qualsiasi cosa accadesse.

La più piccola aveva compiuto da poco otto mesi quando

Aspasìa si accorse di essere incinta per la terza volta. Si sentì crollare il mondo addosso. Per la prima volta dopo quattro anni di matrimonio se la prese apertamente con Stavros.

«Come ti viene in mente di farmi rimanere incinta una volta all'anno?» gridò quando il marito volle abbracciarla felice per la notizia.

«Che cosa dici?» ribatté lui. «Non capisco.»

«Dico che questa volta ho deciso di abortire» dichiarò Aspasìa.

Stavros fece una smorfia di sorpresa. «Aspasìa, che cosa ti prende? I figli sono un dono di Dio.»

«In primo luogo di figlie ne abbiamo già due e non c'è bisogno di averne un'altra. In secondo luogo non è passato neppure un anno e mezzo dalla mia ultima gravidanza. E in terzo luogo, lascia fuori l'Onnipotente dalle tue porcherie.»

«Porcherie? Questo è quello che pensi del nostro amore?» trasecolò Stavros.

«Lo sai che cosa intendo. Il punto è che non posso restare incinta in continuazione. Sono stanca, non lo capisci?»

«No, non lo capisco. Spiegamelo meglio.»

«Ci provo ma tu fai orecchie da mercante. Stella e Teodora sono ancora molto piccole e non riesco nemmeno a immaginare di ricominciare tutto daccapo con un neonato per casa. Per te è diverso, vai via al mattino e torni la sera, in casa non ci sei mai.»

«Lavoro come un cane per mantenere la famiglia. Le spese non finiscono mai.»

«Appunto. Un altro figlio non ce lo possiamo permettere. Lavori dalla mattina alla sera, ti vedo pochissimo, non facciamo più niente insieme e io passo l'intera giornata chiusa tra le quattro mura in compagnia di tua madre. E questa tu la chiami vita?»

«Che cosa credevi che fosse il matrimonio, Aspasìa? Avere una famiglia e crescere dei figli richiede sacrifici. Pensa invece che non ti ho mai fatto mancare niente, e che sei una madre e una moglie fortunata.»

«Non mi basta, Stavros. La vita è fatta anche di altre cose.»

«Ossia?»

«Voglio la mia indipendenza.»

«Per farne che cosa?»

«Non so. Magari per lavorare.»

«Lavorare?! Come ti viene in mente?»

«Se lavorassi, anch'io contribuirei al bilancio familiare e non passerei tutta la giornata come una sepolta viva.»

«Oggi davvero non ti capisco. Non mi hai mai detto che volevi lavorare.»

«Lo sai che mi piace cantare e che ho una bella voce. Anzi, è stata proprio la mia voce a farti innamorare, se non sbaglio» disse Aspasìa in tono ironico.

Stavros la guardò incredulo.

«E invece ti sbagli. Sei tu che mi hai fatto innamorare e credevo che anche tu fossi innamorata di me.»

«Ma io sono innamorata di te!»

«Allora qual è il senso di questa discussione? Che cosa c'entra la storia che ti piace cantare? Io con te volevo formare una famiglia, non aprire un teatro. Sei una donna sposata e madre di due bambine, sei incinta del terzo figlio e ti aspetti che prenda sul serio l'idea di lasciarti fare la cantante?»

«È delle mie aspirazioni che stiamo parlando, Stavros. Dei miei sogni, condannati a restare tali...» replicò Aspasìa con gli occhi pieni di lacrime.

Il marito tentò di abbracciarla. «Amore mio, perché all'improvviso pensi a queste cose? In tanti anni non me ne hai mai parlato e adesso, invece di festeggiare l'arrivo del nostro terzo figlio, litighiamo per delle sciocchezze.»

Aspasìa smise di piangere e gli rivolse uno sguardo feroce. «Sciocchezze?! Questo è tutto quello che hai da dire? È così che mi manifesti il tuo amore? Quello che ti importa è soltanto avere in casa una serva, una che lava, stira, cucina e cresce i tuoi marmocchi. E che tra qualche anno dovrà anche fare da infermiera a tua madre.»

Stavros scattò come una molla. «Questo non avresti dovuto dirlo. Mi dispiace che la pensi così. Mia madre ti adora, è sempre dalla tua parte e ti ha accolto con grande amore. Come puoi pensare una cosa del genere?»

«Perché, ho torto forse?» riprese Aspasìa. «Non sono forse la tua serva? E per quanto riguarda tua madre, non ho nulla da rimproverarle, solo che se ci pensi bene, vedrai che ho ragione io. Quindi non hai motivo di arrabbiarti. Invece prova a domandarti se in mezzo a tutto questo c'è un po' di posto per le aspirazioni di Aspasìa. Tu, quando ci siamo sposati, eri soltanto un autista e adesso stai per diventare socio del signor Alekos. I tuoi sogni, le tue aspirazioni, la tua carriera vanno a gonfie vele. E io?»

«Quando ci siamo sposati non mi pare che avessi una carriera. Eri una ragazza di campagna che voleva andarsene dal suo villaggio sperduto.»

«Per finire in una situazione ancora peggiore, fatta soltanto di obblighi e nessun diritto.»

«Non ti rispondo perché non voglio dire qualcosa di cui potrei pentirmi. Mi dispiace davvero, stasera ho scoperto qualcosa che non sapevo. Solo che non posso farci niente, a parte continuare a offrirti né più né meno quello che ti ho promesso quando ci siamo conosciuti. Posso però dirti che dopo questo figlio non ce ne saranno altri, adesso che so che non li vuoi. Anzi, se me l'avessi detto prima, sarei stato più attento. Purtroppo non lo immaginavo e ti chiedo scusa per questo…»

A un tratto Stavros fu colto da una terribile spossatezza. Uscì dalla stanza e un istante dopo Aspasìa sentì il rumore della porta che si chiudeva. Scoppiò a piangere. Si pentiva delle cose che aveva detto, si vergognò dell'ingratitudine e dell'insensibilità manifestata al marito, e se la prese con se stessa. Stavros aveva ragione ma lei non aveva avuto il coraggio di chiedergli scusa, al contrario, era stato lui a chiederle scusa. Ringraziava soltanto il cielo che le bambine dormivano e che la suocera non era in casa. La signora Stella sarebbe potuta morire per la vergogna.

Poco dopo sentì di nuovo la porta e capì che il marito era tornato. Gli si gettò tra le braccia piangendo e chiedendogli perdono. Stavros la guardò negli occhi e, leggendovi la sincerità, l'abbracciò anche lui e sbuffò rincuorato.

«Ti prego, Aspasìa, non dire mai più queste cose» mormorò. «Mi hai spaventato, ho temuto che la testa mi scoppiasse. Ti amo più della mia vita e cerco di fare quello che ritengo meglio per te e per le bambine. Capisco che passi tutto il giorno chiusa in casa, che non trascorriamo molto tempo insieme e che sei una ragazza piena di voglia di vivere e di energie, ma ti prometto che questa è una situazione provvisoria. Pensa dove eravamo quando ci siamo sposati e guarda dove siamo adesso. Tra poco potremo anche permetterci l'acquisto di una casa tutta nostra. Occorre soltanto un po' di pazienza.»

«Dimentica quello che ti ho detto... Sono stata una sciocca... Forse è colpa della gravidanza, il medico dice che una donna incinta è soggetta a scompensi ormonali. Potrai mai perdonarmi?»

Il bacio che le diede le trasmise il perdono ma anche la disperazione da lui provata poco prima, e i rimorsi di Aspasìa aumentarono. Fu soprattutto questo che la indusse a spingerlo nel letto, dove gli si diede con tutta la passione di cui era capace, e che ricordava quella dei primi tempi del matrimonio. Non c'era altro modo per convincere il marito della sincerità del proprio pentimento e per fargli dimenticare le cose brutte che aveva detto.

Qualche mese dopo Aspasìa mise al mondo un maschietto, ma nemmeno lei, come da tradizione di famiglia, ebbe la gioia di vederlo crescere. Nel suo caso anzi il bambino spirò soltanto pochi minuti dopo la nascita. Lei fu dimessa dall'ospedale e tornò a casa. Era ridotta a uno straccio. La suocera e il marito espressero viva preoccupazione e celarono il proprio dolore per aiutarla, ma lei non accennava a riprendersi. La mattina faceva fatica ad alzarsi dal letto e aveva smesso di manifestare interesse per qualsiasi cosa, persino per le figlie. Trascorreva ore intere seduta con gli occhi persi nel nulla, in silenzio, e se non ci avesse pensato la suocera a imboccarla, forse sarebbe morta di fame. La notte non riusciva a dormire e, nonostante fosse prossimo il Natale e facesse freddo, Aspasìa usciva sul balcone per rientrarne soltanto all'alba. Lo sguardo si perdeva oltre la città palpitante di luci e raggiungeva le navi attraccate al porto. Il risultato fu che si prese una polmonite con febbre alta, da cui guarì dopo molte settimane. Ma anche allora continuò a essere afflitta da una forma acuta di depressione.

In un attimo di scoramento Stavros decise che la miglior difesa era l'attacco. «Adesso basta» gridò un giorno in cui la moglie piangeva ancora senza un motivo. «Sono passati tre mesi dalla morte del bambino e tu non soltanto non dai segni di miglioramento, ma sei persino peggiorata. La vita continua, Aspasìa, cerca di capirlo. Piangere non serve certo a farlo tornare indietro.»

«Non è per questo che piango» gli rispose.

Stavros rimase interdetto.

«E perché allora?» domandò.

«Quello che è successo è soltanto colpa mia. Non riuscirò mai a perdonarmi.»

«Di che cosa non riuscirai a perdonarti? Non capisco. Parla, Aspasìa, parla e forse riuscirò ad aiutarti. Perché dici che è colpa tua?»

«Perché il bambino non lo volevo, perché quando ho saputo di essere incinta ti ho detto quelle parole orribili. Così Dio ha deciso di punirmi riprendendoselo prima ancora che riuscissi ad abbracciarlo.»

«Aspasìa, quello che dici è assurdo. Il bambino aveva il cuore debole, tu non c'entri niente. Non l'hai sentito il medico? Non sarebbe sopravvissuto comunque, al massimo una settimana o un mese. Purtroppo era spacciato e non è colpa tua.»

«Come puoi dire una cosa del genere quando in cuor tuo sai che ho ragione? Se ripenso a quello che ti ho detto, mi viene voglia di legarmi una pietra al collo e di buttarmi in mare.»

«Smettila di parlare in questo modo. Alle nostre figlie non ci pensi? Hanno bisogno della loro mamma, e anch'io ho bisogno di mia moglie. Tu non c'entri niente, è stata la volontà di Dio, che è imperscrutabile. L'importante è guardare avanti e offrire alle bambine quello di cui hanno bisogno. E se vuoi pregare per qualcosa, fallo per la loro salute. E in futuro si vedrà.»

Aspasìa si era rannicchiata tra le braccia del marito e per la prima volta dopo tanto tempo si sentì sollevata. Cominciò pian piano a riprendersi e la suocera, che aveva fatto un voto, corse in chiesa ad accendere un grosso cero.

Le nozze di un impiegato di Stavros avrebbero forse messo a repentaglio il suo matrimonio, ma quel giorno nessuno di loro poteva saperlo né immaginare le conseguenze di quel ricevimento.

Erano trascorsi tre anni dall'ultima, sfortunata gravidanza di Aspasìa. Di bambini non avevano più parlato né Stavros le aveva più fatto alcuna pressione. Stella aveva sei anni e aveva cominciato a frequentare la scuola, e la mattina Teodora, in assenza della sorella, sembrava inconsolabile.

Quel pomeriggio Aspasìa era più bella che mai. Le figlie rimasero a bocca aperta quando la videro uscire sotto il braccio del padre, tanto che dimenticarono persino di brontolare per il fatto che dovevano restare da sole in compagnia della nonna. Marito e moglie si recarono in chiesa e dopo la cerimonia andarono al ristorante per il ricevimento di nozze. Erano molti anni che Aspasìa non si divertiva tanto. Era così allegra che a un certo punto sottrasse il microfono al cantante. Fu una grande sorpresa per tutti, persino per lei. Le bastò un solo brano per conquistare l'uditorio grazie alla potenza e limpidezza della sua voce straordinaria. L'orchestra ne assecondò con naturalezza i gorgheggi e i vocalizzi, tanto che alla fine dell'esibizione il cantante professionista ingaggiato per la serata rifiutò di riprendere il filo del programma ed esortò Aspasìa a continuare con un assolo. Lei accettò di buon grado, ma il terzo brano lo interpretarono insieme.

Alla fine di quella serata di gloria, il proprietario del ristorante le chiese un colloquio in privato e lei rispose con un grande sorriso. La proposta di lavoro che le fece era assai allettante: da molto tempo cercava un'artista per il suo night-club, una cantante bella e brava, e lei sembrava quella giusta. Per dimostrarle la serietà delle sue intenzioni, aggiunse che intendeva ingaggiarla in cambio di un compenso da capogiro. Aspasìa non aveva mai visto tanti soldi tutti insieme in vita sua e pensò che le si presentasse un'ottima occasione per mettere a frutto il proprio talento e conquistare la tanto agognata indipendenza economica. Subito dopo pensò a Stavros: il marito non avrebbe acconsentito tanto facilmente. Ma lei non avrebbe ceduto.

I battibecchi e le discussioni si protrassero tre giorni. Le grida dei due riecheggiavano in tutta la casa e la signora Stella, profondamente addolorata, ogni volta prendeva le bambine e usciva per sottrarle a quello spettacolo desolante. In quella situazione sempre più drammatica, Aspasìa fu irremovibile. Quando Stavros decise di trasferirsi a dormire sul divano, la madre giudicò che fosse arrivato il momento di intervenire. Una mattina andò a trovare il figlio in ufficio.

«Ho bisogno di parlarti a quattr'occhi» gli disse.

«Che cosa c'è?» domandò lui. «Non capisci che cosa sta succedendo? Non le senti le grida?»

«È proprio di questo che voglio parlarti.»

«Non c'è molto da dire. Soltanto l'idea che mia moglie, la madre delle mie figlie, voglia mettersi a fare la cantante nei night-club mi fa venire i brividi.»

«Non dico che non hai ragione. Solo che nella vita ci sono situazioni in cui una ritirata strategica è l'unica soluzione per non distruggere tutto.»

«Che cosa stai cercando di dirmi?»

«Che tua moglie ha già preso la sua decisione, con o senza il tuo consenso.»

«Sì, non l'ho mai vista tanto determinata. Non so che cosa le sia successo all'improvviso.»

«Non credo che sia una cosa improvvisa. Il canto ce l'ha nel sangue da sempre, ma dopo averti conosciuto aveva deciso di lasciarlo da parte. Lo stesso è accaduto quando avete avuto le due bambine. Adesso è arrivato il suo momento e tu non puoi fare niente per trattenerla. Se insisti, la tua famiglia si sfascerà.»

«E non si sfascerà se la lascerò fare quello che vuole?»

«Dipende. Non dico che sia facile, ma se ti ostini a dirle di no, è più che sicuro che la perderai. Se invece la lascerai andare, forse a un certo punto si stancherà e si renderà conto che è meglio tornare dalla sua famiglia.»

Le parole della madre indussero Stavros alla riflessione. Sebbene a malincuore, doveva ammettere che non aveva torto. Né la moglie né lui avevano alcuna intenzione di cedere. Ormai si trattava di una questione di principio. D'altra parte il proprietario del night-club voleva ingaggiare Aspasìa a tutti i costi e, vedendo la ragazza temporeggiare, le aveva persino aumentato il cachet. Così, grazie ai buoni uffici di Stella, fu raggiunto un compromesso onorevole per entrambi i coniugi: Aspasìa avrebbe lavorato soltanto nei fine settimana e per il momento fino all'estate, in via sperimentale.

La prima volta che salì sul palcoscenico, ad Aspasìa tremavano le braccia e le gambe. Per l'emozione aveva le mani sudate, ma subito dopo l'esecuzione del primo brano, che fu accompagnato da un'ovazione del pubblico, si sentì rinfrancata, inanellando un applauso dopo l'altro per la sua interpretazione dei grandi successi della stagione. Il proprietario si fregava le mani, compiaciuto per aver trovato in quella ragazza la gallina dalle uova d'oro che gli avrebbe permesso di stracciare la concorrenza. Al termine della serata era stato previsto anche un fuori programma che Aspasìa omise accuratamente di riferire al marito. Se qualcuno degli avventori lo avesse richiesto, lei era tenuta a sedersi al suo tavolo per bere un bicchiere con lui, sempre allo scopo di aumentare gli introiti del night-club. In breve tempo Aspasìa divenne la beniamina del pubblico. Curava ogni dettaglio dell'abbigliamento, sul palcoscenico non risparmiava energie e fino all'alba trascinava i clienti in una festa che non aveva mai fine. Tutto questo però non era privo di serie ripercussioni sulla vita familiare. Quando lavorava non tornava mai prima dell'alba e andava subito a dormire, mentre gli altri giorni faceva fatica ad assolvere agli impegni quotidiani a causa della stanchezza accumulata. Non riusciva più a occuparsi delle figlie come una volta, in particolare di Teodora, che avendo un carattere più riservato evitava di disturbare la madre. Per fortuna a fare le veci della madre c'era la nonna, che si faceva letteralmente in quattro per le nipoti.

Quanto a Stavros, ogni giorno stringeva i denti per non esplodere e per non dare un dispiacere alla madre, ma Aspasìa non si accorgeva di niente. Il suo unico interesse era il lavoro, viveva soltanto per le sue serate al night-club senza curarsi di tutto il resto. La situazione precipitò quando nella piccola società di Kalamata la gente cominciò a mormorare e a diffondere pettegolezzi, dei quali Aspasìa era completamente all'oscuro. Il marito stesso ne era venuto a conoscenza e, quando qualcuno gli riferiva qualcosa, cercava di trattenersi per non prendere a pugni sul naso l'interlocutore, che sembrava saperla molto lunga su tutto. Lo stesso accadeva alla signora Stella. Si era accorta che da qualche tempo, ovunque andasse, la gente smetteva di parlare, e lei intuiva che l'argomento di discussione erano le imprese notturne della nuora e il fatto che Aspasìa in un certo senso aveva abbandonato la famiglia per seguire una carriera discutibile e aveva costretto la suocera a prendersi cura delle due figlie.

Tuttavia Aspasìa si sentiva viva soltanto quando si trovava sul palcoscenico. La gente si divertiva e cantava assieme a lei, rivolgendole applausi calorosi che la riempivano di gioia e di orgoglio. Come una regina assisa su un trono invisibile, udiva dalla platea i camerieri che stappavano una bottiglia di champagne dopo l'altra e gli avventori che brindavano facendo tintinnare le coppe, e le sembrava di essere nata per vivere la notte e i suoi misteri. Sì, era questo che voleva e nessuno riusciva a capirla. Neppure la madre, Teodora, alla quale aveva smesso di scrivere per non essere costretta a raccontarle bugie.

Poco prima della fine della stagione, si fece avanti un altro impresario, il quale le propose un ottimo ingaggio estivo presso un night-club di Rodi. Aspasìa fece i salti di gioia e firmò subito il contratto senza neanche discuterne con Stavros. Sapeva che non sarebbe stato d'accordo ma lei non intendeva rinunciare a quell'occasione. Quando lo disse al marito, lo scontro fu inevitabile e persino la suocera disse senza mezzi termini che ormai la misura era colma. Ma Aspasìa, avendo di fronte madre e figlio coalizzati contro di lei, si intestardì ancor di più e non esitò a coprire di insulti e di contumelie il marito come mai era successo prima.

«Tu a Rodi non ci vai» ripeté lui per l'ennesima volta.

Aspasìa gli rivolse uno sguardo ironico. «Davvero? Se credi che io sia la tua schiava, la tua proprietà privata, ti sbagli di grosso. Sono una persona libera, io, e non prendo ordini da nessuno.»

«Sei prima di tutto una donna sposata e hai degli obblighi nei confronti della tua famiglia» ribatté lui. «Come puoi pensare che ti darei il permesso di andar via tutta l'estate?»

«Non ho bisogno del tuo permesso» rispose la moglie in tono pacato. «Ti sto semplicemente annunciando che ho ricevuto un'ottima proposta di lavoro e che intendo accettarla.»

«In altre parole mi metti di fronte al fatto compiuto.»

«Anche tu mi metti di fronte al fatto compiuto quando mi dici che starai via tre giorni per una consegna. Si tratta del tuo lavoro. E io a causa del mio devo andare a Rodi. Che cosa c'è che non va?»

«C'è tutto che non va.»

«Forse perché sono una donna? Credi che il compito delle donne sia soltanto quello di occuparsi del focolare domestico? In questo caso ti inviterei a dare un'occhiata al calendario. Siamo negli anni Sessanta del Novecento e non nell'Ottocento. E poi mi pare che i miei soldi facciano comodo anche a te, o mi sbaglio?»

«Con questa storia dei soldi non ti accorgi neanche che stai mandando in malora la tua famiglia. Le nostre figlie hanno bisogno di te, è assurdo che crescano con la nonna. Siamo arrivati al punto che anche quando sei in casa, è come se non ci fossi. E adesso mi dici che starai via per ben tre mesi. Non ti rendi conto di quello che fai?»

«È questo che ti dà fastidio o forse sei invidioso del fatto che ormai guadagno più di te?»

«Dovresti vergognarti di dire queste cose. Te lo ripeto per l'ultima volta, Aspasìa: cerca di ragionare. Rivoglio indietro la donna che ho sposato, quella con cui avevamo deciso di essere una famiglia felice.»

«La famiglia ce l'abbiamo, ho persino messo al mondo due figlie. Che altro vuoi adesso?»

«Voglio che ritorni in te!»

«Stavros, non capisci che non stiamo parlando di un capriccio ma delle mie aspirazioni? Finalmente sono riuscita a realizzare i miei sogni. Non ho nessuna intenzione di ritornare in me perché il mio vero io è questo. Mi dispiace se hai creduto che fossi nata per essere la tua schiava. Forse dovresti trovartene un'altra.»

«Aspasìa, dimmi una cosa... mi ami ancora?» domandò Stavros a un tratto.

La moglie lo guardò sbalordita.

«Che razza di domanda.»

«Se ci pensi bene, è una domanda molto semplice.»

«Certo che ti amo. Ma che cosa c'entra questo con quello che stavamo dicendo?»

«Quando si ama una persona l'unico desiderio è di starle vicino il più possibile e di non procurarle mai un dispiacere. Noi non ci vediamo quasi più, siamo come due estranei e inoltre mi riempi di amarezze e di delusioni.»

«Lo stesso potrei dire io. Anche se sai che il mio lavoro mi piace, mi vuoi costringere a rinunciarci. Perché? Perché sono una donna? Cerca di metterti nei miei panni. Se si trattasse di te, se facessero a te una proposta del genere, tu che cosa faresti? Accetteresti mille volte e non esiteresti neanche un istante a lasciarmi sola. Ma siccome quella che deve partire sono io, e ti senti punto sul vivo del tuo orgoglio maschile, mi rendi la vita un inferno, anche se con i soldi che guadagno potremo finalmente realizzare il sogno di acquistare una casa tutta per noi. Invece di essere contento, dai ascolto a tutti i pettegolezzi da comare che circolano sul mio conto e non capisci che esibirsi in un night-club è un lavoro come un altro.»

«Aspasìa, le cose non sono tanto semplici. Ci sono due bambine di mezzo, che cosa faranno da sole per tre mesi?»

«Io mi fido ciecamente di tua madre e la stessa fiducia dovresti averla anche tu.»

«Perché ho la sensazione di essere preso in giro? Il nocciolo della questione non è mia madre, ma la madre delle mie figlie. Tua suocera è una donna anziana, non può farsi carico di due bambine così a lungo.»

«Preferisci che le porti con me a Rodi?»

«Vorrai scherzare?! È di due bambine che stiamo parlando e la tua è una vita al rovescio: dormi di giorno e lavori di notte.»

«Non ho problemi ad assumere una bambinaia.»

«In altre parole non prendi nemmeno in considerazione l'ipotesi di rifiutare l'ingaggio. Eppure in questi tre mesi potresti trasferirti al tuo villaggio e far conoscere alle bambine la loro nonna materna, di cui hanno soltanto sentito parlare.»

«Neanche a pensarci. Non ho nessuna intenzione di rinunciare al mio lavoro per andare a seppellirmi al villaggio.»

«Va bene allora. Al punto in cui siamo, fa' quello che ti pare. Ma sappi che con il tuo comportamento finirai con il distruggere sia la nostra famiglia che il nostro matrimonio.»

«Ti sbagli. È la tua cocciutaggine a distruggere la nostra famiglia e il nostro matrimonio.»

Stavros le rivolse uno sguardo carico di pena. «Quindi stai dicendo che la colpa è mia. E va bene. Se è questo quello che vuoi, sia fatta la tua volontà.»

Si allontanò in silenzio dalla stanza. Questa volta però Aspasìa non pianse né si sentì in colpa. Al contrario, si mise subito alla ricerca degli abiti più adatti da mettere in valigia.

A Rodi Aspasìa riscosse lo stesso, straordinario successo che aveva avuto a Kalamata, con una differenza. Da sola provò un'euforica sensazione di libertà e una gioia inaudita. Non doveva più rendere conto a nessuno di quello che faceva, al termine dello spettacolo non era più costretta a correre a casa dalla sua famiglia e poteva ampliare il giro di conoscenze continuando il divertimento talvolta fino al mattino inoltrato. Si limitava a fare qualche telefonata veloce a Stavros e alle bambine, e per il resto si godeva la sua nuova vita. Quell'estate realizzò anche un altro desiderio: imparare finalmente a nuotare per abbandonarsi al mare in tutti i sensi.

Stelios lo conobbe dopo appena due settimane dall'arrivo. Era un cliente abituale del night e sin dall'inizio aveva provato un'attrazione singolare per la bellezza della giovane cantante. Aveva circa quarant'anni, era affascinante, molto ricco e pronto a tutto pur di conquistare le grazie di Aspasìa. Sin dalla prima sera decise che bisognava giocare a carte scoperte. L'impresario si affrettò a spiegare ad Aspasìa che con Stelios aveva vinto il primo premio della lotteria, ma lei abbozzò un sorriso ironico. Non era il primo e non sarebbe stato l'unico a farle la corte, gli aveva risposto con sarcasmo. Invece, la presenza quotidiana di Stelios al night, i mazzi di fiori che le recapitava ogni sera in camerino e l'entusiasmo che manifestava quando lei entrava in scena non si potevano paragonare a nessun'altra premura ricevuta in passato. A un certo punto, pur di piegarne le resistenze e di convincerla a uscire una volta con lui, Stelios cominciò a recapitarle in camerino meravigliosi gioielli riposti in teche preziose, che lei rispediva sempre al mittente in modo gentile ma con fermezza.

Comunque il pretendente riteneva di essere riuscito nel suo intento, ossia attirare l'attenzione della ragazza. E, in effetti, Aspasìa si sorprese diverse volte a pensare a quello spasimante appassionato che ogni sera spendeva un patrimonio in fiori e gioielli da regalarle. Finché una sera lei accettò di sedersi al suo tavolo per bere una coppa di champagne insieme. Anche allora lui si comportò da vero gentiluomo, senza mai alludere a nulla di sconveniente, e Aspasìa non dovette schermirsi come le era capitato in altre occasioni. Le offrì da bere, le domandò cosa ne pensasse della loro isola e aggiunse che in qualsiasi momento era disposto a farle da cicerone perché scoprisse le bellezze di Rodi. Si trattava di un assedio in piena regola, che Aspasìa cercava di rintuzzare in ogni modo. A trattenerla era il pensiero del marito e il fatto che, pur vivendo da donna libera, in realtà era sposata e madre di due bambine. A Rodi si era trasferita tre mesi soltanto per lavorare e non per amoreggiare. Quella sera doveva essere un'eccezione, per il resto avrebbe evitato qualsiasi contatto con Stelios.

Una mattina scese in spiaggia a godersi il sole e il mare. Pochi minuti prima aveva avuto un colloquio telefonico con Stavros, al termine del quale si erano messi di nuovo a litigare. Lui le aveva rimproverato il fatto che non si faceva viva quasi mai, che ormai le stava a cuore soltanto la carriera. Poi le aveva chiesto di che cos'altro si occupava a Rodi, finché Aspasìa, spazientita, gli aveva sbattuto il telefono in faccia. Mentre ci ripensava, a un tratto percepì una presenza accanto a lei e si voltò, decisa a liberarsi del potenziale seccatore. Ma alla vista di Stelios, tutto sorridente, si sollevò sulla sdraio.

«Che cosa ci fai qui?» gli chiese con un certo imbarazzo.

«Quello che fanno tutti durante l'estate: mi godo il paradiso delle isole dell'Egeo. Tanto più che questo paradiso è abitato da un angelo che mi interessa molto» rispose tutto pimpante.

Aspasìa dovette ammettere in cuor suo che era davvero un bell'uomo. «Grazie, solo che... l'angelo di cui parli ha tanto bisogno di relax e di silenzio intorno a sé» tentò di congedarlo.

«Benissimo, allora vuol dire che me ne starò zitto e buono accanto a te. Il mio unico desiderio è starti a guardare.»

«Unico?» ribatté lei in tono ironico.

«Be', non proprio, ma diciamo che non voglio scandalizzarti con le mie fantasie.»

«Saggia decisione» replicò Aspasìa sempre stando sulle sue. «Senti, Stelios, noi due dobbiamo fare un bel discorso.»

«Sono tutto orecchi.» Si sedette accanto e si accinse ad ascoltarla.

«Volevo dirti che qui a Rodi sono venuta per lavorare e non in cerca di avventure galanti.»

«Non mi sembra di essere un impedimento al tuo lavoro.»

«Per favore, non far finta di non capire. Anche se non lo sai, sono una donna sposata e ho due bambine.»

«Le mie più vive felicitazioni. Solo che non capisco perché mi racconti tutto questo.»

«E invece lo capisci benissimo, così come capisci che non sono pane per i tuoi denti.»

«Se la metti su questo piano, sappi che in vita mia non ho mai rinunciato a un buon bocconcino.»

«E io ti ripeto che questo... bocconcino non è disponibile per te. Mettiti il cuore in pace.»

«Forse c'è stato un equivoco. Io non pretendo che tu ti separi da tuo marito. Sei sola, forestiera, e tutto quello che ti chiedo è farmi un po' di compagnia. Non mi pare che ci sia nulla di male.»

«Ammetto che ti sei sempre comportato da vero gentiluomo.»

«Questione di carattere. Allora, che cosa ne pensi? Accetti che ti faccia da accompagnatore per tutto il tempo che rimarrai qui sull'isola? Rodi è meravigliosa e nessuno potrebbe mostrartela meglio di me.»

«D'accordo, hai vinto tu. Accetto. Ma a una condizione: per me sarai soltanto un amico.»

«Non ho l'abitudine di prendere niente senza che mi venga offerto» mormorò Stelios, incrociando lo sguardo di Aspasìa.

Lei fu colta da uno strano presentimento. Si sentiva alla vigilia di una sciagura. Ma fece finta di niente e decise di ignorarlo.

Stelios fu di parola. Con lui Aspasìa fu iniziata a tutti i segreti dell'isola e in particolare alla sua storia straordinaria. Del Palazzo dei Cavalieri, nella città vecchia, si innamorò letteralmente, anche se a un certo punto protestò dicendo che le facevano male i piedi. Stelios la prese in giro rispondendo che i tacchi a spillo non sono i più indicati per le escursioni culturali. Allora lei, senza farselo ripetere due volte, si sfilò subito le calzature e cominciò a girare scalza per i vicoli storici della città. Un altro posto che le piacque molto fu il villaggio di Afantos, che le ricordò un po' il suo villaggio natale, e infine la candida Lindos.

Il porticciolo di Agios Pavlos, dove, secondo la tradizione, era sbarcato l'apostolo Paolo per diffondere il cristianesimo a Rodi, sembrava il bozzetto di un grande pittore. Sulle placide acque galleggiavano barche e caicchi, e Stelios lasciò che Aspasìa si godesse i dettagli mentre lui ne osservava rapito ogni gesto e ogni espressione del volto. Quella donna sembrava fatta apposta per lui e la sua ritrosia ne accresceva il fascino. Diversamente da quasi tutte le altre artiste, che per narcisismo cedono subito alle profferte degli spasimanti, lei restava guardinga e questo atteggiamento, per un uomo come lui, rappresentava una sfida in piena regola. Aspasìa non sembrava colpita né dai regali che le faceva né dalla sua generosità né dalla sua macchina costosa. E più lui si accorgeva che, nonostante il tempo che trascorrevano insieme, nel comportamento della ragazza non interveniva alcun cambiamento, più decideva di non mollare la presa. A fargli perdere la testa era soprattutto l'affettata indifferenza di Aspasìa, che sembrava pendere dalle sue labbra soltanto quando le spiegava la storia di qualche monumento o le mostrava un paesaggio particolare. Allora quegli occhi si riempivano di entusiasmo e si fissavano nei suoi, colmi di desiderio.

Ormai si frequentavano ogni giorno e trascorrevano insieme molte ore, cosicché fu gioco forza che Aspasìa si lasciasse andare a confidenze, rassicurata dal fatto che lui era stato di parola e si comportava in maniera impeccabile. Eppure era stupita dalla facilità con cui aveva deciso di parlare a un perfetto estraneo dei suoi stati d'animo più reconditi. Stelios peraltro la stava a sentire con autentico interesse. Ormai era diventata una presenza irrinunciabile e ben presto prese l'abitudine di andarla a trovare in camerino prima dello spettacolo. Per Aspasìa quei momenti trascorsi insieme sortivano l'effetto di un balsamo. Una sera però Stelios non si fece vedere né in camerino né tra gli spettatori, e lei ci rimase molto male.

Il pomeriggio seguente lo aspettò invano per la consueta passeggiata. Non sapendo che cosa pensare, andò al mare da sola, ma non si divertì affatto. Passò la maggior parte del tempo a guardarsi intorno nella speranza di vederlo spuntare da qualche parte. Alla fine tornò sconsolata nella sua camera d'albergo, consumò un pasto frugale e cercò di riposarsi un po'. Inutile. In preda al nervosismo si alzò dal letto e cominciò ad andare su e giù per la stanza, e quando più tardi si recò al night, entrò senza neanche salutare. Il personale si scambiò uno sguardo interrogativo perché era la prima volta che la vedevano di cattivo umore.

Neanche la sera Stelios si fece vedere e Aspasìa aveva ormai le lacrime agli occhi. Per la prima volta il peso del microfono le sembrava intollerabile, gli spettatori una folla di rozzi provinciali e gli applausi un fragore assordante da cui scappare al più presto. Al rientro, la stanzetta in albergo era angusta e soffocante, e a quel punto dovette ammettere che Stelios le mancava terribilmente. Decise di cercarlo ma non sapeva in che modo.

Anche il giorno successivo trascorse in solitudine, senza notizie. Aspasìa si sentiva sulle spine e non la confortò neppure la voce delle figlie al telefono, le quali le dissero che avevano molta nostalgia della mamma. Riagganciò la cornetta sul punto di mettersi a piangere, e con la stessa malinconia nel cuore si recò al night prima del solito. Si chiuse nel camerino domandandosi come avrebbe impiegato il tempo che mancava fino all'ingresso in scena. A un certo punto dovette cominciare a prepararsi. L'ora dello spettacolo era vicina.

Poco dopo sentì bussare alla porta. Lì per lì non ci fece caso, ma quando la porta si aprì e dentro lo specchio vide stagliarsi l'immagine riflessa di Stelios, rimase senza parole. Lui entrò e chiuse la porta. Aspasìa si alzò subito in piedi, pronta a rimproverarlo per non averle dato il minimo segno di vita da quasi tre giorni. Attraverso la vestaglia semiaperta, il corpo si intravedeva in tutta la sua bellezza e lui non perse occasione per godersi quello spettacolo meraviglioso. La prese tra le braccia senza dire una parola, la baciò e, poiché lei non opponeva resistenza, si lasciò andare completamente. A un tratto il camerino si riempì di baci famelici e di carezze audaci, incendiato dal fiato rovente dei due, e Aspasìa si trovò coinvolta anima e corpo nel turbine di una voluttà che non aveva mai provato in vita sua.

Più tardi, quando la calma tornò a regnare sovrana, lei si diede un'occhiata intorno: vide i flaconi dei cosmetici rovesciati sul pavimento, gli abiti stropicciati e in disordine, il suo amante mezzo svestito, e allora fu assalita dai rimorsi. Si nascose il viso tra le mani e scoppiò in lacrime. Stelios era costernato. Non si aspettava una simile reazione dopo quello che era successo. Quella donna era un vulcano pieno di lava incandescente, lo aveva proiettato fino al settimo cielo, moriva dalla voglia di trovarsi ancora alla sua mercè, e lei invece piangeva calde lacrime in preda a una disperazione inconsolabile.

«Aspasìa» disse. «Che cosa succede? Perché piangi? Aspasìa!»

«Che cosa ho fatto… Che cosa ho fatto…» continuava a ripetere lei tra le lacrime, rifiutandosi di guardarlo.

Stelios le sollevò il mento e la costrinse a guardarlo. Aveva gli occhi gonfi e rossi, il volto deformato dall'angoscia. «Perché ti domandi che cosa hai fatto? Hai fatto quello che volevi fare» tentò di consolarla. «Mi desideravi e anch'io ti desideravo. Che cosa c'è da disperarsi tanto?»

«Tu non puoi capire» rispose. «Sono una donna sposata, non avevo il diritto.»

«Mia cara, la passione non sa nulla di matrimoni e di legami» ribatté lui. «L'unica legge a cui la passione obbedisce è quella del desiderio.»

«Stelios, per favore, lasciami sola» mormorò Aspasìa con la voce rotta dal pianto.

«Vuoi che me ne vada?» le domandò.

«Sì, lo preferisco… Voglio restare un po' da sola… A pensare…»

Stelios le rivolse un dolce sorriso. «Va bene, me ne vado, ma in caso di bisogno, mi trovi ai tavoli.»

«No, stasera non ce la faccio a cantare se ti vedrò ai tavoli.»

«D'accordo, per stasera faremo come vuoi tu. Ma soltanto per stasera.»

Si rivestì senza fretta mentre Aspasìa si annodava la vestaglia intorno alla vita con mani tremanti.

La sera cantò con una passione che non aveva mai avuto in vita sua. Il pathos che vibrava nella sua voce scosse la sala intera, lasciando sbalorditi i clienti abituali per quell'interpretazione magistrale, e al termine della serata tutti si alzarono in piedi esplodendo in uno scrosciante applauso di giubilo. Dopo il concerto Aspasìa si ritirò subito in albergo con il pretesto di un'indisposizione. Lungo la strada lasciò che la brezza marina le accarezzasse le gote roventi. I pensieri si affollavano nella testa fino a fargliela scoppiare. Stentava a riconoscersi. Provava vergogna per quello che aveva fatto ma nel contempo avrebbe dato qualsiasi cosa per essere con Stelios e rivivere attimo per attimo la gioia che l'aveva invasa ogni volta che lui la sfiorava. Ma subito dopo il pensiero di Stavros la mise in imbarazzo. Aveva una tale nausea da essere costretta a fermarsi. Cercò di riprendersi appoggiandosi a un albero. Con che coraggio sarebbe tornata da lui? Quando arrivò all'hotel era affranta e decisa a non rivedere mai più Stelios per tutto il resto del suo soggiorno a Rodi.

Aprì la porta e rimase a bocca aperta. Stelios la attendeva in balcone.

«Che cosa ci fai qui? Come sei entrato?» domandò terrorizzata.

«Pur di vederti forzerei anche le porte dell'inferno» le rispose. «Abbiamo lasciato un discorso in sospeso.»

Aspasìa fece un passo indietro ma lui la prese tra le braccia. Le labbra di Stelios cercarono le sue e quando le trovarono, tutti i buoni propositi si volatilizzarono. Nel giro di pochi minuti si era liberata dei vestiti e giaceva nuda, sotto il corpo dell'uomo.

Ormai della Aspasìa di un tempo non era rimasto più nulla. I sensi di colpa svanirono come neve al sole, la passione prese il sopravvento sulla ragione, Stelios era divenuto il centro del suo mondo e l'unico pensiero della sua vita, così come del resto anche lei era diventata l'unica ossessione di lui. Il camerino, che un tempo risuonava delle loro risate e delle loro parole, adesso rimandava soltanto l'eco dei loro gemiti d'amore, che non di rado venivano uditi anche dal resto del personale suscitando commenti ironici.

Ogni alba, al termine dello spettacolo, li vedeva correre a nascondersi in albergo. A far esplodere l'impeto dell'amore bastava semplicemente che uno dei due sfiorasse l'altro. L'estate volgeva al termine e con essa la tournée, ed entrambi sapevano che il tempo a loro disposizione era agli sgoccioli. Aspasìa doveva tornare a Kalamata e via via che il giorno fatidico della partenza si avvicinava, la loro tempesta d'amore diveniva sempre più travolgente. Alla fine dell'ingaggio, lei non fece subito i bagagli ma si concesse altri tre giorni per un viaggio d'addio insieme a Stelios. Era stato niente di più che un amore estivo. E anche se questo pensiero la metteva a disagio e la sviliva, perché ai suoi occhi la presenza di un briciolo di sentimento nei confronti dell'amante avrebbe rappresentato un'attenuante, d'altro canto si sentiva appagata e riconoscente.

Giunse il momento del ritorno a casa. Ad attenderla trovò la famiglia al gran completo. Le bambine corsero ad abbracciarla e non volevano saperne di staccarsi da lei. Stavros le diede un bacio appassionato, che lei contraccambiò di buon grado. Aveva l'impressione di essere tornata in un porto di serenità, in un luogo che lei conosceva e dove tutto era calmo e prevedibile. La vita riprese i ritmi consueti. Aspasìa ricevette un nuovo ingaggio dal primo datore di lavoro ma questa volta la proposta fu considerata naturale e nessuno ebbe da ridire. Avrebbe lavorato soltanto nei fine settimana e Stavros trasse un sospiro di sollievo pensando che in quel modo lei avrebbe potuto dedicarsi alle bambine. Durante quell'estate trascorsa da solo aveva avuto modo di riflettere e di rendersi conto che i suoi sentimenti nei confronti della moglie erano cambiati. Se all'inizio la partenza di Aspasìa l'aveva ferito, con il passare dei giorni si era rassegnato alla sua assenza, finché a un certo punto aveva persino smesso di pensarci. Qualcosa dentro di lui si era rotto. Adesso lei era tornata e, nonostante la gioia, non poteva fare a meno di notare che Aspasìa non era più la stessa. La conferma l'ebbe quella sera stessa quando andarono a letto. Lui la prese tra le braccia e capì che qualcosa non andava. La donna con cui stava facendo l'amore non era più sua moglie, ma un'amante maliziosa, esperta e disinibita, in qualche modo un'estranea, che gli offrì un piacere mai provato prima ma nel contempo lo riempì di una rabbia sorda.

Il resto della nottata lo trascorse in bianco. Si alzò e uscì sul balcone, accese una sigaretta dopo l'altra e si versò un bicchiere di vino, mentre Aspasìa riposava nel loro letto. Il sospetto che la moglie lo avesse tradito non gli dava pace. Cercava di scacciarlo ma quello ritornava ancora più insistente, finché, verso l'alba, si trasformò in certezza. Con uno scatto tornò in camera da letto. Aspasìa era nuda, immersa nel sonno, e l'immagine del suo corpo avvinghiato a quello di un altro lo fece gemere come un animale ferito. Gli venne voglia di farle male, di punirla per il suo tradimento, ma nel contempo avrebbe voluto prenderla di nuovo tra le braccia e farle dimenticare il suo amante, chiunque egli fosse. A quel pensiero si mise a tremare e si gettò addosso a lei con tutto l'impeto di cui era capace. Aspasìa, svegliatasi, parve apprezzare quella nuova versione del marito, che per la prima volta le fece conoscere il piacere attraverso il dolore.

Di quel cambiamento nessuno si accorse, neppure la signora Stella che si era autonominata sentinella segreta della coppia. Del resto neanche Aspasìa se n'era resa conto. Tutte le sere il marito la portava a letto e faceva l'amore con lei con violenza, ma lei non sospettò mai che quel cambiamento era dovuto all'orgoglio ferito. Di fatto lei non l'amava abbastanza per capire che Stavros la considerava solo uno strumento di piacere. Per umiliarla, cominciò persino a insultarla ma lei, anziché offendersi, trovò particolarmente eccitante il turpiloquio durante l'amore. Stelios fu dimenticato completamente e il marito riprese il posto che gli spettava di diritto nel cuore di Aspasìa.

Dal canto suo Stavros non si sentì lusingato dal ritrovato interesse della moglie. Al contrario, era evidente che la sua sofferenza aumentava ogni giorno di più. Lei non era più sua moglie. Era una creatura insaziabile, una donna affamata di piacere e disposta a tutto pur di ottenerlo, un essere che gli procurava disgusto ogni volta che lo sfiorava, ma a cui non riusciva a rinunciare. Ormai era come una malattia. La lasciò sola qualche giorno per una breve trasferta di lavoro e in un estremo tentativo di riprendere il controllo di sé andò a letto con la prima donna disponibile che gli capitò di conoscere. Al rientro a casa si sentiva ancor peggio di prima, ancora più dipendente dalla moglie, che ormai considerava poco più di una sgualdrina. Era sempre meno capace di resisterle nonostante il disprezzo che provava per lei, che lo aveva tradito, ne era certo.

Trascorse un anno e alle porte dell'estate Aspasìa annunciò che il night di Rodi le aveva offerto un nuovo ingaggio di tre mesi.

«Che cosa pensi di fare?» le domandò con ostentata indifferenza, anche se il cuore gli batteva come un tamburo. Sapeva bene che, oltre all'ingaggio, c'era di mezzo un amante misterioso.

«Penso di accettare naturalmente» rispose senza scomporsi. «Hai forse qualcosa in contrario? L'anno scorso ho guadagnato molto bene e tua madre con le bambine se la cava benissimo. Non so tu se ce la farai a resistere senza di me» aggiunse maliziosa.

Stavros le rivolse uno sguardo inespressivo. «Ce la farò proprio come ce la farai tu» rispose in tono enigmatico. Aspasìa annuì con imbarazzo.

A un tratto il marito sentì salire il sangue alla testa. Si avvicinò a lei. Digrignava i denti per la rabbia, lo sguardo annebbiato. Tuttavia gli ultimi brandelli di dignità rimastigli lo trattennero dal fargli dire o fare qualcosa di cui con ogni probabilità si sarebbe pentito.

Quell'anno Rodi sembrava più meravigliosa che mai. Ad aspettarla trovò uno Stelios che toccava il cielo con un dito. Per i due amanti avevano inizio tre mesi ricchi di promesse e di aspettative. Anziché in hotel, Aspasìa andò a stabilirsi a casa dell'amante, dopo aver ottenuto dal night due giorni di libertà per godere liberamente il suo amore fino all'ultimo respiro. Stelios fu piacevolmente sorpreso dal mutato atteggiamento di Aspasìa. Mentre l'anno precedente era timida e impacciata, adesso era una donna consapevole e sicura di sé, sempre pronta a sperimentare nuovi modi di amare, a dare e a pretendere quanto le spettava.

Dopo la partenza della moglie, Stavros si sentiva convalescente, come dopo una terribile malattia. Lontano dalla sua nefasta influenza, cominciava a ritrovare se stesso, ma a tratti l'idea che lei fosse tra le braccia di un altro gli faceva perdere il lume della ragione. Respinse l'idea di andarla a trovare a Rodi senza preavviso. Per sottrarsi a quell'incubo si sforzò di ricordare com'era la moglie i primi tempi che si erano conosciuti. Si domandava come avesse fatto a non cogliere la reale natura di quella ragazzina di campagna e se di questa fosse rimasta qualche pallida traccia sotto le nuove spoglie della donna disinvolta e schiava della passione. Il pensiero gli procurava un dolore straziante, che provò a soffocare mediante conoscenze femminili occasionali. Di fatto era il suo tentativo di far emergere un nuovo io, una nuova versione di sé, che tuttavia continuava ad avere un bisogno lancinante della moglie. Le figlie erano l'unico legame con lo Stavros di una volta, il dolce e paziente Stavros che soltanto qualche anno prima suscitava la simpatia di tutti, e pur di trarre qualche beneficio dalla loro innocenza, cercava di trascorrere più tempo possibile con Stella e Teodora. Soltanto le risate delle piccole che giocavano riuscivano a riempire il suo cuore di serenità.

Tuttavia, via via che il ritorno della moglie si avvicinava, si sentiva sempre più nervoso e irritabile, e perdeva la voglia di mangiare o dormire. Da ben tre mesi non la toccava e ogni giorno che passava era una vera tortura. Quando la vide sotto l'uscio di casa, dovette fare un grande sforzo per non saltarle addosso e stringerla tra le braccia. Si salutarono con un bacio e poi attese con pazienza che abbracciasse e baciasse anche le figlie. Intanto pensava al suo piano. Aveva organizzato un breve viaggio, loro due da soli. Aveva bisogno di lei come dell'aria e la loro casa, con figlie e suocera tra i piedi, non era il luogo migliore per una coppia rimasta separata per tanto tempo.

Aspasìa accettò senza indugi di partire con lui. Fece i bagagli e salì in macchina. Si fermarono al primo albergo che trovarono e uscirono dalla stanza solo al termine del soggiorno, tanto che il direttore, credendoli novelli sposi, ordinò al personale di non disturbarli. Quando tornarono a casa, a Stavros non rimase che rassegnarsi. Ormai era tutto chiaro, non esisteva più alcun dubbio. Aspasìa aveva smesso di essere sua moglie e lui doveva prendere una decisione. Ma gli mancava il coraggio. E poi c'erano le figlie, e loro non c'entravano nulla. Anzi, da quando Aspasìa faceva la sua vita, era diventata una madre migliore: dedicava tutto il tempo libero alle bambine, giocava con loro, ne ascoltava i problemi e cercava di non trascurare nessuna delle due, anche se era evidente che la sua preferita era la maggiore.

L'inverno trascorse molto in fretta. Stavros era convinto che la moglie sarebbe andata via anche quell'anno ma accadde qualcosa che sconvolse la direzione degli eventi. Pochi giorni dopo la Pasqua, la signora Stella si spense all'improvviso nel sonno, con la stessa discrezione che l'aveva sempre contraddistinta per tutta la vita. Per

Stavros fu un duro colpo, come se la sua esistenza andasse in frantumi e lui rimanesse davvero solo. Anche per Aspasìa fu una dura prova. In tutti quegli anni la suocera non le aveva mai fatto mancare il suo appoggio e si era rivelata un saldo punto di riferimento nelle tempeste della vita. Non riusciva a credere che non fosse più con loro. Ma il dolore più grande lo provarono le nipoti, per le quali la nonna era stata una seconda madre nel vero senso della parola. Non erano abbastanza grandi per rassegnarsi al mistero della morte. D'altra parte, per la prima volta dopo tanti anni tutti si sentirono di nuovo una famiglia. Impararono a confortarsi a vicenda e ad aiutarsi in quel frangente tanto doloroso. La sera, dopo aver messo a letto le bambine, Stavros e Aspasìa parlavano della signora Stella e del ruolo insostituibile che aveva avuto nel loro matrimonio. A poco a poco i due coniugi imparavano a ritrovarsi, a riscoprirsi e a volersi bene. Aspasìa decise di smettere di lavorare e di non accettare l'ingaggio a Rodi. Stavros, all'insaputa della moglie, depose un mazzo di fiori sulla tomba della madre e la ringraziò perché anche dall'aldilà continuava a pensare a loro e ad amarli.

Trascorsero tre anni, che Stavros e Aspasìa avrebbero ricordato come i migliori della loro storia matrimoniale. Lui divenne socio del signor Alekos e contribuì in modo decisivo all'ampliamento della società di spedizioni. Acquistarono e ristrutturarono la casa dove abitavano, mentre Aspasìa sembrava tornata quella di una volta: una sposa devota e affezionata, e una madre premurosa. La voglia di cantare sembrava essere completamente passata e Stavros ringraziava il cielo. Quando l'abbracciava, sentiva di amarla di nuovo: il disprezzo e il disgusto di una volta avevano lasciato il posto alla tenerezza e alla sollecitudine.

Aspasìa era tornata a scalpitare. All'inizio credette che fosse soltanto per la stanchezza, ma poi si rese conto che gli ardori del passato andavano risvegliandosi e che le era tornata la voglia di andar via. Se la prese con se stessa, addolorata per quei sentimenti che considerava una forma di ingratitudine. Ma non poteva farci niente: il marito pensava soltanto al lavoro, le figlie avevano bisogno continuamente di lei e le giornate sembrava che non passassero mai. La sera, dopo che Stavros si addormentava tra le sue braccia, si alzava in punta di piedi e usciva sul balcone a prendere una boccata d'aria fresca. Aveva nostalgia della sua vecchia vita. Guardava le luci della città e pensava che in quel labirinto di strade e di case si nascondevano i night, la gente della notte, che aspettava soltanto di sentirla cantare di nuovo. A volte, quando la ragione prevaleva sul sentimento, si domandava che cosa volesse davvero nella vita, per quale motivo non era contenta di ciò che aveva. Le figlie erano diventate grandi, erano belle e intelligenti, e ne era orgogliosa. Però la maternità soddisfaceva soltanto una parte delle aspirazioni che nutriva. Il resto, la parte più grande, restava preda delle frustrazioni e dell'insoddisfazione. E più cercava di calmarsi, più l'altra Aspasìa scalpitava e desiderava volare verso altri lidi.

Stavros se ne accorse e per lui fu l'inizio di un nuovo incubo. Un giorno giunse una proposta di ingaggio da un impresario di Creta e Aspasìa gli annunciò l'intenzione di accettare. Aveva pensato a tutto e aveva persino assunto una domestica a cui affidare le figlie e la casa. Non doveva far altro che partire. Però aveva deciso di confidarsi con il marito e di spiegargli come stavano le cose. Aveva bisogno di lavorare come si ha bisogno di respirare, il ruolo di moglie e di madre non le bastava. Voleva di più e niente poteva impedirglielo.

«E le nostre figlie?» domandò lui. «Come puoi pensare di affidarle a una perfetta estranea?»

«Stavros, non sono più due bambine» fu la risposta decisa di lei. «Vanno a scuola, hanno i loro impegni e la signora Sofia penserà al resto. E poi fra tre mesi sarò di nuovo qui.»

«Aspasìa, perché mi fai questo?»

La risposta le uscì dalle labbra spontanea, assolutamente sincera. «Non lo so, Stavros. Davvero non lo so. Ho cercato di adattarmi, lo hai visto anche tu, ma non ce l'ho fatta. È una questione di temperamento, suppongo. Non credere che non ti ami o che non sia felice di quello che abbiamo costruito insieme. Solo che non mi basta. Questa casa mi soffoca, le nostre figlie hanno bisogno di attenzioni continue e tu…»

«E io? Che cosa sono io per te, Aspasìa?»

«Vuoi la verita?» domandò. Stavros annuì e lei riprese: «Tu sei mio marito e se sono lontana ti amo ancora di più, mi manchi e non vedo l'ora di tornare da te. Ma poi quando sono qui non vedo l'ora di andarmene perché neanche tu mi basti. Ti prego, lasciami andare. Al ritorno sarò molto migliore. Se mi costringerai a restare, finirò con l'odiarti.»

Tacque senza abbassare lo sguardo. Gli occhi di Stavros si riempirono di dolore.

«Fa' come vuoi. La colpa non è tua ma mia. Quando ci siamo sposati, non ho capito di che cosa avevi bisogno davvero. Adesso è giusto che paghi il prezzo del mio errore. Ti prego soltanto di non dimenticarti di Stella e di Teodora, di chiamarle di quando in quando… hanno bisogno di te.»

«E tu, Stavros? Non hai bisogno di me?»

«Io? Dio solo sa quanto ho bisogno di te. Ma come ho detto prima, è giusto pagare il prezzo dei propri errori.»

Aspasìa lo baciò. Adesso che si trovava alla vigilia della partenza, sentiva di esserne nuovamente innamorata. Stavros la guardò. «Che cosa significa questo bacio?» domandò con sguardo torvo. «La ricompensa per averti lasciato andare senza scenate?»

Lei non rispose. Abbozzò un sorriso e cominciò a spogliarsi. Stavros la guardava impassibile. Allungò la mano e le accarezzò il seno, ma si ritrasse subito come se fosse stato colpito da una scarica elettrica. Si alzò e scappò via lasciando sola la moglie, interdetta e seminuda al centro della stanza. Di colpo Aspasìa rivide la figura austera della madre che le parlava poco prima della sua partenza dal villaggio: « *so che sei una ragazza intelligente, ricca di interessi e amante del canto. Adesso però sei una donna sposata e le tue passioni dovranno tener conto del tuo ruolo di moglie. Ma se un giorno non riuscirai a resistere alle tentazioni, ricordati che qui, in questo angolo di mondo, troverai sempre il fiume ad aspettarti, pronto ad accoglierti nelle sue acque per purificarti.*»

Dopo tutto quello che era successo, Aspasìa non era certa che bastasse un tuffo nel fiume per purificarla. Si augurò che la madre non scoprisse mai quello che aveva fatto. Scacciò i pensieri negativi e si mise a preparare la valigia.

Per la prima volta provò una fitta al cuore nel salutare le figlie e negli occhi di Stella scorse un bagliore di disapprovazione. La primogenita non reagì quando la madre annunciò che sarebbe partita di nuovo, ma lo sguardo rivelò più di mille parole. Aveva tredici anni compiuti e capiva molto più di quanto lasciasse trapelare dai suoi discorsi. Quanto a Teodora, la secondogenita, evitò persino di baciare la madre. Si era stretta al padre e gli teneva la mano. Dal canto suo, dal giorno in cui aveva annunciato la partenza Stavros evitava di incrociare la moglie. La sera tornava tardi dal lavoro e si era trasferito a dormire sul divano. Aspasìa aveva cercato di riavvicinarlo ma senza successo.

Il dolore della donna si dissolse appena giunse a Creta. I palazzi storici di Chanià, che era la sua destinazione finale, il mare che cingeva la città in un dolce abbraccio e il calore umano delle persone la conquistarono sin dal primo istante. Il night che l'aveva ingaggiata era uno dei più rinomati e l'appartamento in affitto era piccolo ma accogliente. La vista dal balcone spaziava sino al porto e la presenza del mare ebbe ancora una volta l'effetto di un balsamo sulla sua anima in tempesta.

Aspasìa si buttò a capofitto nel lavoro. Per venire incontro all'accresciuta domanda dei turisti, il debutto era stato fissato già la settimana successiva e le prove si susseguivano a ritmo serrato. Questa volta il programma prevedeva numerose esibizioni a due con un altro artista. Si chiamava Christos, era poco più grande di Aspasìa ed era l'uomo più bello che avesse mai visto in vita sua. Inoltre era già piuttosto famoso, tanto che l'autunno successivo era prevista l'uscita del suo primo lavoro discografico, e le ragazze del coro gli facevano una corte spietata con la speranza che le aiutasse a sfondare nel mondo dello spettacolo. Aspasìa, al contrario, era rimasta colpita soltanto dai suoi occhi color del mare, che, quando la guardavano, la mandavano in visibilio.

Ma neanche Christos era indifferente al fascino di Aspasìa e il fatto che cantassero insieme provocò non poche gelosie da parte delle coriste. E in effetti che l'idillio scoccasse era soltanto questione di tempo. All'epoca Aspasìa aveva trentaquattro anni ed era al culmine della bellezza e del fascino. A renderla ancora più desiderabile era il suo comportamento, che inconsapevolmente non lasciava dubbi in merito alle sue intenzioni. Christos, che aveva colto i messaggi involontari della collega, non si sarebbe perso un bocconcino del genere: benché ad Atene l'aspettasse Mirsini, la sua giovane e bella fidanzata, un'avventura galante era quello che ci voleva per sciogliere la tensione del lavoro. Le coriste non gli interessavano: aveva capito che lo consideravano solo un lasciapassare per il successo e si guardava bene dal cadere nella loro trappola.

In breve tempo Christos e Aspasìa divennero amanti, ma lui perse la testa: non aveva mai conosciuto una donna così, una vera forza della natura, sempre disponibile e audace come soltanto gli uomini sanno esserlo. Lei sembrava vivere e respirare soltanto per l'amore e per offrirgli giochi erotici sempre più sofisticati, che ogni volta lo mandavano in estasi.

La stessa energia Aspasìa la manifestava anche davanti al pubblico, del quale divenne ben presto la beniamina. L'impresario si fregava le mani constatando che quella donna sembrava in possesso di un magnete invisibile che attirava su di sé gli sguardi di tutti. Aspasìa spiegava quanto accadeva nella sua vita in un modo molto semplice: con uno sdoppiamento di personalità. Da una parte c'era la moglie e madre di Kalamata, e dall'altra l'artista fascinosa e sensuale, che faceva girare la testa a uomini e donne. Lei aveva preso la decisione di suggere fino all'ultima goccia gli umori della vita, ma ogni volta che le sembrava di essersi saziata, corpo e anima si risvegliavano implacabili, affamati e più che mai anelanti. Dormiva pochissimo. La mattina la dedicava a lunghe passeggiate in città e nei dintorni, la sera lavorava e negli intervalli il suo passatempo preferito era abbandonarsi all'abbraccio del suo amante.

La visita inaspettata di Mirsini a Chanià fu causa di non poco turbamento. Christos disse che la sua fidanzata si sarebbe trattenuta cinque giorni, durante i quali non si sarebbero potuti vedere. Fu un'esperienza molto dura per lei ma anche per lui, ormai completamente assuefatto a quella droga di nome Aspasìa. Mirsini non lo perdeva di vista un istante, non lo lasciava solo neppure durante lo spettacolo. Il terzo giorno, al termine della serata, Christos credeva di essere malato. Mirsini dormiva placida mentre lui bruciava dal desiderio di toccare Aspasìa. Senza riuscire a trattenersi, uscì di nascosto e andò a trovarla a casa sua. Sapeva che lei dormiva sempre con la portafinestra spalancata. Si arrampicò sul balcone e la trovò a letto, seminuda a causa del caldo. Si spogliò a sua volta e si sdraiò accanto a lei. Aspasìa si spaventò ma, quando si accorse che l'uomo nudo accanto a lei era Christos, si sciolse in un sorriso di felicità.

Furono fortunati. Lui rientrò in casa soltanto qualche minuto prima che Mirsini si svegliasse e finse di essere uscito sul balcone a prendere il caffè. La ragazza non immaginò neppure che il suo fidanzato in realtà era reduce da una notte brava con la sua amante.

Poco prima della fine della stagione, Christos chiese ad Aspasìa di accompagnarlo ad Atene.

«Non mi sembra il caso… Praticamente non ci conosciamo… Io per esempio so di te e di Mirsini, tu però non sai niente di me e della mia vita» gli rispose.

«So quanto basta per capire che senza di te non ce la faccio a vivere» la incalzò lui.

«Ti prego di non insistere. Le cose non sono così semplici. A Kalamata, la città dove vivo, c'è mio marito che mi aspetta.»

«Tuo marito?» esclamò Christos sbalordito.

«Sì. E ho anche due figlie.»

«E allora che cosa ci fai a Creta? Sei separata forse?»

«No e non ho nessuna intenzione di lasciare la mia famiglia. Quando Stavros e io ci siamo conosciuti eravamo poco più che ragazzi e ignoravo che per me cantare era più importante che formarmi una famiglia. Durante l'inverno sono una madre di famiglia esemplare, mentre d'estate…»

Aspasìa tornò a Kalamata. Le figlie le riservarono un'accoglienza calorosa e lo scontento di tre mesi prima sembrò acqua passata. Stavros invece reagì in modo strano. All'arrivo la salutò con un certo distacco, per tutto il resto della giornata ebbe un comportamento cortese ma formale e la sera la lasciò di stucco quando le disse che sarebbe andato a dormire nella ex camera da letto della signora Stella.

«Come mai?» gli domandò risentita.

«Mi ci sono trasferito quando sei andata via.»

«Adesso però sono tornata.»

«Ma presto te ne andrai di nuovo, giusto?»

«Non lo so... Che importanza ha? Quello che conta è che adesso sono qui e che mi sei mancato tantissimo.»

Stavros la guardò e cominciò a spogliarsi. Aspasìa gli rivolse uno sguardo meravigliato ma lui si limitò a infilarsi sotto le coperte.

«Anche a me sei mancata... all'inizio» rispose. «Poi ci ho fatto l'abitudine. E ne sono lieto perché non voglio fare di nuovo la stessa fine.»

«Di che cosa stai parlando?»

«Del fatto che eri diventata la mia ossessione, la mia malattia. Mi comportavo come un drogato, dipendevo completamente da te, e non posso più permettermi una cosa del genere. Dopo la morte della mamma avevo creduto che tra noi due le cose si fossero sistemate; purtroppo mi sbagliavo e ci sono rimasto molto male. Così quando mi hai parlato dell'ingaggio a Creta, ho sentito una specie di scossone e ho deciso che tra di noi tutto era finito.»

«Continuo a non capire» disse Aspasìa. «Sono pur sempre tua moglie, te lo sei dimenticato?»

«È piuttosto ironico che sia tu a farmi questa domanda. Sono anni che ogni estate sparisci tre mesi senza mai farti domande e quando torni pretendi sempre di trovarmi come mi hai lasciato. Ma questa volta è diverso.»

«Che cosa vuoi dire?»

«Che sono stanco di essere un ripiego per te.» Ad Aspasìa parve di ricevere uno schiaffo brutale. «Perché fai quella faccia? L'ho capito, sai, che durante le tue tournée hai relazioni con altri uomini. Ma la cosa che mi fa più male è essermi reso conto che sei una manipolatrice, e io non intendo più essere tuo complice. Ne va della mia dignità, non ce la faccio a condividere il letto con una che è appena stata con un altro.»

Aspasìa dovette appoggiarsi alla spalliera di una sedia per non cadere. Non credeva alle sue orecchie. Guardò il marito, sconvolta.

«Dimmi la verità, non ti aspettavi un'accoglienza del genere» disse lui con sarcasmo.

«No» sussurrò. «E non posso dire che hai torto... Solo che tu non riesci a capire...»

«Non solo non riesco ma non ne ho alcuna intenzione. Del resto neanche tu riesci a capire quello che fai. Ti dico soltanto che un giorno lo capirai. Non so come e quando, spero soltanto che non si tratterà di una catastrofe irreparabile. A partire da questo momento ritieniti libera di fare quello che ti pare a patto di non infangare il buon nome mio e delle nostre figlie. Ti chiederei il divorzio, ma non voglio fare del male a Stella e Teodora. Formalmente continueremo a essere marito e moglie, a fingere di andare d'amore e d'accordo, e quanto a te... goditi le tue porcherie ma senza dare troppo nell'occhio, lontano da questa casa, come hai sempre fatto in tutti questi anni, e non chiedermi mai più di fare l'amore con me. Buonanotte, Aspasìa» concluse Stavros, che si voltò dall'altra parte e spense la luce.

Aspasìa si trascinò fuori dalla stanza a testa bassa. Raggiunse il letto e si coricò senza neanche svestirsi. Si sentiva stordita come se l'avessero malmenata. Stavros era stato sincero e la verità faceva male, ma soprattutto la addolorava il fatto che non si pentiva di niente, che non poteva promettergli di cambiare.

Tutto si svolse esattamente come aveva detto Stavros. In presenza delle figlie lui era affettuoso e premuroso con lei, ma da soli evitava persino di rivolgerle la parola. Se a lei capitava di sfiorarlo, lui subito si ritraeva con ribrezzo e si allontanava senza uno sguardo. La sera tornava molto tardi dall'ufficio e a volte non tornava affatto, con il pretesto di qualche trasferta di lavoro, ma lei sapeva che in realtà era andato a fare bisboccia da qualche parte.

Una sera rincasò ubriaco fradicio e lei ne approfittò per rinfacciargli che era stato lui a pretendere la massima discrezione. Il battibecco sfociò in una violenta lite e, per la prima volta da quando si conoscevano, Stavros la schiaffeggiò. Subito dopo la gettò sul letto, le strappò gli abiti e la mortificò fino alle lacrime. Il mattino successivo Aspasìa sperò che le chiedesse perdono, lui invece si presentò con gli occhi iniettati di sangue e un diavolo per capello.

«Non aspettarti scuse per ieri sera» disse. «Mi sono comportato esattamente come meriti e sappi che da oggi in poi le regole sono queste. In fin dei conti non dovresti lamentarti, so che ami sentirti umiliata.»

Uscì dalla stanza in fretta e furia, e Aspasìa si sentì talmente lurida che corse subito sotto la doccia. Ma dal bagno uscì peggio di prima. Si sedette davanti allo specchio e si guardò. Del fallimento del suo matrimonio doveva accusare soltanto se stessa. Aveva umiliato il marito, si era allontanata dalle figlie, che per lei erano poco più che estranee, e si era dedicata anima e corpo alla musica, una professione per donne disoneste… poco di buono... Com'era potuto succedere?

Ripensò al fiume. Anche lei era diventata un ramoscello alla mercè della corrente, proprio quello che temeva la madre. Per un istante le balenò l'idea di tornare da lei ma la respinse subito. Con che coraggio l'avrebbe guardata negli occhi? Per la prima volta dopo tanti anni si rese conto di non avere più alcun rifugio nella vita.

L'estate successiva Aspasìa fu scritturata a Patrasso. Accettò senza neanche chiedere di che locale si trattasse. Ricominciò la solita vita ma con una differenza: sebbene continuasse a essere un'ottima professionista, nel tempo libero tra un'esibizione e l'altra prese l'abitudine di bere e di dormire ogni sera con un uomo diverso. Si sentiva alla stregua di un oggetto, privo di volontà propria, incapace di provare qualsiasi gioia ma ostaggio di un'ossessione che la costringeva a precipitare sempre più in basso nella scala dell'umiliazione. Una sera in cui aveva bevuto più del solito le venne in mente la primogenita, Stella. Ormai era una giovane donna e ricordò che, prima della partenza, la ragazza non era riuscita a trattenersi.

«Mamma, sei davvero patetica. Da anni ogni estate è sempre la stessa storia. Non credi che sia ora di finirla?»

Aspasìa l'aveva guardata, incredula. Stella, la sua figlia preferita, non era più una bambina. «Perché mi parli in questo modo?» le aveva domandato affranta. «Starò via soltanto qualche settimana... E durante l'inverno lo sai che ho smesso di lavorare. Voglio stare con voi, soltanto con voi...»

«Non ci basta, noi vogliamo una madre a tempo pieno, non a mezzo servizio. È inaccettabile che sparisci quattro mesi all'anno quando noi abbiamo bisogno di te tutti i giorni. E poi non ti accorgi del dispiacere che procuri a papà quando te ne vai?»

«Ma si tratta del mio lavoro...» mormorò Aspasìa, anche se persino a lei quelle parole suonarono come un inno all'ipocrisia.

«E questo per te sarebbe un lavoro? Fare la cantante in locali di terza categoria? Di certo non lo fai per i soldi.»

«Stella, sei ancora troppo giovane per capire.»

«È proprio per questo che voglio la mia mamma, anzi, che la vogliamo!»

«Perché, non mi prendo cura di voi? Quando sono qui passiamo un sacco di tempo insieme, vi aiuto a fare i compiti, giochiamo e andiamo a passeggio.»

«Appunto, quando sei qui. Invece d'estate non ci sei mai e noi stiamo sole tutto il tempo. Ora basta.»

«Che cosa vuoi che faccia?»

«Voglio che durante l'estate tu la smetta di andare in giro. Per quest'anno purtroppo hai già firmato il contratto, ma che sia l'ultima volta.»

Stella se ne andò piangendo e Aspasìa precipitò nella disperazione. Mai si sarebbe aspettata una cosa del genere. Quell'estate, tra un'esibizione e l'altra, tra l'amante di una notte e l'altro, trascorse senza riuscire a dimenticare lo sguardo della figlia. Doveva prendere una decisione. Quella sarebbe stata l'ultima tournée estiva della sua vita.

Un paio di mesi dopo Stavros cercò d'urgenza al telefono la moglie. Senza scendere in particolari e con voce concitata le disse che Stella era stata ricoverata in ospedale e che le sue condizioni erano gravi. Aspasìa interruppe le serate e tornò subito a Kalamata, dove trovò uno Stavros ridotto a uno straccio. I medici non lasciavano molte speranze: la ragazza era divorata dal cancro, che con il passare dei giorni si estendeva sempre più.

Fu un colpo terribile. Come ultima risorsa si rivolsero a un luminare di Atene, ma anche lui ripeté lo stesso verdetto inappellabile: si trattava di un cancro particolarmente aggressivo e non restava altro che rassegnarsi ai decreti del destino. Stavros, in preda alla disperazione, decise allora di andare a Londra, dove gli avevano consigliato un ottimo medico. La partenza fu organizzata in fretta e furia, ogni minuto che passava era prezioso e poteva essere fatale. Stella fu operata e sottoposta a un ciclo di chemioterapia. I medici fecero tutto quanto era umanamente possibile, ma giorno dopo giorno la speranza scivolava via dalle mani di Stavros e di Aspasìa come sabbia tra le dita. A Londra, dove rimasero alcuni mesi, avevano condotto anche Teodora, la secondogenita, che trascorreva le giornate a mormorare parole di affetto e di incoraggiamento alla sorella tenendole la mano.

Aspasìa era divenuta l'ombra di quella che era stata un tempo. Con gli occhi incavati nelle orbite assisteva impotente all'agonia della figlia cercando di trasmetterle la forza di cui aveva bisogno. Avrebbe voluto gridare, ordinare alla malattia di smettere di accanirsi sul suo corpicino, avrebbe voluto pregare Dio di prendere lei e di lasciar vivere Stella, ma le labbra non riuscivano a muoversi e restavano fisse in un sorriso ebete il cui scopo era rassicurare la ragazza che tutto andava bene. L'unica cosa che contava in quel momento era stare al fianco della figlia. Trascorreva con lei lunghe ore, le raccontava tutte le fiabe che non le aveva raccontato quando era piccola, oppure le cantava una canzone fino a diventare afona, e allora Teodora la sostituiva.

Stavros si era chiuso in un mutismo sconcertante. Teneva lo sguardo fisso sul petto ansimante della figlia, e insieme con i respiri contava ogni secondo, ogni minuto, ogni giorno che passava. Finché Stella respirava, si diceva, c'era ancora speranza. I medici non ne nutrivano. Infatti, benché la ragazza fosse molto provata e perdesse spesso i sensi, ogni tanto trovava le forze per dire qualche parola che rivolgeva esclusivamente alla madre. Ma subito dopo sprofondava di nuovo nel torpore.

Una sera Stella sollevò le palpebre e scorse gli occhi della madre che la guardavano. Abbozzò un sorriso.

«Piccola, che cosa c'è?» mormorò Aspasìa.

«Perché non dormi?» domandò a sua volta Stella con un filo di voce.

«Non riesco a dormire. Non riesco a non guardarti...» rispose la madre con voce incrinata.

«Non abbiamo mai avuto tempo per stare un po' insieme, tu e io» riprese Stella, che a prezzo di uno sforzo indicibile sollevò la mano per accarezzare la sua guancia.

«Amore mio, non stancarti» la rimproverò dolcemente Aspasìa con gli occhi che le bruciavano a causa delle lacrime.

«Sì, mamma, sono stanca...» rispose Stella. «Sai, non ce la faccio più... Credo che sia ora di andare...»

«No, amore mio, ti prego» insorse la madre. «Sei ancora una ragazzina, hai tutta la vita davanti! Stella, resisti! Guarirai, te lo prometto!»

«No, mamma, non fare promesse che non puoi mantenere. Lo so che non posso guarire. Voglio andarmene ma non ti voglio lasciare... È per questo che resisto. Per la prima volta ti sento vicina... mia, soltanto mia, e non voglio perderti. Né ti voglio far piangere. Per questo cerco di resistere, anche se è sempre più difficile...»

Gli occhi di Stella si chiusero di nuovo. Aspasìa si abbandonò a un pianto silenzioso che la squassò tutta. Trasalì avvertendo sulle spalle le mani del marito. Stavros aveva sentito quello che madre e figlia si erano dette. Aspasìa lo abbracciò continuando a piangere.

Durante la notte le condizioni di Stella subirono un peggioramento. Il respiro era diventato un soffio flebile e incerto. Stavros portò via Teodora, che piangeva inconsolabile, e l'affidò alle premure di una signora che avevano conosciuto all'ospedale.

Poi si rivolse alla moglie. «Aspasìa, è ora...» disse sottovoce, ma lei fece un segno di rifiuto con il capo. «Purtroppo dobbiamo rassegnarci» riprese. «Hai sentito quello che ha detto ieri sera... Che non se ne andrà finché non la lascerai andare... Che non vuole farti piangere... Ma è un peccato che soffra tanto... Lasciala riposare, finalmente...»

«Come puoi chiedermi una cosa del genere?» ribatté lei tra le lacrime. «Stavros, è di nostra figlia che stiamo parlando! E se è grazie a me che continua a vivere, sappi che ne sono fiera. Così forse riuscirà a sconfiggere il mostro della malattia.»

«Se ci fosse la minima speranza credi che ti parlerei in questo modo? Non vedi com'è ridotta, non hai sentito che cosa dicono i medici? È finita, Aspasìa. Lasciala andare. Soffre, soffre molto, non è volontà di Dio che guarisca...»

Aspasìa guardò il marito negli occhi. Aveva ragione e lo sapeva anche lei. Si avvicinò alla figlia e la prese tra le braccia. Le cantò una ninna-nanna, come faceva quando era piccola, e poi la adagiò di nuovo sul letto, le rimboccò le coperte e la baciò con dolcezza. Uscì dalla stanza a testa alta.

Un'ora dopo ne uscì anche Stavros.

«È finita...» disse soltanto.

Aspasìa batté le palpebre come se qualcuno le avesse sparato a bruciapelo. Poi svenne ai piedi del marito.

Stella fu sepolta accanto alla nonna, all'interno di una bara bianca. Ai funerali partecipò tutta Kalamata, stretta attorno al dramma della famiglia. Anche se vivevano da molti anni in quella città, Aspasìa non conosceva nessuno e quindi nessuno cercò di confortarla o di aiutarla in quel terribile frangente.

Stavros, al contrario, era molto benvoluto. Al suo fianco erano accorsi anche il signor Alekos con la moglie e la figlia. Durante il corteo non si allontanarono un istante da Stavros e da Teodora, impietrita dal dolore. Aspasìa, sconvolta, aveva gli occhi rossi e gonfi di lacrime, tuttavia non cedette alla disperazione neppure un istante. Si sarebbe detto che non fosse lì con loro in quel momento, che osservasse tutto dall'esterno. Trasalì quando si sentì stringere la mano da qualcuno. Si voltò a guardare e scorse la secondogenita.

Teodora aveva visto che la madre era sola, così si era allontanata dal padre per raggiungerla. Madre e figlia si guardarono, poi si strinsero in un abbraccio. Nell'attimo straziante in cui la bara bianca fu calata nella fossa, Aspasìa si sentì tremare le gambe e, se non fosse stato per Teodora, l'avrebbe di sicuro seguita. La ragazzina, che la teneva stretta con tutte le forze, invocò l'aiuto del padre. Stavros si sottrasse all'abbraccio del signor Alekos e corse ad aiutare la figlia. Entrambi riuscirono a trattenere Aspasìa dal compiere un gesto insano, dettato dalla disperazione. Qualche minuto dopo crollò tra le loro braccia, affranta, e nonostante i tentativi di tutti, non ci fu verso di farla rinvenire. Dovettero portarla in ospedale e affidarla alle cure dei medici, i quali diagnosticarono un forte shock.

Aspasìa rimase ricoverata due giorni e il terzo fu dimessa. I medici le prescrissero dei sedativi. Quando varcò la porta di casa, si sentì assalire dai ricordi della figlia e scoppiò in un pianto inconsolabile. Stavros lasciò che si sfogasse e la mise a letto dopo averle somministrato i tranquillanti. Per tutta la settimana successiva la moglie rimase sospesa tra il sogno e la realtà. Teodora era stata affidata alla famiglia di una compagna di classe, che abitava nello stesso quartiere, ma ogni giorno chiedeva della madre. Alla fine Stavros decise di riprenderla con sé. Ma prima parlò con Aspasìa.

Quella mattina non le somministrò la consueta pasticca. Andò in cucina e preparò il caffe in attesa che si svegliasse. Aspasìa si trascinava a fatica, dimostrando dieci anni di più. Stavros provò una stretta al cuore.

«Aspasìa» disse con dolcezza. «Su, bevi un sorso di caffè... Devo dirti una cosa.»

Gli rivolse uno sguardo inebetito e annuì. Bevve il caffè sorseggiandolo lentamente e cominciò a riprendersi. «Accendimi una sigaretta per favore» disse al marito con voce che sembrava riecheggiare da una caverna.

Stavros obbedì. Aspasìa aspirò una lunga boccata, tossì e poi continuò a fumare in silenzio.

«Da quando ti sei messa a fumare?» le domandò, più che altro per rompere il ghiaccio.

«Dalla tournée a Patrasso» rispose.

Seguì una lunga pausa di silenzio. Stavros fece un respiro profondo e Aspasìa gli rivolse finalmente uno sguardo attento.

«Che cosa volevi dirmi?»

«Aspasìa, sono preoccupato per te. Devi riprenderti prima che sia troppo tardi» disse con determinazione.

«È facile a dirsi, ma io ho appena perso mia figlia» gridò scoppiando di nuovo in lacrime.

Il marito la guardò con aria contrita, ma subito dopo sbatté la mano aperta sul tavolo facendo sobbalzare Aspasìa.

«Credi che io non soffra almeno quanto te?» inveì. «Ma ti ricordo che di figlia ne abbiamo anche un'altra.»

Aspasìa sgranò gli occhi. «Già, Teodora... A proposito, dov'è adesso?»

«Finalmente te ne sei ricordata. È a casa di Afrodite. Ah, già, tu non sai chi è Afrodite. Non sai niente di nostra figlia, non ti sei mai preoccupata di lei.»

«Stavros, per favore... So bene di non essere stata una madre modello...»

«Direi che non sei mai stata una madre» l'interruppe lui.

Aspasìa lo guardò come un animale ferito. Abbassò la testa e si sciolse in singhiozzi, mormorando a voce bassissima: «Hai ragione... La colpa è soltanto mia... Ho abbandonato te... Le bambine... Non avevo mai tempo per loro... E adesso Stella non c'è più e io non ci posso far niente. Stavros, perché Dio si è preso nostra figlia? Perché non si è preso me al suo posto?»

Stavros la guardò con amarezza. «Non siamo noi a decidere... Scusa per quello che ti ho detto, non è questo il momento di rivangare il passato. Abbiamo Teodora a cui pensare. È ancora piccola e la scomparsa della sorella l'ha sconvolta più di quanto abbia sconvolto noi... L'ho mandata dalla sua amica perché tu non stavi bene, ma ti cerca in continuazione… Ha paura di perdere anche te.»

«Hai ragione. Portala qui.»

«Non posso finché ti trovi in questo stato. Per questo ti ho detto che devi riprenderti, dobbiamo farlo in nome di Teodora. È necessario che la vita torni ai ritmi consueti, tra poco le scuole riapriranno e nostra figlia deve recuperare un minimo di normalità.»

«Capisco, ma io che cosa posso fare? Non riesco a far finta che tutto vada bene, non ce la faccio a ridere quando dentro di me vorrei soltanto scomparire.»

«Non ti chiederei mai una cosa del genere! Voglio soltanto che l'abbracci, che la consoli, perché soltanto così anche noi troveremo consolazione. In fin dei conti, glielo devi. Tutti sanno che avevi un debole per Stella.»

«Sì, Stella… Ed è stata proprio lei ad andare via…»

«Infatti, ma non è certo colpa di Teodora.»

«Come ti viene in mente una cosa del genere?» insorse Aspasìa.

Stavros fu lieto di vedere la reazione della moglie. Sperava che a poco a poco uscisse dall'apatia che le procuravano il dolore e i tranquillanti. «Se non è così, dimostrami che non ho ragione» la incalzò. «Comportati da madre e resta vicino a lei come merita. Per una volta almeno nella tua vita, comportati come si comporterebbe una vera madre!»

Aspasìa lo guardò e infine si alzò. Prima di uscire dalla cucina disse: «Oggi pomeriggio portami Teodora».

Nel pomeriggio Stavros rincasò, molto nervoso. Con lui c'era Teodora, impaziente di rivedere la madre. Nonostante le parole che si erano scambiati la mattina, temeva che Aspasìa fosse ripiombata nell'abisso della disperazione. Chiuse la porta e si guardò intorno. La casa era in ordine e si avvertiva l'odore della cena. Rimase sorpreso. Aspasìa era in cucina, si era legata i capelli con un nastro nero e non aveva gli occhi rossi. Stavros si accorse che aveva anche un filo di trucco per ravvivare il pallore del viso. Pur essendo molto dimagrita, tanto che aveva dovuto stringersi in vita l'abito nero con una cintura, aveva un aspetto sereno.

A Teodora sembrava di toccare il cielo con un dito ma, non sapendo come comportarsi, decise di rimanere accanto al padre. Aspasìa spalancò le braccia. La ragazzina corse subito nel caldo abbraccio della madre, le mani la strinsero al collo. Aspasìa poteva sentire il cuore della figlia, che batteva veloce. Poi si scostò per osservarla: le sembrava di vederla per la prima volta. Le accarezzò i capelli biondi, identici ai suoi. La punta delle dita ne sfiorò i lineamenti aggraziati del volto, che somigliavano a quelli del padre, lo sguardo ne scrutò ogni dettaglio segreto.

La ragazzina non credeva ai suoi occhi. Tratteneva il respiro nel timore di svegliarsi da quello che pareva un sogno meraviglioso, in cui per la prima volta la madre non si limitava a guardarla ma la vedeva davvero. Teodora aveva quasi tredici anni. Era una signorina e la madre non le era mai stata accanto neanche una volta. Aspasìa maledisse la propria sorte, poi la cinse di nuovo nel suo abbraccio. Come aveva potuto permettere quello scempio? Come aveva potuto manifestare tanta indifferenza per l'unica cosa buona che avesse fatto nella sua vita? Quando neanche Stella, che pure lei considerava la sua figlia preferita, si era mai sforzata di imparare davvero a conoscerla? In cuor suo si ripromise di correre ai ripari e di recuperare il tempo perduto.

Madre e figlia furono riportate alla realtà da un colpo di tosse di Stavros. Aspasìa sorrise. «Ci siamo distratte...» disse con dolcezza. «Ma il papà ha fame. Su, vai a lavarti le mani, io ti aspetto in cucina.»

Teodora obbedì e Stavros seguì Aspasìa.

«Complimenti per la messinscena» disse con durezza.

Lo guardò risentita. «Di quale messinscena parli?»

«Dei baci e degli abbracci» rispose. «Non venirmi a dire che a un tratto ti sei fatta prendere dai rimorsi. Comunque la bambina l'ha apprezzata e di questo ti ringrazio.»

Non riuscirono ad aggiungere altro perché in quel momento Teodora tornò dal bagno, si sedette accanto alla madre e si mise a mangiare con appetito. Ogni tanto dava una sbirciatina alla madre, che a stento riusciva a mandar giù un boccone, consapevole che avrebbe dovuto compiere sforzi sovrumani per riconquistare la fiducia della figlia e l'amore del marito.

Stavros guardò Dèspina. La donna, seduta di fronte a lui, lo osservava in silenzio. «Non sono molto di compagnia, oggi...» mormorò lui a un certo punto.

«Non ti ho cercato per questo» replicò lei. «Volevo soltanto vederti e sapere come stai.»

«E invece ti costringo a giocare alle belle statuine.»

«Se è questo quello che ti serve per farti star meglio, perché no?»

Il ritorno a Kalamata della figlia del signor Alekos, un mese dopo la morte di Stella, fu una sorpresa per tutti. Ma Stavros provò un vero sbigottimento quando gli disse che era venuta apposta per lui. Di lì a qualche giorno cadeva il trigesimo della figlia e in casa l'atmosfera era di nuovo pesante. Aspasìa si sforzava di tornare alla normalità e di ricostruire un rapporto con Teodora, mentre lui si domandava fino a quando sarebbe durata. Tutti i giorni la moglie si alzava di buon mattino, preparava la colazione per la famiglia, portava la figlia a passeggio. Le acquistò il corredo scolastico, scrissero insieme sulle etichette il nome della ragazza e decorarono i quaderni, e in generale si comportò come si comportano tutte le madri alla vigilia di un nuovo anno scolastico. Teodora credeva di sognare: per la prima volta la madre si prendeva cura di lei con tanta premura. A volte però la ragazzina si chiudeva in se stessa e non rivolgeva più la parola alla madre. In quei casi, Aspasìa escogitava mille trucchi per far uscire la figlia dal mutismo e per starle accanto nel rispetto del suo stato d'animo.

D'altra parte aveva finalmente preso sul serio anche il suo ruolo di moglie. Preparava i piatti preferiti di Stavros, quando rincasava gli domandava della giornata appena trascorsa, e se lui non riusciva a tornare per il pranzo a causa del troppo lavoro, lei gli portava da mangiare in ufficio, si tratteneva alcuni minuti e poi correva dalla figlia. La sera gli faceva una compagnia discreta, pronta a soddisfare i suoi desideri senza assillarlo. Stavros riconosceva il cambiamento della moglie, che non gli aveva mai chiesto di tornare a dormire insieme nel letto matrimoniale e non l'aveva mai sfiorato, neppure per caso. Ma questo non lo rincuorava. Al contrario, quella nuova Aspasìa lo spaventava e lui temeva che quella disponibilità e l'atteggiamento sottomesso che non perdeva occasione di esibire fossero forieri di future disgrazie.

Stavros perdeva facilmente la pazienza. Non riusciva a non essere brusco, a non parlare alla moglie in modo duro e sbrigativo, ma sempre quando la figlia non c'era. In presenza di Teodora invece scambiava con lei parole gentili fino alla sera perché, appena andava in camera sua per mettersi a letto, lo sguardo di Stavros ridiventava torvo. Evitava di incrociare quello di Aspasìa e rispondeva a monosillabi alle domande della moglie, che a un certo punto, quando capiva che il marito non aveva alcuna voglia di parlarle, si rassegnava al silenzio.

L'arrivo di Dèspina fu per lui una boccata d'aria fresca. Anche lei era molto cambiata. La ragazzina spensierata di un tempo, sempre pronta a lanciarsi in nuove avventure, si era trasformata in una bella signora, serena e sorridente. Il tono stesso della voce ispirava calma e tranquillità. Lui la guardò mentre mescolava il caffè con il cucchiaino.

«A che cosa stai pensando?» le domandò a un tratto.

«Cerco un argomento di conversazione che ti interessi» rispose sorridendo. «Ma oggi sono a corto di idee.»

«La colpa è mia. Tra qualche giorno c'è il trigesimo di Stella e non riesco a pensare a nient'altro.»

«Mi sembra naturale. Teodora come sta?»

«Molto meglio… La scuola l'aiuta a distrarsi.»

«E Aspasìa?»

«Se non ti dispiace, di mia moglie preferirei non parlare.»

«Come vuoi… E allora di che cosa vogliamo parlare?»

«Di te! Non mi hai detto nulla della tua vita, di come te la passi. Tuo marito come sta?»

«Suppongo che stia bene… Sai, abbiamo divorziato.»

Stavros sgranò gli occhi. Si raddrizzò sulla sedia per guardarla meglio. «Avete divorziato?! Quando? Tuo padre non mi ha detto niente.»

«È successo poco tempo fa… Almeno dal punto di vista legale, perché di fatto ci eravamo separati molto tempo prima.»

«Hai voglia di parlarmene?»

«Perché no? Del resto la responsabilità è anche mia. Con mio marito abbiamo fatto molti viaggi, abbiamo girato il mondo e all'inizio credevo che fosse la vita che volevo. Poi ho scoperto che invece mi interessava di più diventare madre, formarmi una famiglia normale. Ma lui non voleva, la sua vita era soltanto il mare.»

«Non avete avuto figli?»

«Sono rimasta incinta un paio di volte, ma ho avuto sempre aborti spontanei. Lui del resto stava molto attento e non recrimino per questo: non mi ha mai nascosto che non gli interessava diventare padre. Stava via mesi interi e quando tornava da me non voleva trovare una madre di famiglia ma un'amante disponibile come quelle con cui si divertiva nei porti in cui attraccava. A un certo punto, a volte si finiva con il litigare, e quando accadeva, stava via ancora più tempo.»

Seguirono alcuni minuti di silenzio. La confessione di Dèspina indusse Stavros ad abbassare le difese e a ricambiare la sincerità della donna parlandole del suo matrimonio con Aspasìa. Lo raccontò con voce inespressiva e gli occhi fissi sulla sigaretta che teneva tra le dita. Non le nascose niente e un paio di volte Dèspina si sentì in imbarazzo per la crudezza dei fatti. Alla fine, si rese conto di aver esagerato e le chiese scusa.

«Quando mio marito mi lasciava sola per mesi interi, anch'io ho commesso degli errori. Credevo di averle viste tutte e invece... devo ammettere che Aspasìa mi ha superato, tanto più che lei era madre di due bambine. E adesso? Che cosa pensi di fare?»

«Non lo so. Dopo la morte di Stella, che tu ci creda o no, si è trasformata in una madre ideale, in una moglie esemplare e in una padrona di casa perfetta.»

«L'importante è quello che credi tu.»

«Io non credo più a niente! Non credo più in lei! Non è la prima volta che si sforza di migliorare, anche se devo ammettere che stavolta i risultati si vedono. Si dice che il lupo perde il pelo ma non il vizio, e temo che da un momento all'altro le prenda la nostalgia per la sua vecchia vita. Solo che io non ho alcuna intenzione di ricascarci di nuovo. Per me il capitolo Aspasìa è finito. Qualsiasi cosa dica, qualsiasi cosa faccia, non riuscirà a convincermi di essere cambiata.»

«E se invece lo fosse? Se la morte della figlia fosse riuscita a farla riflettere, a farle comprendere i suoi errori? Dalle tue parole mi sembra di capire che ce la stia mettendo tutta, che implora con tutto il cuore il tuo perdono.»

«Non so che cosa dire. Dopo quanto è successo, nel mio cuore non serbo neppure un bel ricordo della nostra vita in comune, e adesso, quando la guardo, per lei non provo più niente.»

«Dai tempo al tempo. Forse un giorno riuscirete a riavvicinarvi» consigliò Dèspina in tono pacato.

Il trigesimo fu un'esperienza molto dolorosa, che sortì l'effetto di riaprire le vecchie ferite. Questa volta Aspasìa compì uno sforzo sovrumano per non abbandonarsi alla disperazione. A preoccuparla era soprattutto Teodora. Per non turbarla, nascose le sue lacrime in un pianto sommesso, poi, al ritorno dalla chiesa, la fece cenare, la mise a letto e le rimase seduta accanto finché gli occhi della ragazzina non si chiusero. Soltanto allora, quando fu certa che la figlia dormiva, uscì in giardino incurante della pioggia e lasciò che il dolore prendesse il sopravvento. I tuoni e i fulmini facevano da contrappunto ai suoi singhiozzi di madre, finché a un certo punto, spossata, si inginocchiò nel fango supplicando Dio di darle tutta la forza di cui aveva bisogno.

Nessuno si rendeva conto degli sforzi compiuti da Aspasìa da qualche settimana a quella parte, del fatto che ce la metteva tutta per espiare le sue colpe, per ritrovare un minimo di serenità. Aveva guardato dritto negli occhi i suoi errori, li aveva contati uno per uno ed era rimasta sconvolta, ma a differenza del passato non aveva cercato di giustificarli. Al contrario, se ne assumeva in pieno la responsabilità e, se non fosse stato per Teodora, avrebbe senza dubbio emesso una sentenza di morte. La presenza della figlia la dissuadeva dal compiere altri errori e rappresentava l'unica via d'uscita. Il suicidio appariva una scorciatoia allettante, ma per lei avrebbe significato una diserzione che non intendeva aggiungere alla serie di comportamenti irresponsabili del passato...

Quel passato il cui ricordo si abbatteva su di lei come una mareggiata, lasciandola senza fiato.

Quel passato in cui aveva mostrato disinteresse per la famiglia e aveva pensato soltanto ai piaceri della carne, e per il quale riteneva di essere stata punita con la morte di Stella. Per i suoi errori era stata la figlia a pagare, e non lei… Di questo era profondamente convinta e nessuno sarebbe riuscito a farle cambiare idea.

Si rialzò, tutta imbrattata di fango. Rientrò in casa e corse in bagno. Quando uscì, era tornata la solita, serena Aspasìa di sempre, con gli occhi rossi di pianto, ma determinata a ricominciare a vivere, libera dal peso dei propri errori. Anche se Stavros non sembrava disposto a darle una mano, continuava a sperare che un giorno sarebbe riuscito a convincerlo a mettere una pietra sul passato e a ricostruire la famiglia per il bene di Teodora.

Quella sera, quando lui rincasò, cercò di dargli un bacio di benvenuto. La reazione dell'uomo la spaventò. Stavros si ritrasse disgustato rivolgendole uno sguardo carico di ostilità.

«Non fare mai più una cosa del genere!» gridò. «Non voglio che mi tocchi!»

«Scusami» balbettò lei con espressione mortificata. «Era solo un bacio per darti il benvenuto, senza secondi fini» spiegò, sentendo la pressione delle lacrime che le salivano agli occhi. Ma riuscì a trattenersi.

«Non m'importa perché l'hai fatto, non voglio che mi tocchi e basta» replicò Stavros, infuriato. «E già che ci siamo, sia chiaro che se tollero la tua presenza in questa casa è soltanto per il bene di Teodora. Una madre irresponsabile è sempre meglio che nessuna madre. Quindi cerca di stare il più possibile lontano da me se non vuoi che faccia qualcosa di cui poi dovrei pentirmi, ma so che non ne sarei capace. Siamo intesi?»

«Va bene, non sapevo che fosse tanto difficile per te. Adesso farò quello che mi hai detto, solo che…»

«Solo che cosa?» l'interruppe. «Credi di potermi ingannare come inganni tua figlia? Mi credi un idiota? No, Aspasìa, io ti conosco meglio di quanto tu conosca te stessa. Mi domando soltanto fino a quando ci riuscirò.»

Adesso toccò ad Aspasìa guardarlo con ribrezzo. «Questo è ciò che pensi di me, Stavros?» domandò con un filo di voce. «Se le cose stanno così, non ha senso per me rimanere sotto lo stesso tetto con te. Meglio che me ne vada.»

«Non fare l'innocentina, lo so che andartene era quello che volevi sin dall'inizio. Del resto ogni bel gioco dura poco e recitare la parte della madre e moglie perfetta deve essere molto faticoso per te. E dimmi, stavolta da chi sei stata scritturata? Dove ti aspetta il tuo amante, a Rodi, a Creta, o forse a Patrasso? La Grecia è grande, piena di night-club e di... uomini disponibili.»

«Non riesco a credere che sia tu a parlare» ribatté Aspasìa in tono pacato. «Un tempo mi amavi e io non ho mai smesso di amarti, nonostante quello che è successo, nonostante tutti i miei errori. Nostra figlia è morta e tu credi che me ne voglia andare per rimettermi a fare la vita della notte. Non riesci a capire che per me tutto questo appartiene al passato. Dio solo sa quanto dolore provi per il male che vi ho fatto, ma purtroppo non c'è modo di tornare indietro e di cancellare gli errori. Tutto quello che posso fare è sforzarmi di ricominciare...»

«Se hai deciso di smettere di cantare, perché non ti dai al teatro? Sei un'attrice inarrivabile... Aspasìa, stammi bene a sentire. Lo Stavros che conoscevi non esiste più e sei stata tu a ucciderlo. Ti ripeto che se fosse per me, ti avrei già dato il benservito da questa casa.»

Stavros uscì e quella sera non tornò a casa. L'indomani mattina Teodora chiese dove fosse il papà e Aspasìa le mentì dicendo che era dovuto uscire molto presto per recarsi in ufficio.

Stavros salì in macchina e d'istinto si diresse verso l'hotel dove alloggiava Dèspina. Bussò alla porta della camera e lei aprì dopo qualche istante. Era chiaro che non dormiva. Sorpresa di vederlo in quello stato, gli versò da bere e lo invitò a raccontare che cosa fosse successo. Stavros le spiegò la situazione in due parole. Dèspina gli rivolse uno sguardo di disapprovazione.

«Secondo me hai esagerato» osservò. «Non avresti dovuto parlarle in questo modo.»

«Non sai come mi sono sentito quando mi ha baciato. Non si ferma davanti a niente, neppure davanti alla morte di nostra figlia.»

«Era un bacio innocente sulla guancia, tutto qui. Anche se ha commesso molti errori, è pur sempre della madre delle tue figlie che stiamo parlando.»

«Dèspina, tu non la conosci come la conosco io.»

«Può darsi, ma sono anche meno coinvolta emotivamente, il che mi consente di vedere le cose con maggior lucidità. Sono certa che Aspasìa soffra almeno quanto te. Poi c'è anche la tua reazione. Se ti basta essere sfiorato da tua moglie per perdere le staffe, vuol dire che ne sei ancora innamorato.»

«L'amore qui non c'entra niente. Si tratta piuttosto di una malattia, del fatto che quella donna tira fuori il peggio di me. Avrei voluto umiliarla, farla sentire come lei ha fatto sentire me in tutti questi anni, ma non ci riesco perché io non sono fatto così. È la sua vicinanza a farmi diventare qualcosa che non voglio.»

Dèspina appoggiò la mano sulla sua per rincuorarlo. Il volto di Stavros si rilassò. Alla fine lui cadde sul letto e si addormentò. Dèspina rimase a guardarlo e si sistemò sul divanetto.

L'indomani mattina Dèspina si svegliò qualche minuto prima di Stavros. Lui si guardò intorno con espressione stranita. «Che ore sono?» domandò.

«È mattina» rispose l'amica. «Ieri ti sei addormentato e sei rimasto qui.» Lui le rivolse uno sguardo imbarazzato. «Non temere, nonostante i miei sforzi ti sei comportato da vero gentiluomo» riprese lei in tono scherzoso.

«Non ricordo nulla di ieri sera.»

«Ieri sera sei venuto qui e avevi un aspetto orribile. Adesso mi sembra che tu stia molto meglio. Abbiamo bevuto insieme un bicchierino e alla fine ti sei addormentato come un bambino.»

«Dèspina, vorrei chiederti scusa per il disturbo. Ieri non sapevo dove andare…»

«Hai fatto bene a venire. È per questo che ci sono gli amici. Su, alzati. Andiamo a prenderci un caffè e poi vai al lavoro.»

«Non ho nessuna voglia di andare in ufficio oggi» disse fregandosi gli occhi. «A proposito, quanto tempo hai deciso di rimanere a Kalamata?»

«Penso ancora qualche giorno. Questa città mi piace e poi devi sapere che qui abita un vecchio amico che ha bisogno del mio aiuto…»

Stavros la guardò con riconoscenza. Trascorsero il resto della giornata insieme. Fecero una lunga passeggiata, pranzarono in un ristorantino tranquillo e nel pomeriggio lui si congedò dicendole che voleva fare un salto a casa per vedere Teodora.

La figlioletta lo accolse esultante. «Papà, papino, mi sei mancato!» gli disse appena lo vide.

«Piccola mia, il tuo papà è qui. Come stai?» le rispose prendendola in braccio. «Che cosa hai fatto oggi? Sei andata a scuola?»

La ragazzina rise con malizia e scambiò un'occhiata con la madre. «Non ci crederai, ma oggi ho marinato la scuola!» dichiarò in tono allegro.

«Hai marinato la scuola?» le fece eco Stavros. Guardò a sua volta Aspasìa, che aveva un'espressione indecifrabile.

«Sì» riprese Teodora. «La mamma e io siamo uscite, mi ha portato a passeggio, abbiamo mangiato fuori... È stato bellissimo!» Il volto si immalincolì a un tratto. «La mamma ha detto che soltanto oggi potevo non andare a scuola perché... ecco, ieri c'è stato il trigesimo di Stella ed eravamo molto tristi tutte e due. Ti abbiamo fatto arrabbiare, papà?»

«No, tesoro. La mamma sa di che cosa hai bisogno e se lei ha deciso così... avete fatto bene.»

Stavros evitò lo sguardo della moglie per concentrarsi soltanto sulla figlia. Dopo che l'ebbero messa a letto, anche lui si chiuse in camera sua senza parlare. Poi sentì la porta della camera di Aspasìa chiudersi e dovette fare appello a tutta la sua forza d'animo per trattenersi dal raggiungerla. Non avrebbe avuto senso e lo sapeva.

Con il passare dei giorni Dèspina divenne una presenza irrinunciabile per Stavros, più di quanto fosse disposto ad ammettere. Ormai in casa metteva piede soltanto nelle ore in cui sapeva che avrebbe trovato Teodora. Con Aspasìa comunicava il minimo indispensabile e mai in assenza della figlia. La moglie non protestò mai per le assenze del marito e non gli chiese mai dove andasse e con chi, neppure quando, con la scusa del lavoro, cominciò ad assentarsi anche durante i fine settimana. Durante le lunghe ore che trascorreva da sola, perché la figlia era a scuola o impegnata in altre attività extrascolastiche, Aspasìa leggeva o andava a passeggio, ma Stavros era venuto a sapere che ogni sabato portava la figlia al cinema. Subito dopo le feste, a cui i genitori si sforzarono di conferire una parvenza di normalità e di allegria, la vita tornò ai precedenti ritmi. Quanto a Dèspina, a Kalamata ormai da tre mesi, decise di stabilirvisi definitivamente. Con Stavros aveva costruito un legame. Per passare il tempo ascoltavano musica, giocavano a backgammon oppure facevano delle brevi passeggiate. Ma in generale uscivano poco: Stavros adorava l'appartamentino di Dèspina, l'unico luogo in cui la sua anima inquieta ritrovava un po' di serenità.

Un giorno Stavros rincasò all'improvviso e trovò Aspasìa in compagnia di uno sconosciuto. Si trattava di un impresario giunto a farle una proposta di ingaggio. Lui si sentì il sangue montargli alla testa e per evitare scenate si chiuse in camera sua. Quando lo sconosciuto se ne fu andato, Aspasìa andò dal marito.

«Perché ti sei chiuso in camera?» gli domandò.

«Per non disturbare la... tua riunione di lavoro» rispose con voce fremente di rabbia. «Dove ti hanno proposto di andare stavolta?»

«A Creta» rispose lei in tono pacato.

«Ah, bene. A quando la partenza?»

Aspasìa gli rivolse uno sguardo inespressivo. «E a te che cosa importa visto che in questa casa non ci abiti più?» ribatté.

«Se in questa casa non abito più è per non essere costretto a vederti» rispose. «Sei la mia punizione!» aggiunse gridando.

Era fuori di sé. Si rendeva conto di esagerare ma era più forte di lui: non riusciva a trattenersi. Si avvicinò a lei e l'afferrò con un gesto fulmineo per baciarla con violenza. Era come un tossicomane in crisi di astinenza che dopo molto tempo riesce finalmente a procurarsi la sua dose, quella che potrebbe addirittura costargli la vita. Aspasìa non si fece pregare. Incendiata dal desiderio, gli intrecciò le braccia intorno al collo e si strinse a lui. Lui gli faceva male ma non le importava, non le importava neppure che le carezze del marito fossero di rabbia e non di amore, e che volesse soltanto umiliarla. Si abbandonò completamente a lui. A riempirla di pena fu lo sguardo sprezzante di Stavros quando ebbero finito. Lui si allontanò con la tentazione trattenuta di sputarle in faccia. Si rivestì e se ne andò. Anche Aspasìa si alzò. Le doleva tutto il corpo e dagli occhi cominciarono a sgorgare copiosamente le lacrime. La sua vita era un cumulo di macerie... Non c'era più speranza. Ormai tutto era perduto. Doveva rassegnarsi e trarne le conseguenze.

Per ben una settimana Stavros scomparve dalla vita di Dèspina senza un motivo. Non si fece vedere a casa sua e non la chiamò al telefono. Lei decise di non esercitare alcuna pressione e di dare tempo al tempo. Poi, una sera in cui aveva bevuto molto, Stavros ricomparve. Tra una lacrima e l'altra le spiegò per sommi capi quanto era successo. Provava molta vergogna, l'umiliazione che aveva imposto ad Aspasìa ma anche a se stesso durante il loro ultimo incontro costituiva la conferma che tra loro era tutto finito: lui non sarebbe mai più stato capace di vedere la moglie come una persona a cui doveva in primo luogo rispetto e poi amore.

Dèspina lo ospitò per la notte e rimase a vegliarlo. Era venuta a Kalamata senza una prospettiva definita, ma sapeva bene perché aveva deciso di rimanere. Per Stavros aveva sempre avuto un debole, ma da giovani lei era desiderosa di viaggi e di avventure, e aveva pensato di poterli ottenere sposando il suo marinaio. Adesso però sia lei che Stavros si trovavano a una svolta: entrambi erano reduci da unioni ormai fallite e lei sentiva che l'antico sentimento nei confronti di Stavros non era ancora scomparso. E se prima riteneva disonesto mettere a repentaglio il matrimonio dell'amico, adesso che, evidentemente, esso era naufragato, le pareva che il loro momento fosse finalmente giunto.

L'indomani mattina Stavros si svegliò di cattivo umore e con un forte mal di testa. Ancora una volta la presenza di Dèspina fu fonte di imbarazzo.

«Scusa...» cominciò a dire.

«Stavros, smettila di chiedere scusa una buona volta» l'interruppe. «Tra amici è naturale aiutarsi, faresti anche tu lo stesso per me.»

«Non voglio esserti di peso, ecco tutto. Anzi, mi domando come mai non mi hai ancora mandato al diavolo.»

«Ho i miei buoni motivi» rispose lei in tono enigmatico. Stavros la guardò e si sentì rimescolare il sangue. Il resto della giornata trascorse tranquillamente. Dèspina gli preparò il pranzo, lo fece riposare e la sera Stavros si era rimesso completamente. Solo che non riusciva a togliersi dalla testa lo sguardo di Dèspina. Non sapeva se fosse reale o se l'immaginazione gli giocava brutti scherzi.

«Non torni a casa?» gli domandò a un certo punto.

Stavros si accorse che lei evitava di guardarlo e si sentì percorrere da un brivido. «Hai fretta di mandarmi via?» chiese a sua volta. L'antica fiamma per tutta risposta gli rivolse uno sguardo imbarazzato. «Dèspina...» mormorò lui.

Lei sollevò finalmente lo sguardo. Stavros vi scorse l'amore e rimase senza parole. Allungò una mano per accarezzarle la guancia. Bruciava come se avesse la febbre. Le labbra di lei lo attirarono come un magnete e alla fine le baciò. Erano molti anni che non provava tanta euforia per un bacio. Nel giro di pochi istanti si liberarono degli abiti per unire i loro corpi e le loro anime davanti al caminetto acceso. Al termine lui proruppe in un gemito carico di pena e assieme a quel gemito ebbe la sensazione di essersi finalmente affrancato da un morbo che lo aveva tormentato per anni.

Grazie a Dèspina aveva riscoperto il paradiso. In seguito, con lei che dormiva serena tra le sue braccia, dovette ammettere che era di nuovo felice. Non ricordava quanto tempo fosse passato dall'ultima volta che aveva fatto l'amore davvero, dall'ultima volta che aveva considerato l'unione fisica tra due persone non un modo per punire e umiliare l'altro ma un supremo dono di affetto e devozione. Adesso però tutto era cambiato. Il fantasma di Aspasìa si era dissolto, il pensiero della moglie non gli procurava più dolore né rabbia, non gli saliva il sangue alla testa quando ci pensava, persino l'ultima sera che aveva trascorso con lei gli appariva un ricordo appartenente a un'altra persona o a un'altra vita.

Dèspina aprì gli occhi. Lo vide e sorrise.

«Hai forse intenzione di chiedermi scusa?» domandò.

«Se proprio lo ritieni necessario» rispose.

«Non pensarci neanche» scherzò.

«Da quanto tempo sei innamorata di me?» volle sapere.

Lei stavolta ne sostenne lo sguardo senza timori. «Da quando ti conosco.»

«E allora perché ti sei sposata?»

«Se non mi fossi sposata, tu mi avresti sposata?»

«A essere sincero… no. Mi sembravi una ragazza superficiale, interessata soltanto al divertimento.»

«E a me sembravi un cacciatore di dote.»

«Pari e patta, insomma» concluse dandole un bacio.

«Stavros, io ho risposto alla tua domanda mentre tu non mi hai detto se mi ami.»

«Se mi stai chiedendo che cosa provo per te…»

«Non voglio farti pressioni.»

«Non è facile dare una risposta. In questo momento mi sento come quando si guarisce da una lunga e terribile malattia, e l'unica cosa che provo è tanta serenità. Non vorrei rovinare questo momento con troppi pensieri…»

«Capisco. E allora non dire niente, goditela e basta… Abbiamo tutto il tempo a disposizione…»

Stavros la baciò e lei lo strinse di nuovo in un abbraccio appassionato. Assaporò ogni istante, senza fretta. Dèspina era un'amante dolcissima, che vibrava a ogni bacio, a ogni carezza. Gli sembrava di essere tornato un ragazzino, pieno di energie e di voglia di vivere. Le ferite del passato avevano smesso di dolere.

Ben presto Aspasìa si accorse che Stavros era cambiato. All'inizio credeva che fosse soltanto un'idea sua, ma poi, osservandolo meglio, capì che si sbagliava. Il volto era disteso, lo sguardo rappacificato con il mondo e il tono della voce più delicato. Ma a colpirla fu soprattutto il diverso atteggiamento che aveva nei suoi confronti. Da quando era riapparso dopo quella terribile serata, la trattava in modo più gentile, meno sbrigativo, senza neppure una frecciata allusiva. Aspasìa si illuse che forse non tutto era perduto, che forse la violenza di quella sera, ricambiata dall'amore disperato di lei, gli aveva mostrato la realtà dei fatti, ossia che lei l'amava ancora. Per qualche istante il suo cuore si riaprì alla speranza: se fosse riuscita a riconquistare la fiducia e l'affetto del marito, come stava facendo con la figlia, forse per la loro famiglia sarebbe stato possibile un nuovo inizio.

Teodora aveva cominciato a costruire un rapporto di maggior fiducia con la madre. Le rivolgeva la parola più spesso, le confidava qualche piccolo segreto, e fu felice di riuscire a farla ridere il giorno in cui le raccontò lo scherzo che la classe aveva giocato al professore di matematica. Ma si sentì crollare il mondo addosso una sera in cui il padre domandò alla madre: «Allora, quando è prevista la partenza per Creta?».

Aspasìa gli rivolse uno sguardo interrogativo. «Perché mai dovrei andare a Creta?» ribatté. Teodora tratteneva il fiato per non perdersi neanche una parola.

«La scorsa settimana, se non sbaglio, un impresario è venuto a proporti un ingaggio da quelle parti» rispose Stavros.

«Non sbagli, ma non ho mai detto di aver accettato» disse lei.

«Come, non hai accettato?» trasecolò il marito.

«Come ti salta in mente una cosa del genere? Con il canto ho chiuso, questo è quello che gli ho detto. E se quel giorno, anziché correre a chiuderti in camera tua, mi avessi dato il tempo di spiegarti, lo avresti sentito con le tue orecchie.»

Teodora non riuscì a trattenersi e corse tra le braccia della madre. Da sopra la testa della ragazzina, Aspasìa sbirciò il marito, che sembrava incredulo.

«Non lo sapevo...» mormorava. «Mi dispiace... Sono stato troppo frettoloso quel giorno.»

Sembrava davvero contrito e Aspasìa abbozzò un sorriso amareggiato. «Non importa» ribatté senza lasciar andare la figlia. «In fin dei conti non hai tutti i torti.» Poi disse rivolgendosi a Teodora: «Tesoro, puoi lasciare me e papà un po' da soli? Vorrei parlargli a quattr'occhi...».

La ragazzina, rinfrancata, baciò la madre e si ritirò in camera sua. Aspasìa prese la parola.

«Non ti accuso per quanto è successo quel giorno» disse. «Non nego che sia stato umiliante ma capisco le tue ragioni. Finora ti ho fatto molto male. Dal giorno in cui Stella è mancata ho provato a dimostrarti che sono cambiata e tu non mi hai creduta... ma neanche stavolta te ne faccio un torto...»

«Aspasìa, preferirei non continuare questo discorso.»

«Non temere, non voglio farti arrabbiare né intendo sfiorarti. Lo faccio per te ma anche per me... non credere che mi faccia piacere sentirmi umiliata, trattata come un animale. L'unione fisica tra due persone non deve essere una punizione ma un atto d'amore, e un tempo anche noi lo consideravamo tale. No, aspetta, non sto dicendo che è colpa tua. La prima a gettare alle ortiche il dono più bello che ci avesse fatto la vita, il dono del nostro amore, sono stata io. Ma dopo la morte di Stella sono cambiata. Ho capito i miei errori e ho messo definitivamente una pietra sul passato. Ricordi che cosa mi hai detto quando sono tornata da Creta? Che dovevo tornare in me e speravi che questo non accadesse a causa di qualche disgrazia. A quanto pare dovevo toccare il fondo dell'abiezione per trovare la forza di risalire. Il punto adesso sei tu. Voglio sapere se riuscirai mai a perdonarmi.»

Lui non rispose. Se ne andò senza neppure degnarla di uno sguardo.

Qualche ora dopo Dèspina accolse Stavros in casa e comprese subito che qualcosa non andava.

«Stavros, che cosa è successo? Non mi dire che…» domandò terrorizzata.

«No, non ti preoccupare, è tutto a posto. Non l'ho toccata, non abbiamo litigato e non ho bevuto.»

«E allora perché sei ridotto così?»

«Abbiamo parlato. Aspasìa mi ha detto che non intende più calcare le scene e che quella sera aveva rifiutato l'ingaggio a Creta. Purtroppo sono stato uno sciocco e un impulsivo. Non so che cosa dire, mi vergogno moltissimo, non puoi neanche immaginare quanto.»

«Voi due vi siete fatti molto male a vicenda. E adesso che cosa pensi di fare?»

«In che senso?»

«Se non sbaglio tua moglie ha compiuto un passo importante decidendo di ritirarsi dalla carriera, avete una figlia e lei ti chiede di tornare da lei.»

«Mi ha chiesto se riuscirò mai a perdonarla. Non ha cercato di giustificarsi, si è assunta in pieno le sue responsabilità. Sembrava di nuovo l'Aspasìa di una volta, quella della quale mi sono innamorato… Serena, determinata, capace finalmente di guardarmi ancora negli occhi. Ed era anche bella come allora.»

«Quindi, Stavros, che cosa vuoi fare? Non pensare a me, tra te e Aspasìa ci sarà sempre qualcosa di incommensurabilmente più forte, e mi riferisco a vostra figlia.»

«Non ce la faccio, Dèspina. Una parte di me è disposta a darle fiducia ma non posso tornare indietro. Non l'amo più. In tutti questi anni i sentimenti che provavo per lei sono scomparsi, come se fossero morti.»

«Glielo hai detto?»

«No. Prima volevo prendermi un po' di tempo per riflettere. È gia qualche ora che vado in giro. Mi sono interrogato a fondo, ho scrutato dentro il mio cuore alla ricerca di qualcosa che ancora mi tenga legato a lei, di un barlume di speranza per noi due. Ma non ho trovato niente.»

«E tua figlia?»

«Teodora la prenderò con me, naturalmente.»

«Ne sei sicuro?»

«Certo. Mia figlia mi è molto affezionata e nonostante i progressi degli ultimi tempi, non c'è dubbio che sceglierà di venire a stare con me.»

«Se lo dici tu...»

«E tu, Dèspina? Te la sentiresti di diventare la mia compagna, di aiutarmi a crescere mia figlia?»

«Che cosa mi stai chiedendo esattamente?» ribatté lei sforzandosi di celare l'ansia che la faceva tremare tutta.

«Di accettare la mia proposta di matrimonio, Dèspina. Ti amo. Forse non dello stesso amore con cui ho amato un tempo mia moglie, ma di una cosa sono certo: voglio passare il resto della vita con te. Mi fai sentire una persona migliore, mi infondi tanta serenità e quando non ci sei, mi manchi moltissimo. Allora, Dèspina, che cosa decidi? Vuoi diventare mia moglie?»

La risposta arrivò con un abbraccio e un bacio appassionati.

Era giunto il momento di parlare con Aspasìa, ma decise di lasciar passare almeno il primo anniversario della morte di Stella. Non che questo cambiasse le cose. La scomparsa di Stella era un dolore che li avrebbe accompagnati per il resto della vita, ma se non altro avrebbe aperto un nuovo capitolo della sua esistenza. L'indomani mattina disse ad Aspasìa che voleva parlarle.

Lei era pronta. Mandarono Teodora a giocare da una vicina e loro due si sedettero uno di fronte all'altra, come se stessero per sfidarsi a duello.

«Ti ascolto...» disse lei con voce che non lasciava trapelare la minima traccia di rimpianto.

«Era già qualche tempo che desideravo parlarti ma non volevo farlo prima che fosse passato un anno dalla morte di Stella...»

«Sappi che lo apprezzo molto» lo interruppe. «Ma credo di sapere che cosa vuoi dirmi. Che tra noi è finita. Non ho ragione, Stavros? Non è questo quello che sei venuto a dirmi?»

«Sì. Ci ho pensato molto bene e... Non è che non credo al tuo cambiamento, solo che...»

«Solo che non puoi dimenticare.»

«No, non posso. E poi... Non ti amo più. Non provo più niente per te.»

«Sono io la causa» aggiunse lei.

«Forse. Ma neanche io intendo sottrarmi alle mie responsabilità. Ammetto che sei stata sincera e che ti sei addossata tutte le colpe. Comunque ormai il passato è passato. Non credo che ci sia altro da aggiungere.»

«Hai ragione. Negli ultimi tempi ti ho visto cambiato e per un attimo mi sono illusa che forse per noi c'era ancora una speranza. Ma adesso mi rendo conto che il motivo del tuo cambiamento era un altro. C'è un'altra donna nella tua vita, non è così?»

«Che importanza ha?»

«Allora ho ragione. Non temere, non ho intenzione di fare nulla che ci faccia riaprire le ostilità. Mi sono rassegnata all'idea che non saremmo stati mai più insieme molto prima del tuo annuncio di oggi. Chiamalo pure intuito femminile, se vuoi. Posso sapere il nome della fortunata?»

«Dèspina...»

«Dèspina? La figlia del signor Alekos? Ma non era sposata con un marinaio?»

«Sì... Cioè no, hanno divorziato. Molto tempo fa. Da un anno si è stabilita qui a Kalamata, ma soltanto da qualche settimana mi sono accorto che... voglio dire che ci siamo messi insieme da poco tempo.»

«Quando si dice l'ironia della sorte. Se vi foste messi insieme sin dall'inizio, ti saresti risparmiato le sofferenze che hai vissuto per causa mia.»

«Scorgo una punta di amarezza nella tua voce.»

«Sì... Ma non importa. Io ti amo ancora e tu non hai fatto nulla per farmi cambiare idea... Ci siamo fatti molto male a vicenda.»

«Hai ragione» ammise Stavros. «Ma non temere, capisco quello che vuoi dire. E poi anche Dèspina me l'ha detto.»

«Avete deciso di sposarvi?»

«Gliel'ho proposto e ha accettato. E tu cosa pensi di fare?»

«Non lo so ancora. E Teodora?»

«Credo che dovremmo dirlo anche a lei al più presto.»

«Sono d'accordo, ma non è a questo che mi riferisco. Con chi starà nostra figlia?»

«Ma... con me naturalmente. Ne ho parlato con Dèspina e anche lei è d'accordo.»

«Quindi hai deciso di portarmela via.» La voce di Aspasìa risuonò in modo irreale.

«Che cosa vuoi dire? Vorresti forse tenerla con te?»

«Perché hai creduto che volessi liberarmi di mia figlia? Mi sono persa i migliori anni della sua vita e adesso che a prezzo di sforzi enormi sono riuscita a conquistare il suo affetto, mi chiedi di separarmene.»

«Aspasìa, riconosco che negli ultimi tempi hai fatto grandi progressi con lei, ma dovresti sapere che per me ha un vero e proprio debole. E poi come faresti a mantenerla? Dovresti cercarti un lavoro e...»

«Non so quello che farò, è una cosa a cui non ho ancora pensato. Con le decisioni tu sei molto più avanti di me, io invece ho sperato fino all'ultimo che avremmo salvato il nostro matrimonio.»

«Pensi di rimetterti a cantare?» le domandò, e il cuore accelerò inspiegabilmente il battito in attesa della risposta.

«Con il canto ho chiuso, te l'ho già detto» rispose lei con veemenza.

«Sì, ma adesso che sarai libera ho pensato...»

«Hai pensato male! Il canto e la mia vecchia vita sono acqua passata. Tu hai sempre creduto che lo facessi per salvare il nostro matrimonio e invece l'ho fatto per me, perché sono io che non voglio più fare quella vita.»

«E come pensi di guadagnarti da vivere? Se vuoi, sono disposto a darti una mano.»

«Neanche a parlarne. Cantando ho guadagnato bene e ho ancora qualche soldo da parte. Per quanto riguarda nostra figlia...»

«Se vuoi possiamo chiedere anche il suo parere. Per convincerti che stiamo facendo la cosa giusta.»

«No, Stavros, non voglio costringerla a fare una scelta del genere. Me ne farò una ragione, come mi sono fatta una ragione di molte altre cose. Tutto quello che avevo l'ho perso puntando sul cavallo sbagliato, come un giocatore maldestro. Ti chiedo soltanto di lasciarmela vedere ogni tanto...»

«Ti prometto che non impedirò mai a nostra figlia di vederti ogni volta che lo vorrà.»

Aspasìa si alzò in piedi, affranta. Stavros l'imitò. I due si guardarono. Lui con un gesto istintivo volle abbracciarla. Rimasero alcuni istanti in quella posizione e quando si discostarono Aspasìa aveva gli occhi lucidi.

«Mi dispiace tantissimo...» mormorò.

«Anche a me. Non dimenticherò mai l'Aspasìa che ho conosciuto e ho amato, nel cuore serberò soltanto i nostri momenti felici.»

«Sì, lo stesso farò anch'io. Sarà un sollievo sapere che penserai a me senza rancore. E... ti supplico di credermi. Prego Dio che Dèspina possa regalarti tutto quello che io non sono stata in grado di donarti.»

Gli diede un bacio sulla guancia e questa volta Stavros non si ritrasse. Poi gli rivolse un sorriso malinconico e si ritirò in camera sua. Poco dopo sentì la porta d'ingresso aprirsi e richiudersi, e Aspasìa comprese che Stavros era andato da Dèspina.

Teodora guardò il padre con gli occhi pieni di lacrime. Erano a casa, Aspasìa aveva trovato una scusa per lasciarli soli. Non avrebbe sopportato di assistere a quella conversazione.

«Papà, perché dobbiamo andarcene da questa casa?» domandò. «E la mamma?»

«Teodora... Non sei più una bambina e sono certo che puoi capirmi. La mamma e io abbiamo deciso di non vivere più insieme.»

«Vuol dire che non la ami?»

«La amo, ma non come un marito dovrebbe amare sua moglie.»

«Ami un'altra?»

Stavros sostenne lo sguardo della figlia. «Voglio essere sincero con te. Già da qualche tempo la mamma e io abbiamo capito che non potevamo vivere insieme, ma prima di prendere una decisione definitiva ci siamo dati un po' di tempo. Così io ho conosciuto un'altra donna, che amo e che mi ama.»

«Starà anche lei insieme a noi?»

«Sì...»

«E la mamma? Rimarrà da sola?»

«Sì. Ma è ancora giovane e bella, e se vorrà, potrà rifarsi una vita.»

«Anche l'altra… è giovane e bella?»

«Sì, tesoro mio.»

«Più bella della mamma?»

«Che importanza ha?»

«Se non è più bella della mamma perché vuoi stare con lei?»

«La bellezza non c'entra niente, tesoro. Dèspina è una brava persona, sa che con noi vivrai anche tu e non vede l'ora di darti il benvenuto in casa sua.»

«Dèspina? Non è la figlia del tuo socio?»

«Sì. Ti prometto che saremo felici e tutte le volte che vorrai, potrai andare a trovare la mamma. Così non dovrai rinunciare a nessuno dei due.»

«Papà, perché sei arrabbiato con la mamma? Una volta ti arrabbiavi perché andava via per lavoro ma adesso che non va più via, perché non fate la pace?»

«Chi ti ha detto che sono arrabbiato con la mamma?»

«Allora perché non volete stare più insieme? Forse a causa di Stella? Ma ci sono ancora io… e io voglio che rimaniate insieme!»

«Lo so, amore mio. Per questo abbiamo aspettato, per questo abbiamo fatto uno sforzo, ma abbiamo capito che non è possibile. Siamo entrambi ancora molto giovani e sarebbe un peccato sprecare la vita facendoci del male a vicenda. Separati andremo più d'accordo. So che adesso fai fatica a capirmi, ma tra qualche anno, quando sarai un po' più grande, mi darai ragione.»

Teodora aggrottò la fronte e tacque. Rivolse uno sguardo pensieroso al padre. «Devo per forza venire a stare con voi?» domandò infine.

Stavros sgranò gli occhi. «Che cosa vuoi dire?»

«Quando i genitori divorziano, i figli devono scegliere con chi stare, giusto?» riprese la ragazzina.

«Giusto.»

«Ebbene, io voglio stare con la mamma» annunciò Teodora con assoluta determinazione.

«Ma tu e la mamma... Voglio dire... Ho pensato che...» Stavros non sapeva più cosa pensare. «Quello che voglio dire è che la mamma e io abbiamo deciso...»

«Mi stai dicendo che la mamma è d'accordo con te?»

«Più che altro sono stato io a dirglielo perché pensavo che fosse il tuo desiderio. Mi ricordo che una volta tu e la mamma non eravate molto legate.»

«E allora avete fatto male a non chiedere il mio parere prima di prendere decisioni che riguardano la mia vita.»

«La mamma non voleva costringerti a scegliere tra me e lei.»

«Non mi costringete a scegliere. Voglio bene a tutti e due ma in questo momento la mamma ha bisogno di me.»

«Anch'io ho bisogno di te!»

«Tu avrai al tuo fianco la tua nuova moglie, mentre la mamma è completamente sola. No, papà. Non posso venire a stare con te. Il mio posto è accanto alla mamma. Ma verrò a trovarti tutte le volte che potrò.»

«Teodora, ne sei sicura?»

«Certo. E sai una cosa? Quando Stella è morta, mi sono sentita molto sola. Mia sorella e io eravamo molto affezionate. La mamma era sempre via e anche quando c'era, era come se non ci fosse... Poi però è cambiata e io quasi non riuscivo a crederci. Ogni giorno mi sembrava l'ultimo che passava insieme a me, finché a un certo punto ho capito che mi sbagliavo. La mamma era tornata e sarebbe rimasta per sempre con me. Se vi foste separati qualche anno fa, adesso non esiterei un istante a venire con te, ma... la mamma è cambiata, sembra pentita e io non voglio abbandonarla. Tutti hanno diritto a una seconda possibilità, così dice la mia professoressa di Lettere a scuola, e adesso mi rendo conto che ha ragione. Mi capisci, non è vero?»

Stavros rivolse uno sguardo commosso alla figlia. «Sei una ragazza incredibilmente matura, non me l'aspettavo.»

«Siete stati voi a farmi maturare. Papà, non sei arrabbiato con me, non è vero?»

«Certo che no, bambina mia.»

«Allora mi dai il permesso di stare con la mamma?»

«Non credo di avere alternative.»

Aspasìa era uscita per lasciare soli padre e figlia, e si era messa a vagare per la città. Aveva perso la cognizione del tempo e non aveva nessuna voglia di tornare a casa, dove nel frattempo pensava che fosse stata emessa la sua sentenza di morte. La vita non aveva più alcun senso per lei. Teodora era tutto quello che le restava e senza la figlia anche l'ultimo briciolo di energia sarebbe svanito. Le ruote dei veicoli le apparivano molto allettanti: sarebbe bastato un semplice passo per affrancarsi dal fardello del rimpianto, del senso di colpa e della solitudine da cui si sentiva oppressa. La ragione, tuttavia, la tratteneva. Pensava a Teodora, al dolore che le avrebbe procurato. Le avrebbe lasciato cominciare la sua nuova vita e soltanto dopo lei sarebbe sparita per sempre, senza lasciare tracce.

Quando rincasò, si sentiva a pezzi. Chiuse la porta e si abbandonò a un pianto disperato. Il silenzio era assoluto. Sobbalzò quando vide Teodora in salotto, seduta in poltrona a leggere un libro.

La ragazzina le sorrise. «Finalmente sei tornata» disse. «È un'ora che ti aspetto.»

Aspasìa si affrettò ad asciugarsi le lacrime e la raggiunse. «Come mai sei qui?» domandò.

«Non capisco, dove dovrei essere?»

«E tuo padre?»

«Io e papà abbiamo fatto una lunga chiacchierata e poi è tornato da Dèspina.» Teodora notò l'aria sbalordita della madre e riprese: «So tutto, mi ha detto che avete deciso di lasciarvi, mi ha parlato di Dèspina e mi ha proposto di trasferirmi da loro. Ma io gli ho detto che volevo prima parlare con te».

«Che cosa vuoi dirmi? Se è per annunciarmi la tua decisione, la conosco già.»

«E invece non la conosci, così come non la conosceva papà.»

Aspasìa sentì un tuffo al cuore e cercò una sedia per non crollare sul pavimento. Dunque c'era una speranza... Dunque non tutto era perduto... Non osava dirlo a se stessa.

Teodora si alzò, si sedette sul bracciolo della poltrona e guardando la madre: «Ho detto a papà che voglio stare con te» mormorò. «Sì, hai capito bene. E ce ne andremo via, giusto?»

Ad Aspasìa pareva di essere stata colpita da un fulmine. «Papà lo sa?» le domandò con voce strozzata.

«Ma è quello che ti ho appena spiegato.»

«Perché?» trovò il coraggio di chiederle, e gli occhi le si riempirono nuovamente di lacrime. «Perché vuoi stare con me? Io non ho mai...»

«Questo si riferisce al passato. Adesso sei la mia mamma e non intendo lasciarti sola.»

Aspasìa non riuscì a trattenersi. Si alzò e raggiunse barcollando la figlia. La strinse a sé e Teodora l'abbracciò.

La figlia riprese per prima il controllo. Si ritrasse e guardò la madre. «Mamma, basta piangere» disse asciugandosi gli occhi.

Un istante dopo Aspasìa annuì e l'imitò. «Hai ragione, adesso dobbiamo decidere il da farsi... Dove andare...»

«Non credo che tu voglia restare qui.»

«Mi rimetto alle tue decisioni.»

Si presero per mano e cominciarono a parlare. Entrambe volevano andar via da Kalamata ma nessuna delle due sapeva dov'era meglio trasferirsi. Passarono in rassegna diverse località finché a un certo punto si misero a parlare di un fiume che scorreva tranquillo accanto a una casa protetta dal tenero abbraccio di due castagni enormi. L'idea le riempì di entusiamo. Negli ultimi tempi Teodora aveva sentito parlare spesso di quel villaggio incuneato alle pendici dell'Olimpo e le era venuta voglia di andarci. Inoltre provava il forte desiderio di conoscere la nonna, della quale portava il nome.

Aspasìa abbozzò un dolce sorriso e ricordò le parole che le aveva rivolto la madre prima della partenza: «*Se un giorno non riuscirai a resistere alle tentazioni, ricordati che qui, in questo angolo di mondo, troverai sempre il fiume ad aspettarti, pronto ad accoglierti nelle sue acque per purificarti*». L'ora del ritorno era giunta, insieme a quella della purificazione. E se il fiume della vita l'aveva trascinata via come un fuscello, lei, aggrappata saldamente alla mano della figlia, era pronta a risalire la corrente per tornare indietro dove tutto era cominciato, in quel villaggio che non intendeva lasciare mai più. Sì, era a casa sua che doveva tornare. La casa sul fiume…

# Storia di Polixeni

Polixeni si nascose in mezzo alle casse e ai mucchi di costumi. Trattenne il fiato per non farsi scoprire prima di aver messo un bel po' di strada tra sé e il villaggio. La tappa successiva dei teatranti, a quanto aveva sentito dire, era il Peloponneso. Quando aveva deciso di seguirli non sapeva perché lo faceva né aveva idea di quello che sarebbe successo dopo. Soltanto di una cosa era certa: se fosse rimasta al villaggio, sarebbe impazzita. Con sé aveva soltanto qualche ricambio di biancheria, il minimo indispensabile, e adesso, nascosta a bordo del carrozzone, pensava a una storia da raccontare ai teatranti per convincerli a tenerla con loro.

Si vide ancora una volta regina del palcoscenico, vestita con un meraviglioso costume e una folla osannante ai suoi piedi. La fantasticheria la cullò dolcemente assieme al dondolìo del veicolo. Non si svegliò che qualche ora dopo, affamata come un lupo. Scivolò verso il bordo del carro e sollevò appena il telone per dare una sbirciatina all'esterno. Avevano già percorso un buon tratto di strada ed erano arrivati alle porte del villaggio di Almiros. Tornò al suo posto e aprì la borsa di canapa. Prima di scappare di casa vi aveva infilato una pagnotta di pane avvolta in un tovagliolo. La spezzò con le mani e si mise a mangiare. Immaginò che dentro ci fosse una fetta di salmone affumicato. Aveva letto da qualche parte che alla tavola dei ricchi il salmone affumicato e il caviale non mancavano mai, e aveva deciso che anche lei un giorno si sarebbe nutrita esclusivamente di quelle leccornie. Prima o poi sarebbe diventata ricca e famosa, avrebbe indossato abiti di sartoria e gioielli preziosi, con un esercito di servitori pronto a soddisfare ogni suo desiderio: su questo non aveva dubbi e per realizzare il suo sogno era disposta a fare qualsiasi cosa.

Si guardò intorno e rabbrividì: il carro su cui si trovava era sporco e maleodorante, pieno di orribili cianfrusaglie. Le vennero le lacrime agli occhi e ancora una volta reagì rifugiandosi nell'immaginazione. Stava soltanto recitando la parte di una ragazza povera e ambiziosa, che aveva deciso di scappare di casa per farsi strada nel mondo dello spettacolo. Compose dialoghi immaginari, si mise a rispondere a interlocutori inesistenti e si interruppe soltanto quando sentì che il carro si era fermato. Diede un'altra sbirciatina all'esterno e vide che i teatranti si erano fermati per il pranzo.

Oltre al carrozzone, la compagnia di giro disponeva anche di un'automobile che lo precedeva. Gli attori scesero, le passarono davanti ed entrarono in un'osteria. Doveva uscire anche lei. Aveva assoluto bisogno di sgranchirsi un po' le gambe, fare quattro passi e prendere una boccata d'aria fresca. Certa che tutti erano entrati nell'osteria, prese la borsa e scese.

Non fece in tempo a posare i piedi al suolo che si sentì sollevare da un paio di braccia possenti. Alzò lo sguardo e vide uno degli attori della compagnia di giro. Era il più anziano e negli spettacoli interpretava sempre il ruolo del padre o del nonno.

«Guarda guarda» disse sorridendo. «Una clandestina! Signorina, si può sapere come ci siete finita sul nostro carro?»

«Posso spiegare...» rispose Polixeni balbettando. Ma senza attendere spiegazioni l'omaccione la trascinò dentro l'osteria per mostrarla ai compagni.

«Vi ho portato un regalo» annunciò attirando l'attenzione dei presenti. «Era nascosta nel carrozzone.»

«Posso spiegarvi...» ripeté Polixeni sul punto di scoppiare in lacrime. Temeva di essere abbandonata in quell'osteria e di non riuscire a ritrovare la strada di casa.

«Siamo tutt'orecchi» rispose l'omaccione incrociando le braccia sul petto. «Che cosa ci facevi sul nostro carro?»

«Volevo unirmi a voi» mormorò lei.

«Questo l'avevamo capito. Quello che ancora non ci hai detto è il perché.»

«Perché voglio fare l'attrice» dichiarò Polixeni provocando la crassa risata dei presenti. La ragazza rivolse loro uno sguardo sprezzante. «Sono molto più brava della maggior parte di voi» proclamò in tono di sfida. Tutti rimasero in silenzio.

«Vi chiedo solo di essere messa alla prova» concluse.

L'omaccione adesso la guardava con maggiore attenzione. La bellezza c'era. Era alta, con i lineamenti aggraziati e lunghi capelli biondi. Qualsiasi uomo avrebbe fatto faville per lei. Se poi era anche in grado di recitare, allora... Ma avrebbe dovuto sapere qualcosa di più sul suo conto.

«Prima mangiamo. Unisciti a noi e ne parliamo dopo» le propose, e gli altri si scansarono per farle posto. Polixeni accettò l'invito e si sedette accanto all'omaccione con aria trionfante. Durante il pranzo osservò i commensali. Al villaggio li aveva visti sempre dal basso. Loro si trovavano sul palcoscenico, con i loro costumi sgargianti, mentre adesso li poteva osservare da vicino, senza il trucco di scena. La conclusione che ne trasse era sconfortante. I famigerati attori non erano altro che dei poveracci, privi di qualsiasi attrattiva, rozzi e terribilmente affamati. Mangiavano a quattro palmenti, imbrattandosi il viso e le mani di sugo e olio. Nella compagnia di giro c'era soltanto un'attrice ed era l'unica che apparisse diversa da tutti gli altri. Era bella, sulla quarantina, e Polixeni ne ricordava la recitazione meno scadente. Stava seduta in maniera composta, mangiava pochissimo e sempre servendosi delle posate, cosa che le fece un'impressione positiva. Anche questa, peraltro, era rimasta colpita dalla nuova arrivata, che sbirciava di sottecchi senza perdersene neppure un gesto.

Al termine del pranzo quasi tutti si accesero una sigaretta e decisero di rivolgere qualche domanda a Polixeni, che aveva avuto tutto il tempo per inventarsi di sana pianta un nome, una storia e un passato fittizi.

«Allora» ripeté l'omaccione «vuoi raccontarci la tua storia?»

Polixeni aveva capito sin dall'inizio che si trattava del capocomico e che la decisione di tenerla o no spettava a lui. Così ne sostenne lo sguardo e sorrise. «Mi chiamo Xenia Olimpiou» rispose. Non era stato difficile trovare un bel nome d'arte. L'Olimpo era la montagna alle cui pendici sorgeva il suo villaggio natale, mentre Xenia rimandava alla seconda metà del suo vero nome, Poli-xeni.

«Come vi ho già detto,» riprese «il mio sogno è diventare attrice e sono sicura di avere il talento necessario.»

«Perché non sei venuta a parlarmene e hai preferito nasconderti? Mica starai scappando da qualcuno? L'ultima cosa che voglio è avere problemi con la polizia.»

«Ho vent'anni, signore, e posso decidere autonomamente della mia vita. I miei genitori sanno che sono venuta via con voi, anche se ovviamente non approvano la mia scelta. Ma questo non ha alcuna importanza!»

Lambros Pagonis, questo era il nome del capocomico, la guardò dall'alto in basso. Era davvero un bel bocconcino e, dal momento che era decisa a fare la fame assieme a loro, lui non aveva niente da eccepire. Se poi aveva davvero del talento, come asseriva, forse per loro poteva essere una buona occasione. Da anni girava in lungo e in largo per tutta la Grecia, recitando ovunque, nelle piazze, nei bar, persino nelle stalle. Da giovane aveva intrapreso la carriera con molti sogni e ambizioni, e aveva recitato al fianco dei più bei nomi dell'epoca, acquistando persino una certa fama. Ma a un certo punto aveva mandato tutto in rovina a causa del vizio dell'alcol. Fu l'inizio della fine ma lui non se n'era reso conto. In scena aveva cominciato a dimenticare le battute, si presentava in ritardo alle prove, e a un certo punto fu naturale che finisse nel dimenticatoio. Dall'alcolismo si era salvato grazie a Zoe, ma ormai era troppo tardi. I produttori gli avevano voltato le spalle e nessuno era disposto ad affidargli neanche una particina. Però per la recitazione continuava a nutrire un amore sconfinato e decise di darsi al teatro ambulante. Da allora batteva palmo a palmo la provincia greca e aveva avuto a che fare con attori di ogni risma: alcuni avevano vero talento, altri invece erano soltanto guitti da strapazzo. Naturalmente i migliori erano rimasti con lui il tempo strettamente necessario a farsi le ossa e a farsi conoscere presso i più bravi impresari teatrali della capitale. La vita artistica di Lambros era costellata di umiliazioni indicibili: a volte la recitazione degli attori era così scadente che persino i contadini, un pubblico di bocca buona, li costringevano a interrompere lo spettacolo prendendoli a sassate oppure chiedevano a gran voce la restituzione del prezzo del biglietto. In altre parole lui e il resto della compagnia ne avevano viste di tutti i colori ed era capitato spesso che rimanessero a bocca asciutta, senza niente da mettere sotto i denti. Quel giorno invece erano stati fortunati. Le repliche erano andate bene e avevano potuto permettersi nientemeno che un pranzo vero in osteria. Il merito era soprattutto di Martha, la donna che aveva colpito l'attenzione di Polixeni, e il cui talento aveva salvato le sorti, e gli incassi, dei teatranti. Si era unita a loro da due mesi e le cose andavano piuttosto bene. Se anche la sconosciuta, che lo guardava in attesa della risposta, si fosse dimostrata all'altezza delle aspettative, forse avrebbe potuto guadagnare qualcosa per rinnovare i costumi di scena e aumentare la paga agli attori.

«D'accordo» disse Lambros. «Ma prima di decidere ti farò fare un provino e, se davvero sei brava come dici, ti prenderemo con noi... Sappi però che la nostra vita non è rose e fiori. La quotidianità dei teatranti girovaghi è piena di privazioni, di fatica e di fame.»

Polixeni abbozzò un sorriso di comprensione e subito dopo Lambros la presentò ufficialmente al resto della compagnia. Oltre al capocomico e a Martha, ne facevano parte anche Paschalis, un bellimbusto con i capelli unti di brillantina e il sorriso viscido, specializzato nella parte del giovane damerino, il quarantenne Markos, che oltre a recitare faceva anche l'elettricista e il guardarobiere, e Pelagia, sua moglie, una ragazza bassina ma cicciottella che confondeva sempre le battute, per cui si limitava a ruoli di secondo piano e si occupava della cucina. Poi c'erano Thomàs, un cinquantenne basso e grasso specializzato nelle parti comiche, e Zoe, la moglie di Lambros, che era addetta ai costumi e recitava soltanto se era indispensabile. Infine c'era Sotiris, l'angelo custode dei teatranti, che faceva il suggeritore e aveva salvato spesso il buon nome della compagnia, impegnata a recitare copioni sempre diversi. Infatti, pur di venire incontro ai gusti del pubblico, non esitavano a cambiare repertorio in corso d'opera, persino due o tre volte nella stessa giornata. Altre volte invece era il pubblico a pretendere di vedere un determinato spettacolo al posto di quello programmato, nel qual caso la compagnia non poteva certo permettersi il lusso di ignorare la richiesta.

Polixeni provò un forte scoramento nel sentire queste cose. D'altra parte sapeva che per sfondare nel mondo dello spettacolo era necessaria molta gavetta. Spettava a lei rendere proficui i sacrifici iniziali. L'importante era mettere un piede in quel mondo e a tempo debito, con un pizzico di fortuna, avrebbe potuto farsi conoscere nelle piazze teatrali che contavano.

Poco lontano dall'osteria, in riva al mare, c'era una radura sabbiosa. Lambros porse un copione tutto stropicciato a Polixeni e le disse di leggerlo. Si trattava di un dialogo tratto da *Romeo e Giulietta*. A Martha erano state affidate le battute della nutrice. Polixeni conosceva la storia perché l'aveva letta alle medie in un libro che gli aveva prestato il professore di Lettere. Allora le era piaciuta molto e aveva recitato molte volte la parte di Giulietta guardandosi allo specchio.

Nel giro di pochi minuti Lambros vide Polixeni trasformarsi nella tragica eroina di William Shakespeare. Il volto assunse il languore della fanciulla innamorata e la voce riecheggiò cristallina sulla spiaggia deserta. Notò che la ragazza ricorreva pochissimo al copione, mentre la recitazione coinvolgente incantava tutti i membri della compagnia. Lambros avrebbe voluto fare i salti di gioia per la fortuna inattesa che gli era capitata. Non credeva ai suoi occhi: finalmente aveva per le mani un autentico talento teatrale.

Il resto del viaggio fino al Peloponneso Polixeni lo trascorse seduta tra Martha e Zoe. Mentre la macchina macinava i chilometri, lei sognava il futuro brillante che l'attendeva. La prima tappa della tournée era prevista in un villaggio poco lontano da Nafplio dove, le aveva annunciato Lambros, sarebbe avvenuto il suo debutto. In cartellone c'era un anonimo drammone strappalacrime in cui Polixeni avrebbe recitato la parte della figlia e Martha quella della madre. La ragazza ne fu entusiasta. Anche se l'opera non era quel che si diceva un capolavoro, il grande momento era arrivato e dipendeva da lei trasformare l'esordio in un trionfo personale.

Lo spettacolo si svolse in un bar, alla presenza di un pubblico sparuto. All'inizio a Polixeni si era stretto il cuore, ma poi, ancora una volta grazie al potere dell'immaginazione, al posto delle seggiole di legno vide poltrone di velluto, e al posto degli avventori male in arnese le parve che ci fossero signori con il frac e dame ingioiellate. Non doveva far altro che recitare, e lo fece in modo magistrale e commovente. Superata qualche risatina di apertura, nel giro di pochi minuti gli spettatori rimasero incantati da quanto accadeva sul palcoscenico. Alla fine anche Polixeni ammise di essere soddisfatta, mentre un applauso scrosciante e caloroso e le ovazioni del pubblico suggellavano il successo della serata.

Durante le repliche il pubblico accorse molto più numeroso, tanto che Lambros si fregava le mani per la soddisfazione. Grazie a Xenia Olimpiou e al suo incredibile talento quella tournée stava avendo un successo clamoroso, tanto che, per la prima volta dopo tantissimi anni, dovettero prolungare il soggiorno di ben quindici giorni.

Polixeni ricevette la sua prima paga e sgranò gli occhi per la sorpresa. Non aveva mai visto tanti soldi tutti insieme in vita sua. Lambros era stato molto generoso con gli attori. Il capocomico per la prima volta poteva permettersi di pagarli con soldi veri e non in natura. Al netto dei compensi, con la cifra guadagnata riuscì persino ad acquistare alcuni metri di stoffa, che affidò alle mani sapienti della moglie affinché ne ricavasse un abito rosa pastello per lo spettacolo successivo. Si trattava di una commedia brillante francese che sembrava fatta apposta per Polixeni. In questo spettacolo Martha recitava la parte della madre di Polixeni, e insieme si producevano in un dialogo di straordinaria verve comica che non mancò di strappare l'applauso entusiastico degli spettatori. Questa volta la compagnia di giro si trattenne per ben due mesi, il bar che li ospitava era piuttosto grande e ancora una volta l'affluenza del pubblico indusse Lambros a fregarsi le mani per la soddisfazione.

A poco a poco Polixeni si rese conto che la vita dell'attrice girovaga non faceva più per lei. Le ore in attesa della replica non passavano mai e per distrarsi aveva preso l'abitudine di fare lunghe passeggiate per conoscere meglio la zona. Dopo un paio di settimane la gente del posto la riconosceva e la salutava sorridendo, e questo le piaceva. L'episodio più divertente le era accaduto in una pasticceria: si era seduta per gustare un dolce e quando il proprietario l'aveva riconosciuta non volle essere pagato. Polixeni se ne sentì molto lusingata. A un certo punto però neppure la fama acquisita nei villaggi dei dintorni pareva compiacerla. In fin dei conti il Peloponneso meridionale era soltanto una provincia sperduta, per non parlare del comportamento di certi uomini, convinti che le attrici fossero soltanto delle poco di buono. Nessuno aveva ancora fatto colpo sulla ragazza e la indignava il fatto che dei campagnoli rozzi e ignoranti, con i loro abiti lisi e gli scarponi coperti di fango, osassero metterle gli occhi addosso.

Tutto questo indusse Polixeni a interrogarsi sul suo futuro. La compagnia di Lambros aveva avuto il merito di sottrarla al tedio del villaggio natìo, ma adesso rischiava di trasformarsi in una palude dalla quale difficilmente sarebbe riuscita a sottrarsi. Il suo sogno era calcare i più celebri palcoscenici del paese e non girovagare nei teatri di provincia, dormire sotto le stelle, mangiare quello che capitava dove capitava, e tenere a bada i campagnoli che allungavano le mani. D'altronde, non era riuscita a diventare amica di nessuno: il dislivello tra lei e gli altri costituiva un ostacolo insormontabile, e aveva persino sentito che qualcuno la chiamava «la principessa sul pisello». Anche in questo caso lei se ne sentiva lusingata, ma restava il fatto che con quella gente lei non aveva niente da spartire e trattenersi troppo con loro avrebbe potuto nuocere al suo talento.

Quando Lambros decise che era il momento di fare vela verso altri lidi, Polixeni trasse un sospiro di sollievo. Finalmente la vita si rimetteva in movimento. All'inizio pensavano di fare tappa a Kalamata, ma poi, quando vennero a sapere che c'era già un'altra compagnia nei paraggi, decisero di spostarsi più a ovest, verso l'antico borgo bizantino di Kiparissìa. Polixeni rimase incantata dalla bellezza del paesaggio, dominato dalle spiagge enormi e dai boschi meravigliosi che si stagliavano contro il blu del mare e l'azzurro del cielo. A tutto questo si aggiunse il fatto che si esibivano in un bar nuovo di zecca, molto grande, gestito da un proprietario che già li conosceva e che si offrì di ospitarli nella locanda attigua al suo locale. A Polixeni la sistemazione piacque molto e, per quanto la riguardava, decise di mettercela tutta per rimanervi il più possibile e non doversene andare prima del previsto. A questo scopo già la prima sera, a cena, decise di fare un bel discorsetto a Lambros. Capitava di rado che la «principessa sul pisello» rivolgesse la parola al capocomico, cosicché tutti tacquero per ascoltarla.

«Lambros, hai deciso l'opera da proporre?» domandò, lasciando trapelare dalla voce una sottile ironia.

Il capocomico, che si era appena acceso una sigaretta, le rivolse uno sguardo indolente in mezzo alle volute di fumo che gli uscivano dalla bocca. «Come mai questa domanda?» replicò. «Non ti sei mai interessata ai contenuti del nostro repertorio.»

«Sì, ma questa volta è diverso. Il bar che ci ospita è grande e confortevole, e la zona è molto bella. Dobbiamo dare il meglio di noi.»

Seguirono alcuni istanti di silenzio. Le pupille di Lambros assunsero le dimensioni di una capocchia di spillo. «Questi non sono affari tuoi. Pensa soltanto a recitare come si deve. A tutto il resto ci penso io.»

«Io recito sempre come si deve» ribatté Polixeni. «Solo che un buon attore ha bisogno anche di un copione all'altezza per dare il meglio, e finora i testi del vostro repertorio hanno lasciato alquanto a desiderare.»

«Se qui non ti sta bene, non ti trattiene nessuno» tagliò corto Lambros spegnendo il mozzicone nel posacenere. «E se credi di essere diventata un'attrice solo perché reciti qualche battuta in un teatro ambulante, ti consiglio di ripensarci. Vai a farti un giro in un teatro vero, serio, e poi ne riparliamo. Al massimo saresti buona a portare loro il caffè.»

Gli astanti trattennero il respiro ma Polixeni non si scompose. «Da quando ci sono io gli spettatori sono aumentati e non puoi negarlo. Quanto ai veri teatri, forse hai ragione tu, sarei buona soltanto a portare il caffè. Ma tu non saresti buono neppure a fargliela, il caffè.»

Lambros scattò in piedi paonazzo e con gli occhi fuori dalle orbite. Martha corse subito accanto a lui e gli appoggiò una mano sulla spalla. Lui le rivolse uno sguardo feroce ma il volto tranquillo della donna gli permise di riprendere il controllo.

«Lambros, lascia perdere...» gli disse. «In questo modo non verremo a capo di niente.»

«Ma l'hai sentita?» gridò il capocomico.

«Ho sentito entrambi e credo che tutti e due abbiate superato il segno. Cerchiamo di calmarci e di ragionare, siamo artisti, non animali.»

Lambros le rivolse un'occhiata perplessa, poi si mise di nuovo a sedere e si accese un'altra sigaretta.

«Allora» riprese Martha. «Xenia non ha tutti i torti. Sono anni che non rinnoviamo il repertorio.»

«Martha, mi meraviglio di te» la interruppe Lambros. «Lo sai che siamo quattro gatti.»

«D'accordo, ma questo non vuol dire che il nostro repertorio sia intoccabile.»

«Credi che sia facile trovare opere nuove?»

«Be', io forse ne ho appena trovata una.»

«E perché non me lo hai detto prima?»

«Perché prima Xenia non era con noi, ecco perché. È la storia di una ragazza e ho già fatto tutti gli adattamenti necessari per renderlo recitabile.»

Le parole di Martha suonarono come un balsamo alle orecchie dei teatranti. Per dimostrare la qualità dell'opera, Martha tirò fuori il testo e cominciò a leggerlo. Era una commedia d'intreccio, ricca di colpi di scena e di battute divertenti, ambientata interamente in un'osteria. Tutti ne rimasero soddisfatti, soprattutto Polixeni, che la trovò ideale per fare sfoggio del proprio talento.

Le prove durarono tre giorni, al termine dei quali erano pronti per il debutto. L'affluenza del pubblico andò oltre qualsiasi aspettativa e il bar si affollò all'inverosimile. Da molti anni non passava dalle loro parti una compagnia di giro e la curiosità era alle stelle. Quella sera Polixeni diede tutta se stessa in una recitazione coinvolgente e ricca di verve. Lambros interpretava la parte del padre e il duetto scatenò una vera e propria tempesta di applausi, che suggellò il trionfo della compagnia. I due si rappacificarono nel nome del successo e, non appena scesero dal palcoscenico improvvisato, Lambros l'abbracciò e si congratulò con lei.

«Xenia, sei stata straordinaria» disse. «Quanto al passato... propongo di metterci una pietra sopra.»

Polixeni lo guardò soddisfatta. «A essere sincera, non ricordo nulla» rispose. «E tu?»

«Neanche io!»

Si sciolsero entrambi in un sorriso. Tutti sapevano che quello era soltanto l'inizio e già dalla replica successiva a causa della ressa molti spettatori non riuscivano a entrare. Il proprietario del bar si fregava le mani, mentre gli attori finalmente cominciarono a essere pagati in modo soddisfacente per il loro lavoro. Polixeni invece non mutò affatto la sua vita. Ogni mattina, dopo la colazione, passeggiava e un pomeriggio, su consiglio di un abitante del luogo, decise di andare ad ammirare il tramonto. Ne rimase estasiata. Quella sera l'atmosfera

era limpidissima e il disco scarlatto del sole, mentre sprofondava dietro la montagna, tinse il cielo di colori che nessun pittore sarebbe stato in grado di riprodurre. Le nuvole dal canto loro somigliavano ad altrettanti ricami, pronti ad avvolgersi intorno alle spalle di Polixeni per proteggerla dal fresco della notte. La ragazza ebbe la sensazione di poter diventare tutt'uno con quel rutilante spettacolo di colori, di poter attingere quell'infuocato caleidoscopio assumendone la brillantezza. Fu un momento di pura estasi.

Quando tornò al villaggio, ebbra di splendore, decise che anche la sera dopo si sarebbe appartata per ammirare il tramonto, bramosa di svanire ancora nei riflessi del cielo. E così fece, ma vi trovò anche qualcun altro nel suo angolo di paradiso.

«Martha, che cosa ci fai qui?» domandò sorpresa, scorgendo la donna seduta su una coperta.

«Non sei l'unica desiderosa di ammirare il tramonto» rispose l'altra, invitandola a prendere posto accanto a sé.

Polixeni ebbe un istante di esitazione. Si era appartata per stare un po' da sola e non aveva voglia di chiacchiere senza senso. Ma ormai era troppo tardi e non le rimase che accettare.

«La storia di Kiparissìa è molto antica» cominciò a dire Martha. «Pensa che già Omero la cita nell'*Odissea*. Era governata da Nestore e prese parte alla guerra di Troia. In epoca bizantina aveva assunto il nome di Arkadìa, forse perché vi avevano trovato riparo molti abitanti dell'Arcadia fuggiti dalle invasioni degli slavi. Dopo la fine di Bisanzio fu occupata dai crociati e poi dai turchi.»

«Come fai a sapere tutte queste cose?» si incuriosì Polixeni.

«Le ho lette. Ti piace la storia?»

«A scuola era la mia materia preferita.»

Seguirono lunghi minuti di silenzio. Polixeni sbirciò di sottecchi Martha, che restava immobile. Era molto diversa dagli altri e si sarebbe detto che fosse capitata lì per sbaglio.

«Come mai hai deciso di fare l'attrice girovaga?» decise di domandarle. «Se non vuoi, non sei tenuta a rispondermi.»

«Non ho nulla da nascondere. Sono nata da un'ottima famiglia di Atene. Mio padre era avvocato e i miei genitori avrebbero voluto vedermi sposata a un professionista, a un avvocato magari, o a un medico. E invece un'estate, durante le vacanze, ho conosciuto un attore ambulante e me ne sono innamorata. I miei genitori ovviamente non ne volevano neanche sentir parlare.»

«E poi che cosa è successo?» l'incalzò Polixeni.

«Nessuno di noi intendeva cedere, così alla fine ho deciso di scappare di casa e di unirmi alla sua compagnia per stare insieme a lui.»

«Sei stata davvero molto coraggiosa.»

«E sciocca.»

«Rimpiangi la tua decisione?»

«Certo che la rimpiango. Già pochi giorni dopo scoprii che era un donnaiolo e che aveva un'amante in tutte le città che toccava durante le tournée.»

«Perché non sei tornata dai tuoi quando ti sei resa conto dell'errore commesso?»

«Perché nel frattempo mio padre mi aveva rinnegato e diseredato. Il patrimonio di famiglia è confluito tutto nella dote di mia sorella, che ha sposato un ragazzo gradito anche ai miei genitori. Io sono rimasta sola e senza un soldo. E allora ho deciso di accettare la proposta di Lambros. Aveva bisogno di una comparsa e siccome in un'occasione mi aveva visto recitare, mi ha proposto di andare con lui. Il resto lo sai...»

«Adesso capisco perché sembri tanto diversa da tutti gli altri.»

«Anche tu!» ribatté Martha guardandola negli occhi.

«Che cosa vuoi dire?»

«Che con Lambros e la sua compagnia di guitti tu non hai niente a che spartire.»

Polixeni fissò a lungo Martha. Che le avesse letto nel pensiero?

«Non cadere dalle nuvole» riprese la compagna. «Hai talento da vendere e sarebbe un peccato sprecarlo con questi straccioni. Con un po' di aiuto potresti fare una grande carriera.»

«E chi potrebbe essere disposto ad aiutarmi?» domandò la ragazza.

«Io!»

«Tu? E come potresti aiutarmi quando in tutti questi anni non sei stata in grado di aiutare neanche te stessa?» si lasciò sfuggire Polixeni.

«Per me era diverso. Non avevo né la tua bellezza né il tuo talento» rispose. «Devi sapere che da qualche tempo ho un ammiratore.»

«Che genere di ammiratore?»

«Qualcuno che potrebbe aiutarmi a farti fare carriera.»

«Se credi che per la carriera sarei disposta a prostituirmi, ti sbagli di grosso.»

«Non aver fretta, sciocchina... Mi hai preso forse per una mezzana? Voglio soltanto aiutarti.»

«E tu che cosa ci guadagni? Perché il mio successo ti sta tanto a cuore?»

«Perché è di lavoro che sto parlando.»

«Non sono molto convinta, non vorrei trovarmi nei pasticci.»

«Credimi, neanch'io lo voglio. Sto solo cercando di farti capire che grazie a me puoi fare carriera e che grazie a te potrò smettere di andare in giro con questi saltimbanchi. Se le cose andranno come spero, avremo molto da guadagnarci sia io sia tu. A patto soltanto che lavorerai sodo e che farai tutto quello che ti dirò... Non mi riferisco a qualcosa di losco. Con chi vai a letto sono affari che non mi riguardano.»

«In tal caso va bene.»

Il sole aveva cominciato a tramontare. Le due donne tacquero per godersi lo spettacolo. Il cielo assunse i colori sfolgoranti del fuoco e in mezzo alle nuvole purpuree Polixeni si vide abbigliata con meravigliosi abiti di scena, sui palcoscenici dei teatri più prestigiosi del mondo, osannata da folle di spettatori eleganti ed esultanti. Il sole che tramontava le parve una corona in procinto di essere deposta sulla sua testa. Era questo il suo sogno il giorno in cui aveva deciso di scappare di casa, per questo non aveva esitato a dare alla madre un dolore tanto grande.

Poi il sole scomparve dietro l'orizzonte. Si alzarono e Martha raccolse la coperta. Tornarono in silenzio. Polixeni non osò rivolgerle altre domande, pur essendo tempestata dai dubbi e dalla curiosità. Che cosa aveva in mente Martha? Quando intendeva dare inizio al piano?

La sera dovette compiere uno sforzo notevole per concentrarsi e recitare in modo decente. E a letto non riuscì a chiudere occhio tutta la notte. L'indomani mattina rinunciò alla solita passeggiata rilassante. Gli altri erano intenti a prendere il caffè godendosi il sole primaverile, ma lei si accorse dell'assenza di Martha. Rimase ad ascoltare i compagni che chiacchieravano del più e del meno, finché a un certo punto, incapace di resistere alla curiosità, fece una domanda a Thomàs, che era seduto accanto a lei.

«Thomàs, sai per caso dov'è Martha?»

«Se n'è andata prima dell'alba» fu la risposta. «Ieri ha annunciato che oggi non ci sarebbe stata tutto il giorno ma tornerà stasera in tempo per la replica.»

«Sai per caso dov'è andata?» insisté Polixeni.

«Se non sbaglio aveva appuntamento con qualcuno a Patrasso, ma non sono sicuro. Come mai tutto questo interessamento improvviso per Martha?» domandò il collega, sorpreso dal fatto che la «principessa sul pisello» avesse deciso di rivolgergli la parola.

«No, niente... Semplice curiosità.»

Intanto il cuore aveva preso a batterle forte. Martha aveva cominciato l'attuazione del suo piano, ne era certa. L'uomo di Patrasso doveva essere il misterioso ammiratore di cui le aveva parlato. L'uomo che le avrebbe aiutate.

Benché fosse nuda, Martha si alzò disinvolta dal letto e si infilò una vestaglia. Stathis restò a osservarla con una sigaretta accesa tra le dita. Gli sguardi dei due si incrociarono e lui sorrise.

«Che cos'hai da guardare?» domandò lei.

«Più che guardare, ammiro lo spettacolo» rispose Stathis. «Martha, lo sai che sei davvero una bella donna?»

«Per la mia età mi conservo bene, lo ammetto.»

«Per la tua età? Hai voglia di scherzare.»

«No, dico sul serio. Sono del tutto consapevole di me stessa» ribatté. «Su, àlzati pelandrone, ho voglia di un buon caffè.»

Uscirono sul balcone e Martha, subito dopo il primo sorso, si accese una sigaretta e cominciò a parlare.

«Non mi hai detto che cosa pensi della mia idea» gli domandò. «Senza di te ho le mani legate e mi spiacerebbe perdere questa occasione.»

Stathis le rivolse un'occhiata. «Non capisco perché ti dai tanta pena per una sconosciuta.»

«Credo di avertelo spiegato. Xenia è il mio lasciapassare per abbandonare il teatro girovago.»

«Non è l'unico, ma l'altro non ti degni di usarlo. È un anno che stiamo insieme, ti ho chiesto almeno cinque volte di sposarmi e tu fai orecchie da mercante senza fornirmi una spiegazione convincente.»

«Stathis, lo sai quanti anni ho?»

«Certo che lo so. È stata la prima cosa che mi hai detto quando ci siamo conosciuti.»

«E te la ripeto anche adesso. Tra non molto compirò quarant'anni e non posso permettermi un altro passo falso.»

«Non capisco di che cosa parli. Io ti amo, te l'ho detto in tutti i modi. Da un anno non faccio che girare la Grecia insieme a voi pur di strappare qualche ora in tua compagnia. Che cos'altro devo fare per dimostrarti il mio amore?»

«Di questo abbiamo già parlato, adesso quello che mi interessa è Xenia. Una volta mi hai detto che se avessi voluto, avresti potuto trovarmi un ingaggio ad Atene. Ebbene, perché non lo fai per Xenia?»

«E tu che cosa ci guadagni?»

«Potrei farle da agente e prendere una percentuale sui contratti. A quanto mi hai detto, ad Atene l'industria cinematografica è molto fiorente e Xenia ha talento da vendere.»

«E allora dimmi che cosa ci guadagno io.»

«Non capisco… Vuoi anche tu una percentuale?»

«Io voglio soltanto te.»

«Ma già sono tua!»

«Voglio che diventi mia moglie.»

«Ci risiamo. Perché insisti? Non sei soddisfatto di quello che abbiamo?»

«No, Martha, non sono soddisfatto. Voglio passare ogni minuto della mia vita accanto a te. Voglio svegliarmi al mattino e vedere il tuo volto al mio fianco, la sera voglio addormentarmi tenendoti tra le braccia. Voglio poter andare in giro con te alla luce del sole, invece di incontrarci di nascosto negli alberghi come due ladri. So che alle spalle non hai un passato sentimentale fortunato e comprendo i tuoi timori, ma dopo tanto tempo dovresti aver capito che tipo di uomo sono.»

«Ammetto che sei una brava persona ma… pensa a quello che diranno i tuoi amici. Sei un professionista affermato e io un'attrice girovaga che non potrà neppure darti un figlio.»

«I figli non mi interessano e gli amici… mi interessano ancor meno! Per me possono anche andare al diavolo. Ce ne troveremo di nuovi. E per quanto riguarda Xenia lascia fare a me, lo so che quella ragazza ti sta a cuore e che quando ti metti una cosa in testa non te la toglie nessuno. Hai vinto tu. Ti darò una mano a trasformarla in una star di prima grandezza, ma a una condizione.»

«Quale?»

«Che quando la tua protetta avrà trovato la sua strada, tu pianterai tutto e diventerai mia moglie. In caso contrario, scordati del mio aiuto.»

«Ma questo è un ricatto!» protestò lei.

«Puoi chiamarlo anche così. Allora, ci stai o no?»

Martha spense la sigaretta nel posacenere e si alzò. Stathis non le tolse gli occhi di dosso e, quando lei rientrò nella stanza, la seguì.

«Sei sicuro di farcela, altrimenti non porresti una condizione del genere» osservò.

«Infatti. Entro i prossimi sei mesi la tua giovane amica non avrà più bisogno di stampelle e tu diventerai mia moglie.»

Martha tornò a Kiparissìa soltanto dieci minuti prima dell'inizio dello spettacolo e trovò la compagnia intera nel panico a causa della sua assenza.

«Meriteresti di essere presa a legnate per quello che hai fatto, solo che adesso non ho tempo» gridò Lambros intento a vestire i panni di scena. Martha per tutta risposta gli fece una linguaccia.

Un istante prima dell'inizio bisbigliò a Xenia: «Mi raccomando, stasera metticela tutta».

La ragazza salì sul palcoscenico ripensando alle parole di Martha. Ancora una volta diede una grande prova d'attrice e l'applauso scrosciò spontaneo. Stathis, confuso tra gli spettatori, ne rimase molto colpito. Martha aveva visto giusto. Quella ragazza, che era già molto bella, con i dovuti accorgimenti sarebbe diventata una diva di prim'ordine. Anche la recitazione non aveva nulla da invidiare a quella di un'attrice consumata, ma il volto particolare la rendeva adatta a diventare una protagonista del grande schermo.

Al termine dello spettacolo Martha condusse Xenia al tavolo dove si trovava Stathis.

«Xenia, vorrei presentarti un mio caro amico. Il signor Stathis Sirigos stasera è venuto apposta per vederti. Stathis, la signorina Xenia Olimpiou.»

La mano di Polixeni era gelida per la tensione nervosa. «Molto piacere» disse con voce strozzata, e si sedette di fronte. Subito lui e Martha si misero a parlare di lavoro, ma Polixeni non capiva a che cosa si riferissero e decise di chiedere spiegazioni.

«Signor...» disse.

«Prima di tutto sarebbe meglio che ci dessimo del tu come faccio sempre con i miei collaboratori» l'interruppe Stathis.

«D'accordo... solo che il problema rimane» riprese Polixeni.

«Quale problema?»

«State parlando di cose che non capisco e che necessitano di un capitale ingente per trasformarsi in realtà e io...»

«Ti sbagli, non occorre alcun capitale da parte tua» l'interruppe di nuovo Stathis. «Stammi a sentire, Xenia. Noi in questo momento stiamo puntando su di te... stiamo investendo... non so se mi capisci.»

«No.»

«Per noi sei un'impresa e quando si comincia un'impresa nuova, è l'investitore che si procura il capitale di partenza» spiegò. «Hai capito adesso?»

«Veramente... ancora no.»

«Non importa, capirai tutto in seguito. Per adesso devi soltanto fidarti di noi e fare tutto quello che ti diremo.»

«E qui casca l'asino.»

«Non temere» intervenne Martha. «Non ci riferiamo a nulla di compromettente per il tuo onore.»

«Certo, stai tranquilla» si affrettò a confermare Stathis. «La tua vita personale non ci riguarda se non nella misura in cui potrebbe mettere a repentaglio la tua carriera.»

«Va bene allora, cominciamo.»

«Innanzitutto dovete dire tutte e due a Lambros che tra quindici giorni ve ne andate.»

«Così presto?» domandò Polixeni. «Voglio dire, non farà in tempo a…»

«Non sono fatti vostri» ribatté Stathis con durezza. «Se vuoi far carriera, rimanda i sentimenti a quando te li potrai permettere. Adesso rimbocchiamoci le maniche perché ci aspetta moltissimo lavoro.»

Due mesi dopo Polixeni aveva la sensazione di trovarsi nell'occhio di un ciclone che avrebbe potuto travolgerla completamente. Intorno a lei tutto si muoveva a una velocità strabiliante. Ogni sera crollava nel letto esausta e si addormentava prima di riuscire a mettere in ordine i pensieri, a riflettere sulla giornata appena trascorsa e a dare un senso al vortice di fatti e personaggi che ormai segnavano la quotidianità. I teatranti girovaghi a cui si era unita qualche tempo prima erano diventati già un lontano ricordo.

La fuga sua e di Martha avrebbe causato grossi problemi a Lambros. Polixeni lo sapeva bene e si era sentita a disagio. Così aveva lasciato che a parlare fosse Martha, ma alla fine neanche lei era riuscita a sottrarsi all'ira del capocomico. Lambros era celebre per le sue sfuriate e davanti alla prospettiva della catastrofe aveva dato il peggio di sé. Se non fosse intervenuto Sotiris, Polixeni avrebbe senza dubbio corso il rischio di rimanere uccisa. Il giorno successivo le due donne avevano velocemente fatto i bagagli. Stathis le aveva attese in macchina, per dirigersi tutti insieme ad Atene, dove le due donne avevano preso alloggio in un bell'albergo. Stathis dal canto suo abitava nel centro della città.

La sera stessa Polixeni si era coricata in un letto matrimoniale con le lenzuola fresche e profumate, e per la prima volta si era sentita completamente sola. Stathis e Martha si erano ritirati nella stanza di quest'ultima, che si trovava accanto a quella della ragazza, e poco dopo si erano cominciati a udire i mugolii soffocati dell'amore, che con il trascorrere dei minuti si erano trasformati in gemiti languidi. Polixeni ne era stata turbata. Era rimasta sveglia per non perdersi neppure un dettaglio dell'atto amoroso, che lei personalmente ancora non conosceva e al quale non aveva mai pensato, ma che da quella sera cominciò a diventare un'ossessione. Aveva ventidue anni, ricordava i primi appuntamenti delle sorelle; invece lei, di fronte alla prospettiva dell'amore, era sempre rimasta indifferente. Si era domandata quale forza sovrumana aveva fatto gemere Martha come un animale ferito e quale segreto straordinario celasse l'amore. Aveva cercato di immaginare l'amica tra le braccia di Stathis e nello stesso tempo si era vergognata dei suoi pensieri. Avvolta nelle coltri aveva tentato di addormentarsi, ma le lacrime di rabbia e di dolore che si affrettava ad asciugare le erano scorse sulle guance.

Secondo lei l'amore era una debolezza e non si sentiva così sciocca da permettere a un uomo qualsiasi di prendersi gioco di lei o, ancora peggio, di usarla per i suoi scopi. L'uomo che avrebbe voluto era qualcuno capace di offrirle un sostegno materiale e psicologico. Ma in attesa di conoscerlo doveva pensare soltanto alla sua carriera. Per questo aveva abbandonato il villaggio, non certo per innamorarsi, cosa che avrebbe potuto fare anche a casa sua. Prima di sprofondare nel sonno aveva deciso che l'indomani mattina avrebbe inviato una cartolina alla madre per dirle che stava bene, senza scendere in troppi dettagli. Sì, era il minimo che poteva fare per lei!

Si guardò allo specchio. L'immagine riflessa era la sua, quella di Polixeni, ma allo stesso tempo non era lei. Stathis l'aveva inviata in un istituto di bellezza, dove la ragazza aveva trascorso una giornata intera per uscirne completamente trasformata. Adesso era diventata una donna meravigliosa. Si abbandonò a un sorriso compiaciuto mentre alle sue spalle Martha annuiva. Ma non c'era tempo da perdere. Bisognava ancora pensare agli abiti e alle scarpe, e Polixeni dovette ammettere che Stathis non badò a spese. L'armadio si riempì di capi di abbigliamento, di calzature e di accessori di ogni tipo, che completarono la sua metamorfosi.

Un fotografo professionista le preparò un book destinato a un regista e a un produttore. Entrambi rimasero molto colpiti dalla bellezza e dall'eleganza di Polixeni, tanto che la prima proposta di ingaggio giunse soltanto dopo una decina di giorni.

Fu Martha ad annunciarle che era stata scritturata per un piccolo ruolo in una produzione cinematografica e Polixeni rimase senza parole.

«È poco più di una comparsata» le spiegò quel pomeriggio. Erano andate a passeggio sul lungomare per godersi il tramonto. «L'importante è muovere il primo passo, il resto… è completamente nelle tue mani.»

«Sai, Martha, non so se ci riuscirò» protestò Polixeni.

«Non è molto diverso da quello che facevi con Lambros» la confortò Martha. «Il tuo compito è seguire le istruzioni del regista e ripetere le battute del copione. Non aver paura, Xenia, sono sicura che ce la farai. Devi farcela» concluse.

Nelle due notti successive la ragazza non chiuse occhio e si buttò a capofitto nello studio del copione. Doveva pronunciare soltanto due battute, ma la fantasia volava già alta. Si immaginava soffusa di nuvole di gloria, con i giornalisti adoranti che si azzuffavano per strapparle un'intervista esclusiva e i paparazzi che facevano a gara per una fotografia da rivendere a peso d'oro ai rotocalchi.

La realtà si rivelò piuttosto diversa. Quando giunse sul set non se ne accorse praticamente nessuno. I tecnici correvano indaffarati, il regista e gli sceneggiatori discutevano di dettagli astrusi e Polixeni per lo scoramento si sentì venire le lacrime agli occhi. Assunse pertanto un'espressione afflitta che, guarda caso, si addiceva alla perfezione al suo ruolo. Quando giunse il suo turno, provò un certo imbarazzo. Eppure, nonostante le luci troppo forti e i nervi a fior di pelle, la scena fu ripetuta soltanto due volte, con grande sorpresa del regista.

Quando tornò all'hotel, stanca e scoraggiata, trovò Martha in sua attesa.

«Che cosa ti aspettavi?» domandò dopo aver sentito le lamentele della ragazza. «Non sei mica l'attrice protagonista.»

«Lo so, solo che… forse il cinema non mi piace. Il teatro è un'altra cosa. Reciti davanti al pubblico, senti l'energia trasmessa dagli spettatori, mentre al cinema ci sono soltanto tecnici, cineprese e quegli orribili riflettori.»

«Xenia, porta pazienza» le consigliò la compagna. «Tutto ti sembra strano perché sei soltanto all'inizio. Vedrai che un giorno sarai tu al centro dell'attenzione e allora anche i riflettori smetteranno di darti fastidio.»

Lo stesso giorno il produttore decise di visionare il materiale girato fino a quel momento, come faceva di solito a intervalli regolari. Giunto alla scena con Polixeni, fu attratto dalla recitazione della ragazza.

«E questa chi è?» domandò al regista.

«Una protetta di Stathis Sirigos. Si chiama Xenia Olimpiou… In effetti mi sembra che abbia un certo talento.»

«È tutto quello che hai da dire? Questa ragazza è un'attrice nata, sfonda lo schermo.»

«Forse, ma un tocco di passione in più non guasterebbe. E poi ha un accento che non mi piace. E se le facessimo fare un corso di dizione?»

«No, di attrici appassionate ne abbiamo già abbastanza. In questo momento quello di cui abbiamo bisogno è un'algida virago. Nel prossimo film voglio che le venga assegnato un ruolo più importante, così vedremo come se la cava.»

Intanto i giorni passavano e il nervosismo di Polixeni non accennava a placarsi. Non ne poteva più dell'hotel né di Atene, e il tempo trascorreva lentamente. Finché, un pomeriggio, Stathis non comparve con in mano un nuovo copione: la produzione l'aveva scritturata per il film successivo e questa volta le avevano assegnato un ruolo di maggior rilievo. Polixeni rimase a bocca aperta.

«Stathis, ma... stiamo parlando addirittura di un secondo ruolo!» esclamò la ragazza.

«Il mio amico regista dice che hai fatto colpo sul produttore e così gli ha chiesto di metterti alla prova in un ruolo più impegnativo. E non è finita: forse c'è in ballo anche l'ingaggio in una produzione teatrale.»

Polixeni sgranò gli occhi. «Dici sul serio?» domandò con la voce strozzata.

«Certo! Anche se non è un ruolo da protagonista è comunque un buon inizio.»

Sarebbe potuta sentirsi soddisfatta e invece... non lo era. Nonostante il successo di critica e di pubblico del nuovo film, nonostante l'apprezzamento suscitato in teatro, Polixeni continuava a restare un nome di secondo piano.

«La fretta è cattiva consigliera» sentenziò Martha un giorno in cui Polixeni le espresse le proprie lamentele. «Sei soltanto all'inizio e pensa che dalla nostra fuga dalla compagnia di giro sono passati soltanto sei mesi. Sei giovane e bella, e hai tutta la vita davanti a te.»

«Proprio per questo voglio diventare famosa adesso. Alla prima del film nessun giornalista si è degnato di intervistarmi.»

«Forse hai dimenticato che il tuo era un ruolo secondario» rispose Martha. «Non eri tu la star.»

Polixeni si chiuse in un ostinato mutismo. Intanto ripensò al giudizio su di lei espresso nella recensione di un critico teatrale: «Xenia Olimpiou, al suo debutto in un ruolo di primo piano, nonostante la sicurezza della recitazione non appare convincente nel ruolo della fanciulla innamorata. Forse è ancora troppo giovane e inesperta per una sfida tanto impegnativa. Il nostro consiglio? Il teatro è vita e la vita è teatro: la invitiamo a riflettere su questo antico assioma».

Polixeni lesse e rilesse la recensione, e ammise in cuor suo che il critico aveva colto nel segno. Lei non possedeva alcuna esperienza in campo amoroso e l'amore continuava a essere l'ultima delle sue preoccupazioni in quel momento della sua vita. D'altra parte era cresciuta in un ambiente familiare dove sarebbe stato sconveniente, per una donna, intrecciare una relazione sentimentale senza essere sposata. Ma lei era un'artista, non una ragazzina infatuata che sognava di sposare il principe azzurro. C'era soltanto un problema: l'amore non viene a comando e per trovarlo bisogna uscire dal proprio guscio e guardarsi intorno alla ricerca del candidato ideale. Allora passò in rassegna i colleghi del teatro, ma nessuno di loro sembrava adatto perché o troppo anziano o già impegnato.

La soluzione giunse invero proprio dal teatro, ma dalla platea e non dal palcoscenico. Leonidas Arghiriou era un bel ragazzo di circa venticinque anni, il quale, incantato dalla classica bellezza di Polixeni, divenne l'ombra della ragazza. Dopo essersi recato allo spettacolo ogni sera per una settimana intera, prese il coraggio a due mani e le fece recapitare un mazzo di fiori nel camerino che condivideva con le colleghe. La prima reazione fu di sorpresa: Polixeni non conosceva l'identità del misterioso ammiratore, ma riconobbe che si trattava di una sensazione piacevole. Quando i fiori cominciarono a giungere alla fine di ogni serata suscitando i commenti salaci delle altre attrici, Polixeni pensò che fosse giunto il momento di conoscere l'ignoto spasimante.

«Se avessi dato un'occhiata in platea lo avresti visto» le disse un'attrice dai capelli rossi intenta a truccarsi accanto a lei.

«Che cosa vuoi dire?» replicò Polixeni.

«Che da una decina di giorni a questa parte, seduto in prima fila c'è sempre lo stesso ragazzo che non ti toglie gli occhi di dosso per tutto il tempo che rimani sul palcoscenico. È lui che ti manda i fiori.»

«Sì, sì, l'ho visto anch'io» si intromise un'altra. «È proprio carino.»

Le due ragazze si misero a rievocare analoghe esperienze che avevano vissuto in passato, ma Polixeni aveva smesso di ascoltarle. Pensò che forse era giunto il momento di fare le tanto agognate esperienze in campo amoroso, indispensabili soprattutto in quel frangente: infatti Stathis le aveva portato il copione di un nuovo spettacolo in cui doveva interpretare una ragazza innamorata di un giovane di buona famiglia.

Quella sera uscì sul palcoscenico e sbirciò in prima fila alla ricerca dello spasimante. Non fu particolarmente difficile. L'uomo dai capelli scuri non le toglieva gli occhi di dosso e Polixeni si arrischiò persino a rivolgergli un sorriso. La reazione non si fece attendere. Leonidas, dopo qualche istante di sorpresa, rispose a sua volta con un sorriso. Alla fine dello spettacolo si trattenne apposta davanti all'ingresso qualche minuto e non rimase delusa: Leonidas si presentò con il solito mazzo di fiori in mano e un sorriso di ammirazione stagliato sul volto.

«Stasera ho pensato di offrirle io stesso i fiori» mormorò intimidito.

«Hai fatto bene…» rispose Polixeni guardandolo negli occhi. Visto da vicino era davvero bello, aveva il volto luminoso, gli occhi limpidi e grandi. Inoltre, a giudicare dagli abiti, doveva essere di ottima famiglia. Proprio quello che ci voleva per il suo esperimento! «Allora?» riprese sorridendo. «Che cosa facciamo?»

Leonidas sembrava incredulo per la sua buona stella. «Se non sono troppo audace, vorrei invitarti a cena» disse con un filo di voce. «Ho parcheggiato la macchina proprio qui dietro.»

«Una buona cenetta è proprio quello che ci vuole» replicò lei. «Andiamo!»

Rimase colpita dalla sua fuoriserie e ancor più dal ristorante in cui la portò. Si trattava di uno dei locali più esclusivi della città e per celebrare la serata decisero di pasteggiare a champagne. Polixeni non aveva mai bevuto un goccio d'alcol in vita sua, ma non le dispiacque la dolce ebbrezza da cui si sentì travolgere. I freni inibitori si sciolsero a poco a poco e anche il sorriso di circostanza si ammorbidì assumendo un calore nuovo. Quanto a Leonidas, era evidente che si trovava al settimo cielo. Aveva uno sguardo adorante e le raccontò ogni dettaglio della sua vita. Come lei aveva sospettato, il ragazzo proveniva da una famiglia molto benestante. Era laureato in Legge, ma la sua passione era la poesia e la letteratura. Non aveva fratelli o sorelle, e i suoi genitori, non più giovanissimi, lo adoravano.

Polixeni lo considerò il candidato ideale. Lui le rivolse qualche domanda più personale ma si scontrò con un muro di gomma. Comprese che la ragazza, sebbene avesse accettato di cenare con lui, non aveva alcuna intenzione di parlargli della sua vita. Leonidas non se la prese: sapeva di esserne innamorato alla follia e che in quel momento gli bastava essere lì con lei. Dopo averla riaccompagnata in albergo si congedò con un baciamano e le chiese di uscire insieme anche la sera successiva. Polixeni accettò ma fu delusa dal comportamento del giovane. Le ricordava il cane di Iulìa, che scodinzolava tutto contento quando gli gettavano un osso da leccare. Salì in camera cercando di riflettere sul da farsi. Leonidas le era del tutto indifferente ma ormai il dado era tratto. Forse, con il tempo, avrebbe imparato a volergli bene. E poi era ricco...

La sera seguente scelse il suo abito migliore e si mise davanti allo specchio per provare le battute più adatte a incoraggiare Leonidas e spingerlo a essere più audace. Anche stavolta lui si fece trovare davanti all'ingresso del teatro, salirono a bordo della fuoriserie e si recarono a cena in un lussuoso night-club. Polixeni non era mai stata in un posto del genere ma ostentò indifferenza per non fare brutta figura. E mentre mangiava con appetito, il giovane la guardava con aria trasognata.

«Leonidas, quello che fai non è molto cortese» lo rimproverò a un certo punto. «Mi stai mettendo in imbarazzo.»

«Chiedo scusa...» balbettò. «Non l'ho fatto apposta, è che mi sembra incredibile che in questo momento sono qui, a parlare insieme a te, con i tuoi occhi che mi guardano.»

«Posso darti un suggerimento per distrarti?» replicò con aria maliziosa.

«Sono tutt'orecchi.»

«Ti andrebbe di farmi da cavaliere in questo ballo?»

Gli occhi di Leonidas brillarono. Il pensiero di stringerla tra le braccia lo fece rabbrividire. Si alzò e gli offrì la mano, tutto tremante. Polixeni finse di non accorgersene. Raggiunsero la pista e ballarono: Leonidas se la cavava egregiamente e lei ringraziò in cuor suo Stathis per averla costretta a prendere alcune lezioni di danza. I due poi si abbracciarono, aveva addosso il fiato rovente del ragazzo, ma ancora non riusciva a sentirsi coinvolta. Provava una sensazione di estraneità a se stessa, di cui per fortuna lui non si rese conto.

Quando tornarono in albergo lei non si affrettò a scendere dalla macchina. Attese qualche istante per dargli finalmente l'occasione di baciarla. Leonidas esitava, e l'imbarazzo era palpabile così come l'impazienza di Polixeni. Lei gli porse la mano per salutarlo e si accorse che il giovane respirava a fatica. Allora gli sfiorò le labbra con le dita e si avvicinò guardandolo negli occhi. Ma Leonidas, anziché approfittarne, si ritrasse per riprendere fiato e il controllo di sé.

«Dunque...» disse Polixeni con malcelato disappunto. «Grazie per la bella serata.»

«Grazie a te» balbettò lui. «Posso chiederti se avresti voglia di uscire con me anche domani sera?» domandò con la voce strozzata.

Polixeni si voltò verso di lui in modo da ostentare la scollatura. Lo fissò a lungo e questa volta Leonidas parve riscuotersi dall'inerzia. Si avvicinò e finalmente le sue labbra incontrarono quelle di Polixeni, che si irrigidì traendone una sensazione sgradevole. Consapevole di aver sollecitato il contatto, si sforzò poi di rilassarsi e di corrispondere al bacio di Leonidas, che nel frattempo era divenuto audace. Lui la prese tra le braccia e la strinse a sé, ma a quel punto Polixeni lo respinse.

Leonidas, da gentiluomo, si allontanò subito. «Scusami...» mormorò. «Non volevo metterti in imbarazzo.»

«Nessun imbarazzo» ribatté Polixeni. «Solo che è tardi e devo andare.»

«Domani?»

«Ti aspetto all'uscita del teatro» disse scendendo dalla macchina.

In seguito, sotto le coperte, Polixeni rifletté su quanto era successo. Il bacio con Leonidas le era in fondo piaciuto, anche se non era esattamente quello che si aspettava. Continuava a pensare ai gemiti di Martha e doveva ammettere che non aveva provato niente del genere. Decise di aspettare la sera successiva con la speranza che Leonidas si fosse rivelato un uomo più volitivo e determinato. E in effetti la sera successiva, dopo aver cenato in un bel ristorante sul lungomare, il giovane, anziché verso l'hotel, si diresse verso una spiaggia deserta. La serata era dolce e i due cominciarono a passeggiare sulla battigia. Lui le appoggiò un braccio sulle spalle finché a un certo punto si fermò e l'abbracciò. Questa volta non ci fu alcuna esitazione. La baciò con audacia, le braccia la strinsero con forza e Polixeni pensò che la seconda volta era molto migliore della prima. Era sorridente quando lui la lasciò, ma rimase di sasso sentendo la voce del ragazzo.

«Xenia, sono innamorato di te» le confessò con voce strozzata.

Le vennero in mente le istruzioni del regista durante le riprese dell'ultimo film: «*Quando lui ti dice "sono innamorato di te", tu devi abbassare lo sguardo*». E così fece. Poi rispose: «Leonidas, non ti sembra di andare un po' troppo in fretta?».

Leonidas la prese per le spalle e la costrinse a guardarlo. «Non m'importa! Sono pazzo di te dal primo momento che ti ho visto. Ti prego, Xenia, dimmi che anche tu sei innamorata di me.»

«Il fatto che in questo momento sono qui con te qualcosa vorrà dire» fu l'ambigua risposta. «Per tutto il resto però mi sembra ancora troppo presto.»

Leonidas la baciò ancora con veemenza e passione.

«Ti amo» ripeté. «Non ce la faccio a vivere senza di te, ogni minuto che non passiamo insieme mi sembra un inferno.»

Il giorno successivo il regista lanciò un grido di entusiasmo. La scena del bacio era riuscita perfettamente.

«Xenia, ti faccio i miei complimenti» disse al termine delle riprese. «Hai trasmesso proprio quello che volevo, un misto di amore e di sottomissione.»

Polixeni incassò i complimenti mentre in testa continuava a echeggiarle una parola: sottomissione. Dunque era quello il segreto, una donna innamorata era anche una donna sottomessa. Nel pomeriggio tornò in hotel e in camera trovò Martha e Stathis ad aspettarla.

«Finalmente!» disse Martha. «Sono giorni che non ti si vede. Dove sei sparita?»

«Sono impegnata con le riprese» risposte Polixeni.

«Non ce la racconti giusta, signorina Xenia» la incalzò Stathis. «C'è forse qualcosa che vorresti dirci?»

Polixeni rivolse loro uno sguardo inespressivo. «Anche se non credo che vi riguardi... Ebbene sì, c'è qualcosa che voglio dirvi.»

«Allora abbiamo fatto centro!» esclamò Martha ignorando la frecciata della ragazza.

«Da qualche giorno io...»

«Moriamo dalla voglia di sapere come si chiama!» l'interruppe Stathis. Ma Polixeni si sentì punta sul vivo.

«Si può sapere perché mi fate il terzo grado?» domandò piccata.

Stathis assunse un'espressione seria e le si avvicinò. «Xenia, sai che non mi permetterei mai di immischiarmi nella tua vita personale. Solo che hanno cominciato a circolare alcune voci e sono preoccupato.»

«Perché mai? Non faccio nulla di male e il ragazzo con cui esco non è certo un poco di buono» protestò.

«Dicci come si chiama» insisté Martha.

«Ve l'ho detto, è il rampollo di un'ottima famiglia, è bello, gentile e... ricco. Che problema c'è?»

«Si tratta forse di Leonidas Arghiriou?» andò al sodo Stathis.

«Come fai a saperlo?»

Stathis si diede un colpo sulla fronte per la disperazione. «Allora è vero! Non sono soltanto pettegolezzi!»

«Ma che cosa vi prende? Che cosa c'entra Leonidas?»

«Ne sei innamorata?» le domandò Stathis e, quando Polixeni cercò di protestare, la prese per le braccia e la scosse per estorcerle una risposta. «Xenia, per il bene che ti voglio non pensare neanche di dirmi che non sono affari miei. Allora, parla: ne sei innamorata?»

«Certo che no. Per il momento mi piace e basta, e penso di avere qualcosa da guadagnarci.»

«Ti riferisci ai soldi?» domandò Martha.

«Per il momento non sono i soldi che mi interessano» rispose sottraendosi alla stretta. Rivolse a entrambi uno sguardo di sfida e riprese: «Grazie a Leonidas posso finalmente fare le esperienze che mi mancano per rendere più naturale e spontanea la mia recitazione».

Seguirono alcuni istanti di silenzio. Stathis era rimasto senza parole. «Sei impazzita» commentò infine.

«Nient'affatto. In una recensione ho letto che a teatro non ero convincente nel ruolo della ragazza innamorata. Così ho deciso di… innamorarmi per diventare un'attrice perfetta.»

«Ti rendi conto di quello che dici? Dunque per te quel poveraccio è soltanto una cavia» gridò Stathis.

«Lo considero piuttosto il mio maestro» puntualizzò la ragazza. «Certo, ha un carattere un po' troppo remissivo per i miei gusti, ma se non altro è giovane e bello. Non vedo dove sia il problema.»

«Il problema è che sei talmente ingenua da non renderti conto di chi è la persona della quale hai deciso di prenderti gioco!»

«È di Leonidas che stiamo parlando e non me ne sto affatto prendendo gioco. Come vi ho detto per me è una specie di corso di recitazione. Se si è innamorato, tanto peggio per lui.»

«A proposito, che cosa ti ha detto?» domandò Martha.

«Che non può vivere senza di me» rispose Polixeni con orgoglio.

«È la fine» commentò Stathis.

«Perché?»

«Perché purtroppo è la verità, sciocca! Leonidas Arghiriou è un ragazzo molto sensibile e già due volte ha cercato di togliersi la vita per amore» spiegò Martha, terrorizzata. «Sono stati i genitori a salvarlo in extremis.»

«Non capisco.»

«Cerca di capire perché qui ne va della vita di tutti. La prima volta è stato piantato da una collega di studi e ha cercato di togliersi la vita inghiottendo un intero flacone di sedativi, mentre l'anno scorso, a seguito di un'altra delusione amorosa, si è tagliato le vene e lo hanno trovato privo di sensi in bagno.»

«Mio Dio, ma è pazzesco!»

«Leonidas è una persona psicologicamente instabile e l'ultima cosa di cui ha bisogno è un'attrice in vena di esperimenti artistici piuttosto discutibili» riprese Martha.

«Secondo me state esagerando.»

«Non sai quello che dici» riprese Stathis. «Lo vuoi capire che stai giocando con il fuoco? Alla fine... dell'esperimento, tu gli darai il benservito e nessuno può sapere come reagirà. E se, Dio non voglia, dovesse compiere un gesto estremo, ci troveremo tutti coinvolti nello scandalo.»

«Il fatto che abbia già tentato il suicidio due volte non vuol dire che ci proverà ancora. E poi ormai è troppo tardi. La cotta se l'è presa e non cambia molto lasciarlo adesso o dopo.»

Martha si avvicinò alla ragazza con espressione addolorata. «Non hai il diritto di trattare le persone come giocattoli» sussurrò. «Stiamo parlando della vita vera, non del teatro. Una volta calato il sipario, il protagonista non si rialzerà da terra per ringraziare il pubblico. Spremi le meningi e trova un modo delicato per allontanarti da Leonidas. Subito!»

«Neanche per sogno. Leonidas è giovane, bello e ricco. E poi chi lo sa, non è detto che la nostra storia sia destinata a finire. Anzi, adesso che ci penso, potrei anche decidere di sposarlo. E adesso levatevi di torno perché ho bisogno di riposare un po' prima dello spettacolo di stasera.»

Aprì loro la porta e la coppia si allontanò senza aggiungere altro. Polixeni si concesse un bagno rilassante e dormì un paio d'ore come se non fosse successo niente.

Nella camera accanto Stathis cominciò ad andare su e giù, in preda al nervosismo.

«Non serve a niente crucciarsi» disse Martha.

«Non ce la faccio a stare fermo. Ho paura di quello che potrebbe accadere. Forse sarebbe meglio tagliare la corda. Martha, sposami e andiamo via da qui, lontano dal teatro, lontano da tutto e soprattutto lontano da Xenia.»

«Al punto in cui siamo è impossibile» osservò lei. Stathis la prese per un braccio: «Non capisci in che pasticcio siamo finiti? Se il tuo problema sono i soldi, sappi che non è per questo che ho accettato di aiutarti. A me interessava soltanto sposarti e avrei sopportato qualsiasi condizione pur di ottenere il mio scopo. Ormai Xenia ha trovato la sua strada, e grazie al suo cinismo e al suo egoismo senza dubbio diventerà una star. Non preoccuparti per lei, sposami e abbandoniamola al suo destino. Ti prego.»

«D'accordo.»

La risposta giunse con tale immediatezza, con tale semplicità, che Stathis quasi non credette alle sue orecchie. «Come hai detto?» le domandò con voce tremante.

«Ho detto che sono d'accordo… Accetto di sposarti.»

Stathis scoppiò a piangere e Martha trasalì. Si abbracciarono e lui cominciò a ripetere «ti amo, ti amo» senza fermarsi. La baciò con passione e nel giro di pochi istanti intrecciarono i corpi in un amplesso travolgente ma anche, per la prima volta, pieno di amore e di tenerezza.

«Come mai ti sei convinta tanto facilmente?» le chiese poco dopo.

«Sono stanca, Stathis…»

«È per questo che mi sposi?»

«Mi hai fraintesa. Sono stanca di dare ascolto soltanto alla ragione e non al sentimento. Ho capito che anch'io ti amo e che voglio invecchiare con te. Non intendo più permettere al mio passato di compromettere il mio futuro. Nella mia vita nessun uomo ha mai cercato di andare oltre la prima impressione. In me vedevano soltanto un corpo da conquistare. Tu invece sei diverso. L'ho intuito sin dal primo istante, ma purtroppo ci ho messo del tempo per rendermene conto.»

«Mi sembra di sognare! Quando vuoi che ci sposiamo?»

«Al più presto. Ma prima voglio fare un discorso a Xenia.»

Le due donne si incontrarono quattro giorni dopo. Polixeni era molto impegnata: tra le repliche dello spettacolo teatrale, le riprese del film e naturalmente Leonidas, la giornata della ragazza cominciava molto presto la mattina e finiva molto tardi la sera. Peraltro la storia con Leonidas segnava il passo: anche se con il trascorrere dei giorni lui era sempre più ebbro d'amore, ancora non aveva trovato il coraggio di chiedere a Polixeni di andare a casa sua. Quella mattina la ragazza aveva qualche ora libera e così aveva deciso di restare in hotel a godersi il caffè. Fuori pioveva a dirotto e l'acqua scrosciava sui vetri della finestra creando un'atmosfera romantica. Era molto soddisfatta perché per la prima volta un rotocalco aveva pubblicato una sua fotografia. Un paparazzo l'aveva sorpresa al ristorante in compagnia di Leonidas e sotto la foto dei due la didascalia recitava: «L'astro nascente del cinema, Xenia Olimpiou, in atteggiamento affettuoso con il giovane avvocato Leonidas Arghiriou». Finalmente la stampa, sia pure quella scandalistica, aveva cominciato ad accorgersi di lei.

L'ingresso di Martha nella stanza la riempì di gioia perché voleva condividere con qualcuno l'orgoglio suscitato da quella foto. Martha però, anziché congratularsi, scosse la testa per la delusione.

«Non sei contenta per me? Finalmente i miei sforzi cominciano a dare i loro frutti. Ancora un po' e sarò conosciuta in tutto il paese. Il regista mi ha detto che nel prossimo film hanno deciso di scritturarmi per il ruolo di coprotagonista. Le cose si mettono bene. Sto addirittura pensando di prendere un appartamento in affitto. Sono stanca della vita d'albergo. Non vivo in una casa da quando sono scappata dal villaggio. Dovresti essere contenta, Martha. È soprattutto grazie a te che oggi tutti i miei sogni si stanno realizzando.»

«A quanto pare...»

«Tra un po' spero anche di restituirvi i soldi che avete speso per me.»

«Come sei generosa.»

«Certo, so di avere un debito nei vostri confronti.»

«Xenia, sono venuta qui per dirti che mi trasferisco.»

«Ti trasferisci? E dove?»

«Stathis mi ha proposto di sposarlo e ho deciso di accettare.»

«Congratulazioni vivissime. Stathis è ricco e non ti farà mancare niente.»

«Parli sempre di soldi, tu, sono l'unica cosa che ti interessa.»

«Quando si parla di matrimonio, sì. Perché mai bisognerebbe unire la propria vita a quella di uno spiantato?»

«Per amore, magari?»

«Sciocchezze. Senza il sostegno di un buon conto in banca, l'amore non può durare a lungo.»

«Se lo dici tu. Volevo anche annunciarti che da questo momento i nostri destini si dividono. Ormai sei in grado di camminare sulle tue gambe e non hai più bisogno del nostro aiuto.»

«Ma… tra di noi c'era un accordo, vi devo ancora un sacco di soldi.»

«La vita non è soltanto questione di soldi, mia cara. E spero che un giorno lo capirai anche tu.»

«Che cosa vuoi dire?»

«Xenia, non so che cos'hai in mente, ma ricordati che sei ancora molto giovane e la strada che hai scelto è irta di ostacoli. E non mi riferisco soltanto ad Arghiriou. Non lasciarti travolgere dal fiume della vita…»

«Il fiume…» sussurrò Polixeni.

«Scusa?»

«Accanto alla mia casa, al villaggio, scorre un fiume. Mia madre ci diceva di stare attente perché la vita è come il fiume e ci può trascinare via.»

«Tua madre aveva ragione. Sei stata molto coraggiosa ad andartene dal tuo villaggio, hai fatto una cosa che pochi avrebbero deciso di fare, ma adesso è giunto il momento di prenderti una sosta per riflettere. Quello che desideri è una chimera, e te lo dice una che molti anni fa ha commesso lo stesso errore…»

«Che cosa dovrei fare allora, secondo te? Tornare a casa mia con la coda fra le gambe?»

«Ti invito soltanto a non dimenticare la tua casa e tutto quello che ti ha insegnato. La felicità non si trova né nella fama né nel denaro.»

«Eppure sono le uniche cose che voglio» replicò Polixeni.

«Allora ti auguro di essere pronta a pagarne il prezzo.»

Martha si alzò, seguita da Polixeni.

«Mi dispiace vederti andar via...» disse la ragazza.

«La nostra casa sarà sempre aperta per te. Puoi venirci a trovare ogni volta che vorrai, anche se ho il sospetto che presto sarà la stampa a darci tue notizie.»

La ragazza sorrise e Martha, per la prima volta, l'abbracciò. Poi se ne andò commossa.

Polixeni si sentì di nuovo libera come la sera in cui era scappata dal villaggio. Si guardò intorno come se in quella camera fosse appena arrivata. Per prima cosa decise di prendere un appartamento in affitto. Della vita in albergo non ne poteva più.

Quella sera Leonidas aveva un'aria distratta e Polixeni si insospettì. Il giovane la guardava in modo strano, parlava pochissimo e, quando lei gli prese la mano, si accorse che era gelata. Gli domandò un paio di volte se c'era qualcosa che non andava e glielo chiese nuovamente in macchina, davanti all'albergo, prima di congedarsi.

Per tutta risposta Leonidas le diede un bacio appassionato. Non appena fu scesa, lui disse con voce tremante: «Xenia, non ce la faccio più. Ti voglio, ti desidero. Stasera ho bisogno di tenerti stretta tra le braccia, di passare la notte con te... l'idea di tornare a casa e di poterti vedere soltanto in sogno mi sembra terribile».

Polixeni lo guardò pensierosa. Il grande momento era arrivato. «Sali...» lo invitò sottovoce.

Lui la guardò incredulo, ma il cenno che gli faceva era inequivocabile. Così non se lo fece ripetere. Una volta in camera, si diede un'occhiata intorno.

«È qui che abiti?» domandò.

«Sì. Ma ho deciso di trovarmi un appartamento in affitto. Sono stanca degli alberghi. Vuoi qualcosa da bere?»

Leonidas annuì e Polixeni versò da bere per entrambi. Non provava alcun imbarazzo o vergogna, soltanto una grande curiosità per quello che sarebbe accaduto. Bevve un sorso e poi si ritirò per cambiarsi chiedendogli scusa.

Leonidas rimase impietrito e senza fiato quando la vide tornare in camicia da notte di pizzo nero trasparente. Per qualche istante la guardò, poi svuotò tutto d'un fiato il bicchiere, lo appoggiò sul tavolinetto e si allentò la cravatta che minacciava di soffocarlo. Si avvicinò con gli occhi sgranati e la prese tra le braccia. Polixeni si abbandonò completamente, determinata a godersi liberamente quel momento meraviglioso. Tuttavia né i baci appassionati né le carezze audaci di Leonidas riuscirono a procurarle la tanto agognata estasi. Si domandò che cosa c'era che non andava. L'amore di Leonidas la lasciava del tutto indifferente, non sentì fremere neanche una molecola del suo corpo. Provò al massimo una sensazione piacevole ma senza particolare coinvolgimento.

Cinque giorni dopo ebbe una grande sorpresa. Leonidas andò a prenderla al teatro di posa e l'accompagnò in un bell'appartamento ammobiliato con vista sull'Acropoli. Polixeni si guardò intorno senza riuscire a capire quello che stava succedendo.

«Dove siamo? È casa tua?» domandò.

«No, amore mio, questa è casa tua. Non mi hai detto che eri stanca di stare in albergo? Ebbene ho pensato di farti una bella sorpresa. Che ne dici? Se ti piacerà, un giorno potremmo persino acquistarlo.»

Polixeni non si aspettava una cosa del genere. Finalmente aveva una casa tutta per sé. Si affrettò a ringraziare Leonidas. Lo guardò e dal volto adombrato capì con quale moneta si aspettava di essere ricompensato. Cominciò a spogliarsi lentamente finché rimase nuda. Lui la prese in braccio e la trascinò letteralmente in camera da letto. Le si buttò addosso con tutti i vestiti, cominciò a coprirla di baci e nel giro di pochi istanti perse completamente il controllo. Era così travolto dall'impeto da non accorgersi che la sua amante non condivideva affatto il suo entusiasmo.

Polixeni si adattò in fretta alla sua nuova vita. La carriera aveva finalmente imboccato il percorso che desiderava. In teatro, dove era uscita dall'anonimato, recitava accanto ai più bei nomi del firmamento artistico. Un giorno ricevette una proposta di scrittura da parte di un altro produttore e lei l'accettò subito. In preda all'entusiasmo decise di andare da Martha per annunciare la bella notizia.

Martha e Stathis si erano sposati e vivevano nella casa di lui. I contatti della coppia con Polixeni si erano diradati sia a causa dei numerosi impegni di lavoro sia per la presenza di Leonidas nella vita della ragazza. Le rare volte che si era recata a casa loro, i due non le avevano mai fatto domande in merito al suo idillio e, quando vennero a sapere della casa nuova, si erano congratulati senza aggiungere commenti.

Del resto Leonidas aveva cominciato a venirle a noia. L'adorazione che provava verso di lei, il fatto che fosse pronto a soddisfare qualsiasi suo desiderio e lo scarso coinvolgimento che provava quando facevano l'amore l'avevano stancata. Riconosceva che le era stato di grande aiuto nell'affinare la tecnica di recitazione della donna innamorata, ma soltanto fino a un certo punto. Infatti buona parte dei progressi si dovevano anche alla capacità che aveva sviluppato di comportarsi come se il suo corpo non le appartenesse e di assistere con il distacco di una spettatrice a quanto le accadeva. Si trattava di un'attitudine indispensabile, che tra l'altro aveva suscitato l'attenzione del regista.

Quel pomeriggio dunque Polixeni andò a trovare Martha prima dello spettacolo per annunciarle le novità. Martha si congratulò con l'amica e a sua volta la sorprese dicendole che aspettava un bambino. Aveva il volto raggiante di felicità nonostante i dubbi: non era più una ragazzina e temeva di non riuscire a portare a termine la gravidanza.

«Il medico però mi ha detto che godo di ottima salute e che ce la farò senz'altro» concluse Martha.

Polixeni non l'aveva mai vista in quello stato. Le fattezze del volto si erano addolcite, gli occhi erano soffusi di una morbida luce e sulle labbra era perennemente dipinto un tenero sorriso.

«Sei cambiata…»

«È perché sono felice. Stathis è l'uomo che desideravo e rimpiango soltanto di non aver accettato prima la sua proposta di matrimonio. Non puoi immaginare che cosa significhi avere l'amore di un uomo così.»

«Se devo essere sincera… hai ragione, non posso immaginarlo. E mi sembra anche inconcepibile che basti l'amore di un uomo a renderti così felice.»

«Aspetta di innamorarti sul serio e vedrai.»

«Non so se questo accadrà mai…» mormorò Polixeni.

Martha si sedette accanto a lei e le prese la mano. «Xenia, che cosa c'è che ti cruccia? Fidati di me, sono tua amica, forse l'unica che tu abbia mai avuto. Non chiuderti nel tuo guscio, parla liberamente.»

«Lo farei, ma non sono sicura che mi capiresti.»

«Mettimi alla prova. Siamo sole, Stathis è al lavoro… Confidati con me.»

Polixeni cominciò a descrivere la reale natura della sua relazione con Leonidas. Non esitò a scendere nei particolari della loro vita erotica ma con assoluto distacco, come se parlasse di qualcosa accaduta a un'altra persona. Le spiegò che non aveva provato nessuna sensazione particolare nonostante il trasporto di Leonidas.

A un certo punto tacque e subito si pentì di essersi lasciata andare a confidenze con Martha. Guardò l'amica e il volto preoccupato le fece perdere le staffe. «Te l'ho detto che non mi avresti capita!» gridò.

«E invece capisco benissimo» relicò Martha. «Se mi vedi triste è proprio perché capisco.»

«Sei triste per me?»

«Per te e per lui. Xenia, che cosa vuoi dalla vita? Ci hai mai pensato?»

«Non lo so. L'unica cosa che mi fa stare bene è il mio lavoro. Recitare mi fa sentire viva. Quando non recito, mi sento una spettatrice della mia stessa vita e non provo interesse per niente... soltanto un grande vuoto. Quando mi trovo sotto i riflettori oppure ho una cinepresa davanti, vivo anch'io i sentimenti che prova il mio personaggio. Tutto il contrario che nella vita...»

«Questo non va bene.»

«Martha, sono fatta così! Perché non vuoi accettarmi per quello che sono?»

«Perché sono vissuta per anni nel mondo del teatro e non ho mai conosciuto una persona come te. La tua è una vita a metà, Xenia... E Leonidas? Che cosa c'entra lui?»

«Leonidas vive nel suo mondo. A lui basta portarmi a letto.»

«Riecco il tuo cinismo...»

«Il cinismo non c'entra niente, anzi è proprio per questo che ho deciso di lasciarlo.»

«Tanto più che ormai hai raggiunto il tuo obiettivo» osservò l'amica con amarezza.

«Forse.»

«Che cosa pensi di fare?»

«Non mi guardare in quel modo. È tempo che anche lui maturi e capisca che non tutte le relazioni durano una vita. Non posso certo restare con lui per compassione.»

«I rotocalchi scrivono che avete deciso di sposarvi.»

«L'hai letto anche tu? La stampa comincia a occuparsi seriamente di me.»

«Stai attenta però!»

«A che cosa?»

«La vostra relazione non è un segreto per nessuno. Se a Leonidas dovesse capitare qualcosa, tu diventerai il capro espiatorio.»

«Meglio così. Vuol dire che resterò nella storia come *femme fatale*.»

Martha non credeva alle sue orecchie.

«È la prima volta che apro il mio cuore a qualcuno senza misurare le parole» spiegò Polixeni. «Ti ricordo che sei stata tu a insistere perché mi confidassi con te. Adesso devi essere pronta a pagarne le conseguenze.»

«Hai ragione, certe cose è meglio dirle apertamente anziché tenersele dentro. Ma non significa che non posso criticarti o darti dei consigli.»

«Senza impegno però.»

«Senza impegno.»

Polixeni la salutò sollevata. La conversazione con Martha le aveva fatto bene, nella sua vita non era mai stata altrettanto sincera con qualcuno. Addirittura si stupiva di se stessa. Forse a fare il miracolo erano state la voce calda di Martha e l'atmosfera accogliente della sua casa. La decisione di lasciare Leonidas poteva attendere. Una settimana dopo il ragazzo giunse trafelato a casa di Polixeni e mostrò tutto orgoglioso il contratto di acquisto dell'appartamento. Lei rimase a bocca aperta. Osservò il volto infiammato di Leonidas e si domandò come mai non riuscisse a voler bene a quell'uomo che soddisfaceva ogni suo desiderio ancor prima di poterlo esprimere. Fu comunque un momento di gioia, perché per la prima volta in vita sua sentiva che qualcosa le apparteneva e si trattava nientemeno che di una casa. Ovviamente Leonidas decise di festeggiare nell'unico modo che conosceva, ossia facendo l'amore con lei. Ma a Polixeni questo non importava. Ancora una volta si spersonalizzò e si abbandonò all'amplesso in modo del tutto meccanico, come un pezzo di legno.

Polixeni si rese conto che la loro relazione durava già da un anno e che ormai il tempo stringeva. Quando il produttore le annunciò che gli attori e la troupe del loro ultimo film erano attesi a Salonicco per il festival del cinema, lei pensò di cogliere al volo l'occasione.

«Quanti giorni starai via?» domandò Leonidas rattristato.

«Quattro… cinque al massimo» gli rispose con freddezza.

«Ti piacerebbe se venissi anch'io con te?»

«Meglio di no. Sarò molto impegnata e non potrei occuparmi di te neanche un minuto» tagliò corto Polixeni.

«Allora quando tornerai… vorrei che parlassimo seriamente del nostro futuro» replicò Leonidas.

«E se invece di rimandare ne parlassimo adesso?» lo sorprese Polixeni fissandolo negli occhi.

«Certo!» esclamò il giovane. «Pensavo che potremmo dare l'annuncio ufficiale del nostro fidanzamento e organizzare il matrimonio prima di Natale. I miei genitori non vedono l'ora di conoscerti.»

«Hai parlato di me ai tuoi?» La voce di Polixeni lasciava trapelare un vivo disappunto.

«Ci avevano già visto insieme sui rotocalchi. Sapevano che usciamo insieme e gli ho detto soltanto che ti amo e che voglio sposarti.»

«Per sposarsi bisogna essere in due.»

Leonidas impallidì. «Cosa vuoi dire? Che non mi ami più?» balbettò.

«Non mi sembra di aver mai detto che ti amo.»

«Ma... stiamo insieme da un anno e... sei la mia amante.»

«Il che non significa che voglio sposarti.»

«Ma che cosa dici? Se è uno scherzo, sappi che lo trovo di pessimo gusto.»

«Non scherzerei mai su una cosa del genere. Leonidas, stammi a sentire. Tu sei un ragazzo buono e gentile, e ti sei sempre comportato da vero gentiluomo. Mi hai persino regalato questa casa, ma non credo di volerti sposare.»

«Perché? Preferisci che continuiamo a vederci di nascosto?»

«No, non voglio neanche questo.»

«E allora?» farfugliò Leonidas temendo la catastrofe.

«Non mi sembra che ci sia bisogno di aggiungere altro. Mi dispiace, Leonidas, ma credo che sia meglio smettere di vederci.»

«Non ci credo, non è possibile! Xenia, io ti amo! Non ce la faccio a vivere senza di te!»

«Temo che dovrai fartene una ragione. Domani mattina parto per Salonicco e al ritorno non voglio rivederti.»

«Non capisco... Che cosa ti ho fatto? Xenia, dimmi, c'è un altro uomo nella tua vita? Dimmi la verità!»

«Non essere ridicolo. Non c'è nessun altro uomo. L'ultima cosa di cui ho bisogno adesso sono altri problemi.»

«Questo è quello che pensi di me?! Che sono un problema?! Ma com'è possibile? Ancora ieri sera gemevi tra le mie braccia.»

«Forse eri tu che gemevi tra le mie. Se fossi stato un po' più intelligente, ti saresti accorto che non ho mai provato niente per te. Naturalmente mi sono sforzata perché sei una brava persona ma...»

Leonidas la guardò inorridito. Le afferrò un braccio e la strattonò gridando il suo nome. Poi cercò di baciarla, ma le labbra della ragazza rimasero serrate e gelide. Gli rivolse uno sguardo impassibile. «Se hai deciso di usarmi violenza, sappi che non intendo opporre resistenza» disse in tono distaccato. «Ma non vuol dire che mi farai cambiare idea.»

Lui la spinse, facendola cadere sul tappeto. A fargli perdere le staffe era soprattutto la freddezza di Polixeni. «Tanto peggio per te allora!» gridò furibondo.

«Che cosa vuoi fare?»

«Voglio ucciderti. E poi mi toglierò la vita.»

«Tutto tempo perso, Leonidas. La cosa migliore che puoi fare in questo momento è uscire da questa casa e tornare padrone di te stesso. Il mondo è pieno di donne, sei un bravo ragazzo e non avrai problemi a trovarti un'altra.»

«Nella mia vita non ci sarà mai nessun'altra» gridò e se ne andò sbattendo la porta.

Polixeni sbuffò e trasse un sospiro di sollievo. Dopo un anno si sentiva di nuovo libera come l'aria. Senza perdere tempo si mise a fare le valigie. Prima della partenza voleva fare un salto da Martha. La gravidanza dell'amica procedeva regolarmente, si vedeva già un po' di pancia e Stathis toccava il cielo con un dito. Era lieta della loro felicità anche se non li invidiava affatto: di lì a qualche mese nella loro vita ci sarebbero stati soltanto pannolini e ciucciotti.

Si era fatto buio quando uscì per prendere un taxi e recarsi da Martha. Lì per lì non lo vide, poi guardò meglio e trasecolò: sul marciapiedi di fronte c'era Leonidas. Polixeni si riebbe, salì sul taxi sopraggiunto nel frattempo e disse l'indirizzo al tassista. La vettura si mise in marcia, lei udì Leonidas pronunciare il suo nome e dopo qualche secondo il boato agghiacciante di un'arma da fuoco…

Fu l'inizio di un incubo. Sembrava assurdo ma Leonidas era riverso sul marciapiedi in una pozza di sangue: si era sparato un colpo alla tempia ed era morto sul colpo. Il tassista si fermò credendo che fosse esplosa una gomma, gli inquilini del palazzo di fronte cominciarono a gridare, una donna proruppe in un urlo straziante.

«Dev'essere successo qualcosa» disse il tassista turbato. «Non si tratta di una gomma ma di un colpo di pistola.»

«Di qualsiasi cosa si tratti, la prego di procedere» replicò lei con voce supplichevole. «Devo partire e sono molto in ritardo.»

Il tassista parve esitare, poi pensò che sarebbe arrivata la polizia e non voleva essere fermato per un'eventuale deposizione. Così si allontanò in tutta fretta.

Appena mise piede in casa, Polixeni si abbandonò tra le braccia di Stathis. L'uomo l'accompagnò fino alla poltrona e Martha corse a prendere un bicchiere d'acqua e i sali. Appena ne fu in grado, Polixeni spiegò in due parole tutto quello che era successo fino al momento del suicidio. Martha si lasciò scappare un grido e cadde sulla poltrona.

Polixeni guardò Stathis, il cui viso era carico di rabbia.

«Io ti avevo messo in guardia» gridò. «Ti avevo avvertito che Leonidas aveva un carattere molto fragile.»

«Stathis!» lo interruppe Martha. «Adesso non serve a niente recriminare.»

«Ma ti rendi conto di quello che ha fatto?»

«Non credevo che sarebbe arrivato a tanto» mormorò Polixeni. «Di relazioni che finiscono è pieno il mondo, ma nessuno decide di togliersi la vita.»

«Nessuno tranne Leonidas. Te l'avevo detto che ci aveva già provato un paio di volte.»

«Si sarebbe suicidato comunque, io non c'entro niente.»

«Non esserne così sicura. Lui si era innamorato di te e tu lo sapevi bene. Era un anno che stavate insieme. La responsabilità è anche tua.»

«Non ha senso parlarne ora» ripeté Martha. «Adesso quello che conta è stabilire le prossime mosse.»

«Io me ne lavo le mani» rispose Stathis. «Mentre lei... Ti immagini i titoloni sui giornali? Tutti sapevano della loro relazione e lui ha deciso di spararsi proprio sotto la casa della sua amante.»

Polixeni si alzò e cominciò ad andare su e giù per il nervosismo. «Non è colpa mia se Leonidas non ha sopportato il dolore della separazione. Non potevo certo continuare a restare con lui soltanto perché era psichicamente instabile.»

«Qualsiasi cosa tu dica, le conseguenze per te e la tua carriera saranno inimmaginabili. Pensa al pubblico e alla critica, che finora ti vedeva come un'attrice sensibile e di talento. Non sarà facile per loro accettare il fatto che hai mandato il tuo amante all'altro mondo.»

«Ma che cosa potevo fare?! Volevo soltanto lasciarlo, non ucciderlo!» disse Polixeni ai limiti della disperazione.

Martha si alzò e si avvicinò per abbracciarla. Poi rivolse uno sguardo supplice al marito. «Puoi fare qualcosa per lei?» domandò.

Stathis fu tentato di rifiutare qualsiasi coinvolgimento, ma lo sguardo accorato della moglie gli fece cambiare idea. Prima di parlare fece un lungo respiro: «Dobbiamo pensare a una storia da fornire ai giornalisti».

«Ossia?»

«Innanzitutto devi mostrarti sconvolta e addolorata. Devi far credere che tutto sia frutto di un tragico equivoco e che Leonidas, in preda alla disperazione, ti abbia frainteso. I giornalisti adorano i drammi a tinte forti ed è proprio quello che gli daremo: un'eroina degna delle tragedie più ispirate. Non c'è altro modo per scampare al linciaggio.»

«Che cosa dovrei fare, secondo te? Domani mi aspettano a Salonicco.»

«Di viaggiare non se ne parla neanche. Sarebbe disdicevole comparire in un'occasione mondana all'indomani del suicidio del tuo fidanzato.»

«Sì, ma non posso certo andare al suo funerale» protestò Polixeni, sconvolta.

«Non sarà necessario. Chiederò a un medico di fiducia di attestare che hai avuto una crisi di nervi. Poi scomparirai per qualche tempo in attesa che le acque si calmino. In questo modo salverai la faccia, la carriera, la reputazione e ti sarai anche fatta un po' di pubblicità gratuita. L'importante è che a nessun giornalista venga in mente di considerarti in qualche modo la responsabile della tragedia.»

«Va bene, farò tutto quello che dici. Devo avvertire il produttore e il regista.»

«Niente affatto! Fino a prova contraria tu sei ancora ignara dell'accaduto. Sei uscita per venire qui da noi a salutarci prima della partenza. Ti riaccompagno io a casa. Di sicuro sarà pieno di giornalisti. Tu dovrai fingere di cadere dalle nuvole.»

«Non credo di potercela fare.»

«Certo che puoi. Sei un'attrice. Immagina di essere a teatro e ricordati che in palio c'è la tua testa.»

Polixeni guardò Martha.

«Tesoro, fidati di Stathis» le consigliò l'amica. «Vedrai che andrà tutto bene.»

Per Polixeni le ore successive furono simili a un brutto sogno. Stathis l'accompagnò a casa e, come aveva previsto, trovarono un capannello di giornalisti.

«Mi raccomando, fingi di perdere i sensi quando ti riferiranno l'accaduto» ingiunse Stathis a denti stretti.

Quella sera Polixeni recitò il ruolo più impegnativo della sua vita. Con un reporter che le chiese se aveva qualche dichiarazione da fare in merito al suicidio di Leonidas Arghiriou, lei finse di non sapere niente, e quando le spiegarono nei dettagli l'accaduto, non esitò a svenire tra le braccia di Stathis, che la sollevò e la portò dentro casa. Poi lui uscì e chiese informazioni ai giornalisti presenti. Sul corpo di Leonidas era stato trovato un biglietto in cui c'era scritto soltanto che non poteva vivere lontano dalla sua amata. Stathis concesse ai giornalisti di salire in casa per una breve intervista, raccomandandosi di non stancarla. Quanto a lui, non intendeva lasciarla sola neppure un istante.

Polixeni spiegò che di Leonidas era innamorata e che si trattava di un equivoco, di un semplice litigio tra innamorati. Lui invece doveva aver creduto che lei volesse lasciarlo. Alla fine scoppiò in un pianto inconsolabile e Stathis ne approfittò per allontanare i giornalisti dicendo loro che, date le circostanze, la signorina Olimpiou aveva bisogno di stare un po' da sola.

Non appena l'amico chiuse la porta, Polixeni lo guardò asciugandosi le lacrime. Poi domandò con il massimo distacco possibile: «Come sono andata?».

«L'ho sempre detto che sei un'attrice straordinaria, ma stasera hai superato te stessa» rispose lui nello stesso tono.

«E adesso che cosa facciamo?»

Stathis perse le staffe. «Come fai a essere così tranquilla? Si direbbe addirittura che questa storia non ti riguardi. Ti rendi conto di quello che è successo? Che hai mandato a morte un ragazzo la cui unica colpa era essersi innamorato di te?»

«Dici che non sono stata abbastanza convincente?»

«Dico che avresti dovuto mostrarti un po' più contrita, signorina Olimpiou. Mi domando che razza di persona sei» continuò Stathis.

«Sono una persona che non c'entra niente in tutta questa storia! Non sono stata io a dirgli di togliersi la vita! Leonidas era uno psicolabile!»

«Lasciamo perdere, tanto non capiresti.»

«Va bene, allora, visto che non capisco, non aggiungere altro. Dimmi soltanto che cosa dobbiamo fare adesso.»

«Telefona al regista e spiegagli quello che è successo. Digli che date le circostanze la tua presenza a Salonicco è annullata.»

«Devo proprio?»

«Certo che devi. Nei prossimi giorni non ti farai vedere in giro e diremo che hai avuto una crisi di nervi. Non ti preoccupare per il festival, hai tutta la vita davanti e, a quanto prevedo, le occasioni non ti mancheranno. Mi dispiace soltanto per i tuoi ammiratori e per coloro che avranno la sventura di volerti bene.»

«Tu che cosa farai?» domandò Polixeni ignorando le ultime parole di Stathis.

«Io parlerò col medico e gli dirò di stilare un referto da diffondere alla stampa. Tu per il momento chiuditi in casa. Penseremo Martha e io a procurarti tutto quello di cui avrai bisogno. Sei contenta?»

«Diciamo di sì. E dimmi, quando potrò uscire di casa? Tra dieci giorni ricominciano le riprese e le repliche dello spettacolo.»

«Non temere, per allora le acque si saranno calmate e i tuoi ammiratori faranno di tutto pur di vedere il volto afflitto della loro beniamina. Vedrai che presto ti daranno anche un ruolo da protagonista.»

Le parole di Stathis si rivelarono profetiche. Sui giornali, accanto ai titoli che annunciavano la morte di Leonidas, non mancava mai la foto di Polixeni svenuta tra le braccia di Stathis. A completare l'opera c'erano le didascalie: «Xenia Olimpiou distrutta dal dolore per la tragica morte del suo fidanzato» diceva una. «Il suicidio del fidanzato ha gettato Xenia Olimpiou nella disperazione. La causa? Un semplice equivoco» recitava l'altra.

Ai funerali del ragazzo ovviamente lei non si fece vedere, al contrario di Stathis, tormentato dal senso di colpa. Polixeni rimase chiusa in casa oltre una settimana. La stampa spiegava che l'attrice aveva avuto un crollo nervoso, ma il produttore la aggiornava sulle centinaia di lettere di solidarietà nei confronti dell'amante sfortunata, che erano arrivate in ufficio. Per la sua prima uscita pubblica, Polixeni decise di indossare un abito nero. Si recò sul set e tutti l'accolsero con parole di comprensione, mentre il regista ne elogiò la professionalità comprovata dal fatto che, a dispetto del dolore, il giorno prestabilito si era presentata regolarmente al lavoro.

Il film fu un successo senza precedenti. Benché lei non fosse la protagonista, il pubblico accorse in massa per vederla, incuriosito dalla tragica storia d'amore con Leonidas. La sua foto riempiva le copertine dei rotocalchi, mentre i giornalisti facevano a gara per intervistarla, ma Polixeni, sempre su consiglio di Stathis, si mosse con molta cautela e misura. Dopo poco fu scritturata per un ruolo da protagonista, sia al cinema che in teatro. Polixeni era la gallina dalle uova d'oro e l'impresario si fregava le mani per la soddisfazione. Il teatro faceva ogni sera il tutto esaurito e molta gente, giunta all'ultimo minuto, era costretta a tornare a casa.

Xenia Olimpiou era la nuova beniamina del pubblico e della critica.

Martha rivolse un'occhiata alla figlia che giocava con le bambole sul tappeto prima di osservare l'amica. Erano trascorsi ben cinque anni dal suicidio di Leonidas e Xenia, seduta di fronte a lei, sembrava aver dimenticato completamente l'accaduto. Aveva ventotto anni ed era in forma straordinaria. La sua unica preoccupazione era godersi l'amore del pubblico e il teatro, del quale era diventata protagonista indiscussa.

«Allora?» riprese Martha. «Come va la vita?»

«Non leggi i giornali?» rispose Polixeni con aria compiaciuta.

«Ti ho chiesto come va la vita, non la carriera.»

«La mia carriera è la mia vita.»

«Già. Comunque leggo che non hai nessun accompagnatore.»

«Infatti. Sto molto bene da sola e non ho voglia di mettermi nei pasticci.»

«Dicono che non sei ancora riuscita a dimenticare Leonidas.»

«Sì, non lo trovi ridicolo?»

«Non lo sarebbe, se ne fossi stata davvero innamorata.»

«Ma siccome non ero innamorata non ha senso fare ipotesi.»

«Da allora sono passati cinque anni, possibile che nessuno sia riuscito a fare breccia nel tuo cuore?»

«Possibilissimo.»

«Da allora non è cambiato niente nel tuo modo di vedere le cose?»

«Martha, lo so che ti preoccupi per me, te lo leggo nello sguardo...»

«Certo che mi preoccupo per te. Sei giovane, bella, fortunata, ricca... Hai tutto quello che si potrebbe desiderare.»

«Proprio perché ho tutto quello che desidero, non ho bisogno di nient'altro. Se sentissi il bisogno di innamorarmi, lo farei.»

«Non c'è essere umano che non senta il bisogno di amare e di essere amato.»

«E allora io forse non sono un essere umano, pensa anche tu quello che dicono i miei nemici, che sono fredda e insensibile. Forse hanno ragione. In fin dei conti sin da quando sono nata ho la sensazione di essere morta, se non nel corpo almeno nell'anima.»

«Sei sempre stata così?»

«Perché me lo domandi?»

«Non so nulla della tua infanzia al villaggio... Dei tuoi genitori. Hai fratelli o sorelle?»

«Ho quattro sorelle delle quali non so niente.»

«E tua madre? La senti ogni tanto?»

«No. Le spedisco solo qualche cartolina per dirle che sto bene.»

«Perché, Xenia? Perché hai messo una pietra sul tuo passato?»

«Se credi che la mia infanzia sia stata segnata da qualche tragedia, sei fuori strada. Sono scappata dal villaggio perché mi sentivo soffocare dalla noia e dalla mentalità delle persone, tutto qua.»

«E in tanti anni non ti è mai venuta la curiosità di sapere come se la passano i tuoi?»

«Soltanto l'idea di tornare indietro mi fa venire i brividi. Qui sto bene, soprattutto adesso. Sai, sono in trattativa per un film con un produttore italiano. Se le cose andranno come spero, forse farò carriera all'estero.»

«Te lo auguro. Comunque non è questo quello che volevo sapere.»

«Perché insisti a voler scrutare nel mio passato?»

«Vorrei soltanto sapere se sei sempre stata così... così...» Martha cercava la parola giusta per non ferirla.

«Così indifferente? È questo quello che vuoi dire?»

«Sì... perché no? A quindici anni, per esempio, che tipo di ragazza eri?»

«Davvero non me lo ricordo. È come se un colpo di spugna avesse cancellato il mio passato senza lasciarne traccia.»

«Ti chiami davvero Xenia?»

Polixeni tacque e guardò Martha negli occhi.

«No...» rispose.

«Me l'aspettavo. Non temere, non sono indiscreta, non ti farò altre domande. Mi sembra chiaro che non hai nessuna voglia di rispondere...»

«Non è che non ho voglia perché non mi fido di te. Sei l'unica persona al mondo che mi conosce e mi accetta per quello che sono. Però del passato non ricordo nulla. Ho la sensazione di essere un'altra, che quella ragazzina seduta sulle rive del fiume con la speranza di veder comparire una barca in grado di portarla fino alla foce non sia io. E adesso che grazie a te il sogno è diventato realtà, mi chiedi di risalire la corrente e di tornare indietro anche se soltanto con il ricordo. Scusami, ma non ce la faccio.»

«Va bene, non insisto. Comunque sappi che sono molto preoccupata per te. Ho paura che quando l'attrice si scontrerà con la vita vera... ne esca con le ossa rotte.»

«Se mi dovesse succedere qualcosa, c'è un ultimo rifugio» rispose Polixeni. «A me e alle mie sorelle mia madre ha sempre detto la stessa cosa: "*Se un giorno non riuscirai a resistere alle tentazioni, ricordati che qui, in questo angolo di mondo, troverai sempre il fiume ad aspettarti, pronto ad accoglierti nelle sue acque per purificarti*".»

«Spero che tu non debba arrivare a tanto.»

In quel momento Stathis entrò in casa e le due donne si interruppero. Il sorriso che rivolse alla moglie e alla figlia si gelò sulle labbra alla vista di Polixeni. Succedeva ogni volta. Anche se cinque anni prima aveva evitato lo scandalo, Stathis nutriva verso Polixeni un disprezzo impossibile da celare.

«Oggi è giorno di visite a quanto pare» esordì di malumore.

«Anch'io sono lieta di vederti» ribatté Polixeni in tono ironico, alzandosi dalla poltrona. «Non cercare di trattenermi, devo andar via. Ho da fare!» aggiunse.

Martha la guardò come per scusarsi, ma l'amica sorrise. Salutò la bimba con una carezza sulla testolina e si congedò da Stathis con una strizzata d'occhio.

«Potresti provare a essere un po' più gentile» lo rimproverò la moglie una volta rimasti soli.

«Dopo tutto quello che è successo non ce la faccio a far finta di niente. Anzi, mi domando perché continua a venire da noi.»

«Perché sono l'unica amica che ha.»

«Amica? E che cosa ne sa questa vipera dell'amicizia?»

«Sono sua amica perché l'ho accettata così com'è, senza giudicarla.»

«Sei troppo buona.»

«Forse, ma non ho ancora perso la speranza che un giorno si innamori e cambi idea sulla vita e sulle relazioni umane.»

«Ti illudi, mia cara. Xenia non si innamorerà mai, te lo dico io» tagliò corto Stathis.

«In questo caso non voglio neanche pensare alle conseguenze. Anche se non ne sono consapevoli, donne come lei amano soltanto una volta nella vita, perlopiù in modo catastrofico. Spero che vada tutto bene per lei...»

«Io invece spero che paghi con la stessa moneta la morte di Leonidas.»

Polixeni intanto si era recata a teatro. Le piaceva arrivare in camerino prima di tutti gli altri. A volte saliva sul palcoscenico, da sola, e restava a guardare la platea buia con le poltroncine vuote, inspirava l'odore della sala e le sembrava di udire gli applausi del pubblico. Altre volte invece si sedeva nella prima o nell'ultima fila, e si immaginava intenta a recitare sul palco. Correggeva gli errori di dizione, le battute sbagliate, gli eccessi di impostazione, perché il suo desiderio era conquistare i cuori e le menti di tutti, dal primo all'ultimo spettatore.

I colleghi apprezzavano la sua pignoleria e, pur non trovandola particolarmente simpatica, ammettevano che si trattava di una professionista straordinaria. A volte, durante le prove, si concedeva degli assolo che lasciavano tutti a bocca aperta, ma si capiva che, nonostante la sua grande capacità di interpretazione, nella vita vera di Xenia quelle passioni e quei sentimenti non avevano il minimo posto. Nella quotidianità continuava a essere una persona fredda e distaccata. Nessuno l'aveva mai vista commuoversi e le malelingue aggiungevano che era stata la causa del suicidio di Leonidas. Alcuni giornalisti, incuriositi dall'atteggiamento della giovane diva, avevano cominciato a indagare sulla sua vita, a seguirla passo passo, senza venire a capo di niente. La vita sentimentale di Xenia Olimpiou era avvolta da un fitto velo di mistero e, poiché nessuno voleva credere che una donna giovane, bella e fortunata come lei non avesse trovato l'anima gemella, voci sempre più insistenti ma infondate avevano cominciato a circolare tra i giornalisti e gli addetti ai lavori.

Nel frattempo Polixeni era stata scritturata per il film di produzione italiana e partì alla volta di Roma. La trama raccontava la storia di due amiche rivali in amore, che alla fine perdono tutto quello che hanno. La coprotagonista era un'attrice molto bella e famosa in Italia, e questo a Polixeni non piacque. D'altra parte si consolò subito quando si accorse di aver fatto breccia nel cuore del protagonista maschile, un affascinante attore italiano con gli occhi e i capelli neri. Per la prima volta da più di cinque anni pensò che non sarebbe stata una cattiva idea concedersi un'avventura sentimentale con uno sconosciuto, approfittando dell'anonimato che la sua presenza in un paese straniero le offriva. Il soggiorno a Roma sarebbe durato tre settimane e un po' di compagnia al termine delle riprese non poteva che avere effetti benefici sulla sua arte.

Le riprese furono un'autentica rivelazione per Polixeni. Gli studi di Cinecittà erano all'avanguardia sotto ogni aspetto e anche l'organizzazione del lavoro era molto diversa da quella a cui era abituata. Un giorno sorrise quando udì il regista ordinare ai tecnici di provvedere alla temperatura ottimale del set. Nel suo paese, al contrario, le riprese avvenivano perlopiù a temperatura ambiente, e questo rendeva difficile la concentrazione.

D'altra parte, se Polixeni rimase molto colpita dal livello di preparazione tecnica delle maestranze italiane, queste ultime rimasero a bocca aperta quando videro la professionalità e il talento dell'attrice greca. Arrivava sempre puntuale alle riprese e conosceva alla perfezione la parte, mentre la coprotagonista italiana preferiva abbandonarsi ai capricci. Il risultato fu che il regista e il produttore rimasero affascinati dalla ragazza, e le concessero qualche primo piano in più rispetto alla collega, con grande scorno di quest'ultima. Il terzo giorno delle riprese trovò un grande mazzo di fiori in camerino. Lei non rimase affatto sorpresa e non dovette neppure leggere il bigliettino di accompagnamento per capire che si trattava di un dono di Giovanni, il coprotagonista della pellicola. Abbozzò un sorriso di compiacimento e si immerse nel bagno profumato che la cameriera le aveva preparato nel frattempo. La sera era stata invitata a cena dalla casa di produzione e voleva fare un'ottima figura. Per l'occasione avrebbe indossato un abito meraviglioso.

Alle sette in punto, avvolta in un rutilante abito da sera, imboccò la maestosa scalinata con l'aria di donna fatale. I presenti si voltarono per ammirarla e socchiusero gli occhi per proteggersi da tanto splendore. Gli uomini si affrettarono a raggiungerla e lei, raggiante di soddisfazione, si abbandonò alla voluttà di sentirsi al centro dell'attenzione. Giovanni riuscì a sottrarla agli altri e la condusse sulla pista. Sotto i flash folgoranti dei fotografi, entrambi sorrisero felici e, non appena i paparazzi si furono allontanati, si scambiarono uno sguardo languido e scintillante. Poi si lanciarono in una danza coinvolgente, che sapevano sarebbe stata soltanto il preludio a una notte vulcanica. Polixeni cominciò a non stare più nella pelle. In cuor suo sperava che l'attore italiano le facesse finalmente conoscere le gioie dell'amore, che Leonidas non era riuscito a donarle neppure alla lontana.

Tre ore dopo si ritirarono con grande discrezione nella camera di lei. Benché cercassero di non dare nell'occhio, tutti avevano capito che l'attrice greca non avrebbe trascorso la notte da sola. Chiusa la porta, Giovanni si recò al mobile bar e versò una coppa di champagne. Polixeni porse la mano per prenderla ma lui sorrise scuotendo il capo con un cenno di diniego. Fece una piroetta e si mise alle spalle della ragazza, poi le abbassò la lampo e l'abito le scivolò ai piedi formando un mucchietto dorato. Giovanni tornò davanti a lei rivolgendole un tenero sguardo.

«Lo champagne è per me,» le disse «ma non mi piace berlo dal bicchiere.»

Prese la coppa e cominciò a versarne il contenuto sul corpo di Polixeni. Quest'ultima lanciò un gridolino di sorpresa e la temperatura dello champagne la fece rabbrividire. Subito dopo Giovanni cominciò a suggere i rivoli che le scorrevano sulla pelle e Polixeni si sentì per la prima volta percorrere da una specie di scossa elettrica. Si avvinghiò a lui, ma Giovanni, senza fretta, continuava a non lasciarsi sfuggire neppure una goccia di champagne. Qualche istante dopo lui l'invitò a spogliarlo e Polixeni obbedì. Con gesti febbrili lo liberò degli indumenti ma lui continuava a muoversi con calma, al punto che Polixeni credette di impazzire. Dopo, sempre con gesti lenti e misurati, la condusse verso il letto e la fece stendere, non smettendo di accarezzarla e baciarla in ogni angolo. Polixeni non riuscì a trattenere un gemito di piacere. Giovanni si muoveva con l'abilità di un musicista e il corpo di lei era un docile strumento che produceva una melodia celestiale nelle mani di un autentico virtuoso.

Fu un'esperienza indimenticabile, eppure neanche stavolta era stato quello che Polixeni si aspettava. Giovanni era un amante focoso ed esperto, l'aveva fatta vibrare e palpitare come mai le era accaduto prima, ma… c'era ancora un ma, un certo non so che celato da qualche parte e che ancora non era affiorato in superficie. Un *quid* a cui lei non riusciva a non pensare e che non bastava l'esperienza di Giovanni a far emergere in tutta la sua importanza.

Polixeni ignorava che la notizia del suo nuovo legame era rimbalzata anche in Grecia. A tenere informati giornalisti e rotocalchi scandalistici era il distributore della pellicola, che contava su un ritorno in termini pubblicitari. D'altronde, anche se avesse sospettato qualcosa, per Polixeni non avrebbe fatto differenza. Giovanni era un amante ideale, discreto e senza altre pretese che non fossero le ore d'amore trascorse insieme. Entrambi sapevano che si trattava di una storia senza futuro e che al termine delle riprese Xenia Olimpiou sarebbe tornata in patria, ma questo non costituiva un problema e aumentava la sensazione di libertà personale. Sul piano professionale, inoltre, non era cambiato nulla. Polixeni continuava a essere un'attrice irreprensibile, e anzi la storia con Giovanni aveva reso l'intesa tra i due ancora più profonda, come dimostravano le scene d'amore che giravano insieme. Il regista era entusiasta del lavoro dei due protagonisti ed era pronto a scommettere che la loro passione si sarebbe tradotta in un successo senza precedenti al botteghino.

Quando tornò in Grecia, Polixeni venne a sapere che il suo idillio con Giovanni era divenuto di dominio pubblico. Si affrettò a smentire le dicerie e a spiegare che tra lei e il collega era soltanto nata una bella amicizia. Lui le aveva fatto da cicerone tra le bellezze di Roma e sperava di rivederlo in autunno, alla prima ufficiale del film.

Un paio di giorni dopo, Martha ricevette la visita di Polixeni. Il discorso cadde subito sulla sua relazione con il divo italiano.

«Su, a me la verità puoi dirla» la esortò. «Non me la dai a bere con la storia dell'amicizia.»

«Va bene, va bene. Che cosa vuoi sapere?»

«Tutto!»

«Sappi che alcuni dettagli sono... piccanti.»

«Ancora meglio! Su, parla. Ti sei divertita?»

Polixeni non tralasciò nulla e confidò all'amica che stavolta qualcosa si era mosso dentro di lei. Però continuava a provare una sensazione di incompletezza. Le sembrava che ci fosse ancora qualcosa da stanare dal nascondiglio in cui si trovava, e quando tacque, vide Martha rivolgerle un sorriso comprensivo.

«Che cosa vuol dire questo sorrisetto condiscendente?» le disse con un certo nervosismo.

«Sono lieta che finalmente hai capito la differenza tra l'amore e il sesso. Il primo coinvolge l'anima e il corpo, il secondo soltanto il corpo. Come ti è successo con Giovanni.»

«Ma con Leonidas...»

«Lascia perdere quel povero ragazzo. Lui non era riuscito neppure a farti sentire coinvolta sul piano fisico. Questo Giovanni invece, grazie alla sua esperienza, è riuscito a scavarti dentro una breccia.»

«Solo che ancora non sono arrivata all'amore totale. Com'è?» Polixeni le rivolse uno sguardo carico di innocenza e di dubbio, simile a quello di un bambino ansioso di scoprire il segreto della vita.

«Ah, l'amore...» sospirò Martha. «L'amore è un sentimento sacro, mia cara, che ti regala l'inferno nello stesso tempo in cui ti proietta in paradiso. Che ti brucia in un lago incandescente quando credi di aver finalmente trovato un po' di refrigerio.»

«Scusa, Martha, ma non capisco una parola di quello che dici» protestò Polixeni.

«Forse perché sei arrivata alla tua età senza aver ancora amato davvero.»

«Da quello che dici, sono stata fortunata» commentò. «L'amore, come lo descrivi tu, sembra una cosa terribile.»

«Sì, è vero, ma è attraverso l'amore che si rinasce a nuova vita. Incontrando l'altro si esce da se stessi e ci si scopre fragili e forti nello stesso momento.»

«Come sei romantica.»

«Eppure, Xenia, alla tua età sei tu che dovresti parlare in questo modo e non io. Per me ormai l'amore appartiene più alla sfera della razionalità che della passione, mentre l'amore è per eccellenza il regno delle emozioni. E invece tu... Ma forse chiedo troppo. Prima di arrivare a sentire l'amore occorre passare attraverso altri sentimenti.»

«Di che cosa stai parlando?»

«Xenia, una volta mi hai promesso che saresti sempre stata sincera con me. Lascia perdere l'amore, sarebbe come voler imparare a camminare ancor prima di essere riusciti a reggersi in piedi.»

«Continuo a non capire... Oggi evidentemente è la giornata degli indovinelli.»

«Amica mia, dai un'occhiata intorno. L'amore è un sentimento complicato e prima occorre averne provati altri, più semplici, come l'amicizia per esempio. Lasciati avvicinare dalle persone, impara ad ascoltare quello che hanno da dire, proprio come ascolti il tuo regista. Comincia a essere un po' più flessibile e vedrai che il resto verrà da solo.»

«Storie...»

«No, ti sbagli» ribatté Martha. «Le mie non sono storie.»

«No, no, mi hai fraintesa! Volevo dire che mi è venuta in mente una storia... di qualcuno che, dopo essere rimasto ferito dal frammento di uno specchio frantumato, ha cominciato a vedere la vita con freddezza e distacco.»

«Allora capisci che cosa intendo.»

«Sì… ma dubito di poter cambiare.»

Le due amiche furono interrotte dalla piccola Vasilikì, la figlia di Martha, che aveva cinque anni. Con la sua bambola preferita stretta al petto corse tra le braccia della madre versando calde lacrime. A causa di un gesto sbagliato, la testa della bambola si era staccata dal corpo e la bambina piangeva inconsolabile. Martha rimise al suo posto la testa e consegnò la bambola alla figlia. Gli occhi della piccola tornarono a brillare, il suo sorriso a illuminare il visino e le due braccine si intrecciarono intorno al collo di Martha. Un bacio schioccante fu il ringraziamento di Vasilikì, che tornò in fretta in camera sua senza degnare Polixeni neppure di uno sguardo.

Martha si rivolse di nuovo all'amica. «Ecco un momento di felicità. Una creatura che ami più di te stessa ha bisogno del tuo aiuto e ti manifesta una fiducia totale donandoti un amore senza contropartite. E a te non resta che riceverlo come la terra riceve la pioggia e ricambiare, perché questa è l'unica cosa possibile. Amare senza riserve e senza aspettarsi ricompense.»

«Adesso mi sembra che esageri. Non occorre diventare madri per dire di aver provato sentimenti umani» ribatté Polixeni.

«Dipende» rispose Martha. «Nel tuo caso un figlio sarebbe più un male che un bene.»

Polixeni uscì molto confusa dalla casa dell'amica. Per la prima volta dopo molti anni aveva consentito al passato di emergere dalla nebbia dei ricordi. Era tornata la ragazzina nata e cresciuta alle pendici del monte Olimpo, le erano tornate in mente le sorelle e soprattutto la madre. Chiuse gli occhi e si rivide a piedi nudi sulle rive del fiume, intenta a giocare con Iulìa e Melissanthi, a spruzzarsi acqua a vicenda, mentre Aspasìa, seduta in disparte, gridava ogni volta che veniva raggiunta da una goccia d'acqua e Magdalinì batteva le manine per l'entusiasmo. Trasalì quando si accorse che aveva abbozzato un sorriso di nostalgia. Sentì un tuffo al cuore alla comprensione che quei ricordi la rendevano felice. Nel frattempo si era messo a piovere e un bagliore luminoso l'avvertì che il tuono era imminente. Il boato risvegliò dentro di lei un altro ricordo: una sera in cui la piccola Magdalinì, spaventata dal temporale, era corsa tremante a infilarsi sotto le coperte della sorella. «Che cosa ci fai qui?» le aveva chiesto. E la bimba aveva risposto: «Sono venuta perché ho pensato che eri da sola e che avevi paura». Allora Polixeni l'aveva abbracciata con tenerezza sorridendo per quell'innocente bugia. Il respiro della sorellina, che tremava ancora per lo spavento, la scaldò per il resto della nottata.

Si sfiorò i capelli con un gesto istintivo e un nuovo flusso di ricordi cominciò a sgorgare. Vide la madre con il pettine in mano e una bacinella piena d'acqua accanto a sé. Ogni mattina Teodora faceva sempre la stessa cosa: si sedeva davanti al camino, metteva in fila le cinque figlie, le pettinava, faceva loro le trecce e le annodava con un fiocco simile a una farfalla posata sui capelli biondi. Seguiva il primo bacio della giornata per ciascuna, accompagnato dal «buongiorno» materno. Infine Teodora le guardava estasiata, orgogliosa di non vedere neppure un capello fuori posto. Un bel mattino, Melissanthi rifiutò di sottoporsi a quella cerimonia, e da allora anche le altre scelsero il modo di sistemare la chioma. Polixeni quel giorno ci era rimasta molto male. Adorava farsi pettinare dalla madre, le piaceva sentire la mano di Teodora sui capelli e la cerimonia del bacio mattutino.

Si alzò furiosa e accese la radio. Che cosa le era preso quella sera? Come mai era stata assalita dai ricordi? Dopo tutto nessuno l'aveva mai costretta a far niente, era stata lei a scegliere il suo stile di vita e nessuno poteva costringerla a tornare al villaggio. Lei era la celebre attrice Xenia Olimpiou: il sogno era diventato realtà!

Si domandò se anche al villaggio avessero sentito parlare di lei. Sorrise. Certo che avevano sentito parlare di lei. Ricordava le carovane del cinema ambulante, che, quando era bambina, giravano di villaggio in villaggio e proiettavano pellicole di successo sul primo muro bianco disponibile. Dopo tanti anni le cose erano di sicuro cambiate, migliorate, forse da qualche parte c'era persino un cinematografo vero e proprio. In tal caso sia la madre sia la nonna l'avevano vista, e forse anche le sorelle... Già, le sorelle... Chissà il fiume dove le aveva trascinate. Era molto tempo che non sapeva più niente di loro. In passato la madre le spediva ogni tanto lettere in cui si lagnava della loro corrispondenza sporadica. Polixeni non aveva risposto e a un certo punto la madre aveva smesso di scriverle.

Quella notte la giovane donna fece un sonno tranquillo, e l'indomani mattina aprì gli occhi riposata e di buon umore. Erano imminenti le riprese di un nuovo film, mentre in teatro stava per debuttare come protagonista in un'opera di cui si era innamorata sin dal primo istante che l'aveva letta. Nella sua vita tutto andava bene, in tanti anni di lavoro era riuscita a mettere via un buon gruzzolo e il mese successivo era attesa in Italia per la prima ufficiale del film. A Natale era prevista la prima ateniese, alla quale era stato invitato anche Giovanni.

In Italia fu accompagnata dal produttore. Si trattenne soltanto due giorni ma fece in tempo a concedere decine di interviste e a farsi fotografare per un settimanale. Il produttore rimase a bocca aperta quando Polixeni gli annunciò che il servizio fotografico era stato fissato alle tre del mattino.

«Ma alle otto abbiamo il volo di ritorno» osservò.

«E con questo?» ribatté Polixeni, impassibile. «Si tratta di un servizio a pagamento e non ho intenzione di rifiutare.»

«Ma, mia cara, dopo la cerimonia di presentazione ci sarà anche il ricevimento. Finirai con il passare tutta la notte in bianco.»

«Poco male. Sono qui per lavorare, non per dormire» tagliò corto.

«Sì, ma ricordati che la sera devi anche recitare a teatro. Sei sicura di farcela?»

Polixeni abbozzò un sorriso e si allontanò senza rispondere. Se il produttore avesse saputo che nella sua agenda c'era anche un altro impegno, allora sì che si sarebbe preoccupato davvero.

Giovanni giunse puntuale in camera di Polixeni. In mano aveva un mazzo di rose rosse e l'espressione del volto ne tradiva l'impazienza. L'amplesso che seguì fu un'esperienza indimenticabile per lei, che dopo tanti mesi provava di nuovo la gioia di essere posseduta da quell'amante straordinario. Le labbra dell'uomo, che non lasciavano inesplorato neppure un centimetro di pelle, ebbero l'effetto di catapultarla nei vasti cieli della voluttà. Venuti meno i freni inibitori, la ragazza udiva la propria voce come un'eco che supplicava il compagno di non fermarsi, di andare avanti, di lasciarsi avvolgere completamente nel disperato tentativo di fondersi in una cosa sola.

Il servizio fotografico diede risultati strepitosi. Sazia d'amore, Polixeni trasmise all'obiettivo tutta l'energia vitale di cui era carica attraverso gli occhi languidi e le labbra ancora gonfie per i baci ricevuti. I fotografi non credevano ai loro occhi. L'erotismo dell'attrice era palpabile, contagioso, stupefacente, e senza dubbio avrebbe lanciato alle stelle le vendite del settimanale. Durante il viaggio di ritorno, Polixeni crollò in un sonno profondo e dopo l'atterraggio corse a casa, chiuse le persiane e si infilò sotto le coperte. La sera l'attendeva l'ennesima replica dello spettacolo e doveva assolutamente recuperare le forze.

La prima ateniese del film fu un grandissimo successo. Il produttore aveva lanciato una campagna pubblicitaria in grande stile: non passava giorno senza che la stampa scandalistica lasciasse trapelare presunte indiscrezioni sulle riprese o sugli attori, e Polixeni stava volentieri al gioco. Ancora una volta si era rivelata la beniamina dei giornalisti, che non la mettevano mai in imbarazzo con domande sconvenienti. La curiosità principale del pubblico, ovviamente, riguardava la sua vita privata e l'unica notizia certa era la breve relazione con l'attore italiano consumatasi nel corso delle riprese a Cinecittà.

L'arrivo di Giovanni ad Atene rinfocolò l'attenzione della stampa e del pubblico. Durante la campagna di promozione, i due attori furono costretti ad apparire sempre insieme e ovunque si presentavano, da soli o con il produttore, i paparazzi si scatenavano alla ricerca dell'inquadratura migliore. La coprotagonista italiana non era venuta con il pretesto di alcuni impegni improrogabili, ma la rivale sapeva che si trattava di una bugia diplomatica. Un conto era l'Italia e un altro la Grecia, dove protagonista indiscussa era solo ed esclusivamente Xenia Olimpiou. In questo campo totalmente libero, Polixeni non aveva alcuna fretta di restare sola con Giovanni. La storia della loro relazione doveva restare avvolta da un velo di mistero e di ambiguità, perché soltanto in questo modo la stampa avrebbe continuato a occuparsi di lei. Il tempo trascorse in fretta tra un ricevimento e l'altro, tra un assalto dei paparazzi e l'altro, tra una notte d'amore e l'altra, finché non arrivò il momento del ritorno di Giovanni in Italia. Si salutarono senza rimpianti, anzi, ciascuno serbava nel proprio cuore la semplice gioia di essere stati insieme, sia pure per poco.

Il giorno del suo trentesimo compleanno Polixeni fu assalita dalla malinconia. D'un tratto si era resa conto che il tempo passava e, colta dal panico, decise di andare a trovare Martha. L'amica era intenta ad aiutare la figlioletta a fare i compiti e Polixeni fu travolta dall'ennesimo ricordo dell'infanzia: lei seduta al tavolo della cucina e Melissanthi, la sorella maggiore, che cercava di insegnarle le tabelline e si strappava i capelli ogni volta che le dava la risposta sbagliata alla domanda «Quanto fa sette per otto?».

«Bentornata!» la salutò Martha.

Polixeni tuttavia la invitò a continuare: «Non ho fretta, posso aspettare». Ignorò lo sguardo interrogativo dell'amica e si sedette di fronte alla piccola, che la salutò compita.

«Buonasera, signorina Olimpiou!»

Vasilikì evitava il più possibile quella strana amica della madre, che non l'aveva mai degnata di uno sguardo. Pur trovandola molto bella, le sembrava che avesse qualcosa di strano nello sguardo e il volto non si scioglieva mai in un sorriso. La bambina era giunta alla conclusione che non voleva aver niente a che fare con lei e così aveva imparato a non disturbarla. Ogni volta che Xenia si presentava a casa, la piccola si ritirava in camera sua. Quel giorno invece era diverso: la signorina Olimpiou cercava un contatto visivo con la bambina.

«Che cosa state facendo?» le domandò Polixeni.

La bambina le mostrò il libro di lettura. «Io e la mamma stiamo leggendo una storia» rispose un po' crucciata. «Solo che faccio fatica, le lettere si confondono, vogliono uscire dalla mia bocca ma per la fretta mi impappino e alla fine nessuno ci capisce niente» aggiunse in tono scoraggiato.

«Non mi sembra niente di grave» ribatté Polixeni. «Il segreto sta nel leggere piano e nel respirare nel modo giusto. Devi dare tempo alla tua mente di mettere in ordine le lettere che sembrano sfuggirti da tutte le parti.»

«Davvero, signorina?» replicò la piccola con gli occhi vividi di speranza.

«Certo! È soltanto questione di esercizio. Più leggi e più diventerai brava.»

Martha era rimasta a bocca aperta. Non aveva mai visto Xenia rivolgersi con tanta dolcezza e comprensione alla figlioletta. Polixeni intanto domandava: «Ti piace l'aritmetica?».

«Sì, l'aritmetica è facile» rispose Vasilikì con entusiasmo.

«Sei fortunata allora. Io per esempio i numeri li odiavo e non riuscivo a farmeli entrare in testa. La mia sorella maggiore ha passato ore nel tentativo di insegnarmi le addizioni e soprattutto le moltiplicazioni.»

«Signorina, come si chiama vostra sorella?» domando Vasilikì.

Polixeni ebbe un istante di esitazione. «Melissanthi...» disse infine sottovoce.

«Che bel nome» rispose la bambina.

«Melissanthi?» intervenne Martha. «Un nome piuttosto raro, ma mi sembra di averlo già sentito da qualche parte. Dove vive tua sorella adesso?»

«Perché me lo domandi?»

«Vive ad Atene?»

«Suppongo di sì...»

«Per caso è la moglie di un grossista del tabacco?»

«Si tratta di Faturos, mio cognato» spiegò Polixeni.

«Allora è proprio lei. Melissanthi Faturos. La conosco.»

«Come fai a conoscerla?» domandò Polixeni, turbata.

«Me l'hanno presentata a un ricevimento, abbiamo scambiato soltanto qualche parola di circostanza.»

«Come sta?» incalzò Polixeni con voce strozzata.

«Bene, credo. È una ragazza molto bella. E adesso che ci penso... vi somigliate. Ma come mai...» Martha si interruppe quando si accorse che la figlioletta seguiva con interesse la conversazione. «Tesoro, vuoi lasciare la mamma e la sua amica un po' sole a parlare di cose da grandi?» le disse con dolcezza. «I compiti li finiamo dopo.»

La bambina sorrise e si alzò. Ma prima volle salutare Polixeni:

«Signorina Xenia, vi ringrazio molto per l'aiuto» sussurrò in tono gentile, con un pizzico di imbarazzo. Poi le schioccò un bacio sulla guancia e si allontanò.

Polixeni trasalì. La mano sfiorò il punto in cui si erano appoggiate le labbra della bambina. Le parve che scottasse. Rivolse uno sguardo interrogativo a Martha, che abbozzò un sorriso.

«Non sei mai stata baciata da un bambino?» domandò l'amica. Polixeni scosse la testa in segno di diniego.

«Be', adesso sai che cosa ti sei persa» ribatté Martha in tono scherzoso. «Ora che siamo rimaste sole, mi vuoi dire perché non vai a trovare tua sorella visto che vivete nella stessa città?»

«Sono molti anni che...»

«Che cosa? Avete litigato?»

«No, mai.»

«A maggior ragione allora. Melissanthi è sangue del tuo stesso sangue.»

«Non avremmo niente da dirci. Ciascuna di noi ha scelto la sua strada. E poi neanche lei è mai venuta a cercarmi e sono sicura che ha sentito parlare di me. Ma credimi, Martha, forse è meglio così.»

«Come desideri... Permettimi di dirti che secondo me è un errore. C'è anche un'altra cosa che volevo chiederti. Come mai oggi sei stata tanto calorosa con Vasilikì? Fino a ieri non ti accorgevi neanche della sua presenza.»

«Non è vero, Martha. Mi sono mai dimenticata del suo compleanno o del suo onomastico?»

«No, ma queste ricorrenze le hai sempre vissute come obblighi sociali.»

«Ricominci con la psicanalisi?»

«In un certo senso...»

«Oggi non credo di essere in vena. E poi sento i passi di Vasilikì.»

Infatti la bambina tornò in salotto e prese posto sul divano accanto a Polixeni. Aveva con sé il libro di lettura e si mise a leggere ad alta voce. Scandiva le parole e prendeva fiato secondo le sue indicazioni. Martha rimase ancora una volta senza parole.

«Vi è piaciuto?» domandò la bambina.

«Sei stata bravissima» si complimentò Polixeni.

«Ho fatto come mi avete detto voi, signorina» replicò timidamente Vasilikì.

«Sì, ma perché non la smetti di chiamarmi signorina?» l'invitò Polixeni.

Vasilikì non se lo fece ripetere. «Va bene, allora posso chiamarti zia?»

«Certo, perché no?»

«Posso dire alle mie amiche che Xenia Olimpiou è mia zia?»

«Naturalmente» disse ancora Polixeni.

Vasilikì si mise a fare i salti di gioia mentre Martha era ormai convinta di sognare a occhi aperti.

L'ora successiva fu segnata da molte altre sorprese. Polixeni infatti si dedicò completamente alla piccola, rispose alle sue domande, accettò persino di tenere in braccio la sua bambola preferita e di infilarle i vestitini seguendo le sue istruzioni. Quando Stathis tornò, le trovò assorte nel gioco e alla vista di Polixeni indaffarata con gli abitini di pizzo della bambola e di Vasilikì che rideva insieme a lei, rimase a sua volta interdetto.

La bimba corse tra le braccia del padre per salutarlo e gli raccontò tutto d'un fiato quanto era successo quello strano pomeriggio. «Mi ha dato il permesso di chiamarla zia» concluse. «Le mie compagne di scuola moriranno d'invidia quando gli dirò che Xenia Olimpiou è mia zia!»

Stathis sorrise e chiese alla figlioletta di andare a prendergli le pantofole. Approfittando dell'assenza si rivolse a Polixeni. «A che razza di gioco stai giocando?» le domandò in tono gelido.

«Non capisco» rispose Polixeni.

«Neanch'io ma ti avverto. Stai lontana da mia figlia.»

«Ma… perché ce l'hai con me?»

«Non fare la santarellina. Non ti sei mai curata di Vasilikì e oggi le hai detto di chiamarti zia. Non crederai che me la beva.»

«Stathis, ti prego…» intervenne Martha.

Il marito l'interruppe con uno sguardo. «Martha, adesso parlo io. Non permetterò mai che… la tua amica si prenda gioco di nostra figlia come si è presa gioco di Leonidas. Allora, signorina Olimpiou, siamo tutt'orecchi: siete stata forse scritturata per un ruolo di madre premurosa?»

La voce di Stathis risuonava alterata e gli occhi erano iniettati di sangue. Polixeni si sentì un groppo in gola e gli occhi che bruciavano.

«Stathis, sei ingiusto…» disse cercando di trattenere le lacrime.

«Mai quanto te.»

«Non sei ancora riuscito a perdonarmi…»

«Non ci penso neanche. Così come non mi sono mai perdonato di averti introdotto nel mondo dello spettacolo serio. Se ti avessi lasciato tra i guitti, a quest'ora forse Leonidas sarebbe ancora vivo. Ecco perché ti dico di lasciare in pace mia figlia. Se hai bisogno di esperienze materne, va' a cercarle altrove, non qui.»

«Anche se ti sbagli, non posso far niente per convincerti. Del resto non hai tutti i torti… Adesso è meglio che me ne vada.»

Polixeni varcò l'uscio prima che gli altri avessero il tempo di ribattere qualsiasi cosa, ma subito dopo la coppia cominciò a discutere con veemenza.

«Si può sapere che cosa ti è preso?» gridò Martha. «Per una volta che ha cercato di rompere il guscio del suo orgoglio, tu l'hai aggredita senza pietà.»

«Vuoi dire che hai creduto alla sua pantomima?»

«Certo! E non si tratta di una pantomima. La conosco molto meglio di te e non sono nata ieri. Qualcosa sta cominciando a cambiare dentro di lei. In questo momento ha bisogno di qualcuno che la incoraggi, e non di un giudice che la condanni a morte. Persino il suo sguardo è cambiato, e quando parla non ha più quell'indifferenza nella voce che le scompare soltanto sul palcoscenico. E oggi per la prima volta ha accennato al suo passato, alla sorella…»

«Ha una sorella?»

«Una vive qui ad Atene e altre tre sono sparse per il mondo.»

«Come mai non ha rapporti con loro?»

«È una lunga storia. Comunque sto provando a farle vedere le cose diversamente e, oggi che ho ottenuto qualche risultato, arrivi tu e la mandi via in malo modo! Ah, Stathis, non ti perdonerò mai se dovesse tornare quella di prima.»

«Mi preoccupo soltanto di mia figlia.»

«Vasilikì ha due genitori che le vogliono bene, non corre alcun rischio da parte di Xenia. Ti prego… So che ancora non ti sei ripreso dalla storia di Leonidas però…»

«Più che altro penso al modo in cui Xenia ha reagito… Anzi, in cui non *ha* reagito.»

«Hai ragione, ma le persone cambiano.»

«Credi che Xenia sia cambiata?»

«Sta cominciando a cambiare. Ha compiuto un inizio. Nella corazza che la protegge si è aperta una breccia: è soltanto questione di tempo e si frantumerà in mille pezzi. Salvo imprevisti, che, mi auguro, non accadranno…»

Si sa che la vita è fatta di eventi inaspettati. Petros Ghlinòs era tornato soltanto da un mese dalle sue vacanze a Parigi ed era piuttosto deluso. A trentotto anni era bello come un dio e in qualsiasi momento avrebbe potuto intraprendere una carriera di attore o di modello, ma il cospicuo patrimonio familiare non gli aveva mai fatto sentire la necessità di scoprire e sviluppare alcun talento. Il padre, titolare di un'impresa di import-export, aveva cercato di introdurlo nel mondo degli affari, perché un giorno il figlio gli sarebbe succeduto, ma Petros non si era mai mostrato allettato dall'idea di mettersi al timone dell'azienda di famiglia. Nella loro elegante sede riusciva a resistere al massimo una settimana, dopodiché scompariva per lunghi mesi con grande disappunto del padre, sconsolato dalla svogliatezza di quel figlio tanto brillante e talentuoso. I genitori si chiedevano dove avessero sbagliato e il motivo per cui Petros fosse tanto pigro e indifferente, oltre che intrattabile. Si sapeva soltanto che la sua aria da bel tenebroso gli procurava un notevole successo con le donne, che Petros cambiava come si cambiano i calzini.

Polixeni lo conobbe durante un ricevimento e fu un colpo di fulmine. Ad attirarla come un magnete fu, più che l'avvenenza, soprattutto lo sguardo e l'aria spavalda. A presentarli fu un conoscente comune, tuttavia Petros sapeva già tutto sul conto di lei. Di recente l'aveva vista in un film coprodotto in Italia e l'aveva apprezzata molto. Inoltre sapeva che aveva rifiutato di farsi rappresentare da un manager e che girava un film soltanto se trovava accettabile la sceneggiatura e naturalmente il cachet. I produttori, dal canto loro, cercavano di soddisfarne tutte le richieste: un film interpretato da Xenia Olimpiou era un successo sicuro al botteghino e valeva la pena fare uno sforzo per averla dalla loro parte.

Si accorse che da vicino era ancora più bella e nel suo sguardo si leggeva che era libera e disponibile. Petros si sentì fremere di eccitazione. Non ne poteva più delle madonnine infilzate che facevano le ritrose nella segreta speranza di tenerlo legato più tempo possibile. Così quella sera, dopo le presentazioni, il bacio da gentiluomo che Petros depose sulla mano di Polixeni era carico di allusioni e di promesse segrete, e altrettanto lo sguardo che le rivolgeva.

«Questa dev'essere la mia serata fortunata» commentò.

Polixeni notò che la voce morbida e profonda di Petros formava un tutt'uno con il suo bell'aspetto. «Perché lo dite?» replicò sorridendo.

«Perché quando ho accettato l'invito al ricevimento, non avrei mai pensato di conoscervi. Qualche giorno fa ho visto il vostro film e se l'ho apprezzato è solo grazie alla vostra bellezza.»

Polixeni sorrise di nuovo. «Grazie, siete davvero molto gentile. Ma spero che, oltre all'aspetto fisico, abbiate apprezzato anche la mia interpretazione.»

«Mi dispiace, ma la vostra bellezza non ha permesso di concentrarmi su nient'altro.»

Si scrutarono, valutandosi reciprocamente. Petros le propose di ballare e lei accettò d'acchito. Stretta tra le sue braccia, Polixeni si accorse di qualcosa di strano: il cuore le andava a mille, il profumo dell'uomo la mandava su di giri e doveva compiere uno sforzo indicibile per non baciarlo sul collo. Sentiva le spalle arroventarsi al suo tocco, il corpo bruciare per il contatto con quello di Petros. Il suo fiato le carezzava l'orecchio nello stesso modo in cui avrebbe voluto essere accarezzata dalle sue mani. Quando la musica finì, provò un senso di vuoto. Allora Petros la prese per mano e l'accompagnò fuori, sul terrazzo. Le luci di Atene, in fondo, sembravano una quinta teatrale.

Petros tirò fuori la tabacchiera e le offrì una sigaretta, che Polixeni rifiutò.

«Non fumo...» disse piano.

«Ecco una cosa che non mi sarei mai aspettato» commentò lui.

«Perché?»

«Oggi come oggi il fumo è sempre più femminile. Non credevo che un'attrice, una donna emancipata come te...»

«Non credere a tutto quello che si dice sul conto della gente dello spettacolo. Le persone comuni ci credono audaci, provocanti, senza principi morali...»

«Non è vero?»

«No! O almeno non è vero per tutti. Sappi che la maggior parte di noi lavora moltissimo e non ha tempo per la vita privata.»

«Quello che mi dici mi sembra molto triste e anche un po' esagerato. Tu, per esempio, sei giovane, bella, famosa e non hai l'aria di chi se la passa tanto male.»

«La fama non è sempre una cosa positiva. Il fatto che ogni aspetto della tua vita venga passato al setaccio dei giornalisti e dell'opinione pubblica costituisce un'enorme limitazione della libertà.»

«Tu, Xenia, perché hai deciso di fare l'attrice?»

«Era il mio sogno sin da bambina.»

«Sei felice della tua scelta?»

«La parola felicità evito di usarla perché mi è sempre parsa fuori luogo. Invece parlami un po' di te. Che cosa fai nella vita?»

«Mi diverto.»

«E basta?»

«Per me è quello che conta» rispose Petros.

«E in che modo ti diverti?»

«Se vuoi saperlo, seguimi» le propose.

«Quanta fretta» ribatté Polixeni.

«C'è qualche problema, forse?» disse Petros con impazienza.

«Il problema è che continui a credere che le attrici siano delle donne facili. Ti prego di ripensarci. Fino a che non avrai cambiato idea, ti saluto.»

Abbozzò un sorriso ironico e tornò tra la folla che riempiva il salone. Si sentiva fremere di indignazione. Senza esitare si avvicinò ai padroni di casa, prese congedo da loro e corse a rifugiarsi a casa sua. Se il signor Ghlinòs aveva creduto di portarla a letto per rendere più piccante una serata noiosa, si era sbagliato di grosso. L'istinto le suggeriva di stare alla larga dal fascino letale di quell'uomo in cerca soltanto di avventure. Dopo la storia con Giovanni, Polixeni aveva capito di aspirare a relazioni più stabili, profonde e durature. Forse addirittura a crearsi una famiglia. Il tempo passava per lei come per tutti. Con la mano sfiorò il punto in cui Vasilikì l'aveva baciata il pomeriggio precedente. Un bambino… perché no?

Si versò da bere un paio di bicchieri. Provò un dolce indolenzimento. Se ne versò ancora un altro. Non era abituata a bere e l'alcol faceva effetto. Crollò sul letto e il sonno giunse senza fatica.

La sera seguente ricevette in camerino un mazzo di fiori. Il biglietto che l'accompagnava recava un'unica parola: «Scusa». Polixeni immaginò il mittente e sorrise. A quanto pare il signor Ghlinòs non si era perso di coraggio. Diede una sbirciatina in platea e lo scorse seduto in prima fila. Si sentì salire il sangue alla testa. Non aveva mai provato una sensazione del genere. Al termine dello spettacolo aspettò invano che si facesse vivo. Tornò a casa con le lacrime agli occhi. Che cos'era andato storto? Che senso aveva avuto quel mazzo di fiori? A che gioco giocava il signor Petros Ghlinòs? Cercò di nuovo consolazione nell'alcol, che anche quella sera le garantì un sonno immediato e profondo.

Per una settimana Polixeni controllò la platea, il foyer e i corridoi, ma di Petros non trovò traccia. E ogni sera rientrò a casa da sola. A farle compagnia c'erano soltanto la depressione e una bottiglia di whisky.

Poi una sera, uscendo dal teatro, lo scorse a bordo della sua automobile e credette che l'immaginazione le giocasse un brutto scherzo. Rivolgendole il suo bel sorriso, lui scese dal veicolo e aprì la porta del passeggero. Polixeni rimase interdetta ma alla fine, vinta dal suo sguardo, si risolse ad accettare l'invito. Lungo il tragitto non scambiarono una parola, lei non gli chiese neppure dove fossero diretti. Non le importava. Le bastava trovarsi finalmente accanto a lui, inebriata dal suo profumo. Quando parcheggiarono davanti a un hotel sul lungomare lei se ne sorprese. Eppure continuò a tacere. Per fortuna entrarono da un ingresso laterale ed evitarono gli sguardi degli impiegati alla reception. Non si era mai sentita tanto umiliata e le vennero le lacrime agli occhi.

Dopo aver raggiunto la lussuosa suite, Petros si versò un bicchiere di whisky e si sedette sul letto con la schiena appoggiata alla spalliera. Polixeni restò in piedi, poco lontano, con il volto inespressivo.

«Perché mi hai portata qui?»

«Tesoro, anche se, come mi hai detto tu, non devo credere a tutto quello che si dice sul conto delle attrici, non puoi non sapere che cosa succede quando un uomo e una donna si trovano da soli nella suite di un hotel in riva al mare.»

«Non mi sarei mai aspettata una cosa del genere da te» ribatté Polixeni, sprezzante.

«Xenia, lascia perdere i melodrammi. Con me non attacca. Siamo due persone adulte, ti desidero e so che mi desideri anche tu. Quindi invece di giocare a nascondino, cerchiamo di andare subito al sodo.»

«Perché prima non ne parliamo?»

«Perché non ho tempo da perdere. Mi piaci da morire, voglio fare l'amore con te, e se il mio approccio ti sembra brusco e poco romantico, è perché ti considero una donna esperta, non una ragazzina di primo pelo. Dovresti almeno apprezzare la mia sincerità.»

«Mi fai schifo.»

«Peccato che tu la veda così. Ma devi sapere che sono un uomo che si annoia in fretta. Se hai voglia di divertirti, spogliati e vieni qui da me, altrimenti tanti saluti e amici come prima. Di me non sentirai parlare mai più, di donne è pieno il mondo.»

Polixeni era allibita. La ragione le suggeriva di piantare in asso quello spaccone impertinente, ma ricordava le sofferenze dell'ultima settimana, trascorsa con la compagnia di una bottiglia di whisky. Nelle orecchie sentì rimbombare il silenzio spettrale della sua casa e pensò che quella sera non avrebbe potuto sopportarlo. Guardò Petros, che, tra un sorso di whisky e l'altro, si era sciolto la cravatta per stare più comodo. Non riusciva a togliergli gli occhi di dosso. Le mani di Polixeni cominciarono ad aprire i bottoni del cappotto e alla fine glielo sfilarono di dosso. Poi continuò con gli altri indumenti, sempre tenendo gli occhi fissi su di lui, finché rimase completamente nuda davanti al volto di Petros, contratto per il desiderio. A un certo punto lui si abbandonò a un sospiro, che lei considerò una piccola soddisfazione. In fin dei conti non era quell'amante freddo e distaccato che appariva.

Si avvicinò al letto, gli prese il bicchiere dalla mano e ne bevve l'ultimo sorso. Petros ancora non l'aveva sfiorata e già lei si sentiva tremare come quella volta a Roma, tra le braccia di Giovanni. A un certo punto lui allungò le braccia e la strinse a sé per baciarla. Polixeni gemette quando le labbra dell'amante scesero sul collo.

«L'avevo capito che eri un vulcano» mormorò con una risatina. «Adesso non resta che aspettare l'eruzione…»

Polixeni ebbe l'impressione che il corpo si frantumasse in mille pezzi e che i frammenti si spargessero in tutta la stanza. Mille volte credette di morire e altrettante si sentì rinascere. Ogni carezza di Petros la proiettava verso sfere celestiali, ogni bacio la riempiva di struggimento. Per tutta risposta lei gli affondò le unghie nella schiena, gli riempì la carne di ferite. Lo sentì gridare il suo nome e in quell'istante lei fu incapace di trattenere il grido di liberazione che si elevava dal suo corpo.

Petros si coricò su un fianco, ancora affannato. Accanto giaceva Polixeni, sfinita. Nel silenzio assoluto della camera il loro respiro risuonava come un rantolo. Gli occhi spalancati di Polixeni fissarono il soffitto, le lacrime cominciarono a scorrerle copiose sulle guance. Dunque era quello l'amore! Adesso riusciva a capire le parole di Martha. Petros era l'uomo della sua vita e, anche se quella storia era cominciata in modo assurdo, era compito suo non farla concludere mai. Se non voleva che anche la sua vita si concludesse…

Petros nel frattempo si era alzato e la guardava. «Perché piangi?» domandò.

«Anche se te lo dicessi, non riusciresti a capire» rispose la donna alzandosi a sua volta.

Petros la fermò. «Aspetta… Ti devo le mie scuse…»

«Non importa. Ti sei già scusato una volta e hai deciso di umiliarmi… Che cos'altro hai in serbo per me?»

«Perché dici che ti ho umiliato?»

«Perché per te sono una preda come un'altra, che hai scommesso di fare tua.»

In cuor suo Polixeni temeva la reazione di Petros. Ormai era decisa a fare di tutto per conquistare quell'uomo… se non voleva perdere se stessa.

Petros la guardò e la baciò. Lei si sentì di nuovo venir meno. E di nuovo perse il controllo.

Da circa un mese Martha non vedeva Polixeni e aveva deciso di telefonarle. L'amica aveva risposto che sarebbe passata a trovarla il pomeriggio stesso e adesso le due donne si trovavano una di fronte all'altra. Vasilikì era andata a passeggio con il padre e Polixeni ci rimase male quando non la vide. Le aveva acquistato degli abitini nuovi per la sua bambola preferita e moriva dalla voglia di vedere il suo sorriso.

«Faranno tardi?» domandò a Martha.

«Non temere, tra poco saranno di ritorno. Piuttosto, raccontami tutti i dettagli.»

«Di che cosa?» domandò Polixeni sorridendo.

«Sai benissimo a che cosa mi riferisco. Su, parla, come mai quel viso raggiante?»

«Martha... sono innamorata!» rispose.

L'amica rimase a bocca aperta. «Non ci credo» balbettò.

«Neanche io, eppure è la verità. Non mi sono mai sentita così. Adesso riesco finalmente a capire tutto quello che mi hai sempre detto sull'amore. Martha, sono innamorata! Di un uomo meraviglioso, proprio come l'ho sempre desiderato!»

«Santo cielo, Xenia, andiamo per ordine. Prima di tutto chi è quest'uomo meraviglioso?»

«Si chiama Petros Ghlinòs.»

«Non mi sembra di conoscerlo. Comunque non è il nome che mi interessa. Voglio sapere come l'hai conosciuto, che tipo è, se anche lui ti ama.»

Alle ultime parole lo sguardo di Polixeni si adombrò. Martha corrugò la fronte.

«Che cosa c'è? Perché non rispondi?»

«La verita è che non lo so se mi ama o no.»

«Stai scherzando. Certe cose una donna le sa per istinto, non occorre che qualcuno gliele dica.»

«Purtroppo, Martha, non mi è rimasto più niente, né cuore né istinto né raziocinio...»

«Classica sindrome da innamoramento acuto. Almeno si comporta bene con te?»

«Non so dirti neanche questo. Mi basta stare insieme a lui.»

«Non mi convinci per niente, Xenia.»

«Non so come dirtelo. Quando mi prende tra le braccia mi sento svenire. Quando non sono con lui mi manca l'aria. E quando mi guarda mi sembra di avere ancora vent'anni. Pensa che quando facciamo l'amore scoppio a piangere come una bambina.»

«Un momento, un momento. Finora mi hai parlato soltanto di te. E lui? Come si comporta lui?»

«Tutte le sere viene a prendermi in teatro e stiamo insieme.»

«Come mai i paparazzi non vi hanno scoperto?»

«Forse perché… non siamo quasi mai in giro.»

«In che senso?»

«Nel senso che andiamo dritti in un hotel sul lungomare.»

Martha la guardò perplessa. «Non so se questo si possa chiamare amore. Se qualcuno venisse a saperlo…»

«È un uomo molto discreto.»

«D'accordo, ma non credo che se una volta, per esempio, decideste di andare a mangiare in un ristorante, si scandalizzerebbe nessuno. Xenia, guardati le spalle. Non dare per scontato che ricambi il tuo amore in egual grado. Mostra un po' di carattere…»

«Martha, ho paura.»

«Di che cosa?»

«Di perderlo. Se lo perdessi sarebbe la fine per me. Non so se mi capisci.»

«Ti capisco benissimo ed è per questo che sono preoccupata. Te lo ripeto, guardati le spalle.»

La conversazione fu interrotta dall'arrivo di Stathis e di Vasilikì. Appena vide Polixeni, la bambina gridò per la gioia e corse ad abbracciarla.

«Zia Xenia!» disse. «Quando sei arrivata? Mamma, perché non mi hai detto che veniva la zia? Sarei rimasta in casa ad aspettarla.»

«Avresti perso la passeggiata con papà» rispose con dolcezza Polixeni. «Guarda, ti ho portato un regalo.»

Vasilikì sgranò gli occhi di fronte alla piccola scatola di legno contenente gli abitini nuovi per la sua bambola. Con le mani tremanti per l'emozione li sfilò e li avvolse intorno al collo di Polixeni, baciandole con tenerezza una guancia.

«Grazie, zia Xenia! Sono proprio belli. Evelina farà i salti di gioia quando li vedrà!»

Intanto Stathis guardava con rimprovero Martha, deciso a parlarle. Non appena Polixeni si congedò, mandò Vasilikì a giocare in camera sua e prese Martha in disparte.

«Che cosa è venuta a fare qui?» andò subito al sodo.

«Non ci vedevamo da un mese ed è venuta a trovarmi» rispose Martha sistemando i fiori nel vaso.

Stathis la prese per un braccio. «Mia cara, quando sono entrato ho visto bene che eri turbata. Ti conosco meglio di quanto tu conosca te stessa, quindi è meglio che mi racconti cosa è successo.»

«Xenia...»

«Che cosa ha combinato di nuovo la tua cosiddetta amica?»

«Di questo abbiamo già parlato. E poi, Xenia si è innamorata.»

Stathis rimase in silenzio alcuni istanti, poi scoppiò in una risata. «È questo che ti ha detto? E tu ci hai creduto?» replicò con sarcasmo. «Più che di una notizia si tratta di una barzelletta. Non ci crederei neanche se la vedessi.»

«Non avrei dovuto dirti niente» gridò Martha.

Stathis si calmò. «Allora non mi stai prendendo in giro.»

«No, e se proprio vuoi saperlo, sono molto preoccupata.»

«Anch'io... bisogna avvertire subito quel poveretto. A proposito, lo conosciamo?»

«È per Xenia che sono preoccupata! La situazione è molto grave. È la prima volta che si innamora.»

«Io invece continuo a essere preoccupato per la povera vittima. Come si chiama?»

«Non so… Petros Ghlinòs, o qualcosa del genere.»

Stathis sgranò gli occhi. Martha gli rivolse uno sguardo interrogativo.

«Stathis, che cosa c'è? Lo conosci?»

«Fin troppo bene.»

«E allora parla, che tipo è? Non sarà mica finita tra le braccia di un mascalzone?»

«Una cosa per volta, Martha. Petros è il rampollo di un'ottima famiglia. Ed è molto ricco.»

«Non m'importa niente della ricchezza.»

«Però potrebbe importare alla tua amica.»

«Sciocchezze. In questo momento i soldi sono l'ultima delle sue preoccupazioni. Il suo unico desiderio è stare insieme a lui. Quando si incontrano non mettono il piede fuori dalla camera di un hotel sul lungomare. Te l'immagini Xenia in un albergo per coppiette? La tratta come una sgualdrina.»

«Ehi, abbassa la voce. C'è anche Vasilikì in casa.»

Martha si sedette. Non riusciva a reggersi in piedi. «Ho il sospetto che questo Ghlinòs sia una specie di playboy.»

«Il tuo sospetto è fondato» confermò il marito.

Martha gli rivolse uno sguardo disperato. «Stathis, che altro sai sul suo conto? Parla!»

«So quello che sa tutta Atene. Fa la bella vita con i soldi del padre e quando si sente prendere dalla noia, va in cerca di compagnia. Un uomo come lui è impossibile che si innamori. Date le circostanze direi che Xenia ha trovato il suo specchio al maschile.»

«Con la differenza che Xenia non è più la donna cinica e calcolatrice di una volta.»

«Allora vuol dire che dovrà pagare il fio secondo la legge del contrappasso. Ti ricordi di Leonidas?»

«Anche se volessi dimenticarlo, ci sei tu che me lo ricordi in continuazione. Ma qualsiasi cosa tu dica, Xenia è mia amica e io le voglio bene. Devo impedire a questo bellimbusto di farle del male.»

«Non c'è niente che tu possa fare. Xenia è come una malata e la guarigione deve arrivare da sola.»

«Sì, lo so...»

«E poi chissà... Non è detto che le cose stiano come le immaginiamo. Forse questo Petros Ghlinòs non è così mascalzone e Xenia è più forte di quanto crediamo. Non ci resta altro che aspettare e vedere.»

La notizia dell'idillio lasciò tutti sbigottiti. Pur contrariato, Petros aveva ceduto alle insistenze di Polixeni e avevano cominciato a farsi vedere in giro insieme. Pian piano lui ci aveva preso gusto, compiaciuto di tanta attenzione: la notorietà di Xenia Olimpiou si riverberava su di lui, e si rallegrava quando la gente li riconosceva e nei night-club riservavano per loro i posti migliori. Grazie alla sua amante aveva incontrato le star del mondo dello spettacolo e la sua vanità gongolava nel cenare allo stesso tavolo e trattare da pari a pari i maggiori artisti della scena musicale e i protagonisti del grande schermo. Il suo volto, accanto a quello di Polixeni, occupava quasi ogni giorno le copertine dei rotocalchi e a un certo punto la gente aveva cominciato a riconoscerlo anche da solo. La sua vita era finalmente diventata interessante, lontana dal tedio, e Petros era abbastanza onesto da riconoscere che lo doveva a Polixeni, la sua delizia ma anche la sua croce. Lei infatti aveva sviluppato una vera e propria dipendenza nei suoi confronti, cosa alla quale non era abituato, eppure l'amore con lei continuava a essere un'esperienza straordinaria. Doveva ammetterlo, per la prima volta una donna non gli era ancora venuta a noia. La multiforme e generosa Polixeni dava tutto in cambio di tutto. Ma Petros ne apprezzava soprattutto l'intraprendenza: gli istinti dell'amante si risvegliavano quando lui meno se l'aspettava, aumentando l'eccitazione con il pericolo e il timore di essere scoperti sul più bello da qualcuno.

Anche gli amici e i conoscenti di Ghlinòs non celavano la loro sorpresa: di certo non si sarebbero aspettati che quella relazione fosse ancora viva dopo un anno. In realtà Petros, all'insaputa di tutti e in particolare di Polixeni, frequentava anche altre donne. Proprio grazie a Xenia aveva conosciuto alcune aspiranti dive del grande schermo disposte a tutto pur di entrare nel dorato mondo del cinema, e lui ne aveva approfittato a piene mani. In altre occasioni invece, mentre Polixeni si trovava sul palcoscenico, era scivolato di nascosto nel camerino accanto per un allegro intervallo con una comparsa.

Del resto, il segreto della durata di quella relazione consisteva proprio nell'indispensabile spazio di libertà che Petros aveva garantito anche grazie all'amore di Polixeni, così forte da renderla cieca e sorda alle infedeltà del compagno. Le bastava soltanto che alla fine della giornata lui tornasse a stringerla tra le braccia.

Polixeni era andata anche oltre e da qualche tempo aveva cominciato a parlare di matrimonio e di bambini. L'unica a non perdere la testa era stata Martha, che seguiva a distanza gli sviluppi della storia, non senza inquietudine. Non osava neanche immaginare che cosa sarebbe successo all'amica se un giorno Petros avesse deciso di lasciarla. Tanto più che attraverso Stathis, messo al corrente da conoscenze comuni, sapeva delle imprese erotiche di Petros e sperava che l'amica non venisse mai a scoprirle.

I nodi vennero al pettine in men che non si dica. I genitori di Petros decisero che era giunto il momento di intervenire. Non avevano alcuna intenzione di apparentarsi con un'attrice ultratrentenne. All'inizio non avevano avuto nulla da ridire, il figlio era uno scapestrato e lo sapevano. Proprio per questo speravano che l'idillio si consumasse in fretta come un fuoco di paglia. Invece il tempo passava e la stampa aveva cominciato a parlare addirittura di un possibile fidanzamento, dunque non potevano più far finta di niente. Petros aveva superato i quaranta ed era tempo che mettesse la testa a posto, si sposasse e facesse dei figli. Le brave ragazze non mancavano e riuscirono a trovarne una. L'ultimatum non tardò ad arrivare: se non accettava di lasciare Xenia Olimpiou e di sposarsi, i genitori l'avrebbero diseredato.

Petros non se lo fece ripetere due volte. Pur adorando la brillante vita del jet-set, pur impazzendo per i giochi erotici di Polixeni, non aveva alcuna intenzione di rimanere al verde per causa sua. Per lasciarla scelse il peggiore dei modi. La portò al solito hotel sul lungomare e salirono in camera. Il piacere di quella notte fu il più intenso e coinvolgente che Polixeni avesse mai provato. Avrebbe voluto mettersi a piangere e pregarlo di smetterla nel momento stesso in cui sperava che quelle ore durassero per sempre. All'alba lui si alzò, si rivestì e si accinse ad andarsene. Polixeni aprì gli occhi e gli rivolse uno sguardo interrogativo.

«Dobbiamo già andar via? Che ore sono?»

«Stai tranquilla, resta pure se vuoi» rispose Petros. «Io me ne vado.»

«Non capisco… Che cosa succede?» replicò lei mettendosi seduta sul letto.

«È semplice, amore mio. Questa è stata la nostra ultima notte insieme… Tra noi è tutto finito.»

Polixeni rimase interdetta alcuni istanti, poi abbozzò un sorriso imbarazzato. «Petros, che cosa dici? Ti sei alzato in vena di scherzi?»

«Xenia, non sto scherzando. Non sono mai stato più serio in vita mia. Tra noi è finita.»

Polixeni si portò una mano al seno come se l'avessero centrata al petto con una pallottola. «Ma perché? Che cosa ho fatto?» domandò con voce strozzata.

«Ho forse detto che hai fatto qualcosa? È più di un anno che stiamo insieme, prima o poi era naturale che la nostra storia finisse. Mi sono divertito, ti sei divertita, e adesso ognuno per la sua strada.»

«Ma... sei impazzito? Come puoi dire che mi lasci dopo una notte così?»

«Te l'ho detto, è stata... una festa di addio.»

«Petros, per favore, dimmi che si tratta di uno scherzo» lo supplicò. «C'è forse qualche problema, qualcosa che ti ha infastidito? Non ci si lascia così, su due piedi.»

«Tesoro, è tutto a posto, come te lo devo dire? Con oggi la nostra relazione finisce, ecco tutto.»

«Ma io ti amo, Petros! Hai persino promesso di sposarmi.»

«Adesso sei tu che vuoi scherzare. Non ho mai promesso una cosa del genere né avrei potuto. La mia famiglia non approverebbe mai che mi sposassi con una teatrante. È vero che a letto con te mi divertivo, ma il matrimonio è una cosa seria. E poi già che ci siamo volevo appunto dirti che... ho deciso di sposarmi.»

«Cosa?!»

Polixeni aveva l'impressione di perdere sangue da ogni poro della pelle, ma Petros più la vedeva sconvolta dal dolore e più affondava il coltello nella piaga. Mentre finiva di vestirsi, continuò a parlare senza degnarla di uno sguardo.

«Sì. D'accordo con i miei abbiamo deciso di salvaguardare il buon nome della tradizione familiare. Il mese prossimo mi sposo con una ereditiera ventitreenne e quindi non voglio lasciare questioni in sospeso. Ma sappi che mi mancherai. Dubito che la mia futura moglie sia esperta quanto te, d'altronde, come si dice, non si può avere tutto nella vita. Addio, amore. O meglio, arrivederci.

Dopo le nozze potremmo continuare a frequentarci, se lo vorrai anche tu.»

Depose un bacio sulle labbra ghiacciate della donna, immobile come una statua di marmo, le fece l'occhiolino e uscì dalla camera. Lo schianto della porta che si chiudeva fu il colpo di grazia. Polixeni cadde svenuta sul tappeto.

Martha andava su e giù nella stanza con la tensione nervosa dipinta sul volto. Vasilikì era stata male e negli ultimi quindici giorni non aveva avuto modo di comunicare con Polixeni. La sera precedente Stathis era tornato a casa e con gesti concitati le aveva mostrato il giornale. Un trafiletto nella sezione dedicata al teatro spiegava che Xenia Olimpiou era svenuta al termine dello spettacolo e che il medico aveva diagnosticato un grave esaurimento nervoso. Ma la cosa più strana era che la diva, dopo essere stata accompagnata a casa, era scomparsa dalla circolazione. Nessuno sapeva dove si trovasse, le repliche erano state interrotte e anche le riprese del suo nuovo film erano state sospese fino a nuovo ordine. L'avevano cercata a casa e al telefono, ma non aveva risposto nessuno.

«Che cosa può essere successo?» continuava a domandare Martha.

Stathis aveva fatto invano qualche tentativo per rintracciarla. Tornò a casa accigliato.

«Sei riuscita a trovarla?» domandò Martha.

«L'ho cercata dappertutto ma sembra scomparsa» le rispose. «Però ho scoperto che cosa è successo. Petros Ghlinòs ha annunciato il matrimonio con Elena Papalambrou, rampolla della nota famiglia di armatori.»

«Farabutto! Allora l'ha lasciata.»

«A quanto pare è stata la famiglia di lui a insistere. Ne andava del loro buon nome e della loro reputazione.»

«E naturalmente lui non ha esitato un istante a sbarazzarsene come uno straccio vecchio.»

«Più o meno. Messo di fronte all'ultimatum, ha scelto la via più comoda. Io te l'avevo detto, Martha…»

«È vero, me l'avevi detto, ma chi ci pensava più dopo un anno…»

«… che ha trascorso un po' tra le braccia di Xenia e un po' con altre amanti? Che cosa ti aspettavi? Che fosse innamorato di lei?»

«Hai ragione. Adesso che cosa facciamo? Dove può essere finita Xenia? A meno che…»

«Non pensarci neppure.»

«Eppure sei stato tu a parlare di legge del contrappasso.»

«Sì, ma non mi riferivo a questo. No, non ci voglio neanche pensare.»

«E allora dove può essere finita?»

«Non ne ho idea. Sono stato a casa sua, ho bussato e ribussato, stavo quasi per sfondare la porta, ma non ha risposto nessuno. Anche le persiane sono chiuse… Non so che cosa dire.»

Martha si massaggiò la fronte, pensierosa. Poi sollevò lo sguardo con determinazione. «Andiamo!» disse al marito.

«Dove?»

«A casa sua. Forzeremo la serratura. Ho il sospetto che Xenia sia in casa e che non voglia aprire.»

«Martha, si chiama violazione di domicilio.»

«Preferisco commettere un reato che perdere altro tempo prezioso. Allora, vuoi venire con me o no?»

Stathis conosceva bene la moglie e sapeva che quando si metteva una cosa in testa era fatica sprecata tentare di farle cambiare idea. Tanto valeva seguirla. Martha del resto aveva ragione. Riuscirono a forzare la serratura e all'interno trovarono un rudere umano nascosto nel buio. Polixeni, irriconoscibile, nel giro di pochi giorni sembrava invecchiata di molti anni. Era riversa sul divano con una bottiglia di whisky in mano. Aveva i capelli luridi e scarmigliati, gli abiti imbrattati di vomito, gli occhi fuori dalle orbite. Martha accese la luce e Polixeni chiuse gli occhi gemendo per il dolore. Stathis era inorridito. Non poteva essere quella la loro amica.

Martha si diede subito da fare. Le strappò la bottiglia di mano e con l'aiuto del marito la portarono in bagno. La infilarono nella vasca per lavarle i capelli e il corpo. Infine l'avvolsero in un asciugamano, Stathis la prese in braccio e la mise nel letto. Quando si fu addormentata, i due cominciarono a mettere ordine nell'appartamento senza aprire le persiane e buttarono via tutte le bottiglie, piene o vuote che fossero. Poi Martha mandò Stathis a comprare l'occorrente per preparare una bella minestra e aspettarono che l'amica finalmente si svegliasse.

I giorni seguenti furono un incubo. Polixeni stava male e aveva assoluto bisogno di stordirsi con gli alcolici. Stathis e Martha si presero cura di lei e non la lasciarono sola neanche un minuto, finché non riacquistò un aspetto presentabile. A quel punto la portarono a casa loro. Ancora una volta la stampa fu dalla sua parte. Petros Ghlinòs, le cui nozze nel frattempo erano divenute di dominio pubblico, fu attaccato duramente dai giornalisti e alcuni rievocarono persino il suicidio di Leonidas per dimostrare che «Xenia Olimpiou era stata tanto fortunata nella professione quanto sventurata nella vita privata». Polixeni sembrava indifferente a tutta questa pubblicità. Chiusa in casa di Martha, riversava le sue premure sulla piccola Vasilikì. Giocava a lungo insieme con lei, l'aiutava a fare i compiti e con il passare dei giorni la bambina le voleva sempre più bene.

Anche stavolta il contributo di Stathis si era rivelato fondamentale. Convinse il produttore a rinviare ancora di qualche giorno le riprese del film facendo leva sul fatto che la separazione di Xenia era un'ottima pubblicità gratuita, capace di rifonderlo del tempo perso. Inoltre cancellò gli impegni teatrali previsti per la stagione estiva, sistemò i propri affari e organizzò un viaggio all'estero per tutti e quattro. Le nozze di Petros erano vicine e non voleva che l'amica fosse costretta a leggerne i dettagli sui giornali o sui rotocalchi, così come non voleva che la sua famiglia fosse disturbata dai giornalisti e dai curiosi che telefonavano a ogni ora del giorno.

Tornarono ad Atene un paio di mesi più tardi, dopo aver fatto un lunghissimo giro in Europa. Xenia sembrava rimessa, ma la creatura che era riuscita a rialzarsi non aveva più nulla di quella che era caduta. Il cuore afflitto si era finalmente schiuso come i petali di una rosa illuminata dai caldi raggi di un sole chiamato Vasilikì. Anche Stathis si convinse che la figlia non correva alcun pericolo dalla sua vicinanza e che Polixeni nutriva una vera e propria devozione per la figlia e la moglie, mentre aveva imparato ad andare d'accordo con lui e a rispettare le sue decisioni. Agli estranei però Xenia Olimpiou continuava a mostrare il suo ben noto atteggiamento, divenuto ancora più scontroso e diffidente dopo la storia con Petros.

Polixeni fu lieta di ritornare sul set. Il lavoro le era mancato e, proprio come previsto da Stathis, il film fu un successo clamoroso. Il produttore era felice come una Pasqua ma il sorriso si gelò sulle labbra quando Xenia gli annunciò il cachet per la pellicola successiva. D'altra parte non era il caso di fare trattative con la diva, un vero e proprio re Mida in gonnella, che trasformava in oro tutto quello che toccava. Anche in teatro le cose andavano a meraviglia: il pubblico voleva vedere da vicino la sua beniamina e negli intervalli si accalcava nei camerini a caccia di un autografo. Le ragazze più giovani andavano in visibilio quando la vedevano dal vivo e a volte scoppiavano in lacrime di gioia se riuscivano a stringerle la mano.

Con Petros non si erano più incrociati, per fortuna e perché

Polixeni, pur di evitarlo, aveva limitato moltissimo gli impegni mondani. Aveva letto del matrimonio ma stava ben attenta a non abbandonarsi ai ricordi. Per la stessa ragione non era più tornata a casa e continuava a vivere dall'amica: il suo appartamento vuoto e silenzioso era ormai un posto inospitale, mentre da Martha godeva dell'amicizia della coppia e dell'affetto di Vasilikì, divenuta una presenza irrinunciabile.

D'altronde la sensibilità di Martha intuiva che sotto la cenere covava ancora un fuoco inestinguibile. Polixeni continuava a essere una professionista impeccabile ma le ferite dello spirito non si erano ancora rimarginate. Soltanto i momenti con Vasilikì sembravano restituirle le energie di cui aveva bisogno.

«Fino a quando durerà questa storia?» le domandò un giorno.

«Di cosa stai parlando?» replicò.

«Mi riferisco a te. Fino a quando accetterai di lasciarti vivere?»

«Ci ho provato ma non ci sono riuscita. Mi sento stanca e sfiduciata.»

«Per quale motivo?»

«Forse è di me stessa che non ne posso più.»

«Perché non ti concedi una pausa?»

«Per andare dove?»

«A casa tua... Al villaggio...»

«Come ti viene in mente una cosa del genere? No, no, non ce la farei... Il fiume poi... Ho paura che non resisterei alla tentazione di buttarmici dentro e farla finita una volta per sempre.»

Trascorsero due anni che parvero un'eternità. Una mattina Polixeni si guardò allo specchio. Aveva trentaquattro anni e, anche se il volto ne dimostrava dieci di meno, lei in cuor suo aveva smesso di provare qualsiasi entusiasmo per la vita. Era soprattutto la carriera ad apparirle ormai priva di senso. Non ne poteva più del cinema, del teatro, della fama. Negli ultimi tempi rifiutava sempre più spesso proposte di lavoro, la nascita della televisione aveva cambiato molte cose e il cinema cominciava a perdere spettatori. Le avevano proposto il ruolo principale in uno sceneggiato televisivo, ma lei aveva rifiutato anche questo ingaggio. Martha si era accorta di questi cambiamenti che le destavano nuove preoccupazioni, Stathis cercava di comprendere la ragione di quelle scelte, mentre Vasilikì era l'unica che sembrava apprezzare la svolta della zia: infatti, ogni «no» che diceva significava più tempo da trascorrere con lei.

Alla fine, piegata dalle insistenze della produzione ma soprattutto dalla necessità di occupare il tempo in qualche modo, Polixeni decise di accettare l'ingaggio per lo sceneggiato televisivo. Le riprese avvenivano la mattina, quando Vasilikì era a scuola e Martha ne approfittava per sbrigare le commissioni quotidiane. Il risultato le diede ancora una volta ragione: la storia della giovane avvocatessa impegnata nella soluzione delle cause più intricate e complesse fu il primo, grande successo della neonata televisione. Per Polixeni fu anche una vittoria personale: molti attori di teatro e di cinema, spaventati dal nuovo mezzo di comunicazione, lo avevano dapprincipio snobbato, ma non erano mancati coloro che intuendone le potenzialità avevano deciso di cavalcarne il crescente successo. Quanto a Polixeni, anche se alla televisione si era dedicata più per inerzia che mossa da reale interessamento, riuscì comunque a diventare una beniamina dei telespettatori. Le capitava spesso di essere fermata per strada da sconosciuti, cosa che le procurava non poco imbarazzo. La gente la considerava un'amica di famiglia, un'ospite che entrava nelle loro case tutte le settimane all'ora di cena.

Nei mesi seguenti la sorte avrebbe deciso di mettersi in moto e di rivendicare alcuni conti lasciati in sospeso da Polixeni. Purtroppo la furia indiscriminata con cui si sarebbe mossa avrebbe trascinato con sé anche degli innocenti.

Una sera Stathis e Martha, invitati a un ricevimento, chiamarono Polixeni pregandola di fare da baby-sitter per la piccola Vasilikì. Non era la prima volta che accadeva e l'amica accettò con gioia. Era estate, gli impegni teatrali e televisivi si erano conclusi. Il vuoto delle vacanze imminenti la riempivano di angoscia, le era tornata la smania di un cambiamento, di una svolta da imprimere alla sua vita. Quella sera comunque decise di godersi la compagnia dell'adorata Vasilikì giocando con lei a Monopoli e divertendosi a far finta di dormire quando avessero sentito il rombo dell'automobile dei genitori.

Purtroppo la sorte decise in modo diverso. Poiché i genitori tardavano a tornare, Vasilikì crollò addormentata. Polixeni era perplessa. Non avevano l'abitudine di far tardi ai ricevimenti e temette che fosse successo qualcosa. Mise a letto la bambina e decise di restare sveglia ad aspettarli. Il tempo però passava e i tre rintocchi del grande orologio del salotto la resero seriamente preoccupata. Si alzò dalla poltrona e cominciò ad aggirarsi per il salone. Alle quattro, in preda a un senso di impotenza, trasalì sentendo lo squillo secco del telefono. Sollevò la cornetta con il cuore in gola, ignara che per lei e Vasilikì, serenamente addormentata nel suo lettino, stava per avere inizio un incubo.

Un camion con i freni in avaria aveva travolto la macchina di Martha e di Stathis, le spiegò una voce. Entrambi erano rimasti uccisi sul colpo tra le lamiere accartocciate. Polixeni fu squassata da un conato di vomito. Per un istante credette di impazzire. In casa con lei c'era una bambina ignara del fatto che non avrebbe mai più rivisto vivi i genitori e che al mondo non aveva nessun altro, a parte alcuni lontani parenti. Polixeni riagganciò la cornetta. Dagli occhi cominciarono a sgorgarle lacrime di dolore. Le orecchie le ronzavano. Con un gesto istintivo si portò le mani alle tempie in un estremo tentativo di trattenere la testa che stava per scoppiarle. Lo sguardo corse verso la bottiglia di whisky ma subito chiuse gli occhi. Erano anni che non beveva... No, doveva resistere, in nome di Vasilikì. Aveva un mucchio di cose a cui pensare, ma soprattutto da fare, ed era da sola. A sconvolgerla era soprattutto la solitudine. Per non perdere la testa cominciò a fare lunghi respiri e a sgombrare il più possibile la mente. Doveva procedere con ordine, senza commettere errori...

I giorni e le settimane che seguirono furono molto duri e impegnativi per lei. La catastrofe abbattutasi su Vasilikì era indicibile ma non c'era né il tempo né il lusso di lasciarsi andare al dolore e alla disperazione. Il suo primo pensiero era la piccola, quella vittima innocente di un destino crudele, che andava salvaguardata a tutti i costi. La notizia della morte dei genitori l'aveva ridotta in una prostrazione tale da farle perdere i sensi e la parola. Il medico da cui l'aveva condotta Polixeni diagnosticò un forte stato di shock. Ma la cosa peggiore era che, dopo la morte di entrambi i genitori, Vasilikì rischiava di finire in un orfanotrofio.

A un certo punto la sorte, forse rendendosi conto di tutto il dolore che aveva provocato, decise di mostrare un volto più benigno. Le due trovarono un angelo custode nella figura di uno dei migliori avvocati di Atene, ottimo amico di Stathis, il quale redasse un testamento ad hoc affinché Vasilikì fosse affidata alla tutela di Xenia Olimpiou. Polixeni fu inoltre incaricata di amministrare i beni di Stathis e di Martha in nome dell'erede fino a quando quest'ultima avesse raggiunto la maggiore età. In questo modo l'avvocato restituiva il suo debito nei confronti di Stathis, il suo benefattore, che l'aveva aiutato a farlo studiare e a entrare nella professione.

Lui sapeva molto bene che Polixeni era la persona più indicata per questo ruolo. La donna si era trasformata in una vera e propria roccia su cui Vasilikì poteva fare sempre affidamento, e la bambina voleva stare sempre con quella strana donna che chiamava zia, per la quale nutriva un'adorazione sconfinata. Con Stathis avevano trascorso molte ore a discuterne e così non aveva esitato un istante a ricorrere al proprio prestigio e al proprio nome per far valere un finto testamento da lui stesso redatto. Era proprio il caso di dire che il fine giustificava i mezzi, e il fine era di garantire un futuro il più possibile sereno a quella bambina sfortunata.

Intanto a risolvere il caso di Vasilikì furono chiamati i migliori medici del paese. Tutti concordavano nel dire che, in situazioni del genere, l'unica cosa da fare era dar tempo al tempo e ricoprire di attenzioni il paziente. Su questo fronte non avevano di che preoccuparsi: Xenia aveva fatto del benessere di Vasilikì, della sua figlia adottiva, l'unica ragione di vita e per starle vicina aveva annunciato persino il ritiro definitivo dalle scene, mettendo in subbuglio l'intero mondo dello spettacolo. Il telefono non smise di squillare un momento, i giornalisti le tendevano agguati quando usciva di casa per strapparle una dichiarazione, mentre gli ammiratori facevano di tutto per parlarle. Per sottrarsi al trambusto lei partì con Vasilikì per un lungo viaggio all'estero, durante il quale l'amore reciproco si rafforzò ulteriormente e le ferite cominciarono a poco a poco a rimarginarsi. In capo a tre mesi accadde anche il miracolo: Vasilikì recuperò la voce e pronunciò l'unica parola che aveva davvero bisogno di pronunciare: «Mamma».

Polixeni, commossa fino alle lacrime, abbracciò e baciò la bambina, la cui salute progredì in modo formidabile. Quel viaggio fu scandito da lunghissime conversazioni, a volte fino a notte fonda, durante le quali esternarono il proprio dolore e rievocarono i cari scomparsi. Quando tornarono ad Atene sapevano che ad aspettarli in casa c'era di nuovo il dolore. Polixeni avrebbe voluto proporre alla ragazza di trasferirsi a casa sua ma non aveva il coraggio di strapparla a quel luogo così ricco di memorie. Il settembre successivo la iscrisse di nuovo a scuola e fece di tutto per far tornare la loro vita a una parvenza di normalità.

Le cose tuttavia non accennavano a migliorare. Entrambe scalpitavano, si sentivano insoddisfatte. Non avevano il coraggio di ammetterlo e questo peggiorava la situazione. Vasilikì non nutriva più alcun interesse per la scuola, non aveva amiche, era sempre stanca e svogliata, e Polixeni si mordeva le mani alla disperata ricerca di una soluzione. Quanto a lei, nonostante si fosse ritirata da due anni, continuava a ricevere proposte d'ingaggio che rifiutava sistematicamente. Persino l'idea di tornare nel mondo dello spettacolo le faceva venire la nausea. Non era più la Xenia di un tempo, eppure quella nuova versione di se stessa non le dispiaceva. Lontana dai doveri e dalle convenzioni della sua professione, aveva ritrovato la serenità. La vita era tornata di nuovo a sorriderle. Aveva riscoperto il gusto delle cose semplici, quotidiane, e grazie a Vasilikì aveva finalmente imparato a prendersi cura degli altri. E un giorno che sentì la ragazzina piangere in camera sua, decise che era il momento di parlarle da donna a donna. Entrò senza bussare e l'abbracciò, mentre Vasilikì tentava di nascondere le lacrime.

«Piangere è salutare» disse Polixeni con dolcezza. «Le lacrime aiutano a non perdere la testa e rendono più leggera l'anima.»

«Mamma...» mormorò Vasilikì. «Scusami, non è giusto che mi comporti così dopo tutto quello che hai fatto per me.»

«Neanche la metà di quello che hai fatto tu per me. Non ti devi scusare. Anch'io piango ogni tanto e anch'io ne sento la mancanza, come la sentirò sempre. Non è facile rassegnarsi alla scomparsa di persone come tuo padre e tua madre. Li amavo profondamente e a volte ho la sensazione che la loro scomparsa sia soltanto un brutto sogno, che presto mi sveglierò e loro torneranno a casa, per sempre...»

«Mamma, perché non ce ne andiamo?» bisbigliò.

«Davvero vorresti andartene?» replicò Polixeni. «Anch'io lo vorrei ma non osavo chiederti di lasciare la casa in cui sei cresciuta.»

«Senza di loro questa casa non è più la stessa... E poi non è soltanto la casa... C'è anche la città. All'estero mi sentivo meglio. Qui tutto mi ricorda loro.»

«Sei sicura di voler andar via?»

«Sicurissima.»

«Dove avresti voglia di andare? All'estero, forse?»

«No, no, qui in Grecia mi piace... Atene però...»

Polixeni spalancò le braccia per stringersi al petto il suo tesoro. Con voce traboccante di una nostalgia che neppure lei riusciva a spiegarsi, cominciò a descrivere a Vasilikì un villaggio abbarbicato alle pendici di una montagna che un tempo era stata la dimora degli dèi. Poi continuò descrivendo i boschi meravigliosi e i laghetti trasparenti come il cristallo nascosti tra le rocce, in cui la dea Afrodite soleva fare il bagno, i mulini mossi dalla forza dell'acqua, e il vento che recava l'odore della legna bruciata e del terriccio. Infine trovò la forza di dire che ai margini di quel villaggio sorgeva una casa abbracciata da due grossi castagni, presso un fiume che scorreva placido e ne ascoltava le confessioni quando lei era bambina. Grazie a Vasilikì ogni dettaglio, ogni angolo della terra in cui era nata e cresciuta riacquistavano vigore nel ricordo, allora comprese che ormai il passato aveva smesso di farle male. Al contrario, i ricordi, alla stregua di uno di quegli intrugli che le somministrava la nonna quando stava male, le raddolcivano l'anima, cosicché, a racconto finito, si sorprese a sorridere.

«Mamma, mi sembra tutto molto bello!» esclamò Vasilikì. «E anche tu... Non ti ho mai vista felice e serena come questa sera. Mi ci vuoi portare?»

«Certo che voglio...» rispose Polixeni guardandola negli occhi.

Era giunto il momento di riconciliarsi con il passato. No, non aveva rimpianti per le esperienze che aveva vissuto, al contrario era riconoscente: grazie a esse aveva capito di che cosa aveva davvero bisogno nella vita, grazie a esse era diventata la persona che era. Aveva fatto errori innumerevoli, aveva sofferto e l'anima si era riempita di amarezza, per causa sua era stato persino sparso del sangue. Adesso però sapeva quello che doveva fare. Era tempo di tornare indietro, di gettare il passato nel fiume e di cancellarlo per sempre. Il fiume portava via tutto, e lei, assieme alla figlia, era pronta per un nuovo inizio, vicino a persone che l'amavano nonostante i suoi errori...

Era tempo di tornare indietro...

Nella casa sul fiume...

# Storia di Magdalinì

In quel paese tutto era gigantesco: i palazzi, le strade, le distanze. I viali erano percorsi da fiumi di persone, le vetrine dei negozi erano enormi e vi si trovava ogni ben di Dio, il traffico automobilistico era indescrivibile. Magdalinì non aveva mai visto niente del genere. Anche la casa a Chicago della zia era enorme: si trattava di una villa a due piani con giardino e una fontana davanti all'ingresso. Ma quando entrò, destarono la sua meraviglia soprattutto l'arredamento moderno, i tappeti, i quadri appesi alle pareti e le grandi finestre oscurate da spessi tendaggi.

Seguì la zia e imboccò l'ampia scalinata per raggiungere il piano superiore. Continuava a guardarsi intorno estasiata ma, giunta a quella che sarebbe stata la sua camera, non riuscì a trattenere un grido di sorpresa: le parve di trovarsi in una piazza e il letto, sebbene gigantesco, non occupava che un angolo dello spazio disponibile. A completare l'arredamento c'erano una libreria, una piccola scrivania e un divano con una poltrona.

«E questa che cos'è?»

«La tua stanza.»

«Ma questa è una casa intera, non una stanza!» non poté fare a meno di osservare Magdalinì mentre accarezzava incantata il mogano della scrivania.

La zia si avvicinò per abbracciarla. «Magdalinì, so che adesso tutto ti sembra strano, ma vedrai che presto ci farai l'abitudine. Voglio che ti senti come a casa tua.»

«Zia, non so se ci riuscirò. Qui è tutto così diverso.»

«Hai ragione, ma sono sicura che entro breve tempo ti sembrerà di essere sempre vissuta qui. Piuttosto dimmi una cosa: hai nostalgia di casa tua?»

«Da quando siamo partite sono successe e ho visto talmente tante cose, che non ho avuto il tempo di pensare né al villaggio né a mia madre. Anzi, mi sembra di non essere mai partita e che stasera tornerò indietro.»

In verità Teodora era lontanissima e mancava molto a Magdalinì, nonostante quanto avesse detto alla zia. Peter, il marito di Anna, rincasò la sera dall'ufficio e conobbe finalmente la nipote della moglie. La ragazza lo scrutò con attenzione. Aveva i capelli grigi tagliati corti e i lineamenti piacevoli, era di statura media e aveva un comportamento molto affabile. Indossava un completo elegante che la colpì molto. Lo zio le diede il benvenuto in un greco stentato ma continuò nella sua lingua, e Anna traduceva alla nipote.

La prima sera che si coricò nel suo letto confortevole, Magdalinì fece fatica ad addormentarsi. Non riusciva a credere che nel giro di pochi giorni la sua vita fosse completamente cambiata: aveva già vissuto molte esperienze e per la prima volta dal momento della partenza aveva il tempo di pensare ai problemi che doveva affrontare. In primo luogo c'era l'ostacolo della lingua, che le pareva insormontabile. L'obiettivo principale era impararla al più presto almeno a un livello elementare, presupposto indispensabile per vivere e soprattutto per studiare in America.

Anna aveva già pensato a tutto. L'indomani mattina, a colazione, ne approfittò per fare una chiacchierata a quattr'occhi con il marito prima che la nipote si alzasse.

«Allora, che te ne pare di Magdalinì?» domandò subito dopo aver bevuto il primo sorso di caffè.

Peter le rivolse uno sguardo compiaciuto. «Direi che è molto bella e a occhio e croce mi sembra una brava ragazza. E tu sei contenta?»

«Moltissimo, perché finalmente sento di avere uno scopo nella vita.»

«Capisco. In un certo senso possiamo considerare tua nipote come la figlia che non abbiamo mai avuto» ribatté sorridendo. «A proposito, che ne diresti di modificare un pochino il suo nome? Per noi è un po' difficile da pronunciare.»

«Niente di più facile. Ma quello che conta adesso è che cominci a impratichirsi con la lingua. Il suo desiderio è laurearsi, è per questo che ha accettato di seguirmi.»

«Ogni desiderio di tua nipote è un ordine! Ho appunto presente un insegnante... Gli telefonerò oggi stesso. Nel frattempo, perché non le fai vedere la città? Potreste andare a fare shopping, per esempio, e poi a divertirvi da qualche parte. Insegnale ad amare Chicago così si ambienterà più in fretta.»

Poco dopo, ignara di quanto si preparava per lei, Magdalinì si svegliò e scese a fare colazione. Peter se n'era andato e la zia era seduta a leggere il giornale. Sgranò gli occhi quando vide la tavola imbandita.

«Buongiorno» disse Anna. «Hai dormito bene? Ti sei riposata? Su, vieni a fare colazione.»

«E questa la chiami colazione?» replicò la nipote. «Noi al villaggio al massimo bevevamo un bicchiere di latte e mangiavamo un po' di pane e formaggio.»

«Sì, mi sembra di ricordare» rispose la zia. «Qui però siamo abituati in modo diverso. Devi sapere che la colazione è il pasto più importante della giornata.»

«Ah, sì? E a pranzo cosa mangiate?»

«A pranzo consumiamo qualcosa di leggero, per esempio un'insalata o un sandwich.»

«Sandwich?»

«Il sandwich è un panino farcito.» Anna notò lo sguardo stupefatto della nipote e abbozzò un sorriso. «Non essere impaziente, tesoro. Presto capirai tutto delle nostre abitudini e del nostro modo di vivere.»

«Prima però devo imparare la lingua. Quando tu e zio Peter parlate non capisco niente. E se non imparerò la lingua, non potrò neppure studiare.»

«Non preoccuparti, cara. Ne ho appena parlato con Peter e mi ha detto che ti troverà un ottimo insegnante.»

Magdalinì cominciò a vivere un sogno che a volte sembrava trasformarsi in un incubo. La sua vita era cambiata all'improvviso e in modo radicale, e le nuove esperienze si susseguivano una dopo l'altra a ritmo frenetico. In quel ciclone il saldo sostegno era offerto da Anna: la zia le stava sempre accanto con premura e affetto, come una madre che prende per mano il suo bambino e lo aiuta a muovere i primi passi nel mondo. I cambiamenti riguardarono persino l'aspetto fisico. Anna spese un piccolo patrimonio per acquistare alla nipote un guardaroba intero di abiti all'ultima moda. All'inizio Magdalinì protestò per quella massa di abiti, scarpe, borse, cappotti e accessori, ma poi, constatando che era tutto inutile, si rassegnò a trasformarsi in una vera e propria ragazza americana, non molto diversa da quelle che vedeva per strada. Inoltre cominciò ad apprezzare il cibo, soprattutto i gelati, al punto che Anna temette per la linea della nipote. Ma Magdalinì, nonostante l'ottimo appetito, non metteva su neanche un grammo, per tranquillità della zia.

L'insegnante di inglese che le aveva trovato Peter era un cinquantenne con una figlia coetanea di Magdalinì. Si chiamava Jordan e, poiché aveva origini greche, non ebbe alcuna difficoltà a comunicare con lei. Le lezioni ebbero inizio e il professor Jordan rimase sbalordito dalla straordinaria facilità di apprendimento della ragazza. Di fatto i risultati ottenuti erano il frutto di uno studio meticoloso e sistematico: Magdalinì trascorreva ore intere sui libri e la sera stava sveglia fino a notte fonda per ripetere la lezione della giornata e assimilare lunghi elenchi di parole strane e inusitate. Anna le raccomandò di non esagerare e di pensare anche alla salute, ma la nipote faceva orecchie da mercante: il suo unico obiettivo era imparare a scrivere e a parlare alla perfezione la lingua della sua nuova patria. E quando ritenne di essere giunta a un livello accettabile, chiese agli zii di parlarle soltanto in inglese e di correggerla quando commetteva un errore. Gli sforzi maggiori erano rivolti alla pronuncia. Non voleva correre il rischio di essere presa in giro. La sera si chiudeva in camera sua e scriveva lunghe lettere alla madre, in cui descriveva in ogni dettaglio tutti i cambiamenti intervenuti nella sua vita, aggiungendo sempre una parola di riconoscenza nei confronti di Anna e di Peter, soprattutto di quest'ultimo, che oltre a trovarle l'insegnante di lingua, si era anche occupato delle pratiche burocratiche per farle ottenere il permesso di soggiorno. A volte le spediva delle fotografie dei luoghi che visitava in città, consapevole che la madre le avrebbe osservate e riposte accanto alle immagini sacre e alle lettere. Magdalinì sorrideva in cuor suo quando ricordava l'altarino di Teodora, sempre pieno di lettere e di fotografie. All'inizio la madre soleva conservarle in una semplice scatola, poi, poco prima della sua partenza, Nikolas il falegname le aveva allestito una vera e propria struttura in legno capace di contenere i ricordi di una vita: oltre alle immagini sacre, alle fotografie e alle lettere, vi trovarono posto souvenir e altri oggetti legati alle figlie lontane che rievocava ogni sera nelle sue ferventi preghiere.

Magdalinì ricordava bene quell'altarino e richiamava alla mente la visione della madre raccolta nella sua preghiera serale, intenta ad accarezzare i volti adorati delle persone care che sorridevano nelle fotografie, sia pure privi di vita. Il tormento dell'assenza era straziante e non poche volte Teodora trovava un sollievo nelle lacrime. Quando vivevano insieme, Magdalinì non si era resa conto di quanto la madre le volesse bene. Soltanto adesso, grazie alla distanza, aveva capito una cosa tanto scontata. Era una memoria piuttosto dolorosa e, soprattutto dapprincipio, il desiderio di tornare tra le braccia amorevoli della madre era affiorato tanto potente da indurla ad alzarsi per comunicarlo alla zia. Invece, un istante prima che ciò potesse accadere, Anna la invitava a prepararsi per andare al cinema, al ristorante o a fare spese. Allora una nuova cascata di esperienze si aggiungeva alle precedenti facendo svanire il proposito del rimpatrio.

Nel giro di un anno Magdalinì si poté dire completamente adattata alla realtà americana. Anche la conoscenza della lingua, almeno parlata, aveva raggiunto un livello soddisfacente. Nello scrivere aveva ancora molte difficoltà, che tentava di superare con uno studio ancora più accanito e disperato. L'autunno successivo, pensava, doveva assolutamente iscriversi all'università, la vera ragione per cui aveva accettato di trasferirsi in America. Purtroppo non aveva ancora deciso a quale facoltà: Anna e Peter cercavano di aiutarla nella scelta e nel contempo la esortavano a ponderare con calma tutte le alternative.

«Sei ancora molto giovane e hai tutta la vita davanti a te» le diceva Peter. «Vedrai, Lin, che troveremo quello che fa per te.»

Lin era il suo nuovo nome e alla ragazza non piaceva affatto, ma aveva il vantaggio di essere breve e facilmente pronunciabile dagli americani. Per lei costituì l'ennesimo cambiamento che, sommato agli altri, contribuì a dare l'avvio a una sorta di depressione. Il senso di solitudine e la paura del futuro si coalizzarono contro la ragazza, che, in mancanza di una routine quotidiana e di uno scopo preciso, cominciò ad annoiarsi. Per distrarsi non poteva neppure dedicarsi ai lavori di casa perché la zia aveva al suo servizio due cameriere di colore e una cuoca messicana, oltre al giardiniere. La mattina, quando tornava in camera sua dopo aver fatto colazione e aver sfogliato il giornale, constatava ogni volta con sorpresa che il letto era stato rifatto e gli abiti riposti nell'armadio. Soprattutto all'inizio, aveva vissuto con disagio questa impossibilità di avere cura delle sue cose, e detestava, per esempio, il fatto che qualcun altro le lavasse e stendesse il bucato, ma col tempo si era abituata, dimenticando perfino i momenti in cui lei e la madre stendevano la biancheria ad asciugare al sole. Adesso che le tornavano alla mente, avrebbe dato qualsiasi cosa per riprendere in mano la bacinella e le mollette, che al villaggio natio le erano parsi quasi strumenti di tortura.

Un giorno Magdalinì propose alla zia di farle sbrigare qualche faccenda domestica. Anna espresse una protesta vibrante.

«Non ti ho preso in casa mia perché avevo bisogno di una serva» ribatté senza immaginare la ragione di quella richiesta apparentemente bizzarra.

«Zia, non ho detto questo, solo che mi piacerebbe rifarmi il letto da sola. Sono servita e riverita, e non ci sono abituata.»

«Tesoro, per questo c'è il personale di servizio.»

«D'accordo, zia, solo che non so che cosa fare tutto il giorno» mormorò Magdalinì in tono rassegnato.

Quando Anna lo riferì al marito, Peter abbozzò un sorriso di comprensione.

«Tua nipote ha ragione» disse.

«Mi ha persino chiesto di affidarle la cura del giardino.»

«Mi sembra naturale. Al suo villaggio non credo che ci fossero giardinieri.»

«Ma è un anno e mezzo che vive qui con noi» esclamò. «Possibile che non si sia ancora abituata?»

«Annie, ho la sensazione che ti sia dimenticata di com'eri tu quando il mio lavoro ha cominciato ad andare meglio e non abbiamo più avuto problemi economici. Tu hai smesso di lavorare e all'inizio ti sei dedicata alla ristrutturazione della casa, poi però, dopo la fine dei lavori, sei caduta in depressione.»

«Stai forse dicendo che il problema di Magdalinì è la noia?» Anna aveva cominciato a capire e lo sguardo le si illuminò.

«Proprio così, mia cara. La noia e la solitudine. Come hai detto tu, è qui con noi da un anno e mezzo e la sua unica compagnia siamo noi e le tue amiche. Ha bisogno di frequentare ragazze della sua età, di flirtare, di divertirsi.»

«Non sono sicura che sia una buona idea. È ancora inesperta e potrebbe mettersi nei pasticci.»

«Lo so, Annie, ma non puoi certo tenerla prigioniera per sempre tra le quattro mura di casa.»

«Che cosa proponi di fare?»

«Per esempio, Lin potrebbe cominciare a fare conoscenza con le figlie delle tue amiche. A proposito, non capisco perché ti sei opposta quando Charleene ha proposto di farla uscire con la figlia.»

«Come fai a saperlo?»

«Me l'ha detto lei. Su, Annie, ammetti di essere stata un po' troppo protettiva con tua nipote.»

«La figlia di Charleene ha un carattere un po' troppo vivace per i miei gusti e ho pensato che potrebbe avere un'influenza negativa su Magdalinì.»

«E invece ti sbagli. Judy è l'amica ideale per lei, è allegra ed estroversa. Vedrai che grazie a lei Lin farà un sacco di conoscenze.»

Anna abbassò lo sguardo e Peter si sedette accanto. Le passò un braccio intorno alle spalle e le disse in tono affettuoso:

«Tesoro, non puoi tenerla chiusa in casa. Capisco le tue preoccupazioni, ma di questo passo potrebbe decidere di tornare indietro dalla madre. Lin è la figlia che non hai mai avuto, forse stai rischiando di perderla... E poi è anche alla sua felicità che devi pensare».

Peter aveva ragione. Magdalinì rifletteva seriamente sul futuro e con il passare dei giorni l'idea di tornare al villaggio le appariva sempre più attuabile. Amava molto la zia e provava per lei una grande riconoscenza, ma negli Stati Uniti non scorgeva alcuna prospettiva. Le era persino passata la voglia di studiare mentre nella sua mente il villaggio andava assumendo contorni leggendari. Ricordava con nostalgia lancinante gli alberi altissimi e la sua casa, si rivedeva bambina nell'atto di lanciare sassi nel fiume e il cuore le sfarfallava al pensiero della madre e della nonna. Persino il cibo americano aveva smesso di piacerle e sempre più spesso le capitava di ricordare il pane fresco impastato e infornato dalla madre. Ma la cosa peggiore era la sensazione di essere sola e l'assenza di vita sociale. Dopo un'infanzia trascorsa in compagnia dei genitori e di ben quattro sorelle, viveva adesso una situazione inedita e insopportabile. Ignorando che proprio la zia si era opposta, si domandava per quale motivo nessuna delle amiche della zia avesse pensato di farle conoscere i propri figli. Supponeva semplicemente che non volessero fare amicizia con una emigrante, con la quale per giunta, almeno all'inizio, era impossibile comunicare. Tutto questo era difficile da mandar giù, però Magdalinì non ne fece mai parola con nessuno. Preferiva coltivare in cuor suo l'idea di tornare al più presto al villaggio.

Quella mattina la ragazza scese al piano terra di malavoglia. Come ogni giorno avrebbe fatto colazione con la zia, però non aveva affatto appetito. Al contrario, il pensiero di trovarsi per l'ennesima volta al cospetto di marmellate e succhi di frutta le dava la nausea. Trovò una sorpresa ad attenderla. La zia era in compagnia di due donne: Charleene, l'amica di Anna, e una ragazza suppergiù della sua età, che lei non aveva mai visto prima. Quando la vide, quest'ultima si alzò per salutarla.

«Finalmente! È un'ora che ti aspettiamo» esclamò.

Magdalinì sorrise per l'imbarazzo e rivolse un'occhiata alla zia. Anna andò incontro alla nipote, la prese a braccetto e l'accompagnò al tavolo.

«Judy è la figlia di Charleene e ci teneva tanto a conoscerti» spiegò la zia. «Adesso che ti sei impratichita con la lingua, è tempo che cominci a frequentare ragazze della tua età.»

Magdalinì rimase interdetta, ma Judy fece di tutto per metterla a suo agio grazie al suo carattere solare ed estroverso, e alle raccomandazioni della madre e di Anna. La ragazza venuta dalla Grecia non le era del tutto sconosciuta: aveva già avuto modo di vederla da lontano e, se non fosse stato per il divieto della zia, si sarebbe già fatta avanti a proporle la sua amicizia. Magdalinì non si aspettava un risveglio del genere. Judy aveva cominciato a rivolgerle delle domande riguardo al villaggio e alla casa in cui era nata e cresciuta, e lei rispondeva pur esaminando la nuova arrivata. Judy era una bella ragazza con i capelli biondo platino e gli occhi castano chiaro, che nel profondo celavano sempre uno smagliante sorriso. Aveva una voce quasi infantile e parlava molto in fretta, come se temesse di essere interrotta e di non fare in tempo a dire tutto quello che aveva da dire. Nel giro di pochi minuti raccontò a Magdalinì la storia della sua vita e le descrisse le sue amiche, mentre Anna constatava con sollievo che la nipote le manifestava un sincero interesse. Quando Judy l'invitò a fare quattro passi, Magdalinì accettò senza pensarci due volte. In pochi minuti le due ragazze erano già uscite da casa.

Anna provava sentimenti contrastanti. Da una parte era lieta che la nipote avesse ritrovato interesse per qualcosa, dall'altra si sentiva nuovamente assediare dalla solitudine.

Charleene la guardò sorridendo. «Sai, Annie, capisco quello che provi, ma ricordati che stiamo parlando di una ragazza già grande» disse. «È tempo che spicchi il volo e faccia le sue esperienze.»

«Anche Peter la pensa come te.»

«Allora vuol dire che ho ragione, e presto te ne renderai conto anche tu. Non temere, Judy sa dove portarla e chi farle conoscere.»

«Soltanto adesso mi rendo conto della responsabilità che mi sono assunta nei suoi confronti. Che cosa dirò alla madre se...»

«Annie, rilassati» l'interruppe Charleene. «Judy e tua nipote sono soltanto andate a fare una passeggiata, non sono partite per la guerra.»

«Sì, ma qui siamo a Chicago, non in Grecia.»

«E allora? Anche tu vivi qui da molti anni e non mi sembra che hai mai avuto problemi. Per non parlare di me e di Judy, che a Chicago ci siamo nate e cresciute. Stai tranquilla, Lin è grande e sa il fatto suo, e poi è in ottime mani.»

Anna tacque. Sapeva che l'amica e Peter avevano ragione, eppure non riusciva a tranquillizzarsi. Magdalinì tornò dopo poche ore, un'eternità per la zia che, quando la sentì varcare la porta di casa, compì un grosso sforzo per dissimulare la tensione nervosa. La nipote aveva il volto raggiante, lo sguardo allegro e un sorriso compiaciuto.

«Zia, mi sono divertita un mondo» gridò abbracciandola. «Judy è una ragazza meravigliosa. Mi ha fatto conoscere tutti i suoi amici e stasera mi ha invitato a una festa. Pensa, la mia prima festa a Chicago! Ci saranno molti altri ragazzi e tutti insieme balleremo e ascolteremo la musica. Anche se non so ballare, Laura, un'altra amica di Judy, mi ha detto che ci pensa lei a insegnarmi e che non è difficile. Ci saranno anche Karen e il cugino Steven, che mi ha già chiesto di riservargli un ballo altrimenti si arrabbia.»

Magdalinì si interruppe per riprendere fiato e Anna non riuscì a trattenere le lacrime. L'entusiasmo della nipote le fece finalmente comprendere il suo errore e la sua necessità di frequentare altri ragazzi della sua età.

«Sono lieta che Judy e i suoi amici ti abbiano fatto una buona impressione» si limitò a dire schioccando un bacio sulle guance di Magdalinì.

«Zia, che cosa mi consigli di indossare?» fu la domanda successiva.

Anna sorrise e prese la nipote per mano trascinandola verso la scala. «Andiamo a frugare nell'armadio» le propose.

Qualche tempo dopo Anna constatò, non senza una punta di preoccupazione, che la nipote aveva acquisito un'intensa vita sociale. Con Judy erano diventate amiche per la pelle e avevano scoperto di avere moltissime cose in comune. Quando Alex, il fidanzato di Judy, ne aveva chiesto la mano, Magdalinì per la gioia non era riuscita a trattenere le lacrime. Però l'approssimarsi delle nozze dell'amica agitò Magdalinì. A ventun anni, gli ultimi due dei quali trascorsi in America, non aveva mai avuto un flirt, così adesso l'amore di Judy per il futuro marito, il sorriso adorante di Alex e la felicità che si scorgeva negli sguardi di entrambi erano diventati un pensiero fisso che la sera non la lasciava dormire tranquilla. Sospettava che il segreto si annidasse nei momenti che la coppia trascorreva da sola, tuttavia per Magdalinì l'amore era ancora avvolto da un fitto velo di mistero. Dal giorno in cui aveva lasciato casa sua, dove argomenti del genere erano messi al bando, aveva avuto modo di raccogliere una serie di informazioni, però si rendeva conto che la teoria distava anni luce dalla pratica.

Negli ultimi tempi Peter non era più l'uomo gioviale e spensierato di un tempo, e Anna aveva cominciato seriamente a preoccuparsi. Sobbalzava al minimo rumore, evitava di uscire di casa da solo, restava chiuso per ore nello studio, e in più certi tipi dalla faccia poco raccomandabile avevano cominciato a frequentare la loro casa. Anna, che sapeva molto poco degli affari del marito, si rimproverò la negligenza mostrata in tutti quegli anni. Peter ufficialmente era il titolare di una ditta di import-export, ma in pratica lei non aveva idea del tipo di merce che trattava né di chi vi lavorava. Un giorno, dopo essersi accorta che il marito usciva sempre accompagnato da un paio di guardie del corpo armate fino ai denti, prese il coraggio a due mani e decise che era giunto il momento di chiarire la situazione.

Quella sera approfittò dell'assenza di Magdalinì per entrare nello studio di Peter, che come al solito era immerso nel lavoro. L'uomo fu sorpreso di vederla lì: Anna non aveva l'abitudine di interromperlo quando lavorava.

«Che cosa succede?» le chiese.

Anna si accorse che, con un gesto discreto, il marito aveva nascosto i fogli che stava leggendo. «È a te che lo domando» ribatté sedendosi davanti a lui.

«Tesoro, sei stata tu a interrompermi» le rispose con un sorriso.

«Peter, non hai mai sottovalutato la mia intelligenza... non è il caso di cominciare adesso. Negli ultimi tempi c'è qualcosa che non va e vorrei sapere di che cosa si tratta. Davanti a casa nostra ci sono sempre delle guardie del corpo armate che quando la mattina esci per andare in ufficio ti seguono a bordo di una seconda automobile. Fino a poco tempo fa non ho mai conosciuto nessuno dei tuoi collaboratori mentre adesso la nostra casa è frequentata da strani personaggi che non promettono nulla di buono. Non ti sarai mica messo in qualche pasticcio?»

Peter abbozzò un sorriso, ma Anna rimase di ghiaccio.

«Ebbene sì, lo ammetto, ho deciso di assumere delle guardie del corpo» rispose. «Sai, gli affari vanno a gonfie vele e la città pullula di malintenzionati.»

«La città ha sempre pullulato di malintenzionati» ribatté lei. «Come mai hai deciso proprio adesso di procurarti delle guardie del corpo?»

«Come ti dicevo gli affari vanno a gonfie vele e Charlie, il mio diretto concorrente, ha un diavolo per capello» riprese Peter. «Di recente gli ho soffiato un affare molto grosso e da allora i suoi uomini mi controllano.»

«Peter, quello che mi dici è molto preoccupante. Questo Charlie dovrebbe sapere che nel lavoro non sempre le cose vanno bene, è un imprenditore e non un gangster. O forse sbaglio? Peter, ti prego, dimmi che non c'è di mezzo la mafia!»

Fu percorsa da un brivido. Peter si alzò, si avvicinò sorridendo e la prese per le spalle.

«Tesoro, forse ultimamente hai visto troppi film» disse in tono divertito. «È di tuo marito che stai parlando, non di Al Capone.»

«Ne sei sicuro?»

«Di che cosa, di non essere Al Capone? Scusa, Annie, ma non capisco.»

«Peter, per favore, dimmi la verità.»

«Riguardo a che cosa?»

«Di che cosa ti occupi davvero?»

«Perché vuoi saperlo proprio adesso?»

«Meglio tardi che mai. È una domanda che avrei dovuto rivolgerti molto tempo fa. Mi ricordo che quando ci siamo conosciuti lavoravamo entrambi come schiavi e i soldi non bastavano mai, poi all'improvviso tutto è cambiato. Allora ho attribuito alla buona sorte il miglioramento delle nostre condizioni economiche, ma adesso, dopo quello che ho visto e che mi hai detto…»

«Tesoro, le tue preoccupazioni sono infondate» la tranquillizzò. «Non corriamo alcun pericolo.»

«Se è così, perché hai assunto delle guardie del corpo? E poi è anche a Magdalinì che penso. Non sarà in pericolo?»

«Annie, te lo ripeto, non c'è nulla di cui preoccuparsi. Siccome circolo spesso con molti soldi addosso, in assegni o in contanti, ho deciso di non correre rischi e di prendere i dovuti provvedimenti. Non mi sognerei mai di mettere a repentaglio la tua vita o quella di Lin.»

«Questo Charlie di cui hai parlato chi è?»

«Te l'ho detto, è un concorrente, lavora nel mio stesso campo da molto più tempo di me e non l'ha presa bene quando gli ho soffiato l'affare.»

«Ed è così pericoloso che hai sentito il bisogno di assumere delle guardie del corpo?»

«Non lo so!» esclamò Peter spazientito. «Sono soltanto misure precauzionali» aggiunse. «Si tratta più che altro di una messinscena per gettare fumo negli occhi. Charlie ha un figlio che sta per subentrargli nella gestione dell'impresa e non riesce a mandar giù l'idea che il giovanotto debba aver a che fare con un concorrente serio mentre lui ha avuto il monopolio tutta la vita.»

«E questa non sarebbe mafia?»

«La mafia non c'entra niente!» gridò Peter. Anna trasecolò: il marito perdeva le staffe soltanto quando si sentiva con le spalle al muro.

Quella conversazione l'aveva allarmata ancor di più. Da quella sera decise di tenere gli occhi bene aperti e si accorse che le guardie del corpo sorvegliavano anche la casa e lei, e persino Magdalinì. Ormai era pronta a giurare che il marito fosse finito in un giro pericoloso, ma questa volta decise di non dirgli niente nonostante la paura che provava.

Anna e il marito furono invitati a trascorrere il veglione di capodanno da una coppia di fantomatici collaboratori del marito, dopo molti anni che lo trascorrevano in compagnia degli amici più intimi e dei vicini di casa. L'invito era stato formulato già all'indomani del giorno del Ringraziamento e Peter aveva spiegato che la festa era rigorosamente elegante. In effetti, si trattava di un vero e proprio ricevimento al quale erano stati invitati politici, attori, artisti e altri personaggi famosi. Zia e nipote ci misero settimane per trovare gli abiti adatti, soprattutto a causa dei timori di Anna, la quale ci teneva a non fare brutta figura per non mettere in cattiva luce il marito. L'unica nota di ottimismo la offrì la nipote: con l'acconciatura all'ultima moda e avvolta nel suo abito di seta gialla, del quale si era innamorata a prima vista, era affascinante come una stella del cinema. Alla vista di Magdalinì, Peter si abbandonò a un'esclamazione ammirata che non sfuggì all'attenzione di Anna. Aveva un brutto presentimento. Lo sguardo e la reazione del marito non erano dovuti soltanto a una soddisfazione estetica. Ad Anna parve che il marito stimasse il valore economico di un prodotto, che nutrisse delle aspettative… o forse no? E se sì, di che genere? La donna interruppe il flusso dei pensieri rimproverandosi l'eccessiva diffidenza. Cominciò a domandarsi se per caso non stesse esagerando, vittima di una psicosi che la spingeva a vedere complotti ovunque. Cercò invano di ritrovare la lucidità e di considerare le cose in una prospettiva più ottimistica.

Per raggiungere il luogo del ricevimento Peter aveva noleggiato una limousine e Magdalinì sorrise quando la vide. Si accomodò sui morbidi sedili e guardò stupita la coppa di champagne che lo zio prese dal bar di bordo e le porse in modo cerimonioso.

«Zio, in America c'è qualcosa che non sia gigantesco?» gli domandò storcendo il naso dopo il primo sorso.

Peter rispose con un ampio sorriso. «*Mmm*, fammici pensare. No, Lin, non credo. In America tutto è smisurato, compresi i sogni. Perché qui da noi, chi non sogna in grande non avrà neppure una vita alla grande, e questo non è degno del nostro paese. Annie, che cosa ne pensi tu?» domandò rivolto alla moglie, che si era distratta a guardare fuori del finestrino.

«Scusa? Non ho sentito quello che hai detto» si giustificò sottovoce.

«Zia, c'è qualcosa che non va?» intervenne Magdalinì. «Stasera sei bellissima, tutto è bellissimo, tu però sei di cattivo umore.»

«No, tesoro, non sono di cattivo umore... Sono stupita» rispose Anna sforzandosi di sorridere. Non voleva rovinare la gioia della famiglia con i suoi sospetti. Osservò il marito, intento a chiacchierare con Magdalinì sulla serata che li aspettava, nel tentativo di cogliere qualche segnale nascosto, ma il volto di Peter era sereno e non lasciava trapelare nulla. Anzi, era molto tempo che non lo vedeva così sereno e questo, anziché rassicurarla, la inquietava ancor di più.

La limousine si fermò davanti a una grande villa tutta illuminata: era l'edificio più grande che zia e nipote avessero mai visto.

«Siamo arrivati?» domandò Anna.

Lui sorrise. «Sì. Questa è la casa dove festeggeremo l'arrivo del nuovo anno» spiegò. «Ve l'ho detto che sarà il capodanno più favoloso della vostra vita.»

«Ancora non ci hai detto chi sono i padroni di casa» riprese Anna. «Peter, chi è il proprietario di questa villa principesca?»

«Non lo conosci. Si chiama Matthew Bowden ed è considerato il re dell'oro.»

«E tu come fai a conoscerlo?»

«Lo conosco e basta» tagliò corto il marito. «Nel mio lavoro ho a che fare con un mucchio di persone e tu non le conosci tutte.»

«Quindi questo Bowden è un tuo collaboratore.»

«Tesoro, perché mi fai il terzo grado? Se non scendiamo, festeggeremo l'arrivo del nuovo anno in macchina.»

Scese dalla limousine e porse la mano alla moglie per aiutarla. Anna ebbe qualche istante di esitazione, poi prese la mano calda del marito e scese a sua volta dalla macchina. Alle loro spalle Magdalinì osservava incantata quell'edificio, il cui interno si rivelò ancora più straordinario della facciata. L'ingresso enorme era talmente sfolgorante di luci che fu costretta a socchiudere gli occhi. Al soffitto erano appesi grandi lampadari di cristallo rivestiti di lamine d'oro. Anche la mobilia era rivestita di lamine d'oro, mentre il parquet lucido era coperto da tappeti così folti da indurre la ragazza a temere di sprofondarci dentro.

Ad accogliere gli ospiti davanti al portone c'erano il padrone di casa e la moglie. Bowden fu colpito dall'avvenenza di Magdalinì e rivolse uno sguardo compiaciuto a Peter. Anna se ne accorse e una ruga sottile di preoccupazione apparì tra le sopracciglia. Quella sera decise di non perdere di vista la nipote neppure un istante. Era chiaro che tra Bowden e il marito c'era un'intesa segreta che riguardava la nipote e doveva stare con gli occhi ben aperti. Ma neppure Bowden le fece una buona impressione. Dopo le presentazioni e i saluti entrarono nel salone attiguo, affollato di persone alcune delle quali, pur apparendo di raffinata eleganza, avevano un'aria sospetta. I peggiori erano proprio coloro che sembravano più in confidenza con il marito. Alcuni le era capitato di vederli di sfuggita, e gli abiti eleganti e gli scambi di cortesia non valsero a migliorare l'opinione che Anna aveva di loro.

Magdalinì si sentiva come Alice nel Paese delle meraviglie. Si guardava intorno con aria trasognata e lo sguardo estasiato, e Anna non poté fare a meno di notare che la nipote era una delle ragazze più affascinanti della serata. Nessun'altra era altrettanto bella, giovane e affascinante.

«Zio, non ho mai visto niente del genere» mormorò la ragazza. Peter sorrise.

«Lo sapevo che ti sarebbe piaciuto» commentò. «Allora, che ne diresti di concedermi un ballo per far morire tutti d'invidia?»

Magdalinì rise di cuore e gli porse la mano per farsi accompagnare al centro della pista. Cominciarono a volteggiare al suono di un valzer e gli sguardi di tutti i presenti si fermarono sulla giovane donna che Peter teneva tra le braccia. Al termine del ballo erano entrambi sorridenti e ad Anna dispiacque il fatto che ormai non riusciva ad apprezzare niente. Se fosse dipeso da lei, avrebbe preso la nipote e l'avrebbe portata via da quella casa in cui tutto, sia le persone che le cose, la riempiva di paura e di sospetto. Sin dall'inizio della serata un allarme interiore non aveva smesso di risuonarle dentro la testa neppure un istante.

Quando il giovane Frank Giotto si unì alla loro compagnia, Anna fu sul punto di perdere le staffe e di mettersi a gridare senza un motivo preciso. Era un uomo assai avvenente, alto, robusto, con i capelli e gli occhi neri, poco più che trentenne, e si muoveva con la flessuosa agilità di un felino. Benché dal punto di vista di Anna tale bellezza fosse eccessiva in un uomo, non avrebbe stentato a crederci se le avessero detto che le donne impazzivano per lui. Fu Bowden a fare le presentazioni. Frank fu cortese con Anna, deferente con Peter, ma non poté fare a meno di celare la propria ammirazione quando strinse la mano di Magdalinì. Era evidente che i capelli biondi e la delicata pelle candida della ragazza lo avevano colpito, così come il fascino del ragazzo non lasciò indifferente Magdalinì. Anna si accorse subito, non senza disappunto, che gli occhi della nipote si erano accesi di desiderio e che le labbra carnose si erano schiuse in un dolce sorriso.

I tre uomini si misero a parlare di affari. Bowden e Peter commentavano l'andamento del mercato azionario e Anna, che quella sera si era messa in testa di scoprire il segreto del marito, notò ancora una volta la strana intesa tra i due. Dal canto suo Frank partecipava pochissimo alla discussione e preferiva sbirciare Magdalinì. Ammesso che ci fosse un segreto, Frank non sembrava esserne a conoscenza, il che tranquillizzò momentaneamente Anna.

«Signori, chiedo venia, ma credo che sia giunta l'ora di dedicarci a queste tre splendide dame» disse Frank rivolgendosi subito dopo a Magdalinì. «Mi concede questo ballo?» le chiese porgendole la mano.

Magdalinì lo guardò con il timore che, se gli avesse sfiorato la mano, sarebbe andata a fuoco. Il cuore le batteva forte e si rese conto di essere arrossita, tuttavia, nonostante ardesse dal desiderio, non era sicura che accettare fosse la mossa migliore.

Fu Peter a toglierla dall'imbarazzo. «Frank ha ragione, siamo qui per divertirci e invece abbiamo finito di nuovo con il parlare di lavoro. Coraggio, Lin, non tenere Frank sulle spine. Ti ha chiesto di ballare e anzi, con il permesso di Matthew, anch'io avrei voglia di un bel giro di valzer con mia moglie.»

Matthew annuì e si allontanò, mentre Peter trascinava Anna sulla pista. Frank era invece restato con il braccio sollevato verso Magdalinì. Il tempo sembrava essersi fermato, le persone intorno erano d'un tratto svanite e soltanto la dolcezza della musica riusciva a penetrare quel cerchio magico invitandoli ad abbracciarsi. La notte negli occhi di lui incontrò l'oro in quelli di lei, dando luogo a un'esplosione dagli effetti imprevedibili. Magdalinì si lasciò abbracciare da Frank e si abbandonò completamente alla sua iniziativa, perché incapace da sola di muovere un passo: le gambe snelle non obbedivano ai comandi impartiti dal cervello, concentrato sui battiti del cuore.

La coppia volteggiò sulla pista attirando gli sguardi di tutti. Erano così diversi da fondersi in un'armonia celestiale, ma solo uno sguardo esterno se ne poteva rendere conto. Lei, alta e leggiadra, pallida e bionda, somigliava a un folletto dei boschi, mentre lui, robusto e scuro di capelli e di carnagione, sembrava un tizzone pronto ad appiccare il fuoco della passione in chi lo guardasse o sfiorasse. La teneva stretta a sé, con le labbra che le sfioravano i capelli, e compiva uno sforzo notevole per non cedere al profumo inebriante della ragazza. Non osava neppure guardarla nel timore di non riuscire a contenere l'istinto di imprigionarla tra le sue braccia, sopraffatto da tanta bellezza. Ma anche lei era al culmine dell'emozione. Tratteneva il respiro per non perdersi neppure un istante della sensazione offertale dalle braccia di lui che la stringevano, e cercava di fissarsi nel ricordo la forza di quell'abbraccio, nella speranza che il profumo di Frank si impregnasse nella pelle e non scomparisse mai. Il desiderio la faceva ardere e si augurava che nessuno nel salone se ne fosse accorto. A un certo punto la musica si interruppe e a lei venne da piangere. Frank, a sua volta turbato, non la lasciò andare e, non appena l'orchestra ricominciò a suonare, i due si rimisero a ballare sulle note della nuova melodia. Finalmente Magdalinì trovò il coraggio di guardarlo e lui cercò di rispondere con un sorriso. Per la prima volta provava un simile desiderio per una donna, non aveva mai sentito nelle vene scorrere lava incandescente come adesso. Bruciava e l'acqua capace di dargli refrigerio si trovava lì, tra le sue braccia, ma non aveva alcun diritto di abbeverarsi a quella fonte per spegnere l'arsura che lo tormentava.

«Sei stanca?» mormorò. «Vuoi riposarti un po'?»

Era una semplice domanda, dalla cui risposta dipendeva se avrebbe perso la ragione o no. Non sapeva come avrebbe reagito. Se avesse risposto che era stanca, che non aveva più voglia di ballare, se qualcun altro si fosse fatto avanti con lei privandolo della gioia di stringerla a sé, di aspirare il suo profumo…

«No, non sono stanca» fu la risposta determinata di Magdalinì. «Al contrario, qui è tutto molto bello.»

«Qui l'unica cosa bella che vedo sei tu» bisbigliò Frank di rimando.

Le lunghe ciglia coprirono con tenerezza gli occhi color dell'oro, le gote si soffusero di porpora, le labbra si schiusero appena. A Frank ronzavano le orecchie e il sangue gli ribolliva nelle vene.

Fu il padrone di casa a comparire come un deus ex machina. Interruppe la musica e invitò gli ospiti a seguirlo in giardino. L'arrivo del nuovo anno era imminente e già i primi bengala davano il benvenuto rischiarando il cielo buio. Frank la trascinò verso un balconcino relativamente appartato. La voleva soltanto per sé in quei pochi, magici minuti che segnavano il passaggio di consegne tra l'anno vecchio e l'anno nuovo, ricco di promesse e di speranze, pronto a riempire le pagine bianche dei successivi trecentosessantacinque giorni. Entrambi sapevano che, dopo quella serata formidabile, per loro niente sarebbe rimasto uguale.

Magdalinì tremava, ma non per il freddo. Si domandava che cosa avrebbe provato se lui l'avesse baciata. Frank le avvolse un braccio intorno alle spalle qualche istante prima che la mezzanotte scoccasse e il cielo ricevesse un bombardamento di fiori ardenti, ombrelli luminosi e nastri rutilanti capaci di trasformarlo in un ricamo prezioso.

«Buon anno!» le augurò con tenerezza.

«Buon anno anche a te» balbettò Magdalinì con voce strozzata.

Frank ritenne giunto il momento. Chinò la testa e le labbra esplosero infuocate su quelle di lei. Magdalinì divenne a sua volta uno dei fuochi pirotecnici che ancora facevano vibrare l'aria, le parve di esplodere come la dinamite. Si avvinse a Frank e lui si rese conto che nella sua vita era entrata una tempesta pronta a travolgere tutto. Il bacio divenne ancora più imperioso, le braccia la tenevano prigioniera, gli mancava l'aria e soltanto lei poteva fornirgli l'ossigeno necessario a farlo continuare a vivere. Magdalinì si ritrasse per prima, non perché lo volesse ma perché vinta dall'imbarazzo. Come aveva potuto essere tanto superficiale da comportarsi in quel modo? Mentre gli zii erano chissà dove, lei si stava sbaciucchiando con un uomo conosciuto soltanto pochi minuti prima.

Quando si accorse del cambiamento d'umore di Magdalinì, Frank la lasciò andare. «Scusa...» disse senza riuscire a trovare di meglio che questa parola tanto sciocca quanto falsa. Perché si era sentito in dovere di chiedere scusa? Aveva sete e si era dissetato... Si era sentito mancare il fiato e aveva preso una boccata d'ossigeno...

Magdalinì, di fronte a lui, era pallida e fissava la balaustra di marmo del balcone.

«Credo... Credo che dovremmo tornare dagli altri» riprese sottovoce. «I miei zii mi staranno cercando... È stato un errore...»

«Lin... Guardami...» disse Frank con voce imperiosa, che nel contempo celava una supplica. Magdalinì sollevò lentamente lo sguardo e incrociò quello di lui, che luccicava nell'oscurità seguita al tripudio di fuochi d'artificio. «Ti senti in imbarazzo per quello che è successo?» le domandò con dolcezza.

«Credo che ci siamo fatti trascinare» gli rispose. «Ci siamo conosciuti soltanto stasera... Non avrei dovuto...»

Aveva gli occhi lucidi e anche Frank era molto turbato. La sincerità di Magdalinì era evidente così come la sua innocenza, cosa decisamente inusuale per lui. Sollevò una mano e le sfiorò una guancia. I polpastrelli trasmisero la sensazione vellutata di una pesca.

«Io non mi sono fatto trascinare» mormorò. «Sin dal primo istante che ti ho vista desideravo baciarti. Ma se credi che ti abbia offesa, ti chiedo scusa. Puoi perdonarmi?»

Magdalinì annuì abbozzando timidamente un sorriso.

Frank trasse un sospiro profondo. «Hai ragione, Lin. Meglio tornare dagli altri. Finché saremo soli, non credo che riuscirei a trattenermi dal fare qualcosa per cui dopo dovrò chiedere di nuovo scusa.»

Magdalinì si ritrasse subito diretta verso il salone illuminato, mentre il cuore le batteva alla follia e gli occhi erano velati da una vaga malinconia per l'esperienza che aveva appena vissuto e che forse non avrebbe vissuto mai più. Trovò gli zii e si sentì di nuovo in imbarazzo quando scorse lo sguardo angosciato di Anna.

«Si può sapere dov'eri finita?» le domandò quando la vide. «È un pezzo che ti stiamo cercando.»

Non era certa che avrebbe potuto parlare senza farsi tradire dalla voce tremante. Rivolse uno sguardo di ringraziamento a Frank, il quale era riuscito a mantenere la calma e aveva risposto al posto suo:

«Scusateci se vi abbiamo fatto spaventare. Il signor Bowden ha annunciato piuttosto all'improvviso la mezzanotte, così abbiamo deciso di uscire anche noi in giardino ma per errore ci siamo infilati in un balconcino laterale. Lin sta benone, mi auguro soltanto che domattina non si svegli con il raffreddore, visto che non abbiamo fatto neanche in tempo a prendere il cappotto.»

Magdalinì si limitò a confermare le parole del ragazzo scuotendo la testa e si sforzò di sorridere per dimostrare che era tutto a posto. La zia l'abbracciò e le augurò buon anno, lo stesso fece lo zio, e la ragazza ricambiò gli auguri. Quando Frank si allontanò dopo aver augurato la buonanotte, a lei parve che tutto all'improvviso avesse perso il fulgore e la bellezza, e che fosse diventato banale e noioso. Persino il salone adesso sembrava un luogo pacchiano e inospitale, e le voci e le risate erano solo rumori molesti. Per fortuna Anna propose di tornare a casa. Peter annuì senza pensarci due volte.

Più tardi, nel buio silenzioso della sua camera, Magdalinì ebbe tutto il tempo di ripensare agli eventi di quella strana serata. Il cielo era talmente limpido che vi poteva proiettare, con l'aiuto dell'immaginazione, il ricordo dei fuochi d'artificio e delle sensazioni inaudite procuratele dal bacio di Frank. Erano bastati pochi minuti per capovolgere completamente la sua vita: nessuno l'aveva mai baciata, non aveva mai voluto che qualcuno la sfiorasse, invece Frank aveva varcato la soglia di quei divieti. Forse non lo avrebbe rivisto mai più, lui non gliel'aveva chiesto né le aveva chiesto il numero di telefono o l'indirizzo. Frank era giovane e affascinante, e per lui probabilmente si era trattato soltanto di un diversivo per rendere ancora più gioiosa una serata festosa. Per lei le cose stavano in modo assai diverso: non avrebbe dimenticato tanto facilmente la scossa elettrica percepita quando lui l'aveva baciata, la certezza che la donna dentro di lei si era finalmente svegliata esigendo la propria parte di carezze e di amore.

Nella stanza accanto neanche Anna riusciva a dormire. Stava seduta a letto, con lo sguardo malinconico, e a un certo punto Peter accese la luce stizzito.

«Si può sapere che cosa ti prende?» le domandò.

«E me lo domandi? Non hai capito che Magdalinì si è appartata con quel tipo che neanche sappiamo chi sia?»

«E allora?»

«Peter, per favore, non fare il finto tonto. Questo tizio, Frank Giotto, a me non piace per niente.»

«Ti sbagli. Frank è un bravo ragazzo, è bello e istruito. Non ci trovo niente di male se lui e Lin hanno deciso di frequentarsi. Tua nipote non è più una bambina e ha diritto di farsi nuove amicizie.»

«Bene, allora spiegami come fai a conoscerlo.» Anna si era alzata dal letto e si era messa a braccia conserte al centro della stanza, visibilmente irritata.

«È stato Matthew a presentarmelo.»

«E Matthew dove l'hai conosciuto?»

«Ancora con questa storia di Matthew. Sono un uomo d'affari e conosco un mucchio di gente. Si può sapere che cosa ti prende una buona volta?»

Anna, evidentemente confusa, si sedette sul bordo del letto. «Non lo so, Peter...» rispose affranta. «Ho la sensazione che stia accadendo qualcosa, ma non riesco a capire che cosa. Come se una minaccia misteriosa aleggiasse sopra di noi e io non potessi far niente per fermarla.»

«Tesoro, non capisco di che minaccia stai parlando. Non siamo mai stati meglio in vita nostra. E se Frank, a quanto pare, si sente attratto da Lin, dovresti esserne felice. Sono giovani e i giovani hanno bisogno dell'amore come si ha bisogno dell'aria. Non ti ricordi com'eravamo noi?»

Peter abbracciò Anna e lei appoggiò la testa sulla sua spalla, esausta.

«Vorrei poterti credere... Ma temo che mi nascondi qualcosa.»

«Non c'è ragione di aver paura, Annie. Vedrai che andrà tutto bene.»

Frank si alzò dal letto, completamente nudo, e si accese una sigaretta. Linda, che era ancora sotto le lenzuola, si appoggiò su un gomito e gli rivolse uno sguardo interrogativo.

«C'è qualcosa che ti preoccupa?» domandò. «Stasera non ti riconosco.»

Poiché lui non rispondeva, la ragazza si alzò e si avvicinò. Le mani di Linda accarezzarono la schiena di Frank. Poi lo strinse in un abbraccio inspirandone l'odore.

«Torna a letto...» mormorò. «Se non sbaglio, abbiamo lasciato alcune questioni in sospeso...»

«Linda, vestiti e vattene» le ingiunse Frank. «Per stasera ne ho abbastanza.»

«Perché? Le altre volte mi tieni con te tutta la notte» protestò lei.

«Stasera non è come tutte le altre sere.»

«Frank, che cosa succede? Sei forse malato?»

L'uomo si ritrasse e raggiunse la finestra. All'esterno le mille luci di Chicago ammiccavano ma lui riusciva a vedere soltanto gli occhi della ragazza. Erano passati tre giorni dall'incontro con Lin e ancora non era riuscito a togliersela dalla testa. Nella speranza di dimenticarla aveva invitato Linda a trascorrere la notte con lui, ma adesso si rendeva conto che la sua presenza aveva peggiorato le cose.

«In un certo senso sì, sono malato» mormorò come se parlasse a se stesso.

«Che cosa vuoi dire?» replicò Linda, il cui volto un istante dopo si illuminò. «Adesso ho capito! C'è di mezzo una donna!» esclamò. «Allora?»

Sperava di essere smentita ma lui le rivolse uno sguardo inespressivo. «Se non sbaglio, ti ho chiesto di andartene» tagliò corto.

«Guarda, guarda, Frank Giotto ha perso il buon umore a causa di una donna.»

«Linda, sto cominciando a perdere la pazienza e lo sai come reagisco in questi casi.»

«Scusami, ma prova a metterti nei miei panni. Mi sembra inconcepibile che tu sia innamorato. È da un anno che ci conosciamo e mi sono sempre domandata se al posto del cuore hai una pietra, se ti sei mai preso cura di qualcuno all'infuori di te stesso, e stasera a causa di una donna non vuoi neanche fare l'amore con me. Non mi sembra una cosa da poco, eppure credevo di aver visto tutto nella vita.»

«Parola mia, se non te ne vai all'istante, sono ben altre le cose che vedrai.»

«Va bene, va bene.»

Linda si alzò e cominciò a vestirsi mentre Frank sorseggiava il bicchiere di whisky che si era versato. Alla fine lei si avvicinò. «Me ne vado...» disse. «Suppongo che non ci vedremo mai più. Non c'è donna su questo pianeta che tu volessi far tua e che ti abbia respinto. Non credo che la fedeltà sia una delle tue virtù, ma qualcosa mi dice che adesso le cose saranno diverse...»

«E molto confuse...»

«Non so se compatirti o gioire perché l'ora della rivincita è finalmente arrivata. Hai avuto moltissime amanti e con nessuna hai mai manifestato l'ombra del minimo trasporto, anche soltanto per gentilezza.» Dopo un attimo di silenzio, riprese: «Per te noi eravamo soltanto dei corpi disposti a offrirti piacere».

«Hai finito?»

«Sì, me ne vado... Forse dovrei compatire la donna che ti sei messo in testa di conquistare in questo momento. Non sa che cosa l'aspetta.»

Linda si allontanò e uscì in silenzio dalla stanza. Con la famiglia Giotto aveva ancora dei conti in sospeso ma quella, sperava, era l'ultima sera che aveva a che fare con loro. Percorse il corridoio e senza farsi notare, anziché imboccare la scala verso l'uscita, bussò piano a un'altra porta ed entrò senza attendere risposta. Charlie Giotto si alzò per riceverla. Indossava la vestaglia e tra le dita aveva un sigaro acceso. A dispetto dei suoi sessantacinque anni aveva ancora un aspetto piacevole, senza chili superflui, con la chioma sale e pepe. A tradirne il carattere crudele e spietato erano gli occhi, neri come quelli di Frank ma carichi di un'efferatezza che non aveva nulla di umano. Quando guardava qualcuno, si aveva l'impressione che lame sottili penetrassero le carni dell'interlocutore. E adesso quelle lame attraversavano le carni delicate di Linda.

«Finalmente!» esclamò con voce agghiacciante. «È un'ora che ti aspetto.»

«Non è colpa mia, tuo figlio mi ha lasciato andare soltanto un attimo fa.»

«Che cosa è successo?»

«Perché, doveva succedere qualcosa?»

«Non rispondere alle mie domande con un'altra domanda. Come si è comportato mio figlio? Come al solito?»

«Sì… Anzi, no…»

Charlie Giotto si avvicinò e le cinque dita le lasciarono un'impronta infuocata sulla guancia. «Forse questo ti aiuterà a sciogliерti la lingua.»

Linda si massaggiò la guancia dolente e lo guardò cercando di trattenere le lacrime. «Non so che cosa vuoi sapere di preciso» disse piagnucolando. «Stasera comunque Frank era diverso… distratto. Mi ha mandato via quasi subito, mentre invece di solito passiamo insieme tutta la notte.»

«Maledizione!» gridò Charlie, e Linda trasalì. «Ha forse parlato di una donna?»

«Non proprio, ma quando gli ho detto che c'era di mezzo qualcuna, non ha negato.»

«Proprio quello che temevo. Allora è vero, mio figlio è caduto come un allocco nella trappola tesa da quel bastardo di Bowden. Stanno cercando di usarlo per fregarmi, ma se credono di passarla liscia, si sbagliano di grosso.»

«Non capisco» balbettò Linda.

Soltanto in quel momento Charlie si rese conto di non essere solo. Si rivolse alla ragazza. «Poco male. Il tuo compito non è quello di capire e neppure di pensare.» La squadrò da capo a piedi e Linda fu percorsa da un brivido. «Spogliati e mettiti a letto» ordinò. «Ho bisogno di svagarmi un po'.»

Lei fece un passo indietro. «Ma... Charlie... Meno di mezz'ora fa sono stata a letto con tuo figlio...» protestò.

L'uomo perse le staffe. Si avvicinò per schiaffeggiarla. Poi la prese e la buttò sul letto come un sacco di patate prima di gettarsi addosso a lei come un animale selvaggio sulla preda. Le strappò letteralmente i vestiti, la fece soffrire, la umiliò, la usò come si usa una pattumiera. A dispetto dell'età, Charlie possedeva ancora un vigore inusitato, adesso alimentato dalla rabbia, e Linda temette che quel martirio non finisse mai. Aveva battuto per tre anni i marciapiedi di tutta Chicago e nessun cliente l'aveva mai trattata in quel modo. Quando gli uomini di Giotto l'avevano presa per farla lavorare in uno dei locali notturni controllati dal capo, aveva creduto di aver trovato il paradiso.

Linda rimase immobile finché il respiro pesante dell'uomo segnalò che si era addormentato. Si alzò a fatica, andò in bagno e la propria immagine riflessa nello specchio la fece gridare per il terrore. Aveva le labbra ferite e insanguinate, il corpo pieno di escoriazioni e di lividi, la pelle che restituiva l'odore disgustoso di Charlie. Si chinò sul lavabo e svuotò lo stomaco. Era madida di sudore, pallida e sconvolta, ma adesso sapeva quello che doveva fare. Doveva tornare in Kansas, al villaggio da cui era scappata un giorno alla ricerca di fortuna: era l'ultimo rifugio per ritrovare se stessa. Dei genitori non aveva notizie da molto tempo, ma intendeva chiedere perdono e supplicarli di riprenderla con loro. Forse un giorno sarebbe persino riuscita a sposarsi e ad avere dei figli. Perché no? L'importante era evadere dall'inferno di Chicago e della famiglia Giotto.

Uscì in punta di piedi dalla stanza. Salì in macchina e scomparve proprio mentre l'aurora tingeva il cielo di rosa.

Concentrato sulla guida Frank non notava la bellezza del paesaggio intorno a lui. Una soffice coltre di neve aveva ricoperto le strade, i tetti e gli alberi. Il pensiero correva più in fretta della macchina. La notte precedente aveva ricevuto il colpo di grazia. Con Linda si era sempre divertito, invece la compagnia della ragazza aveva avuto l'unico effetto di fargli percepire più straziante il desiderio di Lin.

Da quella sera non si erano più sentiti. Lei non aveva dato segni di vita e neppure lui l'aveva chiamata né aveva pensato di inviarle un mazzo di fiori. Sapeva che, se avesse imboccato la strada che gli si apriva davanti, non sarebbe più potuto tornare indietro e la prospettiva lo terrorizzava. Era la prima volta che provava un sentimento del genere per una ragazza, che, in più, non era ancora passata dal suo letto. A fargli perdere la testa erano state appunto l'innocenza di Lin e la sua purezza verginale, cose per lui completamente nuove. Per tutta la vita si era sempre accontentato della compagnia di professioniste dell'amore, che davano tutto in cambio di un buon compenso in denaro. Con Lin invece le cose sarebbero state diverse. Si rendeva conto che con lei, oltre ai corpi, a parlare sarebbero state soprattutto le anime, e lui non era sicuro di essere pronto. Queste riflessioni non le aveva mai condivise con nessuno. Rimasto orfano di madre a cinque anni, era stato allevato da un padre severo e a tratti persino crudele, che non lasciava spazio ad alcun sentimentalismo. Un'ulteriore preoccupazione riguardava la natura della loro attività, della quale Lin sarebbe sempre dovuta rimanere all'oscuro. Con la mafia non si scherza né è possibile parlare a cuor leggero.

Per la prima volta si diede un'occhiata intorno per capire dove si trovava. Si sentì sgomento quando capì di essere arrivato proprio davanti alla casa di lei. L'indirizzo glielo aveva dato Bowden. Sorrise pensando alla situazione fortunata e favorita dal suo inconscio: Magdalinì era appena uscita di casa per fare una passeggiata. Il cuore aveva cominciato a battere all'impazzata e per riprendere il controllo Frank fece dei lunghi respiri, arrabbiato con se stesso.

Magdalinì intanto si era allontanata nella direzione opposta muovendosi leggiadra come una danzatrice.

Avviò la macchina a passo d'uomo e qualche istante dopo le fu accanto. Lei si voltò, pensando che fosse qualcuno in cerca di informazioni stradali. Lui scese dalla vettura, fissò lo sguardo sulle ciocche bionde che le uscivano dal berretto e sulle guance rosse, e pensò che era ancora più bella della sera del ricevimento.

«Ah, sei tu! Come mai da queste parti?» lo salutò ridendo.

«Ti stavo aspettando. Hai qualche appuntamento o sei uscita a prendere una boccata d'aria?»

«No, niente appuntamenti, volevo soltanto fare quattro passi nella neve.»

«Vuoi che ti faccia compagnia? Non ho mai passeggiato nella neve.»

«Davvero? Allora ti sei sempre perso il suo profumo meraviglioso.»

«Non sapevo che la neve profuma» commentò lui sorridendo.

«Be', in effetti a Chicago non profuma granché» ammise Magdalinì. «Al mio villaggio invece tutto ha un profumo meraviglioso, soprattutto quando cade la neve. La montagna sopra casa nostra sembra che respiri. Ed è proprio questo respiro gelato che volevo ritrovare.»

Gli occhi della ragazza erano carichi di nostalgia e con un gesto istintivo Frank sollevò la mano per sfiorarle la guancia gelata. Magdalinì gli rivolse uno sguardo imbarazzato.

«Scusa, mi sono lasciata trascinare dai ricordi» riprese. «Che ne dici di fare quattro passi? Fa freddo e rischiamo di trasformarci in due ghiaccioli» scherzò.

Camminando al suo fianco, Frank le chiese di descriverle il villaggio in cui era nata. Magdalinì soddisfece di buon grado la sua curiosità con una voce morbida che suonava carezzevole alle orecchie del ragazzo. Lui la guardava di sottecchi mentre parlava delle sorelle, della madre e della nonna. In quelle parole non si tradiva alcun coinvolgimento particolare, Magdalinì parlava come se fosse un normale amico incontrato per caso. Dal canto suo, Frank per la prima volta ascoltava con attenzione una donna. Nonostante le decine di amanti che aveva avuto, non aveva mai cercato di comprendere meglio le donne, di approfondirne la psicologia. Intanto Magdalinì si sforzava di comportarsi con la massima naturalezza possibile. Quando l'aveva visto, il cuore aveva cominciato a battere all'impazzata, ma cercava in tutti i modi di non tradire i sentimenti che provava e aveva trovato un'ancora di salvezza nella descrizione del passato. Il ricordo della madre fungeva da scudo per proteggersi da qualcosa che paventava e che nel contempo bramava con tutta se stessa.

D'un tratto si fermò in silenzio e si voltò a guardare Frank. «Scusami se ti ho annoiato» disse timidamente.

«Non mi hai annoiato affatto, al contrario. Ho notato tanta passione e nostalgia nelle tue parole, e mi domando per quale motivo hai lasciato un posto così bello per venire a stabilirti qui.»

«Questa è una lunga storia e temo che se te la raccontassi finiremmo davvero congelati. Che ne diresti di tornare indietro?»

«No!» si lasciò sfuggire Frank, desideroso di stare ancora un po' con lei. «Un isolato più avanti c'è una caffetteria, ti va una bella cioccolata calda?»

Magdalinì ebbe un istante di esitazione ma alla fine annuì e lui tornò a respirare. Entrarono nel locale e si sedettero. Le due cioccolate arrivarono, ma all'improvviso l'imbarazzo ebbe il sopravvento e i due giovani tacquero con lo sguardo fisso sulle rispettive tazze.

«Adesso che siamo al calduccio, con le nostre cioccolate, ti andrebbe di raccontarmi come mai hai deciso di trasferirti a Chicago?» le domandò riprendendo il filo del discorso.

«Perché sono una sciocca, suppongo» rispose Magdalinì a voce bassa. «Il villaggio dove vivevo era piccolo e senza prospettive, avevo voglia di conoscere persone e posti nuovi, le mie sorelle erano già andate via e mia zia Anna mi ha offerto qualcosa di diverso.»

«Ti piace l'America?»

«Dicono che sia il paese delle occasioni, della ricchezza... A me però sembra soprattutto il paese della solitudine. Sono sempre tutti di corsa, nessuno ha il tempo di parlare, di condividere, di tirare un po' il fiato. Chicago poi mi ricorda un vulcano.»

«In che senso?»

«Nel senso che i vulcani visti da fuori sembrano montagne come tutte le altre, ma all'interno scorre lava infuocata pronta a venire in superficie. Sui giornali leggo notizie terribili. A quanto pare la città è controllata dalla mafia, persino i politici sono collusi con il crimine organizzato. Per non parlare degli omicidi, che sono all'ordine del giorno. Tutti sanno come stanno le cose eppure nessuno fa niente per migliorare la situazione, e questo mi sembra pazzesco.»

Frank tossicchiò per l'imbarazzo e bevve un sorso di cioccolata. Magdalinì si adombrò.

«C'è qualcosa che non va?» gli domandò preoccupata. «Ho forse detto qualcosa di male?»

«No, certo che no, mi è soltanto andata la saliva di traverso. Quello che dici è giusto, ma non dimenticare che riguarda la malavita. Noi non c'entriamo niente.»

«Credi? Quando la corruzione è così profonda nessuno ha il diritto di chiamarsi fuori. È questione di fiducia. Vedi una persona perbene e ti domandi se le cose stanno davvero così o se si tratta soltanto di una copertura.»

«E allora perché non torni indietro?» replicò Frank.

«Non so...» rispose Magdalinì in tono tra il mesto e il rassegnato.

Lui le prese la mano. Tremava appena e se la portò alle labbra senza pensarci due volte. Tra loro sembrò scoccare una scintilla. Le ciglia coprirono di nuovo gli occhi dorati mentre lui puntava lo sguardo sulle labbra dischiuse della ragazza. Il desiderio di baciarle gli fece ribollire il sangue nelle vene.

«Lin...» sussurrò. «Volevo sapere se... anche tu provi quello che provo io.»

Non gli chiese spiegazioni, lo ritenne superfluo. Si limitò ad annuire. Gli occhi le si inumidirono. «Ho paura...» balbettò con la voce querula di una bambina.

«Qualsiasi cosa accada io non ti tradirò mai, te lo giuro» dichiarò lui in tono solenne. «Permettimi soltanto di starti vicino. Ho bisogno di sapere che sei mia, altrimenti crederò di impazzire.»

La riaccompagnò a casa. Il buio era calato da un pezzo e aveva ricominciato a nevicare: i fiocchi, impalpabili e delicati come candide farfalle, si posavano sui capelli e sulle spalle svanendo un istante dopo alla stregua di stelle cadenti, che brillano prima di essere inghiottite nelle tenebre. Alla fine quello che ne restava era una semplice gocciolina. Frank e Magdalinì si scambiarono un rapido sguardo. L'attrazione che provavano era irresistibile, e nel giro di qualche istante si abbracciarono e le labbra si sfiorarono. Lui la baciò, all'inizio con tenerezza, poi in modo sempre più appassionato e profondo, come se volesse assorbirla dentro di sé. Quando si scostarono erano entrambi sfiniti, ma nel contempo ancora vibranti di desiderio.

«Quando ci rivedremo?» le domandò.

«Quando vuoi tu» gli rispose teneramente.

«Domani sera. Passo a prenderti e ti porto a cena fuori» le disse sforzandosi di non perdere il controllo della voce. «Spero che i tuoi zii non abbiano nulla in contrario.»

«Non credo, perché dovrebbero?»

«A domani allora» ripeté chinandosi ancora una volta sulle labbra della ragazza, ma questa volta decise di trattenersi. Si scambiarono soltanto un bacio della buonanotte.

Frank si diresse verso la macchina, ma a ogni passo avrebbe voluto tornare indietro, prendere Magdalinì tra le braccia e fare l'amore con lei sulla neve. Era sudato, tremava per il freddo e gli pareva di avere la febbre. Salì in macchina, mise in moto e ripartì.

Prima di rientrare in casa, Magdalinì rimase a guardare i fari posteriori dell'automobile che svanivano nella caligine. Ne approfittò per calmarsi, non voleva che la zia la vedesse in quello stato di eccitazione. Sì, era innamorata e constatarlo la riempiva di gioia e nel contempo di terrore per le sensazioni inaudite che provava. Tra le braccia di Frank si era sentita per la prima volta presente a se stessa, viva e felice come mai lo era stata prima.

Aprì la porta e lesse l'angoscia nel volto della zia. «Misericordia, Magdalinì, si può sapere dove sei stata?» gridò quando la vide. «Sono ben quattro ore che sei uscita!»

Magdalinì guardò l'orologio per trovare conferma alle parole della zia e sgranò gli occhi. Aveva ragione, il tempo era volato e non si era accorta di niente. «Scusa, zia...» balbettò imbarazzata. «Ho perso la cognizione del tempo.»

In quel momento Peter entrò nella stanza, ma lui sorrideva. «Buonasera, signorina. Dov'eri finita? Tua zia è stata molto in pensiero.»

«Sono uscita a fare quattro passi, ho incontrato per caso un amico e siamo andati a bere una cioccolata calda. Ci siamo messi a chiacchierare e non mi sono accorta del tempo che passava... Chiedo scusa...»

L'atteggiamento imbarazzato della ragazza indusse Anna a socchiudere gli occhi con diffidenza. «Chi è questo amico? Lo conosciamo?»

«Sì, si tratta di Frank...» rispose in modo goffo.

«Capisco, e immagino che si trovasse da queste parti per puro caso» la incalzò Anna con una punta di ironia.

Peter, che intanto aveva preso Magdalinì per le spalle, rispose alla moglie: «Annie, scusa sai, ma secondo me stai esagerando. In primo luogo Lin non ha fatto niente di male, è adulta e tu ti comporti con lei come se avesse quattordici anni. E poi Frank è un bravissimo ragazzo.»

«Consentimi di dubitarne.» Anna aveva un diavolo per capello e Magdalinì le rivolse uno sguardo meravigliato.

«Zia, c'è qualcosa che dovrei sapere? Forse Frank è...»

«Tesoro, tua zia è soltanto preoccupata per te» si intromise Peter. «Sei giovane e bella, e anche Frank lo è. In altre parole siete una coppia ideale e dall'alto della mia età dico che si vive una volta sola e ti consiglio di goderti l'amore!»

Magdalinì si avvicinò ad Anna, che la guardava malinconica. «Zia, sono innamorata...» cercò di giustificarsi. «Frank è il ragazzo che ho sempre sognato e credo che anche lui provi la stessa cosa per me. Cerca di capirmi.»

«Ti capisco fin troppo bene» le rispose con amarezza.

«Se mi capisci, allora riesci anche a essere felice per me?»

Anna la guardò con le lacrime agli occhi. La mano accarezzò con delicatezza i capelli della nipote e annuì. «Ti auguro di essere felice insieme a lui» mormorò. Poi aggiunse: «Ti consiglio soltanto di fare attenzione e di non avere fretta finché non l'avrai conosciuto meglio».

La sera successiva sembrava non arrivare mai. Le ore passavano lentamente, Magdalinì si sentiva un groppo alla gola e lo stomaco in subbuglio. Frank si presentò puntuale con due mazzi di fiori destinati alle signore. Peter gli versò un drink. Anna non notò nulla di strano nel comportamento del ragazzo a parte una certa ritrosia nei confronti di Peter. Quest'ultimo, al contrario, faceva di tutto per mettere a suo agio il ragazzo, cosa che accadeva piuttosto di rado. Dopo circa mezz'ora Magdalinì e Frank uscirono, seguiti poco dopo da Peter che aveva un appuntamento di lavoro. Anna rimase sola con i suoi timori e le sue preoccupazioni.

Frank aveva prenotato un tavolo in uno dei ristoranti più eleganti della città. Anche se avrebbe preferito qualcosa di più intimo e meno formale, Magdalinì non disse nulla a Frank, che per tutta la serata fu un cavaliere impeccabile. A un certo punto si alzarono a ballare e il respiro irregolare di lui le rivelò quello che il suo cuore voleva sentirsi dire.

Peter entrò nello studio di Bowden, che lo accolse con un sorriso caloroso e un bicchiere di whisky.

«Allora, amico mio, credo che possiamo brindare al nostro successo» annunciò trionfante dopo che si furono seduti.

«Sì, il pesce ha abboccato all'amo. Non che mi aspettassi niente di diverso con un'esca del genere.»

«Matthew, vorrei dirti che non mi sento del tutto a posto con la coscienza...»

«Sciocchezze. Piuttosto dovresti essermi riconoscente. Grazie a Frank, Charlie non costituisce più un pericolo per noi.»

«In altre parole, il fine giustifica i mezzi.»

«A meno che tu non preferisca finire massacrato dagli uomini di Giotto.»

«E adesso? Che cosa succederà?»

«Innanzitutto abbiamo neutralizzato Giotto.»

«Non sa niente del figlio e di mia nipote?»

«Difficile che ne sia all'oscuro, ma credo che abbia deciso di aspettare. Frank è sempre stato un playboy e crederà che si tratti dell'ennesima avventura. Poi non dimenticare che Frank è ormai un uomo e non credo che Charlie vorrà ferirlo nell'orgoglio. Peter, siamo in una botte di ferro. Tra non molto la piazza di Chicago sarà soltanto nostra e proprio al momento giusto. Tra un mese arriva la merce e Charlie sarà troppo indaffarato con il figlio per metterci il bastone tra le ruote.»

«E di Lin che cosa ne sarà?»

«Niente, si godrà l'amore di un uomo ricco e potente, e tutti vivranno felici e contenti.»

«Sarà, ma una storia scritta dalla mafia mi sembra tutto tranne che una favola.»

«Ti sbagli. Pensa a tua moglie o alla mia. Il segreto per sopravvivere è restare all'oscuro di tutto e non c'è ragione al mondo per la quale Lin debba venire a sapere degli affari del suo innamorato.»

«Non ne sono così sicuro… Comunque, a parte l'incolumità, è del carattere di Frank che mi preoccupo.»

«Peter, amico mio, cerca di stare tranquillo. Frank è troppo innamorato di tua nipote per farle del male. Tra non molto deciderà persino di sposarla e lei farà i salti di gioia. Dammi retta, Peter. Tua nipote è una ragazza acqua e sapone, e Frank non riuscirà a resistere dopo tanti anni di vita dissoluta. E sarà proprio questo a farlo cadere in trappola e a consegnarcelo legato come un salame.»

«Mi domando soltanto com'è possibile che Frank non abbia mai sentito parlare di me.»

«Finora ci siamo sempre occupati di affari secondari e non abbiamo mai pestato i piedi a Charlie. Ai suoi occhi siamo soltanto dei moscerini ed è improbabile che gli abbia parlato di noi. E sono sicuro che ti ha fatto pedinare più per tenere sotto controllo le mosse del figlio che per sapere quello che fai tu. Ma adesso le cose sono destinate a cambiare. Presto il gioco si farà duro e se Frank non si fosse incapricciato di tua nipote, per noi sarebbe stato un bel guaio. Per fortuna le cose sono andate come sono andate, e a noi non resta che brindare al successo.»

Frank trascorse le serate successive in compagnia di Magdalinì. Il padre del ragazzo continuava a non sapere esattamente cosa avvenisse alle sue spalle, ma per sicurezza aveva sguinzagliato un paio di scagnozzi alle calcagna del figlio. Le informazioni che ne riceveva erano contradditorie. Per la prima volta non sapeva come reagire però aveva la sensazione di perdere tempo prezioso. A un certo punto aveva pensato di fare quattro chiacchiere con Frank, ma aveva subito abbandonato l'idea: non voleva ferirlo nell'orgoglio e d'altra parte la storia con quella ragazza non gli sembrava destinata a durare. Tuttavia c'era qualcosa che lo lasciava perplesso: non l'aveva ancora portata a letto e questo non era da Frank. Le fotografie scattate dai suoi uomini rivelavano una ragazza di rara bellezza. Possibile che… Il figlio non aveva mai avuto coinvolgimenti sentimentali con nessuna delle sue numerose amanti, eppure adesso lui e Lin si limitavano a frequentare i ristoranti e al massimo qualche locale notturno. Uscivano presto e non rientravano mai troppo tardi, e quando lui la riaccompagnava a casa, si trattenevano insieme solo il tempo di salutarsi.

Forse era giunto il momento di dire tutto a Frank e rivelargli l'identità della ragazza di cui si era innamorato. I suoi informatori gli avevano parlato di un carico di merce atteso da lì a qualche settimana e, se Peter fosse riuscito a metterci sopra le mani, questo avrebbe significato la fine del monopolio per la famiglia Giotto. Peter era un pesce piccolo e Charlie dubitava che agisse per conto proprio: sospettava che alle spalle ci fosse uno degli avversari storici del distretto occidentale, deciso a sfidare la sua autorità.

Frank parcheggiò come al solito davanti a casa di Lin e spense il motore. Quello era sempre il momento più difficile. Doveva congedarsi da lei nel modo più formale possibile, doveva trattenere la passione e limitarsi a qualche bacio, anche se desiderava ben altro.

«Siamo arrivati» le disse con dolcezza.

«Sì…» rispose lei con una strana apprensione nella voce.

«A domani allora.»

«No, non credo» dichiarò seccamente Magdalinì. «Ci frequentiamo da un mese e finora non abbiamo fatto altro che girare tutti i ristoranti e i locali notturni di Chicago, anche se ho cercato di farti capire che non sono di mio gradimento.»

«Non capisco, Lin, dove vorresti che ti portassi?» replicò con una punta di amarezza.

«In qualche posto più tranquillo, dove sia possibile chiacchierare e conoscerci meglio.»

«Ma è proprio quello che cerco di evitare! Non ti sei accorta degli sforzi che faccio per non…»

«Per non cosa?» lo interruppe.

«Lin, per favore, cerca di capire» riprese Frank. «Se escogito mille modi per non restare solo con te è soltanto per non spaventarti. La notte ti immagino nuda tra le mie braccia e mi viene voglia di sbattere la testa contro il muro.»

«Esattamente la cosa che provo anch'io.»

Frank la guardò stupefatto. Era senza fiato. Le mani si mossero verso di lei entrando in contatto con il corpo di Magdalinì che gli era venuto incontro, e il profumo dei suoi capelli lo travolse come una folata inebriante. La sentì tremare, ma prima di perdere il controllo fece violenza su se stesso e si ritrasse.

«Lin… Sei sicura?» domandò.

Lei annuì. Frank rimise in moto e scomparvero nella notte. Sapeva dove andare. Aveva acquistato un piccolo appartamentino all'insaputa di tutti, persino del padre, e lo usava come pied-à-terre. Parcheggiò e di corsa salirono le scale. Frank non accese le luci, la prese in braccio come fosse un carico prezioso e la condusse in camera da letto. Nel silenzio assoluto si udiva soltanto il loro respiro rapido e affannoso.

Si chinò a baciarla con devozione, con timore reverenziale. Adesso che il sogno d'amore, adesso che le fantasticherie di cui lei era protagonista stavano per diventare realtà, si sentiva fremere d'impazienza. Le labbra carezzavano l'eburneo collo, la cui morbidezza setosa aveva sognato decine di volte. Le sfilò il vestito lasciandolo scivolare sul pavimento. Il corpo di Magdalinì emanava una luce che squarciava le tenebre della stanza. Le labbra di Frank seguirono le mani in un viaggio inebriante lungo il corpo di lei, navi su un pelago agitato da una burrasca d'amore in cui lui voleva annegare. Provava una sensazione di evanescenza, come se si fosse trasformato in un velo trasparente pronto ad aderire alle forme flessuose di lei.

Le imprigionò il volto tra le mani, i suoi occhi incontrarono l'adorazione in quelli di lei. «Ti amo...» le disse con una solennità simile a quella di un giuramento.

«Anch'io...» rispose lei con voce melodiosa.

Volle liberarla dal suo peso, ma lei lo trattenne.

«Non andartene» mormorò. «Il tuo posto è qui... e il mio è tra le tue braccia.»

Anna era sull'orlo di una crisi di nervi. Era notte fonda e Magdalinì non era ancora rincasata. Il marito cercava invano di farla ragionare.

«Tesoro, calmati. Sono certo che non è successo niente di male. A meno che tu consideri un male...»

«Che cosa vuoi dire?»

«Ma... tesoro mio, pensaci un secondo. Sono giovani e molto innamorati, e finora, a quanto sappiamo, Frank si è comportato da vero gentiluomo. Adesso però deve essere finalmente giunto il momento tanto sospirato e il mio consiglio è di far finta di niente per non mettere in imbarazzo Lin.»

«Quindi va tutto bene ed è tutto a posto.»

«Infatti. Spetta soltanto a Lin decidere se vorrà dirti qualcosa.»

«Sai che cosa penso sempre più spesso ultimamente? Che se non avessi proposto a Magdalinì di venire con me in America, a quest'ora forse sarebbe sposata con qualche giovanotto del villaggio, avrebbe dei marmocchi e vivrebbe tranquilla e serena la sua vita.»

«Tranquilla, serena e annoiata» aggiunse Peter. «Se Lin avesse voluto una cosa del genere, non ti avrebbe seguito, non credi?»

«Mi ha seguito perché voleva iscriversi all'università, ed è l'unica cosa che non ha fatto.»

«Non siamo stati certo noi a impedirglielo» protestò il marito. «Per favore, Annie! Non riesco a capire perché reagisci così. Frank è innamorato di tua nipote. O forse dubiti anche di questo?»

«No» dovette ammettere. «Soltanto un cieco non si accorgerebbe che Frank è pazzo di lei. Però di lui non sappiamo nulla. Se almeno fosse il figlio di uno dei nostri amici…»

«Tesoro, lo sai bene che al cuore non si comanda. Lin si è innamorata di Frank e a te non rimane che rassegnarti.»

«Temo di non poter fare diversamente…» mormorò la moglie.

Magdalinì si rigirò tra le braccia di Frank che la tenevano stretta e lui si svegliò subito. Dato il tipo di vita che conduceva, aveva l'abitudine di non dormire mai profondamente.

«Amore, sei sveglia?» domandò.

«Sì… che ore sono?»

«Quasi le cinque.»

Magdalinì sobbalzò sul letto come se l'avesse colpita una scarica elettrica. «Dio mio, devo tornare a casa! Gli zii saranno sconvolti dall'angoscia!»

«Non preoccuparti, sarai lì nel giro di venti minuti. Tua zia non sembra trovarmi particolarmente simpatico...»

«Ti prego di non fraintenderla. Mi vuole molto bene e si preoccupa per me.»

«Non la fraintendo affatto. Al contrario la stimo molto e ci terrei alla sua approvazione. Sai, mia madre è morta quando ero molto piccolo.»

Magdalinì lo osservò. Si conoscevano da un mese e quella era la prima volta che lasciava trapelare un'informazione personale. Di solito, se gli chiedeva notizie sulla sua famiglia, lui cambiava subito discorso e Magdalinì preferiva non insistere. La madre diceva sempre che l'anima di ciascun uomo è come uno scrigno chiuso con un grosso lucchetto. Per aprirlo ci vuole una chiave, ma bisogna provarne migliaia prima di trovare quella giusta e occorre molto, molto tempo. Chi si muove in modo frettoloso o indelicato rischia di spezzare il lucchetto o di danneggiare lo scrigno, e anche il contenuto potrebbe volatilizzarsi per sempre. Per scoprirne i segreti, invece, ci vogliono molta pazienza e perseveranza.

«Ti ricordi di lei?» si azzardò a chiedergli.

«Non molto. Ricordo soltanto che era una donna molto dolce e affettuosa, e la sensazione di sicurezza che provavo quando mi stringeva tra le braccia.»

«E tuo padre? Anche lui avrà sofferto molto per la scomparsa prematura della moglie.»

«Lin, mio padre è un uomo scostante e severo. L'unica gioia che prova è terrorizzare tutti coloro che gli stanno intorno.»

Magdalinì sorrise e incrociò lo sguardo sorpreso di Frank. «A quanto pare noi due abbiamo anche altre cose in comune» osservò. «La descrizione di tuo padre mi ricorda mio nonno. Mia madre diceva di non averlo mai visto sorridere, aveva sempre un'espressione arcigna, non era mai contento di niente e si lamentava in continuazione. Le mie sorelle e io ne avevamo una paura matta, a parte mia sorella Iulìa. Era la sua nipote preferita e l'unica a cui consentisse di star seduta sulle sue ginocchia.»

Frank sorrise. Era meglio lasciarla all'oscuro. Non esisteva una probabilità su un milione che il nonno della ragazza somigliasse neppure alla lontana a Charlie Giotto, uno dei boss più potenti della mafia americana. Andare a caccia o sgridare le nipoti non era nulla rispetto ai crimini efferati commessi dal padre, molto spesso per futili motivi. O ai crimini commessi da lui... Fu una vocina interiore a bisbigliarglielo. Da molto tempo si era rassegnato all'idea di avere una doppia personalità. La prima apparteneva al Frank amante adorato, pronto a soddisfare ogni richiesta della ragazza che aveva davanti e a renderla felice. La seconda rappresentava il lato oscuro, quello che gli consentiva di amministrare con pugno di ferro l'«impresa familiare» di comportarsi con durezza e all'occorrenza di spargere sangue senza esitazione.

La fece salire in macchina e la riportò a casa. Lei scese dalla vettura e lui aspettò che scomparisse dietro la porta. Poi mise in marcia e se ne andò fischiettando. Era stata la notte più bella della sua vita. Quella creatura era la cosa migliore che gli fosse mai capitata. Dopo i magici istanti che gli aveva regalato, poteva affermare di esserne diventato schiavo. Sempre fischiettando rincasò, ma rimase impietrito quando vide il padre che lo aspettava seduto su una poltrona. L'aria era impregnata dell'odore del sigaro, il che voleva dire che si trovava lì già da molto tempo.

«Charlie, come mai sei ancora sveglio?» domandò. Già da molti anni lo chiamava per nome: più che suo padre era soprattutto il suo socio d'affari.

«Ti stavo aspettando» rispose lui.

«Questo lo vedo... Quello che voglio sapere è perché. Non è da te restare sveglio come una madre protettiva.»

«Ho bisogno di parlarti.»

«Non potevi aspettare domattina?»

«È già mattina, Frank. Adesso siediti perché quello che ho da dirti è una cosa molto seria.»

Il giovane uomo si versò da bere e poi si sedette di fronte al padre.

«So che da qualche tempo frequenti una ragazza… E so che non è una di quelle.»

«Mi hai fatto pedinare?»

«Diciamo di sì.»

«Come mai a un tratto sei interessato alle mie frequentazioni? Per tardivo senso del dovere o per sollecitudine paterna?»

«Né per l'una né per l'altra cosa. Ti ho tirato su come un padre deve tirare su un figlio destinato a diventarne l'erede. Ma a quanto pare ho fallito: non sono riuscito a renderti abbastanza furbo.»

«Charlie, se hai qualcosa da dirmi, sbrigati. Sono stanco e vorrei riposare un po'.»

«Conosci un certo Peter Carver?»

«Sì… Cioè…»

«È un immigrato greco di terza o quarta generazione. È sposato con una greca del suo stesso villaggio e si sono trasferiti qui.»

«Perché mi dici queste cose? Che cosa m'importa della storia degli zii di Lin?»

«Ancora un minuto e capirai tutto.»

«Se il tuo problema è Lin, non ti permetto di pronunciarne neanche il nome.»

«Guarda, guarda… Mio figlio si è innamorato.»

«All'improvviso sono diventato di nuovo tuo figlio. In ogni caso, non voglio che tu metta il naso nella mia vita privata.»

Gli occhi di Frank erano iniettati di sangue, ma Charlie lo interruppe con un gesto della mano. «Non aver fretta! I Carver non sono mai riusciti a diventare veramente ricchi. Manovali erano e manovali sono rimasti. Peter però non manca di intelligenza. Quando si è reso conto che per diventare ricchi non basta lavorare, ha deciso di fare un salto di qualità. Si è dato al contrabbando e devo ammettere che l'ho sottovalutato. Invece di considerarlo un avversario all'altezza e toglierlo di mezzo, l'ho lasciato crescere e prosperare. L'anno scorso Peter ha conosciuto Matthew Bowden e da allora sono diventati amici inseparabili. Si sono messi in società, Bowden ha fatto da tramite fra Carver e altri come noi, e il risultato è che ha puntato gli occhi su un carico di cocaina il cui arrivo è atteso nei prossimi giorni qui a Chicago.»

Frank rimase immobile come una statua di sale, incapace di credere alle parole del padre. «Stai forse dicendo che Peter ha fondato una cosca mafiosa?»

«Esatto, e per giunta senza la mia approvazione. Che te ne pare?»

«Incredibile.»

«Ma non finisce qui. Bowden, che è una vecchia volpe, ha capito che non sarei rimasto con le mani in mano. Intanto Peter si è reso conto di essere pedinato dai miei uomini e ha assunto delle guardie del corpo per proteggere se stesso, la moglie e la tua amante. Ma Bowden sa che, se volessi, mi sbarazzerei di tutti loro con o senza guardie del corpo, così ha ordito un piano più sottile: usare te per neutralizzare me, facendoti conoscere la nipote di Carver.»

«Ehi, aspetta un momento. Che cosa vuoi dire? Che Lin…»

«Proprio così! Lin è l'esca che ti hanno gettato per prenderti all'amo e tu hai abboccato come un idiota! Hai capito, adesso? Il tuo amore per la nipotina è la loro assicurazione sulla vita.»

Frank svuotò tutto d'un fiato il bicchiere e si alzò per riempirlo di nuovo. Si sentiva scoppiare la testa. «Lei lo sa?» domandò trattenendo il respiro in attesa della risposta.

«Da quello che so… no. Anche lei è una pedina nelle mani di Carver e di Bowden. Hanno scommesso come si scommette su un cavallo da corsa. E hanno vinto correndo un grosso rischio. Nel giro si dice che se il piano fosse fallito, erano pronti a farmi fuori in un attentato. Hai capito adesso?»

«Ho capito benissimo. E ora che cosa vorresti che facessi?»

«Che ti comportassi con astuzia. Cerca di scoprire tutte le informazioni che puoi in merito al carico che sta per arrivare e noi penseremo al resto. I giornali parleranno dell'ennesimo episodio sanguinoso nella guerra di mafia, Peter apparterrà finalmente al passato e noi ci impadroniremo della roba per rivenderla al miglior offerente. Questa storia servirà anche da ammonimento per chiunque in futuro si illudesse di metterci il bastone tra le gambe. Quanto alla tua amante, divertiti più che puoi ma sappi che non dovremo lasciare in giro alcun testimone. A meno che non dimostri di voler collaborare. Linda è scomparsa dalla circolazione e abbiamo bisogno di qualcuna che la sostituisca.»

Frank guardò il padre e per la prima volta Charlie si sentì in imbarazzo. Si sistemò sulla poltrona. Il silenzio nella stanza faceva scoppiare le orecchie. Il figlio vuotò anche il secondo bicchiere e si alzò per riempirlo di nuovo. «Allora» riprese con voce alterata. «Adesso ti dico io quello che bisogna fare, e per favore non sognarti neanche di cambiare una virgola se non vuoi che per la prima volta nella storia della mafia il figlio tolga di mezzo il padre.»

Charlie fece per alzarsi ma lo sguardo del figlio lo bloccò.

«Sono stato a sentirti» continuò Frank con voce simile a un rantolo. «Adesso tocca a te ascoltarmi. E tieni presente che la tua vita dipende dalle mie parole.»

«Osi minacciarmi?» replicò Charlie con il volto paonazzo.

«Caro papà, la mia è molto più di una minaccia» gli rispose. «Lin l'amo più della mia vita.»

«Anche adesso che conosci la verità?»

«Soprattutto adesso! Lin è soltanto una vittima innocente, proprio come sua zia. È una ragazza straordinaria e mi ritengo molto fortunato ad averla conosciuta. Non farti venire in mente di torcerle un capello, Charlie. Voglio proporre a Lin di sposarmi al più presto possibile. Le nostre due famiglie si uniranno in vincoli di parentela e tu prenderai Peter al tuo servizio. Per dimostrarti che non sono un idiota, andrò a fare due chiacchiere con Peter per proporgli un affare: un terzo del carico lo prenderemo noi per punirlo del piano ordito ai nostri danni e se rifiuta, si troverà con una pallottola piantata nel cervello. Quanto a Lin e ad Annie, non occorre che vengano a sapere niente, proprio come neanche mia madre sapeva niente dei tuoi affari. Sei soddisfatto?»

«Non riesco a crederci!»

«Peccato, perché è proprio quello che faremo.»

«E se mi rifiutassi?»

«Molto presto i giornali si occuperanno della morte del boss Charlie Giotto nell'ambito dell'ennesimo episodio della guerra di mafia.»

Charlie non fece in tempo a notare i movimenti del figlio. Vide soltanto la canna di una pistola che lo puntava. Fu uno shock. «Sei pronto a tutto...» si limitò a dire con voce strozzata. Nel frattempo il figlio gli aveva appoggiato la canna gelida sulla fronte.

«Dovresti considerarti fortunato di essere ancora vivo dopo quello che hai pensato di fare a Lin» dichiarò Frank. «Come ti ho detto, non ci metto nulla a spalancare le porte dell'inferno.»

«Che cosa vuoi dire?»

«Che al contrario di quello che credi, non sono affatto un idiota. So che all'inizio della tua carriera eri uno scagnozzo di Santo e so che sei stato tu a uccidere lui e anche Victor, che era destinato a succedergli, facendo credere a tutti che era stato Victor a uccidere Santo e che tu lo avevi vendicato.»

«Come diavolo fai a sapere queste cose? Eri soltanto un moccioso!»

«Hai sempre detto che non devo ignorare niente sul conto dei miei nemici.»

«Mi consideri un tuo nemico?»

«Meglio non toccare questo argomento, sono certo che te ne pentiresti. E adesso al lavoro. Stasera stessa chiederò la mano di Lin, ma prima andrò a fare quattro chiacchiere con il mio futuro zio. Quanto a te, rispolvera il galateo e preparati ad accogliere la famiglia di tua nuora. Ancora una cosa: voglio l'anello della mamma.»

«Frank, per favore, ripensaci. Non capisci che gli consegni il nostro clan su un piatto d'argento?»

«Sei invecchiato, Charlie!» esclamò Frank con sarcasmo. «Sei invecchiato e non riesci più a vedere quello che succede sotto il tuo stesso naso. Sono anni che hai il monopolio in città, prima o poi le cose sarebbero cambiate comunque. I clan occidentali sono sempre in agguato e un'alleanza è proprio quello che ci serve per rafforzarci. Tu, Carver e Bowden comincerete a farvi vedere sempre più spesso insieme, i giornali inizieranno a parlare di un grande sodalizio economico alle porte e chi di dovere saprà che cosa lo aspetta. Ancora una volta tutti resteranno ammirati dalla tua lungimiranza e tu ti prenderai un merito che non ti spetta. L'alleanza con Carver e Bowden ci permetterà anche di rifarci delle perdite subite a causa del contrabbando e di espandere la nostra influenza verso est. Ho saputo che Nick ha molti problemi a causa di un boss emergente di nome Hurley, Harley o qualcosa del genere. Grazie ai nostri due futuri alleati potremmo sbarazzarci del nuovo arrivato e piazzare un nostro avamposto. Come vedi, mentre tu ti occupavi di inezie, io ci ho dato dentro a lavorare.»

«Mi faresti il piacere di abbassare la pistola?» lo pregò Charlie. «Non so che cosa mi faccia star peggio: la pistola puntata contro di me o il fatto che sei tu a impugnarla.»

Frank obbedì. «Non mi hai lasciato molte alternative» mormorò senza tradire rimorsi. «E mi raccomando, non costringermi più a minacciarti. La prossima volta potrei distrarmi e premere per errore il grilletto.»

«Continui a minacciarmi.»

«Non mi hai ancora detto che cosa ne pensi del mio piano.»

«Penso che va benissimo! Sei contento adesso?» gridò Charlie mentre si alzava. Prima di uscire dalla stanza rivolse un'occhiata al figlio. «In fin dei conti non hai tutti i torti. Comincio a invecchiare e non sono più in grado di giudicare le persone. Neanche mio figlio sono riuscito a giudicare...»

Uscì chiudendosi la porta alle spalle e Frank si lasciò cadere sul letto come un sacco vuoto. Aveva detto e aveva fatto cose che forse non avrebbe potuto portare a compimento. Guardò la pistola. Qualche minuto prima non aveva esitato a usarla per minacciare il padre. Ma di Lin era innamorato, gli apparteneva e presto sarebbe diventata sua moglie. Questa era l'unica cosa che contava.

Magdalinì era la sposina più bella che si fosse mai vista. Una candida visione incoronata dal viso dolce e raggiante d'amore per lui. Peter sorrideva impettito al fianco della ragazza, mentre Anna non riusciva a nascondere la propria commozione. Nonostante le riserve che nutriva, quando Frank le aveva chiesto ufficialmente la mano della nipote lei l'aveva concessa volentieri: era chiaro infatti che il giovane ne era innamorato e che era riuscito a conquistarne la fiducia. Nell'istante in cui Magdalinì lasciava la mano di Peter per stringere quella di Frank, i due uomini si scambiarono uno sguardo il cui significato era chiaro soltanto a loro.

Qualche tempo prima Frank era andato a trovare Peter nel suo ufficio. Era una splendida giornata di primavera e Peter si era svegliato di buon umore. L'arrivo del carico era atteso da lì a tre giorni, i piccoli spacciatori erano stati allertati e il conto in banca si sarebbe riempito di una valanga di zeri. Si trattava del bottino più ingente degli ultimi anni e ringraziava Bowden di avergli aperto gli occhi. Dopo il controllo del piccolo contrabbando, quel colpo grosso era un notevole salto di qualità per lui. A partire da quel giorno la cupola lo avrebbe guardato con altri occhi, persino Charlie avrebbe dovuto rassegnarsi. Tuttavia la visita di Frank lo aveva messo in apprensione. Era stata la segretaria ad annunciarlo e prima che entrasse aveva fatto in tempo a liberarsi dell'espressione accigliata e a sfoderare il più cordiale dei sorrisi.

«Benvenuto!» aveva esclamato quando Frank aveva aperto la porta. L'espressione del ragazzo era indecifrabile. Si erano scambiati una stretta di mano e Frank si era accomodato sulla poltrona degli ospiti. Dopo aver dato un'occhiata intorno, si era rivolto a Peter, che non si era ancora seduto.

«La tua segretaria a che ora fa la pausa pranzo?» aveva domandato.

«Tra un'oretta, credo. Perché?»

«Dille di farla adesso. La nostra conversazione non deve avere testimoni, neppure casuali.»

Neppure per un istante Peter aveva pensato a opporre un rifiuto e qualche minuto dopo era seduto di fronte a Frank, con espressione perplessa.

«Che cosa succede, figliolo?» aveva domandato a sua volta.

«Figliolo è proprio la parola giusta. Tra poco diventeremo parenti. Ho intenzione di chiedere la mano di Lin» aveva dichiarato Frank in tono inespressivo.

Peter si sarebbe alzato per congratularsi se l'altro non l'avesse fermato con un gesto della mano.

«Quanta fretta... zio! Ho ancora molte cose da dirti.»

«Parla, ti ascolto» aveva balbettato Peter assediato da terribili presentimenti.

«Te lo ripeto, non aver fretta. Sei un uomo intelligente e voglio complimentarmi con te per il successo del piano che hai ordito con la complicità di Bowden.»

«Non capisco di che cosa parli.»

«Se mi interromperai ancora farò in modo che tu non possa pronunciare più il tuo nome.»

Peter aveva annuito, terrorizzato, e Frank aveva ripreso il filo del discorso.

«Dunque, stavo dicendo che volevo farti, anzi, farvi, i miei complimenti. Come avevi previsto e sperato, Lin e io ci siamo innamorati. Tralasciamo il fatto che è la storia più disgustosa e immorale in cui uno zio possa immischiare la nipote... Solo che vi è sfuggito un dettaglio: il fatto che il sottoscritto non è un idiota e che sono capace di tenere ben distinto il business dalla vita privata. Ti avrei già ucciso, ma siccome la tua morte sarebbe un vero strazio per Lin e per Annie, una vera signora per la quale nutro un rispetto infinito, al contrario di te, che sei un ignobile bastardo, ascolta quello che accadrà da adesso in poi. Stasera chiederò la mano di Lin e naturalmente nessuno avrà da obiettare. Il matrimonio verrà celebrato tra due mesi esatti. Il carico è atteso per martedì prossimo e ne esigo un terzo.»

«Ma...»

«Ti ho già detto di non interrompermi se non vuoi ritrovarti con una pallottola in fronte. Subito dopo, mio caro zio, tu e mio padre comincerete a farvi vedere in giro insieme per trasmettere il messaggio alla cupola. Da oggi in poi tutto quello che farete dovrà prima essere approvato da me e i profitti li divideremo in tre. Il vostro sarà un ruolo esclusivamente esecutivo agli ordini di mio padre e miei, e che non vi venga in mente di disobbedire. Non ho alcun problema a liberarmi di voi una volta per sempre. E occhio: la prossima volta che vi prenderete gioco di me sarà anche l'ultima.»

Peter era rimasto ad ascoltarlo con il volto contratto e la fronte imperlata di grosse gocce di sudore.

«A giudicare dal colorito del tuo viso, mi sembra che non ci sia bisogno di ripetere. Inutile dire che le signore non dovranno mai venire a sapere nulla del nostro accordo: ufficialmente saremo una famiglia felice e affiatata… unita, oltre che dall'affetto, anche dalla legge dell'omertà, caro zio Peter.»

Se n'era andato senza aggiungere altro, sicuro del suo trionfo. Peter, caduto nella sua stessa trappola, non si sarebbe mai aspettato che il tenero Frank si comportasse con la ferocia tipica dei Giotto. Avrebbe dovuto avvertire Matthew ma al momento gli mancava la forza di telefonargli. Quando lo aveva fatto, i due, consapevoli di non avere scelta, avevano sottoscritto il patto. All'indomani dell'incontro tra Frank e Peter, quest'ultimo e Matthew avevano ricevuto in regalo un paio di gemelli da polso in diamante recanti la scritta «Omertà.» Il carico era stato diviso in tre parti uguali, nelle settimane precedenti il matrimonio Peter, Frank e Charlie si erano fatti vedere spesso insieme, e dai giornali erano trapelate indiscrezioni riguardanti l'imminenza di un importante accordo commerciale.

La sera di quell'incontro, Frank si era recato a casa dei Carver, lieto di constatare che Peter, almeno fino a quel momento, era stato ai patti. Lo aveva salutato con la consueta cordialità ma nello sguardo dell'uomo aveva letto con chiarezza la paura, la stessa che aveva scorto fin troppe volte negli occhi delle sue vittime. Non poteva esserne sicuro al cento per cento, ma immaginava che quel pomeriggio i due soci avessero avuto un'accesa discussione e che Peter aveva trasmesso a Bowden il suo terrore.

Subito dopo Frank e Magdalinì si erano recati nell'appartamentino del giovane e, ancor prima di chiudere la porta, i due futuri sposi si erano gettati l'uno tra le braccia dell'altra.

«Come sono felice di rivederti!» aveva esclamato lei con una sfumatura infantile nella voce che aveva commosso Frank.

«Anch'io» aveva mormorato lui. «Lin, non riesco a stare lontano da te neppure qualche ora... Ti amo, ti adoro!»

Le labbra di lui avevano trovato quelle di lei, il corpo della ragazza era pronto ad accogliere il suo, il desiderio di Lin superava persino quello di Frank. Gli si era abbandonata con una devozione che lo aveva mandato in estasi, lasciandolo senza fiato avvinto al suo corpo nudo, ma nel contempo con un ardore che soltanto un nuovo tuffo nel pelago di Lin avrebbe potuto spegnere. Cercava di riprendere il controllo per farle la proposta ufficiale, l'anello della madre aspettava dentro la teca preziosa nella tasca interna della giacca, ma le splendide gambe di Lin lo avevano di nuovo avviluppato in una stretta irresistibile e le labbra ne esploravano il viso, le braccia gli facevano fremere la schiena di piacere, rimandando di continuo il momento. Lin lo faceva impazzire, quando si trovava con lei perdeva il lume della ragione, il corpo di lei era il paradiso capace di donargli la felicità assoluta.

L'anello di diamante era stato infilato nell'anulare di Lin soltanto qualche ora dopo e a quel punto lui si avvide che il suo bagliore non si poteva neppure lontanamente confrontare con la luce che scaturiva dagli occhi della ragazza e con la bellezza d'alabastro del suo corpo nudo. Alla vista di quello splendido monile Magdalinì era rimasta senza parole e gli aveva rivolto uno sguardo interrogativo.

«Che cos'è questo?» aveva domandato sottovoce.

«L'anello di mia madre. Lo portava sempre quando era viva.»

«Perché me lo dai?»

«Perché voglio che sia per te il simbolo del mio amore e della mia devozione eterne» le aveva risposto. «Lin, vuoi sposarmi? Sei la mia unica ragione di vita, sin dal primo istante che ti ho vista ho capito che soltanto accanto a te la mia esistenza avrebbe avuto un senso.»

Magdalinì lo aveva scrutato tra le lacrime che le tremolavano negli occhi. Nello sguardo di lui aveva cercato una verità nascosta, ma vi aveva scorto solo il rogo dell'amore che lo bruciava e la passione disperata che lo tormentava. Immediatamente si era rifugiata tra le sue braccia. Quando la pelle nuda di lei lo aveva sfiorato, Frank si era di nuovo sentito inebriare dal suo profumo. Senza ascoltarne le deboli proteste, aveva adagiato con delicatezza Lin sulla schiena per esplorarne gli angoli più nascosti. Come un'ape si era chinato su di lei per suggere il nettare del fiore che teneva tra le braccia, continuando finché non aveva percepito il corpo di lei perdere il controllo e spasimare per quel piacere supremo che soltanto lui era in grado di regalarle. Per la prima volta nella sua vita Frank si era reso conto che la gioia della sua compagna era più importante della sua. Infine aveva avvolto in un abbraccio Magdalinì, ancora tutta tremante.

Il giorno delle nozze il ricordo di quei momenti travolgenti lo imbarazzava. Non vedeva l'ora di rimanere solo con lei. Nei giorni precedenti il matrimonio Magdalinì lo aveva privato del suo abbraccio e adesso lui doveva compiere uno sforzo sovrumano per trattenersi. Lo consolavano soltanto il pensiero che, da quel giorno, avrebbero trascorso insieme il resto della vita e lo sguardo ardente di lei, carico di lacrime di felicità.

Al ricevimento che seguì alla cerimonia in chiesa, i due sposini si trattennero soltanto un paio d'ore. Avevano fretta e non si curavano di nasconderlo. Gli invitati compresero che due giovani innamorati hanno soltanto bisogno l'uno dell'altro e Anna si congedò dalla nipote con le lacrime agli occhi. Frank aveva organizzato un bellissimo viaggio di nozze in Europa di circa un mese e dovevano partire subito.

Frank aveva già impartito gli ordini necessari ai suoi uomini e a suo padre, così da non essere disturbato neppure per un imprevisto. Tutti ormai avevano capito che il nuovo boss era lui, Frank Giotto, e Charlie non sapeva se rallegrarsi di quella successione o se rammaricarsi per essersi lasciato spodestare. In nome del quieto vivere aveva scelto la prima alternativa, riconoscendo in cuor suo che Frank aveva dato uno slancio nuovo all'impresa di famiglia. Il loro clan godeva ormai di un'autorità indiscussa su tutto il territorio e il matrimonio con Lin era stato interpretato come una mossa geniale dagli altri membri della cupola, impensieriti dall'ascesa lenta ma costante di Peter Carver. Adesso potevano finalmente dormire sonni molto più tranquilli grazie al passaggio di consegne all'interno della famiglia Giotto: di sangue fresco c'era sempre bisogno e il giovane Frank aveva tutti i requisiti necessari. Compresa una moglie affascinante e raffinata, che ne rafforzava l'immagine rassicurante all'esterno e garantiva la copertura necessaria a celare i traffici. Frank era destinato a una carriera lunga e fortunata: su questo erano tutti pronti a scommettere.

Il viaggio di nozze fu una favola meravigliosa per i due sposini. Il ritorno in patria, previsto dopo circa un mese, fu rinviato di altre quattro settimane. A Chicago li attendeva la loro nuova vita, la routine quotidiana del matrimonio nella splendida villa di Frank. Alla fine ne varcarono la soglia, trovando il personale di servizio riunito al completo per augurare loro una vita prospera e felice. Magdalinì li salutò a uno a uno e ne approfittò per conoscerli.

Charlie li aspettava nello studio e quando entrarono si alzò per andare loro incontro. Baciò il figlio e la nuora, alla quale consegnò una cassetta. «All'interno ci sono i gioielli della mia defunta moglie, adesso ti spettano di diritto» aggiunse in tono distaccato.

Magdalinì osservò la cassetta e la strinse a sé prima di rivolgere al suocero uno sguardo commosso. «Grazie...» sussurrò con un groppo alla gola.

Subito dopo Frank mostrò la camera da letto alla moglie e Magdalinì si guardò intorno meravigliata.

«E pensare che quando sono venuta in America la mia stanza a casa degli zii mi era parsa enorme. Forse perché non avevo ancora visto questa» commentò felice.

«Tutto quello che non ti piace sei libera di cambiarlo. Non soltanto qui ma in tutta la casa, eccetto ovviamente che nello studio e nella camera da letto di mio padre.»

«Certo, Frank... A proposito, come devo chiamarlo? Pensi che gli farebbe piacere se lo chiamassi "papà"?»

«Meglio se lo chiami con il suo nome.»

«Ma...» balbettò Magdalinì imbarazzata. «Non mi viene naturale chiamarlo "Charlie" come se fossimo vecchi amici.»

«Fidati, non c'è nessun problema. E poi anch'io lo chiamo così.»

«Male! È tuo padre e gli devi portare rispetto. Non hai visto con che calore ci ha accolti in casa sua?»

«Questa casa apparteneva a mia madre e adesso appartiene a me. Charlie è sostanzialmente un ospite.»

«Frank!» lo rimproverò. «Che maniera è questa di trattare un uomo che mi ha persino regalato i gioielli della sua defunta moglie?»

Per alcuni istanti Frank si domandò se dovesse disilludere la moglie o lasciare che continuasse a credere alla favoletta di Charlie che, per amore della nuora, aveva deciso di regalarle i gioielli della moglie. Aveva soltanto cinque anni quando era rimasto orfano, ma da alcune mezze parole del personale di servizio e di altri parenti aveva capito che il matrimonio dei suoi genitori era stato felice soltanto per pochissimo tempo. Il carattere violento di Charlie da un lato e quello sensibile della madre dall'altro avevano contribuito al sostanziale naufragio della loro unione. Lui aveva subito cominciato a trascurarla, fino a ignorarla del tutto, mentre lei si struggeva d'infelicità ogni giorno che passava. Così Frank decise di serbare il segreto e di non avvelenare l'animo e il cuore di Magdalinì con verità scabrose. Per il momento Charlie non avrebbe creato problemi: prima di tornare aveva parlato con lui e gli aveva detto quello che doveva fare al loro arrivo per accogliere la nuora. Guardò Magdalinì, che aveva aperto il coperchio della cassetta e osservava estasiata i gioielli, come una bambina di fronte a nuovi giocattoli. Con sguardo colmo di tenerezza accarezzava i preziosi monili tempestati di perle e diamanti.

«Sono meravigliosi» commentò in tono ammirato. «Chissà com'era bella quando li indossava! Quanto avrei voluto vederla...»

«In salotto c'è un suo ritratto» rispose Frank.

La reazione di Magdalinì lo stupì. Lei corse subito fuori dalla stanza con la cassetta in mano, attraversò di corsa gli spazi enormi della casa e giunse in salotto, proprio di fronte al ritratto della madre di Frank. Rimase a lungo a guardare quella donna dal sorriso malinconico, raggiunta nel frattempo dal marito.

«Le somigli...» disse sottovoce.

«Eppure tutti dicono che sono il sosia di Charlie» ribatté Frank.

«Si sbagliano. Hai gli occhi di tuo padre, è vero, ma lo sguardo è quello di tua madre. E anche le labbra. E poi, guarda! Nel ritratto indossa questa collana di perle. Com'è bella!»

Frank sentì un tuffo al cuore. Tossicchiò per schiarirsi la gola e Magdalinì si voltò a guardarlo.

«Scusami se ti ho fatto venire brutti ricordi» balbettò lei.

«No, scusami tu. Sai, in questa casa è molto tempo che nessuno si è più occupato di mia madre. Anzi, la verità è che forse non se ne è mai occupato nessuno... neppure mio padre.»

«Frank, non essere irrispettoso!» lo riprese ancora una volta in tono di rimprovero. «E poi come fai a sapere che tipo di rapporto c'era tra i tuoi genitori?»

«Io so soltanto che sei una persona con un cuore d'oro» le disse abbracciandola.

Dal mattino successivo la vita cominciò a scorrere secondo i ritmi della quotidianità matrimoniale, ai quali Magdalinì era chiamata ad abituarsi al più presto. All'inizio Frank aveva temuto che la moglie si annoiasse a stare da sola in quell'enorme casa, proprio com'era accaduto alla madre, ma ben presto si rese conto che si sbagliava. Anche se ormai si comportava come una perfetta donna americana, Magdalinì non aveva smesso di essere una greca volitiva e appassionata, pronta a cimentarsi in qualunque sfida.

Per prima cosa, dopo che il suocero e il marito, fatta colazione, erano usciti per andare al lavoro, lei si diresse in cucina. Il personale, che in quel momento era in pausa, scattò in piedi per riceverne gli ordini, ma lei si servì da sola una tazza di caffè e si sedette a prenderlo assieme a loro.

«Mi rifiuto di prendere il caffè da sola, e poi ho intenzione di farmi raccontare da voi tutti i segreti di questa casa» spiegò.

All'inizio il personale di servizio provò un certo imbarazzo a muoversi insieme alla padrona di casa, tuttavia a poco a poco si abituarono alla sua presenza e al suo stile nella gestione della casa. Subito dopo si mise a fare il giro di tutte le camere, con l'eccezione delle stanze del suocero, prendendo appunti su un block-notes. La sera, a cena, Magdalinì era di ottimo umore. Frank notò che i vasi erano pieni di fiori, le posate erano diverse dal solito e anche il menù non aveva niente a che fare con quello a cui era abituato. Rivolse uno sguardo al padre, a sua volta incuriosito dai cambiamenti.

«Che razza di posate sono queste?» domandò Charlie, cercando di non usare un tono di rimprovero.

«Le ho trovate nel buffet» rispose la nuora in tono allegro. «Non lo sapevate? In casa ci sono dodici servizi per i pasti quotidiani e ben sedici per quelli ufficiali. Le tovaglie poi, non sono stata capace di contarle, anche se non capisco come mai ce ne sono così tante dal momento che sono tutte bianche. Non ce n'è neanche una colorata» concluse in tono malinconico.

«Tesoro, perché domani non vai ad acquistare delle tovaglie nuove?» le propose Frank con dolcezza.

Lei sorrise. «È proprio quello che ho intenzione di fare.»

Charlie evitò ogni commento e preferì dedicarsi alla pietanza che gli era stata servita. Non sopportava le persone sempre allegre e di buon umore, e ancor meno quelle che prendevano iniziative non richieste. Per non parlare dello spettacolo indecoroso offerto dal figlio, che si comportava come un adolescente innamorato.

«Mi hanno detto che stamattina sei andata in cucina» le disse Frank. Si erano alzati da tavola ed erano andati a bere il caffè in salotto, mentre Charlie si era ritirato nello studio.

«Sì, volevo conoscere il personale di servizio e avevo bisogno di alcune informazioni. Come mai me lo chiedi?»

«Chissà che sorpresa è stata per loro.»

Magdalinì guardò il marito, poi si raddrizzò sulla poltrona e disse:

«Senti, Frank, adesso che siamo ancora all'inizio volevo mettere alcune cose in chiaro. In casa di mia zia non mi lasciavano fare niente, ma non era casa mia e non potevo protestare perché non volevo interferire con le loro abitudini. Qui però è diverso, questa è anche casa mia e non ho intenzione di stare tutto il tempo con le mani in mano, né intendo considerare "off limits" nessun ambiente della casa, con l'eccezione ovviamente delle stanze di Charlie. Se mi viene voglia di innaffiare i fiori, per esempio, trovo assurdo dover prima chiedere il permesso del giardiniere. Se mi va di bere un caffè in cucina assieme alla cuoca, vado in cucina e lo bevo. E se mi viene voglia di cucinare, mi metto ai fornelli e cucino. A proposito, sul frigorifero ho visto una lista con il menù settimanale. Lo sapevi che ci sono soltanto dieci pietanze che si alternano?»

«Ecco perché ho sempre avuto un rapporto problematico con il cibo» fu il commento divertito di Frank.

«Non è possibile mangiare ogni dieci giorni sempre le stesse cose, non siamo mica in un ospedale. In questa casa non voglio sentirmi come l'ospite di un albergo di lusso, voglio invece essere coinvolta in tutte le decisioni importanti. Anche se potremmo trasferirci in una casa più piccola, di cui avrei cura da sola...»

«Non credo che occorra una soluzione tanto drastica.»

«E allora lascia fare a me» concluse Magdalinì con occhi ridenti.

«Sia fatta la tua volontà! Spero soltanto che tu non intenda liberarti del personale di servizio.»

«Non ci penso neanche. Gli ho già parlato e sono d'accordo con me. Peggio per te che hai sposato una greca. Nel mio paese sono le donne a occuparsi della casa.»

«Mia piccola greca, ammetto di averti sottovalutata. È la prima volta che mi capita. Non credevo che ti sarebbe piaciuto occuparti della casa. A proposito, hai avuto un po' di tempo per andare a trovare Annie?»

Il giorno dopo distribuì gli incarichi della giornata al personale di servizio e uscì per andare dalla zia. La cuoca rimase sorpresa quando Magdalinì le disse di non preparare niente e che si sarebbero messe ai fornelli insieme al suo rientro. Le era venuta voglia di cucina greca e aveva deciso di integrare il menù con alcune specialita del suo paese.

«Grazie a Dio!» esclamò la cuoca dopo che Magdalinì si fu chiusa la porta alle spalle. «Si sentiva la mancanza di una donna in questa casa e la signora Lin è proprio quello che ci voleva.»

Per il personale di servizio l'arrivo della ragazza greca era stata una piacevole sorpresa. Alcuni, come la cuoca Mary, in quella casa avevano trascorso tutta la vita, avevano fatto in tempo a conoscere la moglie di Charlie, la bella ma sfortunata padrona, avevano sperimentato sulla loro pelle il carattere inflessibile del vecchio Giotto ed erano stanchi di prendersi cura di una casa sostanzialmente disabitata, che adesso finalmente era tornata a nuova vita.

Anna accolse la nipote sull'uscio. Si sentì sollevata vedendola allegra e sorridente. L'abbracciò con calore e si fece raccontare le novità. Quando Magdalinì le descrisse la prima giornata trascorsa in casa di Charlie Giotto, non riuscì a trattenere un sorriso. Ad Anna venne in mente Teodora e in cuor suo si congratulò con la sorella per il modo in cui aveva allevato la figlia, coltivandone il talento, l'intelligenza e la sensibilità. Quando stava in casa con lei e Peter, Magdalinì aveva manifestato un carattere chiuso e introverso, mentre adesso Anna vedeva una donna dinamica e sicura del fatto suo. Questo cambiamento straordinario era dovuto soprattutto all'amore per Frank: Magdalinì sembrava perfettamente consapevole delle proprie potenzialità ma anche dei propri limiti, e la zia ammirava questo suo aspetto. Accettò con gioia l'invito a partecipare alla loro cena greca.

Quella sera Charlie non riuscì a trattenere un mugugno. Delle pietanze che erano state servite a cena non aveva mai sentito parlare e trovava decisamente fuori luogo la tovaglia colorata e ricamata con perline. Diede un'occhiata al figlio e, scorgendo nei suoi occhi l'adorazione che nutriva per Magdalinì, dovette fare appello a tutto il suo sangue freddo per non alzarsi da tavola. La nuora si trovava in quella casa soltanto da una settimana ma le era bastata per mettere a soqquadro tutte le sue vecchie, care abitudini. Aveva persino cambiato la disposizione dei mobili! Il disappunto e l'avversione che provava nei suoi confronti gli impedì di apprezzare la bontà delle pietanze che aveva preparato, come anche l'atmosfera intima e accogliente creata dalle modifiche compiute dalla nuora. Quello che soprattutto non riusciva a mandar giù era il comportamento di Magdalinì, la quale, a dispetto della freddezza del suocero, era sempre molto gentile e premurosa nei suoi confronti, accogliendolo con gioia quando si mettevano a tavola, le uniche ore della giornata in cui lo vedeva, e anzi, il giorno in cui gli aveva regalato una bellissima vestaglia di seta, aveva accompagnato il gesto con un bel bacio sulla guancia, che lo aveva lasciato di sasso. Per Charlie erano soltanto smancerie. Quante volte era stato sul punto di perdere la pazienza e si era dovuto trattenere per paura che il figlio attuasse le sue minacce. Frank infatti lo teneva sotto stretto controllo, ma l'ultima cosa che Charlie avrebbe voluto al momento era uno scontro a viso aperto con il figlio. Il distretto orientale era finito completamente nelle loro mani, mentre i clan di quello occidentale avevano accettato una sorta di armistizio. Anche se Charlie provava una nostalgia lancinante per le glorie del bel tempo andato e ancora non riusciva a credere che la carne della sua carne lo avesse estromesso dagli affari, doveva ammettere che il business non era mai andato meglio. Il potere di Frank Giotto era riconosciuto da tutti e a lui non restava che fare buon viso a cattivo gioco.

Frank decise di festeggiare l'arrivo del nuovo anno con uno splendido ricevimento. Dei dettagli dell'organizzazione se ne occupò Magdalinì, che non lesinò tempo ed energie per offrire una serata indimenticabile a tutti gli ospiti. Nei pochi mesi trascorsi in quella casa aveva ricevuto spesso colleghi e collaboratori del marito, adesso però doveva accogliere almeno un centinaio di invitati, tra cui il governatore. Lei e Mary consultarono decine di volumi di gastronomia per comporre il menù, assunse decoratori professionisti per addobbare la casa e ingaggiò la migliore orchestra di Chicago. Frank la vedeva scrivere, cancellare, correggere e riscrivere sui suoi ormai celebri taccuini, e sorrideva compiaciuto. Aveva la sensazione che la felicità gli scorresse nelle vene come mai era accaduto in vita sua. Magdalinì era il diadema che cingeva di luce la sua vita, e quanti l'avevano conosciuta si erano affrettati a congratularsi con lui per la sua fortuna e la sua lungimiranza. Quello che non sapevano né potevano immaginare era che la gioia più grande la provava stretto tra le sue braccia. Il corpo di Magdalinì era un'arca che lo conduceva in porti sconosciuti, affollati di esperienze magiche e di aromi inebrianti. L'abbraccio della moglie somigliava a una città accogliente, trapunta di luci, e piena di misteri che non si saziava di scoprire.

La sera dell'ultimo dell'anno Magdalinì si rese conto di aver organizzato un ricevimento da favola. Persino Charlie fu costretto ad ammetterlo e a complimentarsi con la nuora aggiungendosi al coro di invitati entusiasti per la perfetta organizzazione della serata. All'inizio la tensione della padrona di casa era palpabile. I volti e i nomi le turbinavano in testa come un carosello impazzito, e soltanto grazie alla presenza discreta del marito era riuscita a non fare neppure una gaffe. Del governatore aveva avuto una buona impressione: era un uomo di bell'aspetto e con un sorriso gioviale, anche se l'istinto femminile le diceva che era venuto soltanto per cortesia e che non vedeva l'ora di andarsene. Non poteva certo immaginare quanto avesse ragione il suo istinto. Le elezioni erano imminenti e lui era il candidato sostenuto dalla cupola di Chicago, che in cambio aveva chiesto di chiudere un occhio sui suoi traffici.

Al contrario il sorriso le si gelò sulle labbra quando Frank le presentò Alan, che il marito definì «il suo braccio destro». Si trattava di un uomo molto alto e magro, con un volto che suscitava un'immediata antipatia, tanto che Magdalinì fu tentata di pulirsi il dorso della mano dopo che Alan vi ebbe deposto un bacio deferente. In quell'istante si era sentita percorrere da un brivido lungo la schiena. Aveva gli occhi sproporzionatamente piccoli rispetto alla testa, lo sguardo malvagio, il sorriso ipocrita. Le sensazioni che quell'uomo le aveva procurato erano diametralmente opposte a quanto il marito le aveva raccontato di lui, perché nutriva in Alan una fiducia sconfinata. Anzi, approfittando di un momento in cui rimase solo con la moglie, ne tessé addirittura l'elogio.

Poco dopo l'arrivo del nuovo anno, quando il boato dei fuochi pirotecnici si fu placato e gli ospiti ebbero ripreso le danze al centro del grande salone, Mary fece capolino dietro la porta della cucina rivolgendo un cenno all'indirizzo di Magdalinì. Quest'ultima si scusò con gli invitati che stava intrattenendo e raggiunse la cuoca. Mary la prese per mano e la condusse nella stanza che fungeva da salottino per il personale di servizio. L'ambiente era immerso nelle tenebre, rischiarato appena dalla luce della luna. Magdalinì rivolse uno sguardo interrogativo a Mary, ma la cuoca si pose un dito sulle labbra per invitarla a tenere la bocca chiusa. Lei si mosse con agilità nella stanza buia, seguita dalla padrona e dalla sua crescente curiosità. Mary aprì una portafinestra e la condusse in giardino, fino al punto in cui si trovava un piccolo gazebo. Poi si nascosero dietro i cespugli. Magdalinì trattenne persino il respiro quando vide Alan conversare con un altro invitato che Frank le aveva presentato con il nome di MacLondon. Tese le orecchie per sentire meglio. Dovevano stare attente a non sporgersi troppo se non volevano farsi vedere.

«Che cosa vuoi?» diceva adesso Alan tradendo una certa impazienza. «Non dovevamo venire qui. Se ci vede qualcuno, il nostro piano rischia di andare a monte.»

«Laggiù non hanno tempo da perdere» rispose MacLondon. «Non è stato facile entrare nel giro di Giotto e adesso è tempo di muoversi.»

«Capisco ma il successo si ottiene soltanto sapendo aspettare» rispose Alan. «I Giotto non sono avversari da prendere sottogamba e sarebbe comunque un errore sbarazzarcene in un colpo solo.

Quando a comandare era Charlie le cose erano diverse. Adesso invece c'è suo figlio, che è furbo come una volpe.»

«Di te però si fida.»

«Sì, ma per convincerlo della mia lealtà mi sono persino dovuto far sparare alla gamba mentre fingevo di salvargli la vita. Te lo ripeto, bisogna andarci cauti. Abbiamo sudato sangue per arrivare fin qui, sarebbe un peccato mandare tutto all'aria per un capriccio.»

«Hai ragione, ma cerca di metterti nei miei panni: le famiglie del distretto occidentale scalpitano.»

«Digli di fidarsi di me e che entro un mese al massimo l'impero dei Giotto sarà soltanto un ricordo. E adesso rientriamo in casa prima che qualcuno si accorga della nostra assenza e ci veda insieme.»

I due uomini si allontanarono, ma a causa dello shock Magdalinì rimase impietrita come una statua di sale. Cominciò a tremare e Mary si sfilò il pullover per coprirle le spalle. La prese con dolcezza e la riportò nel salottino del personale di servizio. Qui accese una lampada e le versò un goccio di cognac per aiutarla a riprendersi. Magdalinì, pallida come un cencio, lo bevve tutto d'un fiato, se lo sentì scivolare nello stomaco come un fiume di fuoco e smise di tremare.

«Come faceva a saperlo?» domandò.

«Non lo sapevo, signora! Non immaginavo niente del genere. Quando in casa c'è un ricevimento, mi piace spiare l'abbigliamento degli ospiti, così a un certo punto ho visto quell'uomo rivolgere un cenno al signor Alan, lui ha annuito e qualche minuto dopo si sono appartati insieme in giardino. Ho pensato di avvisarla perché c'era qualcosa che non mi convinceva.»

Nel frattempo Magdalinì aveva ripreso il controllo di sé. Guardò Mary e le rivolse un sorriso. «Lo sa che forse ha salvato la vita di mio marito? E mi raccomando, continui a spiare gli ospiti come ha sempre fatto!» Si alzò di scatto e si diresse verso la porta, ma prima di uscire dalla stanza tornò indietro e diede una carezza sulla guancia dell'anziana cuoca. «Grazie...» mormorò. Mary si asciugò gli occhi pieni di lacrime.

Magdalinì tornò nel salone gremito di invitati, leggiadra e cortese come sempre. Andò alla ricerca di Alan e lo trovò intento a chiacchierare con il marito. L'istinto non l'aveva tradita: era davvero un personaggio poco raccomandabile e Frank conversava con lui come se niente fosse. Si avvicinò ai due uomini.

«Sappiate che se in una serata come questa avete deciso di parlare d'affari, mi metto a strillare come una pazza» scherzò, accorgendosi che l'altro si affrettava a indossare una maschera gioviale sul viso segaligno. «Alan, spero che mio marito non stia abusando del tuo tempo libero. Ogni tanto anche un "braccio destro" ha il diritto di riposarsi.»

«Per me è un piacere lavorare per Frank» rispose quello in tono viscido. Nello stesso istante Magdalinì si sentì montare il sangue alla testa.

«Anche mio marito si considera fortunato a conoscerti. Oggi come oggi non è facile trovare collaboratori devoti e leali.»

Lo sguardo dell'uomo scrutò a fondo quello di Magdalinì per scoprire qualche traccia di ironia o di sospetto nelle sue parole. Ma l'espressione innocente della donna lo rassicurò.

Magdalinì si scusò con lui e trascinò il marito al centro della pista per ballare. In realtà sentiva il bisogno di allontanarlo dall'infida serpe che si teneva inconsapevolmente in seno. Ma una ridda di interrogativi che cercavano una risposta le bombardavano il cervello. C'era qualcosa che le sfuggiva, qualcosa che non riusciva a capire, e non si sentiva abbastanza lucida per venirne a capo.

L'ultimo invitato si congedò alle prime luci dell'alba complimentandosi per quello che definì il più bel veglione di capodanno al quale avesse partecipato. Non appena chiuse la porta alle sue spalle, Magdalinì si sfilò le scarpe con una smorfia di dolore, poi disse rivolgendosi al suocero:

«Charlie, non sei stanco?».

Lui rimase sorpreso dalla domanda. «No, sto bene.»

«Ne sono lieta perché ho bisogno di parlarti.»

«Tesoro, ma lo sai che ore sono?» si intromise il marito.

«Sì, lo so che ore sono» disse lei sibillina. «È l'ora della verità.»

«E io che cosa c'entro?» domandò Charlie in tono rude.

«C'entri perché voglio parlare di lavoro.»

«Quale lavoro?» domandò Frank in tono allarmato.

«Il vostro lavoro, Frank. La vostra attività imprenditoriale.»

«Ah, sì... certo...»

Magdalinì li precedette e per la prima volta entrò senza attendere il permesso nello studio del suocero. Padre e figlio si rivolsero un'occhiata. Charlie aveva lo sguardo inferocito mentre Frank era soltanto preoccupato. Non potendo fare diversamente, seguirono nello studio la ragazza che ormai li aspettava in piedi, a braccia conserte.

«Tesoro, è forse successo qualcosa?» domandò Frank chiudendo la porta.

«Alan sta per tenderti una trappola. Devi sbarazzartene subito e quando dico subito, intendo oggi stesso. Mi domando come hai fatto a fidarti di lui in tutti questi anni. Basta guardarlo in faccia per capire che è un mascalzone.»

Alcuni istanti di silenzio precedettero la risata tonante di Charlie. Quando si fu calmato, guardò la nuora e dagli occhi ricominciarono a scaturire le antiche lame affilate. «Frank, pensaci tu se non vuoi che ci pensi io a modo mio. Dopo le tovaglie a fiori e la gastronomia, la tua campagnola greca ha deciso di occuparsi anche di affari» ruggì con sarcasmo. «Sciocca, pensa alle tue pentole e lascia il resto a noi uomini. Ho sopportato abbastanza te e la tua rozzezza. Anche se mio figlio ha perso la testa e gli interessa soltanto quello che hai in mezzo alle gambe, io riesco ancora a ragionare.»

«Charlie!» La voce di Frank risuonò imperiosa nello studio. «Chiedi subito scusa a mia moglie, altrimenti...»

«Frank, aspetta un momento.» Magdalinì era pallida ma padrona di se stessa. «Tuo padre è con me che ce l'ha, quindi sono io che devo rispondere.» Si avvicinò al suocero, guardandolo con durezza. «Mi dispiace se ti ho fatto arrabbiare» disse. «Anche se dovrei essere io a essere arrabbiata per quello che mi hai detto, non ti porto rancore. Sei il padre di mio marito e quindi in un certo senso sei anche mio padre. La campagnola greca, infatti, è cresciuta in un posto in cui alle persone si insegna il rispetto per i genitori. So che non ti vado a genio, non sono così stupida da non aver capito che non approvavi la scelta di Frank. Ci sono abituata. Neanche a mio nonno andava a genio mia madre ma alla fine sono diventati amici, anche se ci hanno messo una vita. Spero che noi non perderemo tanto tempo. Per quanto riguarda Alan...» continuò rivolgendosi a Frank «lo sai che non mi immischierei mai nei tuoi affari, ma stasera è accaduto qualcosa di terribile.»

Senza perdere altro tempo raccontò al marito quello che aveva visto e sentito grazie all'intervento di Mary. A ogni parola della moglie Frank pareva sempre più sorpreso, finché, alla fine il suo sguardo era diventato cupo come la caverna degli inferi.

Lei tacque e si avvicinò. «Hai capito adesso perché ero preoccupata? Tu, Charlie, che cosa ne pensi?»

«Penso che se le cose stanno così, lo ucciderò con le mie mani» rispose il vecchio con aria feroce.

Magdalinì sorrise. «Be', non esageriamo, in fin dei conti siete imprenditori, non gangster.»

Seguirono lunghi istanti di silenzio.

«Charlie, sei sempre il solito» fu il commento di Frank. Lui e la moglie guardarono il vecchio sorridendo. La ragazza pareva rimproverarlo per la reazione eccessiva, mentre il figlio lo diffidava dal dire o fare qualsiasi altra cosa.

Più tardi, finalmente in camera da letto, Magdalinì disse al marito: «Ammettilo, le cose che ho sentito non si addicono a dei semplici imprenditori».

«Che cosa vuoi dire?»

«Non so, ho avuto l'impressione che a parlare fossero due malavitosi. Per esempio, chi sono questi tizi del distretto occidentale che ti minacciano?»

«Imprenditori che mi fanno concorrenza.»

«E chi è che ha sparato ad Alan per convincerti della sua lealtà? Che cosa c'entri tu con tutto questo? Sembra quasi una storia mafiosa.»

«Tesoro, mi sa che hai un po' troppa fantasia» cercò di scherzare Frank. «Ascolta, non c'è niente di sospetto. Quel giorno Alan era insieme a me e al governatore. Un killer ha sparato, la pallottola stava per colpirmi e Alan mi ha protetto con il suo corpo. Ma l'obiettivo del killer era sicuramente il governatore. O almeno, è quello che abbiamo creduto allora. Stando a quanto hai sentito, infatti, si sarebbe trattato di un falso attentato, ideato per convincermi al cento per cento della lealtà del mio fedele braccio destro. Mi rimprovero soltanto di essermi comportato come un ingenuo nei suoi confronti.»

«A essere sincera, quando me l'hai presentato ho capito a pelle che c'era qualcosa di strano, ancor prima di sentire la conversazione in giardino. Chiamalo pure istinto, se vuoi, o sesto senso.»

«Tesoro, forse allora dovrei farti conoscere tutti i miei collaboratori. Il tuo istinto è prezioso, proprio come lo sei tu... E poi il modo in cui hai parlato a mio padre...»

«Sai una cosa, Frank?» lo interruppe rabbiosa. «Che non ho più voglia di parlare!» Si sfilò il vestito e rimase nuda davanti a lui.

Le prime luci del giorno che penetravano attraverso la finestra sfioravano il corpo di Magdalinì facendolo assomigliare a una statua di alabastro. I raggi del sole l'accarezzavano con delicatezza e Frank ne provò un'assurda gelosia. Alan era lontano. In un posto dove a nessuno sarebbe mai venuto in mente di cercarlo.

Un giorno Magdalinì aveva chiesto al marito come fosse finita la storia del braccio destro infedele. Frank aveva risposto che, dopo aver fatto una bella chiacchierata con lui, lo aveva costretto ad ammettere la verità e poi l'aveva licenziato in tronco. Magdalinì non poteva immaginare che il cadavere di Alan adesso era in una cassa di cemento in fondo al mare.

Ancora una volta i concorrenti erano stati avvertiti.

La gravidanza di Magdalinì spedì Frank al settimo cielo. Persino Charlie se ne rallegrò. I rapporti tra suocero e nuora non erano mutati dopo quella sera ma il vecchio aveva imparato a trattarla con maggiore rispetto. Anche se non voleva ammetterlo, quella ragazza aveva fegato da vendere e la testa sulle spalle, un'autentica novità: per tutta la vita aveva considerato le donne poco più che vasi da fiori, buone soltanto a rendere più bella la vita degli uomini ma non certo a essere utili nelle questioni importanti. La nuora invece smentiva la sua visione delle donne. Magdalinì si era imposta con autorevolezza sul personale di servizio, era una perfetta padrona di casa e il suo temperamento sereno non denotava sottomissione quanto piuttosto padronanza di sé.

Magdalinì, invece, si era pentita di aver divulgato tanto presto la notizia della sua gravidanza. Frank non stava più in sé dalla gioia mentre zia Anna, trasformatasi in un angelo custode sempre a disposizione, aveva incaricato Mary di occuparsi della nipote nelle ore in cui lei non poteva essere presente.

«Non vi sembra di esagerare? Sono incinta, non malata» protestò un giorno. «Non sono libera di alzare neanche una forchetta senza che una cameriera si precipiti a togliermela di mano.»

«Sei tu che esageri, mia cara» replicò la zia. «Non capisci che ti vogliamo tutti un gran bene e che ci preoccupiamo per te? Se proprio non riesci a stare senza far niente, perché non ti occupi della stanza del bambino?»

«Ma zia... mancano ancora cinque mesi al parto!»

«Un motivo in più per metterti subito all'opera» ribatté Anna, serafica. «Non mi sembra il caso di aspettare l'ultimo momento.»

«Se almeno ci fosse qui la mia amica Judy. Era proprio necessario che lei e il marito si trasferissero in Canada?»

Judy era la figlia di Charleene, l'unica amica con cui lei era riuscita a legare a Chicago. Dopo il matrimonio con un avvocato canadese, Alex, si era trasferita con lui a Vancouver e da allora le due si erano scambiate soltanto qualche lettera e qualche cartolina. Magdalinì non era riuscita a crearsi altre amicizie e le uniche presenze che riempissero la sua vita, oltre al marito, erano la zia e il personale di servizio.

In ogni caso la zia aveva ragione e decise di seguirne il consiglio. Per arredare la cameretta del bambino si affidò al gusto personale ma anche ai consigli preziosi di un arredatore ingaggiato per l'occasione. Inoltre Magdalinì si era messa in testa di supervisionare personalmente i lavori, nonostante il parere contrario di Frank e il disappunto dell'arredatore, che non amava dover rendere continuamente conto delle sue scelte alla committente. Il risultato finale fu all'altezza della fatica profusa e tutti furono d'accordo nel ritenere che il nascituro, indipendentemente dal sesso, in quella cameretta avrebbe vissuto giorni e notti piene di felicità. Le pareti erano state colorate con morbide tinte pastello e dappertutto si trovavano farfalline, cavallini e fatine adatti sia ai maschietti che alle femminucce. Gli accessori erano ispirati agli eroi dei fumetti e l'angolo per i giochi completava l'arredamento.

Frank sorrise compiaciuto quando vide la stanza, al contrario di Charlie, che borbottò qualcosa di incomprensibile.

«Ho capito, Charlie, non ti piace» disse la nuora. «Posso sapere qual è il problema?»

«Il problema è se mio nipote sarà un maschio» rispose spazientito. «Ti sembra una stanza da uomini questa?»

«Ti prometto che se nascerà un maschio apporterò tutte le modifiche necessarie» rispose allegra al suocero che si allontanava rivolgendo un'ultima occhiata di sprezzo alla camera.

L'ultimo mese di gravidanza fu un martirio per lei. Aveva le gambe gonfie, un pancione enorme e non si muoveva quasi più, tanto che adesso ringraziava il cielo che ci fossero la zia e le cameriere a occuparsi della casa. Persino il riposo notturno era diventato un'impresa, il bambino scalciava in continuazione e l'approssimarsi del parto cominciava a preoccuparla non poco, soprattutto dopo che il medico le aveva detto che il feto era insolitamente grande. Frank aveva limitato le ore che trascorreva fuori casa, preferendo lavorare nello studio del padre.

Una sera Magdalinì cominciò a sentirsi male. Tutto il giorno non aveva praticamente toccato cibo e la schiena le doleva terribilmente. Persino Charlie era preoccupato e, al termine della cena, fu il primo ad accorgersi di una impercettibile smorfia di dolore.

«Lin...» disse sottovoce.

Fu una delle rare volte in cui pronunciò il nome della ragazza, che gli rivolse un sorriso dolente.

«Che cosa c'è, Charlie?» domandò con un filo di voce. «Adesso che sto per partorire hai deciso di concedermi una tregua?»

«Stai per partorire?» si udì la voce del marito, che si alzò di scatto e si avvicinò per aiutarla.

«Tesoro, non gridare...» gli disse in tono pacato. «È soltanto un po' di dolore, vedrai che presto passerà. Credo proprio che sia giunta l'ora...»

«Non startene lì come un allocco» gridò Charlie. «Non hai sentito quello che ha detto tua moglie? Telefona subito al medico, chiama anche la clinica e di' a Jack di preparare la macchina.»

Charlie, in piedi al centro della stanza, impartiva tutti gli ordini necessari, come un capitano su una nave incappata nella tempesta. Magdalinì non poté fare a meno di abbozzare un sorriso. Poi si alzò faticosamente e disse: «Sono lieta di avere accanto a me due uomini che non perdono mai il sangue freddo!».

Charlie le rivolse un'occhiataccia ma in quel momento una contrazione più forte delle altre fece piegare in due la nuora, costringendola ad aggrapparsi a lui per non cadere sul pavimento.

Le ore seguenti turbinarono come un ciclone. Nella mente di Magdalinì rimasero impressi soltanto il viso terreo di Frank e quello paonazzo di Charlie. Il povero Jack, l'autista, ogni volta che si imbattevano in un ingorgo stradale era costretto a cambiare itinerario sotto le minacce ora del padre e ora del figlio.

Mentre stringeva i denti per le doglie, Magdalinì li sentì decine di volte minacciare Jack di ucciderlo, di scorticarlo o di darlo in pasto ai cani, tanto che a un certo punto dovette raccogliere le forze per gridare a squarciagola: «Basta, smettetela tutti e due! Di questo passo lo farete impazzire. Volete capire che siamo in macchina e non in elicottero? E poi le vostre minacce mi fanno venire la pelle d'oca. Se non chiudete la bocca, vi sbatto giù dall'auto in questo istante preciso». Tacque sopraffatta da una nuova contrazione mentre Jack le rivolgeva un'occhiata di riconoscenza attraverso lo specchietto retrovisore.

Anche se Magdalinì cercava di essere ottimista, aveva un brutto presentimento. C'era qualcosa che non andava, ci avrebbe messo la mano sul fuoco. Le acque si erano rotte ma lungo le cosce aveva notato rivoli rossi di sangue. Giunta in ospedale fu ricoverata d'urgenza e trasferita in sala parto sotto lo sguardo preoccupato del ginecologo.

Frattanto li avevano raggiunti anche Anna e Peter, che erano stati avvisati da Frank. Alla vista dei due uomini sull'orlo del collasso, la zia decise di prendere in mano la situazione, e Frank si rese conto che, evidentemente, il sangue freddo era una caratteristica di tutta la famiglia di Magdalinì. Anna mandò Peter a procurarsi caffè e altri generi di conforto, poi cominciò a occuparsi di ciascuno di loro. Si sedette accanto a Frank e gli strinse la mano per infondergli coraggio. Ogni tanto gli accarezzava anche i capelli. Quando lei cominciò a pregare in greco, a un tratto Frank provo un'incredibile sensazione di pace anche se non capiva una parola di quello che diceva. I brutti pensieri erano volati via e anche lui sollevò lo sguardo al cielo unendosi alla preghiera per Magdalinì. Un paio d'ore dopo il medico uscì dalla sala parto, ma purtroppo non aveva ancora nessuna bella notizia da dargli. Il travaglio continuava, il bambino non era ancora pronto per venire alla luce e le dimensioni ragguardevoli del feto complicavano ulteriormente le cose. La puerpera era sfinita, aveva perso molto sangue e aveva smesso di collaborare con i medici.

Frank, pallido e con le labbra contratte, prese il medico per il bavero. «L'unica cosa che m'importi è la vita di Lin» farfugliò a causa della tensione nervosa. «Se è necessario, non esiti a sacrificare il bambino.»

Il medico annuì. «Calmati, Frank…» disse. «Praticheremo un taglio cesareo e salveremo la vita di tutti e due. Volevo semplicemente informarti.»

«Si sbrighi, allora, che cosa aspetta?»

«Prima volevo essere certo di aver esaurito ogni altra alternativa.»

«Vada in sala parto e ci dia dentro» gridò Frank. «E si ricordi che ne va della sua vita.»

Il medico si allontanò turbato. Sul conto dei Giotto circolavano voci alle quali non aveva voluto dare credito, ma adesso, sentendo le sue minacce, si domandava se non avesse commesso un errore ad accettare Magdalinì come paziente.

Non appena il medico si fu allontanato, Frank si accasciò tra le braccia di Anna, che prese ad accarezzarlo come se fosse un bambino e si rimise a pregare con le labbra livide. Charlie, in un angolo della sala d'aspetto, andava su e giù nervosamente e Peter era rannicchiato in un angolo, anche lui pallido come un cencio e tutto tremante per l'angoscia.

A un certo punto il medico uscì di nuovo dalla sala parto, ma questa volta dall'espressione del viso si capiva che la situazione era migliorata. Con un bel sorriso si accinse a informare i presenti.

«È finita!» esclamò con voce piena di gioia. «Tutto è andato bene.»

«Come sta mia moglie?» domandò Frank.

«Lin sta benone. Adesso sta riposando e tra poco potrete vederla. Frank, non vuole sapere di suo figlio?»

«Visto che Lin sta bene… mi dica!»

«È diventato padre di un bellissimo maschietto, sano e robusto, e con una voce da tenore!»

Il figlio di Frank e di Magdalinì era davvero un neonato molto bello. La natura aveva voluto che in lui si fondessero le caratteristiche migliori di entrambi i genitori. Era molto più robusto degli altri neonati del reparto maternità e aveva davvero una voce portentosa. Adesso però Frank aveva soprattutto voglia di rivedere la moglie.

Entrò nella stanza e trasalì scorgendone il pallore del viso, ma il medico lo tranquillizzò. Era giovane e godeva di ottima salute. Il parto l'aveva provata ma presto si sarebbe rimessa e sarebbe tornata quella di prima.

Il ritorno a casa della famiglia, alla quale si era aggiunto un nuovo membro, fu per tutti un momento di pura gioia. Il personale di servizio si schierò ancora una volta per accoglierli, con gli occhi traboccanti di commozione. Mary non riuscì a trattenersi e scoppiò in lacrime, e Magdalinì l'abbracciò sebbene fosse ancora molto debole. La ferita le faceva molto male e a stento riusciva a tenersi in piedi.

Frank non volle sentire ragioni e costrinse la moglie a mettersi a letto. Le prese la mano e le rimase accanto finché non fu sicuro che si era addormentata. Subito dopo andò nella cameretta del figlio, che dormiva anche lui sotto l'occhio vigile della bambinaia. Nonostante le proteste della moglie, Frank aveva trovato una vera professionista, capace di aiutare la neomamma nel difficile compito di prendersi cura del bambino. Per la prima volta il marito aveva puntato i piedi e non si era lasciato convincere dalla moglie. E i fatti gli avrebbero dato ragione.

La convalescenza di Magdalinì fu rapida. La ragazza si rimise in forze in brevissimo tempo recuperando tutta la sua energia e vitalità. Il suo passatempo preferito era prendere in braccio il figlioletto e parlargli come se fosse già in grado di capirla.

Lei e Frank decisero di chiamarlo Charlie Giotto Junior e il nonno, quando glielo annunciarono, regalò alla nuora un anello con un diamante enorme. Magdalinì era commossa.

«È talmente grande che non so se riuscirò più ad alzare la mano!»

«A quanto pare, noi due non ci abbiamo messo una vita come tua madre e tuo nonno» aveva risposto lui strizzandole l'occhio.

Un mese dopo Magdalinì poteva dirsi completamente ristabilita. Le fatiche del parto erano soltanto un ricordo e poteva dedicarsi con tutta l'anima al piccolo Charlie. La bambinaia, vedendo la determinazione della giovane mamma, le chiese se per caso la considerasse di troppo. Neanche in questo caso Magdalinì si lasciò sfuggire l'occasione per mettere le cose in chiaro, ma stavolta fece ricorso a Mary, che si incaricò di spiegare alla bambinaia gli usi e costumi assai particolari della padrona di casa.

Quanto a Charlie, si era trasformato nel sostenitore più fervente della nuora, cosa che lasciava il figlio esterrefatto. Ogni giorno che passava era migliore del precedente e la cameretta del piccolo Charlie era diventata il centro dell'attenzione di tutti. Il neonato peraltro aveva fin da subito manifestato un temperamento molto socievole. Soltanto il sonno gli faceva dimenticare chi gli stava intorno e chiudere morbidamente le palpebre sopra i grandi occhi, identici a quelli del padre. Piangeva di rado, a parte quando voleva comunicare che aveva fame o che voleva essere pulito. Nel pianto assumeva anche un'espressione imperiosa, che ricordava quella del nonno, e questo riempiva di orgoglio Charlie. Ma il tratto più caratteristico del neonato erano le grida, che riempivano tutti di spavento e chiamavano a raccolta la casa intera.

Il primo anno di vita di Charlie Junior trascorse molto in fretta, come se un folletto del tempo avesse deciso di accelerare le lancette dell'orologio macinando i giorni, le settimane e i mesi. Il primo compleanno fu festeggiato in grande stile nonostante le vibranti proteste di Magdalinì: Mary preparò una torta gigantesca, persino più grande del bambino, mentre nonno Charlie pretese un indimenticabile spettacolo di fuochi d'artificio. Quanto a Frank, anche se si sentiva al colmo della felicità, volle mettere nero su bianco con la moglie che non intendeva dare un fratellino a Charlie. Lei gli chiese spiegazioni, tentò di fargli cambiare idea, lo scongiurò, ma lui fu irremovibile: aveva rischiato di perderla una volta, non ci pensava neanche a rischiare di perderla ancora. A Magdalinì non rimase che capitolare e ricorrere all'astuzia.

Con l'aiuto del medico calcolò i giorni fertili e diede avvio al suo piano, studiato fin nei minimi particolari. Con il pretesto del loro anniversario di matrimonio aveva prenotato una camera d'albergo, dove accolse il marito indossando soltanto una sottoveste trasparente e con una coppa di champagne in mano. Lentamente, struggendosi di voluttà, si mise a esplorare il corpo del marito. Frank non oppose alcuna resistenza e fecero l'amore con un'intensità mai provata prima. Frank, che per evitare gravidanze indesiderate aveva imparato a stare sempre molto attento, quella sera perse la testa abbandonandosi completamente alla passione.

Magdalinì sapeva di essere rimasta incinta ancora prima che il medico glielo confermasse. Ma adesso che il piano era stato coronato dal successo, aveva paura di annunciare la nuova gravidanza al marito nel timore delle sue reazioni. Non a torto. Alla notizia, Frank assunse un'espressione accigliata e a Magdalinì, chissa perché, venne in mente la cima del monte Olimpo. In quel momento il marito le sembrava identico alla montagna che sovrastava il loro villaggio alla vigilia di una tempesta, quando dalla cima ricoperta di nubi scaturivano fulmini e saette, e l'aria veniva squassata dal boato prodotto dall'ira di Zeus. Lei però sin da bambina aveva imparato a convivere con gli elementi della natura, cosicché, anche se Frank si abbandonò a una scenata memorabile, lei non perse la calma e attese che l'ira del marito si sbollisse. Del resto sapeva che quella reazione sproporzionata era dovuta all'amore che nutriva nei suoi confronti e al timore che una nuova gravidanza le risultasse fatale, dopo la brutta esperienza della prima.

Quando il marito, affranto, si buttò sul letto, madido di sudore e senza fiato, proprio come aveva previsto, lei decise di avvicinarsi e si inginocchiò davanti a lui.

«Lo so che mi ami» gli disse con dolcezza. «So che hai paura per me, ma il medico mi ha assicurato che sto benissimo e che posso tranquillamente portare a termine una seconda gravidanza. E so già che il bambino dovrà nascere con il taglio cesareo. Ricordati...» aggiunse in tono severo «ricordati che i figli sono una benedizione e una felicità. E io non intendo privarmene soltanto perché tu hai paura.»

L'ultima frase lo fece scattare come una molla, quasi colpito da una scossa elettrica. «Io avrei paura? Come ti viene in mente una cosa del genere?»

«Credimi, non saprei in che altro modo spiegare il tuo atteggiamento. Fai i capricci come un ragazzino viziato e hai messo tutta la casa in subbuglio come se ti avessi annunciato una catastrofe, quando invece ti ho semplicemente detto che sono incinta.»

«Allora non vuoi proprio capire. L'idea di perderti mi fa star male, non ce la farei a vivere senza di te. Perché vuoi avere per forza un altro bambino?»

«Perché voglio dare un fratellino a Charlie. Siamo giovani e sani. E poi dimentichi un particolare: sono incinta, che ti piaccia o no, e ad abortire non ci penso neanche, qualsiasi cosa tu dica.»

Aveva vinto e al marito non restava che mettersi il cuore in pace. Dovette anche affrontare i sorrisi ironici del padre, che dalle grida del figlio aveva capito di che cosa si trattava, ma non gli importava. Ogni giorno che passava Frank era torturato dall'attesa della data fatidica, e non c'era smorfia o gemito di Magdalinì che non lo facesse trasalire e non lo riempisse di terrore. Il giorno fissato per il taglio cesareo si presentò tanto pallido e provato che Magdalinì provò una stretta al cuore. La zia, che in tutto quel tempo non aveva abbandonato un istante i nipoti, fece di tutto per tranquillizzarlo, e per fortuna l'angoscia fu di breve durata. Nel giro di pochi minuti, infatti, un'infermiera uscì dalla sala parto e annunciò la nascita di una bella bambina, la loro bambina.

Nella galassia della famiglia nacque un nuovo astro lucente. La bimba era identica alla madre, al punto che gli amici scherzando domandarono a Frank se per caso la moglie l'avesse fatta tutta da sola. Decisero di chiamarla Teodora, come la nonna che stava in Grecia, ma tranne Anna e Magdalinì, che la chiamavano sempre con il suo vero nome, tutti usarono il soprannome Doris.

Una serie di nuove fotografie trovarono posto sull'altarino di nonna Teodora, le cui preghiere si aggiunsero a quella della bisnonna Iulìa per la felicità e prosperità della figlia e dei due nipotini lontani, che forse non sarebbe mai riuscita a vedere.

Cinque anni trascorsero veloci come il vento. Charlie Junior festeggiò il settimo compleanno e Doris il quinto, e con il tempo i due bambini erano diventati la copia esatta dei genitori. Quanto a Charlie Senior, si era trasformato nel nonno ideale, che tutti i bambini del mondo avrebbero voluto avere. Adesso che si era praticamente ritirato a vita privata, non aveva più niente in comune con il boss mafioso Charlie Giotto, che un tempo era stato il padrone assoluto di Chicago. Ora si dedicava esclusivamente ai nipoti, che lo adoravano e con i quali trascorreva moltissimo tempo ogni giorno. Magdalinì aveva riso a crepapelle una volta in cui lo aveva visto mentre faceva finta di bere il caffè da una microscopica tazzina giocattolo della nipotina. Chiunque, al corrente del suo passato, avesse visto il vecchio, avrebbe stentato a credere che quelle mani, quelle dita faticosamente chiuse intorno ai giocattoli, erano le stesse che, un tempo, avevano impugnato armi di ogni tipo e non avevano esitato a stroncare la vita degli avversari. Così come avrebbe stentato a credere che quel nonnino dolce e premuroso, soltanto qualche anno prima, soddisfaceva i suoi istinti animaleschi con donne di piacere, sadicamente tormentate e umiliate. Quei due bambini erano riusciti a spazzare via il passato come un ciclone e a far sparire dalla circolazione uno dei boss mafiosi più pericolosi che Chicago avesse mai conosciuto. Neanche il figlio riusciva a crederci...

La rovina giunge sempre quando gli uomini meno se l'aspettano. E poiché li trova indifesi, essi non sono in grado di opporre alcuna resistenza. Nessuno poteva immaginare quanto avvenne in seguito. Nessun segnale premonitore era stato colto da Frank. Fino a quel momento tutto era andato bene, così bene che c'era da insospettirsi. Ma ormai la catastrofe era una realtà e nulla poteva far tornare indietro il fiume del tempo.

Il dominio di Frank era incontrastato e riconosciuto da tutti. Peter e Bowden erano stati di parola, e lo zio di Magdalinì non gli aveva fatto mancare il suo sostegno. Persino Mike, il boss del distretto occidentale, aveva siglato una specie di patto di non belligeranza, limitandosi agli affari della sua zona, eppure sarebbe stato proprio lui la causa della sua rovina. Feroce e ambizioso quanto lo era stato Charlie Giotto in gioventù, aspettava soltanto l'occasione propizia per sbarazzarsi di Frank e impadronirsi della cupola mafiosa di Chicago. Non erano mancati già alcuni tentativi, tre per la precisione, andati regolarmente a vuoto: i sicari che aveva assoldato erano stati scoperti dagli uomini di Giotto e fatti scomparire senza troppi complimenti in fondo al mare. E Mike sentiva il fiato dei Giotto sul collo: lo scontro decisivo per il controllo dell'intero territorio era soltanto questione di tempo. Doveva muoversi in fretta e colpire con precisione chirurgica e in modo esemplare.

Quella sera Magdalinì uscì assieme ai figli. Era l'anniversario del matrimonio di Anna e Peter, e per festeggiare la coppia aveva invitato alcuni amici e parenti, tra cui, ovviamente, Magdalinì e Frank. Quest'ultimo però era stato trattenuto in ufficio e aveva avvertito che li avrebbe raggiunti più tardi. Anche il vecchio Charlie era stato invitato, ma all'ultimo momento scelse di rimanere a casa: era raffreddato e aveva pensato che fosse meglio andare a letto presto.

Frank fischiettava a bordo dell'automobile e Jack lo sbirciava sorridente dallo specchietto retrovisore. Da quando il capo aveva preso moglie molte cose erano cambiate, la più importante delle quali era l'atteggiamento di Charlie. Tutti sapevano che il vecchio si era ritirato dagli affari, anche se ufficialmente era ancora lui a tenere le redini della famiglia. Jack sterzò a destra. Erano quasi arrivati. Frank aveva deciso di passare da casa per cambiarsi prima di raggiungere la moglie a casa dei Carver.

A un tratto Jack perse il controllo dell'automobile. Un terribile boato seguito da uno scossone lo fece andare fuori strada mandandolo a sbattere contro un albero. Per qualche istante pensarono a un terremoto, ma subito dopo si resero conto che doveva trattarsi di qualcos'altro.

«Capo, che cosa succede? Tutto bene?» domandò Jack in preda all'angoscia. Si voltò a guardare Frank per controllare se fosse ferito. Scorse i suoi occhi sbarrati, inespressivi, fissi su qualcosa di orribile. L'autista voltò la testa seguendo la loro direzione e rimase impietrito. Da dietro il parco, dove si trovava la casa dei Giotto, si levavano alte lingue di fuoco accompagnate da una miriade di piccole esplosioni. Senza attendere ordini Jack rimise in moto e si diresse da quella parte.

Al loro arrivo si trovarono di fronte uno spettacolo raccapricciante: la casa era solo un rogo gigantesco, lo schianto delle finestre andate in frantumi aveva richiamato in strada i vicini terrorizzati. Frank balzò fuori dalla macchina e si lanciò di corsa verso l'ingresso, ma Jack, che era riuscito a conservare un briciolo di lucidità, lo acciuffò e lo gettò sull'erba.

«No, capo!» gridò. «Non è rimasto niente, potrebbe essere pericoloso.»

«Idiota, c'è mio padre là dentro» ribatté Frank tentando di divincolarsi.

Il fedele autista però lo serrò ancora più forte. «Capo, per tuo padre non c'è più niente da fare, non lo capisci? Pensa a tua moglie... ai tuoi figli!»

Al pensiero della sua famiglia Frank si rassegnò: smise di opporre resistenza e affondò la testa nell'erba, sconfitto. L'aria fu squarciata dal suono delle sirene della polizia e dei vigili del fuoco. Jack trasse un sospiro di sollievo. Con l'arrivo delle forze dell'ordine non aveva più da temere per l'incolumità di Frank. Una cosa era chiara: un'esplosione del genere non era frutto del caso, ma qualcuno aveva deciso di inaugurare un nuovo capitolo della guerra di mafia cercando di eliminare la famiglia Giotto. Quello che gli attentatori non sapevano, forse a causa di un'informazione sbagliata, era che in casa avrebbero soltanto trovato Charlie.

Magdalinì consultò ancora una volta l'orologio. Era preoccupata. Frank non aveva l'abitudine di tardare senza avvertire. Gli ospiti avevano finito la cena, conclusa con il dessert e un caffè, qualcuno era persino già andato via, tuttavia il marito non aveva dato segno di vita.

Juanita, la cuoca messicana di Anna, uscì dalla cucina pallida come un cencio. Rivolse uno sguardo stralunato a Magdalinì, poi ad Anna. «Signora...» balbettò. Magdalinì di colpo si sentì mancare il fiato.

«Che cosa succede?» domandò Anna. «Parla!»

«Signora... In cucina... In televisione...»

Magdalinì scansò la zia e la cuoca alla velocità del fulmine e corse in cucina, dove un apparecchio televisivo rimaneva acceso tutto il giorno. Dentro lo schermo un reporter parlava di un grave attentato. Alle sue spalle Magdalinì riconobbe la loro casa avviluppata dalle fiamme e alcuni vicini. Nel frattempo era accorsa anche Anna. Le due donne si scambiarono uno sguardo costernato.

«Frank!» mormorò Magdalinì. «Dov'è Frank?»

Anna mise una mano sulla bocca della nipote per trattenerne il grido di angoscia, ma un attimo dopo Magdalinì si svincolò e corse fuori della cucina. Uscendo si imbatté in Peter, ancora ignaro dell'accaduto.

«Lin, che cosa succede?» le domandò. «Non ti va di restare ancora un po'?»

«Hanno messo una bomba a casa mia!» esclamò per tutta risposta. «In casa c'era mio suocero e ho paura che ci fosse anche mio marito. Devo andare a vedere. Occupatevi voi dei bambini.»

«Aspetta, vengo con te!»

Peter passò nel giro di pochi secondi dallo shock alla determinazione di seguire la nipote. Salirono in macchina. Magdalinì era cerea come una statua di marmo, con il viso contratto per l'angoscia e la tensione, eppure non aveva perso il suo sangue freddo. Poco prima di arrivare a casa furono bloccati dalla polizia. Il transito degli autoveicoli era stato vietato a causa di una bomba esplosa in una casa.

«Agente, mi chiamo Lin Giotto» disse Magdalinì. «La casa dove è stata messa la bomba è la mia e ho paura che dentro ci sia mio marito. Per impedirmi di passare dovrete arrestarmi.»

Il poliziotto si fece da parte e Peter si rimise in marcia. L'incendio era stato spento e della casa rimaneva soltanto un mucchio di macerie fumanti. Le tenebre erano squarciate dai fari delle volanti, che conferivano un aspetto irreale, satanico ai volti, in perfetta consonanza con l'inferno di quella serata.

Magdalinì si avvicinò a un altro agente. «Mi chiamo Lin Giotto» si presentò con tono fermo. «Vorrei parlare con un responsabile.»

L'agente l'accompagnò da un ufficiale in borghese che si voltò verso di lei.

«Signora Giotto, sono l'ispettore Jim MacLound. Sono molto dolente per quanto è accaduto» le disse con fare rispettoso.

«Ispettore, mi dica che cosa è successo. Mi trovavo a casa di alcuni parenti quando ho sentito la notizia in televisione.»

«Secondo le prime stime, in casa vostra deve essere stato collocato un ordigno esplosivo. Purtroppo non si segnalano sopravvissuti... Mi dispiace.»

Magdalinì fissò gli occhi imbarazzati dell'ufficiale. Peter, sceso a sua volta dalla macchina, era accorso dietro di lei e le aveva cinto un braccio intorno alla vita per sostenerla.

«Chi è stato?» domandò lei.

«Non lo sappiamo ancora. Signora Giotto, per caso sa chi c'era in casa all'ora dell'esplosione?»

«C'era il personale di servizio... sedici persone...» Fu interrotta da un singhiozzo che le impedì di continuare. I volti di coloro i quali avevano condiviso con lei gli ultimi anni le passarono davanti agli occhi in un lampo. Trasse un sospiro profondo e riprese: «Poi c'era mio suocero, Charlie Giotto, e forse mio marito, Frank...»

«Suo marito? No, sono lieto di riferirle che con suo marito ho appena parlato ed è sano e salvo.»

«Dov'è?» chiese Magdalinì con voce folle di gioia.

«Lo stanno interrogando... Eccolo, è lì!»

Magdalinì voltò la testa verso il punto indicato dall'ispettore e vide il marito insieme a un agente che prendeva appunti su un taccuino. In quell'istante gli occhi di Frank si sollevarono e incrociarono i suoi. Trascorse qualche frazione di secondo, necessaria a entrambi a rendersi conto che erano vivi e vegeti, poi si misero a correre l'uno verso l'altra. Si abbracciarono, si baciarono, Magdalinì scoppiò in un pianto a dirotto, accarezzò i capelli del marito, incredula e al tempo stesso riconoscente per aver trovato sano e salvo il suo amato Frank.

«Credevo di averti perduto per sempre» disse tra le lacrime.

«Ci è mancato poco… Ero in macchina, soltanto a qualche isolato di distanza, quando ho sentito l'esplosione… È stato terribile, Lin… Charlie…»

«Sì, lo so…» Magdalinì guardò il marito negli occhi, gonfi di lacrime.

«Chiunque sia stato me la pagherà cara, molto cara» dichiarò con rabbia. «La morte di mio padre non rimarrà impunita.»

«Frank, questo è compito della polizia» disse Magdalinì con determinazione.

Lui annuì e guardò di nuovo le macerie della casa in cui aveva passato tutta la sua vita.

«Penso anche a quelle povere vittime innocenti» mormorò Magdalinì. «Che colpa avevano? Perché qualcuno avrebbe voluto ucciderci?»

Lo sguardo di Frank si illuminò. «Che cosa hai detto, Lin?»

«Ho detto che qualcuno ha cercato di eliminare tutta la famiglia e non riesco a capire chi. È chiaro che il mandante dell'attentato non immaginava che stasera io e i bambini saremmo andati dagli zii per il loro anniversario. All'ora in cui è avvenuto l'attentato di solito siamo a casa. Il suo obiettivo mi sembra evidente. Davvero non riesco a capire chi può odiarci a tal punto.»

«Hai ragione» si affrettò a replicare Frank. «Adesso ho capito.»

«Che cosa hai capito? Sai chi è stato?»

«No… Ma so perché l'ha fatto e scoprire il resto è soltanto questione di tempo.»

«Allora sbrigati, va' a parlare con l'ispettore.»

«Non ti preoccupare, lo farò senz'altro.»

A poco a poco la piccola folla che si era radunata aveva cominciato a diradarsi. I primi testimoni erano già stati interrogati ma i dati raccolti dalla polizia erano molto pochi. In giro nessuno aveva visto niente di sospetto, come c'era da aspettarsi in quel quartiere costellato da ville poste a notevole distanza l'una dall'altra. Era probabile che Charlie si fosse accorto di qualcosa alcuni istanti prima dell'esplosione, ma qualsiasi cosa sapesse, l'aveva portata con sé all'altro mondo.

I giorni seguenti furono pieni di tensione, dolore e stanchezza. Frank riconobbe i corpi delle vittime, si occupò delle esequie e di tutte le altre formalità, e Magdalinì si domandava come facesse il marito a non crollare pur dormendo pochissimo. Si erano trasferiti provvisoriamente in casa degli zii e oltre al resto bisognava anche pensare a Charlie Junior e Teodora, la cui vita quotidiana era stata messa a soqquadro dagli eventi. In particolare il maschietto voleva a tutti i costi sapere dov'era il nonno, e sia lui che la sorellina piansero inconsolabili quando gli fu detto che il nonno era andato in cielo e che non avrebbe mai più giocato con loro.

Le esequie di Charlie furono una rivelazione anche per Magdalinì. Alla cerimonia parteciparono tipi dall'aria sospetta, che sembravano appena usciti dai film sulla mafia, giunti a bordo di enormi limousine nere. Benché fosse affranta e assai provata dal dolore personale e del marito, e avesse gli occhi gonfi dal pianto, non poté non accorgersi della stranezza di tutta la situazione, tanto più che ciascuno di quelli era accompagnato da almeno tre guardie del corpo armate fino ai denti. Avevano il volto tirato, gli sguardi stralunati, e si guardavano intorno come se temessero qualcosa d'improvviso. Quel giorno stentò a riconoscere persino il marito. Negli occhi di Frank, infatti, oltre al dolore, brillava un ardore sinistro, che lei non ricordava di aver mai visto.

Tornati a casa di Anna, Frank, Peter, Bowden e altri individui sconosciuti si chiusero nello studio dello zio. Per la prima volta in vita sua, Magdalinì ebbe la curiosità di origliare, ma molti amici e conoscenti si erano attardati per i saluti e le condoglianze e non le rimaneva altra scelta che comportarsi ancora una volta da perfetta padrona di casa in attesa di congedarli. A impensierirla ulteriormente fu il fatto che Jack si era appostato davanti alla porta dello studio e non si lasciava sfuggire nessun movimento dei presenti.

Intanto, all'interno dello studio, Frank aveva preso la parola e si era rivolto agli altri: «Che cosa avete da dire su quanto è successo?». In quel momento sembrava identico a Charlie: aveva gli stessi occhi ferini, lo stesso sguardo assetato di vendetta e di sangue.

Peter si schiarì la voce e fece un passo avanti, non verso il marito della nipote ma verso il boss dei boss, carico d'odio e di desiderio di rivalsa. «Forse abbiamo scoperto qualcosa» disse senza perdere tempo in preamboli. «Dopo tre lunghi giorni di ricerche, le nostre talpe ci hanno riferito che il mandante dell'attentato è Mike, il capo delle cosche occidentali. Si è messo in testa di sfidare la famiglia Giotto e così ha pensato di passare alle vie di fatto. Per dominare la cupola aveva bisogno di un colpo eclatante.»

«Sul conto di questo Mike che cosa avete scoperto?»

Questa volta fu Bowden a prendere la parola. «Ha circa quarant'anni, non ha moglie né figli, ed è un boss emergente. È un uomo spregiudicato e violento, alcuni non esitano a considerarlo un paranoico, un pazzo furioso. I suoi metodi non sono i nostri e ricordano piuttosto quelli di un terrorista.»

Seguirono alcuni istanti di silenzio. Nessuno osava interrompere i pensieri di Frank, che qualche minuto dopo sollevò lo sguardo. Tutti compresero che una nuova guerra di mafia era appena cominciata.

Da un giorno all'altro le forze dell'ordine si trovarono ad affrontare una guerra senza quartiere, scoppiata dopo un lungo periodo di tregua tra le varie famiglie di Chicago e del circondario. Le istruzioni di Frank erano state chiare: importava solo dare una bella lezione a Mike. Altrimenti, era chiaro che le prossime vittime del boss emergente sarebbero state lui, la moglie e i figli. Lo scopo era un'azione dimostrativa e non un'espansione verso occidente, in quel momento difficile da portare avanti.

Dal canto suo Magdalinì non poteva far altro che stare a guardare. Teneva sempre gli occhi e le orecchie ben aperti, e quello che vedeva e che udiva non le piaceva affatto. La casa della zia si era trasformata in una fortezza, protetta ventiquattr'ore su ventiquattro da uomini in armi che perquisivano chiunque entrasse o uscisse, e a nessuno veniva in mente di allontanarsi senza essere scortato. Frank aveva preso l'abitudine di rincasare la sera tardi, faceva un bagno per rilassarsi e scivolava subito sotto le coltri accanto a lei, senza mettere nulla sotto i denti. Continuava a essere un amante dolce e premuroso, ma il messaggio che trasmetteva era diverso: aveva bisogno di lei, si sentiva purificato dal contatto con il corpo di Magdalinì, perché unicamente tra le braccia della moglie tornava a essere l'uomo che lei aveva amato e aveva sposato.

Nemmeno con la zia aveva il coraggio di commentare gli eventi. Le due donne avevano stipulato un tacito accordo illudendosi in questo modo di esorcizzare il male che si era abbattuto sulla famiglia. Un giorno Frank annunciò alla moglie di aver preso in affitto un grande appartamento in un grattacielo e costrinse la famiglia a trasferirvisi. Magdalinì si dovette adeguare, pur non contenta di rinchiudere i figli in un appartamento, per quanto grande. «Hai ragione, ma preferisco avervi vicino al mio ufficio» fu il pretesto inventato da Frank. La moglie si domandò per quanto tempo ancora avrebbero continuato quel gioco del silenzio. Non era una sciocca e sapeva interpretare ciò che le accadeva intorno. L'escalation di violenza che aveva investito la città non poteva non essere in relazione con l'attentato che avevano subito e con la morte di Charlie Giotto.

«Da quanto tempo sei immischiato con la mafia?»

La domanda di Magdalinì cadde come un fulmine a ciel sereno e rimase sospesa minacciosa nella grande stanza. Da circa un mese avevano traslocato nel nuovo appartamento, i figli erano a letto e per la prima volta dopo tanto tempo Frank sembrava più rilassato. La mattina precedente la moglie aveva letto sul giornale che Mike, il più potente boss mafioso dei distretti occidentali, era stato trovato assassinato da due pallottole alla testa. Apparentemente si era trattato di suicidio: accanto al corpo senza vita era stato trovato un biglietto in cui Mike spiegava le ragioni del suo gesto disperato. Gli inquirenti però non ci avevano creduto neppure un istante. Mike era morto subito dopo essere stato colpito dalla prima pallottola, quindi non poteva essere stato lui a esplodere la seconda.

Con il bicchiere sospeso a mezz'aria, Frank scrutò la moglie. Dallo sguardo si rese conto che non aveva senso raccontarle altre bugie.

«Da quando sono nato» rispose in tono pacato.

«Capisco… Allora anche Charlie…»

«Charlie era il boss della zona prima di me.»

«Perché lo hanno eliminato?»

«In realtà il loro obiettivo ero io. Hanno cercato di uccidermi per subentrare nel controllo della zona.»

«Perché non mi hai mai detto niente in tutti questi anni?»

«Lin… Cerca di capire… Non è così semplice… Non sono cose che si possono raccontare a cuor leggero.»

«Hai ragione, meglio darmi a bere la storiella che mio marito è un cittadino esemplare e un imprenditore onesto, anziché dirmi che in qualsiasi momento sia io che i miei figli rischiamo di rimanere uccisi per mano di qualche paranoico che aspira a prendere il tuo posto nella cupola. Stamattina ho letto di un certo Mike che si sarebbe suicidato. È lui la persona che cercavate? Il mandante dell'attentato a casa nostra?»

«Sì, Lin… Non ti si può nascondere niente.»

«Ancora una volta hai commesso l'errore di sottovalutarmi, lasciandomi vivere una vita fittizia.»

«Perché, Lin? Se ti avessi detto la verità cosa avresti fatto?»

«Quello che sto per fare adesso.»

Frank le rivolse uno sguardo supplice.

«Ah, no, tesoro» disse lei in tono ironico. «Non mi sono spiegata. Se credi che voglia lasciarti vuol dire che in tutti questi anni non hai imparato a conoscermi. Anche se sei un assassino e un mafioso, sei pur sempre l'uomo che amo. Forse è assurdo continuare a essere innamorati di qualcuno che si occupa di traffico di stupefacenti e di sfruttamento della prostituzione, ma io non ho mai preteso di essere una persona ragionevole.»

«Che cosa vuoi in cambio, Lin?»

«Ti concedo tre mesi di tempo per ritirarti dai tuoi affari. Poi lasceremo Chicago e perfino gli Stati Uniti, se necessario. Adesso che so tutto, mi rifiuto di vivere con la paura di essere uccisa quando meno me l'aspetto.»

«Ma… Lin! Quello che mi chiedi è impossibile. Cosa credi, che dalla mafia ci si possa dimettere a piacimento? Potrebbe essere una cosa molto pericolosa.»

«Perché?»

«Perché nessuno esce vivo dalla mafia. Lo stabilisce la legge del silenzio.»

«Ma restarci è una scelta altrettanto rischiosa. Se ho capito bene, nessun boss mafioso è mai soddisfatto di quello che ha e per progredire non esitate a massacrarvi a vicenda come sciacalli. Se vuoi la mia opinione, siete pazzi da legare: la sete di ricchezza e di potere vi rende paranoici e io non posso continuare a vivere con un uomo che condivide questo sistema di valori.»

«Finora però ci sei vissuta senza problemi. Lin, sono sempre io, non sono un altro. L'uomo che ti ama e che ti adora.»

«E allora vuol dire che mi sono innamorata di una menzogna... Frank, il punto è un altro. Se si trattasse soltanto di noi due, potrei chiudere un occhio in nome del mio amore per te. Solo che io devo pensare anche ai nostri figli. Non voglio che Charlie diventi come te, non voglio che Teodora sposi un mafioso come ho fatto io...» Magdalinì a un tratto si interruppe e guardò il marito a occhi sgranati.

«Frank...»

«Lin, ti prego, smettila.»

«Frank, che cosa c'entra Peter in tutta questa storia? Anche lui appartiene alla mafia, giusto?»

«Sì...»

La risposta laconica la fece vacillare per un istante.

«Il che vuol dire che sapeva di te quando Bowden ci ha presentati.» Magdalinì si interruppe di nuovo e infine abbozzò un sorriso amaro. «Anche lui un mafioso, giusto?»

Frank si era chiuso in un silenzio insolito. Le rivelazioni non erano ancora finite.

«Frank, se non mi dici tutta la verità, ti giuro che in questo istante prendo i bambini e me ne vado» lo minacciò con lo sguardo che per la prima volta sprizzava scintille.

Frank si rassegnò a raccontarle tutta la storia dall'inizio, con gli occhi fissi sul pavimento. Non osava incrociare lo sguardo della moglie.

«Lin, cerca di capire» mormorò.

«No, è giunto il momento che capisca tu» taglio cortò lei e si alzò. «Tre mesi, Frank. Al termine dei quali non ci vedrai mai più.»

In quel momento Magdalinì non poteva immaginare di aver appena spalancato le porte dell'inferno. Non poteva immaginare che il marito aveva ragione e che dalla mafia non si esce vivi. Il resto sarebbe accaduto molto in fretta. La notizia del ritiro di Frank dagli affari avrebbe provocato la reazione anche di una seconda fronda all'interno della cupola, che si sarebbe aggiunta alla prima, composta dai superstiti rimasti fedeli a Mike e piena di desiderio di vendetta. Così il colpo di grazia sarebbe giunto da due direzioni diverse e sarebbe stato definitivo.

Come ogni pomeriggio Magdalinì diede un bacio al figlio che si accingeva a uscire per recarsi agli allenamenti di baseball accompagnato da Jack. Frank, Peter e Bowden si erano dati appuntamento in un ristorante per un ennesimo giro di discussioni riguardanti il grande ritiro dalle scene. Chiusa la porta, Magdalinì chiamò Teodora per aiutarla a fare i compiti di matematica. L'isolamento assoluto dell'appartamento, che si trovava al quindicesimo piano, non le consentì di udire nulla.

Due automobili identiche, nere, spuntarono dal nulla nello stesso istante. La prima frenò bruscamente davanti a loro un attimo prima che Jack aprisse lo sportello della macchina per farvi entrare Charlie. Il finestrino si abbassò, fece capolino una mitragliatrice e la raffica crivellò di colpi sia l'autista che il bambino, e i due corpi si accasciarono sul marciapiedi. Poi la macchina sgommò sull'asfalto e si dileguò a tutto gas. La seconda automobile utilizzò lo stesso sistema per far fuori Frank, Peter e Bowden, che erano appena usciti dal ristorante.

Anna era invecchiata visibilmente. Da quel giorno terribile erano trascorsi dodici mesi e ancora si domandava come avesse fatto a non perdere il senno, a non scivolare in un mondo ovattato di silenzio, com'era capitato a Magdalinì. Rivolse un altro sguardo alla nipote. Nessun cambiamento. Eppure, nel corso di quei lunghi mesi, ogni volta che la guardava aveva sperato di scorgere qualche segno di miglioramento nei suoi occhi spaventati. I medici avevano detto che prima o poi si sarebbe rimessa dallo shock, ma non si azzardavano a fare previsioni.

All'annuncio del duplice attentato, Magdalinì aveva perso i sensi ed era crollata sul pavimento accanto alla piccola Teodora, che gridava impaurita. Quando era rinvenuta, ogni traccia della Magdalinì di una volta sembrava scomparsa. Era stata ricoverata in ospedale e tenuta sotto osservazione quasi due settimane. Gli esami non avevano rivelato alcun problema fisico, eppure Magdalinì non dava segnali di ripresa. Anna era rimasta sola da un momento all'altro senza sapere per chi versare le sue lacrime, con una bambina bisognosa di tutto, e decine di incombenze e di interrogativi senza risposta. Charleene e il marito le erano stati di grande aiuto, così come Judy e Alex, che nel frattempo erano tornati a vivere a Chicago. Le informazioni che Alex aveva raccolto le aveva riferite ad Anna, che soltanto allora si era resa conto di essere sempre stata all'oscuro di tutto. Si era augurata di finire come la nipote, precipitata nel regno del mutismo e della catatonia per non dover affrontare una realtà di dolore e di strazio.

Non era passato giorno senza che Judy fosse andata a trovare l'amica. Seduta accanto a lei, le leggeva alcune pagine di un libro, qualche rivista, i giornali, le parlava del passato, delle feste a cui avevano partecipato e della giovinezza spensierata. Intanto Anna si era occupata della casa, mentre Charleene faceva compagnia alla piccola Teodora, tenuta sotto osservazione da una esperta psicologa.

Lo spettacolo della madre ridotta a una perfetta statua di marmo l'aveva sconvolta dapprincipio, ma con il tempo si era abituata a rivolgersi a lei come se fosse in grado di risponderle, e prima di uscire o di andare a dormire le dava sempre un tenero bacio. Finché una sera, dopo averle dato il bacio della buonanotte, dagli occhi di Magdalinì aveva visto sgorgare un fiume di lacrime. I medici avevano detto che la paziente era in via di guarigione e Anna aveva pregato con tutto il cuore Dio di compiere un miracolo per la sua nipotina.

«Zia?»

Anna trasalì e si guardò intorno nel tentativo di capire la provenienza della voce. Dopo ben quattordici mesi trascorsi in un limbo di silenzio Magdalinì era tornata a guardarla negli occhi e a cercarla.

«Bambina mia, ti sei svegliata finalmente» esclamò, non riuscendo a credere che le sue suppliche fossero state esaudite.

«Dove sono?» Magdalinì parlava lentamente come se non riuscisse a trovare le parole.

«Tesoro mio, sei a casa... Con me... Dio sia lodato!»

Il resto della convalescenza si svolse senza problemi. I medici trassero un sospiro di sollievo. Dopo circa un anno anche loro avevano cominciato a perdere ogni speranza. A partire da quel giorno i progressi di Magdalinì furono fulminei e ad aiutarla fu soprattutto la piccola Teodora. La ragazzina, folle di gioia, non si allontanava un istante dalla camera da letto della madre, le chiedeva di leggerle le sue storie preferite o di giocare insieme con le bambole, finché, un mese dopo, Judy convinse finalmente l'amica a uscire con lei in giardino.

La tragica fine del piccolo Charlie, di Frank e di Peter continuava a essere un argomento tabù. Secondo i medici doveva essere Magdalinì ad affrontare per prima l'argomento, se e quando si fosse sentita pronta. Alex intanto era riuscito a risolvere tutte le questioni lasciate in sospeso da Frank e da Peter, e aveva assicurato il futuro delle vedove con efficienza e discrezione. In altre parole era riuscito a salvare quasi per intero il patrimonio dalle mire fameliche degli avversari. Questo, naturalmente, riguardava soltanto la parte sana dell'attività di Frank: i profitti derivanti dalle attività malavitose, infatti, furono lasciati nelle banche. Inoltre aveva sparso la voce che la vedova di Frank Giotto, gravemente ammalata, era tornata in Grecia e che la casa di Anna era stata acquistata da Judy.

Una domenica pomeriggio, dopo pranzo, Magdalinì guardò gli amici seduti in salotto. Il pranzo domenicale tutti insieme era diventata un'abitudine irrinunciabile. Judy si guardava il pancione con orgoglio. Finalmente, dopo tanti vani tentativi, lei e Alex stavano per mettere al mondo il loro primogenito. Charleene parlava con Anna, Teodora giocava con le bambole e il marito di Charleene commentava con Alex la situazione economica. In quel momento tutto appariva tranquillo, Magdalinì però sapeva che per conquistare quella pace avevano dovuto attraversare pelaghi tempestosi, sopravvivere a onde alte come montagne, abbandonare la nave naufragata e affidarsi ai salvagente che i loro amici gli avevano fortunatamente gettato. Dal giorno in cui era uscita dal suo torpore, non aveva fatto altro che riflettere sul suo futuro, sulle decisioni che era invitata a prendere. I due angeli della sua vita, il piccolo Charlie e Frank, erano volati via da lei, ma ne restava ancora uno da allevare e da proteggere. E finché fossero rimasti a Chicago lei non si sarebbe sentita tranquilla.

«Vorrei chiedere la vostra attenzione, per favore» annunciò a un tratto. «In tutti questi mesi della mia convalescenza non vi ho mai espresso la mia riconoscenza per il vostro aiuto. Senza di voi non sarei mai tornata alla vita e per quanto vi ringrazi, le parole non basteranno mai. Un ringraziamento particolare voglio rivolgerlo a te, Alex: il tuo sostegno è stato la nostra salvezza e immagino che non dev'essere stata una passeggiata...»

«Lin, mi metti in imbarazzo» replicò lui.

«Ma è la verita. Siete persone straordinarie, gli amici migliori che avrei potuto desiderare. Una famiglia forte e unita... Per questo adesso voglio annunciarvi le decisioni che ho preso.»

Seguirono alcuni istanti di silenzio.

«Non ce la faccio più a vivere a Chicago» spiegò Magdalinì. «Ho paura di uscire di casa, ho sempre la sensazione di essere seguita, tremo all'idea di quello che potrebbe succedere a mia figlia. Non mi piace vivere nel terrore. Così ho deciso di tornare in Grecia e spero che mia zia voglia seguirmi.»

Anna corse subito accanto a lei. «Certo che voglio seguirti» dichiarò. «In cuor mio speravo che prendessi questa decisione. Amici, vi voglio molto bene e in America ho vissuto quasi tutta la mia vita ma… adesso non c'è niente che mi trattenga qui.»

«Allora è deciso! Si parte!»

«Quando?»

«Ora che so che verrai con me, non c'è bisogno di perdere tempo. Possiamo partire domani stesso!»

«E la casa?»

«Sarà l'ultimo favore che chiedo ad Alex. Puoi pensarci tu a venderla e a mandarci i soldi in Grecia?»

Charleene si asciugò gli occhi gonfi di lacrime. «Anche se mi dispiace perdervi, mi rendo conto che si tratta della decisione giusta. In Grecia potrete rifarvi finalmente una vita lontana dal dolore. Sapete già dove andare?»

Magdalinì guardò il vuoto con occhi trasognati. La zia capì subito e annuì. Alle orecchie le giunse il fruscìo remoto degli alberi smossi dal vento e il canto melodioso del fogliame. Alle narici avvertiva il fresco profumo del terriccio bagnato di pioggia e l'odore acre del legno bruciato che esce dai comignoli, mescolato all'aroma inconfondibile del pane fresco di Teodora. Davanti agli occhi le si formò la sagoma di una casa abbracciata da due castagni altissimi, accanto ai quali scorreva placidamente la corrente di un fiume.

Quello era il luogo in cui voleva tornare. Nelle acque di quel fiume intendeva soffocare il dolore per i cari scomparsi. Tra le braccia della madre voleva finalmente abbandonarsi a un pianto liberatorio. Desiderava che la figlia crescesse alle pendici dell'Olimpo, libera e felice, senza essere minacciata da nessuno.

Sì, era lì che doveva tornare… A casa sua…

La casa sul fiume.

# Il ritorno

Come ogni mattina, appena alzata, Teodora appoggiò il lumino davanti alle immagini sacre e si segnò. Una tenue luce si diffuse nella penombra della stanza. Neanche quel giorno il tempo sarebbe stato bello. Nonostante aprile fosse cominciato da una settimana, la primavera stentava a sbocciare. Tornò in cucina per bere il caffè, ma la fiamma crepitante del camino le fece capire che non era sola.

La madre si era alzata prima di lei e il caffè era già pronto. «Buongiorno» disse alla vista della figlia.

Teodora abbozzò un tenero sorriso. Nonostante i suoi ottant'anni Iulìa si sentiva in forma perfetta. Il medico aveva confermato che godeva di ottima salute e soltanto la chioma canuta e le dita deformate dall'artrite ne tradivano l'età. Per il resto continuava a essere la donna fiera e orgogliosa che era sempre stata, e la figlia ringraziava ogni giorno il cielo per questo. Se era riuscita a resistere alla solitudine in tutti quegli anni, lo doveva soltanto alla madre.

Si avvicinò al camino e si sedette accanto a lei.

«Vuoi un po' di caffè?» le domandò Iulìa alzandosi.

«Sì, mamma… Grazie…»

Da anni il rito del caffè si ripeteva identico ogni mattina. In silenzio, una accanto all'altra, si godevano la compagnia del fuoco. D'estate invece uscivano sulla veranda ad ammirare i primi raggi del sole che si riflettevano sulle acque del fiume. Entrambe avevano trascorso anni difficili, ma erano riuscite a resistere alla fatica e alla solitudine. Dopo la fuga di Polixeni erano rimaste completamente sole e Teodora aveva creduto che il sole avesse perso il fulgore e i colori la loro brillantezza, che la vita fosse divenuta un peso insopportabile e senza senso. Il pensiero che vivere fosse inutile si era trasformato in un'ossessione.

Ma Iulìa aveva impedito alla figlia di arrendersi. L'aveva lasciata piangere e disperarsi, mentre i giorni diventavano settimane. Teodora si era lasciata sempre più andare, trascorrendo lunghe ore seduta in riva al fiume, persa nei pensieri. Tuttavia, a differenza del fiume che a un certo punto sfociava nel mare, i pensieri di Teodora non sfociavano da nessuna parte. Aveva inutilmente cercato di proiettarlo verso le figlie che vivevano lontano e dalle quali riceveva soltanto scarse notizie. Iulìa aveva anche notato che la figlia non mangiava quasi più. Aveva temuto che si ammalasse, eppure aveva continuato a far finta di niente anche di fronte alle occhiaie sempre più scure che le cerchiavano le orbite e allo sguardo smarrito, perso nel vuoto. Iulìa era una donna paziente e sapeva aspettare. Ma il giorno in cui aveva giudicato che la figlia avesse pianto e sofferto abbastanza, era stata pronta a intervenire. Era andata a trovare Teodora che, come al solito, era seduta in riva al fiume.

«Fino a quando durerà questa storia?» le aveva domandato.

«Che cosa vuoi, mamma?» aveva replicato la figlia con voce affranta.

«Voglio che tu riprenda a vivere! Hai pianto, ti sei disperata, hai gridato e hai sofferto abbastanza. Non ce la faccio più a vederti sciupare in questo modo la tua giovinezza.»

«Di che giovinezza parli? Hai dimenticato quanti anni ho?»

«Che razza di domande, certo che lo so. Sono tua madre e ti dico che sei ancora giovane.»

«E siccome sono giovane, non ti dispiacerebbe se mi risposassi.»

«Al contrario, sarebbe una cosa bellissima.»

Teodora aveva guardato la madre e per la prima volta dopo molto tempo un sorriso le era affiorato alle labbra. «Vedo che oggi sei in vena di scherzare.»

«Figlia mia, non sto scherzando affatto. Su, parla, che cos'è che ti tormenta?»

«Mamma, ho perso la gioia di vivere. Ho messo al mondo cinque figlie e guarda come sono ridotta... Sola come un cane...»

«Dici? E pensare che ti credevo intelligente. La casa dove la metti? È il loro ultimo rifugio e devi fare di tutto per difenderla e conservarla, se un giorno le cose andranno male e vorranno tornare indietro. E quando parlo di casa, mi riferisco non tanto all'edificio ma a te, alla madre delle tue cinque figlie!»

«Mamma, tu vaneggi. Le mie figlie non torneranno mai più. Non vedevano l'ora di andarsene e alla fine ci sono riuscite, tutte e cinque. Melissanthi e Iulìa si ricordano di noi una volta all'anno con una cartolina, Aspasìa non so neppure dove sia mentre Polixeni... ancora non riesco a credere che sia andata via in quel modo. Soltanto Magdalinì scrive regolarmente per farmi sapere che sta bene. Quindi perché dovrebbero tornare?»

«Non disperare, figliola. La vita è piena di sorprese e il domani non si sa mai che cosa porterà.»

«Se davvero un giorno torneranno, sarà perché i loro sogni non si saranno realizzati. E non voglio che accada. Desidero che siano felici, che stiano bene...»

«Quindi sei d'accordo con me.»

«No, non sono d'accordo con te. Mi sento sola e la solitudine mi paralizza.»

«Ci farai l'abitudine. Prima o poi te ne farai una ragione e scoprirai che bisogna continuare a vivere e a sperare. E ricordati: se proprio non ce la fai da sola, il villaggio è pieno di uomini pronti a fare carte false pur di sposarti.»

«Mamma, per favore, non ricominciare con questa storia del matrimonio.»

«E allora impara a prendere la vita come viene e smettila di lamentarti.»

In cuor suo Teodora sapeva che la madre aveva ragione. A partire da quel giorno aveva cercato di recuperare i frammenti della sua vita. Non era stato facile ma ci era riuscita. Le due donne si erano create una nuova routine quotidiana: dal forno era tornato a sprigionarsi il profumo del pane fresco, l'orto si era di nuovo riempito di verdure freschissime e coltivate con amore. Madre e figlia attendevano ogni giorno con malcelata ansia l'arrivo del postino e, quando portava loro una lettera o una cartolina, gli occhi di entrambe si illuminavano di gioia e le labbra si schiudevano in un sorriso. Teodora leggeva e rileggeva le novità delle figlie e alla fine deponeva la lettera sull'altarino, accanto alle immagini sacre. Ogni tanto, assieme alle lettere arrivava anche qualche fotografia, che le due donne consumavano a forza di baci e infine deponevano a loro volta sull'altarino. Le preghiere di supplica alla Madonna si trasformavano in preghiere di ringraziamento, per poi tornare ferventi se dopo troppi giorni il portalettere non si era ancora fermato a casa loro.

Tuttavia ogni anno che passava il postino si fermava sempre più di rado. Quando lo vedeva passare da lontano, Teodora si mordeva le labbra e per non lasciarsi sopraffare dalle lacrime si metteva a zappare nell'orto.

Giunse finalmente la primavera al termine di un inverno particolarmente rigido. Gli alberi si riempirono di foglie e i prati di fiori, le giornate erano diventate più lunghe e Teodora, per passare il tempo, decise di sistemare la vecchia casa della madre, rimasta abbandonata per lunghi anni. Non sapeva perché le fosse venuta in mente un'idea del genere. Forse perché le si stringeva il cuore a vederla ridotta a un rudere. Così chiamò operai e imbianchini per rimetterla a nuovo, ristrutturare il bagno e sostituire completamente le tegole del tetto.

«Pensi di venderla?» le domandò la madre quando vide il risultato finale.

«Certo che no! Come ti viene in mente?»

«È che hai sostenuto tante spese e non ne capisco il motivo.»

«Pensavo di affittarla. Ma ancora non ho deciso. Prima però vorrei ristrutturare anche la mia, di casa. È passato tanto tempo dall'ultima volta che vi ho fatto fare dei lavori ed è giunto il momento di dotarla di tutti i confort moderni.»

Durante i lavori le due donne si trasferirono a casa di Iulìa. Teodora non badò a spese. Fece sostituire infissi e impianti idraulici, rinnovare completamente il bagno e infine si recò in città per l'acquisto di un televisore. Quando Iulìa vide la scatola non credette ai suoi occhi: somigliava a una radio ma trasmetteva anche immagini. Nascosta dietro una porta, in piedi, la vecchia sbirciava lo schermo. Dopo qualche minuto, però, prese confidenza con la novità e si sedette in poltrona accanto alla figlia per seguire il telegiornale in silenzio e a occhi sgranati.

«Allora, mamma, cosa ne pensi?» domandò Teodora.

Iulìa mise una mano sulle labbra della figlia per farla tacere.

«Che cosa c'è?»

«È da maleducati parlare quando sta parlando un altro» la rimproverò la madre.

Teodora scoppiò a ridere, spense il televisore e cercò di illustrare a Iulìa il funzionamento di quella tecnologia miracolosa.

Per il resto della sua vita, Iulìa avrebbe evitato di avvicinarsi troppo al televisore, ma quella prima sera, al termine del telegiornale, abbracciò e baciò commossa la figlia per il bel regalo che le aveva fatto. «Grazie, tesoro» le disse piangendo. «Sia lodato il nome del Signore che mi ha concesso di vivere abbastanza a lungo per vedere questo miracolo. Grazie, grazie ancora.»

Iulìa divenne anzi una telespettatrice tanto accanita da far preoccupare la figlia. La madre era capace di trascorrere ore davanti al piccolo schermo e, poiché la programmazione era ancora piuttosto limitata, non disdegnava di seguire i documentari, sempre con gli stessi occhi sgranati e l'espressione estasiata.

Quando tutti i rotocalchi si occuparono della vicenda di Leonidas e di Polixeni, Teodora ne venne a conoscenza per caso. Da quando c'era la televisione aveva smesso di acquistare i giornali, ma un giorno che era scesa in paese per fare la spesa fu attratta dall'atteggiamento del pizzicagnolo, il signor Pandelìs, che sembrava non avere il coraggio di chiederle qualcosa che gli premeva.

«Buongiorno, signora Teodora» la salutò. «Come stanno le vostre figlie? Avete notizie?»

«Stanno benone» rispose lei continuando con gli acquisti.

«Anche Polixeni? Come se la passa?» riprese l'uomo.

Teodora lo guardò negli occhi provando una stretta al cuore. «C'è forse qualcosa che volete dirmi? È successo qualcosa a mia figlia?»

«No, no, è tutto a posto, solo che, ecco, ho sentito dire che è diventata un'attrice famosa.»

«Chi lo dice?»

Il pizzicagnolo le mostrò la copertina di una rivista. Teodora gliela strappò di mano. Il volto della figlia si riconosceva appena sulla carta patinata ma non c'era dubbio che si trattasse di lei, anche se la didascalia riportava il nome di Xenia Olimpiou. Teodora trasecolò quando lesse che il fidanzato si era tolto la vita con un colpo di pistola proprio sotto la sua casa. Il titolo recitava: «Lo shock di Xenia Olimpiou dopo la tragica notizia». Teodora rivolse uno sguardo stupito al signor Pandelìs. Era pallida come un cencio e lui si affrettò a portarle una sedia.

«Su, non fate così» cercò di tranquillizzarla. «Almeno Polixeni sta bene.»

«Come fa a star bene dopo una catastrofe del genere?»

«Forse dovreste andare da lei.»

Le parole del pizzicagnolo la colpirono al cuore come una fucilata. A un tratto si rese conto che la figlia, anche in un frangente tanto difficile, non aveva sentito il bisogno di cercarla. Dal giorno della fuga aveva ricevuto da lei soltanto due cartoline con un semplice saluto. La donna si alzò a fatica dalla sedia e raddrizzò la schiena.

«Polixeni ha fatto la sua scelta. Se vuole tornare sa dove trovarmi. Quanto a me, non intendo andare da nessuna parte» sentenziò.

Uscì dalla bottega a testa alta, con passo deciso e senza piangere, e al pizzicagnolo non rimase che ammirare l'incredibile forza d'animo di quella donna. Naturalmente, la carriera di Polixeni e la tragedia di Leonidas divennero l'argomento di conversazione preferito al villaggio. I rotocalchi si occupavano spesso della giovane diva e Teodora si consolava al pensiero che almeno in modo indiretto aveva notizie della figlia. All'inizio cercò di tenerle nascoste alla madre, ma Iulìa un giorno la colse intenta nella lettura di un giornale e quando vide la fotografia sgranò gli occhi.

«Che cosa ci fa tua figlia sul giornale?» le domandò, e Teodora fu costretta a dirle la verità. L'anziana donna ascoltò con attenzione e in seguito scosse la testa, sconsolata. «Vorrei sapere da chi ha preso» si domandò.

«Forse non ha preso da nessuno, mamma» rispose. «Lo sai che fin da piccola ha sempre avuto un carattere particolare.»

«Però bisogna riconoscere che ha avuto successo» ribatté Iulìa con un lampo di orgoglio negli occhi.

«Mamma, che cosa dici?» la rimproverò. «Che successo è finire sbattuti sui giornali? Non capisci che ci ha resi ridicoli?»

«Ti sbagli, figlia mia. Polixeni dev'essere un'attrice molto brava se adesso recita in teatro e al cinema, mentre soltanto qualche anno fa è scappata di nascosto con un pezzo di pane in una bisaccia. Direi proprio che ha preso da te.»

«Da me?»

«Certo. Anche tu hai sempre avuto un carattere caparbio e quando ti mettevi una cosa in testa non te la toglieva nessuno. No, no, io voglio essere fiera del successo di mia nipote, non abbiamo nulla di cui vergognarci.»

«Lo sai che la gente qui al villaggio mormora.»

«La gente farebbe meglio a pensare ai fatti suoi invece di giudicare cose che non conosce. O preferivi che Polixeni facesse la loro fine, sposata a sedici anni, grassa come una vacca, a rincorrere tutto il giorno un marito scioperato che va in giro a sbevazzare a destra e a manca? Niente da fare, mia nipote era troppo intelligente.»

Con le lacrime agli occhi Teodora abbracciò la madre. «Ah, mamma! Che cosa farei senza di te?»

«Piagnucoleresti tutto il giorno, ecco che cosa faresti.»

L'estate successiva un cinematografo ambulante portò al villaggio la prima pellicola in cui Polixeni aveva recitato da protagonista. I biglietti andarono a ruba e Iulìa non volle sentire ragioni: per nulla al mondo si sarebbe persa il film. Insieme a Teodora comparve in piazza pochi minuti prima dell'inizio. Tra gli spettatori si levò un mormorio ma Iulìa non si scoraggiò e raggiunse la prima fila per sedersi assieme alla figlia. Al termine dello spettacolo tutti si avvicinarono alle due donne per complimentarsi. Passato il primo momento di vergogna, Teodora cominciò a ricevere le congratulazioni dei compaesani con una certa soddisfazione, proprio come sua madre.

«Dio solo sa dov'è che ho trovato il coraggio di presentarmi alla proiezione» fu il suo commento quando rincasarono.

«Se non l'avessi fatto, non avresti più messo il naso fuori di casa. Per questo ho insistito per farmi accompagnare. In questo modo abbiamo tappato la bocca ai pettegoli e non gli abbiamo permesso di sparlare alle nostre spalle. Su, Teodora, ammettilo: sei davvero rimasta indietro, tu.»

«Quindi sarei una retrograda? Io?»

«Retrograda non so che cosa vuol dire, so soltanto che hai una mentalità arretrata. Sei giovane e tua figlia è un'attrice di successo, lo dicono persino i giornali. Dovresti esserne fiera, altro che vergognarti. Dammi retta, il modo migliore per chiudere la bocca ai compaesani è andare in giro a testa alta ed essere fiera di tua figlia.»

Ancora un volta la saggezza di Iulìa si rivelò un toccasana per lo stato d'animo di Teodora. Sua madre aveva ragione. Il successo di Polixeni riempì di orgoglio e di felicità anche i compaesani, che finirono con il considerarla un po' figlia loro. Le proiezioni dei suoi film segnavano sempre il tutto esaurito perché arrivavano spettatori persino dagli altri villaggi del circondario, e ogni notizia che la riguardava e che compariva sui giornali veniva ripresa con orgoglio da tutti. Poi un giorno lessero che la loro Polixeni stava per girare un film in Italia e lei si trasformò in una gloria nazionale, tanto che alcuni si spinsero addirittura a portare dei regali a Teodora.

L'unica a non condividere del tutto l'entusiasmo della gente era proprio lei. Pur riconoscendo che la madre aveva ragione, in cuor suo era molto preoccupata per Polixeni. Nonostante la fama e il successo ottenuti, lei, come madre, si domandava se la figlia fosse riuscita anche a conquistare la felicità. Qualche anno più tardi Polixeni cominciò anche a recitare per la televisione. Al villaggio la vendita degli apparecchi conobbe un'impennata, mentre la nonna Iulìa, con le lacrime agli occhi, appena sul piccolo schermo appariva la nipote trovava persino il coraggio di avvicinarsi un po' di più all'apparecchio.

Anche Teodora guardava la scatola inanimata e dagli occhi della figlia provava a indovinarne lo stato d'animo. Negli ultimi tempi cercava sempre più spesso rifugio nel suo altarino, leggeva e rileggeva le lettere e le cartoline delle sue ragazze, guardava le fotografie e piangeva in silenzio. Soltanto con il marito si lasciava andare, quando con regolarità si recava sulla sua tomba, accendeva il lumino votivo e si sedeva accanto alla fotografia.

«Gheràsimos, non so se riesci a vedermi da lassù, non so se riesci a sentire la mia voce, ma voglio dirti ancora una volta che non avresti dovuto lasciarmi sola. Avevo bisogno di te ma tu mi hai abbandonato. Se fossi qui, forse le cose sarebbero diverse, forse le nostre figlie non sarebbero andate via. E se anche fossero andate via, almeno ci saremmo fatti compagnia a vicenda.»

Erano trascorsi oltre vent'anni dal giorno in cui Iulìa, la prima delle cinque figlie a essersene andata, aveva sposato Fokàs. Che ne era stato di loro? Il destino era stato clemente, erano riuscite a trovare la felicità? E lei, le avrebbe riviste un giorno o la morte l'avrebbe preceduta?

Melissanthi scese dalla corriera e si guardò intorno. Si trovava nella piazza principale del paese. Prima di lasciare Atene aveva venduto l'automobile, mentre Christos si era occupato della vendita dell'impresa e della casa. Lei era stata chiara: il ritorno al villaggio sarebbe stato definitivo. Ad Atene non intendeva rimettere mai più piede.

Il platano le diede il benvenuto con un lieve fruscìo delle foglie e lei sorrise. Quante volte aveva cercato la frescura della sua ombra, era lì che Apòstolos l'aveva notata per la prima volta, proprio in quella piazza, accanto al platano, era cominciato tutto. La bottega del signor Pandelìs era sempre al suo posto. Prese la valigia e se ne andò prima che qualcuno la potesse riconoscere. Non si sentiva ancora pronta ad affrontare nessuno. Le gambe sembravano portarla da sole verso l'unico posto in cui sperava di ritrovare la serenità: la casa della madre.

Poco prima dell'ultima curva, si sentì venir meno le forze. Si sedette su una roccia e si nascose la testa tra le mani. E se Teodora nel frattempo fosse morta? Se, dopo tanti anni, la casa fosse ridotta a un rudere? Ne erano trascorsi oltre venti e nel frattempo poteva essere successo di tutto. E la nonna? Il nonno? Li avrebbe trovati ancora vivi? Non riusciva a perdonarsi di essere stata tanto crudele, di aver interrotto ogni contatto con la sua famiglia. Di non essere mai andata a trovarli neppure una volta in tanti anni di lontananza.

«Mamma, devo ammettere che alla fine avevi ragione» disse tra sé. «Il fiume mi ha trascinato via come un fuscello, mi ha portato in giro per il mondo, ma adesso mi rendo conto che si è trattato di un viaggio senza meta. E adesso è finito. Spero soltanto che tu sia viva e che riuscirai a perdonarmi.»

Si alzò avendo ritrovato la determinazione. Qualsiasi cosa l'aspettasse dietro quella curva, si sentiva pronta ad affrontarla. Si appoggiò a un albero e il panorama la lasciò senza fiato. I raggi del sole facevano luccicare le acque del fiume, la casa sembrava come nuova e dal comignolo si levava una colonna di fumo. Nonostante fosse primavera la temperatura era ancora piuttosto bassa. Senza che se ne rendesse conto le vennero le lacrime agli occhi e la vista si offuscò. Abbassò le palpebre credendo che si trattasse di un sogno, che quello che vedeva non fosse reale ma frutto della sua fantasia, e le lacrime cominciarono a rigarle le guance. Sollevò le palpebre e adesso l'immagine era più netta. Sì, la casa era ancora al suo posto. Cominciò a scendere in fretta, come se la valigia fosse senza peso. Si fermò per rivolgere uno sguardo di rimprovero al fiume.

«E così non ce l'hai fatta» mormorò. «Mi hai trascinato via, mi hai portato lontano, ma alla fine sono riuscita a risalire la corrente e a tornare indietro.»

Distolse lo sguardo dai riflessi verdastri per osservare la casa. Il giardino era pieno di ortaggi freschissimi, come sempre, e questo le diede la certezza che la madre era ancora viva e che stava bene. Nessun'altro si prendeva cura dell'orto! Aprì il portoncino del cortile ed entrò senza voltarsi indietro. I vecchi castagni le parve che le rivolgessero un fruscìo di benvenuto. *Che siano stati avvertiti dal platano nella piazza?* pensò sorridendo. Intorno a lei tutto era pieno di vita e Melissanthi aveva l'impressione che quello che la circondava esultasse al suo passaggio. Spinse la porta d'ingresso, che come al solito era aperta. Il fuoco divampava nel camino ma in cucina non c'era nessuno. Provò a dare un'occhiata nelle altre stanze e notò i cambiamenti. Sorrise alla vista del televisore: il progresso aveva fatto capolino persino al suo villaggio…

Appoggiò la valigia sul pavimento. Era partita da Atene prendendo con sé soltanto lo stretto necessario. Non voleva niente che le ricordasse il passato. Dentro la valigia c'era anche un album con le fotografie di Apòstolos, del figlio e di Ànghelos, che non aveva avuto il coraggio di gettare via. Accarezzò i vecchi mobili del salone dove un tempo si riunivano gli ospiti dei genitori e poi diede un'occhiata alle camere dove lei e le altre quattro sorelle trascorrevano la maggior parte del tempo. Tutto era come lo aveva lasciato, ritrovò persino certi giocattoli rotti di quando erano bambine. Nella stanza che condivideva con Iulìa, in un cassetto, scoprì i nastrini con cui la madre legava loro i capelli. Si sedette sul bordo del letto, in preda alla commozione, e a un tratto udì la voce della madre e di… sì! La voce della nonna! Dunque era ancora viva! Si sentì travolgere da una gioia indicibile, avrebbe voluto correre ad abbracciarle ma non ebbe il coraggio…

«Ah, mamma» disse Teodora. «Non capisco per quale motivo continui a lavorare a maglia. Spendiamo un sacco di soldi inutilmente.»

«Questo lo dici tu» ribatté Iulìa. «Per me sferruzzare è un passatempo e poi mi fa sentire utile. Quest'anno per esempio ho deciso di confezionarti un bel pullover.»

«Fa' come ti pare, a me non...» Teodora si interruppe alla vista della valigia sul pavimento. «Che cos'è questa?» domandò. «Di chi è?»

Le due donne si scambiarono uno sguardo interrogativo e Melissanthi trovò finalmente il coraggio di andar loro incontro. Si diresse in cucina e si fermò sotto lo stipite, immobile come una statua. Teodora si accorse subito di lei. Rimase a guardarla alcuni istanti, incredula. Si portò le mani alla bocca per trattenere un grido di gioia e di sorpresa. La nonna si fece il segno della croce e le labbra si misero a mormorare una preghiera. Melissanthi non riuscì a stare ferma: le braccia della madre si erano già spalancate e non aspettavano altro che stringerla a sé, e la figlia dal canto suo non vedeva l'ora di sentirsi al sicuro e protetta. Teodora la cinse, intrecciò le dita con le sue e cominciò a baciarle il viso. Subito dopo toccò alla nonna e poi ancora alla madre, che se la passavano l'un l'altra per accertarsi che non si trattava di un'allucinazione e che Melissanthi era davvero lì assieme a loro, in carne e ossa, identica a come se la ricordavano nonostante i vent'anni trascorsi.

Quella notte nessuna delle tre donne riuscì a chiudere occhio. Rimasero sedute davanti al camino con Melissanthi che non smise di parlare neppure un istante, tanto che all'alba aveva la voce roca. Alla madre e alla nonna raccontò per filo e per segno tutti gli eventi accaduti nella sua vita dal giorno del matrimonio fino a quello del ritorno. La narrazione assunse i contorni di una vera e propria confessione. La vita era stata crudele con lei e sentiva che era giunto il momento di togliersi di dosso il peso di tante disgrazie, condividendole con le due persone che amava di più al mondo. Voleva piangere ancora una volta per i cari perduti, per le gioie che la vita le aveva negato, pentirsi degli errori a causa dei quali tutto ciò che le era rimasto della vita passata era quell'album di fotografie.

Alle prime luci dell'alba Teodora fece alzare la figlia e la condusse in camera sua. Le sfilò gli abiti come faceva quando era bambina e le rimboccò le coltri. Si sedette sul bordo del letto e le accarezzò i capelli. Gli sguardi si incrociarono.

«Mamma, avevi ragione» disse lei sottovoce. «Mi sono lasciata trascinare dal fiume.»

«E invece avevo torto» rispose Teodora. Notando lo sguardo interrogativo della figlia, aggiunse: «Vi avevo detto che la vita è come un fiume, che ci trascina via e non ci fa più tornare indietro. Tu però sei tornata».

«Sì, mamma, sono tornata per sempre. È in questo villaggio che sono nata, è qui che sono cresciuta ed è qui che voglio finire la mia vita.»

«La vita non finisce mai, figlia mia. La vita si trasforma e continua, continua sempre… scorre come il fiume. Solo che adesso hai finalmente trovato un'ancora di salvezza e puoi decidere tu dove andare. Dormi. Il passato non c'è più. In cielo ci sono tre uomini che ti proteggono e sulla terra due donne che ti vogliono bene. Dormi…»

Melissanthi chiuse gli occhi. La carezza lieve della madre, la nottata trascorsa a raccontare le dolorose vicende della sua vita e la stanchezza delle ultime settimane l'avevano spossata. Teodora tornò in cucina soltanto quando fu sicura che la figlia dormiva profondamente. Iulìa aveva gettato altra legna nel camino e l'aspettava con una tazza di caffè in mano.

«Tieni» l'invitò con dolcezza. «Ti ho preparato il caffè.»

Teodora si lasciò cadere sulla sedia. La madre le porse la tazza e poi le accarezzò i capelli.

«Fatti coraggio» mormorò. «Per superare indenni la burrasca ci vogliono un buon capitano e molta forza d'animo. Melissanthi è tornata con lo spirito ricoperto di ferite. Con il tempo vedrai che si rimargineranno.»

«Se penso a tutto quello che ha passato» balbettò Teodora rimettendosi a piangere.

«Melissanthi ha pagato a caro prezzo i suoi errori... Ma adesso è qui ed è questa la cosa che importa.»

«Come riuscirò a consolarla? Per la perdita di suo figlio... Mio nipote...»

«Il tempo è il miglior medico e noi ci occuperemo di lei come due infermiere. Adesso bevi il caffè e poi andiamo ad accendere una candela per le anime che sono scomparse...»

Melissanthi dormì ventiquattr'ore di fila. Teodora a un certo punto cominciò a preoccuparsi e un paio di volte diede una sbirciatina in camera per accertarsi che il suo sonno fosse tranquillo. Al risveglio Melissanthi si sentì molto meglio. La nonna le servì una ciotola di latte fresco e su un paio di fette di pane le spalmò il miele. Nel giro di pochi giorni avvenne il miracolo: Melissanthi si riabituò alla vita del villaggio come se non se ne fosse mai andata, iniziando la giornata facendo colazione con la madre e con la nonna. Dopo si occupava della spesa e aiutava a sbrigare le faccende domestiche, proprio come accadeva un tempo. Il pomeriggio lo trascorreva seduta in veranda, e tutte e tre insieme commentavano le novità del villaggio, le persone che si erano sposate, quelle che erano venute a mancare e i pettegolezzi forniti dal signor Pandelìs, che era il primo a venirli a sapere.

L'unico argomento che non avevano ancora affrontato era Polixeni. Per non entrare in un campo minato, Teodora si era limitata a spiegare alla figlia il modo in cui era scappata. La nonna, al contrario, non era il tipo da nascondere la testa sotto la sabbia, e così un pomeriggio in cui si trovavano sulla veranda a prendere il caffè tirò in ballo l'argomento.

«Melissanthi, ascolta» disse Iulìa con cautela. «Tu che vivevi ad Atene, hai più saputo niente di tua sorella Polixeni?»

Madre e figlia si scambiarono un'occhiata e Melissanthi abbassò la testa.

«Hai sentito quello che ti ho detto?» insisté la nonna. «Non puoi non averne sentito parlare, vivevate nella stessa città.»

«In effetti Polixeni è diventata un'attrice molto famosa» rispose sottovoce.

«Vi siete mai viste qualche volta?» domandò Teodora.

«Sì... Qualche anno fa Apòstolos e io siamo andati a teatro a vedere lo spettacolo di Xenia Olimpiou. Non avevamo idea che Xenia e Polixeni fossero la stessa persona. Ce ne siamo accorti non appena è apparsa sul palcoscenico.»

«Com'era?» domandò ancora Teodora.

«Bella, bellissima. Gli spettatori erano incantati.»

«Hai parlato con lei?» chiese Iulìa.

«No, nonna. Alla fine dello spettacolo volevo andarla a trovare in camerino ma c'era troppa gente e così siamo andati via.»

«Perché?» domandò Teodora in tono dolente.

«Davvero non lo so. Quando l'ho vista sul palcoscenico, così bella e affascinante, mi è sembrato che fosse diversa dalla Polixeni con cui giocavamo e ci sbucciavamo le ginocchia da bambine. Quella non era più mia sorella, la ragazzina acerba che avevo lasciato qui, ma una celebre diva del teatro.»

«Capisco» mormorò Teodora. «Anch'io quando la vedo recitare in qualche film faccio fatica a riconoscere la ragazzina a cui intrecciavo i capelli ogni mattina.»

«Comunque la seguivo sui giornali, fin quando la mia vita non è andata sottosopra.» Melissanthi tacque e rivolse lo sguardo verso il fiume. Era tornata da circa un mese e ancora se ne teneva lontana. Evitava persino di guardarlo. In quel momento però socchiuse le palpebre per ripararsi dai riflessi del sole pomeridiano sull'acqua.

«Melissanthi, che cosa succede?» le domandò la madre. «Perché guardi il fiume? Perché non ti rappacifichi con lui? Non ha nessuna colpa per quello che ti è successo. Se ci ha portato via, è soltanto perché noi glielo abbiamo consentito.»

«Lo stesso vale anche per Polixeni» riprese Melissanthi guardando la madre. «Ho la sensazione che prima o poi anche lei ritornerà… E che pure il suo spirito sarà pieno di ferite…»

Teodora la guardò impensierita. Sperava con tutto il cuore che la figlia si sbagliasse.

Un pomeriggio, per passare il tempo Teodora si era messa a spazzare il pavimento di legno della veranda. La madre e la figlia erano andate a riposare. Lei invece non faceva mai la siesta, un po' perché invecchiando aveva bisogno di dormire sempre di meno, e un po' perché considerava il riposo pomeridiano soltanto tempo perso. Il giardino era coperto di fiori: la primavera aveva compiuto di nuovo il miracolo adornando la natura di colori meravigliosi e riempiendo l'aria di un dolce profumo. A Teodora la primavera era sempre piaciuta. Di lì a qualche giorno cadeva la festa di Calendimaggio e come ogni anno avrebbero intrecciato corone tripudianti di fiori.

Diede un'occhiata al letto del fiume, più che altro per abitudine, ma la scopa le cadde dalle mani. Sognava o era desta? La sagoma che si scorgeva da lontano era quella di sua figlia…

Aspasìa e Teodora erano giunte al villaggio con la corriera del pomeriggio. La ragazzina era stanca per il lungo tragitto ma, scesa nella grande piazza, tornò vivace e curiosa come al solito.

«Mamma, è questo il tuo villaggio?» domandò.

«Sì. Questa è la piazza. D'estate si riempie di ragazzini che giocano, di anziani che bevono il caffè e di ragazze che chiacchierano a bassa voce sotto il platano.»

«Anche tu chiacchieravi sotto il platano, mamma?» domandò ancora Teodora.

«Certo. È passata una vita ma ricordo bene quando io e le mie sorelle ridevamo nel vedere i ragazzi che cercavano di far colpo su di noi.»

Teodora guardò la madre e scoppiò a ridere. Non l'aveva mai vista tanto serena ed era una cosa che le piaceva molto. Un venticello lieve scompigliò i loro capelli. Aspasìa sollevò lo sguardo e scorse la chioma fronzuta del platano che mormorava «bentornata!» in un linguaggio che soltanto lei era in grado di capire.

«Mamma, dov'è la tua casa? Dov'è il fiume?» domandò la ragazzina interrompendo le fantasticherie della madre.

«Non siamo lontane, ma c'è bisogno ancora di un po' di cammino. Sei stanca? Vuoi che prima ci sediamo a prendere una bella aranciata?»

«No, mamma, no» gridò Teodora. «Andiamo! Non vedo l'ora di trovarmi nella casa sul fiume, la tua casa!»

Aspasìa scoppiò a ridere. Prese la valigia e indicò la strada alla figlia. Ma raggiunto lo spiazzo dove aveva incontrato Stavros per la prima volta si fermò, e la figlia la guardò preoccupata.

«Mamma, che cosa c'è?» domandò. «Non stai bene?»

«Tutto bene, tesoro» fu la risposta. «Pensavo che è qui che ho visto per la prima volta tuo padre.»

«Davvero?» Gli occhi di Teodora si spalancarono e la ragazzina si guardò intorno con curiosità.

«Sì. Aveva una consegna di merce per il signor Pandelìs, il pizzicagnolo. Hai presente la bottega che abbiamo visto quando siamo scese dalla corriera? Tuo padre si era smarrito, mentre io stavo cercando un posto appartato per provare un brano all'epoca molto in voga.» Aspasìa si interruppe abbozzando un sorriso amaro e la figlia le strinse la mano per incoraggiarla a continuare. «Io gli ho indicato la strada ma poi, siccome era troppo tardi per tornare indietro, l'ho accompagnato da tua nonna chiedendole di ospitarlo.»

«E la nonna ha accettato?»

«Sì, anche se è stata una sorpresa per lei. Gli ha preparato il divano della cucina e sono sicura che ha trascorso la notte in bianco pensando alla presenza di un estraneo in casa nostra. Ricordo che ci aveva chiuso a chiave nelle nostre camere.»

«E poi?»

«Poi tuo padre è diventato un nostro frequentatore abituale… Ogni volta non vedevo l'ora che tornasse…»

«Gli volevi bene, mamma?»

«Credo di avergli voluto bene dal primo istante che l'ho visto. Ma ti prego di non farmi altre domande. A un certo punto tutto è cambiato e neanche io saprei dirti il perché.»

Tacquero e si rimisero in cammino. Man mano che si avvicinavano in Aspasìa cresceva l'angoscia al pensiero di quello che avrebbe trovato. Erano anni che non riceveva notizie dei suoi e adesso… Ma quando svoltò l'angolo e vide che la casa sembrava come nuova, e che il fiume continuava a scorrerle accanto pigramente, a stento riuscì a trattenere un grido. Le parve di non essersene mai andata. La sorpresa fu talmente grande che Aspasìa lasciò cadere la valigia e si diresse verso il fiume, sotto gli occhi sbalorditi della figlia. L'acqua gelata le sfiorò i piedi, le giunse alle ginocchia, ma lei continuava a inoltrarsi fino a lasciarsi immergere completamente, avviluppata dalla corrente.

Migliaia di aghi gelati le punsero la pelle eppure lei, estasiata, si abbandonava voluttuosamente. Alle orecchie le giunsero le parole della madre, chiare e forti come se fossero state pronunciate in quel momento: «*Se un giorno non riuscirai a resistere alle tentazioni, ricordati che qui, in questo angolo di mondo, troverai sempre il fiume ad aspettarti, pronto ad accoglierti nelle sue acque per purificarti*». Sperava che il contatto con l'acqua lavasse tutti gli errori commessi e la rigenerasse. Ma dubitava che bastasse una sola immersione…

«Aspasìa, vieni qui.»

Si voltò e sulla riva scorse la madre con una coperta in mano. Aveva gli occhi lucidi.

«Quale che sia il motivo per cui ti sei immersa, adesso è arrivato il momento di uscire. Non vorrei che ti venisse una polmonite» continuò Teodora.

Aspasìa uscì e rimase in piedi davanti a lei, tremante per il freddo e per l'emozione. La madre la cinse tra le braccia e l'avvolse nella coperta. Aspasìa si sentiva come una nave travolta dalla bufera, che finalmente era riuscita a trovare un porto di salvezza. Le mani della madre l'accarezzavano dolcemente, le labbra ricoprivano i capelli bagnati di baci trepidanti. Finché a un certo punto Aspasìa cominciò a essere squassata dai singhiozzi e non riuscì più a trattenere le lacrime.

«Su, adesso calmati» le disse la madre. «È tutto finito.»

La figlia si ritrasse dall'abbraccio e la guardò. «Mamma… Perdonami…» riuscì a balbettare con il mento che le tremava.

«Figlia mia, soltanto il Signore concede il perdono. Agli uomini spetta comprendere e amare. Bentornata a casa!»

La figlia di Aspasìa ritenne di aver atteso abbastanza. Anche lei voleva essere abbracciata dalla nonna sua omonima e si avvicinò. Teodora se ne accorse e si volse verso la ragazzina, identica alla sua Aspasìa quando aveva la stessa età. Rimase qualche istante a guardarla con aria smarrita.

«Mamma, questa è tua nipote, che si chiama Teodora come te» disse Aspasìa.

«Ciao, nonna.»

Teodora, con lacrime di gioia, strinse la nipote tra le braccia mormorando incomprensibili parole d'affetto. Le mani accarezzavano frenetiche la prima nipotina di cui Dio l'avesse resa degna. Alzò la testa verso il cielo azzurro. Lanciò lo sguardo oltre la cortina celeste, alla ricerca di Dio stesso, e il sussurro che si lasciò sfuggire riecheggiò come un boato assordante: «Sia lodato il Tuo nome nei secoli dei secoli!». Poi disse ad Aspasìa: «E l'altra dov'è? Non avevi due figlie?» domandò. L'espressione impietrita di Aspasìa le gelò il sangue nelle vene. «Aspasìa, dov'è Stella? Perché non è con voi?»

La figlia abbassò la testa e Teodora osservò la nipote. Adesso toccò alla bambina parlare.

«Nonna, Stella ci guarda da lassù...» rispose.

Teodora si mise una mano davanti alla bocca. Fece una smorfia di dolore ma gli occhi della nipote, che la supplicavano di non fare altre domande, la resero di nuovo padrona di se stessa. «Andiamo!» disse in tono deciso. «Tua madre deve cambiarsi se non vuol prendersi una polmonite e poi... ci sono anche gli altri!»

«Gli altri chi?» domandò Aspasìa.

«Innanzitutto tua nonna.»

«La mia mamma ha una nonna?» domandò Teodora sorridendo.

«Certo. E tu hai una bisnonna.»

«Mamma, come sta la nonna?» riprese Aspasìa.

«Meglio di tutti noi messi assieme. In casa c'è anche... tua sorella Melissanthi!»

Aspasìa sgranò gli occhi. «Mia sorella è qui?» balbettò. La madre annuì e lei, scrollandosi di dosso la coperta, si mise a correre verso casa.

Quella mattina Melissanthi si era alzata con uno strano presentimento. Il libro che stava leggendo e che fino al giorno prima l'aveva coinvolta adesso la lasciava indifferente. Rinunciò alla lettura e uscì per cercare la madre. La sera prima avevano deciso di concedersi un'uscita mattutina per godersi un bel dolce al cucchiaio. Poiché in casa non riusciva a trovarla uscì sulla veranda. Proprio in quel momento Aspasìa emergeva dalle acque del fiume. La sorpresa fu tale che ci mise qualche minuto per riprendersi. Tuttavia credeva ancora che si trattasse di un sogno e per sincerarsene cercò di raggiungere la riva. Ma le forze la tradirono e all'ultimo gradino si fermò, e si sedette nel momento in cui la madre e la sorella si cingevano nell'abbraccio. Subito dopo scorse anche la ragazzina che stava accanto ad Aspasìa e si sentì mancare il fiato. Doveva essere la figlia della sorella… Sua nipote…

Scattò in piedi come una molla e corse incontro ad Aspasìa. Si abbracciarono con il trepidante giubilo creato da due decenni di lontananza. Teodora osservava con le mani appoggiate sulle spalle della nipote, ma il suo cuore avrebbe voluto cantare per la gioia. La piccola Teodora si volse a guardarla.

«Che bello, nonna!» esclamò.

«Sì, tesoro, è bellissimo» fu la risposta. «Sono così felice che mi sembra di sognare.»

Melissanthi si staccò dalla sorella e si rivolse alla ragazzina. «È tua figlia, non è così?» domandò commossa.

«Sì… Teodora» mormorò Aspasìa.

Melissanthi si avvicinò alla nipote e la strinse tra le braccia. «Sei tutta tua madre!» le disse dopo i primi baci.

Quella sera la luna fece capolino per illuminare una famiglia felice. Accanto alla casa i due castagni osservavano in silenzio gli eventi, senza un fruscìo, senza un fremito, per non disturbare le donne sedute in cucina, che cercavano di colmare il vuoto di vent'anni pur sapendo quanto fosse doloroso. La nonna Iulìa continuava ad accarezzare la mano della pronipote come se temesse di veder svanire quel dono miracoloso e insperato che la vita le aveva fatto. Mentre Aspasìa raccontava la morte della figlia, la piccola Teodora scoppiò a piangere a dirotto. A sua madre mancò il coraggio di narrare il resto, almeno in presenza della figlioletta.

Soltanto quando gli occhi della ragazzina si chiusero per la stanchezza e la madre decise di metterla a letto, e quando Teodora e Iulìa si ritirarono con discrezione per lasciare un po' da sole le due sorelle, Aspasìa decise di dare sfogo a tutto il suo dolore. Melissanthi ascoltò assorta la confessione, rivolta in modo altrettanto accorato sia a lei che a Dio. Aspasìa a un certo punto tacque e guardò la sorella.

«Non hai niente da dire?» domandò dopo qualche istante di silenzio.

«Che cosa vuoi che ti dica?»

«Non so... Forse il mio racconto ti ha scandalizzato.»

«Ti sbagli di grosso» mormorò Melissanthi. «Chi è senza peccato...»

Adesso era il suo turno di parlare, e le toccava mettere a nudo la propria anima e descrivere le avventure che infine l'avevano convinta a tornare.

«Lo capisci, adesso, perché non ti giudico?» le domandò. «Almeno tu hai tua figlia, mentre io... Darei qualsiasi cosa per avere ancora mio figlio qui con me.»

«Lo capisco. Anch'io ho perso un figlio, ho perso mio marito e se avessi perso anche Teodora non sarei tornata indietro mai più. Avevo deciso di... andarmene.»

«Ossia di toglierti la vita?»

«Non ti nascondo di averci pensato... Non mi era rimasto più niente...»

«Come a me. Dopo la morte di mio figlio, non so che cosa mi abbia trattenuta. Forse il fatto che ormai considero la vita una punizione alla quale non intendo sottrarmi, così ho deciso di sottomettermi ai decreti divini e di andare avanti. È stato lo stesso Apòstolos a indicarmi la strada del ritorno... Mi amava talmente tanto che non ha voluto lasciarmi sola neppure dopo la sua morte.»

«Io invece ho distrutto tutto» mormorò Aspasìa con gli occhi pieni di lacrime. «Ho perso la stima e l'amore di mio marito.»

«Lo ami ancora?»

«Sì... Ma riconosco che ha fatto bene a sposare un'altra. Io non sono stata all'altezza delle sue aspettative. Per anni l'ho abbandonato e ho cercato la compagnia di altri uomini. In realtà non so che cosa cercassi, di che cosa avessi bisogno... Così come non so per quale motivo mia figlia abbia accettato di seguirmi invece di voltarmi le spalle e di ripagarmi con la stessa indifferenza che le ho riservato per tanti anni. Anche se sono stata una pessima madre, mia figlia ha deciso di perdonarmi.»

«Allora forse anche tu dovresti perdonare te stessa. E lo stesso vale per me. Siamo tornate indietro... Non è cosa da poco...»

«Non so se sia sufficiente, non so se il presente sia abbastanza forte da cancellare il passato o da correggere gli errori.»

Già dall'indomani le cinque donne cominciarono la loro vita in comune. La piccola Teodora era diventata inseparabile dalla nonna e la seguiva ovunque andasse. Aspasìa, così come Melissanthi, aveva la sensazione di non essere mai andata via dal villaggio. Si recò in dispensa a prendere la farina per il pane e la portò alla madre proprio come faceva da bambina, poi preparò la grande bacinella per l'impasto. Melissanthi intanto aveva messo sul fuoco una pentola piena d'acqua, poi era entrata nelle camere da letto e aveva spalancato le finestre per arieggiarle. La nonna era scesa in cortile per spennare i polli e Aspasìa era intenta a pelare le patate. A un tratto la casa era operosa come un'arnia. Le grida della piccola Teodora la riempivano di vita e di allegria mentre la primavera, che si annunciava la più bella degli ultimi anni, conferiva alla loro vita un tocco in più di felicità.

Per il Calendimaggio la nonna e la nipote intrecciarono una variopinta corona di fiori. Aspasìa l'appese alla porta e infine tutte corsero in veranda per ammirarla. Nel pomeriggio scesero in paese a fare quattro passi in piazza e decisero di gustare un buon dolce all'uva. Il signor Pandelìs fu così lieto di rivedere la famiglia riunita che quella volta rifiutò di farsi pagare.

Alcune vecchie compagne di classe si avvicinarono ad Aspasìa. Ruppero il ghiaccio dei lunghi anni trascorsi dall'ultima volta che si erano viste e a un certo punto scoppiarono a ridere rievocando le imprese scapestrate dell'infanzia e dell'adolescenza. La piccola Teodora guardava compiaciuta, felice di vedere che la madre aveva finalmente ritrovato il sorriso. A un certo punto madre e figlia si scambiarono uno sguardo fugace e per la prima volta Aspasìa scorse negli occhi della figlia il bagliore luminoso della fierezza. Se fosse stata sola era certa che sarebbe scoppiata in lacrime per la gioia.

Melissanthi non aveva ancora trovato il coraggio di avvicinarsi al fiume. Una settimana dopo chiese alla sorella di accompagnarla ma, giunte a un passo dalla riva, non riuscì più ad andare avanti.

Aspasìa la guardò. «Ormai non ha più alcun potere su di noi» mormorò. «E poi è soltanto un corso d'acqua, la responsabilità della nostra vita appartiene soltanto a noi.»

«È la stessa cosa che ha detto anche la mamma. Non so perché mi è venuta questa ossessione di scaricare tutte le colpe della mia vita sul fiume.»

«Forse perché è qui che abbiamo trascorso l'infanzia e l'adolescenza. Ricordi quanti giochi e quanti sogni abbiamo fatto su queste rive?»

«Sì, e siamo rimaste con un pugno di mosche in mano. Abbiamo fatto ritorno al punto di partenza con la speranza di trovare un po' di serenità.»

«Non tutto è andato sprecato. Siamo divenute più sagge. Ti ricordi quello che diceva la nonna? È grazie agli errori che si apprende l'arte di vivere.»

Nel frattempo Aspasìa si era seduta sulle rive imitata da Melissanthi.

«Chissà che fine hanno fatto le altre» disse quest'ultima dopo alcuni istanti di silenzio. «Pensi che un giorno anche loro torneranno qui?»

«Perché mai? Iulìa, a quanto ci ha detto la mamma, si trova in Africa con il marito e ha avuto tre figlie. Quanto a Magdalinì... il marito è americano e dirige una grande impresa, mentre Polixeni è un'attrice ricca e famosa. Che motivo avrebbero di tornare? Polixeni poi sin da bambina sognava di andarsene. Te lo ricordi?»

«Non è sposata» fu il commento di Melissanthi. «O almeno così dicono i giornali.»

«Non mi ricordo che abbia mai espresso il desiderio di formarsi una famiglia. Ha sempre avuto un carattere particolare.»

«Al villaggio dicevano che aveva la puzza sotto il naso» sorrise Melissanthi.

«Non avevano tutti i torti. Ricordo ancora il suo sguardo sprezzante. Stavros una volta mi ha detto che di fronte a lei si sentiva sempre a disagio, come se lo giudicasse in continuazione.»

Il ricordo fece sorridere entrambe.

«Sai, forse è meglio che non tornino. In caso contrario significherebbe che anche le loro vite si sono risolte in un fallimento. No, meglio che almeno loro siano felici» concluse Melissanthi in tono malinconico.

Quell'anno l'estate giunse all'improvviso, già alla metà di maggio. Le donne lavarono e riposero nella naftalina i tappeti, le coperte e le imbottite colorate, e la piccola Teodora scoprì di amare moltissimo i lavori domestici.

Un pomeriggio, le due nonne si recarono al cimitero per accendere i lumini votivi sulla tomba dei rispettivi mariti e la nipote decise di seguirle. Melissanthi e Aspasìa ne approfittarono per godersi il caffè pomeridiano e un po' di fresco nella tranquillità della veranda.

«Le adoro, ma quanto sono rumorose!» esclamò Melissanthi quando furono uscite.

Aspasìa annuì sorridendo. «Non ho mai visto mia figlia così felice. È tornata una ragazzina della sua età.»

«La piccola Teodora è adorabile.»

«Ti vuole molto bene. Me l'ha detto ieri sera. E mi ha detto che i tuoi occhi sprigionano malinconia anche quando ridi» aggiunse Aspasìa.

«Ha proprio ragione... Devi essere molto fiera di lei.»

Aspasìa annuì ancora e rivolse lo sguardo accigliato verso l'orizzonte. Ma a un certo punto qualcosa attirò la sua attenzione. Melissanthi se ne accorse e seguì lo sguardo della sorella finché non scorse due sagome lontane che si avvicinavano. Le due sorelle si guardarono trasalendo per la sorpresa.

«Vedi anche tu quello che vedo io?» domandò Aspasìa.

«Polixeni?» ribatté in un sussurro Melissanthi.

«È proprio lei. Ma chi è la ragazzina che l'accompagna?»

Si alzarono tutte e due nello stesso momento...

Polixeni e Vasilikì erano giunte al villaggio soltanto qualche ora prima al termine di un viaggio molto faticoso. I paesaggi che si alternavano fuori del finestrino e che lei conosceva sin dall'infanzia l'avevano fatta sprofondare in un mesto silenzio. Vasilikì se n'era subito accorta, ma aveva pensato di non disturbare il raccoglimento di Polixeni. Giunti a destinazione, Polixeni aveva abbracciato con lo sguardo la piazza e il vecchio platano che la dominava. I rami si erano mossi in segno di benvenuto, proprio come avevano fatto con le sue sorelle, ma certo lei non poteva saperlo. Anzi, di primo acchito le era parso che il platano la schernisse. Alla fine aveva risposto con un mezzo sorriso.

«È questo il tuo villaggio, mamma?» le aveva domandato Vasilikì rompendo finalmente il loro silenzio.

«Sì, tesoro. È qui che sono cresciuta, è qui che ho giocato, è qui che ho sognato» le aveva risposto Polixeni, schioccandole un bacio sulla fronte.

«È davvero molto bello. Guarda quest'albero, è enorme!» aveva esclamato Vasilikì.

«È un platano. Di pomeriggio la piazza si riempie di gente e di ragazzini che giocano e gridano. Prima che mio padre morisse, ricordo che la domenica ci portava a mangiare i famosi dolci al cucchiaio del signor Pandelìs.»

«E la tua casa? Dov'è la tua casa, mamma? Dov'è la casa sul fiume?»

Vasilikì era scalpitante per l'impazienza e Polixeni aveva sorriso.

«Abbiamo ancora un po' di cammino.»

«Allora andiamo, non perdiamo altro tempo» l'aveva esortata la ragazzina prendendola per mano.

Un istante prima di lasciarsi la piazza alle spalle, il signor Pandelìs era uscito dalla bottega per prendere il caffè e l'aveva riconosciuta.

«Misericordia» aveva esclamato tra sé. «Ma questo è un miracolo.»

Si era domandato chi fosse la ragazzina che accompagnava la celebre attrice. Grazie all'avvocato amico di Stathis, la stampa aveva steso un velo di silenzio sulle ultime vicissitudini di Xenia Olimpiou, che l'opinione pubblica considerava ufficialmente scomparsa.

Via via che si avvicinavano alla casa, Polixeni aveva accelerato il passo. A un tratto aveva avvertito il bisogno urgente di rivedere il nido dal quale aveva spiccato il volo molti anni prima. In vista dell'ultima curva, aveva avuto qualche attimo di esitazione, colta da un agghiacciante timore. E se la madre non ci fosse stata più? Se le fosse accaduto qualcosa? Se la casa sul fiume fosse stata venduta a qualcun altro? Che cosa avrebbe fatto in questo caso? Dove sarebbe andata?

Si era rimessa in cammino con rinnovata determinazione. Qualunque cosa fosse accaduta non intendeva tornare più indietro.

I raggi del sole si riflettevano abbaglianti sulle acque del fiume inducendo Polixeni a socchiudere gli occhi e a volgere lo sguardo verso la casa. Un sorriso le affiorò sulle labbra illuminandole il volto. La casa era ancora lì e sembrava in ottime condizioni.

«Com'è bello!» Vasilikì interruppe i pensieri della madre adottiva con un'esclamazione ammirata. Polixeni la guardò rivolgendole un ampio sorriso.

«Tesoro, sono lieta che ti piaccia» replicò.

«Senti, mamma, è qui che sei cresciuta?»

«Sì…»

«E come hai potuto andartene da un paradiso come questo?» si domandò Vasilikì.

Polixeni abbozzò un sorriso amaro. «Forse perché ero alla ricerca di un altro paradiso… ma mi sbagliavo. Dopo tanti anni ho capito che gli uomini hanno diritto soltanto a un paradiso e che quando lo trovano devono imparare ad apprezzarlo.»

«Io però sono contenta che te ne sei andata.»

«Perché?»

«Perché altrimenti non avresti conosciuto la mia mamma e quindi adesso che è morta sarei rimasta completamente sola al mondo» spiegò. Polixeni la strinse in un abbraccio che si prolungò alcuni istanti durante i quali Vasilikì rivolse lo sguardo verso la casa e domandò: «Mamma, chi sono le due signore in piedi che ci stanno guardando?».

Polixeni la lasciò andare per girarsi verso la casa. Quando vide le sorelle proruppe in un grido di gioia: «Dio sia lodato! Melissanthi, Aspasìa, siete proprio voi!».

Un attimo dopo le due sorelle varcarono il cancelletto del cortile e Polixeni si diresse verso di loro mentre Vasilikì rimaneva immobile a guardarle. La madre adottiva le aveva raccontato tutto sul conto delle sue sorelle e la bambina capiva che dopo tanti anni di lontananza quel momento apparteneva esclusivamente a loro. Rimase in disparte e vide Polixeni svanire tra le braccia delle altre due. Riusciva a scorgerne gli occhi pieni di lacrime, a sentirne le risate e ogni parola che dicevano.

«Non posso crederci» ripeteva Polixeni. «Cosa ci fate qui? Quando siete arrivate?»

«Sei tornata! Sei tornata anche tu» mormorava Aspasìa accarezzandole i capelli.

Melissanthi non riusciva a parlare per la commozione. Aveva preso nella sua la mano di Polixeni e continuava a baciargliela. In quel momento Vasilikì le raggiunse.

Polixeni si staccò dall'abbraccio e presentò la piccola. «Questa è Vasilikì» disse. «È mia figlia e l'ho adottata dopo la morte dei suoi genitori in un incidente stradale. Li consideravo i miei migliori amici e dunque la loro figlia è anche figlia mia… sangue del mio sangue…»

Adesso toccava a Vasilikì svanire tra le braccia delle due donne e alla ragazzina parve davvero di essere stata finalmente accolta in una famiglia.

Entrarono tutte e quattro in casa. Polixeni si guardava intorno con gli occhi lucidi. Non era cambiato niente anche se niente era uguale. La casa era stata ristrutturata ma restava pur sempre la casa della sua infanzia, quella in cui era nata e cresciuta. C'era persino la poltrona preferita della madre accanto al camino, sebbene rifoderata in un colore diverso.

Si voltò verso le sorelle che la guardavano con amore.

«La mamma?» domandò.

«Sta bene» rispose Melissanthi, che nel frattempo si era riavuta dalla sorpresa e dalla commozione. «E anche la nonna Iulìa sta bene.»

«Come? La nonna è viva?» La voce le tremava.

«Certo» rispose Aspasìa. «Naturalmente è un po' più anziana, ma ancora molto in gamba.»

«Dove sono?»

«Sono andate al cimitero ad accendere un lumino per il papà e per il nonno» spiegò Melissanthi, che aggiunse sorridendo: «Con loro c'è anche Teodora, la figlia di Aspasìa».

Polixeni rivolse uno sguardo smarrito alla sorella e un attimo dopo le si buttò tra le braccia. «Non riesco a crederci! Siamo di nuovo insieme e con noi ci sono anche le nostre figlie!» Poi guardò Melissanthi: «E tu? Hai avuto bambini anche tu?».

Melissanthi si adombrò. «Ho avuto un figlio… Ma è morto…» balbettò a testa bassa.

Polixeni si staccò da Aspasìa e andò ad abbracciare la sorella maggiore. «Mi dispiace…» mormorò. «Mi sembra di capire che siamo tre naufraghe della vita. Per questo siamo tornate indietro.»

«Avremo tutto il tempo di rattristarci» le interruppe Aspasìa. Poi si avvicinò a Vasilikì che le guardava con gli occhi lucidi. «Su, tesoro, non piangere» la rincuorò abbracciandola. «Adesso sei qui con noi e tra poco conoscerai anche mia figlia, tua cugina. Vedrai che diventerete buone amiche e passerete tantissimo tempo insieme, proprio come facevamo noi alla vostra età.»

Dalla strada si udì provenire la voce di Teodora che cantava insieme alle nonne.

«Stanno arrivando» gridò Aspasìa sbirciando dalla finestra. «Su, correte a nascondervi così gli facciamo una bella sorpresa.»

Polixeni prese Vasilikì e andarono a nascondersi in salotto, e per un istante le parve di essere tornata bambina, ai tempi in cui lei e le sorelle inventavano sempre nuovi scherzi ai danni dei loro genitori.

Teodora entrò per prima in casa e trovò le figlie inspiegabilmente sorridenti.

«Che cosa avete da ridere?» le interpellò subito.

«No, niente, niente» rispose Aspasìa.

«*Mmm*, non me la contate giusta voi due» replicò la madre affettando un tono di rimprovero. Nel frattempo in casa erano entrate anche la nonna Iulìa e la piccola Teodora.

«Non capisco di che cosa parli» commentò Melissanthi.

«Ho il sospetto che mi nascondiate qualcosa. Proprio come quando eravate bambine e c'era anche Polixeni, la più bugiarda di tutte e cinque.»

«Mamma, sono qui... E questa volta non è una bugia...»

Teodora scorse la figlia che aveva fatto capolino dalla porta del salotto e la guardava con imbarazzo. Lei aprì e chiuse le palpebre come se cercasse di scacciare quella che sembrava un'allucinazione. Era troppo bello per essere vero!

La figlia ruppe gli indugi. Corse ad abbracciarla e la strinse a sé, e nell'orecchio le mormorò soltanto una parola: «Scusami...».

Teodora parve riscuotersi dal torpore e strinse la figlia tra le braccia. Non riusciva a parlare né era in grado di fare nient'altro che coprirla di baci. La casa si riempì ancor più di voci che si sovrastavano a vicenda. Teodora abbracciò anche Vasilikì. La considerò subito una seconda nipote e, quando Polixeni le raccontò che l'aveva adottata, la madre l'interruppe subito: «E con questo? Che importanza ha? Per me anche Vasilikì è sangue del mio sangue, proprio come Teodora».

La felicità maggiore fu proprio della piccola Teodora la quale, dopo la tragica scomparsa di Stella, scorse in Vasilikì una sostituta della sorella e sin dal primo giorno non la lasciò sola un istante. Pretese anzi che dormissero insieme nello stesso letto, imparando così a trascorrere ore a chiacchierare, spesso sulla riva del fiume.

«Ti ricordano niente?» domandò Polixeni dopo due settimane durante le quali Teodora e Vasilikì erano divenute inseparabili.

Melissanthi annuì. Il sole era tramontato da qualche minuto e le tre sorelle avevano preso il posto delle due ragazzine in riva al fiume.

«È nello stesso tempo strano e commovente. Si comportano proprio come noi e sembrano la nostra copia perfetta» osservò Aspasìa con un pizzico di malinconia.

Seguirono alcuni istanti di silenzio. A un tratto Polixeni si mise a raccontare la storia della sua vita. Dal giorno che era tornata non aveva detto niente a nessuno. Aveva preferito ascoltare le esperienze delle altre e riprendere confidenza con la sua terra. Quella sera però ritenne che fosse il momento giusto per dipanare la matassa dei ricordi. Soltanto quando giunse alla morte di Leonidas parve esitare e guardò Melissanthi: «Come vedi non sei l'unica che è costata la vita a una persona» disse con voce carica di dolore. «La differenza è che io non ero innamorata di Leonidas, mentre tu adoravi Ànghelos. Io mi sono servita di lui. Allora non mi rendevo conto di quello che facevo, e adesso non riesco a perdonarmelo...»

«Nessuna di noi riesce a perdonarsi quello che ha fatto» mormorò Aspasìa.

Polixeni riprese il racconto e giunse al tragico incidente in cui Martha e Stathis avevano perso la vita. Si interruppe, squassata dai singhiozzi. Le altre due sorelle corsero ad abbracciarla e ancora una volta lasciarono che piangesse i cari scomparsi, mentre anche loro versarono lacrime per i loro.

«Siamo state delle ingrate. Dubito che una vita sia sufficiente per espiare» disse Melissanthi quando ebbero ripreso il controllo. Le altre due annuirono.

«Sono giunta al punto di non capire per quale motivo me ne sono andata, anzi scappata» riprese Polixeni. «Non ho detto niente a nessuno, ho procurato un dolore terribile alla mamma e alla nonna, e in tanti anni non ho dato neanche un segno di vita. Voi almeno vi siete innamorate, vi siete sposate e avete seguito i vostri mariti. Io invece?»

«Tu sei stata la più onesta tra tutte noi» rispose Melissanthi. «Sei andata via per seguire il tuo sogno. Io invece ho sposato Apòstolos per i soldi. Era l'unica cosa che mi interessasse, almeno all'inizio. E pur avendo a disposizione tutto il tempo necessario per venire a trovare la mamma, non l'ho fatto nemmeno una volta. Eppure non abitavo certo all'altro capo del mondo. Sono stata via vent'anni di fila e alla fine ho persino smesso di scriverle. Non mi sono mai domandata se era viva, se stava bene, niente. Soltanto quando la mia vita è andata a rotoli ho pensato di tornare da lei perché ne avevo bisogno.»

«Che cosa dovrei dire io?» intervenne Aspasìa. «Di Stavros ero innamorata eppure ho cominciato ad annoiarmi subito dopo essere partita. La passione per il canto ha risvegliato un lato del mio carattere che neppure sospettavo di avere. Quanto a nostra madre… Non mi sono mai interessata a lei, e neanche io vivevo all'altro capo del mondo. L'ho lasciata sola con la nonna, Dio solo sa quanto difficili siano stati tutti questi anni, eppure quando siamo tornate ci ha accolto senza rimproveri o lamenti, e ancora mi vergogno di guardarla negli occhi. Tu almeno, Polixeni, non hai mai tradito nessuno.»

«Non esserne tanto sicura» replicò la sorella. «Già è grave il fatto che ho tradito nostra madre. Lo sapete che in tutti questi anni le ho inviato soltanto due cartoline? Perché ci siamo comportate così? Perché tanto odio per la nostra casa e per il nostro villaggio? Non abbiamo esitato un istante ad abbandonarlo e ce ne siamo ricordate soltanto quando abbiamo constatato il nostro fallimento.»

Abbassarono tutte e tre la testa, imbarazzate. Qualche istante dopo la loro attenzione fu attratta dal rombo di un'automobile. Chi poteva essere a quell'ora?

«Qualcuno che ha smarrito la strada» mormorò Aspasìa.

Si alzarono per andare incontro al viandante sconosciuto, nella certezza che avesse bisogno di informazioni. Era una notte di plenilunio e l'astro rischiarava le tenebre rendendole meno minacciose. Dal veicolo videro scendere due donne e una ragazzina. L'autista prese alcune valigie dal bagagliaio, poi risalì a bordo e ripartì.

Le sorelle si misero tutte e tre una mano sulla bocca per trattenere il grido di sorpresa che sarebbe sgorgato alla vista di Magdalinì e di zia Anna.

«Magdalinì!» Fu Melissanthi la prima a trovare il coraggio di rivolgerle la parola.

La sorella rivolse loro uno sguardo smarrito. Le altre tre stavano in piedi, diafane, simili a tre statue di marmo rischiarate dalla luna. «Melissanthi?… Aspasìa?… Polixeni?…» disse trasecolando e sicura che si trattasse soltanto di un'allucinazione.

Le tre teste annuirono e lei si avvicinò in preda allo stupore. Ne sfiorò il viso per accertarsi che non fossero un sogno, incredula nel rivederle lì, davanti a lei. Dopo un viaggio interminabile durante il quale non aveva voluto fermarsi neppure un istante, dopo aver pagato un patrimonio per convincere l'autista ad accompagnarle fino ai piedi dell'Olimpo, adesso le pareva assurdo trovarsi davanti alle sue sorelle. Svanì nel loro abbraccio con il cuore gonfio di una gioia indicibile. Per un istante temette di svenire per l'emozione, ma subito si riprese grazie ai baci, agli abbracci e alle risate delle sorelle. Riuscì a sottrarsi alla loro presa e volle presentare Melissanthi e Aspasìa alla zia, che non le aveva mai viste. Infine fu il turno della figlioletta.

«E questa è la piccola Teodora!» esclamò.

Nello stesso istante udì la risata di Polixeni, che prendeva in braccio la nuova nipote. «Adesso che in questa casa le Teodora sono diventate tre, le cose si complicano» fu il suo commento.

Aspasìa intervenne ridendo: «Anche io ho una figlia che si chiama Teodora…».

«A proposito di Teodora» interloquì Melissanthi. «Quando la mamma vedrà il ritorno anche della sua quarta figlia, c'è il rischio che le venga un colpo.»

Decisero di correre loro a casa. Entrarono ridendo proprio nel momento in cui la madre stava per servire la cena alle nipoti. Rivolse loro uno sguardo interrogativo.

«Che cosa state combinando ancora?» domandò.

Si misero in fila tutte e tre con le braccia dietro la schiena, proprio come facevano da bambine. Teodora cominciò seriamente a preoccuparsi.

«Ah, mi domando che cosa ho fatto per meritarmi tre figlie come voi» sbuffò, abbozzando un sorriso di condiscendenza.

«Mamma, ti giuriamo che noi non c'entriamo niente» si affrettò a rispondere Aspasìa. La vena di ironia che aveva nella voce fece ridacchiare la figlia.

«Nonna, non credere neanche a una parola» disse Vasilikì. «Sono certa che ne hanno combinata un'altra delle loro.»

«Silenzio, tu!» la rimproverò con dolcezza Polixeni.

«Mamma, a proposito» prese la parola Melissanthi. «Mi domandavo se non sei un po' invidiosa del fatto che le tue figlie si stanno ritrovando dopo molti anni.»

«Invidiosa? E di che cosa? Ti è forse dato di volta il cervello?»

«Be', ecco...» continuò Aspasìa. «Non vorresti anche tu rivedere tua sorella?»

Teodora non capiva dove le figlie volessero andare a parare, ma d'un tratto il viso assunse un'espressione di stupore: Anna faceva capolino sorridendo dalla porta d'ingresso. Nonna Iulìa scattò in piedi con l'agilità di una ragazzina e corse ad abbracciare la figlia piangendo. Nello stesso istante la terza Teodora irruppe in casa e il pianto si tramutò in riso e il riso di nuovo in pianto quando entrò anche Magdalinì.

Se quella sera qualcuno fosse passato davanti a casa loro, avrebbe pensato che fosse in corso una festa la cui atmosfera gioiosa veniva ogni tanto interrotta da una lacrima o un singhiozzo. Magdalinì descrisse la sua vita a Chicago, il clima di paura che vi si respirava, le cose che amava e quelle che detestava. Anna dal canto suo taceva e si limitava ad annuire, mentre le tre ragazzine rimasero abbracciate tutta la sera finché le palpebre non divennero pesanti per il sonno e la stanchezza, e le rispettive madri le portarono a letto.

Anna e Teodora erano uscite nel fresco della notte per stare un po' da sole. Si sedettero sui gradini della veranda e si misero a guardare in silenzio la notte.

«Potrai mai perdonarmi?» disse Anna a un certo punto.

«Di che cosa?» chiese Teodora.

«Di averti portato via tua figlia. Senza volerlo sono stata causa di sofferenze indicibili per lei. Le avevo promesso una vita meravigliosa e invece…»

«Anna, come hai detto tu, non è stata la tua volontà.»

«Non riesco a darmi pace. Sono stata così presuntuosa da credere di poterle dare qualcosa di più di quello che le avresti dato tu.»

«Tutto questo ormai è acqua passata» cercò di tranquillizzarla la sorella. «In fin dei conti è stata Magdalinì a decidere di seguirti, nessuno l'ha costretta. Proprio come le altre. Sono state loro a volersene andare e guarda com'è finita. La loro vita si è rivelata un completo fallimento e sono tornate all'ovile. Ciascuna di loro porta con sé una croce, e adesso che sono di nuovo al sicuro mi auguro che trovino un po' di pace e di serenità.»

«Eppure mi sembra che stiano bene» riprese Anna. «A parte Melissanthi che non riesce a nascondere il proprio dolore neanche quando sorride.»

«È l'unica che ha perso tutto. Le altre desideravano toccare il sole con un dito e quando ci sono arrivate si sono bruciate, com'era prevedibile» disse Teodora. «Ciononostante sono riuscite a conservarne un raggio, mentre alla povera Melissanthi non è rimasto niente.»

«E tu? Come stai tu?»

«Non lo so, Anna. All'inizio sono stata lieta di rivedere le mie figlie. In tutti questi anni mi sono sentita molto sola e senza l'aiuto della mamma dubito che ce l'avrei fatta… Un paio di volte ho anche pensato di buttarmi nel fiume. Invece adesso che le ho riviste e so quello che hanno passato… avrei preferito morire sola, anziché fare i conti con la vita distrutta delle mie figlie.»

«Hai ragione, ma pensa che sono ancora molto giovani e che se vorranno potranno rifarsi una vita.»

«Sai, quando Gheràsimos è morto anche la mamma mi diceva la stessa cosa. Era convinta che dovevo risposarmi, ma io avevo sperimentato l'assoluto e non potevo accontentarmi di qualcosa di meno. La stessa cosa le mie figlie. Con la differenza che loro almeno si potranno fare compagnia a vicenda, mentre io sono rimasta completamente sola.»

Anna allungò la mano tremante e accarezzò i capelli della sorella. Temeva che Teodora si ritraesse, invece si chinò verso di lei e Anna la chiuse tra le sue braccia. «La mia vita è trascorsa tutta senza di te...» sussurrò. «Ho la sensazione che noi due dovremo imparare di nuovo a conoscerci.»

«Abbiamo a disposizione tutto il tempo necessario» mormorò Teodora con il volto finalmente sereno.

L'estate trascorse come una favola, con la casa piena di vita e di allegria. Sia Teodora che la nonna Iulìa sembravano ringiovanite di una ventina d'anni. Le tre ragazzine avevano ridato un senso alla loro esistenza, le aiutavano nei lavori domestici e in vista dell'inverno decisero insieme di confezionare dei caldi pullover per tutti. Durante i pasti, il grande tavolo della cucina, quello che si trovava proprio sopra la grande botola del sotterraneo, a stento riusciva a ospitarle tutte. Teodora tirò fuori dalla credenza le teglie e le pentole che usava quando le figlie erano bambine. Erano rimaste lì dentro da quando erano partite, ma adesso era giunto il momento di recuperarle, viste le tante bocche da sfamare. Inoltre si era rimessa a sfornare a pieno ritmo pane, focacce e ciambelle per tutta la famiglia e un profumo inebriante si diffondeva dal camino e dalle finestre spalancate.

La domenica andavano tutte insieme a passeggio nella piazza centrale del villaggio e il signor Pandelìs sorrideva vedendo quell'esercito di donne vestite per la festa sedute ai tavolini colmi di bibite e dolciumi. I compaesani si erano rallegrati moltissimo per il ritorno delle quattro figlie di Teodora, perché in tutti quegli anni il villaggio intero aveva trepidato per la sorte di quella famiglia che godeva di grande rispetto.

Una domenica di fine agosto erano sedute a godersi il fresco all'ombra del grande platano al centro della piazza. La gente si fermava a salutarle e scambiava quattro chiacchiere con loro, si raccontavano le ultime novità, e le ragazzine giocavano e gridavano in allegria. La terza Teodora si era adattata completamente e si era fatta un mucchio di nuovi amici. La seconda Teodora e Vasilikì, più grandicelle, si erano sedute un po' in disparte sotto il platano, ma senza perdere di vista la cuginetta più piccola.

La corriera giunse arrancando dalla salita e si fermò al parcheggio accanto alla piazza. Le porte si aprirono e tutti si voltarono per osservare i nuovi arrivati, anche se la domenica era raro che qualcuno salisse al loro villaggio. Ma questa volta si erano sbagliati. La prima a uscire fu una donna di bassa statura che aiutò a scendere una signora anziana, seguita da tre ragazzine e da una donna di colore che suscitò la curiosità di tutti. Era la prima volta che dalle loro parti arrivava una persona con la pelle scura e forse per questo non si accorsero subito che la donna di bassa statura era Iulìa…

Teodora sentì un tuffo al cuore ancor prima di riconoscere la figlia. Si appoggiò una mano sul petto nel tentativo di controllare il turbamento.

Melissanthi se ne accorse e ne fu terrorizzata. «Mamma, che cosa c'è? Che cosa ti prende?».

Si volsero tutte dalla sua parte. Lei intanto aveva raccolto le forze e, alzatasi, camminava silenziosa verso Iulìa, intenta a contare le valigie che l'autista aveva appena scaricato dal bagagliaio. Voltò un istante la testa e i suoi occhi incrociarono le lacrime della madre e le sue labbra tremanti.

Quell'incontro inatteso rimase indelebile per lunghi anni nel ricordo dei compaesani. Fu un turbinare di baci, di abbracci, di carezze e di lacrime, ma anche di grida e di risate che giunsero fino ai rami più alti del platano, muto testimone di un evento insperato e felice: una famiglia che si riuniva dopo lunghi anni e che tornava a essere un corpo solido come un tempo. Intanto era giunto con il suo furgone il figlio di Lefteris, colui che aveva fatto da testimone segreto al matrimonio di Teodora e di Gheràsimos, e che era stato trucidato dai tedeschi durante l'occupazione. Caricò a bordo le nuove arrivate e i bagagli, fece salire la nonna Iulìa accanto a lui al posto del passeggero e le accompagnò tutte alla casa sul fiume, che a un tratto si rivelò troppo piccola per loro. Quella notte del resto, a parte le bambine più piccole, nessuno chiuse occhio per la felicità e l'eccitazione.

«Ancora non riesco a crederci» continuava a ripetere Iulìa. «Dopo tanti anni siamo di nuovo qui, e stavolta siamo decise a restarci per sempre.»

«Neanch'io riesco a crederci» mormorò nonna Iulìa. «Adesso posso finalmente chiudere gli occhi serena.»

«E invece, mamma, è proprio adesso che non ci devi abbandonare» ribatté Teodora. «Dopo tanti anni di solitudine e di sofferenze, è tempo che ci godiamo anche noi le nostre figlie e le nostre nipoti.»

Annuirono all'unisono. Le cinque sorelle si scambiarono uno sguardo imbarazzato.

La casa restaurata della nonna fu eletta a residenza della numerosa famiglia di Iulìa. Con l'aiuto di Faida la pulirono e la resero abitabile, ma per la maggior parte del tempo si ritrovavano tutte insieme a casa di Teodora. I sei membri più giovani, destinati a continuare nel tempo le sorti di quella famiglia travagliata, divennero ben presto inseparabili: da Charà, la figlia di Iulìa, che era la più grande, fino alla terza Teodora, la figlia di Magdalinì, la più piccola. Gli argomenti di conversazione si dimostrarono inesauribili così come le occasioni di allegria. Una sera, per esempio, fu Charà a manifestare a tutti la propria perplessità: «Se ci pensate bene, abbiamo un problema qui» disse. «In questa casa vivono sotto lo stesso tetto ben sedici donne! Forse è giunta l'ora di lasciar spazio anche a qualche uomo. Ma chi mai avrebbe il coraggio di entrare in un gineceo?».

«Hai ragione, la nostra casa sembra il regno delle Amazzoni» ribatté Vasilikì.

«Il che vuol dire che di maschi non vedremo nemmeno l'ombra» confermò la Teodora più grande.

Una risata scrosciante seguì le parole della ragazza, ma nonna Teodora ebbe un'ombra di malinconia nello sguardo. Né lei né la figlia né le nipoti erano state così fortunate da veder crescere i figli maschi che avevano messo al mondo. Il verdetto divino era chiaro. Se non altro, tutte e sei le nipotine sembravano intenzionate a restare al villaggio e a trascorrere la loro vita all'ombra dell'Olimpo. Ogni pomeriggio nonna Iulìa e le sue figlie Teodora e Anna prendevano il caffè in veranda con la grande Evanthìa e chiacchieravano dei vecchi tempi. L'unica a provare un certo imbarazzo, almeno all'inizio, fu Evanthìa, che aveva l'impressione di vivere una felicità che non le apparteneva, alla stregua di un'intrusa...

«Voglio chiederti scusa» disse una volta. Teodora le rivolse uno sguardo interrogativo.

«Per che cosa?» domandò.

«Quando penso a tutto il male che ho fatto a te e a tua figlia, non credo di avere il diritto di essere qui insieme a voi.»

«Capisco che cosa vuoi dire» l'interruppe Teodora. «Ma non occorre che aggiungi altro. Le mie figlie sono state messe a dura prova dalla vita, però adesso sono qui con me, pronte a ricominciare. La stessa cosa auguro anche a te, e sul passato mettiamoci una pietra sopra.»

«Dici così perché non sei al corrente di molte cose. Non puoi immaginare quello che ho fatto quando...»

«E invece lo immagino benissimo perché mia figlia mi ha raccontato tutto.»

«Iulìa te ne ha parlato?»

«Sì.»

«E nonostante tutto hai accettato di ospitarmi in casa tua?» le domandò con le lacrime agli occhi.

«Evanthìa, tutti commettiamo degli errori, ma a un certo punto arriva il momento di scontarli. E tu i tuoi li hai scontati molto più di quanto meritassi. Per quel che mi riguarda, non ho niente da perdonarti. Guarda i nostri figli e i nostri nipoti, e prega Iddio che trovino finalmente un po' di serenità.»

Teodora accarezzò la mano di Evanthìa e insieme volsero lo sguardo verso il fiume sulle cui rive giocavano allegre le nipoti sorvegliate dalle rispettive madri.

«Non ti sembra di vivere un sogno?» diceva Melissanthi in tono sommesso. «Siamo di nuovo tutte qui, sotto lo stesso tetto, osserviamo lo stesso fiume e nessuna di noi riuscirebbe a immaginarsi lontano da questo fazzoletto di terra che un tempo ci toglieva il respiro e che non vedevamo l'ora di abbandonare.»

«La cosa più strana» continuò Iulìa «è che alcune di noi sono tornate per esaudire il desiderio delle figlie. Lo stesso villaggio, che a noi alla loro età sembrava un inferno, a loro sembra un paradiso terrestre.»

«A questo proposito» disse Melissanthi «devo ammettere che è come se l'idea di ritornare fosse stato Dio stesso a suggerirmela. Datevi un'occhiata intorno. Nulla è cambiato da quando ce ne siamo andate e in questa pace mi sembra di trovarmi più vicino a Lui. Ho la sensazione che qui mi protegga e si ricordi di me...»

«Hai ragione» concordò Aspasìa. «Siamo di nuovo qui, tutte insieme, e per la prima volta dopo molti anni mi accorgo di pensare con ottimismo al futuro. Per la prima volta spero di ricevere il perdono per i miei peccati. È come se fossi entrata in una chiesa grande e silenziosa. E non ha alcuna importanza il motivo per cui sono tornata.»

Polixeni, che fino a quel momento aveva taciuto, scattò in piedi come una molla.

«Che cosa c'è?» domandò Iulìa.

«Vado a prendere qualcosa» rispose correndo verso casa. Al ritorno aveva in mano un grosso tomo ingiallito.

«Che cos'è questo?» domandò Aspasìa.

«Come, non vi ricordate? È la Bibbia di papà, quella che ci leggeva quando eravamo bambine.»

«Sì, adesso ricordo» gridò Melissanthi. «Non capivamo molto ma ci piaceva stare ad ascoltarlo.»

«Ieri sera mi sono messa a sfogliarla e per caso mi sono imbattuta in un passo sottolineato da papà... Ascoltate e vedrete che adesso non avremo più alcun dubbio.»

Polixeni cominciò a leggere proprio nel momento in cui le quattro donne più anziane, incuriosite dalla sua eccitazione, si erano alzate dalla veranda per andare a vedere che cos'era successo. Le ragazzine smisero di giocare e presero posto accanto alle madri.

La voce pacata e limpida di Polixeni e la sua espressione serena si stagliavano su uno sfondo magnifico. Il fiume scorreva placido dietro di lei. Il silenzio irreale era interrotto soltanto dal suono delle parole:

*«Fratelli, se uno di voi si allontana dalla verità e un altro ve lo riconduce, costui sappia che chi riconduce un peccatore dalla sua via di errore, salverà la sua anima e coprirà una moltitudine di peccati».*

Lettera di Giacomo 5,19-20

MISTO
Carta da fonti gestite
in maniera responsabile
FSC® C023419
FSC
www.fsc.org

Stampato presso Lego S.p.A.
Stabilimento di Lavis